dtv
premium

Fiona Walker

Liebe auf den siebten Blick

Roman

Deutsch von Britta Mümmler

Deutscher Taschenbuch Verlag

FSC
Mix
Produktgruppe aus vorbildlich bewirtschafteten Wäldern und anderen kontrollierten Herkünften

Zert.-Nr. GFA-COC-1298
www.fsc.org
© 1996 Forest Stewardship Council

Der Inhalt dieses Buches wurde auf einem nach den Richtlinien des Forest Stewardship Council zertifizierten Papier der Papierfabrik Munkedal gedruckt.

Deutsche Erstausgabe
Februar 2007
Deutscher Taschenbuch Verlag GmbH & Co. KG,
München
www.dtv.de

Titel der englischen Originalausgabe:
›Lots of Love‹ (Hodder and Stoughton, London 2003)

Umschlagkonzept: Balk & Brumshagen
Umschlagfoto: gettyimages/Kay Blaschke
Satz: Fotosatz Reinhard Amann, Aichstetten
Gesetzt aus der Aldus 10,75/13˙
Druck und Bindung: Kösel, Krugzell
Gedruckt auf säurefreiem, chlorfrei gebleichtem Papier
Printed in Germany · ISBN 978-3-423-24578-4

Für Hans und Christian,
die beweisen, dass mit manchem Happy End
ein ganz neues Kapitel beginnt.

1

»Lass das – lass das. *Lass das!*«

Ellen konnte den Jeep nur mühsam unter Kontrolle halten, während Snorkel zwischen ihren Beinen im Fußraum herumwühlte und nach ihrem Ball suchte. Schon kurz darauf lugte ein weißes Clownsgesicht mit flehenden blauen Augen und einem roten Ball in der Schnauze übermütig zwischen ihren Knien hervor.

»Nicht jetzt, Snork«, bat Ellen.

Sachte wurde der Ball auf ihre Oberschenkel gelegt, wo er eine feuchte Sabberspur auf der nackten Haut hinterließ, ehe er erneut in den Fußraum fiel und schließlich unter die Bremse kullerte. Nach einer Pinkelpause und einem Schinkensandwich an der Taunton-Deane-Raststätte hatte die Colliehündin zwei Stunden auf dem Beifahrersitz geschlafen, war gerade aufgewacht und wollte jetzt unbedingt herumrennen und Ball spielen. Doch weil Ellen dem Ziel ihrer Fahrt schon so nahe war, mochte sie nicht mehr anhalten.

»Miaaauuu!«, jammerte Fins in seinem Weidenkorb und verdoppelte seine Anstrengungen, auszubrechen. Schon seit der Abfahrt in Cornwall versuchte er, sich knabbernd aus der von keiner Pinkelpause und keinem Ballspiel unterbrochenen Monotonie zu befreien. Der Korb auf der Rückbank vibrierte geradezu von innen heraus, während er gleichzeitig hin und her schaukelte, weil Ellen eine schmale gewundene Landstraße entlangkurvte.

Sie hatte ganz vergessen, mit wie vielen Haarnadelkurven und unsinnigen scharfen Abzweigungen die Straßen hier gesegnet waren, die sich allesamt einem uralten Wegerecht und Feldersystem verdankten, das längst von der modernen Landwirtschaft abgelöst worden war. Im Gegensatz zu Nordcornwall mit seinen von hohen Böschungen gesäumten Landstraßen, die wie gewundene Tunnel wirkten, gab es in den Cotswolds niedrige Steinmauern, die den Blick auf heranreifendes Getreide oder weidendes Vieh freigaben. Nicht gerade förderlich für die Konzentration. Sogar die Wälder waren anders, bemerkte Ellen, als sie einen Hügel hinabfuhr und in ein Waldstück kam – die Bäume waren hoch und stolz, und es fiel nur wenig Licht durch das Blätterdach. Ihr war, als trete sie aus dem hellen Sonnenschein in eine dunkle kühle Kathedrale. Ellen schob die Sonnenbrille ins Haar.

Snorkel, die wie wild nach ihrem Ball kratzte, jaulte ein paar Mal frustriert auf. Fins fauchte und jammerte, während er geräuschvoll an dem Weidenkorb knabberte. Um den Lärm zu übertönen, schaltete Ellen das Radio an, doch der Sender, den sie vor Stunden eingestellt hatte, war längst zu einem Rauschen verblasst. Sie drückte den Knopf für den automatischen Suchlauf, bemerkte dann, dass eine Kassette im Recorder steckte, nahm sie heraus und sah sie sich an.

Es war eine von Richards alten, selbst aufgenommenen Kassetten mit liebevoll zusammengestellten Songs. Die hatten sie beide stets bei Laune gehalten, wenn sie auf der Suche nach den besten Surfstränden lange Reisen quer durch Europa unternahmen. Ellens Blick trübte sich. Vorsichtig schob sie die Kassette in den Recorder zurück, nicht zu schnell, damit der Start-Mechanismus nicht ausgelöst wurde. Sie war noch nicht so weit, sich diese Songs wieder anzuhören. Und sie war auch noch nicht bereit für den Song, der jetzt aus den Lautsprechern dröhnte, weil der Suchlauf endlich einen Radiosender gefunden hatte. Men at Work sangen ›Land Downunder‹. Gereizt schaltete Ellen das Radio aus.

In diesem Augenblick begann ihr Handy zu klingeln. Als sie die Hand danach ausstreckte, blickte sie gerade noch rechtzeitig auf die Straße, um in dem von Sonnenlicht gesprenkelten Schatten die scharfe Rechtskurve wahrzunehmen. Sie fuhr viel zu schnell, um sie sicher zu meistern, aber zum Bremsen blieb keine Zeit mehr. So war sie gezwungen, das Lenkrad herumzureißen und zu beten, sie möge bitte nicht an einem Baum landen. Mit einem Affenzahn schlidderte der Jeep auf zwei Rädern dahin, Laub und Dreck wirbelten vom Straßenrand auf, und das hintere Ende des Autos fand kaum Halt. Das klingelnde Handy rutschte auf der Ablage hin und her und landete schließlich in der Seitentasche der Beifahrertür. Fins' Korb kippte mit einem markerschütternden Schrei seines Insassen auf die Seite. Snorkel duckte sich im Fußraum, wappnete sich innerlich gegen die bedrohlich rotierende Lenksäule und ließ sich ganz unschuldig auf dem Gaspedal nieder.

Wie durch ein Wunder blieb der Jeep auf der Straße. Ellen stieß einen Freudenschrei aus. »Tut mir leid, Leute!«

Und da war er auch schon, genau vor ihr: der winzige unbewachte Bahnübergang. Die Warnlichter blinkten rot. Die Schranken gingen eben herunter. Sie schrie und trat hart auf die Bremse, traf aber nur auf den Widerstand eines festen Gummiballs, der darunter klemmte.

»Verdammt, verdammt, VERDAMMT!« Ellen versuchte, den Ball wegzukicken, und verpasste Snorkel dabei versehentlich einen Fußtritt. Winselnd erbrach der zitternde Collie ein halb verdautes Schinkensandwich auf Ellens Sneaker. »Ich sterb doch nicht mit Hundekotze auf dem Schuh!«, rief sie – und es hätten sehr gut ihre letzten Worte sein können. Da sie keine andere Chance sah, riss sie die Handbremse hoch. Augenblicklich schlingerte der Jeep unkontrolliert seitwärts auf die sich senkenden Schranken zu. Ellen schloss die Augen, als der Sicherheitsgurt ihr alle Luft aus den Lungen zu pressen schien.

Nur eine Sekunde später herrschte irritierende Stille. Kein jammernder Kater, keine winselnde Hündin, kein brummender

Motor, und ganz sicher kein superschnell dahinsausender Zug, der sie ausradierte – nur ein warnendes Piep-Piep-Piep vom Bahnübergang und der lebhafte Klingelton ihres Handys.

Zögerlich öffnete Ellen die Augen. Der Jeep stand in spitzem Winkel und mit totem Motor nur ein paar Zentimeter vor den jetzt geschlossenen Schranken. Sie kurbelte ihr Fenster herunter und atmete einmal tief ein, dankbar, noch am Leben zu sein. Draußen roch es nach Kiefernnadeln und heißem Gummi. Über das Piepen des Warntons und das Handyklingeln hinweg war das volle Gurren einer Waldtaube oben in einem Baum zu hören. In den Tiefen des umgestürzten Weidenkorbs vernahm auch Fins diesen Ruf und stieß einen gefräßigen, wenn auch schockiert klingenden Jagdruf aus.

Ellen fing an zu lachen. Sie griff nach dem Handy und vergewisserte sich, dass es Snorkel gut ging. Die hatte nervös die Ohren angelegt, ihr war ganz eindeutig noch übel, aber sie schien heil geblieben zu sein und saß immer noch auf dem Gaspedal. Ein Blick zwischen die Sitze zeigte, dass Fins' Korb jetzt hinter dem Beifahrersitz auf dem Kopf stand. Vier weiße Pfoten stachen wütend durch vier verschiedene Löcher, so dass er sich wohl nichts gebrochen hatte. Natürlich protestierte er inzwischen wieder kräftig miauend.

»Ja?«, sagte Ellen ins Handy.

»Hallo? Ellen, bist du das? Was ist denn *das* für ein Lärm?«

Ellen drehte den Weidenkorb richtig herum und verdrehte die Augen, als sie erkannte, wer da anrief. »Hi, Ma.« Sie hob den Korb auf die Rückbank und steckte die Hand durch die Stäbe der Tür, um den Kater mit einer Streicheleinheit zu beruhigen.

»Wo bist du?«, fragte Jennifer.

Fins starrte Ellen durch die Korbtür finster an, schüttelte sich am ganzen Körper, als er wieder Boden unter den Füßen hatte, und holte zu einem gemeinen Schlag aus.

»Beim Bahnübergang.« Sie hob die Rolle Küchenpapier auf, die auch auf dem Boden gelandet war, und ließ sich wieder in den Fahrersitz fallen. »Auf der Landstraße, die an der Abtei vorbeiführt.« Sie war sehr stolz, dass sie diese »versteckte« Landstraße nach all den Jahren wiedergefunden hatte.

»Warum nimmst du denn diesen Weg?« Die Leitung knisterte, doch der kritische Unterton ihrer Mutter, mit dem Ellen nicht nur als Tochter, sondern zeitweise auch als Schülerin hatte leben müssen, war nicht zu überhören.

»Ich wollte nicht im Verkehr in Lower Oddford stecken bleiben – da rennen immer ganze Busladungen von Touristen herum, und auf den Brücken stehen die Mietautos in Zweierreihen.«

»Unsinn. So voll ist es dort nie. Auf dem Weg geht es viel schneller.«

»Tja, jetzt bin ich aber nun mal hier.« Mit einer Hand rollte Ellen einige Lagen Küchenpapier ab, beugte sich vor und wischte sich das Erbrochene vom Schuh, beobachtet von zwei schuldig dreinblickenden blauen Augen. Sie warf Snorkel einen versöhnlichen Kuss zu, ehe sie das eklige Bündel sorgfältig in der leeren Plastikhülle des Küchenpapiers verstaute. Dann fischte sie im Fußraum nach dem Ball, den sie nur mit Mühe unter der Bremse hervorzerren konnte.

»... immer stecken geblieben an dem Bahnübergang auf diesem Weg«, dozierte ihre Mutter. »Dein Vater sagt, das Signal der Warnlichter kommt vom Hauptbahnhof Addington, und wenn es kein Eilzug ist, kannst du da Ewigkeiten warten. Und dann ...«

Als Ellen den Ball befreit hatte, wurde sie beinahe von Snorkel geplättet, die sofort herumsprang und versuchte, ihr den Ball aus der Hand zu schnappen. »Hör auf, du sabberndes Weib!« Ellen lachte.

»Ich höre wohl nicht richtig?«, fragte Jennifer halb ernsthaft.

»Nicht du, Ma. Snorkel.«

»O nein – hast du etwa diese stinkende Töle von Richard bei dir?« Ihr Entsetzen war mit Händen zu greifen. »Warum hat er den Hund nicht mitgenommen?«

»Nach Australien?«

»Im Cottage kann er jedenfalls nicht bleiben«, erklärte ihre Mutter missbilligend.

»Das muss *sie* aber.« Ellen kraulte die flauschigen Ohren, die jetzt fröhlich aufgestellt waren, während Snorkel die Vorderläufe in Erwartung eines Ballspiels auf Ellens Bein stellte.

»Dann muss er in dem alten Taubenschlag schlafen«, beharrte Jennifer. »Ein Hund schreckt Käufer ab. Hunde stinken und sind unhygienisch.«

Ellen sagte nichts und drückte die Nase in Snorkels weiches Fell. Es roch immer noch nach Meer, Algen und Salz, weil sie ganz früh morgens ein letztes Mal schwimmen gewesen war in Treglin Mouth. In den Pfoten und im fedrigen Fell ihrer Läufe klebte sogar noch etwas Sand. Ellen schloss die Augen und sog den Geruch tief ein – den Tränen beängstigend nah, als sie noch einmal schweigend Abschied nahm von ihrer geliebten Küste.

»Du solltest wirklich aus Richtung Oddford ins Dorf fahren«, belehrte ihre Mutter sie. »Schließlich musst du die Schlüssel von Dot holen, hast du das vergessen? Und Orchard Close liegt auf dem Weg, wenn du diese Strecke nimmst.« Jennifer Jamieson war die Sorte Frau, die in der Ecke eines Supermarkts eine Karte aus der Tasche zog und den kürzesten Weg von der Obst- zur Weinabteilung plante.

»Den Diesel für den Umweg kann ich sparen und die Schlüssel trotzdem abholen«, erwiderte Ellen geduldig.

»Du bist sehr spät dran. Ich habe Dot gesagt, du kommst vormittags an.«

Warum machte sich ihre Mutter bloß immer so viele Sorgen? Ellen konnte sich lebhaft vorstellen, wie sie in Spanien alle zehn Minuten auf die Uhr gesehen hatte, nicht ohne die eine Stunde Zeitunterschied abzuziehen und einen kritischen Blick aufs Telefon zu werfen, das einfach nicht klingeln wollte.

»Es ist noch nicht Mittag.« Blinzelnd spähte sie hinauf zu dem Streifen azurblauen Himmels über den Bahnschienen, an dem hoch oben die sengende Sonne wie eingebrannt stand.

»Wir sind vor sieben losgefahren, aber wir haben zwischendurch eine Pipipause eingelegt.«

»Wir haben eine Pipipause eingelegt?«, wiederholte Jennifer.

»Eine ganz natürliche Körperfunktion. Komm schon, Ma, *du* bist die Biologielehrerin.«

»Du weißt genau, was ich meine«, erwiderte ihre Mutter gereizt. »Was heißt *wir*? Du und ... wer noch?«

»Ich und die Tiere.«

»Die Tiere und *ich*«, korrigierte Jennifer sie automatisch. Aber sie klang deutlich erleichtert, dass ihre Tochter keinen ihrer schlampigen Surferfreunde mitgenommen hatte. »Haustieren gegenüber hast du eine Verpflichtung. Es ist grausam, sie ständig von hier nach dort zu schleppen. Ehrlich, Ellen, wie willst du die Welt bereisen, wenn du die Verantwortung für –«

»Ich finde ein Zuhause für sie«, versicherte Ellen, die sich auf dieses Gespräch nicht einlassen wollte, solange sie mit ihren geliebten Gefährten in einem Auto saß.

»Hm.« Das beeindruckte Jennifer nicht. »Nun, versuch bitte zu verhindern, dass sie das Cottage beschädigen. Es ist so wichtig, eine Atmosphäre der Sauberkeit, Ruhe und Beschaulichkeit zu schaffen.«

»Miiiaaauuu!« Plötzlich stieß Fins' Kopf durch eins der Löcher, an denen er dauernd geknabbert hatte – offenbar sehr zu seiner eigenen Überraschung. Mit großen, ängstlichen Augen blickte er sich im Inneren des Jeeps um und beschloss dann, seinen ganzen Körper hinauszubugsieren. Als merklich übergewichtiger Kater strampelte er jedoch schon bald vergeblich drauflos.

In der Ferne erklangen die beiden Töne eines vertrauten Pfiffs. Der Zug kam endlich doch noch. Ellen kurbelte ihr Fenster hoch. »Ma, ich muss weiter – ich ruf dich vom Cottage aus an, okay?«

»Vergiss den Code für die Alarmanlage nicht. Neun null null fünf drei, wie im Goose –«

»Nein, vergesse ich nicht.«

»Und pass auf, dass Dot dir nicht nur die Schlüssel fürs Cottage, sondern auch für das Apartment gibt. Und –« Die Stimme ihrer Mutter ging unter, als ein Zug mit drei Waggons vorbeiratterte.

Der Lärm war im Verhältnis gesehen vielleicht nicht mal sonderlich laut. Weil aber der Jeep fast auf den Schienen stand, rüttelte und wackelte er, als würde er in einem Wildpark von tausend Pavianen angegriffen. Snorkel bellte aufgeregt mit wild rotierendem Schwanz. Fins' Kopf verschwand prompt wieder im Weidenkorb. Ellen warf das Handy auf die Ablage und ließ den Motor an.

Schon bald ging es durch die Wälder weiter aufwärts und hinauf bis zur felsigen Anhöhe auf halber Strecke der Kammstraße, die aus Richtung Hillcote hinunter ins Lodes-Tal führte. Diese Gegend war Ellen vertraut. Sie erinnerte sich noch, wie sie einst an einer weißen Weihnacht zum Rodeln hier heraufgekommen war und ein anderes Mal zu einer Wanderung mit ihrem Vater, dem der Arzt nach seinem ersten Herzinfarkt regelmäßige Bewegung verordnet hatte – wohl ohne zu ahnen, dass Theo Jamieson dreimal die Woche eine Zehn-Meilen-Wanderung machen würde. Und sie erkannte auch die seltsame Scheune von Brook Farm mit dem Kirchturmdach wieder und die kleine Steinbrücke über den Bach.

»Wuuuuf, wuuuuahhhh! Wuuuf, wuuf! Hoooeeeaaa! WUUF!« Weil sie sowieso schon bellte, hatte Snorkel beschlossen, dass Singen doch viel unterhaltsamer sei, als mit dem Ball zwischen Ellens Füßen herumzuwuseln. Sie saß auf dem Beifahrersitz und bellte und heulte so begeistert, wie es ihre Lungen zuließen.

»Okay – fünf Minuten.« Neben einem kleinen grünen Fußweg hielt Ellen an, legte den Rückwärtsgang ein und setzte den Allrad-Jeep auf dem breiten Seitenstreifen zurück. So stand er dicht genug an der üppigen Efeuhecke, die Fins etwas Schatten spenden konnte. Snorkel drehte sich auf ihrem Sitz wie wild im

Kreis und bellte noch lauter, als Ellen nach ihrer Baseballkappe griff und aus dem Auto sprang.

Draußen war es gleißend hell, die Sonne brannte auf die Landschaft herab. Obwohl sie recht weit oben waren, regte sich kaum ein Lüftchen in der brütenden Hitze. Wohin auch immer Ellen ihr Gesicht wandte, es war kein Vergleich zu der kühlen salzigen Brise an der Küste Cornwalls. Ihre Beine fühlten sich ganz klebrig und taub an vom langen Sitzen in den Lederpolstern. Sie rieb sie ein wenig und zog sich die Shorts mitsamt Slip aus der Pofalte. Die abgeschnittenen, ausgefransten Jeans waren kaum mehr als Hotpants und rutschten blöderweise immer hoch. Für Fahrten über weite Strecken waren sie jedoch ideal, ein strapazierfähiges Hinterteil, und dennoch blieben ihre langen Beine frei.

Als Ellen der begeisterten Snorkel den ansteigenden Fußweg hinauf folgte, war ihr Shirt schon bald schweißnass. Sie wollte es eben unter den BH klemmen, als ihr einfiel, dass sie gar keinen trug, weil sie gestern Abend im Übereifer einfach alles eingepackt hatte. Stattdessen ergriff sie es am Saum und fächelte sich Luft zu, eine Angewohnheit, die sie schon als Kind gehabt hatte.

Der Weg führte an einem riesigen Rapsfeld entlang und hinauf zu einer aufgegebenen offenen Scheune. Ellen wäre am liebsten darauf zugerannt, um ihre steifen Glieder zu lockern. Aber sie wollte Snorkel nicht überstrapazieren, die am Strand immer gleich vier Meilen am Stück gerannt war. So ließ sie sie in der Hecke nach Schmetterlingen schnappen und trottete zur Scheune hinauf, ehe sie sich umdrehte und einen Blick ins Tal warf. Die mit Sonnenbrille, Baseballkappe und einer Hand geschützten Augen musste sie gegen das grelle Sonnenlicht trotzdem noch zusammenkneifen.

Die Schönheit der Landschaft ließ sich nicht leugnen, wie sehr sie sich auch von jener unterschied, in der Ellen sich zu Hause fühlte. Die hufeisenförmige Hügelkette, die das Tal wie ein schlafender Dinosaurier umschlang, hatte einen breiten

Felskamm und war bis in die Ferne bedeckt von Nadelwald, aus dem ein Antennenmast herausragte, den sie von früher nicht kannte. Weit oben in diesen Mergelhügeln entsprangen die Quellen, die den sich vielfach windenden Fluss Odd speisten. Hier und dort lagen winzige Honigstein-Betriebe und Dörfchen, die wie braune Schnecken an den belaubten Hängen klebten und sich über die Jahre kaum veränderten.

Zu dieser Jahreszeit war das Tal eine einzige Explosion in Grün und Gelb. Es erinnerte Ellen an die Gemüsepastete, die Richard stets zu besonderen Anlässen gemacht hatte: Hunderte kontrastierender erbsengrüner Weidegründe und maisgelber Getreidefelder, getrennt von spinatdunklen Hecken, gesprenkelt mit olivenfarbenen Wäldern, und überall verstreut die paprikaroten Punkte des Klatschmohns. Die schiere Weite verschlug ihr jedes Mal wieder den Atem. In Cornwall waren die Täler klein und tief, doch das Lodes-Tal erstreckte sich weit und endlos in all seiner Farbenpracht.

Dort drüben lag Oddlode, das bei weitem größte Dorf des Tals. Dort, wo sich der gewundene Odd und die pfeilgeraden Bahngleise kreuzten – die Ellen von hier aus allerdings nur an den dunklen, sie flankierenden Baumreihen erkennen konnte. Aus der Entfernung wirkte Oddlode mit der Kirchturmspitze aus Cotswoldstein und den aneinandergeschmiegten goldgelben Cottages wie das ultimative Dorfjuwel. Und genau so beschrieb Jennifer Jamieson es zweifellos in ihren ziemlich bunten, selbst produzierten Broschüren, mit denen sie schon seit Jahren Familien den Urlaub im Goose Cottage schmackhaft machte. »Denken Sie an eine erlesene Brosche. Ein Saphir, umgeben von lupenreinen Smaragden. Das ist Oddlodes Dorfpark mit dem Ententeich. Eingefasst von einer filigranen Goldarbeit von atemberaubender Schönheit, den kleinen Cottages aus Cotswoldstein. Das ist das Herz von Oddlode.«

In all den Jahren hatte Ellen ihre Besuche dort auf ein Minimum beschränkt. Sie wusste natürlich, dass Oddlode mitnichten das Juwel der Cotswolds war, zu dem ihre Mutter es machte.

Im Vergleich zum bilderbuchmäßigen Lower Oddlode war das Dorf die hässliche Schwester – weniger touristisch und geprägt von harter Arbeit und schwelenden Konflikten.

Ihre Eltern zogen dorthin, kurz nachdem Ellen selbst die Heimat ihrer Kindheit in den Quantock Hills verlassen hatte, um an der Universität von Exeter zu studieren. Jennifer träumte schon lange von einem Cottage in den Cotswolds, und die Familie hatte oft Urlaub im benachbarten Foxrush gemacht. Jahrelang hatte der nachgiebige Theo Jamieson seiner Frau versichert, dass sie eines Tages dort wohnen würden. Und so verabschiedete sich Jennifer, die geduldig bis zum Schulabschluss ihrer Tochter gewartet hatte, im selben Sommer wie Ellen von der Gorsemoor-Gesamtschule und gab ihren Posten als stellvertretende Direktorin für eine schlechter bezahlte Halbtagsstelle an einer Oberstufenschule in Addington auf. Was aber nicht weiter schlimm war, denn Ellens Vater fing den Umzug finanziell auf, indem er sich bereit erklärte, vom Londoner Büro seiner Firma aus zu arbeiten – was ihm oft angeboten worden war, er bis dahin aber stets zu verhindern gewusst hatte.

Als sie noch in der Nähe von Taunton gewohnt hatten, war Theo fünfzehn Minuten ins Büro gefahren. Der Zug von Oddlode bis Paddington brauchte eineinhalb Stunden, und dann folgte noch eine halbe Stunde in der überfüllten U-Bahn bis Chancery Lane. Im günstigsten Fall dauerte die Fahrt aus den Cotswolds ins Londoner Büro über zwei Stunden. Ellen hatte ausgerechnet, dass ihr Vater bei vier Stunden Fahrzeit pro Tag an fünf Tagen die Woche über viertausend Stunden unterwegs verbracht hatte, ehe er im 18.15-Uhr-Zug von Paddington nach Hereford und Worcester seinen ersten Herzinfarkt erlitt. Das geschah vier Jahre nach dem Umzug, von denen er komplette fünf Monate im Zug gesessen hatte. Jennifer hatte inzwischen genauso viel Zeit – und jede Menge Geld – in die Renovierung von Goose Cottage gesteckt. Die Dachkammern waren zu Schlafzimmern mit eigenem Bad umgebaut worden, und über der Scheune wollte sie noch ein Apartment einbauen lassen. Es sollte ihr Traumcottage werden.

Es dauerte weitere tausend Stunden im Zug, bis Theo seinen zweiten Herzinfarkt erlitt – der ihn in der Londoner Central Line zwischen Oxford Circus und Tottenham Road beinahe das Leben kostete, weil die Umstehenden ihn für betrunken hielten. Zu dieser Zeit hatte Jennifer die reetgedeckte Scheune in Autostellplätze mit Gästeapartment darüber umgewandelt und weder für die Gestaltung des Gartens noch für die Modernisierung der Küche irgendwelche Kosten gescheut. Ellen und Richard waren zum Surfen an der spanischen Costa de la Luz gewesen, wo sie mit einer Heerschar anderer auf einem heruntergekommenen Zeltplatz kampierten. Es hatte Wochen gedauert, bis sie erfuhr, wie krank ihr Vater war. Braun gebrannt und unglaublich erholt war sie zurückgekehrt und hatte ihren Vater in einem halb fertigen und erst halb bezahlten Garten vorgefunden, wo er entsetzt Kontoauszüge studierte. Die Ärzte rieten ihm, sich einen stressfreieren Job zu suchen, mehr Urlaub zu machen und es langsamer angehen zu lassen – oder aber umgehend die Summe seiner Lebensversicherung zu erhöhen in der Gewissheit, dass sie schon in wenigen Monaten ausgezahlt werden würde.

Jennifer quälten Schuldgefühle. Während Theo wieder genas, nahm sie zahlende Urlaubsgäste auf, die in dem teuren Apartment über der Scheune logierten und aus der teuren neuen Küche mit einem kompletten englischen Frühstück versorgt wurden. Diese Einkünfte waren eine große Hilfe, aber nicht so hoch, dass Theo zu arbeiten aufhören konnte. Ellens Vater verbrachte noch weitere zweitausend Stunden im Zug, ehe er sich zur Ruhe setzte. Diese Fahrten blieben gnädigerweise von einem neuerlichen Herzinfarkt verschont, wenn die Ärzte auch sagten, dass Theo da mehr Glück als Verstand gehabt habe. Schließlich verlängerte er seine Jahresnetzkarte nicht mehr, als er in einer sechsstündigen Operation am Herzen einen dreifachen Bypass gelegt bekam. Zu der Zeit hatte er alle

Rechnungen für das Traumcottage seiner Frau bezahlt und auch noch eine Summe zurückgelegt, die ihm einen vorzeitigen Ruhestand erlaubte.

Zudem hatte Theo bereits öfter Urlaub gemacht, meist in Spanien, das er nach Ellens lebhaften Beschreibungen unberührter Küsten besser kennenlernen wollte. Wie seine Tochter liebte auch er das Meer. Auf einer dieser Reisen verliebte er sich in eine baufällige Finca hoch oben in den Hügeln über der Costa Verde, die zum Preis eines gebrauchten Jaguars zum Verkauf stand. Schon kurz darauf waren die Jamiesons ein Ehepaar mit nur einem Auto, aber einem Zweithaus. Im selben Jahr wurde die Oberstufenschule in Addington mit der St.-Jude's-Oberschule zusammengelegt, und Mrs Jamieson – gemeinhin »Bismarck« genannt, weil sie stets so miserable Noten verteilte – wurde der vorzeitige Ruhestand angeboten.

Und so begann durch eine merkwürdige Laune des Schicksals das Leben von Jennifer und Theo Jamieson beinahe unheimliche Parallelen zum Leben ihrer Tochter aufzuweisen – obwohl Ellens Mutter das niemals zugegeben hätte. In den letzten vier Jahren hatte das Ehepaar den Sommer und Weihnachten in den Cotswolds verbracht und den Rest des Jahres in Spanien. Dort kämpften sie mit der örtlichen Bürokratie und Baufirmen, während Theo seine Traumvilla mit Blick aufs Meer realisierte. Goose Cottage wurde als Ferienhaus vermietet, und da sich Jennifers exklusiv umgebautes Traumcottage nahtlos in die Idealvorstellung jedes Touristen vom Dorfidyll der Cotswolds einfügte, stand es kaum leer. Mit dem Geld wurden die Bauarbeiten in Spanien finanziert, und wie immer bei den Jamiesons blieb nicht allzu viel Bargeld übrig.

Ein paar Tage vor Abschluss der Generalsanierung von Theos geliebter Finca protestierte sein generalsaniertes Herz. Nur ein schwacher Infarkt, erklärten die spanischen Ärzte, ein Warnschuss. Genießen Sie Ihr Haus, Señor, sagten sie, reisen Sie weniger. Legen Sie auf Ihrer wunderschönen Terrasse neben Ihrem wunderschönen Swimmingpool mit der wunderschönen

Aussicht aufs Meer die Beine hoch. Und tun Sie endlich, was alle Ärzte Ihnen bereits seit Jahren raten. Mit den bescheidenen Einkünften aus ihren Renten und den Mieteinnahmen würden sie auf Dauer beides, die Finca und das Cottage, nicht halten können, das wussten die Jamiesons.

Doch keiner wollte seinen Traum aufgeben. Jennifer jammerte und kämpfte mit allen ihr zu Gebote stehenden Kräften um ihr jahrelang gehegtes Idyll, das ihren Mann beinahe das Leben gekostet hatte. Theo blieb fair. Er wäre gern endgültig nach Spanien gezogen, er liebte das Klima, das Golfspiel, die Leute. Die Kleingeisterei von Oddlode hatte ihm nie gefallen, und durch die ständige Pendelei nach London war er sowieso nie Teil des Dorflebens geworden. Und so schlug er einen Kompromiss vor. Sie würden Goose Cottage verkaufen und sich im Dorf etwas anderes zulegen – eins der kleinen Cottages im Süden vielleicht, in denen früher arme Handwerker für eine symbolische Miete gewohnt hatten und die heute bei Wochenendgästen und jungen Ehepaaren beliebt waren. Goose Cottage war ohnehin zu groß für sie, und Ellen und Richard ließen nicht erkennen, dass sie eine Familie gründen wollten ...

Schließlich erwachte Jennifer aus ihrem Traum und erkannte, dass er nie wirklich wahr geworden war. Eigentlich gefiel Oddlode ihr auch nicht mehr, jedenfalls nicht das moderne Oddlode mit den Drogenproblemen der Jugendlichen und den ständig drohenden Veränderungen – aber vor allem wohl, weil sie selbst inzwischen dort als eine der herrischen Alten galt. Sie liebte ihr Traumcottage, das prachtvolle Oddlode Manor, die stattliche Kirche, den Ententeich, den Dorfladen mit Postschalter und die altmodischen Pubs. Es waren die Leute, die sie heutzutage nicht mehr mochte. Viele alte Freunde waren weggezogen, und von den anderen hatte sie sich entfremdet, weil sie selbst so oft abwesend war und den täglichen Klatsch nicht mehr mitbekam – und auch weil ihre typisch ironische Art und ihr Snobismus im Alter eher zugenommen als abgenommen hatten. Das schlagendste Argument war aber wohl, dass sie den

»Abstieg« in ein kleineres Cottage nicht ertragen würde. In Spanien, weit oben auf dem Hügel in ihrer renovierten Finca, waren sie und Theo König und Königin in ihrem Schloss.

Als Jennifer dann erfuhr, was Goose Cottage wert war – fast zehnmal so viel wie vor elf Jahren –, zweifelte auch sie nicht länger daran, dass sie verkaufen sollten. Wenn sie den geforderten Preis erhielten, könnten sie sich ihr Leben lang luxuriöse Besuche in Oddlode leisten und jedes Jahr vierzehn Tage im nahe gelegenen Eastlode Park residieren, einem der teuersten Landhotels Englands. Doch Goose Cottage war nicht zum geforderten Preis verkauft worden: Es war gar nicht verkauft worden. Keiner, so schien es, wollte Jennifer Jamiesons Traum kaufen.

Anfangs hatten sie den Markt dafür verantwortlich gemacht. Wer in der ersten Januarwoche ein Cottage zum Kauf anbot, musste mit einem schwachen Auftakt rechnen. Aber Jennifer hatte ja unbedingt noch ein letztes Mal dort Weihnachten feiern wollen. Doch auch fast sechs Monate später hatten sie für das Cottage nur ein einziges lachhaftes Angebot erhalten. Als er das Fax gelesen hatte, fragte Theo den Makler, ob er bei der Kaufsumme nicht eine Null vergessen habe. Die Jamiesons wunderten sich. Eigentum in Oddlode war Gold wert, denn die Bahnstrecke erlaubte das Pendeln nach London. Die Grundschule galt als die beste in ganz West Oxfordshire und hatte eine erbittert umkämpfte Warteliste, da sie klein war und nicht alle Kinder der ehrgeizigen Eltern aufnehmen konnte. Für gewöhnlich stand kein Haus in Oddlode länger als vierzehn Tage zum Verkauf. Und Goose Cottage galt als »das schönste des Dorfes«. Warum also wollte keiner es kaufen? Der Makler von Seaton's – der besten Immobilienfirma der Gegend, wie jeder versicherte – schien genauso verwundert.

Die Jamiesons wollten dem Problem auf den Grund gehen. Theos Gesundheit ließ eine Reise nicht zu; und nachdem Jennifer sich einmal zum Verkauf entschlossen hatte, wollte sie ihr Traumcottage eigentlich gar nicht wieder betreten. Allerdings wurde ihre Lage ohne die Mieteinnahmen durch Feriengäste und ohne den Verkauf des Hauses finanziell langsam schwierig. Und hier trat Ellen auf den Plan. Ganz anders als Goose Cottage war The Shack (ein recht unansehnlicher Flachbau auf einer Klippe) verkauft gewesen, noch ehe der Makler die Broschüren gedruckt hatte. Sogar noch ehe Richard und Ellen ihre Sachen auseinanderdividiert oder ihre Visa erhalten hatten – Richard das für Australien, Ellen das für die ganze Welt. Der Umweg über Oddlode wäre sicher nicht Auftakt ihrer Weltreise gewesen, wenn Ellen denn Zeit gehabt hätte, eine Route auszuarbeiten. Aber es war nicht leicht, ihrer Mutter etwas abzuschlagen. Sie könne doch die Zeit dort nutzen, um ihre Reise zu planen, hatte Jennifer erklärt. Sie solle es als Urlaub betrachten und das Cottage genießen – sie wäre doch früher kaum dort gewesen.

Sie wussten beide warum. Wegen Jennifers Abneigung gegen Richard waren ihre wenigen Aufenthalte höchst unangenehm verlaufen. Und den Jubel ihrer Mutter über ihre Trennung hatte Ellen so empörend gefunden, dass sie ihr am liebsten gesagt hätte, sie könne sie mal. Ellen hatte das herausgeputzte Goose Cottage nie gemocht und machte es verantwortlich für den schlechten Gesundheitszustand ihres Vaters. Nur seinetwegen hatte sie schließlich zugestimmt, damit er sich nicht selbst irgendwann auf den Weg dorthin machte. Ellen wollte so kurz wie möglich bleiben: das Cottage verkaufen, für Snorkel und Fins ein Zuhause finden, ihre Reiseroute planen, den ersten Flug buchen, ihren Rucksack packen und abreisen. Mit etwas Glück würde das Ganze nicht länger als vierzehn Tage dauern.

Als Ellen zum Jeep zurückkam, schraubte Fins seinen flauschigen schwarzweißen Kopf gerade wieder mit wilden Verrenkungen durch das Loch im Weidenkorb. Snorkel sprang ins Auto, und Ellen prüfte kurz die Surfbretter auf dem Dachgepäckträger, nicht ohne sich noch mal darüber zu ärgern, sie nicht für die gebotene Summe an Foley's Sports in Bude verkauft zu haben. Sie hatte gehöhnt, sie könnten sich ihre armseligen 100 Pfund sonst wohin stecken. Dafür hatte sie nun etwas am Hals, was Touristen in den Cotswolds am allerwenigsten brauchten. Dagegen hatte sie die 50 Pfund für ihr Fahrrad von Trisha aus der Töpferei genommen und wünschte sich jetzt, sie hätte es noch ein paar Wochen behalten. Auf den Landstraßen hier hätte sie prima Rad fahren können, und sie musste fit bleiben.

Ihr Shirt war jetzt ganz dunkel von Schweiß und fühlte sich eklig klamm an. Sie griff nach der obersten Tasche im Laderaum, suchte ein frisches heraus und sah sich um – seit sie hier spazieren gegangen war, hatte sie kein Auto gesehen. Ellen zog das Shirt schnell hoch, hatte aber vergessen, dass sie noch die Baseballkappe trug, die sie am Hinterkopf mit ihrem Pferdeschwanz befestigt hatte. Feuchtwarme Baumwolle im Gesicht und die Arme eingeklemmt über den Schultern, zerrte Ellen verärgert an dem Stoff, um mit Pferdeschwanz oder Kappenschirm voraus durch den Halsausschnitt zu schlüpfen. Und genau in diesem Moment tauchte natürlich das erste Fahrzeug seit zwanzig Minuten in der Kurve der Landstraße auf. Und es war nicht irgendein Fahrzeug, sondern ein riesiger Transporter, hinter dessen Windschutzscheibe sich drei überraschte Gesichter aufreihten. Ellen wusste es, weil sie sich gerade in dem Moment, als der Wagen abbremste, aus dem Shirt befreien konnte.

Erstaunlicherweise hatte sie Baseballkappe und Sonnenbrille noch auf, was ihr immerhin ein wenig Anonymität verlieh, wenn auch keine Seriosität. Es blieb ihr nichts anderes übrig, da musste sie durch. Das Shirt an die Brust gedrückt, winkte sie ihnen zu, als sie an ihr vorbeifuhren. Sie erntete zum Dank nicht mal ein Hupen. Hinten am Transporter prangte in schmucken Lettern »Pferde«.

»Willkommen in den Cotswolds«, sagte Ellen zu Snorkel und Fins und zog sich das frische Shirt an, »wo Männer nicht auf Pferde, sondern auf Bremsen steigen, ›auf Frauenfang gehen‹ Tontaubenschießen heißt und Antiquitätenläden ihrer horrenden Preise wegen von Touristen Haifischbecken genannt werden.«

Orchard Close war eine gepflegte Reihenhaussiedlung des sozialen Wohnungsbaus und ganz aus Cotswoldstein. Die Anwohner waren sehr stolz darauf, und die meisten der makellosen kleinen Vorgärten mit den rechteckigen Blumenbeeten, die nur so überquollen von Blüten in allen kräftigen Primärfarben, stellten einen Triumph psychedelischer Geometrie dar. Weswegen auch die wenigen verwilderten Gärten so auffielen. Der vor dem Haus der Wycks war bei weitem der schlimmste. Brennnesseln und Gras standen hüfthoch zu beiden Seiten, als Ellen die kaputte Pforte öffnete und vorsichtig den Weg entlangging, damit sie sie nicht mit ihren nackten Beinen berührte.

Drum'n'Bass dröhnte aus einem der oberen Fenster, das nicht offen stand, wie sie zuerst gedacht hatte, sondern in dem eine Scheibe fehlte. Als sie klopfte, ließ ein grollendes Bellen sie zurückweichen. Nur einen Moment später warf sich etwas, das ihr wie ein kleines Nashorn erschien, mit seinem ganzen Körper von innen gegen die Tür und knurrte wie wild. Ellen beschloss, in sicherer Entfernung abzuwarten, und bemerkte, dass auch unten in einem der Fenster eine kaputte Scheibe mit Pappe abgeklebt war. Einige uralte Fahrradreifen und ein halber Rasenmäher lehnten an der Wand. Der Drum'n' Bass dröhnte weiter, und keiner kam an die Tür. Sie nahm ihren Mut zusammen und klopfte noch einmal. Das bellende Nashorn stieß ein wahnsinniges Geheul aus und versuchte, sie durch den Briefschlitz zu verschlingen, als Ellen wagte, hindurchzuspähen.

Sie sah zu dem scheibenlosen Fenster hinauf und rief ein paarmal »Hallo«. Nichts. Die Kinder, die bei ihrer Ankunft auf der Straße mit BMX-Rädern kleine Kunststücke geübt hatten, waren herangefahren und gafften neugierig, während sie ratlos vor der Tür der Wycks herumstand.

»Biste Wyckys neue Freundin?«, fragte ein Junge.

»Hm?« Ellen sah über ihre Schulter. Sie war wohl kaum der Typ Frau, der auf Reg Wyck stand. Inzwischen war er, wenn sie sich richtig erinnerte, so um die sechzig, trug bestimmt immer noch fleckige Overalls und klopfte dauernd Sprüche. »Ist er da?«, fragte sie und ging auf die Pforte zu. »Oder Dot vielleicht?«

»Nee, Dot ist nicht da – die ist vor 'ner Weile weg«, erwiderte einer der anderen Radfahrer, der den Jeep musterte. »Tolles Auto – was sind das für Dinger?«

»Surfbretter.« Ellen lachte.

»Cool!« Der Junge ließ sein Rad fallen, kletterte hinauf und sah sie sich genauer an, was Snorkel im Jeep wie wild zwischen den Sitzen herumspringen ließ.

»Aber nur angucken, nichts anfassen, okay?«, warnte Ellen ihn fröhlich und sah zum Haus zurück. »Ist da einer drin?«

Einer der anderen Jungs, der Ellens lange, braun gebrannte Beine ebenso ehrfürchtig anstarrte wie der andere die Surfbretter, nickte stumm. Und wie zum Beweis steckte er zwei Finger in den Mund und ließ einen schrillen Pfiff ertönen. Der Nashornhund nahm dies zum Anlass, sich noch vehementer gegen die Tür zu werfen und noch schrecklicher zu knurren. Kurz darauf erstarb die Musik und der Kopf eines jungen Mannes erschien in dem Fenster ohne Scheibe. Ellens Erinnerungen an Dot und Reg mochten vage sein, aber keiner von beiden hatte einen Stoppelschnitt, ein Piercing in der Augenbraue und ein selbst gemachtes blaues Tattoo am Hals.

»Was'n los, Kyle?« Er starrte den Jungen an.

»Die Lady hier will was von dir, Wycky«, rief Kyle. An der Angst in seiner Stimme erkannte Ellen, dass »Wycky« eine Größe war, mit der man rechnen musste. Und da er offenbar geschlafen hatte, schien er schlecht gelaunt. Er gähnte ausgiebig und ließ eine Menge Zahngold sehen, ehe er den Jeep entdeckte, dann Ellen und noch mal blinzelte, um sicherzugehen, dass er sich nicht täuschte.

»Ich bin Ellen Jamieson!«, rief sie und lief wieder den Weg entlang in der Hoffnung, sich über das martialische Bellen des Hundes hinweg verständigen zu können. »Ich bin hier, um die –«

»*Halt deine verdammte Schnauze, Fluffy!*«, schrie er.

Überrascht blieb Ellen stehen. Als der Hund plötzlich schwieg, unterdrückte sie ein Lächeln. Der Hund legte allerdings nur Sekunden später mit seinem Lärmen schon wieder los. »Ich bin hier, um die Schlüssel abzuholen«, rief Ellen hinauf und drehte ihre Hand so, als würde sie eine Tür aufschließen. »*Goose Cottage! Schlüssel!*«

»Hä?« Er hatte kein Wort verstanden, ließ seinen Blick aber an Ellens Shirt hinunterwandern und entschied, dass sich das Aufstehen vielleicht lohnen könnte. »Moment – ich komm raus.«

Ellen hielt ihr Gesicht in die Sonne, weil sie sich schon aufs Warten eingestellt hatte, und zuckte zusammen, als er bereits im nächsten Augenblick neben ihr auftauchte. Sie sah von ihm zum Fenster hinauf und wieder zu ihm. Ein recht eigenwilliger Weg in den Vorgarten, auf dem er aber immerhin Fluffy nicht in die Quere kam. Und der Reaktion der BMX-Fahrer nach benutzte er ihn häufiger, denn sie hoben nicht mal den Kopf.

»Saul Wyck«, stellte er sich vor und musterte sie mit den blausten Augen, die Ellen je gesehen hatte.

»Ellen Jamieson.« Sie musterte ihn ebenfalls. Er war etwas kleiner als sie und gebaut wie ein Boxer mit breiten muskulösen Schultern und kleinen Narben im Gesicht. Ein gut aussehendes Gesicht, auch wenn die angriffslustige Miene ihm nicht schmeichelte. »Sind Sie Regs Sohn?«

»Enkel.« Misstrauisch kniff er eins seiner strahlend blauen Augen zu. »Wieso fragen Sie das?«

»Ich möchte die Schlüssel für Goose Cottage abholen – ich bin die Tochter von Theo und Jennifer. Ihre Großmutter erwartet mich.«

»Hör ich zum ersten Mal.« Defensiv verschränkte er die Arme vor der Brust. »Oma ist weg, auf 'n Markt. Die ist erst zum Tee zurück.«

Ellen sah auf die Uhr. Es war kurz nach Mittag. Dot hatte ihr nicht viel Verspätung eingeräumt. »Ist Reg vielleicht in der Nähe?«

»Im Pub.« Er sah zum Jeep hinüber und registrierte den beladenen Dachgepäckträger und den mit Taschen und Kisten vollgestopften Laderaum. »Da ist er samstags immer.«

Ellen erinnerte sich, dass ihr Vater gesagt hatte, Reg sei ein starker Trinker, der das Lodes Inn von Sonnenuntergang am Freitag bis zur letzten Runde am Sonntagabend kaum einmal verließ. Die Geschichten über seine trunkenen Eskapaden gehörten schon zur Dorffolklore. »Ach ja. Dann sollte ich da wohl mal vorbeischauen und fragen, ob Dot die Schlüssel bei ihm gelassen hat.«

Saul kicherte begeistert. »Aus dem kriegen Sie kein vernünftiges Wort raus. Außerdem würde Oma dem die Schlüssel nie geben.«

Ellen nahm die Sonnenbrille ab und rieb sich die Augen. Die Aussicht, bis zum Tee mit einer überreizten Hündin und einem aufgebrachten Kater im Dorfpark herumzuhängen, schmeckte ihr gar nicht. Und noch viel weniger erstrebenswert erschien es ihr, hier mit Saul und Fluffy zu warten. »Wissen Sie, wo sie aufbewahrt werden?«

Er fuhr sich mit der Zunge über die Zähne. »Könnte sein.«

So langsam begann seine Pose der Selbstsicherheit Ellen ernsthaft zu ärgern. Sie wusste, dass er nur das Cottage ihrer Eltern schützen wollte, indem er ihr nicht traute. Aber sie hasste es, wenn ihr nicht geglaubt wurde. Sie wollte keinen Streit beginnen. Obwohl sie das immer tat. »Würden Sie sie dann bitte für mich holen?«, fragte sie so höflich wie möglich.

Saul fuhr sich weiter mit der Zunge über die Zähne und rührte sich nicht von der Stelle, was sie wohl einschüchtern sollte. »Sie sehen gar nicht aus wie Mrs J.« Er musterte noch mal ihre langen Beine und ihren Busen. »Wissen Sie eigentlich, dass Sie das Shirt da verkehrt herum anhaben?«

»Okay«, erwiderte Ellen ungeduldig. »Zugegeben, meine Mutter trägt ihre Shirts nicht verkehrt herum. Und sie blondiert weder ihre Haare, noch hat sie drei Piercings oder ein Tattoo des Burning-Man-Festivals auf der Schulter – stimmt. Aber wir haben die gleiche Nase, und ich kann Ihnen meinen Ausweis zeigen, wenn Sie wollen.«

»Lieber das Tattoo.« Er grinste und sein Zahngold blitzte noch einmal auf. »Wie gefällt Ihnen meins? Gute Arbeit, was?«

Einen Augenblick lang dachte Ellen, er meine das unförmige blaue Gebilde an seinem Hals. Doch er krempelte schon den Ärmel seines Shirts hoch und zeigte ihr stolz ein farbenfrohes Einhorn, das über seinen Bizeps sprang. Eine wirklich gute Arbeit, wie Ellen zugeben musste, wenn auch zu grell für ihren Geschmack. Und sie war auch nicht sicher, was sie von der reitenden nackten Vampirin halten sollte, die eher an eine vollbusige Morticia Addams erinnerte als an Pamela Anderson.

»Toll – richtig gute Arbeit«, sagte sie begeistert, weil er beim Thema Tattoos endlich aufzutauen schien. Das war, wenn auch rein zufällig, ein Schritt in die richtige Richtung gewesen.

»Und jetzt zeigen Sie mal.« Er grinste und seine blauen Augen glühten wie heiße kleine Gasflammen.

Vielleicht taute er doch ein wenig zu schnell auf, dachte Ellen besorgt. Absichtlich verstand sie diese Aufforderung falsch und lief zum Jeep, um ihren Ausweis zu holen. Was ihm Gelegenheit gab, ihren Hintern eingehend zu begutachten. Die Kinder, die das Gespräch über Schlüssel bald gelangweilt hatte, ärgerten inzwischen Snorkel, indem sie Grimassen schnitten. Fins versuchte mal wieder, sich durch das Loch zu winden, und starrte sie wütend an.

»Verflucht!« Saul kicherte, als sie den weinroten Ausweis endlich ausgegraben und ihm gereicht hatte. »Ganz schön verändert, was?«

»Das war vor ein paar Jahren.« Ellen sah sich das frische Gesicht des Mädchens mit den geflochtenen bunt gefärbten Haaren an.

»Ellen ... Gabriella ... Jamieson«, las er mit der wichtigtuerischen Miene eines TV-Kommissars vor. »Geschlecht ... weiblich. Mmm, sieht man. Geboren am Zwölften des zwölften Monats 1974. Schon paar Jährchen auf dem Buckel, was?« Ellen versuchte, sich den Ausweis wieder zu schnappen, doch er blätterte weiter. »Wow! Und so viele Stempel!« Er pfiff bewundernd durch die Zähne. »Ich war noch nie im Ausland.« Dann klappte er ihn zu und gab ihn ihr zurück, sofort wieder so selbstsicher und ungesprächig wie zuvor. Die Zeit ihrer gemeinsamen Tattoos war vorüber.

»Könnte ich jetzt vielleicht die Schlüssel haben?«, fragte Ellen vorsichtig, denn sie wollte ihn keinesfalls verärgern.

»Warten Sie hier.« Er nickte ihr kurz zu und stolzierte auf die Tür zu, gegen die sich von innen unvermindert knurrend und heulend Fluffy warf.

»Herrje!« Ellen hielt den Atem an, als sich die Tür öffnete und etwas, das aussah wie ein riesiges Säbelzahnschaf, mit gesträubten Nackenfell herausstürzte. Saul ergriff den Hund am Halsband, zog ihn zurück und warf die Tür hinter sich zu.

»Der Rottweiler von Al war mal auf den Altenglischen Hütehund scharf, der früher zum Pheasant gehört hat.« Die Kinder waren wieder da, hingen am Zaun und klärten Ellen nur allzu gern über Fluffys Herkunft auf, die sie zu faszinieren schien. »Alle anderen Welpen sind gestorben, und Al wollte Fluffy schon ersäufen, aber Reg hat ihn genommen. Da war er erst ein paar Tage alt. Meine Mum sagt, Reg hat ihn mit Bier aufgezogen, deswegen ist er so irre, und dass Al ihn besser ersäuft hätte.«

»Wer ist Al?«

»Der Wirt vom Lodes Inn.«

Fluffy war also das Resultat einer Hundeversion von ›Romeo und Julia‹, in die die beiden rivalisierenden Pubs von Oddlode verstrickt waren. »Vielleicht will Fluffy ja bloß in den Pub und Bier trinken.« Ellen warf einen Blick zur Tür, die bereits wieder unter den Erschütterungen erbebte. »Aber wahrscheinlich will er doch lieber was zwischen die Zähne kriegen.«

»Sie sind nicht von hier, oder?« Ellen schüttelte den Kopf. »Saul kann alles für Sie regeln«, versicherten sie ihr naseweis. »Er ist cool.«

»Ich werd's mir merken.« Sie lächelte und drehte sich wieder zum Haus um, das Saul gerade, statt aus dem Fenster zu springen, auf dem üblichen Weg durch die Tür verließ. In der einen Hand hielt er einen dicken Schlüsselbund – genug, um jedes Haus in Oddlode aufzuschließen – und begann, einige der Schlüssel vom Ring zu lösen.

»Sind das auch die richtigen?« Ellen fragte sich, ob er wusste, was er tat.

»Na klar«, murmelte Saul, der nicht so ganz glücklich darüber wirkte, dass er die Schlüssel abgeben musste. Fluchend fummelte er weiter an dem Bund herum.

Geduldig wartete Ellen, dass er endlich fertig wurde, und schlug nach einer Wespe, die vor ihrem Gesicht herumbrummte. »Ma sagte, es sollen unbedingt auch die für das Apartment dabei sein.«

»Das sind die Schlüssel hier.« Er reichte sie ihr. »Sie bleiben sicher nur 'n paar Tage, oder?«, fragte er etwas zu beiläufig.

»Ich bleibe, bis das Cottage verkauft ist, daher weiß ich noch nicht, wie lange.« Ellen hoffte, er würde sie jetzt nicht fragen, ob sie mit ihm ausgehen wollte. So sehr sie es auch liebte, ihrer snobistischen Mutter eins auszuwischen, die ihr vorwarf, sie gebe sich mit Männern unter ihrem Niveau ab (Richard), so klar erkannte sie doch, wann sie einen zwielichtigen Typen vor sich hatte. Saul Wyck war kein Mann, den sie ermutigen wollte. Zwei Gläser Weißwein und eine Tüte frittierter Scampi im Pub, und sie lief Gefahr, einen Stalker fürs Leben zu haben.

Doch er schien mehr an Goose Cottage interessiert zu sein als an ihr. »Irgendeiner wird's schon bald haben wollen, denk ich mal. Nettes Cottage. Was wird aus all dem Kram da drin?«

»Das meiste wird nach Spanien verschifft. Aber das ist nicht mein Problem.« Ellen hatte sich nur bereit erklärt, ein anständiges Angebot an Land zu ziehen und zu warten, bis die Verträge unterschrieben waren. »Ich bin nur hier, um es ein bisschen herauszuputzen – obwohl Ihre Großeltern sich bestimmt sehr gut um alles kümmern«, fügte sie schnell hinzu, da er es als Beleidigung hätte auffassen können. »Ma möchte, dass es bewohnt wirkt, das ist alles.«

Er hob eine vernarbte Augenbraue und sagte nichts.

»Wissen Sie, an welchem Tag sie ins Cottage kommen? Damit ich sie reinlassen kann, weil sie ja jetzt keine Schlüssel mehr haben.«

»Keine Ahnung.« Er sah sie nicht an. »Kommt drauf an.«

»Schon okay – ich kann Ihre Großmutter ja selbst mal fragen. Danke. Sie haben mir echt einen Gefallen getan.«

»Keine Ursache.« Er rieb sich das Kinn an der Schulter und sah zu ihr auf.

In diesem Moment durchfuhr Ellen unwillkürlich ein Schaudern. Der Ausdruck in diesen ach so blauen Augen war zu unerwartet. Saul blickte wütend. Grimmig und mörderisch wütend.

Doch genauso plötzlich lächelte er die Wut wieder davon. »Na, dann viel Spaß.«

»Wir sind schon fast da!«, versprach sie der überreizten Snorkel und dem durchgedrehten Fins, als sie von Orchard Close links abbog und über die Brücke bei der Mühle fuhr. Die alte Mühle war immer noch in einem fürchterlichen Zustand, und auf dem Vorhof standen ausrangierte Autos und vor sich hin rostende Traktoren. Ellen hätte gern beim Dorfladen angehalten und Zigaretten gekauft, doch Fins steckte wie ein wild gewordener Springteufel ständig seinen Kopf durch das Loch im Weidenkorb, und Snorkel sang schon wieder. Ihnen gegenüber war es nicht fair, ihre Ankunft noch weiter zu verzögern. Und so zwang sie sich, auch an das verführerische Eis des Ladens nicht zu denken, als sie gegenüber vom glyzinienumrankten Lodes Inn darauf wartete, nach rechts auf die Manor Lane abbiegen zu können.

Die Manor Lane bildete den Beginn eines Rundweges, der an den von Steinmauern eingefassten Gärten und Anlagen von Oddlode Manor entlangführte. Zur Linken erhob sich in all seiner prachtvollen Abgeschiedenheit das Manor inmitten französischer Gärten. Zur Rechten drängten sich alte, einst von Gutsarbeitern bewohnte Cottages und umgebaute Scheunen dicht an dicht. Als die Manor Lane einen Bogen nach links machte und zur North Street wurde – wobei man die lange Auffahrt zur Manor Farm rechts liegen ließ –, wurden die Cottages größer und standen weiter voneinander entfernt. Dies war der wohlhabende Teil von Oddlode, beliebt bei Akademikerfamilien und sehr reichen Wochenendgästen. Die meisten dieser Cottages hatten mindestens eine Wiese, auf der ein fettes Pony stand oder ein Schaf weidete. Zurückgesetzt hinter Rasenflächen so breit und gepflegt wie Golf-Fairways und einer Reihe Rosskastanien, war dies der Himmel auf Erden aller ›Country Living‹-Leser, liebevoll gepflegt von einem Dutzend Jennifers, die sich hier über Jahre hinweg ihre Traumcottages geschaffen hatten.

Am anderen Ende mündete die North Street rechter Hand in Goose End ein, eine ungepflasterte Sackgasse, die am schaurig verfallenen Oddlode Lodge vorbeiführte bis zur Brücke über den Odd, wo ein Reitweg begann. Linker Hand mündete die North Street in die Goose Lane, die zurück zur Hauptstraße des Dorfes führte. Und an der Ecke North Street und Goose Lane, hinter üppigen Grünflächen, lag wie ein Märchenschloss »das schönste Cottage von Oddlode«. Ellens erster Eindruck, als sie die Kiesauffahrt entlangfuhr, war derselbe wie immer: hübsch und herausgeputzt, typisch Ma.

Mit den fein säuberlichen, schwarzen Reetdächern erinnerten Goose Cottage, der Taubenschlag und die umgebaute Scheune Ellen stets an eine Märchenprinzessin mit pechschwarzem Haar und ihre beiden kleinen Schwestern. Gekrönt von hohen Kaminen, hielten sie ihre gebräunten Gesichter in die Sonne, in der ihre schönen dunklen Augen unschuldig aufblitzten. Und ganz schamhaft hüllten sich diese Gesichter in Blumenschleier: rankendes gelbes Geißblatt, violette Glyzinien, hellblaue Klematis, rosa Rosen und weißer Jasmin. Doch Ellen wusste, dass diese Prinzessinnen verwöhnte kleine Monster waren. Und sie sahen überraschend mitgenommen aus, so als hätten sie auf ihren Gesellschaftsbällen eine Nacht zu viel durchgemacht.

»Verflucht.« Sie sah sich um, als sie auf dem Kiesweg zwischen der Scheune mit den Autostellplätzen und dem Cottage parkte und ausstieg. Snorkel war schon zum Pinkeln davongeflitzt. Wie ein Forscher im brasilianischen Dschungel war der Collie augenblicklich in dem verschwunden, was mal der vordere Rasen der Jamiesons gewesen war. Das Gras stand kniehoch. Damit Snorkel nicht auf die Straße rannte, ging Ellen das Gartentor schließen, das offen gestanden hatte – noch so eine Merkwürdigkeit. Das hatte Jennifer nie erlaubt. Wann immer Theo auf dem Weg zum Bahnhof mit dem Auto das Grundstück verließ, musste er schnell noch mal herausspringen, um mit dem schmiedeeisernen Ungetüm zu kämpfen.

Ellen betrachtete das Cottage. Die meisten der bleiverglasten Fenster waren von Blumenranken verdeckt. Das ungebärdige Geißblatt hing büschelweise von den Fenstersimsen herab. Die Scheiben waren so schmutzig und fleckig, dass man schon nicht mehr hindurchsehen konnte. Überall lag Müll herum – Chipstüten, Flaschen, leere Zigarettenschachteln. Eine eingerissene blaue Plastikplane war achtlos neben den Kiesweg geworfen worden, zusammen mit einem gelben Gartenschlauch und einem Sack Dünger, aus dem Bohrasseln krochen. Die in Kübel gepflanzten Lorbeerbäumchen, die einst am Eingang Spalier gestanden hatten, lagen umgekippt da, alle Blätter braun und tot.

An der dunkelgrünen Tür sah Ellen einen großen Stiefelabdruck, als sie aufschloss. Den vibrierenden Weidenkorb mit Fins im Arm, beeilte sie sich, die Alarmanlage auszuschalten, aber sie war gar nicht an gewesen. Ellen blieb stehen und sah sich um. Der geflieste Boden im Esszimmer starrte von schmutzigen Schuhabdrücken und auf dem Tisch stapelte sich ungeöffnete Post. Die Räume wirkten vernachlässigt und unbewohnt – und es roch eklig und abgestanden, irgendwie nach Bier, Zigaretten und fettigem Essen, wie in einem Pub. Und Ellen fand schon bald heraus, warum. Als sie nach links in die große Küche ging, den ganzen Stolz ihrer Mutter, sah sie jede Menge Zigarettenstummel auf den Steinfliesen liegen, die irgendwer dort ausgetreten hatte. Der gescheuerte Kieferntisch, der um die Ecke stand, war vollgemüllt mit leeren Schachteln und Flaschen und Überbleibseln verschiedener Takeaways, die nicht nur Heerscharen von Fliegen angezogen hatten, wie der überall verstreut liegende Mäusekot erkennen ließ.

»Igitt – Herrje!« Ellen trug den Weidenkorb in den Abstellraum und platzierte ihn so, dass Fins durch das lange niedrige Fenster einen guten Blick in den Garten hatte. Wenn sie sein Katzenklo aus dem Jeep geholt hatte, würde sie ihn endlich rauslassen. Aber zuerst musste sie prüfen, ob das Haus tatsächlich leer war. Sofern leer hieß, ohne menschliche Bewohner. Denn die Spuren der Mäuse fand sie in allen Räumen und im Arbeitszimmer oben im Dachgeschoss sogar eine tote Taube. Gestohlen war anscheinend nichts – die Vandalen hatten hier nur gehaust.

Wer immer ins Goose Cottage eingedrungen war, hatte sich auf drei Zimmer beschränkt und die exklusive Ausstattung voll genutzt. Die Küche hatte eindeutig als Partyzentrum gedient bei all den Resten von Alkohol und Essen. Das Wohnzimmer war so eine Art »Kino-und-Game-Zone« gewesen, denn der Schrank mit dem großen Fernseher und dem Videorecorder stand offen und eine Playstation war eingestöpselt – Ellen war sicher, dass ihre Eltern so ein Ding nicht mal kannten. Komischerweise waren nirgends Videos oder Game-CDs zu entdecken, nur weitere, von Zigarettenstummeln überquellende Unterteller, noch mehr Flaschen und Bierdosen und jede Menge Flecken auf Jennifers cremefarbenen Möbeln. Oben im großen Schlafzimmer herrschte reinstes Chaos. Das Bett schien einige eindeutige Aktionen erlebt zu haben, und die Übeltäter hatten sich nicht lange mit Lakenwechseln oder Wegwerfen von Tissues und Kondomen abgegeben. Um in Stimmung zu kommen, waren Dutzende dicker Kirchenkerzen angezündet worden: Auf alle Möbel war Wachs getropft, dunkle Rußspuren zierten die Wände und irgendwann hatte anscheinend sowohl einer der Vorhänge wie auch eins der Kissen Feuer gefangen.

»Oh, verdammt!« Ellen rieb sich das Gesicht. Ihre Mutter wäre außer sich, wenn sie das wüsste. Es war kaum vorstellbar, dass die alten streitsüchtigen Wycks im Goose Cottage ihre Ehe aufpolieren wollten. Aber in den vergangenen Monaten hatte weder Dot hier sauber gemacht noch Reg sich um den Garten gekümmert. Als sie jetzt vom Schlafzimmerfenster ihrer Eltern hinausschaute, fand Ellen mit der wild zwischen den Blumenbeeten herumspringenden Snorkel den Garten eigentlich schöner als je zuvor. Da klingelte ihr Handy.

»Inzwischen *musst* du doch angekommen sein, oder?«, legte Jennifer sofort los, als Ellen abgehoben hatte.

»Ja, gerade eben.« Sie biss sich auf die Unterlippe und fragte sich, was zum Teufel sie bloß erzählen sollte.

»Ist alles in Ordnung?«

Ellen warf einen Blick auf das Bett. Eins ... zwei ... drei benutzte Kondome zählte sie vom Fenster aus. Irgendwie erinnerte es sie an einige der armseligen Hütten, in denen Richard und sie auf ihren Surftouren abgestiegen waren. Eigentlich ähnelte es sogar ihrem Schlafzimmer in The Shack während ihres ersten gemeinsamen, langen heißen Sommers dort.

»Alles bestens«, sagte Ellen.

»Du hast doch diesen Hund nicht ins Cottage gelassen, oder?«

»Nein, Snorkel ist im Garten.«

»Um Himmels willen, lass ihn dort nicht unbeaufsichtigt laufen. Bei den Blumenbeeten versteht Reg gar keinen Spaß.«

»Ach ja?« Ellen strich über einen Pfosten des Himmelbetts und sah, dass an jeden Pfosten lange schwarze Seidenschals geknotet waren. Ganz schön abartig.

»Und pass auf, dass der Hund nirgends einfach so hinmacht. Es gibt nichts Abstoßenderes als einen wunderschön gepflegten Rasen mit einem großen Hundehaufen in der Mitte.«

»Fast nichts.« Ellen sah wieder in den Garten hinaus, der genauso verwildert und zugewachsen war wie die Wiese dahinter, die zu Goose Cottage gehörte. Soweit sie erkennen konnte, hatten alle Hunde Oddlodes gerade diese neue Wiese zu ihrem Klo auserkoren. »Ich pass auf, dass sie ihr Geschäft beim Spaziergang erledigt.«

»Und lass die Haufen nicht liegen! Mr Gardner und ich haben lange für diese Hundekotbehälter im Dorf gekämpft.«

»Oh, ja, natürlich«, versprach sie.

»Und *versuche* doch wenigstens, etwas Spaß zu haben«, fügte Jennifer hinzu, als wäre ihr dieser Gedanke gerade erst gekommen.

»Ja.« Ellen sah zu, wie Snorkel sich beim Teich mutwillig in etwas zweifellos eklig Stinkendem wälzte. »Du hast recht, Ma. Ich glaube, ich könnte hier tatsächlich meinen Spaß haben.«

2

Der Dorfladen von Oddlode hatte am Samstagnachmittag relativ wenige Kunden, da der Postschalter geschlossen war. Der normalerweise von vielen Rentnern umlagerte schmale Schalter lag im Halbschatten, als Ellen mit lautem Türgeklingel eintrat. Aber die vier Kunden waren immer noch viermal so viele wie sie gewöhnlich in dem winzigen Shop in Treglin angetroffen hatte. Und so lächelte sie so höflich wie sonst nur, wenn sie zu Safeway in Bude gegangen war.

Zwei Wanderer suchten im Kühlregal nach kalten Getränken, und eine ältere Frau mit rosa Wangen war mit einem kleinen dicken Mann in grellbuntem Hemd in der Nähe des Verkaufstresens in ein Gespräch vertieft. »Sie ist weg nach Lincolnshire, mit den anderen Jägern. Ich weiß nicht, wie sie es rechtzeitig zurück schaffen will, und mir hat sie die ganze Organisation überlassen.«

»Wie gemein«, stimmte ihr Gesprächspartner mit amerikanischem Akzent zu.

Ellen sah sich um und erkannte den Laden kaum wieder. Von außen war er noch immer derselbe – eine Dorfinstitution seit über einem Jahrhundert, der hübsche Eckpfeiler an der Abzweigung Station Road und School Lane. Doch von innen hatte er sich seit ihrem letzten Besuch von Grund auf verändert. Eine Wand war jetzt komplett mit Kühlregalen und Gefrierschränken ausgestattet, alle vollgestopft mit Delikatessen: frische gefüllte Pasta, Cheddar aus dem Eichenholzrauch, Häagen-Dasz-

Eis. Nirgends klebrige Pies oder Fleischpasteten, verschwunden auch der Süßwein Blue Nun und die Halbliterflaschen Gin. Stattdessen eine große Auswahl an Weinen und Spirituosen zu Sonderpreisen und das spezielle Angebot der Woche: Pimm's. Und neben den üblichen Lebensmitteln gab es jetzt noch allerlei frisch gebackene Brote und Kuchen, Magazine und Zeitungen, Glückwunsch- und Ansichtskarten, Cotswolds-Souvenirs und sogar einen Videoverleih, der die neuesten Filme zu dem unglaublichen Preis von 1 Pfund pro Tag anbot.

»... dann rief dieser Weinhändler an und sagte, sie könnten heute nicht liefern, und ich habe versucht, Lady B auf dem Handy zu erreichen, und erst nach längerem Klingeln bemerkt, dass es direkt vor mir auf dem Tisch lag, wo sie es vergessen hatte ...«

»Wie ärgerlich.« Der Amerikaner nickte. Dem Hawaiihemd und den makellosen Shorts nach zu urteilen, war er wohl ein Tourist, der wegen einer Ansichtskarte gekommen war und jetzt unseligerweise von der schwatzhaften Ladeninhaberin festgehalten wurde. Ellen hatte keine Lust, sein Los zu übernehmen, und beeilte sich, einen Sack Katzenstreu und Milch an den Verkaufstresen zu tragen. Dort wartete sie darauf, bedient zu werden, aber die rosawangige Quasselstrippe war gerade so richtig in Fahrt: »Also habe ich im Pheasant angerufen – ich meine natürlich Duck Upstream oder wie das heutzutage heißt – und gefragt, ob sie mir helfen könnten. Und da sagt diese hochnäsige Madame doch glatt: ›Ich habe schon ein Essen für zwei gespendet, was wollen Sie denn noch? Mein Blut?‹ und hat einfach aufgelegt. Wie *ungehobelt* – natürlich bezahlt Lady B dafür, aber ich hatte nicht mal die Chance, es zu –«

»Entschuldigung?« Höflich hielt Ellen ihre Milch hoch. »Könnte ich bitte zahlen?«

Die Quasselstrippe schlug sich an die Brust. »Ach je, da stehe ich hier und rede, während ich tausend Dinge zu tun habe. Tut mir leid, Liebes.« Sie warf Ellen ein Lächeln zu, das leicht schwächelte, als sie die Hotpants und das bauchfreie Shirt bemerkte. »Wie kann ich Sie nur so lange warten lassen.« Und dann spazierte sie zu Ellens größter Überraschung mit fröhlichem Türgeklingel ganz einfach aus dem Laden hinaus.

»Herrgott! Ich dachte schon, sie geht gar nicht mehr.« Der dicke Amerikaner kicherte, klatschte in die Hände und eilte hinter den Tresen. »Okay, junge Lady, was haben wir denn da?« Er griff nach einem Scanner und fuhr damit über Ellens magere Einkäufe.

»Darf ich in Ihrem Fenster was aushängen?«, fragte sie und griff nach einem Blatt Papier in ihrer Gesäßtasche.

»Klar, macht 50 Pence die Woche.«

»Ich nehme gleich zwei Wochen.« Ellen gab ihm das Blatt.

Er hielt es auf Armeslänge von sich weg und las: »Liebevolles Zuhause gesucht für gut erzogene, zehnmonatige Colliehündin und dreijährigen schwarz-weißen Kater (kariert). Auch einzeln. Bitte melden bei Ellen, unter...«

»Kastriert«, verbesserte Ellen. »Es heißt *kastrierter* Kater, nicht kariert.«

»Ah!« Wieder kicherte er und schrieb das Ablaufdatum auf die Rückseite des Blatts. »Kastriert, nicht kariert. Wie witzig.«

»Irgendwie ist er ja beides«, gab Ellen zu. »Auch kariert, im Kopf, wenn Sie verstehen. So ein bisschen verquer.«

»Wirklich witzig.« Das runde fröhliche Gesicht strahlte, und Ellen dachte, genauso würde der Weihnachtsmann aussehen, wenn er sich mal rasierte. »Wir haben uns noch nie gesehen, oder?«

»Ich war seit Jahren nicht hier.« Sie zog eine Fünf-Pfund-Note aus dem Portemonnaie.

»Wir sind erst seit sechs Monaten hier.« Er streckte ihr eine große warme Hand entgegen. »Joel Lubowski. Toll, Sie kennenzulernen.«

»Gleichfalls. Der Laden sieht klasse aus.« Sie erwiderte sein Lächeln und drehte sich um, als die Türklingel erneut ertönte. Eine echte Gothic-Frau kam herein – schwarzes Haar, weißes Make-up und in einem langen schwarzen Mantel trotz des warmen Wetters. Ohne einen Blick auf Joel, Ellen oder die beiden Wanderer zu werfen, die sich zu den Ansichtskarten vorgearbeitet hatten, schlich sie zu dem Videoregal hinüber.

»Hi, Godspell!«, rief Joel und wurde ignoriert. Er blies die vollen Wangen auf, hob die Augenbrauen und wirkte richtig verletzt, als er Ellens Einkäufe in eine Tüte packte. Joel war eindeutig ein Mann, der gern Fröhlichkeit um sich verbreitete.

Godspell griff nach dem neuesten Video mit Johnny Depp und las den Text auf der Rückseite. Ihr Kopf bewegte sich rhythmisch.

»Ein wirklich guter Film!«, rief Joel, als er Ellen Wechselgeld herausgab. »Den haben Lily und ich gestern Abend gesehen.«

Godspell ignorierte ihn.

»Musikstöpsel im Ohr«, klärte Ellen ihn auf. »Sie hört nichts.«

»Oh.« Joels Miene hellte sich wieder auf, und er rief Ellen hinterher: »Hey – ich spendier ein Eis aufs Haus. Sonderbehandlung für schöne Kundinnen. Gleich da neben Ihnen.«

»Danke.« Das ließ sie sich nicht zweimal sagen. »Dann bis bald.«

»Ja, kommen Sie sehr bald wieder vorbei!«

Noch grinsend über die doch recht bizarre Begegnung band sie draußen vorm Laden Snorkel los und ging mit ihr über die Straße in den Dorfpark. Es waren einige Leute unterwegs, die die Sonne genossen, plauderten, Ball spielten oder Hunde spazieren führten. Ellen setzte sich auf eine leere Bank beim Ententeich, die im Schatten dreier Rosskastanien stand, ließ Snorkel von der Leine, lehnte sich Eis essend zurück und dachte über die Dinge im Goose Cottage nach. Die Kondome und die Playstation machten es höchst unwahrscheinlich, dass Dot und Reg dort ihr Unwesen getrieben hatten. Blieben noch ein anderes Mitglied der Familie Wyck – Saul war Ellens Hauptverdächtiger Nr. 1 – oder der Makler von Seaton's. Gleich am Montag würde sie ihm die Hölle heiß machen. Auch wenn er die wertvollste Immobilie in seinem Angebot nicht für seine eigenen amourösen Abenteuer nutzte, musste ihm bekannt sein, dass der Zustand des Cottages potenzielle Käufer nur abschrecken konnte. Und da sie jetzt schon darüber nachdachte: Wieso stand eigentlich nirgends das Schild »Zu verkaufen«?

Von ihrer Bank hatte Ellen einen herrlichen Blick auf die goldgelben filigranen Cottages, die im ältesten Teil des Dorfes standen – einem Dreieck, das vom Park, der Chapel Row und der Hillcote Road begrenzt wurde. Es standen allerdings mehr Baucontainer als Autos vor den winzigen Cottages, und viele der windschiefen Fronten waren von Gerüsten eingefasst. Eins der ältesten, noch moosgedeckten Häuschen war kaum mehr zu sehen hinter den Werbeflächen der Baufirma, auf die Vandalen ein reizendes »Yuppies fuck off« gesprayt hatten.

Jenseits der schon renovierten Dächer erkannte Ellen den Glockenturm der alten Schule, die inmitten des Dreiecks lag und deren allzu große Beliebtheit hitzige Debatten im Dorf ausgelöst hatte – früher Jennifers liebstes Schreckgespenst. Und dahinter lagen die Hügel, in denen sie vormittags mit Snorkel spazieren gegangen war. Sie blinzelte, um das Rapsfeld und die offene Scheune zu entdecken, leckte versonnen an ihrem Eis und spuckte im nächsten Moment entsetzt etwas Sich-Windendes aus. Deswegen war diese Bank also leer gewesen! Sie stand nicht nur im Schatten, sondern von den Rosskastanien regnete es kleine Raupen herab. Ellen stand auf, schüttelte sich angewidert und sah jetzt erst das kleine Messingschild, an dem sie gelehnt hatte. »›Bevis Aspinall‹«, las sie. »›Geliebter Sohn, schmerzhaft vermisst. 12.12.1974–22.6.1991‹ Oh!« Sie schlug die Hand vor den Mund, als ihr Blick auf das Geburtsdatum fiel. »Armer Kerl. Mit sechzehn gestorben. Wie tragisch.«

Als sie mit Snorkel quer durch den Park Richtung Goose Cottage ging, um ihre Putzaktion zu starten, sah sie die Quasselstrippe mit den rosa Wangen aus Joels Laden. Jetzt plauderte sie mit jemandem, der draußen vor den hohen schmiedeeisernen Toren von Oddlode Manor stand – deren pompöse Form Jennifer in ihrem Übereifer für Goose Cottage imitiert hatte. Als die

Frau Ellen erkannte, stieß sie ihren Gesprächspartner an und nickte zu ihr hinüber, ohne nur eine Sekunde den Mund zu halten. Ellen winkte ihr fröhlich zu, fächelte sich mit dem Shirt Luft zu, schwang ihre Einkaufstüte und fragte sich, wo sie wohl ein paar Playstation-Games herbekommen könnte.

Um sechs Uhr hatte Ellen genug. Der schlimmste Unrat war in den drei großen Mülltonnen vor dem Abstellraum verstaut, die Flaschen waren im Glascontainer verschwunden und die Bettwäsche rotierte lärmend in der Waschmaschine. Nach langer Sucherei hatte sie auch die Schlüssel für die Fenster gefunden, sie aufgerissen und außerdem überall in Küche und Wohnzimmer dicke Bündel Maiglöckchen, Nachtviolen und Lavendel in leeren Milchflaschen aufgestellt, um den abgestandenen Geruch zu vertreiben.

Weil Ellen vergessen hatte, im Dorfladen Zigaretten zu kaufen, und weil sie es hasste, bei so schönem Wetter zu putzen, war sie inzwischen ziemlich genervt. Und zu allem Überfluss beschwerte sich auch noch Fins lauthals jammernd, dass sie ihn nicht hinausließ. Doch damit musste sie noch ein paar Tage warten, sonst würde er sofort auf Nimmerwiedersehen verschwinden. Um den Schuldgefühlen, dem Lärm und dem Schmutz zu entgehen, flüchtete sie in den Garten und grübelte darüber nach, wie sie ihn wieder in Ordnung bringen konnte. Sie würde Tage brauchen, um diesen Dschungel zu durchdringen. Das Gras stand so hoch, dass es zunächst mit einer Sense gemäht werden musste, ehe sie den Rasenmäher benutzen konnte. Die wilden Blumen, die in den Beeten wucherten, wirkten spektakulär, doch Brennnesseln und Ampfer begannen bereits, sie zu verdrängen. Der Teich war nur noch eine stehende Brühe und hatte schon einen abstoßend schäumenden Schmierfilm auf der Wasseroberfläche gebildet. Und die Wiese – auf der früher das Pony eines Mädchens aus dem Dorf stand – hatte sich in eine Art Heide verwandelt, die Snorkel auf ihrer wilden Jagd nach Insekten ein ums andere Mal durchpflügte. Der Collie war an ausgedehnte Spaziergänge mit Richard am Strand und Kletterpartien in den Klippen Cornwalls gewöhnt, das bisschen Spielen im Garten von Goose Cottage reichte da nicht aus.

»Wollen wir noch mal zum Laden laufen und Zigaretten holen?«, schlug Ellen vor. Aber eigentlich wollte sie der Nikotinsucht nicht wirklich erliegen. »Oder ich höre heute auf zu rauchen und zeige dir mal den Fluss.« Snorkel bellte einfach nur, und so verließ Ellen das offen stehende Goose Cottage mit den weit aufgerissenen Fenstern und ging mit ihr Richtung Goose End. Bei der großen Linde, die dort stand, wo einige Straßen und Wege zusammenliefen, legte sie eine Pause ein. Dann ging es von Asphalt auf groben Schotter, nach links öffnete sich die lange Auffahrt zur Lodge Farm und rechts ging es nach Goose End. Ellen schlug den Weg nach rechts ein und spähte im Vorbeigehen zu den oberen Fenstern der Lodge hinauf, die hinter der hohen Steinmauer gerade noch zu erkennen waren.

Die Lodge wurde nicht erst seit sechs Monaten vernachlässigt, sondern schon seit Jahren. Das Haus stand leer, seit Ellen denken konnte, und die hohen Mauern verbargen nur das undurchdringliche Gestrüpp, das dahinter wucherte. Doch wie über alle verlassenen Herrenhäuser erzählten sich die Kinder auch über dieses Spukgeschichten und Märchen von einem verzauberten Garten. Ellens Vater hatte ihr erzählt, früher hätte dort einmal ein berühmter Bildhauer gelebt und überall auf dem Anwesen ständen Bronzestatuen.

Mit der geheimnisvollen Lodge und den uralten Scheunen war Goose End einst der vergessene Teil von Oddlode gewesen, doch jetzt war die Sanierung auch hier angekommen. Die Scheunen waren in drei luxuriöse Häuser umgebaut, und die schäbigen alten Cottages, in denen früher die Arbeiter von Lodge Farm gewohnt hatten, waren verkauft und renoviert. Dennoch, als Ellen den staubigen Reitweg erreichte, der in die Hügel hinaufführte, musste sie daran denken, dass einst alle Wege genauso ausgesehen hatten – einfache Pfade, in denen bei

Regen Wagenräder stecken blieben und Arbeitsstiefel bis zum Knöchel einsanken.

Die grasbewachsene Brücke über den Odd markierte den Beginn des Reitwegs. Trotz der brütenden Hitze führte der Fluss so viel Wasser, wie Ellen es in Erinnerung hatte. Nach einem verregneten April konnte diese erste heiße Periode im Mai dem Wasserstand nicht viel anhaben. Snorkel sprang am seichten Ufer unter der Brücke herum, während Ellen sich über die Steinmauer beugte und in die klaren tiefen Fluten hinabsah. Früher war ihr Vater öfter mit ihr hierhergegangen und hatte ihr aufgeregt Gründlinge, Hasel und dreistachlige Stichlinge gezeigt. Ellen hatte es nie übers Herz gebracht, ihm zu erzählen, dass all diese Fische in den Bächen um Treglin so gewöhnlich waren wie Elritzen. Doch die bei weitem aufregendsten Bewohner des Odd waren die Flusskrebse, die jedes Jahr ein paar Tage lang in solcher Anzahl erschienen, dass man sie mit bloßer Hand fangen konnte. So etwas gab es in Treglin nicht. Die Flusskrebse waren ein gut gehütetes Dorfgeheimnis und durften nur unter strengsten Auflagen gefangen werden, deren Einhaltung von einigen selbst ernannten Wächtern beaufsichtigt wurde – darunter selbstverständlich Ellens Mutter. Jennifer hatte sich aktiv am Dorfleben beteiligt. Galt es Vorschläge durchzufechten oder Naturschönheiten zu bewahren, hatte sie stets auf dem Plan gestanden. Und mit derselben gut gemeinten Hartnäckigkeit war Jennifer immer wieder darauf zurückgekommen, dass Richard »nicht der richtige Mann« für sie sei.

Ellen schüttelte den Kopf, um diese Gedanken zu vertreiben. Ihr blieb noch Zeit genug, über Richard nachzudenken, wenn sie erst durch die Mongolei oder Tibet reiste oder irgendein anderes Land, das sie nicht an Richard in Verbindung mit ihrer Mutter denken ließ.

Ellen überquerte die Brücke, pfiff nach Snorkel und kam zu dem seltsamen Bau, den sie noch nie hatte einordnen können – einem säulengetragenen kleinen Kuppelbau aus Stein, der über und über mit Graffiti beschmiert und von Efeu bewachsen war.

Ihr Vater hatte gescherzt, es sei ein Liebestempel der Aphrodite, in dem die Dorfbewohner amourösen Abenteuern nachgehen konnten. Ellen bezweifelte jedoch, dass sie ihre Affären hier auslebten – zumal sie jetzt ja Goose Cottage hatten. So umwuchert von Brennnesseln und Brombeergestrüpp wie das Ding war, bedurfte es schon eines recht mutigen Liebhabers, um dort hineinzugelangen.

»Schrecklich, wie?«, sagte eine Stimme gleich neben ihr. »Nicht mal die Klebstoffschnüffler kommen noch hierher.«

Ellen fuhr herum und sah eine Frau neben sich stehen, die sie nicht hatte kommen hören. Von der Natur üppig bestückt und mit weiblichen Kurven gesegnet, wirkte sie wie die Aphrodite eines echten griechischen Tempels. Von der dunkelbraunen Lockenmähne über das knittrige, fließende weiße Kleid bis zu den kitschig goldenen Flip-Flops verströmte sie eine leicht schlampige Sinnlichkeit.

»Wie ich diesen neoklassizistischen Mist hasse«, fuhr sie mit einer wunderbar tiefen, wohlklingenden Stimme fort und starrte den »Tempel« an. »Sieht aus wie ein Musikpavillon im Park oder eine Bushaltestelle, nicht wahr? Warum machen bloß alle so einen Wirbel, um das Ding zu retten?«

»Was ist das eigentlich genau?«, fragte Ellen.

Ein Gesicht mit sonnenverbrannter Nase und hypnotisch großen, grünen Augen wandte sich Ellen zu. »Tja, es wird Lustpavillon genannt, und die Dorfbewohner faseln was davon, dass William Constantine es im achtzehnten Jahrhundert als Liebesunterpfand für seine Frau gebaut hat, aber... Ophelia Gently, übrigens – nenn mich einfach Pheely.« Sie streckte ihr die Hand entgegen.

»Ich bin Ellen.« Automatisch schüttelte sie sie, fast überrumpelt von der so ganz beiläufigen Bemerkung mitten im Gespräch.

»Zufällig weiß ich«, fuhr Pheely fort, und ihre Augen funkelten übermütig, »dass einer der Constantines – ein Viktorianer, also viel später – unter übler Verstopfung litt. All die Stunden auf dem Klo im Manor haben ihn furchtbar gelangweilt, und so ließ er sich ein Klo mit Aussicht bauen. Der arme Kerl starb im Burenkrieg, ehe er es einweihen konnte. Reinste Ironie des Schicksals, dass die halbe Dorfjugend hier seit Jahren hinpisst.«

Ellen betrachtete den »Tempel« erneut und stimmte insgeheim zu, dass er ein ziemlicher Schandfleck zwischen all den wild blühenden Hecken und Hügeln war. Doch sie glaubte Pheely kein Wort.

»O Gott! Hamlet vergewaltigt deinen Hund. Moment!«

Erschreckt drehte sich Ellen um, als Pheely ihre Flip-Flops wegkickte und zum Flussufer eilte, wo sie in den Odd watete und eine riesige gescheckte Deutsche Dogge von einer kokettierenden Snorkel trennte. Und weil sich dabei ihr weißes Kleid im Wasser ausbreitete und ihre dunklen Locken jetzt übersät waren mit Blüten der Weißdornhecke, die sie gestreift hatte, verwandelte Ophelia Gently sich vor Ellens Augen urplötzlich von einer griechischen Liebesgöttin in ihre Namensvetterin bei Shakespeare.

»Ist sie sterilisiert?«, rief Pheely, weil die Dogge gar nicht einsah, warum sie sich von ihrer neuen Freundin trennen sollte.

»Ja!« Die Fortpflanzungsorgane ihrer Tiere schienen heute Thema Nummer eins zu sein, dachte Ellen.

»Na, dann lass ich sie mal machen.« Pheely kam wieder aus dem Wasser, ein breites Lachen im Gesicht. »Tut mir leid – Hamlet ist zwar total verdorben, aber völlig harmlos. Nimmst du den Weg da? Wollen wir gemeinsam gehen und hoffen, dass die Liebenden sich uns anschließen?«

Sie verströmte eine so entwaffnende Freundlichkeit, dass Ellen sie sofort mochte. Erst als sie nebeneinander hergingen, fiel ihr auf, dass Pheely zu einem Spaziergang mit Hund ein weißes Kleid und goldene Flip-Flops trug. Exzentrisch und unpraktisch umschrieben es nur vage, obwohl das Kleid bei näherer Betrachtung keineswegs blütenweiß gewesen zu sein schien. Oberhalb der Taille, wo es noch trocken war, zeigte es rötliche Schmierflecken, und am Kragen war es ausgefranst. Pheely war gar nicht so alt, schlampig oder mollig, wie Ellen anfangs gedacht hatte. Während sie den Hügel hinaufstiegen, zog Ellen zehn Jahre von den Vierzig-und-ein-paar-Zerquetschten ab, auf die sie sie geschätzt hatte. Und das Kleid ließ erkennen, dass Pheely inmitten ihrer weibliche Rundungen eine äußerst schmale Taille besaß.

»Dann hast also du den gefürchteten Jamiesons Goose Cottage abgekauft?« Pheely strich sich Schilfrohr vom Kleid, an dem auch noch feuchte braune Blätter aus dem Fluss klebten.

»Nein.« Amüsiert hielt Ellen inne. »Ich *bin* eine der gefürchteten Jamiesons. Ihre Tochter.«

»Au weia.« Pheely schien das keineswegs peinlich zu sein, sie kicherte gurgelnd wie der Fluss. »Ja, ich hätte davon gehört, wenn es verkauft wäre. Aber Gladys erzählt jedem, du wärst heute eingezogen.«

»Gladys?«

»Du hast sie im Dorfladen kennengelernt.«

»Ich habe nur einen Amerikaner namens Joel kennengelernt.«

»GI Joel – der ist zum Schießen komisch.« Pheely schob ihre Korkenzieherlocken aus dem Gesicht und sah Ellen aus großen, dicht bewimperten Augen an, die genauso leuchtend grün waren wie Grünspan. »War Lily bei ihm?«

»Ist das seine Frau?« Ellen erinnerte sich, dass Joel den Namen der »tauben« Godspell gegenüber erwähnt hatte.

»Ein total verrücktes Weib«, flüsterte Pheely nachsichtig. »Wart's nur ab. Gladys jedenfalls ist siebzig und sieht aus, als wäre sie in die Dose mit dem rosa Puder gefallen. Unverkennbar.«

»Die ältere Frau?« Ellen hob eine Augenbraue. »Die hat mich doch nur eine Nanosekunde gesehen, ehe sie ging.«

»Länger braucht Klatschtante Gladys auch nicht.« Pheely schnaufte schon, seit sie dem alten Weg für Fuhrwerke den Hügel hinauf folgten. Da sie ihre Flip-Flops zurückgelassen hatte und barfuß ging, lief sie auf dem grasbewachsenen Mittelstreifen. »Unterhalte dich zwei Sekunden an der Bushaltestelle mit ihr, und sie weiß alles über dich, Alter, Nationalität, politische Einstellung, Familienstand, dunkle Geheimnisse. Und danach entscheidet sie, ob du beim Dorffest dabei sein darfst. Sie hat ihre Augen *überall*. Eigentlich sollte sie für die Polizei arbeiten.«

Ellen lachte. »Und was hat sie über mich erzählt?«

»Gesehen beim Einzug in Goose Cottage mit mehreren Tieren. Gesehen beim Herumlungern im Dorfladen um halb drei mit nur einem Tier. Versucht anscheinend, alle Tiere loszuwerden. Das Gerücht ›Gesehen auf Spaziergang mit der gefühlvollen Pheely‹ macht sicher gerade die Runde, während sie wie eine Wilde das Fest vorbereitet. Und du bist, Zitat, ›keine echte Blondine und eine dieser Trendbewussten mit Piercing im Bauchnabel. Etwas scharfzüngig, die Madame – wahrscheinlich unverheiratet, die Ärmste‹.«

»Diese unverschämte alte Schachtel«, entfuhr es Ellen unwillkürlich.

Pheely lachte begeistert, drehte sich um und rief nach Hamlet. »Glaub mir, sie ist längst nicht so unverschämt oder gehässig wie ich. Sie hat ein sehr weiches Herz und meint es – HAMLET! – gut. Jeder braucht ein bisschen Abwechslung nach fünfzig Jahren bei den Bellings, und davor bei den Constantines.«

»Das ist der mit dem Lustpavillon, oder?«

»Seine Nachfahren, ja – HAMLET! Die Lords von Oddlode Manor. Das jedenfalls würde dir Teufelsbell erzählen, dabei ist sie die erste Constantine, die einen Titel trägt. Sie ist bloß deshalb Lady Isabel Belling geworden, weil – HAMLET! – St. John den ultimativen Schlag erhalten hat. Die Königin höchstpersönlich hat ihr Schwert auf seine dicken Schultern niedergehen lassen. Sir St. John! Du kannst dir gar nicht vorstellen, welche Schwierigkeiten die Leute im Dorf haben, das unfallfrei auszusprechen. Die meisten nennen ihn Sir Gin.«

Kein Wunder, dass Pheely so atemlos war, bei dem Tempo, in dem diese faszinierende Stimme Informationen hervorsprudelte.

»St. John Belling, der Politiker?« Ellen hatte den Namen erkannt.

»Genau der. HAMLET, DU TROTTEL!« Pheely, die die ganze Zeit nach ihrem Hund gesehen hatte und rückwärtsgelaufen war, drehte sich wieder in die richtige Richtung.

»Von dem es heißt, *er* wäre besser Premierminister geworden?«

»Der Beinahe-Mann, ja. Und er wäre es auch geworden, hätte er nicht diesen gottverdammten Sohn«, murmelte Pheely überraschend bitter. Dann lachte sie. »Eigentlich bin ich Jasper Belling ja für gar nichts dankbar, aber *dafür* wahrscheinlich schon. Sir Gin hätte dieses Land zurück ins finsterste Mittelalter geführt. Als Jasper den Ruf unseres Dorfes ruiniert hat, hat er England einen Gefallen getan. Im Grunde war's eine noble Geste!«

Ellen erinnerte sich vage an die Geschichte von St. John Belling, der lange als Nachfolger von Margaret Thatcher gehandelt worden war und den ihre Mutter sehr bewundert hatte. Der Besitzer von Oddlode Manor und Tory-Abgeordnete war einer der Lieblingsminister der eisernen Lady gewesen, die eine Vorliebe für Männer mit blauen Augen gehabt hatte. Doch er war in Ungnade gefallen, als sein Sohn als eine Art Drogenschmuggler aufflog. Und dieser Sohn war offensichtlich Jasper Belling. Aber Pheely plauderte längst weiter.

»Vielleicht gehe ich heute Abend ja doch hin«, sagte sie gerade und pflückte sich lange Gräser vom Wegesrand, mit denen sie wie mit einem Zauberstab in der Luft herumwedelte. »Klatschtante Gladys war richtig beleidigt, als ich absagen wollte – und bestand darauf, dass ich das nur mit Lady Bs Erlaubnis tun dürfe. Kannst du dir das vorstellen? Und dann hat sie mir alles über dich erzählt, und das nur, um mich vom Thema abzulenken. Was ihr auch gelungen ist. Ich bin einfach zu flatterhaft.«

In ihrer flatterhaften Art, ein ums andere Mal das Thema zu wechseln, schien Pheely vorauszusetzen, dass Ellen mit all den

Leuten und Verhältnissen ebenso vertraut war wie sie. Ellen wollte gerade fragen, was heute Abend denn stattfand, als die beiden Hunde angerannt kamen – jeder einen goldenen Flip-Flop im Maul.

»Oh, ihr klugen Lieblinge! Was für kluge Hunde! Ich mag deinen Collie wirklich.« Sie nahm den Flip-Flop, den Snorkel ihr großzügig anbot, und entwand den anderen einem eher unwilligen Hamlet. »Warum willst du sie weggeben?«

»Sie gehört meinem Ex-Freund, der nach Australien gezogen ist. Und ich gehe selbst ins Ausland, wenn das Cottage verkauft ist.«

»Oh.« Seltsamerweise stellte Pheely hierzu keine Fragen. Für eine Frau, die sich selbst »unverschämt« und »gehässig« genannt hatte, wurde sie geradezu zurückhaltend. »Geht es deinen Eltern gut?«

»Ja, prima.« Ellen bückte sich nach einem Stock, den sie für Snorkel werfen wollte. Neben Hamlets riesenhafter Statur wirkte sie wie ein Spielzeughund. »Pa muss wegen seines Herzens immer vorsichtig sein, aber jetzt führt er genau das richtige Leben. Und Ma ist inzwischen ganz begeistert von Spanien.«

»Vielleicht gibt's dort ja noch genügend Grünflächen anzulegen.« Pheely zwinkerte ihr verschmitzt zu.

»Sie macht sich eher Sorgen um die Bypässe, die meinem Vater gelegt werden«, nahm Ellen ihre Mutter entschiedener in Schutz als beabsichtigt. Das passierte ihr immer, wenn sie über sie sprach, ob sie nun wollte oder nicht. Wahrscheinlich irgendeine Art Tochterpflicht.

Pheely deutete ihr Verhalten offensichtlich als liebevolle Verteidigung einer großartigen Mutter und entschuldigte sich. »Oh, das habe ich wirklich nicht so gemeint. Ich sagte ja, ich bin gehässig. Deine Mutter und ich konnten einfach nicht miteinander. Sie hat mich für eine schrecklich nachlässige Mutter gehalten, und das bin ich wohl auch. Deswegen wollte ich für heute Abend auch absagen – Dilly macht ihren Schulabschluss, und ich muss unbedingt noch ein bisschen was für sie vorbereiten.«

»Du hast eine Tochter, die schon mit der Schule fertig ist?« Ellen blieb stehen und starrte sie an. Auf dem Weg den Hügel hinauf hatte sie Pheelys geschätztes Alter immer weiter herunterkorrigiert – okay, sie war enorm unfit, aber das und ihre tiefe Stimme täuschten zweifellos. Ihr Gesicht war frisch und mädchenhaft mit den großen runden Augen, um die sich keine Krähenfüße zeigten. Nach all den Sommern am Strand in Sonne und Salzwasser war Ellens eigene Haut viel mitgenommener. Ellen schätzte Pheely als etwa gleichaltrig oder sogar jünger ein.

»Ja, Daffodil.« Pheely blieb ebenfalls stehen, offensichtlich nicht ungern, und sprach atemlos weiter. »Mein armer Schatz – ich weiß, das ist ein furchtbar altmodischer Vorname, und sie muss nun damit leben. Schrecklich. Aber ich war bei ihrer Geburt jünger als sie jetzt und muss sagen, sie trägt es bisher wirklich mit Fassung. Wow, sieh dir das Dorf von hier oben an! Geradezu malerisch.«

»Ja, malerisch«, sagte Ellen, die merkte, dass Pheely das Thema diesmal absichtlich wechselte. Pheelys Sprunghaftigkeit wurde ihr langsam zu viel. Sie war lebhaft, indiskret und eine Plaudertasche, bombardierte einen geradezu mit Informationen und fraß sich dann fest. Das machte sie einerseits witzig, aber auch nervig.

»Ein brodelnder Kessel voller Lügen und Hass«, erklärte Pheely mit nur einem Anflug von Selbstironie. »Aber von hier aus wirkt es tatsächlich malerisch, ja. Das vergisst man fast, wenn man hier so lange lebt. Mein ganzes Leben lang, genau genommen. Du hast nie hier bei deinen Eltern gewohnt, oder?«

Ellen schüttelte abwesend den Kopf und rechnete nach, um ihre Neugier zu befriedigen. Sie war immer schon mathematisch begabt gewesen – zur großen Freude ihrer Mutter – und überlegte jetzt, wie alt Pheely sein mochte. Wenn sie eine Tochter hatte, die gerade in den Schulabschlussprüfungen steckte und älter war als ihre Mutter bei ihrer Geburt, dann war Pheely höchstens dreiunddreißig. Es warf sie fast um, dass jemand, der fast genauso alt war wie sie, bereits eine so große Tochter hatte.

»Du Glückliche«, sagte Pheely und warf den Stock, den Snorkel ihr vor die Füße gelegt hatte. »Deine Eltern sind von Somerset hierhergezogen, nicht?«

»Ja, aus der Nähe von Taunton.«

»Dachte ich's mir doch, dass ich den hübschen Akzent erkannt habe. Bist du dort geblieben nach ihrem Umzug?«

Ellen, die eigentlich meinte, nach all den erlittenen Stunden Sprecherziehung keinen Akzent mehr zu haben – ihre Mutter hatte nicht gewollt, dass ihre Tochter »wie ein Bauer« sprach –, war recht verlegen, räusperte sich und sagte in einem Tonfall, auf den Henry Higgins stolz gewesen wäre: »Ich habe die meiste Zeit in Cornwall gelebt, aber schon überall gearbeitet – hier und auch im Ausland.«

Pheely bemerkte vor lauter Stöckchenwerfen Ellens betont korrekte Sprechweise gar nicht und seufzte. »Du Glückliche. Was bist du denn von Beruf?«

»Sport-Physiotherapeutin.«

»Wow.« Pheely zog ihren Bauch ein und musterte sie von oben bis unten. »Kein Wunder, dass du so fit und trainiert bist.«

Ellen verkniff sich den Kommentar, dass sie in letzter Zeit Gewicht zugelegt hatte – was leider stimmte, aus lauter Frust über die Misere mit Richard. Aber jemand so Kurvenreichem wie Pheely gegenüber war das sicher nicht die richtige Bemerkung.

»Wirst du in Oddlode auch arbeiten?«, fragte sie.

»Nein, ich nehme eine Auszeit. Im Winter arbeite ich immer wie eine Verrückte – Ausgleichstrainings, Auslandstouren, Wintersport, solche Sachen. Auf diese Weise habe ich im Sommer frei. Ich und Rich–« Sie hielt inne und setzte erneut an. »Ich surfe gern.«

»Klingt wundervoll. Dagegen wirkt mein Leben so langweilig.« Pheely beneidete sie offenbar enorm um ihr Leben außerhalb von Oddlode. Ihr flatterhaftes Wesen schien wie gefangen hinter einer Glasscheibe, gegen die sie vergebens anflog.

Ellen wollte eben nach ihrem Beruf fragen, als Pheely sich die Hand vor den Mund schlug und rief: »Das ist ja perfekt! Machst du als Sport-Physiotherapeutin zufällig auch Massagen?«

»Das ist ein wichtiger Teil meiner Arbeit.«

»Dann kommst du heute Abend mit. Jippie!« Aufgeregt sprang Pheely herum, ihre grünen Augen blitzten. »Du hast doch Zeit?«

»Äh – ja, schon. Wohin denn?«

»Teufelsbell hat für heute Abend im Manor eine Versteigerung von Spenden organisiert«, erklärte Pheely. »Oh, bitte, sag, dass du mitkommst – bitte! Meine Freundin Pixie, die blöde Ziege, hat abgesagt, und ich will auf keinen Fall allein hingehen, vor allem weil Jasper da ist. Obwohl ich natürlich zu gern einen Blick auf ihn riskieren möchte. Du kannst meine Hand halten, und dann riskieren wir beide einen Blick.«

Für eine Frau von über dreißig mit einer Stimme wie eine Jazzsängerin und einer fast erwachsenen Tochter konnte Pheely erstaunlich kindisch sein, fand Ellen – wie ein verwöhntes reiches Gör, das Freundinnen namens Pixie hatte und nicht allein auf Partys gehen mochte. Doch irgendetwas an ihrer verrückten, witzigen Freudigkeit war ansteckend. Sie versprühte eine so warmherzige Unbekümmertheit und Herzlichkeit, dass Ellen sich ihr unwillkürlich verbunden fühlte – eine Spontaneität, die sie fast vergessen hatte.

»Worum geht's denn da?«, fragte sie vorsichtig, wie um es noch einmal zu beweisen. Sie war schon viel zu lange auf Nummer sicher gegangen und hatte sich nicht mehr wie anfangs mit Richard ins Unbekannte gestürzt – und vermisste es wahnsinnig. »Nein! Vergiss die Frage«, erklärte sie daher, ehe Pheely den Mund aufgemacht hatte. »Wo wollen wir uns treffen und was soll ich anziehen?«

»Ach, Schatz!« Pheely lachte strahlend und klatschte freudig in die Hände. »Du bist ja *so* eine Bereichung fürs Dorf! Zieh an, was du willst. Wenn du schon in Shorts und verkehrt herum angezogenem Shirt so sexy aussiehst, könntest du auch einen Müllsack tragen – doch wie ich Teufelsbell kenne, sollte es etwas mehr sein. Nicht weil sie tyrannisch auf Sitte und Anstand achtet – was sie tut –, sondern weil's im Manor sogar zu dieser Jahreszeit eiskalt ist. Und komm auf einen Schluck Wein bei mir vorbei, dann erzähle ich dir alles – Gladys sagte irgendwas von einem Problem mit dem Weinhändler, da müssen wir also vorsorgen.« Sie sah auf ihre Armbanduhr. »Herrje! Wir müssen schnellstens zurück und uns umziehen.«

Obwohl ihr der Weg den Hügel hinauf ganz schön schwergefallen war, bereitete der Rückweg Pheely keine Schwierigkeiten. Sie waren an dem Lustpavillon vorbei und über die Brücke, noch ehe Ellen einmal richtig Luft geholt hatte, die Hunde im Schlepptau.

Bei der Linde, wo sich Straßen und Wege trafen, nahm Pheely Ellen, vom Rennen ganz rot im Gesicht, bei den Händen. »Gib mir zwanzig Minuten zum Umziehen, dann treffen wir uns hier wieder.«

»Kann ich nicht einfach bei dir vorbeikommen?« Plötzlich ergriff Ellen eine unbestimmte Angst davor, einfach so mit einer Fremden auf ein mysteriöses Fest zu gehen und vorher noch mit ihr Wein zu trinken. Sie wusste ja nicht einmal, wo Pheely wohnte.

»Es ist ein bisschen schwer zu finden«, antwortete Pheely kryptisch. »Wir treffen uns besser hier. Ich rufe gleich Gladys an und erzähle ihr von deinem Last-Minute-Angebot – eigentlich müsste Teufelsbell sogar schon wieder da sein, dann kann ich's ihr gleich selbst sagen. Das wird die alte Schreckschraube freuen. Beeil dich!«

»Mein Last-Minute-Was?«, rief Ellen. Doch Pheely war in der Abendsonne bereits in Richtung der märchenhaften, gewölbten Toreinfahrt in der hohen Mauer entschwunden, hinter der die Geheimnisse der schönen verfallenden Lodge lagen. Nur einen Augenblick später hatte sie das Tor geöffnet, und ein erstaunlich grün durchsetztes Licht ergoss sich auf den Weg, da die goldenen Strahlen der tief stehenden Sonne schräg durch die flaschengrünen Blätter des wuchernden Gartens fielen. Grünlich schimmerte Licht durch Pheelys weißes Kleid und zeichnete durch den dünnen Stoff ihre so sinnlich üppigen Formen nach. Und dann verschwand Pheely einfach durch das Tor, gefolgt von Hamlet, ebenfalls ganz in grünes Licht getaucht, halb Hund, halb Ungeheuer.

Ellen musste unwillkürlich lächeln. Sie hätte es sich denken können. Ophelia Gently wohnte in der geheimnisvollen Lodge, in einer verzauberten Märchenwelt voll riesenhafter Hunde, teuflischer Dorfbewohner und Pixie-Freundinnen. Sie war nicht real. Sie konnte gar nicht real sein.

Pheelys Cottage war ein einziges Durcheinander. Sie wohnte nicht in der Lodge selbst, sondern hinter dem großen Haus in einem maroden Bau, den seine Bewohnerin als »alte Hütte aus dem siebzehnten Jahrhundert« bezeichnete. Teils Künstleratelier, teils begehbarer Kleiderschrank, war das Innere im Grunde eine Installation – etwas, das Tracey Emin ihr Leben lang nicht erschaffen würde, und wenn sie noch so lange schmollend im Bett herumlag.

Ellen war durch einen verwirrenden Irrgarten wild wuchernder, einst in Form geschnittener Hecken und Bäumchen geführt worden, vorbei an erstaunlichen, von Flechten überzogenen Statuen, an Brunnen, in denen statt Wasser Efeu sprudelte, und an verwachsenen Obstbäumen, die wie Kobolde aussahen. Und jetzt musste sich Ellen stark auf Pheelys Durcheinander konzentrieren, um sich davon zu überzeugen, dass sie nicht träumte. Nein, in Träumen gab es keine 15-Kilo-Säcke Hundefutter neben einer schmutzigen Töpferscheibe, auf der eine offene Packung Tampons stand. In Träumen gab es keine großen roten Slips, die an einem leeren Weinregal zum Trocknen hingen, und auch kein derart überquellendes Spülbecken, dass man sich um die Zartheit von Pheelys Händen absolut keine Sorgen machen musste. Im Vergleich zu dem hier hatten die Vandalen im Goose Cottage bloß ein bisschen Bier in einer blitzblanken Küche umgekippt.

»Dir zu Ehren habe ich schnell noch etwas aufgeräumt«, verkündete Pheely stolz, »deswegen habe ich auch erst eins meiner Augen geschminkt. Der Wein ist im Kühlschrank – zieh schon mal den Korken, ich hole noch was anderes.« Sie eilte zu einer Art modernem Anbau, in dem ein kleines Bad und die Toilette untergebracht waren, aus der Hamlet gerade geräuschvoll Wasser soff.

Das Cottage selbst war genauso außergewöhnlich wie sein wildes Innenleben. Es war wenig mehr als eine lange, niedrige Scheune aus Cotswoldstein mit einem Kaminschlot an jedem Ende. Mit dem gewölbten Dach und dem dicken gekreuzten Eichengebälk wirkte es wie ein auf dem Kopf stehender Schiffsrumpf. Vielleicht lagen Pheelys Habseligkeiten deswegen überall herum, als wären sie beim Kentern verstreut worden, dachte Ellen, während sie sich einen Weg bahnte durch Säcke von Tonerde, einzelne Schuhe und uralte Hundekuchen bis hin zum rostigen Kühlschrank, in dem sich nichts als Wein und Obst fand. Doch trotz aller Verrücktheiten fand Ellen das Häuschen erstaunlich gemütlich. Wie das wüste Schlafzimmer ihrer Eltern in Goose Cottage erinnerte sie auch das hier an ihre Surfer-Cottages in Cornwall.

Als sie sich nach einem Korkenzieher umsah, fragte sich Ellen, wo Pheely wohl schlief. Das Cottage bestand aus einem einzigen großen, doppelt hohen Raum, an dessen einem Ende ein kleiner klappriger Herd stand und am anderen ein großer Ofen – offenbar die einzige Heizgelegenheit. Aus dem unlogischen Durcheinander schien bei näherer Betrachtung eine logische Anordnung hervor: von der Küche mit Abstellplatz hin zu einem Esstisch mit Papierstapeln darauf und weiter zu Kleiderhaufen in Form eines Sofas, so dass darunter wohl eine Sitzgelegenheit zu vermuten war. Und gegenüber von den nach

Norden weisenden französischen Fenstern standen einige tonverschmierte Arbeitsbänke, Regale, noch ein Spülstein und die Töpferscheibe mit der Tampon-Installation. Durch die geöffneten Fenstertüren konnte Ellen auf eine kleine Terrasse hinaussehen, auf der sich Tonkübel, Statuen und Gartenschmuck tummelten, einige glasiert, andere naturbelassen und nur ein paar zerbrochen. Aber ein Bett war nirgends zu sehen. Und Pheely lebte doch sogar zusammen mit ihrer Tochter hier.

»Ist Daffodil ausgegangen?«, fragte sie, als Pheely wieder auftauchte, jetzt beide grünen Augen eindrucksvoll dunkel schattiert, so dass sie leuchteten wie frische Kiwis. In ihrem eng anliegenden, violetten Samt-Top und dem langen orangeroten Seidenrock sah sie fantastisch aus. Ellen, die gehofft hatte, ihre beste cremefarbene Hüftcordhose mit der kurzen weißen Bluse würde ihre Sonnenbräune betonen, fühlte sich neben der farbenfrohen Pheely seltsam unscheinbar.

»Nein, im Internat«, erklärte Pheely und zog vorsichtig zwei schmutzige Gläser aus der überfüllten Spüle. »Der arme Schatz kommt erst nächstes Wochenende zurück. Gott, sie müssen wirklich hart schuften für diese Abschlussprüfungen. Zum Glück ist mir das erspart geblieben. Das hier war Daddys Atelier.« Und wieder hatte sie flatterhaft das Thema gewechselt, während sie Wasser über die Gläser laufen ließ, um sie zu säubern. »Gefällt es dir?«

»Ja.« Ellen kämpfte mit einem alten rostigen Korkenzieher.

»Genau das Richtige für mich«, sagte Pheely ohne große Überzeugung. »Ich könnte es mir sowieso nicht leisten, die Lodge zu unterhalten – Daddy hat sie Dilly vermacht, sie wird treuhänderisch verwaltet. Das hält uns wenigstens die Immobilienhaie vom Leib. Diesen August wird sie achtzehn, also werde ich sicher mal ihre Mieterin, wenn sie das Erbe antritt.« Pheely hielt die tropfnassen Gläser hoch, an denen noch immer schwache Reste von Lippenstift zu erkennen waren. »Da! Quietschsauber.«

Ellen hatte den Kampf gegen den Korken gewonnen und goss

den Weißwein ein. »Sind das im Garten die Skulpturen deines Vaters?«

Pheely nickte. »Seine ›Bronzenen Eindringlinge‹, wie er sie genannt hat. Fast alle experimentell. Ich bring's nicht fertig, sie zu verkaufen. Ich würde auch gern in Bronze arbeiten, aber das kann ich mir nicht leisten. Man muss schon *sehr* erfolgreich sein, wenn man so was wie Daddy ohne Aufträge macht. Also bleibe ich bei meinen Tontöpfen und -kobolden. Wenn ich nur eine seiner Statuen verkaufen würde, könnte ich zwanzig eigene Bronzen machen – aber die würde natürlich keiner kaufen.« Sie lachte über sich selbst. »Das ist der Unterschied zwischen Kunst und Kunsthandwerk. Prost! Auf die neue Freundschaft.« Fröhlich und enthusiastisch stieß sie mit Ellen an, so als wolle sie damit auch gleich das Thema vertreiben.

Der Weißwein, dessen Etikett recht billig gewirkt hatte, war erstaunlich gut, und weil es keine Sitzgelegenheit gab, gingen sie hinaus auf die Terrasse.

»Okay, hier eine kurze Zusammenfassung für dich.« Pheelys Glas war bereits halb leer. »Heute Abend hat Teufelsbell die Großen und die Guten – soll heißen, die Reichen und die Talentierten – des Dorfes zu einer Versteigerung ins Manor eingeladen. Dabei sollen talentierte Menschen wie wir beide ihre Fähigkeiten talentlosen reichen Bastarden wie den Bewohnern des Gin-Palasts anbieten, um Geld aufzubringen für die Rettung des Klos mit Aussicht.«

»Für den Lustpavillon?«

Pheely erschauderte. »Ich war nicht scharf drauf, wie du dir vorstellen kannst. Aber Teufelsbell hat eine sehr überzeugende Art, das wirst du schon bald merken.« Sie nahm einen großen Schluck Weißwein. »Zu meiner Schande habe ich angeboten, eine Tonbüste herzustellen – eigentlich viel zu großzügig. Hast du eine Ahnung, wie lange es dauert, jemanden in Ton zu porträtieren?«

Nach einem heimlichen Blick auf die Tonsatyrn und -feen um sie herum nahm Ellen an, es könnte ziemlich lange dauern.

»Du Glückliche musst nur eine Massage machen. Sehr einfach. Das dürfte dich nicht mal eine Stunde kosten. Obwohl ich bezweifle, dass der Meistbietende dein Angebot überhaupt einfordert, weil's ihm zu peinlich sein könnte. Die Leute hier sind sehr konservativ.« Pheely leerte ihr Glas. »Aber ohne Angebot hättest du leider nicht mitkommen können. Es ist ein sehr exklusives Ereignis – da kommt man nur auf Einladung rein – keine Schwarzen, keine Iren, keine Wycks.«

Ellen hob eine Augenbraue und öffnete den Mund, um zu protestieren. Aber Pheely redete schon weiter, während sie Wein nachschenkte. »Das heute Abend wird zum Schießen komisch, mach dir keine Sorgen, alles halb so wild. Das einzige Höllenspektakel wird darin bestehen, wie Ely Gates Teufelsbell in den Hintern kriecht. Und um dem Ganzen die richtige Würze zu verleihen, erscheint heute seit über zehn Jahren zum ersten Mal wieder Spurs auf der Bildfläche.« Die Gläser klirrten leicht, als Pheely mit der Weinflasche beim Einschenken an ihren Rand stieß.

»Spurs?« Ellen nahm schnell ihr Glas an sich, damit Pheely nicht ihr wunderbares violett-oranges Outfit bekleckerte.

Pheely trat einen Schritt zurück. »Gerade noch mal gutgegangen.« Und dann zwinkerte sie Ellen verschmitzt zu, weil sie sich eben an etwas erinnerte. »Hast du Lust, noch schnell einen Joint zu rauchen?« Sie klang wie ein kleines Mädchen, das fragte, ob noch Zeit genug blieb, um aufs Klo zu gehen.

Ellen spürte, wie sich ein Grinsen auf ihrem Gesicht breitmachte. »Hast du was da?«

»Ich pflanze es selbst an.« Pheely sah auf ihre Armbanduhr. »Mist, wir werden zu spät kommen. Aber ich *muss* mich unbedingt entspannen. Du bist so nett zu mir. Ich erkläre dir gleich, warum ich so durch den Wind bin, versprochen.«

Zehn Minuten später sinnierte Ellen darüber, wie herrlich doch wirklich gutes Gras an einem sonnigen Abend in einem zauberhaften Garten zwischen Satyrn und Feen war. Das machte ihren ersten Tag in Oddlode doch zu einem wirklich gelungenen.

»Mmmmm.« Pheely inhalierte tief. »Gott, jetzt geht's mir schon besser. Langsam, Pheely, gaaanz laaangsaaam.« Sie kicherte und legte entspannt den Kopf in den Nacken. »Jasper Belling – allen bekannt als Spurs, und diesen Spitznamen hat er nicht von mir – war ein fürchterlicher Rabauke. Du kannst dir nicht vorstellen, wie schlimm er war. Ich mochte ihn mal ziemlich gern, ehe er völlig abdrehte. Er hat viel mehr auf dem Kerbholz als nur das Ende der politischen Karriere seines Vaters. Als er vor elf Jahren dieses Dorf verließ, stand's richtig bitter um ihn. Ich glaube, wenn er noch einen Tag länger geblieben wäre, hätte ihn jemand umgebracht. Und jetzt«, sie nahm noch einen Zug und gab den Joint weiter, »ist er zurück.«

Ellen dachte darüber nach, während sich das Wohlgefühl von Pheelys recht starkem Eigenanbau in ihrem Körper ausbreitete und ein Glücksgefühl sie durchspülte. »Warum?«, fragte sie.

Pheely zuckte die Achseln. »Das weiß keiner. Klatschtante Gladys hat wie ein Bluthund herumgeschnüffelt, aber die einzige Familie in ganz Oddlode, über die sie keinen Klatsch erfährt, ist die, für die sie arbeitet.« Darüber musste sie kichern, und als sie erst mal angefangen hatte, fühlte es sich an, als hätte sie Lachgas inhaliert.

Auch Ellen fand diesen blöden Witz plötzlich unglaublich lustig, bemühte sich aber unter Gekicher weiterzusprechen. »Was hat er denn so Schlimmes getan?«

Pheely standen schon die Tränen in den Augen vor lauter Lachen, und sie musste erst ein paarmal tief Luft holen, damit sie wieder sprechen konnte. »Na ja, er hat mal Hunter Gardners schick renovierte Garage bis auf die Grundmauern abgefackelt, mit Mini Cooper und einer Jolle darin. Eigentlich war's ziemlich komisch. Denn, ich meine, wer treibt in den Cotswolds schon Wassersport?«

»Ich habe Surfbretter«, sagte Ellen, und schon lachten sie beide wieder so hysterisch, dass sie sich kaum mehr einkriegten.

»Ist – wohl – doch – ein – bisschen – zu – stark – geworden – wie?« Pheely japste nach Luft.

Ellen nickte und wartete, dass das Seitenstechen wieder aufhörte.

»Oh, Jasper hat noch andere schrecklich komische Dinge getan.« Pheely rieb sich die Lachtränen aus den Augen. »Aber auch ein paar ganz entsetzliche. Es bleibt nicht mehr genug Zeit, um sie zu erzählen. Wir sind ohnehin schon zu spät dran. Und ich *muss* wissen, wer mein Angebot ersteigert. Wenn es Lily Lubowski ist, gehe ich umgehend mit dir ins Ausland.«

Wie Pheely nach Weißwein und Joint den Weg durch den Irrgarten, an Skulpturen und rostigen Parkbänken vorbei, so sicher finden konnte, blieb Ellen ein Rätsel. Aber sie vertraute ihr einfach und folgte ihr die vielen wild blühenden Hecken entlang. Schließlich traten sie durch das gewölbte Tor der Lodge nach draußen und gingen an der Linde vorbei die Goose Lane hinunter. In der Abendsonne wirkte Goose Cottage trotz der darin durchfeierten Nächte schön wie eine Märchenprinzessin. Die offen stehenden Fenster winkten sie geradezu heran, als sie daran vorüberkamen.

»Meinst du, ich sollte die Fenster schließen?«, fragte Ellen die fröhlich vor sich hin pfeifende Pheely.

»Nein – ist schon okay. So denken die Leute, du bist zu Hause.« Pheely wollte sich offensichtlich nicht noch mehr verspäten. »Die jungen Wycks sind alle im Gemeindesaal, wo sie einen achtzehnten Geburtstag feiern, und die Alten sind im Lodes Inn.«

Während sie die Straße in Richtung Manor Street entlangeilten, erzählte Ellen ihr von den Vandalen in Goose Cottage. »Eigentlich finde ich's nicht so schlimm – das Schlafzimmer konnte weiß Gott mal ein bisschen Action vertragen. Aber ich wüsste doch zu gern, wer es war. Immerhin habe ich ja ihre Playstation. Jetzt muss ich mir nur noch ein Game ausleihen.«

Pheely überkam erneut ein Lachanfall, und sie kicherte so heftig, dass sie am schmiedeeisernen Tor des Manors stehen bleiben und sich festhalten musste, damit sie nicht vornüberkippte. Die Locken fielen ihr ins Gesicht. »Oh, wenn ich doch nur wie die Wycks wäre. Was für ein Spaß.« Sie richtete sich wieder auf, wischte sich das verschmierte Make-up unter den Augen weg und seufzte begeistert. »Ach, wenn ich dir nur irgendwie helfen könnte – tut mir leid. In meiner Hütte bekomme ich nicht allzu viel mit. Hat deine Mutter sich sehr geärgert?«

»Ich hab's ihr gar nicht erzählt.« Ellen drehte den Kopf, um herauszufinden, woher plötzlich diese Musik kam. Laut und eindeutig unkultiviert, das konnte unmöglich die musikalische Begleitung zur Soiree von Lady B sein. Es klang eher wie eine Horde Füchse, die in Müllcontainern rollige Kater jagten.

»Roadkill«, sagte Pheely und nickte Richtung Gemeindesaal, an dem sie gerade vorbeigegangen waren und der jetzt von der hohen Mauer verdeckt war, die ihn von der Einfahrt zum Manor trennte. »Eine Band aus der Gegend hier – die spielt heute Abend auf der Party der Wycks. Melodisch, wie?«

Ellen gelang es mit Mühe, ein erneutes Kichern zu unterdrücken.

»Teufelsbell war außer sich vor Wut, dass sie ausgerechnet heute Abend dort spielen.« Pheely zwinkerte. »Setzen wir uns mal ihrem Wüten aus – und ihrem wütenden Sohn.« Sie hakte sich bei Ellen unter. Und so staksten die beiden Arm in Arm die pompöse Einfahrt hinauf – deutlich stoned, deutlich verspätet und deutlich entschlossen, sehr gute Freundinnen zu werden.

3

»Höre ich 90? Hervorragend! Für Sie, Ely, zu 90. Irgendwo 95? Ist das ein Gebot, Digby, oder ein nervöses Zucken? … Verstehe. Wie schade. Nun, ich höre doch *sicher* 95? Marcia, Sie haben noch gar nichts gekauft, oder?« Isabel Belling, oder Teufelsbell, schwang den Auktionshammer genauso tödlich entschlossen, wie sie ihre geliebte Cogswell & Harrison Kaliber 12 auf Fasane anlegte. Wie von einem Hochsitz aus hielt sie von dem erhöhten Stehpult vor dem großen Steinkamin, flankiert von zwei schlafenden Labradors, forschend Ausschau nach einer Bewegung. Schräg hinter ihr stand ihre treue Jagdgehilfin dieses Abends, die Haushälterin Gladys, die auf einem Klemmbrett alle abgeschossenen Vögel notierte. Lady Belling hatte sich natürlich – im Kopf – ebenfalls so einiges notiert und wusste sehr genau, welche Gäste beim Empfang mehr als ein Glas Wein getrunken hatten und daher leicht zu erlegen waren.

Die Dorfprominenz im Blauen Salon von Oddlode Manor saß auf ihren Händen und zeigte völlig ausdruckslose Mienen, damit ja keine ihrer Regungen als Gebot missverstanden wurde. Niemand wagte, Teufelsbell in die Augen zu sehen, zu niesen, zu husten oder sich zu räuspern, aus Angst, Angebot 15 zu ersteigern – ein Essen für zwei im Duck Upstream *ohne* Wein.

»Drei Kapern aufgespießt auf einen Rosmarinzweig und nichts zu trinken. Nur, wenn man *mir* Geld gibt«, murmelte Pheely. »Ely bietet bloß, weil er unbedingt möchte, dass seine Frau abnimmt.« Sie nickte zu einer drallen Person neben einem bärtigen Mann hinüber. »Die arme Felicity wird jede Woche zum romantischen Dinner ausgeführt und ahnt nicht, dass ihr Mann ganz anderes im Sinn hat.«

Ellen unterdrückte ein Kichern und starrte aufmerksam in ihren Auktionskatalog, den Pheely respektlos »die fliegenden Blätter« nannte. Dort waren alle Angebote mit einer kurzen Beschreibung und dem Namen des edlen Spenders aufgelistet. Am Ende hatte jemand unseligerweise handschriftlich hinzugefügt: »Angebot 69 – Ganzkörpermassage von der neuen Sport-Physiotherapeutin unseres Dorfes Ellen Jamieson (die für Englands Rugby-Mannschaft und das Ruderteam der Universität Oxford arbeitet)«. Mit Unschuldsmiene hatte Pheely behauptet, da müsse Isabel sie am Telefon wohl missverstanden haben.

»Wer bietet 95? Ein fabelhaftes Angebot.« Teufelsbell sah auf ihre Notizen und stellte wohl selbst fest, dass es doch nicht ganz so fabelhaft war. Denn sie räusperte sich, ehe sie in ihrer unverblümten Art hinzufügte: »Es ist ja für einen *sehr* guten Zweck.«

Ellen fand Lady Belling einfach großartig. Ihr erster Eindruck, dass sie aussehe wie ein Breitmaulfrosch mit Dauerwelle, hatte sich schnell verflüchtigt. Teufelsbell war einst zweifellos hinreißend gewesen, und in mancherlei Hinsicht war sie es jetzt noch. Knapp 1,65 Meter groß und genauso breit, entsprach sie so gar nicht dem Bild der eleganten Aristokratin, die sich Ellen als Ehefrau des großen attraktiven St. John vorgestellt hatte. Und dennoch war sie ein ebenso spektakulärer Blickfang wie das große Haus, das sie bewohnte. Wie das Manor war sie eher gut aussehend als schön und über die Jahre in die Breite gegangen, so dass sie jetzt die verschiedensten Stile in sich vereinte. Die erstaunlich helle sommersprossige Haut und die silbrig grauen Augen waren echt, jedoch herausgeputzt mit einem Fünfziger-Jahre-Make-up, das sonst sicher genauso selten benutzt wurde wie der viktorianische Flügel des Manors, in dem die Versteigerung stattfand. Ihre kräftige Statur wies hier und da zu viele Pölsterchen auf, ließ aber immer noch die klassisch symmetrische Architektur erkennen. Ihr Haar – eine Explosion kurzer, dichter schwarzer Locken – hatte den Mühen aller Friseure, es zu zähmen, genauso widerstanden wie die hohe Taxushecke allen Gärtnern, die dieses Buschwerk zwischen Gärten und Stallungen des Manors in Form schneiden wollten. Und wie ihr geliebtes Haus, so dominierte auch Lady Belling das Dorf nicht allein aufgrund ihres Alters und ihrer Herkunft: Sie besaß zudem einen unerwartet magischen Glamour.

»95! Danke, Mr Hornton«, dröhnte Teufelsbell und wirbelte mit dem Hammer wie John Wayne bei einer Schießerei mit der Pistole. »Nun, wer erhöht auf 100?« Über ihren Hammer hinweg fixierte sie mit silbrig funkelnden grauen Augen Ellen, der unter der Wucht von Teufelsbells Blick fast der Atem stockte. Wenn Klatschtante Gladys schon nach der ersten Sekunde die DNA ihres Gegenübers erkannte, so konnte ihre Chefin diese enträtseln und nach eigenem Willen neu formen. Die beiden waren ein perfektes Team.

»Zuck nicht mal mit dem Augenlid«, flüsterte Pheely ihr zu wie ein Safarileiter einem Touristen, der sich unversehens Auge in Auge mit einem Löwen findet.

Ellen biss sich auf die Lippe und unterdrückte ein Lachen, das ihr glucksend die Kehle hochstieg, bis der silbrig funkelnde Blick sich endlich ein anderes Ziel suchte. Erleichtert drehte sie sich zu Pheely um, die ihr fröhlich grinsend zuzwinkerte. Und dann half nur noch, umgehend die schöne Stuckverzierung der Decke zu studieren, damit sie nicht doch noch losplatzten.

Klatschtante Gladys, die sie weiterhin beobachtete, machte sich eifrig Notizen. Die Versteigerung war schon in vollem Gang gewesen, als sie eintrafen; und weil sie kichernd geflüstert hatten, waren Gladys' strenge Blicke immer missbilligender geworden. Sie hatten sich in die letzte Reihe der bunt zusammengewürfelten Sitzgelegenheiten verdrückt, die Teufelsbell und Gladys in den sonst selten genutzten und sehr formellen Blauen Salon getragen hatten. Während Pheely auf einem hohen wurmstichigen Windsorstuhl thronte, war Ellen x-beinig auf eine zerschlissene Chaiselongue gesunken, die knapp über dem Fußboden schwebte. Vor ihnen saßen schick angezogene Dorfbewohner auf alten Chintz- oder Ledersesseln, gepolsterten Hockern, Chesterfield-Sofas sowie Esszimmer- und Gartenstühlen.

»Da drüben ist Sir Gin.« Pheely zeigte auf Teufelsbells großen Ehemann, der unbequem auf einem Kinderstuhl balancierte. »Ich wette, die alte Schreckschraube hat ihn gezwungen, sich dahin zu setzen, damit er nicht einschläft. Er schnarcht wie ein Walross – du solltest ihn in der Kirche mal hören.«

Sir St. John Belling war nicht mehr der attraktive blonde Eroberer, der sich in der Friss-oder-Stirb-Welt der Politik mit seinem Mix aus langbeinigem Welpencharme und harter Dobermann-Aggressivität durchgesetzt hatte. Jetzt war er eher ein alternder Bluthund mit hängenden Wangen und schweren Augenlidern, dessen berühmte Mähne inzwischen so ausgedünnt war, dass sich nur noch um seine Ohren ein paar graublonde Locken kringelten. Doch auch der alte Belling strahlte immer noch so viel Anziehungskraft aus, dass sich die Damen des Dorfes extra für ihn gepudert, parfümiert und frisiert hatten. Die besten Sommerkleider waren aus den Schränken geholt worden, und Dutzende von Augen beobachteten ihn heimlich.

Zu Ellens Entsetzen rief sie selbst eine ganz ähnliche Reaktion bei einigen älteren Herren hervor, die sich über Schultern von Jacketts und Sportblazern nach ihr umsahen und mit altersschwachen Augen ihre gebräunte Haut, ihr blondes Haar und ihren freien Bauchnabel begutachteten. Die Versammelten waren allesamt deutlich älter als Pheely und Ellen. Und weil ihre Gastgeberin so strikt auf Einladung bestanden hatte, waren sehr viel weniger Bieter als Angebote da. Ellen rechnete nach: Selbst wenn jeder Anwesende zwei Angebote ersteigerte, blieb immer noch eine halbe Seite im Katalog, ehe ihre Massage aufgerufen wurde. Bis dahin fühlten sich all die älteren Herren hoffentlich schon so schlecht, dass ihre Frauen sie nach Hause brachten in der Pause, die der Katalog nach Angebot 30 versprach (wahrscheinlich das begehrteste von allen: »Ein Tag als Gast von Sir St. John Belling beim Royal-Ascot-Pferderennen«). Doch dann erinnerte sich Ellen, dass es ja noch einen anderen Grund für diese angespannt neugierige Atmosphäre gab.

»Welcher von denen ist denn Jasper?«, flüsterte Ellen Pheely zu.

»Spurs?« Pheely ging die Hinterköpfe der etwa dreißig vor ihnen sitzenden Leute durch. »Nicht hier, es sei denn, er hat all seine Haare verloren oder eine Geschlechtsumwandlung machen lassen. Die hier körperlich Anwesenden sind doch schon geistig abwesend«, witzelte Pheely und ließ ein kehliges Kichern vernehmen, während ihre Augen den Raum weiter nach dem verlorenen Sohn absuchten.

Ellen war enttäuscht. Nach Pheelys dunklen Andeutungen hätte sie wenigstens gern einen Blick auf den einst schlimmsten Rabauken des Dorfes geworfen. »Vielleicht kommt er erst, wenn sein Angebot aufgerufen wird.«

»Welches Angebot?« Pheely konsultierte »die fliegenden Blätter«, und Ellen zeigte auf das kurze rätselhafte Angebot 54: Der Meistbietende hat drei Wünsche frei, die Jasper Belling ihm erfüllt. Pheely prustete laut los vor Lachen.

»100! Danke, Ophelia!« Teufelsbell wedelte triumphierend mit ihrem Auktionshammer.

»Oh, Mist.« Mit einem nervösen Lächeln sah Pheely auf und murmelte: »Erzähl mir bloß nicht, ich habe gerade für dies Essen im Duck Upstream geboten?«

»Bleibt es bei 100?«, dröhnte Teufelsbell.

»Warum bietet denn keiner mehr?«, stieß Pheely starr lächelnd hinter zusammengebissenen Zähnen hervor. »Komm schon, Giles.« Hilflos starrte sie zu einem aalglatt wirkenden Mann in einem verknitterten Leinenanzug hinüber, der an einer Wand lehnte. Spitzbübisch zwinkernd lächelte er ihr zu.

Ellen, bei der die Wirkung des Joints langsam nachließ, hätte am liebsten selbst mitgeboten und dann das Essen sofort verschlungen.

»Für 100 Pfund an Miss Gently.« Teufelsbell hob ihren Hammer. »Zum Ersten ... zum Zweiten ...«

»Nein, nein, bitte nicht.« Entsetzt schloss Pheely die Augen.

»110«, sagte eine etwas träge, vornehme Stimme, und der Mann im verknitterten Leinenanzug hob einen Finger.

»Danke, Giles!« Teufelsbell jubilierte fast. »Ophelia?«

»Nein!« Pheely schüttelte schnell den Kopf und hielt den Atem an, bis der Hammer endlich niedergesaust war. Während Gladys etwas notierte, warf Pheely Giles einen Kuss zu. Mit schmachtendem Blick erwiderte er die Geste. »Das ist Giles Hornton«, erklärte sie Ellen flüsternd, »er wohnt im Odd Cottage, beim Fluss. Dillys Pferd steht auf seiner Wiese. Giles ist der beste Rechtsbeistand der Gegend, in mehr als einem Sinn. Pass auf dich auf – das Essen hat er sicher zur Beweissicherung ersteigert, um mal jemandes Bikinistreifen persönlich in Augenschein zu nehmen. Er *liebt* die Frauen einfach.« Vorsichtig sah sie sich um, beugte sich dann zu Ellen und flüsterte ihr ins Ohr: »Du bist wahrscheinlich die einzige Frau in diesem Raum, mit der er noch nicht im Bett war. Er ist ziemlich unwiderstehlich.«

Giles, bereits jenseits der vierzig, viel zu braun gebrannt, mit graumeliertem Schnurrbart und einer Vorliebe für zu eng taillierte Jacketts, erschien Ellen alles andere als unwiderstehlich. Er blinzelte ihr anzüglich zu, und sie sah schnell in den Katalog.

»Angebot 16«, dröhnte Teufelsbell, »eine freundliche Spende von Prudence Hornton: ein halbes Dutzend Stunden Aquarellzeichnen, Farbe und Papier inbegriffen.« Sie zeigte auf eine schlanke, leicht nachlässige Rothaarige, die sich in einem Sessel am Fenster hinter einer großen Sonnenbrille versteckte. »Wer bietet 50?«

»Ist das Giles' Frau?«, fragte Ellen besorgt, aber nicht gerade überrascht, dass die arme Frau inmitten all der Eroberungen ihres Mannes so mürrisch dreinblickte.

»Seine Ex.« Pheely verzog das Gesicht. »Und eine richtig dumme Kuh. Ihr gehört die Galerie in der Cider Lane. Sie öffnet nur, wenn der Mond im richtigen Aszendenten steht, und selbst dann lässt sie keine Steinböcke rein. Sie hat seit Monaten keine Einzige meiner Tonskulpturen verkauft.«

Ellen fragte sich, ob Pheelys Skulpturen vielleicht nur von Steinböcken gekauft wurden, verkniff sich die Bemerkung aber, weil Teufelsbell den Salon schon wieder nach Geboten durchforstete.

Die Zeichenstunden von Prudence gingen schließlich für nur 40 Pfund weg, was kaum die Materialkosten deckte, wie Ellen schätzte. Laut Pheelys Flüstereien schluckte sie Valium wie andere Smarties und war berüchtigt für ihre Jammertiraden, weil ihre drei Kinder von Giles (der noch mehr hatte) sie total auslaugten. Und so ging es weiter. Während ein Angebot das nächste ablöste, versorgte Pheely Ellen fröhlich wispernd mit allen nötigen Hintergrundinfos zu Anbietern und Bietern.

»Das ist Lily Lubowski – aus dem Laden«, zischte sie aufgeregt, als das Angebot »Eine Woche Urlaub in Frankreich im Ferienhaus eines Dorfbewohners« aufgerufen wurde. »Sie hat Joel geheiratet, als er bei der US-Luftwaffe in Upper Heyford stationiert war. Und dann fand sie sich in Little Rock, Arkansas, wieder, zwanzig Jahre lang. Nach seiner Pensionierung wollte sie unbedingt nach England zurück, sie hat immer von einem Teesalon in Lower Oddford geträumt. Aber irgendwie sind sie hier gelandet, mit Postschalter, Kuchentheke und Baseballschläger hinter dem Verkaufstresen.«

Lily wirkte absolut harmlos, trotz ihres ziemlich schrecklichen wasserstoffblonden Haars und des eindeutigen Faceliftings. Ellen fragte sich, warum Pheely sie ein total verrücktes Weib genannt hatte.

»Lily ist der *festen* Überzeugung, dass jeder Kunde heimlich einen Raubüberfall plant«, flüsterte Pheely. »Einmal hat sie sogar die arme Dilly des Ladendiebstahls bezichtigt. Ich hatte sie die Zeitung holen geschickt, weil meine wieder mal nicht geliefert worden war. Und als Nächstes hörte ich, Lily hätte die Polizei gerufen. Als der Constable Dilly fragte, ob er ihre Eltern anrufen könne, versuchte sie zu erklären, dass ihre Mutter zu

Hause im Bett liege und auf den ›Guardian‹ warte. Und Lily hatte nichts Besseres zu tun, als gleich beim Sozialamt anzurufen! Nach zwanzig Jahren amerikanischem Reality-TV hält sie uns alle für potenzielle Kriminelle. Sie würde ihre perfekten Kinder nicht mal in meine Nähe lassen. Was soll's, ich lese jetzt Pixies ›Telegraph‹, wenn sie fertig damit ist.«

Anscheinend gab es im Dorf nur wenige, denen die gefühlvolle Pheely traute oder mit denen sie sich nicht irgendwann mal verkracht hatte. Dennoch hatte Ellen das Gefühl, dass hinter all den boshaften Spitznamen und hitzigen Fehden eigentlich Zuneigung steckte.

»Dein Nachbar Hunter Gardner.« Pheely deutete auf einen sehr selbstsicher auftretenden Mann, der Ellen bekannt vorkam und der mitbot für »Einen Tag Moorhuhn-Schießen im künstlich angelegten Moor bei Lower Oddlode«. »Ein Busenfreund deiner Mutter.«

Jetzt erkannte Ellen den ehemaligen Offizier wieder, der sich stets kerzengerade hielt, immer einen Grund zu klagen fand und heute Abend in einem makellosen Tweedanzug mit Golfclubkrawatte erschienen war. Das Grundstück seiner Field Farm trennte die Wiese von Goose Cottage vom Anwesen des Manors und war säuberlich in Gehege unterteilt, in denen er seltene Geflügelrassen und erbärmlich aussehende schneeweiße Schafe hielt. Zusammen mit Jennifer hatte er so manchen Antrag im Gemeindevorstand durchgepaukt, wie auch den, dass der öffentliche Fußweg zwischen ihren beiden Grundstücken geschlossen wurde. Stolz hatte ihre Mutter immer verkündet, dass Hunter eben eine Schwäche für sie habe. Theo hasste ihn.

»Vielleicht biete ich mit.« Ellen las noch mal die Beschreibung: Hunters Gärtner Gary würde einen Monat lang Rasen mähen. Diese Hilfe konnte sie für Goose Cottage dringend brauchen.

»Nicht!«, zischte Pheely. »Gary ist Oddlodes Giftspritzer. Alles, was tiefer als einen Zentimeter im Erdboden steckt, vernichtet er gnadenlos mit der chemischen Keule.«

Pheely kannte immer Gründe, warum Ellen besser gar nicht erst mitbot – was vielleicht nicht das Schlechteste war angesichts der aberwitzigen Summen, die oft erreicht wurden. Anscheinend war da ein inoffizieller Wettkampf im Gange, wer der reichste und großzügigste Dorfbewohner war. Das Rasenmähen ging schließlich für 200 Pfund an einen der Bewohner von Coppice Court, dem neuen Anwesen neben Manor Farm, das Pheely nur den Gin-Palast nannte.

»Sie baden geradezu in Tanqueray«, flüsterte sie, während der Meistbietende Gladys seine Daten nannte. »Er soll Wirtschaftsprüfer in London sein. Die Gordon's- und Beefeater-Familien sind auch hier, aber die Bombay-Sapphire-Trinker sehe ich nirgends, und ich weiß, dass die Cork-Trinker diese Woche Urlaub in der Toskana machen.«

»Angebot 20.« Teufelsbell warf mithilfe der halben Lesebrille, die an einer Goldkette um ihren Hals hing, einen Blick in ihre Notizen. »Ah! Etwas ganz Besonderes. Allen, die wie ich viel zu gut tragende Bramleybäume haben, bietet Ely an, die Äpfel zu ernten und zu Cider zu verarbeiten. Von wem höre ich 100?« Zwischen Joel Lubowski und dem Beefeater-Ehemann entspann sich ein wildes gegenseitiges Überbieten, mit viel Gelächter und Spötteleien.

Die Angebote 21 bis 27 waren alle von Ely Gates und, wie Ellen fand, die mit Abstand interessantesten. Darunter ein Flug im Fesselballon über das Tal, auf dem Ely die Veränderung der Landschaft in den letzten Jahrzehnten erklären würde; eine Weinprobe in den Weinbergen von Lower Oddford, inklusive einer Kiste des neuen Jahrgangs; ein Monat freies Fischen auf dem Gelände von Manor Farm; und ein ganzes Jahr lang jede Woche ein frischer Blumenstrauß direkt ins Haus geliefert. Der große schlanke, bärtige Unternehmer und eifrige Kirchgänger saß in der ersten Reihe auf einem abgewetzten Chintzsofa neben seiner kleinen dicklichen Frau Felicity, deren Stupsnase ihr Gesicht leider aussehen ließ, als drücke sie es sich fortwährend an einer Fensterscheibe platt.

»Ich wusste gar nicht, dass Ely Gates so großzügig ist.« Ellen stieß einen leisen anerkennenden Pfiff aus. Ihre Mutter hatte den selbst ernannten Tycoon von Oddlode stets einen geizigen puritanischen Tyrannen genannt.

»Teufelsbell mag ja meinen, sie gebe in Oddlode den Ton an, aber Ely ist der eigentlich Mächtige«, murmelte Pheely finster. »Seit sein Vater durch die Änderung der Pachtgesetze Manor Farm von den Constantines kaufen konnte, hat dieser Teil der Familie Gates das Gesicht des Dorfes durch den Verkauf von Land verändert. Sie müssen ein Vermögen gemacht haben. Und sieh nur, er hat gar kein Problem damit, es auch zu zeigen!«

Das stimmte. Ely hatte nicht nur sehr viele Angebote gemacht, sondern bislang auch mehr als die Hälfte ersteigert. Die Bewohner des Gin-Palastes ließen an ihrem Reichtum zwar auch keinen Zweifel, als sie sich um Babysitter, Taxi- und Gartenservices gegenseitig überboten. Aber ihr nicht allzu weit entfernt wohnender Nachbar Ely war der bei weitem großzügigste Wohltäter. Ely musste bereits Tausende von Pfund ausgegeben haben. Ellen fand jedoch nicht, dass er sich demonstrativ darstellte. Im Vergleich zu den aufgeregt bietenden Dorfmachos zeigte er Understatement und sprach sehr leise. Und diese seltsame Zurückhaltung schien einige der anderen Männer sehr viel mehr zu ärgern als ihre eigenen aufstachelnden Witzeleien. Sie wollten ihm an den Kragen.

Angebot 28 von Giles Hornton wurde im Katalog geführt als »Zehn Stunden Rechtsberatung durch den Seniorpartner von Addingtons führender Rechtsanwaltskanzlei«. Doch der aalglatte Giles unterbrach Teufelsbell, ehe sie es verlesen konnte.

»Eine Änderung, Lady Belling. Mir wurde gesagt, mein Angebot sei etwas zu langweilig ...« Dabei sah er Pheely so an, dass Ellen sich fragte, ob sie ihm das wohl gesagt hatte. »... und mit Ihrem Einverständnis ändere ich es.« Jetzt warf Giles mit seinen blauen Augen Ellen einen so intensiven Blick zu, als wollte er mit reiner Willenskraft die Knöpfe ihrer Bluse sprengen. »Ich biete meinen Aston Martin für einen Tag an.« Mit weit ausholender Geste lächelte er in den Salon hinein.

Den überraschten Mienen und Ausrufen entnahm Ellen, dass er wahrlich einen Coup gelandet hatte. »Menschenskind!« Pheely fielen beinahe die Augen aus dem Kopf. Sein Aston Martin schien das Einzige in seinem Leben zu sein, dem Giles Hornton jemals treu geblieben war. Das seltene, liebevoll in Silberweiß restaurierte Modell DB4 war ein Neidobjekt des ganzen Dorfes. Und keiner begehrte es mehr als Ely Gates. Die Gebote begannen mit 1000 Pfund. Ellen runzelte ungläubig die Stirn. Dafür konnte man doch eine ganze Flotte Autos mieten. Die Leidenschaft der Männer für Autos hatte sie noch nie verstanden.

Anfangs bot Ely gegen Hunter Gardner und einen der Ehemänner aus dem Gin-Palast. Bei 1500 Pfund musste Hunter aussteigen und sich damit zufriedengeben, dass er ja jederzeit mit seinem Bentley vor dem meistbietenden DB4-Fahrer gemächlich herkutschieren und alle Überholmanöver verhindern könnte. Der Ehemann aus dem Gin-Palast, der selbst einen Range Rover und einen Porsche besaß, wollte dem Mann, auf dessen altem Milchhof sein Wohnhaus im Pseudo-Tudorstil erbaut worden war, wohl etwas beweisen und hielt mit. Doch Ely stieg nicht aus. Das Gebot erreichte 2000 und dann ohne großes Zögern 3000 Pfund.

Teufelshell war der Ekstase nahe. »Dreitausend*zweihundert*, nein, *-dreihundert*, von Ihnen, Ely. Und *-vierhundert*!« Ihr Hammer rotierte wild. Giles lehnte lässig an der Wand und zwinkerte Pheely und Ellen zu.

»Der ausgekochte Kerl«, murmelte Pheely. »Der wusste genau, dass Ely da einsteigt.« Dann wandte sie sich flüsternd an Ellen. »Vor ein paar Jahren wollte Ely Giles den Wagen abkaufen – von dem Geld hätte der sich ein nagelneues Luxusmodell leisten können. Und Giles war beinahe so weit, denn der Aston hat ihm schon eine Menge Scherereien eingebracht – immer dann, wenn er vor den Häusern einsamer Strohwitwen im

Lodes-Tal stand, deren Männer in London waren. Für einen Ehebrecher ist der Wagen einfach zu auffällig. Aber Giles liebt ihn, und so hat er sich noch einen Audi zugelegt, mit dem er jetzt seine Hausbesuche macht. Ely war außer sich vor Wut.«

»Wieso will Ely Giles' Wagen denn so unbedingt haben?«, fragte Ellen, die sah, wie aufgeregt der Manor-Farm-Tycoon auf dem Chintzsofa herumrutschte.

»Reine Sentimentalität, Schatz. Der Aston hat mal seinem Vater gehört – der hat ihn als Statussymbol gekauft, als er reich wurde. In den 1980er Jahren hat er ihn dann an Giles verkauft und davon den Großteil Land der Wyck Farm erworben. Ely hält die Dinge gern in der Familie – deswegen will er ihn zurückhaben. Als Junge hat er den Wagen geliebt. Mein Vater sagte, dass Ely als Teenager damit durch die alten Obstgärten gefahren ist, immer im Slalom um die Apfelbäume herum. Kannst du dir das vorstellen?«

»*3800* –« Es hatte etwas seltsam Intimes, wie Ely seine Gebote Teufelsbell kundtat; als führten sie ein kleines Privatgespräch.

Neben ihrer Gastgeberin war es vor allem Ely Gates, der Ellen faszinierte. Im Profil wirkte sein Gesicht nobel, das stahlgraue Haar bildete einen erstaunlich schönen Kontrast zu den dunkelblonden Augenbrauen und dem kurz gestutzten Bart. Als junger Mann musste er wie ein Filmstar ausgesehen haben – ein Peter O'Toole auf dem Dorf, mit einem intensiven, sorgenvollen Blick, den auch seine Hingabe an Kapitalismus und Christentum nicht hatten beruhigen können. Ellen hatte lange ihre Mutter verdächtigt, heimlich in Ely verliebt zu sein, auch wenn Jennifer ihn stets einen »neureichen Dummkopf« und »Dorfzerstörer« genannt hatte. Der Unternehmer mochte auf dem Papier für all das stehen, was sie verachtete, doch sein Name war in Gesprächen im Goose Cottage häufiger gefallen als irgendein anderer. Bis zum heutigen Abend hatte Ellen ihn noch nie von Angesicht gesehen, aber jetzt wusste sie, dass sie recht hatte. Ely war ein zwar alternder, aber blendend aussehender Mann.

»Hat er Kinder?«, fragte sie Pheely und hoffte auf die magischen Worte »einen unverheirateten 30-jährigen Sohn«.

Doch Pheely antwortete nicht, weil Teufelsbells Hammer auf das Stehpult niederfuhr. Ely hatte den Aston-Martin-Tag für 4000 Pfund ersteigert, und Pheelys Angebot war das nächste. Sie ergriff Ellens Arm und drückte ihn fest. »Oh, lass es nicht zu peinlich werden.«

»Angebot 29«, verkündete Teufelsbell atemlos, die Wangen von der Aufregung noch gerötet. »Eine Porträtbüste von der Künstlerin des Dorfes Ophelia Gently, Tochter des berühmten Bildhauers Norman Gently. Ophelia wird den Käufer – oder ein Familienmitglied – in Ton porträtieren, dazu bedarf es einiger Sitzungen in ihrem Atelier. Wer bietet 500 Pfund?«

Die Dorfprominenz zeigte keinerlei Interesse. Die meisten warteten auf das Royal-Ascot-Angebot und die Pause, in der es wieder Wein geben würde. Gladys war bereits verschwunden auf der Suche nach dem Korkenzieher und hatte ihr Klemmbrett Sir St. John überlassen, der mit zunehmend erstaunterer Miene ihre Notizen las.

»Nun, dann 400 Pfund.« Teufelsbell wollte auch keine Zeit mehr verschwenden. »300? Also gut – 250 Pfund als Eröffnungsgebot?«

Pheely wurde von Sekunde zu Sekunde blasser. Die Demütigung war mit Händen zu greifen. Ellen wagte kaum, sie anzusehen.

»300!«, rief sie und fragte sich, was sie auf Reisen mit einer riesigen Tonskulptur von sich selbst wollte.

»300 Pfund von dort hinten, danke.« Teufelsbell deutete mit dem Hammer auf Ellen. Giles Hornton grinste süffisant zu ihnen hinüber.

»Mistkerl«, murmelte Pheely. »Du musst nicht bieten, Ellen, ehrlich nicht. Es macht mir nichts aus.«

»Ich möchte aber.« Hoffentlich würde Pheely sie wenigstens nicht wie einen Kobold aussehen lassen.

Teufelsbell fragte nach weiteren Geboten. Keiner fing ihren

Blick auf. Eine lange Pause trat ein. »Sind wir mit 300 Pfund schon am Ende?«, fragte sie hoffnungsfroh und spähte auf die große Uhr an der Wand, die bereits Viertel vor neun zeigte.

»325«, bot der Beefeater-Ehemann.

»Jetzt bist du aus dem Schneider.« Pheely tätschelte Ellens Hand, bedrückt, dass ihre künstlerische Arbeit so wenig Anklang fand.

»350!« Ellen stieg gleich wieder ein.

»Dort hint... 400 Pfund!« Teufelsbell verkündete ein neues Gebot, noch ehe sie das von Ellen ausgesprochen hatte.

»450!«

»Ellen, hör auf.« Pheely kicherte. Farbe kehrte in ihre Wangen zurück, als sie sich nach dem anderen Bieter umdrehte. Es waren weder der Beefeater noch Giles, die nur stumm zusahen. Wer immer es war, machte Teufelsbell sehr diskret auf sich aufmerksam.

»500!«, verkündete diese, und Ellen fragte sich schon, ob die Lady des Manors selbst mitbot.

»600!« Ellen war nicht sicher, wie lange ihre Nerven das noch mitmachten. Das konnte sie sich eigentlich gar nicht leisten. Ihre Reisekasse würde ein großes Loch aufweisen.

»750!«

»Nicht«, warnte Pheely sie. Aber es war zu spät.

»1000.«

»Für 1000 Pfund!«, dröhnte Teufelsbell. »Irgendjemand mehr als 1000 Pfund?« Drohend schlug sie mit dem Hammer gegen die Innenfläche ihrer Hand.

Schweigen. Mist, dachte Ellen in Panik. Was habe ich nur getan?

»1500 Pfund«, ertönte eine sehr tiefe Bassstimme mit starkem Oxfordshireakzent vorne im Raum.

Pheelys vormals blasses Gesicht war jetzt fast dunkelrot. »Erhöhe dein Gebot«, zischte sie Ellen zu.

»Für 1500 Pfund...« Teufelsbell starrte Ellen an. »Junge Lady?«

»Bitte, bitte, bitte«, wisperte Pheely wie ein kleines Mädchen.

Ellen wollte das Schicksal nicht erneut herausfordern. Sie wusste nicht einmal, was sie so weit getrieben hatte. Aber sie würde ganz sicher nicht all ihr Reisegeld in eine Tonbüste stecken.

»Dann für 1500 Pfund … zum Ersten … zum Zweiten …« Der Hammer wurde erhoben. »Verkauft – an Mr Gates.«

»Bumm.« Pheely sackte in ihren Stuhl zurück. »Ich *hasse* Bärte.«

Ellen starrte sie an und konnte kaum fassen, dass Pheely sie dazu hatte bewegen wollen, ihre gesamten Ersparnisse dranzugeben, nur um Elys Bart nicht in Ton gestalten zu müssen. »Vielleicht sollst du ja seine Frau porträtieren«, sagte Ellen.

»Meine Arbeitsfläche würde zusammenbrechen unter der Last des Tons«, erwiderte Pheely gnadenlos und jetzt eindeutig schmollend.

Schweigend saß Ellen während der nächsten Versteigerung da, hin und her gerissen zwischen Verärgerung und Amüsement. Den Wettstreit der Pantoffelhelden, die ihren Ehefrauen einen Tag in Ascot mit Sir St. John ersteigern sollten, bemerkte sie kaum.

»Für 5300 Pfund … zum Ersten … zum Zweiten … verkauft an Mr Heaton-Jones! Gratulation. Was immer Sie tun, leihen Sie meinem Mann kein Geld zum Wetten.« Teufelsbell wirkte überrascht, als diese Bemerkung mit Gelächter quittiert wurde: Sie hatte es ganz ernst gemeint. Noch einmal klopfte sie mit dem Hammer auf das Pult, um die Aufmerksamkeit auf sich zu ziehen. »Vielen Dank, meine Damen und Herren. Wir machen jetzt eine kurze Pause, in der Orangerie werden Erfrischungen gereicht. Pünktlich um neun treffen wir uns wieder hier.«

»Komm, verschwinden wir und gehen in den Pub.« Pheely schnappte sich ihre Tasche. Sie sah Ely den Salon über die Terrasse verlassen und in Richtung Orangerie gehen. »Der Wein wird sowieso schrecklich schmecken, und Jasper ist auch nicht hier.«

Ellen ging Pheelys bestimmende Art langsam auf die Nerven, und so lehnte sie ab. »Ich möchte sehen, wer mein Angebot ersteigert.«

»Wir können ja in einer Stunde wiederkommen.« Pheely winkte Ellen zu einer Tür, die in einen rückwärtigen Seitengang führte. »Komm schon, Ellen, ich war seit Jahren nicht im Lodes Inn. Oh, beeil dich – da kommt Giles!«

»Ich bleib auf einen Drink«, beharrte Ellen. Pheely flatterte um sie herum wie jemand, der seine neue Freundin ganz für sich allein behalten will. Aber es war ohnehin zu spät.

»Ophelia! Strahlend wie immer!« Der schnauzbärtige Schürzenjäger schwebte heran, ergriff ihre Hand und küsste sie, während er einen verwegenen Blick auf Ellen warf, vor allem auf ihren Busen und ihr Bauchnabelpiercing. »Ich hatte noch nicht das Vergnügen ...?«

»Giles Hornton – Ellen Jamieson«, murmelte Pheely und stieß ihre Schuhspitze in den schon abgewetzten Axminsterteppich.

»*Enchanté*.« Er küsste auch Ellen die Hand. Sein Schnauzbart war seidig wie der eines Teddys, und ihn umgab die Duftwolke eines teuren Aftershave. »Nun, Ladys, gehen wir gemeinsam ein Glas Wein trinken?« Routiniert umschlang er sie beide in der Taille.

Binnen fünf Minuten fand Ellen sich in der überfüllten Orangerie eingezwängt und wünschte, sie wäre doch in den Pub verschwunden. Der Wein – lauwarme süße Liebfraumilch – schmeckte scheußlich, und die Gesellschaft war arrogant. Sehr bald schon bemühte sich nicht nur der aalglatte Giles um sie, sondern auch Hunter Gardner (»Wie geht es Ihrer lieben Mutter?«), ein Meister der Fuchshunde (»Sie gehen doch sicher auf die Jagd?«) und sogar Sir St. John selbst (»Sind Sie nicht die junge Lady, die mit mir nach Ascot fährt?«).

Als Pheely – die sich weigerte, auch nur ein Wort zu reden – auf die Terrasse flüchtete, um eine Zigarette zu rauchen, entschuldigte Ellen sich und folgte ihr. »Ich hab's dir doch gesagt, arrogante Bande«, murmelte Pheely und zündete sich eine Marlboro an.

Es war ein wunderschöner Abend, die letzten rosa Lichtstreifen wurden langsam von einer tintenblau heraufziehenden Nacht vom Himmel verdrängt. Die Gärten des Manors wirkten verführerisch und üppig in diesem Zwielicht, und die Rosen in den Beeten rings um die Terrasse verströmten den altmodischen Geruch vornehmer Damenzimmer. In der großen schwarzen Taxushecke verbarg sich eine Vielzahl Vögel, die einander singend gute Nacht sagten. Und in einiger Entfernung war das dumpfe Gewummer von Roadkill zu hören, das aus dem Gemeindesaal herüberdröhnte. Jetzt wollte auch Ellen nicht mehr zu der Versteigerung zurückkehren. Am liebsten hätte sie draußen vor dem Pub gesessen, von der kühlen Nachtluft die bleierne Müdigkeit dieses langen Tages davontragen lassen und ein eiskaltes Bier getrunken. Doch zunächst musste sie erst mal aufs Klo. Sie unterdrückte ein Gähnen und bemerkte, dass der Rosenduft überlagert wurde von Pheelys Zigarette und einem anderen, schärferen Geruch.

»Ophelia.« Hinter ihnen waren Schritte zu hören.

»Rieche ich da etwa Schwefel?« Pheely drehte sich herum.

In einer Wolke von Zigarrenrauch stand Ely Gates hinter ihnen, eine sehr dicke Havanna in der Hand. Aus der Nähe betrachtet wirkte er sogar noch beeindruckender und rätselhafter – groß, herb und ungreifbar mit diesem alternden Gesicht und den eindringlichen dunkelblauen Augen. Ohne erkennbares Interesse nickte er Ellen zu. »Auf ein Wort unter vier Augen, Ophelia.«

»Wenn's sein muss.« Pheely zuckte die Achseln.

Einen Augenblick lang hoffte Ellen, dem rätselhaften Ely vorgestellt zu werden, doch nichts geschah. »Dann geh ich mal«, sagte sie und lief durch eine offene Tür am anderen Ende der Terrasse zurück ins Haus, um den Leuten in der Orangerie zu entgehen. Sie fand sich in einem großen schattigen Esszimmer wieder, das vom Boden bis zur Decke mit glänzender Eiche getäfelt war und an dessen Wänden Jagddrucke und Gemälde hingen. Nicht ein einziger Stuhl stand um den großen Mahagonitisch, auf dem sich die Wochenendbeilagen von Zeitungen und Papierkram stapelten. Ellen sah sich nach dem Weg zurück in den Haupttrakt um.

Eine offene Tür genau ihr gegenüber führte in einen Raum, den sie für ein Billardzimmer hielt. Sie konnte nur eine Ecke des Tisches sehen und hörte das Klick-Klack aneinanderstoßender Kugeln. Ellen wollte schon hingehen und nach dem Weg fragen, als eine Tür außer Sichtweite aufging und Lady Bellings markante Altstimme einen Seufzer der Erleichterung ausstieß: »Hier bist du! Ich brauche dich in fünf Minuten im Blauen Salon.«

»Warum?« Eine Männerstimme antwortete, doch sie war zu sanft und zu unaristokratisch für Sir St. Johns abgehacktes Krächzen.

»Du *weißt*, warum.«

»Ist sie hier?«

»Nein.«

»Aber *er*, oder?«

»Natürlich. Und du musst höflich bleiben. Fünf Minuten.«

Eine Tür fiel ins Schloss und beendete dieses seltsame Gespräch. Das nächste Klick-Klack klang wütend, eine Kugel sprang vom Tisch und rollte über die Dielen. Und kurz darauf polterte sie durch die offene Tür ins Esszimmer. Ellen sah die Kugel direkt vor ihre Füße rollen und kurz das Rosa ihrer Zehennägel streifen, ehe sie liegen blieb. Ein Schatten huschte durch das Billardzimmer, doch niemand erschien in der Tür. Eine weitere Kugel wurde wütend angestoßen, gefolgt vom Klicken und Klacken gegeneinanderprallender Kugeln überall auf dem Tisch. Das war vielleicht nicht der günstigste Moment, um nach dem Weg zur Toilette zu fragen. In der Vertäfelung zu ihrer Rechten befanden sich noch zwei weitere Türen. Also versetzte Ellen der Kugel vor ihren Füßen einen Tritt, so dass sie ins Billardzimmer zurückrollte, und eilte auf eine davon zu. Doch als sie sie geöffnet hatte, starrte sie in einen riesigen Schrank voller Silberzeug.

»Die besten Teile hat sie verkauft«, sagte eine sanfte Stimme, »aber vielleicht finden Sie noch ein paar anständige Asprey-Stücke.«

Über ihre Schulter sah Ellen die Silhouette eines Mannes in der Tür stehen, in einer Hand eine rote Kugel. Da das Licht von hinten auf ihn fiel, konnte sie unmöglich sein Alter oder seine Gesichtszüge erkennen. Doch Ellen war ziemlich sicher, dass es sich um Spurs Belling handelte.

»Tut mir leid.« Sie schloss die Schranktür und drehte sich zu ihm um. »Ich suche eigentlich eher nach etwas in – äh – Porzellan.«

Er warf die Kugel in die Luft und fing sie wieder auf. »Minton oder Copeland?«

»Villeroy & Boch?«

Weiße Zähne blitzten auf im Schatten. Er lachte und deutete mit einem Nicken zu der anderen Tür. »Da durch, gleich links – bis ans Ende des Gangs, durch die Doppeltür in die Haupthalle, und dann ist es unter dem Bogen zu Ihrer Rechten.«

Zum Glück musste sie nicht in einem so großen komplizierten Haus leben, dachte Ellen, bedankte sich und verschwand durch die zweite Tür. Sie führte in eine innere Lobby, von der eine Vielzahl von Türen und Gängen abging. Als sie die erste Tür links nahm und dem Rat folgte, wie sie dachte, lief sie direkt ins Billardzimmer hinein. Und weil Spurs Belling im selben Moment auf der anderen Seite vom Esszimmer her wieder hereinkam, wirkten sie wie zwei Balletttänzer, die von rechts und links die Bühne betraten.

Überrascht blickte er sie an, und jetzt – im hellen Schein eines großen Kronleuchters – sah Ellen auch sein Gesicht. Und in genau diesem Augenblick spürte sie, wie ihr Herz laut und schnell zu pochen anfing. Ellen kannte viele Arten des Adrenalinrausches – fast alle hingen mit gefährlichen Sportarten zusammen: Sie hatte sich mit nichts als ein paar Quadratmetern

Seide auf dem Rücken aus Flugzeugen gestürzt; sie war mit besseren Gummibändern um die Knöchel von Brücken gesprungen; sie war auf gewachsten Karbonbrettern die höchsten Berge herabgesaust; und sie war auf einem Holzbrett balancierend mit 20 Meilen die Stunde auf Riesenwellen gesurft. Sie kannte den Geschmack des Adrenalins und liebte den Rausch, den es verursachte. Doch als sie Spurs Belling zum ersten Mal sah, kam sie mit dem Adrenalinschub überhaupt nicht klar. Da war nur Angst, und nirgends Seide oder Gummibänder, die sie retten würden.

»Mist!« Sie zwang sich, den Blick von ihm loszureißen, und wandte sich ab, um aus dem Zimmer zu gehen.

»Schon okay«, rief er. »Ich muss in Ihre Richtung – ich bring Sie auf dem Weg dort vorbei. Hier entlang geht's sowieso schneller.«

Ohne auf sie zu warten – und ohne sich seiner Wirkung bewusst zu sein –, durchquerte er das riesige Zimmer, vorbei an einem Konzertflügel ohne Hocker und an allein dastehenden zerschlissenen Ledersesseln, deren Gefährten offensichtlich für die Auktion entführt waren. Der Raum war so groß wie ganz Goose Cottage, und der Billardtisch wirkte in dieser Umgebung nicht größer als das Tablett eines Butlers. Ellen folgte ihm, hin und her gerissen zwischen ihrem Staunen über dieses leicht schäbige Spielzimmer für Erwachsene und ihrem Entzücken über Jaspers Rückseite. Zum Glück sah sie sein Gesicht nicht, auch wenn sein Hintern kaum weniger attraktiv war. Mit der abgewetzten Jeans, dem uralten Shirt, den Sneakers und den zerzausten schwarzen Locken wirkte er eher wie der Sohn eines Bauarbeiters als der eines feinen Pinkels. Jedenfalls war er gebaut wie einer, mit breiten Schultern, sehnigen braungebrannten Armen und schmalen Hüften. Und er roch merklich nach Pferd.

»Hier.« Er öffnete eine Tür, die in einen hohen prächtigen Gang führte, durch den die Dorfprominenz mit einem Glas Wein in der Hand gerade in Richtung viktorianischer Flügel flanierte. Ein paar von ihnen drehten sich um, als die Tür aufging, und ließen beinahe ihr Glas fallen, als sie Spurs erkannten. »Genau gegenüber.«

»Danke.« Ellen konnte ihm nicht in die Augen sehen. Sie eilte davon und suchte Zuflucht auf der Toilette, wo sie ihre heißen Wangen gegen die kühlen Kacheln drückte. Na, großartig, dachte Ellen kläglich. Ich kicke einem Adligen eine Billardkugel zu, lasse mich beim Angaffen des Familiensilbers erwischen und frage dann nach dem Weg zum Klo. Ich bin ja *so* cool. Eigentlich war es doch gar nicht so überraschend, dass der verlorene Sohn der Bellings beste Erbanlagen besaß und seine an Drogen verschwendete Jugend die natürliche, fast wilde Schönheit seiner Züge nicht schmälerte. Das war doch geradezu typisch für die Upperclass, diese Begünstigung durch Natur und Gesellschaft gleichermaßen. Natürlich hatte Spurs Belling die erstaunlichen silbrig grauen Augen, die sommersprossige Haut und das ungebärdige Haar seiner Mutter wie auch die sportliche Statur und den schön geschwungenen Mund seines Vaters. Es war doch keine Frage gewesen, dass er ein Mann von unglaublicher Schönheit sein würde – und dazu noch dieses lässig-arrogante Selbstvertrauen. Doch nicht deswegen war Ellen bei seinem Anblick so schwindelig geworden.

Spurs Belling besaß den X-Faktor. In all den Jahren, die sie mit Sportfanatikern, und vor allem Surfern, gereist war, hatte Ellen nur eine Handvoll Männer getroffen, die ihn tatsächlich besaßen. Und Richard, der ihn so gern gehabt hätte, hatte niemals auch nur eine Spur davon besessen. Spurs Belling aber war reinster X-Faktor – und das machte ihn sehr, sehr gefährlich. Und soweit es Ellen betraf, machte es ihn zu einem Mann, den sie um jeden Preis meiden musste. Sie würde jetzt sofort nach Hause gehen.

Sie wartete, bis das Geplauder und Gelächter der vorbeiziehenden Dorfprominenz nur noch ein entferntes Gemurmel war und alle wieder im Blauen Salon verschwunden waren. Dann lief sie durch die Eingangshalle auf die Vordertür zu.

»Falscher Weg«, rief eine Stimme hinter ihr her.

Ellen schloss die Augen und blieb zögernd stehen.

»Ihr Orientierungsvermögen ist wirklich beeindruckend.«

Ellen drehte sich um und lächelte verlegen in Richtung zweier langer muskulöser Beine. Sie vermied es, den Blick weiter zu heben. »Eigentlich wollte ich gerade gehen. Mein Hund ist schon seit Stunden allein und –«

»Mutter wird außer sich sein vor Wut.« Er klang amüsiert.

»Tut mir leid, ich kenne Ihre Mutter gar nicht. Aber bitte entschuldigen Sie mich doch bei ihr. Ich bin Ellen, falls sie fragt.«

»Das können Sie selbst tun. Mutter! *Ellen* möchte sich entschuldigen.«

»Wofür?«, dröhnte es ungeduldig, als Tritte die Holztreppe herunterpolterten. Nur einen Augenblick später standen zwei stämmige weibliche Beine neben denen in der Jeanshose.

Ellen fuhr zusammen, sah auf und zwang sich zu einem Lächeln. »Lady Belling, wir kennen uns nicht, aber –«

»Die Tochter der Jamiesons.« Mit silbrig grauem Blick fixierte sie Ellen, offensichtlich ungeduldig.

»Ja. Ich sagte gerade zu Ihrem Sohn, dass ich nach Hause muss und so den Rest der Auktion leider verpassen werde, aber –«

»Unsinn!«, unterbrach sie Ellen unwirsch und schien mit ihrem Blick geradezu kleine Pfeile in ihre Richtung abzuschießen. »Sie kommen wieder mit. Die kleine Ophelia sucht Sie schon überall. Wollen Sie etwa so unhöflich sein und sie enttäuschen, hm?«

»Sie wird sicher verstehen –«

»Kommen Sie schon, vorwärts. Jasper, du auch. Steh hier nicht herum wie ein Butler.« Nur 1,65 Meter groß, aber nichts als reine Willenskraft. Und während Teufelsbell sie beide durch die große Doppeltür schob, flüsterte Spurs Ellen ins Ohr: »Ich biete auf Ihr Angebot, wenn Sie auf meins bieten.«

Ungläubig sah sich Ellen im Blauen Salon um. Fast die Hälfte der bunt zusammengewürfelten Sitzgelegenheiten war jetzt leer. Nur die wahrlich Treuen waren zurückgekehrt, unter ihnen Ely und seine Frau, Hunter Gardner und ein paar der schon geistig abwesenden Bieter. Die Bewohner des Gin-Palastes waren verschwunden wie auch die Lubowskis und der aalglatte Giles. Pheely, die in der Nähe der Tür auf einem verschnörkelten Esszimmerstuhl saß, warf Ellen einen erschreckt mitleidigen Blick zu und verdrehte die Augen. Während Jasper sich genervt auf einem riesigen Sofa weiter vorne niederließ, setzte sich Ellen hinter Pheely.

»Wo warst du denn?«, flüsterte ihre Freundin.

»Ich hab mich auf dem Weg zum Klo verlaufen. Und du?«

»Mich hat der verdammte Ely wieder hierher geschleppt. Wer ist denn da gerade mit dir hereingekommen?«

»Jasper Belling. Das ist er doch, oder?«

Pheely verrenkte sich fast den Hals, doch er war in dem Sofa mehrere Reihen vor ihnen versunken, und es war nur noch einer seiner Sneakers zu sehen. Mit großen grünen Augen sah sie Ellen an. »Das kann nicht Jasper sein. Er war *so* wunderschön. Wie ein Engel, sagte mein Vater immer. Außerdem ist er blond.«

Unbeirrt von den leeren Plätzen nahm Teufelsbell ihren Platz hinter dem Stehpult wieder ein und machte genau dort weiter, wo sie aufgehört hatte. »Angebot 31. Ein Wochenende im Hotel Eastlode Park, Vollpension mit allem Drum und Dran. Höre ich 1000 Pfund? ... 500 vielleicht? 200? Es ist für einen *sehr* guten Zweck.«

Ellen konnte kaum mit ansehen, wie Angebot um Angebot zum Dumpingpreis unter den Hammer kam und fast alle an Ely Gates gingen. Manches Angebot ging schon nach nur einem Aufruf weg. Der Mann auf dem Sofa – ob er nun Spurs war oder nicht – gab kein einziges Gebot ab. Pheely und Ellen auch nicht; sie rückten näher aneinander und unterhielten sich über Fluchtmöglichkeiten.

»Hast du ein Handy bei dir?«, wisperte Pheely.

»Ja, aber es ist ausgeschaltet.«

»Dann schalte es ein und rufe diese Nummer an.« Pheely nannte Ellen ihre eigene Handynummer. »Ich tu so, als wäre es Dilly, die ein Problem hat, so dass ich gehen muss. Und du musst mich fahren. Dann können wir in den Pub verschwinden.«

»Angebot 53«, las Teufelsbell von ihrer Liste ab. »Reitstunden bei Rory Midwinter. Wer macht ein Eröffnungsgebot von 100?«

»Darauf biete ich.« Ellen machte Anstalten, die Hand zu heben. »Ich muss reiten lernen fürs Trekking in der Mongolei.«

»Nicht.« Pheely ergriff ihre Hand und hielt sie unten. »Rory ist Teufelsbells Neffe. Er hat Dilly das Reiten beigebracht, und sie fällt heute noch vom Pferd. Er ist ein hoffnungsloser Fall.«

Weil das Angebot sofort mehrere Bieter fand, die ihren geliebten Enkeln ein paar Reitstunden schenken wollten, ließ Ellen davon ab und griff nach ihrem Handy.

»Für 70 Pfund an Mr Turnball ... zum Ersten ... zum Zweiten ... verkauft!« Das Stehpult wackelte unter den Hammerschlägen. »Gut, damit kommen wir zu Angebot 54.« Teufelsbell räusperte sich und warf einen harten Blick zum Sofa hinüber. »Der Meistbietende hat drei Wünsche frei, die Jasper Belling ihm erfüllt.« Ein missbilligendes Raunen ging durch den Raum. »Von wem höre ich 250?«, rief Teufelsbell drohend, wohl in der Hoffnung, jemanden so weit einzuschüchtern, dass er brav die Hand hob. Ein vergnügtes Glucksen erklang, und der silbrig graue Blick schoss unerbittlich in die Richtung, aus der es gekommen war. »War das ein Gebot von Ihnen, Hyacinth?«

Betretene Stille trat ein.

»Dann also 100?« Mit einem gewinnenden Lächeln versuchte sie ihre Gäste dazu zu bringen, auf das Angebot ihres Sohnes zu bieten. Doch die verbliebenen Anwesenden schienen alle ein gemeinsames Ziel zu haben: Jasper Bellings Angebot um jeden Preis zu meiden. Tödliches Schweigen hatte sich ausgebreitet, in dem der Hass fast mit Händen zu greifen war. Ellen spürte die Peinlichkeit, die Spurs empfinden musste, als sie sich unter den reglosen, wie tiefgefroren dasitzenden Gestalten umsah.

Der Sneaker beim Sofa zuckte verärgert. Pheely spähte zu Ellen hinüber, dann auf ihr Handy und formte lautlos die Worte »Na, mach schon!« mit den Lippen.

»50?«, dröhnte Teufelsbell mit leicht verzweifeltem Unterton und starrte unwillig einen alten Jagdfreund an.

Ellen schaltete ihr Handy ein und sah auf das kleine Display. Im selben Moment, in dem Teufelsbell wütend verkündete, sie würde ab sofort jedes Gebot akzeptieren, verkündete Ellens Handy mit schrillem Piepton, dass eine neue SMS eingetroffen war.

»Ist das ein Gebot?« Triumphierend reckte Teufelsbell ihr Kinn in die Höhe. Ellen sah auf. Ein kraftvoll fesselnder silbriger Blick traf sie. Teufelsbell wusste sehr gut, dass Ellen ihr nun auf Gedeih und Verderb ausgeliefert war. Und dann erhellte plötzlich ein seltsames, fast mädchenhaftes Lächeln ihr sommersprossiges Gesicht. »Sagen wir – 5 Pfund?«

Ellen lächelte unsicher und fragte sich, ob das ein Witz sein sollte.

»Sag nein«, zischte Pheely. »Sag nein, auf gar keinen Fall.«

Doch Teufelsbell hatte das Lächeln bereits als Zustimmung gedeutet. »5 Pfund sind geboten für Angebot 54. Bietet einer mehr? Nein? Dann, zum Ersten ... zum Zweiten ... verkauft.« Als der Hammer diesmal auf das Stehpult niedersauste, war eindeutig das Geräusch splitternden Holzes zu hören. »Gladys, notieren Sie den Namen.«

»Oh, schon geschehen, Lady Belling.« Mit rosa gepudertem Gesicht spähte Klatschtante Gladys Ellen über ihr Klemmbrett hinweg an, in den braunen Knopfaugen eine seltsame Mischung aus Triumph und Mitgefühl.

»Du Trottel«, murmelte Pheely, und dann stockte ihr der Atem, als über der Sofalehne ein dunkler Haarschopf erschien und zwei unwiderstehliche Augen Ellen musterten. »Verdammt!«, wisperte Pheely. »Ich fass es nicht. Wir müssen hier raus.« Sie schnappte sich Ellens Handy, wählte ihre eigene Nummer, und schon einen Moment später klang die Melodie des ›Rosaroten Panther‹ durch den Blauen Salon. »Oh! Das muss ein Notfall sein!«, rief Pheely peinlich berührt und hob ab. »Hallo ... *was?* WAS? *Jetzt?* O Gott! Natürlich. Sofort, Schatz ... Hör doch auf zu weinen. *Natürlich* komme ich. Es muss mich nur jemand fahren – oh, warte, ich bin mit einer Freundin hier.« Sie nahm das Handy vom Ohr und wandte sich, obwohl sie nur Zentimeter von ihr entfernt saß, mit unnatürlich lauter Stimme an Ellen. »Könntest du mich wohl nach Trowbridge fahren?«

»Jetzt sofort?« Ellen, die schon zu ihren besten Zeiten eine miserable Schauspielerin gewesen war, klang wie eine oberpeinliche Eliza-Doolittle-Version.

»Ja ... *jetzt!*« Pheely dagegen ging ganz in ihrer Rolle auf, als sie wieder ins Handy sprach und angeblich ihre Tochter beruhigte. Dann stand sie einfach auf, sagte zu den Anwesenden: »Es tut mir ja so leid! Aber es geht um Dilly«, fügte in Richtung der höchst erstaunten Teufelsbell hinzu: »Danke für den schönen Abend, Isabel«, ergriff Ellen am Arm und zog sie aus dem Blauen Salon.

Sie waren schon fast draußen, als Gladys sie einholte. »Haben Sie nicht etwas vergessen, meine Liebe?«, fragte sie Ellen.

»Was? Oh, ja.« Ellen fischte einen Zehn-Pfund-Schein aus ihrem Portemonnaie.

»Ich hole Wechselgeld.«

»Ach, lassen Sie nur – es ist doch für einen guten Zweck.«

Gladys warf ihr einen wissenden Blick zu, der besagte, dass diese zehn Pfund Ellen noch teuer zu stehen kommen würden. Über die Schulter der kleinen Frau hinweg sah Ellen, dass Spurs sie vom Sofa aus immer noch beobachtete, ohne ein Lächeln, aber interessiert. Ihr Adrenalinspiegel stieg bereits wieder, als stünde sie an einer offenen Flugzeugtür hoch oben über den Wolken. Und dann zog Pheely sie zurück in den Flugzeugrumpf, ganz begierig auf eine echte Erfrischung.

»Bist du sicher, dass uns hier keiner findet?«, fragte Ellen noch mal, als sie an einem Ecktisch im Lodes Inn an ihrem Bier nippte. Der Pub lag in so unmittelbarer Nähe zu den Bellings, dass sie fast noch im Schatten des Manors saßen. »Und wenn nach der Auktion einer herkommt?«

»Von denen kehrt hier keiner ein«, versicherte Pheely und nahm einen so großen Schluck Guinness, dass sie vom Schaum einen Schnauzbart hatte wie Giles Hornton. »Normalerweise tu ich das auch nicht, aber ich dachte, es gefällt dir. Es ist so *authentisch*.«

Der Pub war nicht nur authentisch, sondern vor allem beliebt. Die große Gaststube war so überfüllt, dass an den Tresen kein Herankommen war. Ellen und Pheely saßen in der »Lounge«, einer kleinen Kammer neben der Dartscheibe, und hofften, dass ihnen nicht die Dartpfeile um die Ohren sausen würden. Zu Ellens Überraschung hatten die Gäste den beiden Frauen beim Betreten des Pubs keinerlei Beachtung geschenkt. Wie ihre Lieblingskneipe in Cornwall lag auch das Lodes Inn in einem Urlaubsgebiet, und die Dorfbewohner waren an Fremde gewöhnt. Der Wirt Al Henshall tat zwar sein Bestes, um Touristen zu vertreiben – der Pub servierte kein Essen und war in seiner Schäbigkeit wenig einladend –, doch ein paar verirrten sich immer wieder hinein. Wahrscheinlich nahmen alle an, dass die braun gebrannte Blonde und ihre kurvige Freundin in einem der Feriencottages Urlaub machten oder irgendwo im Dorf mit Bed & Breakfast untergekommen waren.

Pheely war hier fast genauso unbekannt wie Ellen, und diese Anonymität schien ihr unglaublich gut zu gefallen. »Wir hätten uns gleich auf den Weg hierher machen sollen, als ich es vorschlug. Dann wären dir nicht diese entsetzlichen Wünsche aufgehalst worden und ich müsste nicht in nur fünf Wochen eine zauberhafte Godspell erschaffen. Wie ich dieses Mädchen menschlich aussehen lassen soll, geht über meine Vorstellungskraft – ihr Gesicht gleicht schon jetzt einer Totenmaske.«

»Godspell?« Den Namen kannte Ellen. »Die junge Gothic-Frau?«

»Du hast dich hier wirklich schnell eingelebt.« Jetzt klebte auch noch ein Klecks Schaum an Pheelys Nase. »Ja. Der verdammte Ely will, dass ich das kleine Monster mache, rechtzeitig bis zu seiner Gartenparty – und die findet in sechs Wochen statt.«

»Moment mal … hier ist doch von der Tonbüste die Rede, oder?« Ellen versuchte, Pheelys flatterhafter Spur zu folgen.

»Ja. Ely möchte seine teure Tochter von diesen magischen Händen porträtieren lassen.« Pheely betrachtete ihre breiten Künstlerfinger, an denen mehrere Ringe mit großen bunten Glassteinen steckten. »Ehrlich, ich würde ihr mit diesen Händen lieber den Hals umdrehen. Aber wahrscheinlich sollte ich Gott danken, dass mir Enoch erspart bleibt. Elys Sohn ist reinstes Gift.«

»Die Gothic-Frau Godspell ist Ely Gates' Tochter?«, hakte Ellen einigermaßen überrascht nach. »Sie sieht ihren Eltern überhaupt nicht ähnlich.« Sie versuchte die kleine mausgesichtige Godspell mit dem großgewachsenen attraktiven Ely oder ihrer dicken, plattnasigen Mutter in Zusammenhang zu bringen.

»Doch, tut sie bestimmt.« Pheely kicherte. »Aber da weder Ely noch Felicity ihre leiblichen Eltern sind, werden wir's wohl nie erfahren. Sie wurde adoptiert – beide Gates-Kinder. Felicity konnte keine Kinder bekommen.«

»Oh.« Darauf war Ellen nicht gefasst gewesen.

Pheely zuckte die Achseln. »So was kommt vor. Und ich kann dir versichern, die beiden sind so verzogen und verwöhnt wie jedes leibliche Kind – vielleicht sogar schlimmer«, sagte sie. »Übrigens, dieser Krach da vorhin – Roadkill.« Sie senkte die Stimme, da sie sich auf Wyck-Territorium befand. »Godspell ist die Sängerin der Band. Ely hat ihr ganzes Equipment bezahlt und lässt sie sogar auf seiner Gartenparty spielen, neben dem Morrell-Moor-Streichquartett. Entsetzlich.«

Ellen grinste über Pheelys etwas altmodischen Geschmack.

»Ely hat mir versichert, dass sie wenigstens zu einem Dutzend Sitzungen kommt. Aber ich weiß nicht, wie das gehen soll«, fuhr Pheely fort. »Das Mädchen lebt nach eigenen Gesetzen und ist quasi ein Nachtfalter. Wenn sie nicht über Friedhöfe schleicht oder in Mikrofone schreit, spielt sie mit ihren gruseligen Haustieren. Weißt du, dass sie die drittgrößte Privatsammlung von Amphibien und Insekten Großbritanniens hat?« Sie erschauderte. »Und man kann sie kaum eine Frau nennen, dabei ist sie bereits dreiundzwanzig. Noch ein Bier?«

Ellen hatte ihres noch nicht mal halb geleert und beobachtete erstaunt, wie Pheely sich einen Weg durch die Menge bahnte und gleich darauf mit zwei Gläsern wieder auftauchte.

»Ist Reg Wyck eigentlich auch hier?«, fragte Ellen leise und suchte den Raum mit ihren Augen nach ihrem nachlässigen Gärtner ab.

Pheely warf einen Blick über die Schulter, als sie sich wieder setzte. »Hab ihn nicht gesehen. Der lässt es vermutlich mit seinen Kumpels in deinem Cottage hoch hergehen.« Ellen war entsetzt, doch Pheely kicherte frech. »Um neun zieht er immer ins Legion weiter. Danach kannst du die Uhr stellen. Und später ist er so betrunken, dass er regelmäßig in den Ententeich fällt. Ich habe mir überlegt ...«, sie steckte sich eine Zigarette an, »... mit ein bisschen Glück löst Jasper sein Versprechen gar nicht ein. Wer würde das schon tun, für fünf Pfund?«

»Ich habe einen Zehner gezahlt.«

»Schatz, dieser Junge – na, jetzt wohl eher Mann – zündet sich mit Zehnern seine Zigaretten an. Dieses Angebot von ihm war doch total albern, das musst du zugeben. Offenbar war er heute Abend bloß da, weil die alte Schreckschraube drauf bestanden hat.«

»Hat er sich sehr verändert?« Ellen konnte dem Thema nicht widerstehen, jetzt, da Pheely es angeschnitten hatte. »Du warst ziemlich überrascht über sein Aussehen.«

Die grünen Augen waren halb beschattet von langen vollen

Wimpern, als Pheely lächelnd einen Schluck Guinness trank. »Mmm. Ja, war ich.«

»Und früher war er also mal blond, sagst du?«

Wieder blieb ein wenig Bierschaum an Pheelys Mund hängen. »Mmm. War er – zumindest als kleiner Junge. Aber wenn ich jetzt so drüber nachdenke: Er ist immer dunkler geworden und hat sich die Haare in allen möglichen seltsamen Farben gefärbt. Also schwer zu sagen. Einen Sommer waren sie mal knallpink.«

»In einem Dorf wie Oddlode muss sein Verhalten ziemlich skandalös gewesen sein.«

»Sein Verhalten war für fast alle Leute skandalös.«

»Warum?«

»Weil er böse war, Ellen.« Das Seufzen, das dieser Bemerkung folgte, ließ deutlich erkennen, dass Pheely nicht darüber sprechen wollte. Dorthin wollte sie nicht flattern.

Na, großartig! Ellen nippte an ihrem Bier. Ausgerechnet jetzt war die Infoflut abgeebbt, dabei hätte sie ein paar Fakten gut gebrauchen können für den Fall, dass sie wirklich drei Wünsche frei hatte. Jaspers Anziehungskraft fand sie eher nervtötend als erfreulich, und sie hatte wahrlich keine Lust, in die Dorffehden verwickelt zu werden. Es gab nur eins, was sie sich im Moment wirklich wünschte: über das hinwegzukommen, was zwischen Richard und ihr passiert war – dem guten redlichen Richard. Sie erkannte einen bösen Buben, wenn sie einen vor sich hatte – und wenn Saul Wyck zwielichtig war, dann war Jasper Belling äußerst gefährlich. Warum nur fand sie die Sünder immer so viel anziehender als die Heiligen? Wäre Richard ein Sünder gewesen, könnten sie heute noch zusammen sein.

»Ich hoffe für dich, dass morgen das billigste Angebot dieses Abends bereits vergessen ist«, sagte Pheely schließlich.

»Was ist denn so Böses an ihm?«, fragte Ellen.

Pheely schüttelte ihre Korkenzieherlocken, hob ihr Glas und sah durch die schwarze Flüssigkeit. »Seine Seele hat diese Farbe hier.«

Ellen starrte das Guinness an. Richards Lieblingsbier. Es fiel ihr schwer, darin irgendeine Ähnlichkeit zu einer schwarzen Seele zu sehen. Guinness erinnerte sie an Pubs in Treglin, lange Abende am Strand und Sandwiches auf Türstufen.

»Mein Vater mochte Spurs.« Über den weißen Schaum hinweg sah Pheely sie an. »Daddy war einer der wenigen, die weiter an ihn glaubten, als es richtig schlimm wurde mit ihm. Er sagte immer, Spurs wäre ein Raubvogel, der in einem goldenen Käfig gefangen ist, und dass er falsch verstanden und nicht geliebt werde. Er ermutigte Spurs zu malen. Denn dieser Mistkerl hat Talent; aber das hat er später bloß an Fälschungen verschwendet. Und er hat meinen Vater bestohlen – Hunderte von Pfund fehlten genauso wie Dinge aus dem Haus; aber Daddy weigerte sich, davon Aufhebens zu machen. Ich bin ein paar Jahre älter als Spurs – zu der Zeit war ich vielleicht neunzehn oder zwanzig und hatte ein Kleinkind –, und ich habe Daddy einfach nicht gut genug vor ihm geschützt. Er erschien mir immer so unverletzlich und geradezu störrisch unabhängig, aber damals wusste ich noch nichts von seinem Krebs. Er hat es mir erst in den letzten Wochen erzählt, als er wusste, dass er bald sterben würde.«

Pheely ließ die dunklen Locken wie einen Vorhang ins Gesicht fallen, während sie mit den Fingerspitzen ihre Stirn massierte – bemüht, die Selbstbeherrschung nicht ganz zu verlieren. Offenbar konnte sie darüber nur mit Mühe sprechen, ohne von Emotionen überwältigt zu werden; wie schwer musste es ihr erst in einem lauten Pub fallen. Aber irgendwie hatte Ellen das Gefühl, dass das Absicht gewesen war. Pheely hatte bewusst eine Kulisse gewählt, in der sie nicht einfach hemmungslos losweinen konnte.

Als die grünen Augen durch die Locken wieder zum Vorschein kamen, klang ihre Stimme beherrscht, und sie beendete die Geschichte in leisem, monotonem Ton. »In Daddys letzten Wochen hat Spurs gemacht, was er wollte. Er war der Sohn, den er nie hatte – meine Mutter ist im Kindbett gestorben, weißt du.

Und Spurs hat ihn in dieser kostbaren letzten Zeit bestohlen, Actionfilme im Fernsehen gesehen, wenn Daddy kaum Luft bekam, die starken französischen Zigaretten geraucht, die Daddys Todesurteil besiegelt hatten, und Partys in unserem Haus gefeiert. Nach Daddys Tod hat Spurs alle Skulpturen in unserem Garten mutwillig zerstört. Als ich von der Beerdigung kam, waren allen Skulpturen die Köpfe abgeschlagen – die schönen Vögel, Pferde und Hunde verstümmelt, überall lagen Gliedmaßen herum. Die Bronzen waren schwerer zu beschädigen, aber er muss verdammt in Fahrt gewesen sein, hat ihnen mit dem Schraubenzieher die Augen ausgestochen und alles von den Sockeln gerissen, was er konnte. Spurs war nicht damit zufrieden, ihn noch schneller ins Grab befördert zu haben, er musste auch noch darauf herumtrampeln und Daddys wunderschönes Erbe verschandeln.«

Ellen presste die Hand gegen den Mund. Es war schwer, den Schmerz und die Wut zu ertragen, die dieses Gesicht so verbitterten.

»Ich war nicht ganz ehrlich, als ich sagte, ich brächte es nicht fertig, Daddys Bronzen zu verkaufen.« Pheelys Mund zuckte, und sie sah zur Seite, um eine rebellische Träne wegzublinzeln. Ihre Stimme war kaum mehr als ein Flüstern. »Die Risse sind unter all den Flechten und dem Efeu nicht zu sehen, aber sie sind auf immer zerstört. Daddy hat das Haus Daffodil vermacht und die Skulpturen mir, aber so sind sie natürlich nichts wert. Als Spurs sein Zerstörungswerk vollführte, hat er mich zu einer Gefangenen der Lodge gemacht. Selbst wenn ich wollte, ich könnte es mir gar nicht leisten, wegzugehen.«

Ellen starrte in das schwarze Guinness, das unter der hellen Schaumkrone dunkel wie Teer war. »Und es war wirklich Spurs, der die Skulpturen verstümmelt hat?«

»O ja, er hat seine Visitenkarte dagelassen.« Pheely wischte eine Träne von ihrer Wange. »Er hat stets ein Hufeisen dagelassen, wenn er das Leben anderer zerstört hatte – verkehrt herum aufgehängt, als Zeichen des Unglücks. Ich fand es an einer der kopflosen Tänzerinnen, am ausgestreckten Arm baumelnd, mit Margeriten umwunden. Das sollte wohl sein Beerdigungskranz sein. Nette Geste, nicht wahr?«

Ellen griff nach ihrer Hand und spürte die harten Konturen der Ringe in ihrer Handfläche, als sie sie drückte.

»Ich weiß nicht, was du dir wünschen wirst.« Pheely starrte ihre Hände an. »Ich hätte mir gewünscht, Spurs Belling wäre niemals meinem Vater begegnet und wüsste, was es bedeutet, gefangen zu sein in einem verdammten Käfig, der *nicht vergoldet* ist. Doch am meisten hätte ich mir gewünscht, dass er nicht zurückkehrt.«

Die verwöhnte reetgedeckte Prinzessin lag im Dunkeln, als Ellen durchs Tor trat. Im Mondlicht wirkten die schmutzigen, weit geöffneten Fenster wie graue Riesenmotten, und Ellen hätte beinahe aufgeschrien, als eine geisterhafte Gestalt heraussprang, auf sie zustürmte und sich an ihre Beine schmiegte.

»Snork!« Sie lachte. »Geht es dir gut?«

Snorkel warf sich auf den Rücken und fiepte aufgeregt vor Freude. Sie stank entsetzlich, sicher hatte sie sich am Abend noch mehrmals beim Teich in Hundeparfüm gewälzt. Ohne Außenlicht stocherte Ellen einige Mal herum, ehe sie das Schlüsselloch endlich traf. Wahrscheinlich gar nichts im Vergleich zu Pheely, dachte sie, die sich gerade schwankend einen Weg durch den labyrinthischen Irrgarten zum Lodge Cottage bahnte. Zwei Bier in schneller Folge getrunken und seit Stunden nichts im Magen, kein Wunder, dass sie sich benommen fühlte. Als etwas klappernd zu Boden fiel, meinte sie zuerst, es sei ihr Handy. Aber dann fiel ihr ein, dass das ja noch in Pheelys Handtasche steckte. Sie tastete um ihre Füße herum und hob etwas Schweres und grob Behauenes auf. Na großartig, jetzt war auch noch der Türklopfer abgefallen.

Schließlich fand sie das Schlüsselloch doch noch, stolperte kichernd mit Snorkel ins Cottage und machte erst mal Licht. Dann warf sie einen Blick auf den »Türklopfer«. Aber es war gar keine schmiedeeiserne Arbeit. Es war ein altes Hufeisen, aus dem noch drei Nägel herausstaken. »O Mist.« Ellen schauderte und musste sich am Türrahmen festhalten. Und jetzt roch sie auch den starken Rosenduft, der den der Nachtviolen und des Lavendels in den Milchflaschen überdeckte.

Sie schloss die Tür hinter sich, doch der Duft blieb, wurde sogar noch intensiver. Ellen folgte ihm ins Wohnzimmer und machte Licht. Die Playstation war weg. Dort, wo sie gelegen hatte, stand jetzt ein einziges Wort, mit Rosenblütenblättern geschrieben: DANKE.

4

Am nächsten Morgen waren die Rosenblütenblätter auf dem Steinboden im Wohnzimmer bereits braun, und ihr zarter Duft wurde überlagert vom intensiven Geruch des Lavendels. Die Morgensonne fiel in so seltsamen Winkeln durch die niedrigen bleiverglasten Fenster von Goose Cottage, dass das blassgoldene Licht sich wie auf einem Dalí-Gemälde über Sofalehnen und Türrahmen zu ergießen schien. Ellen hielt ihren Teebecher in beiden Händen, streifte im Morgenmantel durchs Haus und sah den überall aufwirbelnden Staub im Sonnenlicht tanzen.

Es war noch nicht mal sechs. So plötzlich, wie sie eingeschlafen war, war sie auch wieder erwacht, hatte die Augen aufgeschlagen und die fremde Umgebung wahrgenommen, noch ehe sie ihr Wachsein registrierte. Sie hatte oben im Dachgeschoss im großen Zimmer geschlafen, zwischen lauter Kisten mit Besitztümern der Jamiesons, die schon zum Verschiffen nach Spanien gepackt waren. Das war ihr lieber als das Schlafzimmer ihrer Eltern mit dem übertrieben viktorianischen Stil und all dem Kerzenrauch; und auch lieber als das offizielle Gästezimmer, das sie allzu lebhaft an Richard und ihre zwar seltenen, aber schwierigen Besuche im Goose Cottage erinnerte. Ihr kurzer, tiefer Schlaf war voller Träume von bösen Hexen, guten Feen, tiefgrünen Wäldern und Männern mit silbrigen Augen gewesen. Froh, aufgewacht zu sein, genoss sie jetzt den Frieden des morgendlichen Vogelgezwitschers, des dunstigen Sonnenlichts und des warmen Tees.

Fins freute sich natürlich über ihren ausgedehnten Besuch in seinem Verlies, strich ihr miauend um die Knöchel und kratzte mit den Krallen an ihren Zehen, während sie seinen Futternapf auffüllte, frisches Wasser hinstellte und das Katzenklo säuberte. Er sprang auf die Arbeitsfläche vor dem langen niedrigen Fenster mit Blick auf die Auffahrt und Richtung Scheune, spähte neidisch zu Snorkel hinaus, die auf dem Grundstück bereits Patrouille lief, und knurrte mit geneigtem Kopf die Vögel auf der Telefonleitung an. »Du darfst auch bald raus, versprochen«, sagte Ellen und strich ihm beruhigend über den Rücken. Doch sein Schwanz rotierte streitlustig.

Sie sah zu den Putzlappen und Gummihandschuhen hinüber, die sie gestern nach ihrer Blitzputzaktion im Ausguss hatte liegen lassen. Wahrscheinlich würde sie sie heute sowieso wieder brauchen, denn das Cottage sollte ja so bald wie möglich tipptopp aussehen und einen Käufer finden. Der Gedanke an ein Gespräch mit Dot und Reg war nicht gerade erhebend; aber sie hielt es ohnehin nicht für sonderlich klug, es ausgerechnet am Sonntag zu führen. Jetzt wollte sie erst mal weitermachen. Ein neuer Tag lag vor ihr, voll Sonnenschein und ... Putzerei. Ein Blick aus dem Fenster zeigte ihr, dass sie sogar noch einen weiteren potenziellen Aufenthaltsort der Vandalen übersehen hatte. In welchem Zustand mochte wohl das Gästeapartment sein?

Fins starrte ihr durchs Fenster wütend hinterher, als Ellen über die kiesbedeckte Auffahrt hüpfte und wünschte, sie hätte Schuhe angezogen. Sie schlang den Morgenmantel fester um sich. Es war überraschend frisch im morgendlichen Dunst, die Sonne musste erst noch höher steigen, um Wärme zu entfalten. Vorsichtig stieg sie an der einen Scheunenseite die Steintreppe hinauf und warf einen Blick zurück auf das reetgedeckte Cottage und das noch im Schlaf liegende Dorf dahinter. Das Apartment hatte eine große Glasfront und davor einen überdachten Holzbalkon, auf dem zwei grüne Plastikstühle an einem kleinen Tisch lehnten, bedeckt mit Staub und Weidenkätzchen. Irgendeiner hatte hier zweifellos die Aussicht genossen, dachte Ellen und zählte die Zigarettenstummel zu ihren Füßen. Doch im Apartment selbst war alles sauber und aufgeräumt, nirgends ein Anzeichen von Eindringlingen. Sie legte den Schlüsselbund auf die Konsole, die wie eine Halbinsel in den Raum ragte und die Küche vom Wohnbereich trennte.

Snorkel war ihr gefolgt und sprang fasziniert vor den niedrigen Fenstern herum, die für Hunde sehr viel geeigneter schienen als für Menschen. Theo hatte die Feriengäste immer nur »die Beine« genannt, weil von draußen kaum mehr als ihre Waden zu erkennen waren durch die kleinen Dachgauben, die wie Äuglein in dem schwarzen Reetdach blinkten. Die französischen Fenster auf der Balkonseite spendeten dem durchgehenden Wohnraum helles Licht, doch der spitze, von Balken durchzogene Dachgiebel erinnerte Ellen stets an ein stickiges Zelt. Und dieser Eindruck verstärkte sich noch im Schlafzimmer, das nach all den Monaten muffig und feucht roch und in jeder dunklen Ecke Spinnweben aufwies.

Ellen zog die Gardinen über dem Bett auf und sah zur Lodge und ihrem wuchernden Garten hinüber, in dessen grünem Wirrwarr sie nicht mal einen einzigen Dachziegel von Pheelys Cottage erkennen konnte. Direkt vor ihr lag die in Sonnenlicht getauchte Goose Lane, in deren Mitte eins von Hunter Gardners wertvollen Rassehühnern pickend herumstolzierte. Nur einen Augenblick später stieß das kleine Bantamhuhn schon einen schrillen Schrei aus und trat die Flucht an, als ein Ellen nur allzu gut bekannter schwarz-weißer Kater aus der dichten Weißbuchenhecke von Goose Cottage hervorschoss.

»Fins!« Ellen stieg vom Bett und rannte zur Tür. »Fins!« Doch als sie auf der Straße stand, waren nur noch ein paar schwarze Federn zu sehen, und nirgends ein Anzeichen von Fins. Sie rief nach ihm, lief bis zur Linde und sah die Auffahrt zur Lodge Farm sowie die North Street und Goose End hinauf. Aber sie kannte ihn gut genug, um zu wissen, dass er sich kaum in absehbarer Zeit zeigen würde, jetzt, da er seinem Verlies entronnen war. Er würde bestimmt auftauchen, sobald er Hunger hatte, hoffte sie – was bei seinem Löwenappetit ja nicht allzu selten vorkam. Bis dahin sollte sie sich selbst besser erst mal anziehen und Schuhe überstreifen.

Ellen war bereits wieder durchs Tor von Goose Cottage, als ihr auffiel, dass sie ganz allein war. »Snorkel!«, rief sie und stieg erneut die Treppe zum Gästeapartment hoch in der Hoffnung, dass jetzt der Collie nicht auch noch verschwunden war. »Snork!« Bekümmertes Bellen antwortete ihr. Und dann sah sie die blauen Augen, die sie begeistert durch die französischen Fenster musterten. Die Glastür musste wohl zugefallen sein, weil Snorkel dagegengesprungen war. Das Sicherheitsschloss war eingeschnappt, und nun saßen Hund und Schlüssel eingesperrt auf der anderen Seite der Tür. »Oje!« Ellen ging in die Hocke und klopfte an die Scheibe, um den Collie zum Hinsetzen zu bewegen. »Ist ja gut, Snorkel – im Cottage ist sicher ein Ersatzschlüssel. Bin gleich wieder da.«

Mit ihren nackten Füßen hüpfte sie über den Kies zurück zum Abstellraum und fand die Tür so vor, wie sie sie verlassen hatte: geschlossen. »Hm?« Neugierig trat Ellen einen Schritt zurück und fragte sich, wie Fins entkommen war. Und da entdeckte sie, dass die Plastikhaken der Katzenklappe beschädigt waren. Fins hatte sie völlig zerkaut und sich so den Weg nach draußen erzwungen. Ellen drückte die Klinke, doch der Riegel war eingerastet, als sie die Tür vorhin zugezogen hatte. Auch dieser Schlüssel lag zusammen mit allen anderen im Gästeapartment. Sie rieb sich die zerpieksten Füße und ging um Goose Cottage herum, um zu sehen, welches Fenster sie offen gelassen hatte. Aber alle blinkenden Augen der Prinzessin waren fest verschlossen und alle Türen wie auf ewig verriegelt. Mit einem lauten Stöhnen erinnerte sich Ellen, dass sie gestern Abend wegen der Rosenblütenblätter und des unheimlichen Hufeisens sogar noch einen extra Sicherheitscheck gemacht hatte. Nach einer zweiten Runde ums Cottage stand endgültig fest, dass sie ausgesperrt war. Nichts stand offen, nur eine winzige Dachgaube oben im Reetdach, kaum größer als ein Schuhkarton.

»Scheiße.« Sie setzte sich auf eine der Gartenbänke, rieb sich das Gesicht und konnte sich ein Lachen nicht verkneifen. Auch ohne Uhr wusste Ellen, dass es wohl kaum später als sieben war. Sie hatte die Schlüssel der Wycks, und der einzige weitere Ersatzschlüsselbund, von dem sie wusste – abgesehen von jenem in einer Finca an der Costa Verde –, war der des Maklers. Allerdings wusste sie nicht, ob Seaton's an einem Sonntag öffnen würde. Snorkel bellte inzwischen abwechselnd an allen niedrigen Fenstern des Apartments und starrte Ellen verwirrt an. Sie brauchte einen Schlüsseldienst, aber vor allem brauchte sie ein Telefon. Und da fiel ihr ein, dass ihr Handy ja gar nicht im Goose Cottage eingesperrt war.

Erneut lief sie die Goose Lane entlang und an der Linde vorbei Richtung Oddlode Lodge, und diesmal trat sie durch die gewölbte Toreinfahrt in den verzauberten Garten. So früh am Morgen war er noch märchenhafter, ganz eingehüllt in Dunst und Sonnensprenkel. Die Skulpturen schimmerten in den dunkelgrünen Schatten, und jetzt erkannte auch Ellen die Beschädigungen unter ihren Pflanzenboas aus Efeu und Flechten. Gliedmaßen und Köpfe fehlten, Nasen waren abgeschlagen und Gesichter zerstört. Sie versuchte sich an den Weg durch dieses Blätterlabyrinth zu erinnern, doch schon bald hatte sie sich hoffnungslos verirrt. Immer wieder stieß sie durch dieselbe Lücke in einer Hecke und zog stets dieselben Bahnen im Kreis herum. Und weil sie barfuß war, musste sie zudem ständig auf den Boden sehen, um nicht in Dorngestrüpp, Brennnesseln oder Wurzelwerk zu treten. Immer wieder lief sie denselben Skulpturen über den Weg, und schließlich wusste sie nicht einmal mehr, wie sie zum Goose Cottage zurückkommen sollte. Als Ellen stehen blieb, hörte sie plötzlich das Windspiel an der Dachrinne von Pheelys Cottage. Aber sie konnte unmöglich sagen, aus welcher Richtung das Geräusch kam. Dann hatte sie eine Idee.

»Miiiauuu!«, rief sie. »Miau, miau, miiiauuu!«

Nichts.

»Wuff!« Sie versuchte es auf andere Weise. »Wuff! Wuff!«

»WUFF!«, ertönte die selbst auf diese Entfernung erschreckend laute Antwort von Hamlet.

Ellen erhielt das »Gespräch« aufrecht, lief durch den Irrgarten auf das Geräusch zu und sah innerhalb von Minuten das in Dunstschleier gehüllte Lodge Cottage vor sich. Aus einem der großen Fenster starrte sie höchst verwundert Hamlet an, der wohl noch nie mit einer so komisch aussehenden Gestalt Hundegespräche geführt hatte.

Es dauerte zehn Minuten, Pheely aufzuwecken. Gewöhnt an Hamlets Bellen, ignorierte sie das widerhallende Kläffen und war taub gegen alles Türklopfen und Rufen. Mittlerweile schon besorgt – es lagen erstaunlich viele Glasscherben da – ging Ellen um das Cottage herum und sah in den großen durchgehenden Raum hinein. Aber der war leer. Dann entdeckte sie am anderen Ende des Cottages ein kleines Fenster, spähte auch dort hinein und hatte das winzige Schlafzimmer hinter dem Kaminschacht gefunden. In dem Bett stapelte sich wie überall allerhand Zeug und Papierkram, aber sonst war es leer.

»Wer ist da?«, fragte jemand verschlafen über ihr.

Ellen legte den Kopf in den Nacken und sah aus einem noch winzigeren Fensterchen eine Menge dunkler Locken herabfallen. Nur Pheelys Kopf passte hindurch.

»Pheely – ich bin's, Ellen. Tut mir schrecklich leid! Ich habe mich ausgesperrt und brauche mein Handy.«

»Komm rein – ist nicht abgeschlossen. Bin gleich unten.«

Ellen wartete in dem großen Raum und bemühte sich, Hamlets schnüffelnde Schnauze aus ihrem Morgenmantel herauszuhalten. Und dann erschien Pheely durch eine Tür neben dem Kamin, die in Nut und Feder der holzvertäfelten Wand kaum zu erkennen war.

»Daddys geheime Lasterhöhle«, erklärte sie, gähnte herzhaft und griff nach dem Wasserkessel. »Dass er dort holde Jungfern des Dorfes verführt hat, wäre allerdings zu romantisch gedacht. Er hat Zwiebeln eingelegt – das war sein geheimes Laster. Eigentlich hat er alle möglichen Sorten Obst und Gemüse eingelegt, wenn er Abstand von seiner Arbeit brauchte. Der Geruch ist nie mehr rausgegangen – steck die Nase rein, wenn du willst. Mir macht es nichts aus, aber Dilly hasst es.«

Es stimmte tatsächlich, in dem versteckten Gang hinter dem Kamin roch es nach Essig. Er führte zu einer Wendeltreppe, die zu dem kleinen Schlafzimmer hinaufging. Und darunter lag das andere winzige Puppenstübchen, das Ellen durchs Fenster gesehen hatte.

»Wie spät ist es? Zehn? Elf? Gott, hab ich einen Kater.« Pheely gähnte wieder und ließ Wasser in den Kessel laufen.

Als Pheely zum Herd hinüberging, sah Ellen, dass sie noch das Samttop vom vergangenen Abend trug und sich, wie eine Art Sarong, ein Bettlaken umgeschlungen hatte. »Wohl noch etwas früher«, sagte sie ausweichend. »Tut mir wirklich leid – Snorkel ist von innen gegen die Tür gesprungen, und dann ist sie zugefallen. Ich muss unbedingt einen Schlüsseldienst anrufen, und da fiel mir ein, dass du ja mein Handy hast.«

»Ja, natürlich.« Pheely reckte und streckte sich, schüttelte ihre Haare zurück und machte sich auf die Suche nach ihrer Handtasche. »Übrigens, wer ist eigentlich Richard?«

»Mein Ex-Freund. Warum?«

»Könnte ich den als Text-Freund haben? Gestern Abend hat dein Handy ständig gepiepst, weil immer neue SMS kamen. Die einzige Methode, das abzustellen, war, ihm eine Antwort zu schicken. Wir haben uns schließlich richtig gut unterhalten. Oh, verdammt.« Pheely sah das Handy an. »Der Akku ist leer. Hast du ein Aufladegerät?«

»Ja. Im Cottage.« Neugierig sah Ellen Pheely an. »Warum hast du es nicht einfach ausgeschaltet, wenn dich das Piepsen gestört hat?«

»Ich wusste nicht wie.« Pheely gab ihr das nutzlose Handy. »Richard ist bis Cairns gekommen, und es regnet ununterbrochen. Das Apartment scheint klasse zu sein, das Meer ist allerdings voller Quallen, und er vermisst Snorkel.« Sie machte sich auf die Suche nach Teebechern. »Er freut sich, dass du dich hier so gut einlebst und so eine großartige neue Freundin gefunden hast. Und er findet auch, du solltest dir Zeit lassen und nicht überstürzt abreisen. Bleib und ruh dich aus, schrieb er – und ich finde, da hat er recht. Scheint ein liebenswerter Kerl zu sein. Schade, dass es mit euch beiden nicht geklappt hat. Aber es war wohl schon länger der Wurm drin, ehe du Schluss gemacht hast, nicht wahr? Tee oder Kaffee?«

Dafür, dass sie ein Nokia-Handy nicht ausschalten konnte, war Pheely geradezu ein Genie im Lesen und Senden von SMS. Ellen war zu wütend, um sprechen zu können, starrte durch das Fenster auf die Kobolde und Elfen aus Ton, hasste Richard für seine Indiskretionen und hoffte, dass ihn zur Strafe eine Feuerqualle erwischte oder es mindestens noch einen Monat lang ununterbrochen weiterregnete. Das war doch eine glatte Lüge von ihm gewesen. Ellen hatte gar nicht Schluss gemacht. Die Wahrheit war viel komplizierter und verworrener.

»Darf ich dein Telefon benutzen?«, fragte sie schließlich.

»Natürlich.« Pheely winkte sie zu einem uralten tonverschmierten Telefon an der Wand. »Hat der Makler nicht einen Ersatzschlüssel?«

»Ich glaube nicht, dass da am Sonntag jemand im Büro ist.«

Pheely schaufelte aus einem Glas löslichen Kaffee in zwei tiefe Schalen. »Im Sommer haben sie hier in der Gegend sonntags immer geöffnet – sonst würde ihnen ja das Geschäft mit den Touristen entgehen.« Sie goss das Pulver mit heißem Wasser auf. »Du glaubst gar nicht, wie viele Leute einen Tagesausflug in die Naturschutzgebiete der Cotswolds mit anschließendem Fünfuhrtee machen und abends auf der Heimfahrt feststellen, dass sie ein Cottage fürs Wochenende gekauft haben. Ruf den Makler an.«

»Es ist ... äh ... noch etwas früh.«

Pheely schüttete Milch in die Kaffeeschalen und schielte auf die schief hängende Kuckucksuhr. Und schon im nächsten Augenblick ergoss sich die Milch überall auf den Steinboden. »Verdammt!« Es war zwanzig vor acht. »Okay«, sagte Pheely, als sie sich wieder gefasst hatte und die beiden Kaffeeschalen zum Telefon hinübertrug. Hamlet leckte inzwischen säuberlich die Milch vom Boden. »Wenn das so ist, dann ruf Dot an. Die steht immer im Morgengrauen auf.«

»Die Schlüssel der Wycks habe ich.«

»Das bezweifle ich sehr stark.« Pheely warf ihr einen wissenden Blick zu. »Einer von Regs Neffen arbeitet in Addington bei Mister Minit. Dieses Ehepaar hat die Schlüssel zu allen Häusern im Dorf. Ruf an. Ich habe die Nummer hier irgendwo ...« Sie suchte in einem alten Adressverzeichnis. »Dot hat früher für Daddy geputzt – da haben sie noch in Wyck Farm gewohnt. Aber nach dem Umzug haben sie die alte Telefonnummer behalten ... Moment – hier!«

Ellen begann die Nummer zu wählen, hielt dann jedoch inne. »Ich weiß nicht, Pheely. Was ist mit den Vandalen? Und dann diese Sache, dass sie sich nicht ums Cottage gekümmert haben?«

»Erwähne es doch gar nicht«, sagte Pheely fröhlich und stieß die Fenster auf. »Was für ein herrlicher Morgen! Ich muss wirklich öfter mal vor dem Lunch aufstehen – danke, dass du mich daran erinnerst, wie schön der Sommer ist. Mmm. Wie das riecht – so ... früh!«

Das Telefon klingelte am anderen Ende der Leitung, und Ellen wappnete sich bereits innerlich.

»Ja?« Die Stimme klang tief, schroff und verärgert und wurde von unwirschem Knurren im Hintergrund begleitet. »Schnauze, Fluffy!«

»Äh ... bin ich mit den Wycks verbunden?«, fragte Ellen, weil sie nicht wusste, wen aus der Familie sie an der Strippe hatte, und weil sie sowieso immer wie ihre eigene Mutter klang am Telefon.

»Was immer Sie verkaufen wollen, ich will's nicht, verstanden?«

»Oh, ich verkaufe nichts. Hier ist Ellen Jamieson – die Tochter von Theo und Jennifer.«

»Wer?«

Saul war es zweifellos nicht. Dann musste es Reg sein.

»Goose Cottage?«

»Ja, das kenn ich. Was ist damit?«

»Tut mir leid, ich habe mich selbst ausgesperrt. Und ich dachte, Sie hätten vielleicht einen Ersatzschlüssel.«

»Den haben Sie doch schon, oder etwa nicht?«

»Äh ... ja. Aber haben Sie nicht vielleicht noch einen?«

»Nein.« Die Antwort klang sehr defensiv.

»Oh, verstehe. Dann tut es mir leid, dass ich gestört habe. Aber wenn wir schon miteinander sprechen, wollen wir nicht gleich für nächste Woche einen Termin ausmachen?«

»Warum?«

»Nun, ich musste leider feststellen, dass Dot und Sie sich ... äh ... in letzter Zeit nicht sehr ums Cottage gekümmert haben.«

»Ich *bin* Dot.«

»O Gott, das tut mir wirklich –«

»Reg ist noch nicht aufgestanden. Und wenn er aufsteht, geht's dem so richtig ... na, da ist er eben indisponiert. Es ist Sonntag, wissen Sie? Wir arbeiten nicht am Tag des Herrn, und wir missbrauchen auch nicht den Namen des Herrn.«

Ellen spürte, wie sie rot wurde. Sie hatte Dot nicht nur mit ihrem Mann verwechselt, sie hatte die Frau auch noch in ihren religiösen Gefühlen verletzt. »Natürlich arbeiten Sie am Sonntag nicht«, sagte sie und fügte insgeheim hinzu: *und auch an keinem anderen Tag.* »Ich erwähne es nur jetzt schon, um Sie nicht noch einmal stören zu müssen. Es ist ziemlich dringend. Könnten wir uns vielleicht morgen treffen?«

»Wollen Sie uns etwa was vorwerfen?«

»Nein, natürlich nicht. Aber wir müssten uns mal über den Zustand des Hauses unterhalten, meinen Sie nicht?«

»Da müssen Sie mit Reg reden. Darum kümmert der sich.

Ich sag ihm, dass Sie angerufen haben.« Danach war die Leitung tot.

Ellen legte den Hörer auf, griff nach ihrer Kaffeeschale und ging hinaus auf die Terrasse zu Pheely, die sich immer noch über die frische Morgenluft freute. In groben Zügen erzählte sie ihr von den Rosenblütenblättern und dem Hufeisen, die sie gestern Abend im Cottage vorgefunden hatte.

»Herrje, warum bist du nicht sofort zu mir gekommen? Ich hätte mich zu Tode gefürchtet an deiner Stelle.«

»Und ich hätte mich zu Tode gefürchtet, wenn ich mich nachts in deinem Garten verlaufen hätte«, gestand Ellen. »Außerdem war die Nachricht ja eigentlich irgendwie auch eine Entschuldigung, wenn man's richtig bedenkt.«

»Hm – ein ›Danke‹ dafür, dass sie einige Wochen lang wie die Vandalen in deinem Cottage gehaust haben? Wohl kaum. Und hinter diesem Hufeisen steckt auf jeden Fall Spurs. Wie entsetzlich.« Sie erschauderte theatralisch und verschüttete dabei Kaffee.

»Meinst du?«

Pheely rieb sich Reste von Schlaf aus den großen grünen Augen und sah Ellen eindringlich an. »Halt dich fern von ihm. Er ist reinstes Gift. Sieh nur, wie viel Pech du heute Morgen schon hattest! Wirf dieses Hufeisen weg. Sofort.«

»Dazu muss ich erst mal wieder ins Cottage«, erinnerte Ellen sie. »Vielleicht sollte ich irgendwo eine Leiter borgen?« Ellen seufzte. »Aber selbst wenn ich auf diesem Weg hineinkomme, weiß ich immer noch nicht, wo ich einen Schlüssel für das Apartment herkriege.« Sie rieb sich die Stirn. »Ich muss doch einen Schlüsseldienst anrufen.« Und weil sie in dem Papierstapel beim Telefon auch ein uraltes Branchenverzeichnis gesehen hatte, ging sie wieder hinein und versuchte blätternd ihr Glück. Schon auf den ersten Seiten stolperte sie über eine ganzseitige Anzeige von Seaton's. Nicht gerade das, was sie suchte, aber sie rief die Nummer des Büros in Morrell-on-the-Moor an und hoffte, dass dort ein Anrufbeantworter lief.

»Lloyd Fenniweather, Seaton's. Hallo?«, sagte eine überraschte Männerstimme.

Ellen, die genauso überrascht war, erinnerte sich, diesen Namen aus dem Mund ihrer Eltern schon mal gehört zu haben. Jetzt, außer Reichweite des Hufeisens, schien sich ihr Schicksal schon wieder zum Guten zu wenden. »Bin ich froh, dass jemand im Büro ist!« Sie lachte. »Ich muss mit Ihnen über Goose Cottage reden – sehen Sie –«

»Ein *sehr* schönes Anwesen«, begann Lloyd sofort in einem vornehm überschwänglichen Ton, der doch sehr an seinem geistigen Horizont zweifeln ließ. »Es erfordert natürlich noch viel Arbeit und ist vielleicht etwas überteuert – obwohl ich Sie da gleich warnen muss. In dieser Hinsicht lassen die Besitzer kaum mit sich reden. Und dann dieser Nachbarschaftsstreit und dieses ziemlich unglücklich geregelte Wegerecht.«

»Wie bitte?« Ellen staunte nicht schlecht.

»Wir bei Seaton's halten es mit der Ehrlichkeit«, verkündete er stolz. »Wer die Katze im Sack kauft, ist nachher der Dumme, das ist unser Motto. Aber das GC ist wirklich *sehr* schön. Möchten Sie eine Broschüre? Leider haben wir keine farbigen mehr, aber ich mache Ihnen gern eine Fotokopie. Sie haben Glück, dass Sie mich erreichen – normalerweise sind sonntags nur Aushilfen da, und die kommen erst um zehn. Aber ich habe heute Vormittag einen wichtigen Besichtigungstermin und brauche die Schlüssel.«

»Genau wie ich. Ich brauche die Schlüssel für Goose Cottage.«

»Besichtigungen ohne Begleitung gestatten wir leider nicht – aber Ende kommender Woche könnte ich Sie noch dazwischenschieben.«

»Ich bin schon dort.«

»Nun, Sie werden feststellen, dass es leer steht«, sagte Lloyd mit leicht ironischem Unterton in der Stimme, die in Ellens Ohren jetzt nur noch affektiert klang.

»Nein – *Sie* werden feststellen, dass ich schon dort bin, weil ich dort wohne. Meine Eltern haben Sie informiert. Ich heiße Ellen *Jamieson*, bin die Tochter der Eigentümer und habe mich leider versehentlich ausgeschlossen. Und jetzt rufe ich von einer Nachbarin aus an, weil Ihr Maklerbüro die einzigen Ersatzschlüssel in ganz England hat und ich sie mir dringend ausleihen muss.«

Plötzlich wurde Lloyd äußerst zuvorkommend. »Ellen! Aber *natürlich*. Wie dumm von mir. Gar kein Problem – wenn Sie mit irgendeinem Ausweis ins Büro kommen, überlässt ein Mitarbeiter Ihnen die Schlüssel gern für eine halbe Stunde.«

»Tut mir leid, alle meine Ausweise sind im Cottage eingeschlossen, mit meinem Autoschlüssel, meinem Hund und meinen Kleidern. Ich trage nichts als einen Morgenmantel und wäre Ihnen für Ihre Hilfe wirklich sehr dankbar. Können Sie nicht schnell mit den Schlüsseln hier vorbeikommen?«

»Leider nein«, erwiderte er in demselben beschwichtigenden Ton wie eben. »Um halb zehn treffe ich einen VIP-Kunden, der ein 500-Hektar-Anwesen besichtigen will. Das wird den ganzen Vormittag dauern, und weil ich mich in der Gegend am besten auskenne, kann diesen Termin auch leider kein anderer übernehmen. Sonst würde ich *natürlich* eine Vertretung zum Hubschrauber meines Kunden schicken, damit ich Sie persönlich in Ihr Cottage hineinlassen kann.« Seine aalglatte Art konnte über den arroganten Sarkasmus in seiner Stimme nicht hinwegtäuschen.

Ellen war inzwischen unglaublich wütend, auch wenn es nicht *sein* Fehler war, dass sie in dieser verzwickten Lage steckte. Doch sein Gerede von »überteuert« und »unglücklich geregeltem Wegerecht« geisterte durch ihren Kopf, und so gab sie sich gar keine Mühe, ihre Wut zu verbergen. »Also gut. In diesem Fall werde ich mir selbst helfen. Aber morgen möchte ich Sie unbedingt beim Cottage treffen. Wir müssen über Seaton's Verkaufsaktivitäten sprechen.«

»Leider habe ich gerade meinen Terminkalender nicht zur Hand.«

»O doch, das haben Sie«, erklärte Ellen. »Und sonst benutzen Sie eben einfach mal Ihre Hand als Terminkalender. Schnappen Sie sich einen Kugelschreiber und notieren Sie: ›Ellen Jamieson, 9 Uhr, Goose Cottage‹. Sie wissen sicher, dass Sie einiges zu erklären haben, und ich gebe Ihnen Gelegenheit dazu. Deswegen will ich Sie morgen hier sehen. Sollten Sie nicht pünktlich erscheinen, werde ich mein Missfallen Ihren Vorgesetzten gegenüber unmissverständlich zum Ausdruck bringen. Verstanden?«

»Absolut.«

»Gut. Ich freue mich auf unser Treffen.« Ellen legte auf. »Eingebildeter Lackaffe.«

»Du bist ja unglaublich cool, Schatz!« Pheely hatte interessiert zugehört und aß jetzt kleingeschnittenes Obst aus ihrer Kaffeeschale. »So hat in Oddlode schon lange keiner mehr mit diesen Immobilienhaien gesprochen. In dir steckt ja eine richtige Rebellin.«

Ellen starrte das Telefon an. »Der ist doch kein Immobilienhai, sondern nur ein Makler.«

»Ja, und du bist bald eine ganz *maklerlose* Rebellin!«

Gott sei Dank, dass Pheelys Fröhlichkeit kaum einmal versiegte und so ansteckend war. Der Schlüsseldienst in Addington nahm Ellens Auftrag am frühen Sonntagmorgen nur allzu gern entgegen – zum dreifachen Stundensatz plus Mehrwertsteuer plus Anfahrt – und versicherte, dass dieser Auftrag für sie höchste Priorität habe.

»Sobald sie sich was Leckeres zum Frühstück gebrutzelt und den Sportteil der ›News of the World‹ gelesen haben«, warnte Pheely, als sie Ellen durch den Garten führte. »Willst du nicht doch bleiben? Die brauchen Stunden, ich schwör's dir. In den Cotswolds gehen die Uhren anders.«

»Ich warte lieber beim Cottage.« Ellen setzte mehr Vertrauen in die Jungs vom Schlüsseldienst. »Danke, dass du aufgestanden bist und ich dein Telefon benutzen durfte.«

»Der frische Tau in der Morgenluft hat mich mehr als entschädigt.« Pheely atmete noch einmal tief und genüsslich ein.

»Ich komme mit Hamlet später vielleicht mal vorbei. Wir könnten einen Spaziergang durchs Dorf machen und Wochenendbewohner ausspionieren ... aber dann wirst du wahrscheinlich immer noch im Morgenmantel dastehen. Als ich in einem Notfall mal den Klempner gerufen habe, versprach er mir, nach zehn bei mir zu sein – ich hatte nur nicht mitgekriegt, dass er nach zehn Tagen meinte.«

Nicht gerade eine Prognose, die Anlass zur Hoffnung gab.

Und so saß Ellen im Morgenmantel im Garten von Goose Cottage, von Snorkel abwechselnd durch jede der kniehohen Dachgauben beobachtet, und sah zu, wie das Dorf erwachte – wobei sie stets wachsam Ausschau hielt nach einem schwarz-weißen Kater und dem Auto des Schlüsseldienstes. Der Erste, der auftauchte, war Hunter Gardner, um die Sonntagszeitung aus dem Dorfladen zu holen. Er winkte ihr munter zu, als er vorbeiging, und Ellen – die sich hinter den Lupinen zu verstecken versucht hatte – brachte ein vages Lächeln zustande.

»Was für ein herrlicher Morgen!«

»Ja, nicht wahr?«

»Arbeiten Sie im Garten? Der hat's wirklich nötig.«

»Ja, nicht wahr?«

»Ziemlich seltsame Arbeitskleidung tragen Sie da, hm?«

»Ja, nicht wahr?«

Zum Glück dauerte dieses Geplänkel nur so lange, bis er jenseits der Gartenmauer in die Goose Lane Richtung Dorfpark abgebogen war. Ellen beschlich das ungute Gefühl, dass er sie schon vorher im Morgenmantel im Garten gesehen und nur deswegen den Umweg um ihr Grundstück herum gemacht hatte. Eine halbe Stunde später sah sie zu ihrer Überraschung Giles Hornton in knappen Sportshorts und einem Shirt des Flora-London-Marathon vorbeijoggen. Der Schweiß lief ihm schon in den Schnurrbart.

»Wollen Sie nicht mit mir laufen, o sportlich holde Nachbarin?« Selbst im Laufschritt gelang es ihm, seinen kalkulierten

Charme einzusetzen und ihr einen anzüglichen Blick zuzuwerfen.

»Ein anderes Mal.«

»Ich nehme Sie beim Wort!« Die weißen Zähne blitzten, der Schnauzbart glänzte, und er spannte den Hintern an, als er weiterlief.

Während Ellen im Garten herumschlenderte, mit der Hand durchs hohe Gras fuhr und ungeduldig vor sich hin schimpfte, tauchten im Dorf immer mehr Leute auf – Hundebesitzer, die entnervt mit leeren Hundekotbehältern in ihren Taschen klapperten, Kinder auf Rollern, Jugendliche auf Fahrrädern, Mütter mit Kinderwagen und Ausflügler mit verkehrt herum gehaltenen Wanderkarten. Ellen verbarg sich hinter den Lupinen, sah die Schatten kürzer werden und fragte sich, wie lange sie schon wartete. Stunden schienen vergangen zu sein. Ihre Haut juckte vor Hitze und Ärger. Schon in ihren besten Zeiten war sie nie geduldig gewesen, aber mittlerweile geisterten ihr Fantasien durchs Hirn, wie die Tür am besten einzuschlagen wäre.

Dennoch drehte sie eine weitere Runde ums Cottage und spähte in jedes Fenster – vielleicht hatte sie ja doch etwas übersehen. Aber nein, alle automatischen Verriegelungen waren eingerastet, wie in Fort Knox. Sie konnte die verwelkten Rosenblütenblätter auf dem Wohnzimmerboden sehen, ihren halb ausgetrunkenen Becher Tee in der Küche und das Hufeisen auf dem Fensterbrett im Esszimmer. Pheely hatte recht. Das Hufeisen hatte ihr bislang nichts als Pech beschert. Sie betrachtete die krummen Nägel darin, und plötzlich fiel ihr etwas ein. Sie könnte versuchen einzubrechen. Auch wenn sie das Schloss nicht knacken konnte, so gab es doch andere Wege …

Hunter Gardner saß auf seiner sehr sauberen Terrasse und las den ›Sunday Telegraph‹, auf dem kleinen Tisch vor sich eine Cafetiere und einen Feldstecher, mit dem er vor dem Kirchgang gern noch ein paar Vögel beobachtete. Ellen duckte sich, als sie an der Lücke in der Lorbeerhecke vorbeikam, die die beiden Gärten voneinander trennte, und lief auf die Garage zu, um darin nach Einbruchsgerät zu suchen.

Von großen Haken in der Decke hing eine ausziehbare Leiter herab, gewissenhaft mit einem Fahrradschloss angekettet, so dass Möchtegern-Einbrecher – oder ausgesperrte Töchter – damit nicht einfach zu offenen Dachgauben hinaufklettern konnten. Sie hörte Snorkel oben im Apartment herumspringen und jaulen, während sie ein paar Lieblingszahlen ihrer Eltern ausprobierte und verschiedene Kombinationen der Ziffern des Goose-Cottage-Codes 90053. Wenigstens verging so die Zeit schneller, dachte sie entmutigt und probierte es auch mit dem Jahr, in dem sie ihren Abschluss gemacht hatte, und mit den Geburtstagen ihrer Eltern. »Bingo!« Der Geburtstag ihres Vaters war es.

Sie trug die Leiter zur Vorderseite des Cottages und lehnte sie so dagegen, dass sie die offene Dachgaube erreichte. Das Fensterchen war wirklich sehr klein, und es würde jede Menge Verrenkungen erfordern, wenn sie da irgendwie durchpassen wollte, stellte Ellen fest, als sie noch mal einen Schritt zurücktrat. Das Hufeisen, das ihr nichts als Pech einbrachte, kam ihr wieder in den Sinn. Wenn das Unglück stets dreimal zuschlug, forderte sie gerade ihr Schicksal heraus. Zuerst der weggelaufene Kater, dann das Aussperren, und jetzt wollte sie drei Etagen hochklettern und sich durch ein winziges Fenster zwängen. »Feigling«, sagte sie zu sich selbst, band ihren Gürtel enger und zog sich den Morgenmantel so weit wie möglich über den Hintern. Dann prüfte sie ein letztes Mal, ob die Leiter auch festen Stand hatte, und begann hinaufzuklettern.

Es war viel einfacher, als sie gedacht hatte, und zur Not konnte sie sich ja auch an dem die Hauswand hochrankenden Efeu festhalten. Erst als Ellen von der Leiter zum Fenster wollte, begannen die Schwierigkeiten. Am besten wäre es gewesen, sich am Reetdach über der Gaube festzuhalten, von der Leiter auf die Fensterbank zu steigen und dann wie ein menschliches Geschoss mit den Füßen voran hineinzuspringen. Doch sie bekam das Reet über der Gaube gar nicht erst zu fassen, denn es war mit einem Schutznetz gegen Vögel überspannt. Und außerdem hätte sie sich aufgrund ihres Gewichts auch nicht länger als ein paar Sekunden festhalten können – was wiederum nicht reichte, um zum Fenster zu gelangen, ehe sie rücklings vom Dach stürzte. Nach zwei oder drei Fehlversuchen entschied Ellen, dass es viel zu gefährlich war. Sie versuchte nach dem Fensterrahmen zu greifen, bekam aber nicht genug Halt, um von der Leiter zu steigen, die dramatisch zur Seite schwankte.

»Mit dem Kopf voran!«, rief eine Stimme von der Straße her.

Ellen spähte über die Schulter und sah unten eine Gestalt die Augen gegen die Sonne zusammenkneifen. Lockiges Haar, breite Schultern, Sommersprossen – unverkennbar, das war Spurs Belling, in uralten Jeans und Flip-Flops, mit Teufelsbells beiden schwarzen Labradors im Schlepptau.

»Der könnte mir auch seine Hilfe anbieten«, murmelte Ellen vor sich hin und drehte sich wieder um.

»Was um Himmels willen tun Sie da?«, brüllte jemand anders wütend. Hunter Gardner hatte sich zu Spurs gesellt, jetzt in Blazer und Krawatte herausgeputzt für den Kirchgang.

Ellen ignorierte sie einfach, denn sie musste sich konzentrieren. Wenn sie einen Fuß auf den kleinen Vorsprung rechts im Mauerwerk setzte, würde sie Stoßkraft genug haben, um sich kopfüber durchs Fenster zu schieben. Vor Jahren war sie mal zum Barfußklettern in den französischen Alpen gewesen, und sie erinnerte sich noch gut genug an die Prinzipien, um sicher zu sein, dass es klappen würde.

In diesem Moment bekamen Spurs und Hunter Gesellschaft von dem völlig verschwitzten Giles, der auf dem Rückweg seiner Joggingrunde war. »Verdammt – was tut sie denn da oben?«

»So halte sie doch jemand auf!«, brüllte Hunter. »Diese alberne Person bringt sich noch um.«

»Sie schafft das schon«, versicherte eine Stimme, die danach ihr zurief: »Na los, auf geht's!«

Ellen blickte ein letztes Mal über die Schulter: Spurs machte ihr Mut. Er stand neben der kleinen Gruppe – ein Radfahrer und ein Mann mit Hund waren auch noch stehen geblieben – und war der Einzige, der lächelte und sich nicht im Entferntesten Sorgen um ihre Sicherheit machte. Unwillkürlich lächelte sie zurück. Wenigstens er verstand, dass das hier – so gefährlich es auch sein mochte – immer noch besser war, als untätig auf den Schlüsseldienst zu warten.

»Kommen Sie da sofort herunter!« Hunter war schon halb die Auffahrt heraufgelaufen.

Wenn es etwas gab, das Ellen noch mehr hasste als stundenlanges Warten, so waren es Leute, die mit ihr wie mit einem Kleinkind sprachen. Sie war doch nicht hier heraufgeklettert, nur um wieder herunterzuklettern. Kurz entschlossen setzte sie die Zehen in den Mauervorsprung, drehte den Fuß, bis sie Halt genug hatte, griff mit einer Hand nach der Fensterbank, hob den anderen Arm über den Kopf, um die Schultern so schmal wie möglich zu machen, und sprang in die Gaubenöffnung hinein – wobei sie ihren Körper, so gut es ging, drehte und wendete und mit den Ellbogen nachhalf.

Und es funktionierte. Sie war schon halb drinnen und starrte auf das ungemachte Bett, in dem sie letzte Nacht geschlafen hatte. Das Problem war nur, dass ihr Hintern und ihre Beine draußen blieben. Da sie sich nirgends mehr mit den Füßen abstoßen konnte, strampelte Ellen hilflos mit den Beinen in der Luft – auch wenn sie nur zu gut wusste, dass jede falsche Bewegung dem ganzen Dorf ihren nackten Hintern entblößen könnte.

»Moment, ich komme rauf!«, rief Hunter Gardner und kletterte umständlich die Leiter hinauf, während zwei Autos vor Goose Cottage vorfuhren. Ein schäbiger weißer Escort-Lieferwagen vom Schlüsseldienst und ein schicker Mercedes. Beide Fahrer wirkten ziemlich erstaunt über den Anblick, der sich ihnen bot.

Ellen, die von den neu Angekommenen nichts ahnte, reckte

sich verzweifelt nach der Bettkante, um sich ins Zimmer hineinzuziehen.

»Fast geschafft«, keuchte Hunter ganz erledigt von der Kletterei und aufgeregt angesichts der braunen Beine in seiner Reichweite.

Gerade noch rechtzeitig bekam Ellen die Bettkante zu fassen. Die Aussicht, Hunters feuchte Hand an ihrem Bein zu spüren, trieb sie beinahe durch die winzige Fensteröffnung – und es war auch nur einen winzigen Augenblick lang ihr nackter Hintern zu sehen. Der Applaus von draußen ließ sie vor Freude auflachen, während sie schnell ihre abgeschnittene Jeans und ein frisches Shirt anzog.

Unten an der Tür wartete schon Hunter, um ihr einen Vortrag zu halten. »Wie können Sie nur so waghalsig sein – eine so hübsche junge Frau wie Sie – und dann auch noch halb nackt.« Seine Hängebacken vibrierten vor Ärger. »Was würde Ihre Mutter dazu sagen?«

»Ich versichere Ihnen, dass ich in meinem Leben schon viel waghalsigere Dinge getan habe.« Sie grinste, als das Publikum sich zerstreute. Giles joggte weiter, und der Radfahrer sowie der Mann mit Hund waren bereits weg. Nur Spurs stand noch reglos auf der Straße, fuhr sich mit der Hand durch die Locken und musterte sie nachdenklich, während sein Lächeln sich verlor.

»Mag ja sein«, polterte Hunter weiter, »aber nicht in diesem Dorf. Wir dulden hier keine waghalsigen Draufgänger.« Demonstrativ sah er zu Spurs hinüber. »Die Show ist vorüber, junger Mann!«

Immer noch vom Adrenalinstoß und ihrem eigenen Wagemut beflügelt, strahlte Ellen Spurs an – dass sein Hufeisen ihr nichts als Pech eingebracht hatte, war ihr jetzt egal. Immerhin hatte es mit einer witzigen Herausforderung geendet. Wieder spürte sie, wie ihr Herz höher schlug und ihr Blut schneller durch die Adern jagte. Als Hunter wütend zur Kirche davonstolzierte, kam Spurs auf sie zu. Doch noch ehe er die Straße überquert hatte, tauchte von der Weißbuchenhecke her ein kleiner Mann mit Werkzeugkasten auf. Verlegen auf den Kies starrend ging er auf Ellen zu. »Schätze, Sie brauchen mich nicht mehr, wie?«

Vor lauter Freude über ihre vollbrachte Tat hatte Ellen einen großmütigen Moment. »Doch – die Schlüssel sind nämlich da oben eingesperrt.« Sie zeigte zum Gästeapartment hinauf. »Zusammen mit meinem Hund.« Im Cottage würde sie zweifellos erst nach längerer Suche einen Ersatzschlüssel finden, und Snorkel bellte sich bereits jetzt die Kehle aus dem Hals. »Können Sie da aufschließen?«

Mit gesenktem Blick nickte er Ellens Füßen zu und schlurfte auf die Scheune zu. Ellen drehte sich wieder zu Spurs um und fragte sich, ob sie dem Mann vom Schlüsseldienst wohl einen Kaffee anbieten und die Einladung ganz beiläufig ausweiten könnte. Doch zu ihrer Enttäuschung schlenderte Spurs bereits Richtung Goose End davon, wobei er sich eine Zigarette anzündete. Er sah über seine Schulter, und Ellen lächelte. Dann erst merkte sie, dass er gar nicht sie anschaute. Er warf dem Mann, der auf der anderen Straßenseite an dem blitzblanken Mercedes lehnte, einen finsteren Blick zu. Ellen blickte zu dem Fremden hinüber.

»Hi.« Er winkte sie zu sich heran.

Ellen überquerte für keinen Mann eine Straße. Sie blieb, wo sie war, und winkte ihn zu sich heran. Als er näher kam, erkannte sie, dass er attraktiv genug war, um den gesamten Straßenverkehr zum Stillstand zu bringen, wenn nicht sogar ihr Herz, das nach der Begegnung mit Spurs unregelmäßig schlug. Mit weiß blitzenden Zähnen und dunkler Sonnenbrille wirkte der Mercedesfahrer an einem Sonntagmorgen im ländlichen Oddlode seltsam fehl am Platz. Er trug einen teuren leichten Sommeranzug, dessen Jackett er lässig wie ein Dressman über eine Schulter geworfen hatte. Doch auch diese eindeutig aufgesetzte Pose tat seinem Aussehen keinen Abbruch. Die aufgekrempelten Hemdsärmel entblößten herrlich gebräunte Unterarme, und die gelockerte Krawatte ließ einen glatten kräftigen Hals sehen. Und dann entdeckte Ellen den Schlüsselbund, der an einem seiner Finger baumelte.

»Ich dachte, ich bring die mal vorbei, falls Sie kein Glück gehabt haben sollten – aber Sie scheinen ja einfallsreich zu sein.« Er steckte die Schlüssel in die Hosentasche und hielt ihr die Hand hin. »Lloyd Fenniweather von Seaton's International. Wir haben telefoniert.«

»Ellen Jamieson.« Sie spürte, wie seine Hand die ihre mit warmem, festem Druck umschloss, und ließ den aufregenden Mix aus Aftershave, Sexappeal und blankem Ehrgeiz, den er verströmte, auf sich wirken. Nach dem kurzen Telefonat hatte sie schon vermutet, dass Lloyd die reinste Charmeoffensive war. Doch sie hatte nicht vorhergesehen, dass er noch so jung und so unglaublich gut aussehend war.

»Bin gerade auf dem Weg nach Hause«, fuhr er fort. Dafür, dass dies ihre erste Begegnung war, stand er eindeutig zu nah bei ihr, den Kopf geneigt, als wollte er ihr ganz im Vertrauen einen Skandal erzählen. »Mein Kunde musste seine Besichtigung frühzeitig abbrechen. Fliegt zum Cricket, der Glückspilz. Und da dachte ich mir, ich könnte gleich mal vorbeifahren, mich vorstellen und nachsehen, ob alles geklappt hat. Junge, bin ich froh, dass ich das getan habe.« Und schwups, schon war ein strahlendes Lächeln angeknipst und die Sonnenbrille abgesetzt, hinter der ein Paar Augen erschien, das genauso goldbraun war wie sein Haar.

Lloyd Fenniweather war geradezu dazu geboren, Anwesen für mehrere Millionen Pfund zu verkaufen. Er sah aus, als hätte er schon immer auf Chesterfieldsofas vor prasselnden Kaminfeuern gesessen, Hubschrauberlandeplätze überquert, sich in tiefblaue Pools gestürzt und in antiken Himmelbetten gewälzt. Er war unglaublich, fast umwerfend schön. Vom welligen sandfarbenen Haar über die gerade Nase, das strahlende Lächeln, das kantige Kinn und die breiten Schultern bis hin zu den langen Beinen war er eine blendend aussehende Erscheinung. Lloyd

Fenniweather war die Sorte Mann, die sich Jennifer Jamieson für Ellen immer gewünscht hatte.

Und zu ihrer Schande fühlte sich Ellen von dieser äußerlichen Attraktivität angezogen. Er haute sie nicht direkt um, doch der Gedanke, sich auf die Zehenspitzen zu stellen und ihn zu küssen, ließ sie beseligt lächeln. »Wie nett von Ihnen.« Inzwischen hantierte der Mann vom Schlüsseldienst wild entschlossen mit seinem Werkzeug. Und nur einen Augenblick später stieß Snorkel den Handwerker fast vom Balkon, als sie endlich befreit war. Sie rannte die Treppe herunter und sprang an Ellen hoch.

»Oh, hallo.« Lloyd konnte offensichtlich mit Hunden nicht allzu viel anfangen. Da er aber schon aus beruflichen Gründen Kinder und Haustiere mögen musste, tätschelte er den Collie unbeholfen. »Ich war schon länger nicht zu einer Besichtigung hier und muss wirklich zugeben, das Cottage wirkt etwas vernachlässigt.«

»Genau«, murmelte Ellen, als er noch einen Schritt auf sie zutrat, so dass sich ihre Schultern leicht berührten.

»Dieser etwas verwilderte Eindruck schreckt aber den Großteil der Kunden nicht ab«, fügte er hinzu und dimmte sein strahlendes Lächeln ein wenig herunter. Es lag etwas seltsam Zweideutiges in diesem so sanft gesprochenen Satz.

»Nicht so sehr wie der überteuerte Preis oder das unglücklich geregelte Wegerecht?« Kritisch hob sie die Augenbrauen, doch sein Lächeln veränderte sich nicht, während er ihr ins Gesicht sah. Jede vorwurfsvolle Frage nach fehlenden Verkaufsschildern, letzten Besichtigungen oder gebotenen Kaufpreisen erstarb auf Ellens Lippen. Es war schon lange her, dass das Achterbahngefühl der sexuellen Anziehung ihr lebenswichtigstes Organ so außer Kontrolle gebracht hatte, und nun war es ihr gleich zweimal innerhalb von vierundzwanzig Stunden passiert. Ihr Herz klopfte fröhlich in ihrem Brustkasten und ihre Knie wurden weich. Und so wie Lloyd Fenniweathers goldbrauner Blick sich in ihren Augen verlor, wusste sie, dass er Ähnliches fühlte.

»Da muss ich Ihnen wohl erzählen, was passiert ist, hm?«, raunte er in einem Ton, der eindeutig besagte: *und das am besten im Bett mit Champagner, Massageöl und pelzbezogenen Handschellen.*

Der Mann vom Schlüsseldienst schlurfte verlegen heran, weil er eine Unterschrift auf seinem Auftragszettel brauchte. Ellen und Lloyd tauschten noch einen Moment unartige Blicke beidseitigen Verlangens. Ellen wusste, dass dieses Gefühl so seicht war, dass darin nicht mal eine Mücke ertrinken würde. Doch nach all dem Elend mit Richard war es eine wunderbare Ablenkung und sehr viel angenehmer als das wilde Pochen ihres Herzens, wenn Spurs in der Nähe war. Schließlich sah Ellen weg, sie war heute bereits zu waghalsig gewesen. Sich mit einem Makler einzulassen, das stand auf ihrer Niemals-Liste ziemlich weit oben und kam gleich nach einem Job als Buchhalterin und dem Hobby Sticken. Dem ersten Eindruck nach *mochte* sie ihn nicht mal – sie wollte ihn einfach bloß nackt sehen.

»Okay«, sagte Lloyd zögerlich. »Wenn Sie mich nicht brauchen, mache ich mich besser auf den Weg. Über Goose Cottage können wir ja immer noch reden. Ach ja, wegen morgen Vormittag …« Er wirkte verlegen. »Ich habe wirklich erst später in der Woche Zeit.«

»Ich muss die Angelegenheit aber schleunigst regeln«, beharrte Ellen, ganz froh darüber, vom Gefühl der Lust wieder zu dem ihr vertrauteren Gefühl der Verärgerung wechseln zu können.

Der intensive Blickwechsel mochte vorbei sein, aber Lloyd stand immer noch so dicht neben ihr, dass nur sie das sanfte Hauchen seiner Stimme verstehen konnte. »Vielleicht … könnten wir beide ja mal beim Dinner darüber reden, wenn es Ihnen recht ist?«

Ellen trat einen Schritt zurück. Damit hatte sie nicht gerechnet. Und Lloyd hatte so vollendet charmant – fast schamhaft – gefragt, dass sie nicht mal wusste, ob sie ihn bloß affig oder wirklich schüchtern finden sollte. »Das ist sehr nett, aber ich hatte an etwas Offizielleres gedacht«, murmelte sie. Ein Dinner hieß auch Alkohol und beidseitige Anziehung, das beinhaltete sehr viel mehr als ein Gespräch über den Immobilienmarkt. »Die Angelegenheit ist doch ziemlich ernst, nicht wahr?«

»Absolut.« Er nickte, und sofort war sein strahlendes Lächeln wieder zu sehen. »Und glauben Sie mir, ich widme ihr all meine Aufmerksamkeit. Lassen Sie mich erst die Papiere durchsehen, dann sprechen wir darüber. Das können wir doch aber auch am Abend tun, oder? Waren Sie schon mal im Duck Upstream?«

Ellen schüttelte den Kopf.

»Gut.« Er war bereits auf dem Weg zu seinem Auto. »Dann hole ich Sie also Freitagabend ab.«

»Vorher haben Sie keine Zeit?«, fragte sie besorgt, weil sie die Angelegenheit lieber früher als später klären wollte.

Er lächelte ziemlich selbstzufrieden über die Autotür hinweg. »Tut mir leid – bis dahin bin ich jeden Abend verabredet – aber es lohnt sich, auf mich zu warten.« Und damit schob er sich seine dunkle Sonnenbrille wieder auf die Nase und stieg ein.

Der Mann vom Schlüsseldienst räusperte sich geräuschvoll, als er ihr endlich den Auftragszettel zum Unterschreiben hinhielt. »Ich hätt Mittwochabend noch Zeit. Wie wär's mit 'nem Bier im Pub?«

»Tja, und dann hat mich der Typ vom Schlüsseldienst auf ein Bier eingeladen«, erzählte Ellen Pheely später, als sie mit ihren Hunden durchs Dorf gingen.

»So schüchtern war er also doch nicht!« Pheely kicherte.

»Sie müssen geglaubt haben, ich hätte es drauf angelegt.« Ellen stöhnte. »Weil ich meinen Hintern aus dem Fenster gehalten habe.«

»Oh, wie köstlich!« Pheely war begeistert. »Gleich am ersten Wochenende zwei Verehrer. Ich wette, Hunter schreibt in diesem Augenblick einen anonymen Liebesbrief.«

»Ich sollte mich erst mal an mein Singledasein gewöhnen,

ehe ich mich zum Dinner verabrede.« Ellen bückte sich nach dem Stock, den Snorkel ihr vor die Füße gelegt hatte. »Morgen früh werde ich als Erstes diesen arroganten Mistkerl anrufen und auf einem Treffen Mitte der Woche in seinem Büro bestehen.«

»Den Mann vom Schlüsseldienst?«

Ellen verdrehte die Augen. »Lloyd Fenniweather.«

»Oh, nein, tu das nicht!«, rief Pheely. »Der ist zum Anbeißen.«

»Kennst du ihn?«

»Flüchtig.« Pheely spähte über eine Hecke in den Garten eines Cottages in der Manor Lane, das einem der Wochenendbewohner gehörte. »Oje – sieh dir die Pfingstrosen an. Völlig verfault. Ja, die Fenniweathers sind eine Familie aus der Gegend. Lloyd ist ihr ganzer Stolz. Er hatte ein Stipendium und war der Erste in seiner Familie, der eine Universität besucht hat.«

»Wirklich?« Ellen sah ihn plötzlich in einem ganz anderen Licht. »Er ist also keiner dieser Public-School-Typen?«

»Oh, ich fürchte doch.« Im Vorbeigehen warf Pheely einen Blick in ein Fenster. »Sieh dir diese Kupferpfannen an! Was glauben die, wo sie sind? In der Provence?« Dann sah sie Ellen wieder an. »Lloyd ist einer der wenigen, die diesem ländlichen Kaff hätten entfliehen können. Aber wie ich ist er geblieben, ziemlich dumm von ihm. Du bist genau das, was er braucht.« Sie pfiff nach Hamlet, der auf der Straße herumlief. »Und er ist genau das, was *du* brauchst.«

»Ich muss herausfinden, warum sich das Cottage meiner Eltern nicht verkauft.«

»Du solltest dir mal ein bisschen Spaß gönnen. Wann hattest du das letzte Mal Spaß?«

»Beim Surfen im April.«

»Und mit einem Mann?«

Ellen sagte nichts, sondern dachte an Richard und all das Elend der letzten Zeit. Als sie um die Ecke bogen und an Oddlode Manor vorbeikamen, sah sie zu dem großen schönen Haus hinauf, und der vergangene Abend kam ihr wieder in den Sinn – und mit ihm die erschreckende Erkenntnis, dass Spurs Belling den X-Faktor hatte. Richard hatte bloß den Ex-Faktor. Lloyd hatte Sex-Faktor. Vielleicht hatte Pheely recht. Sie musste einfach mal wieder flirten und sich sexy fühlen, mehr nicht.

»Schon länger her«, gab sie zu.

»Also, dann geh doch zu dieser Verabredung! Zieh dich schick an, lass dir deine drei Rucolablätter auf rohem Thunfisch schmecken, flirte zum Spaß mit ihm, und dann mach ihm die Hölle heiß, weil das Cottage noch nicht verkauft ist. Betrachte es gar nicht als Date, betrachte es als gute Gelegenheit, ihn einzuschüchtern.«

Bei Pheely klang alles immer so einfach.

5

»Sie sehen umwerfend aus!« Fünf Tage später begleitete Lloyd, frisch geföhnt, glatt rasiert und mit strahlendem Lächeln geradezu der Traumtyp schlechthin, Ellen zu seinem Mercedes.

»Wollen wir nicht zu Fuß gehen?«, schlug sie vor. »Es ist nur zehn Minuten entfernt.«

»Könnte noch ein Gewitter geben heute Abend.« Er strich seine goldbraune Mähne zurück und sah in den Himmel. »Außerdem habe ich den ganzen Papierkram im Wagen. Wir fahren besser.«

Es war drückend schwül, die Hitzewelle hatte das Lodes-Tal schon die ganze Woche fest im Griff. Ellen schwitzte und hatte eigentlich gar keine Lust. Selbst in dem leichten Shirt und dem langen, hauchdünnen gelben Rock fühlte sie sich, als brate sie im eigenen Saft. Am liebsten hätte sie sich ins Meer gestürzt. Das kühle, klimatisierte Innere des Mercedes war kein Vergleich zu der Frische einer Meeresbrandung. Aber es hing ein Hauch von Aftershave und Intimität in der Luft, der gewisse Ahnungen aufkommen ließ.

Nachdem Lloyd seine langen Beine verstaut und etwas zu forsch in der Auffahrt zurückgesetzt hatte, betrachtete Ellen ihn verstohlen aus dem Augenwinkel. Er war genauso umwerfend attraktiv, wie sie ihn in Erinnerung hatte – und offensichtlich wollte er jetzt auch noch mit seiner Kleidung Eindruck schinden. Der dünne graue Seidenpulli lag geschmeidig auf seinen breiten Schultern, und die schwarze Designerjeans war genau richtig geschnitten für seinen sportlichen Körper. Ein edel schimmernder Siegelring am Finger und glänzende Chelsea-Boots an den Füßen vervollständigten seinen makellosen Auftritt. Lloyd vibrierte geradezu vor Gesundheit, gutem Aussehen und bösen Absichten. Und dann warf er Ellen plötzlich aus seinen goldbraunen Augen einen Blick zu und zwinkerte.

»Wie lief die Woche? Gut?«, fragte er, als er etwas zu schnell die North Street entlangfuhr.

»Hatte schon bessere«, gab sie zu und zwang sich, nicht noch mehr zu sagen. Fünf Tage Putzerei und Sucherei nach einem Kater waren kaum ein fesselndes Gesprächsthema. Abgesehen von Pheely hatte sie mit fast niemandem gesprochen – nicht dass sie Lust dazu verspürt hätte. Die Telefongespräche mit ihrer Mutter hatte sie auf das Minimum beschränkt, Richards SMS nicht beantwortet und sich den forschenden Blicken im Dorfladen entzogen. Dieser Rückzug war ein Zeichen dafür, dass sie doch noch ein wenig unter Schock stand. Ihre Gedanken waren ständig um die Trennung von Richard gekreist.

»Waren Sie viel unterwegs?«, fragte Lloyd.

»Oh, ich hab ein paar Mal bei meinem Nachbarn vorbeigeschaut«, murmelte sie und bedachte Hunter Gardner mit einem mörderischen Gedanken. »Wir haben ein gemeinsames Thema: Hühner.«

»Hühner?«

»Ja. Er züchtet sie, mein Hund jagt sie.«

Er lachte, und Ellen zwang sich zu einem Lächeln. Sie sollte sich wirklich entspannen. Gestern Abend beim Spaziergang mit Pheely hatte sie versprochen, sich zu amüsieren. Pheely war furchtbar aufgedreht gewesen, weil Daffodil über das Wochenende aus dem Internat kam, und hatte keine einzige dunkle Wolke am Himmel über Oddlode dulden wollen. Ellens düstere Laune hatte sie genervt, und fröhlich hatte sie gerufen: »Sieh es von der positiven Seite! Oder von der lustigen ... du musst doch zugeben, dass Hunters Miene einfach urkomisch war.«

Hatte die Woche schon schlecht begonnen, indem sie sich

aussperrte und den Nachbarn ihrer Eltern – ganz zu schweigen von dem halben Dutzend weiterer Zuschauer – ihren nackten Hintern präsentierte, so war es noch schlimmer geworden, als Snorkel Gefallen an Hunters preisgekrönten Cochin-Hühnern fand. Diese riesigen gefiederten Schmuckviecher, eine Art Koi-Karpfen der Hühnerwelt, hatten den Collie fasziniert. Nachdem Snorkel sie zwei Tage lang beobachtet hatte, war es ihr gelungen, ins Gehege vorzudringen. Ellen hatte es erst bemerkt, als sie Hunters gequälte Schreie hörte, während er dem Collie nachjagte und versuchte, ihn zu vertreiben. Egal, wie oft Ellen sich entschuldigte und erklärte, dass Snorkel nur mit den Hühnern spielen und sie nicht töten wollte, Hunter blieb unversöhnlich. Unmissverständlich gab er ihr zu verstehen, dass er sich berechtigt fühle, den Hund, sollte der noch einmal einen Fuß (oder eine Pfote) auf sein Grundstück setzen, wegen Aufschreckens seiner Hühner zu erschießen. Und dann legte er sich mit Cafetiere, Feldstecher und Luftgewehr auf die Lauer.

Ellen fand diese Reaktion völlig überzogen und bemühte sich, Snorkel im Auge zu behalten. Doch das war bei dem brütend heißen Wetter und der dauernden Putzerei gar nicht möglich; und so war es nur all dem Kaffee zu verdanken, den Hunter trank, dass Snorkel bei ihrem zweiten Besuch bei den Hühnern mit dem Leben davonkam. Hunter war einem Ruf der Natur folgend ins Haus gegangen, als der Collie wieder ins Gehege seiner faszinierenden neuen Freunde mit den großen Federbüschen auf dem Kopf eindrang. Ellen rannte los, als sie Gegacker und Bellen hörte, und zog Snorkel im Bruchteil einer Sekunde aus dem Gehege – gerade noch rechtzeitig, um mit ihr hinter der Hecke zu verschwinden, ehe Hunter auftauchte. Danach beaufsichtigte sie Snorkel die ganze Zeit.

Snorkels dritter Besuch bei den Hühnern hatte schließlich ihren Untergang besiegelt. Pheely hatte es sich angewöhnt, kurz auf einen Kaffee im Goose Cottage vorbeizuschauen, wenn sie zu Daffodils Pferd ging (»Gott allein weiß, warum ich das tue – ich gehe jeden Tag hin, und das dumme Vieh steht einfach nur da, vertreibt Fliegen und frisst Gras.«). Am Mittwoch brachte sie Ellen eine Longierleine mit, damit sie Snorkel im Garten anbinden konnte. Schneller als das Wasser im Kessel für ihren Nescafé kochte, hatte der Collie jedoch Ellens doppelten Altweiberknoten aufgedröselt und sich zu den Cochin-Hühnern gestohlen, die lange Longierleine hinter sich herziehend.

»Was ist das denn?« Ellen hatte sich in der Küche zu Pheely umgedreht, als sie das unselige vertraute Gegacker vernahm. Es folgten das ebenso vertraute Gebrüll des wütenden Hunter, ein aufgeregtes Bellen von Snorkel, das irritierende Krachen eines Luftgewehrs – und Stille.

Panisch waren die beiden Frauen hinausgerannt und fanden im Gehege, ganz verloren auf dem Boden liegend – Hunter, in den Armen ein riesiges Federbündel. Und noch verwirrender war, dass er selbst wie ein Huhn dalag, eingeschnürt von der langen Longierleine, die der aufgeschreckte Collie in seiner Angst um ihn gewickelt hatte. Hunter mochte ja oft herumbrüllen, als wäre er sein Leben lang beim Militär gewesen, doch das Schießen hatte er in seiner kurzen Dienstzeit als Kartograf eindeutig nicht gelernt. Und so hatte er aus Versehen seinem Lieblingshuhn eine Kugel in den Hintern gejagt und konnte, wie der Tierarzt später meinte, von Glück sagen, dass er das Tier nicht getötet hatte. Jetzt schob er Tag und Nacht Wache, hatte Fallen aufgestellt und ein Sichtgerät für sein Luftgewehr gekauft. Snorkels Todesurteil hing wie eine dunkle Wolke über ihr. Sie konnte nicht mehr auf der Wiese Schmetterlingen nachjagen, am Morgen im Garten patrouillieren oder überall nach ihrem Freund Fins suchen. Stattdessen war sie mit langer Leine am Taubenschlag angebunden und bellte beleidigt. Ellen unternahm so oft wie möglich Spaziergänge mit ihr – meist über Orchard Close, wo sie hoffte, mal auf die Wycks zu treffen.

»Dann haben Sie also schon ein paar Dorfbewohner kennengelernt?«, fragte Lloyd.

Ellen nickte. »Ich lerne sie jeden Tag besser kennen.« Die Wycks waren bislang allerdings nicht darunter gewesen, die

Leitung war stets besetzt, wenn sie anrief. Wahrscheinlich hatten sie den Hörer einfach ausgehängt. Zu ihrem großen Ärger sah sie Regs altersschwachen Pick-up jeden Tag im Dorf herumkurven, mit immer anderen Dingen auf der Ladefläche – mal waren es alte Kühlschränke, dann wieder Unmengen von Grünpflanzen, und heute so viele Steine, dass er Fred und Wilma Feuerstein einen Anbau hätte errichten können. Doch alles Rufen und Winken hatte nichts genutzt. Und mit Dot war es genauso schwierig. Pheely schwor, sie sähe sie dauernd auf dem Rad durchs Dorf fahren. Dann musste sie diese Woche wohl einen Platten gehabt haben – Ellen merkte es, wenn man ihr aus dem Weg ging.

Das war einer der Gründe, weshalb sie auf der kurzen Fahrt vom Goose Cottage ins Duck Upstream ihre schlechte Laune nicht loswurde. Und die Ursache dafür, dass sie beim Anblick von Reg und Dot vor dem Dorfladen rief: »Halten Sie sofort an!«

»Wie bitte?« Lloyd drehte sich erstaunt zu ihr herum.

»Ich muss mit den Leuten da sprechen – dringend!« Sie reckte den Hals, als sie an den Wycks vorbeibrausten, und bemerkte, dass sie miteinander stritten. Dot schwang die Handtasche wie eine Keule. »Es dauert nicht lange. Halten Sie bitte an.«

»Oh, ja – natürlich.« Er lachte. »Ich dachte schon, Sie hätten es sich anders überlegt.«

Ellen sprang aus dem Wagen und lief zum Dorfladen zurück. Sie konnte den Streit schon aus fünfzig Meter Entfernung hören. Dots tiefe schroffe Stimme dröhnte anklagend: »– lass dich nicht in den Pub gehen, bis du mir die hundert Pfund abgeliefert hast, die Lady G uns gegeben hat. Das lass ich dich nicht alles versaufen, und Saul schulden wir auch noch dreißig Piepen.«

»Dieser nichtsnutzige Faulenzer, der erst mittags aufsteht, kriegt von mir gar nichts«, wetterte Reg in einem Ton, gegen den jener seiner Frau kultiviert klang.

»Er hat sich ganz allein um die Bruchsteine gekümmert!

Gib's ihm. Ich brauch noch 'nen Schlüssel für den Elektriker morgen.«

Ellen mischte sich ein: »Tut mir leid, wenn ich störe, aber ich muss dringend mit Ihnen reden. Ellen Jamieson – ich habe letztes Wochenende angerufen.«

Beiden Gesichtern entwich alle Farbe. Doch schon einen Moment später standen Dot und Reg Schulter an Schulter da und starrten sie an. Sie sahen genauso aus, wie Ellen sie in Erinnerung hatte – zwei kleine, wettergegerbte Gestalten mit harten Mienen, die keineswegs deplatziert gewirkt hätten unter Pheelys Zwergen und Kobolden. Reg war immer noch eine seltsame Mischung aus jungem Körper und altem Gesicht. Jahre harter körperlicher Arbeit hatten ihm Arme und Schultern eines Steinmetzen beschert. Sein leicht schiefes, zerfurchtes Gesicht, immer Sonne, Wind oder Regen ausgesetzt, war gebräunt und ledern wie ein alter Mokassin, und in den blutunterlaufenen Augen lagen Misstrauen und Feindseligkeit. Dot war trotz ihrer rauen Stimme nur knapp 1,60 Meter groß, mit betonierter Dauerwellenfrisur in unnatürlichem Kastanienbraun und einem Gesichtsausdruck wie Daisy Duck, den ihre scharfen blauen Augen jedoch Lügen straften. Sie warf ihrem Mann einen warnenden Blick zu, ehe sie sich an Ellen wandte.

»Was wollen Sie?«, fragte Dot angriffslustig wie ein Terrier.

Das würde ein hartes Stück Arbeit werden, dachte Ellen. Lloyd ließ den Motor laufen, also räusperte sie sich und dämpfte ihre Wut. »Ich dachte, Sie könnten mir mal erklären, warum Sie seit – tja, seit Ewigkeiten, wie mir scheint, in Goose Cottage nicht sauber gemacht oder den Garten gepflegt haben. Gibt's irgendein Problem?«

»Soweit ich weiß nicht«, knurrte Dot und reckte das Kinn vor.

»Warum tun Sie dann nichts?«

Die scharfen Augen musterten sie. Anscheinend überlegte Dot, in welchen Teil von Ellens Gesicht sie zuerst hineinbeißen sollte. »Den Job haben wir an einen Subunternehmer weitergegeben.«

Das klang so lächerlich, dass Ellen sich zusammenreißen musste, um nicht zu lachen. »An wen?«

»An einen Geschäftspartner«, sagte Dot hochtrabend. Reg starrte unverwandt auf den Gehsteig.

Ellen trat einen Schritt zurück. »In diesem Fall muss ich mit Ihrem Geschäftspartner reden. Wie heißt er?«

»Der verhandelt nicht direkt mit Kunden.« Dot hob das Kinn und sah Ellen aufsässig an.

»Und wer tut es für ihn?«

»Er.« Dot nickte zu dem stummen Reg hinüber, der immer noch angestrengt den Gehsteig anstarrte. Ellen erwartete, dass er jeden Moment seinen eigenen Schatten angreifen würde, obwohl dieser fanatische Blick wohl mehr mit der Nähe des Pubs als mit dem Streit zu tun hatte. Lloyd setzte den Mercedes zurück und fuhr bis auf wenige Meter an sie heran. Dot deutete mit dem Kopf auf ihn. »Ein Freund von Ihnen?« Die scharfen Augen blinzelten beunruhigt.

Mit den verdunkelten Scheiben und der metallicsilbernen Farbe wirkte der Mercedes auf stilvolle Weise unheimlich – halb FBI, halb Drogendealer. Woher sollte Dot wissen, dass der Fahrer ein nach teurem Aftershave riechender, smarter Makler war? Ellen nickte knapp. Dann wandte sie sich von der aufsässigen Dot an den stumm ergebenen Ehemann – den Kundendienst-Manager, wie es schien. »*Sie* wissen doch sicher, dass Ihr Geschäftspartner sich um nichts gekümmert hat?«, fragte sie Reg. »Das Cottage ist ja nicht gerade unauffällig – und ich habe Sie diese Woche öfter daran vorbeifahren sehen. Das Gras steht kniehoch.«

Reg atmete bedrohlich durch die Zähne ein und sah sich mit irrem Blick um – meist in Richtung Pub.

Ellen fühlte sich unwohl. Sie spürte selbst, dass sie klang wie ihre Mutter, die einem ihrer Schüler in Addington eine Standpauke hielt. »So geht das einfach nicht«, sagte sie und wandte sich dann wieder an Dot. »Meine Eltern bezahlen Sie, damit *Sie* die Arbeit machen, und nicht irgendein Geschäftspartner, der sich überhaupt nicht darum kümmert. Jemand hat das Cottage benutzt, während es leer stand. Als ich ankam, herrschte überall Unordnung und –«

»Wie können Sie *wagen*, uns so was vorzuwerfen? So was tun wir nicht, oder, Reg?« Dots Handtasche bewegte sich drohend in Ellens Richtung.

»Ich werfe es ja nicht Ihnen vor«, fügte Ellen schnell hinzu. »Ich wollte nur sagen: Hätten Sie jede Woche sauber gemacht, hätten Sie die Unordnung gesehen und meine Eltern benachrichtigen können.«

»Ich bin doch nicht vom Sicherheitsdienst«, zischte Dot.

Obwohl die beiden wussten, dass Ellen recht hatte, würde sie nie eine Entschuldigung von ihnen erhalten. Und im Grunde war es die Anstrengung gar nicht wert. Ihr eigener Ärger war inzwischen verpufft, und sie wollte den Streit nicht weitertreiben. Selbst wenn Dot morgen zur Arbeit kommen würde, gäbe es nichts mehr zu tun. Ellen hatte die verwöhnte Prinzessin selbst wieder herausgeputzt. Nur im Garten brauchte sie noch Hilfe. Doch irgendetwas an Regs hartnäckigem Schweigen ließ sie gar nicht erst fragen.

»Da Sie nicht garantieren können, die Arbeit selbst zu erledigen, sagen Sie Ihrem Geschäftspartner bitte, dass ich ihn nicht mehr brauche. Ich komme allein zurecht, bis das Cottage verkauft ist, und Sie können dankbar sein, dass ich es dabei belasse. Meinen Eltern werde ich nichts erzählen, aber Sie bekommen keinen Penny mehr.« Ellen dachte, sie wären erleichtert, dass sie so einfach davonkamen. Das Letzte, was sie erwartet hatte, war eine boshafte Reaktion.

Dot setzte zu einer echten Terrierattacke an. »Sie hochnäsige Madame!«, schrie sie. »Was heißt hier dankbar! Ich hab mir die Finger wund geputzt für Ihre Mutter, und Reg hasst diesen verdammten Garten und den Schrottrasenmäher, den Ihr Vater da hat. Sie können hier nicht einfach auftauchen und uns feuern!« Ellen wich zurück, als Dot die Handtasche schwang. »Sie haben kein Recht, so mit uns zu reden, Sie blöde Kuh!« Dot trat einen

Schritt auf sie zu. »Warten Sie nur, bis mein Enkel das hört. Dann wird Ihnen das noch leidtun.«

Plötzlich ertönte eine schrille Stimme aus einem Fenster im Obergeschoss. »Ich bin Zeugin! Ich nehme das alles auf Video auf und rufe die Polizei, wenn das nicht aufhört! Betreten Sie den Laden ja nicht! Mein Mann schließt die Tür ab.« Ellen sah zur Dachgaube über dem Dorfladen hinauf, wo die blonde Lily Lubowski einen Camcorder schwang. Darunter erschien hinter dem Sicherheitsglas der Ladentür das runde Gesicht von Joel, der gehorsam abschloss und das Schild auf »Geschlossen« drehte, wobei er Ellen fröhlich zuwinkte.

Weil Ellen einen Augenblick lang abgelenkt war, sah sie die Handtasche erst, als sie schon an ihrem Kopf gelandet war. Zum Glück enthielt sie nichts als eine Buskarte und Hausschlüssel, aber Ellen sprang vor Schreck in die Luft und landete direkt auf Dots Füßen.

»Auuutsch!«, schrie Dot. Reg verschwand während des folgenden Handgemenges ganz einfach unbemerkt in den Pub.

»Das ist Körperverletzung, Mrs Wyck!«, schrie Lily. »Ist alles auf Video. Diesmal kommen Sie nicht so davon.«

»Halten Sie den Mund, Sie dumme Ziege! Die hat mich getreten!«, schrie Dot zurück und wandte sich dann an Ellen. »Sie können uns nicht feuern. Wir brauchen das Geld. Wir wussten nicht, dass unser Sau – dass unser *Geschäftspartner* seine Arbeit nicht macht. Er hat gesagt, er kümmert sich drum, und wir haben ihm vertraut. Das ist nicht unsere Schuld.«

»Das ist nicht mein Problem.« Ellen ging auf den Mercedes zu.

»Verrotten Sie doch in der Hölle!« Dot humpelte hinter ihr her. »Sie *und* Ihr nichtsnutziger Freund, dieser feine Pinkel!«

Ellen sprang in den Wagen und ließ die zeternde Dot einfach am Straßenrand stehen. »Tut mir leid, Lloyd. Ob wir hier wohl ganz schnell verschwinden könnten?«

»Aber sicher doch.« Er legte den ersten Gang ein und gab Gas. Einen Augenblick später fuhren sie an der Einfahrt zum

Parkplatz des Duck Upstream vorbei. »Ich drehe noch eine Runde, um sie abzuschütteln«, erklärte er nach einem Blick in den Rückspiegel. Er spielt James Bond, der unbedingt Blofeld abhängen muss, dachte Ellen. »Wir wollen doch nicht, dass sie uns ins Restaurant folgt.«

Ellen sah die kleine wütende Gestalt auf dem Gehsteig immer kleiner werden. Als sie schließlich auf der Hillcote Lane aus dem Dorf hinausfuhren, lehnte Ellen sich in den Sitz zurück und seufzte. »Ich bin wirklich nicht gut im Feuern von Leuten.«

Lloyd zog eine Augenbraue hoch, offenbar war er immer noch auf dem Bond-Trip. »Warum mussten Sie die beiden denn feuern?«

»Weil sie ihre Arbeit nicht getan haben.« Sie sah ihn ganz direkt an, doch er lächelte nur.

»Ist das etwa eine Drohung?«, fragte er in flirtendem Ton.

»Kommt drauf an, ob Sie Ihre Arbeit getan haben«, murmelte sie, sah in den warmen Abend hinaus und fragte sich, wie sie allein mit dem Garten zurechtkommen sollte. Sie brauchte dringend Regen. Nach einer Woche ununterbrochenem Sonnenschein war der Boden hart und trocken, da würde sie mit keinem Spaten hineinkommen. Halb war sie versucht, Lloyd um Hilfe zu bitten – doch das kam nicht in Frage. Wenn überhaupt, so begehrte sie ihn nur körperlich, und selbst das war schon verflogen. Es war einfach zu warm für Sex.

Sie fuhren in das winzige Hillcote, das aus kaum einem Dutzend uralter Cottages bestand. Auf der Straße liefen die Hühner frei herum, und eine weiße Gans flatterte von einem alten Fass. Ein Mann, der seinen Garten goss, winkte ihnen zu, und zwei graue Katzen saßen reglos auf einer Bruchsteinmauer. Sie erinnerten Ellen an den auf sich allein gestellten Fins, der anscheinend nicht mehr nach Hause fand. Das Futter, das sie ihm hingestellt hatte, war nicht angerührt worden.

»Schön hier, nicht?«, sagte Lloyd, als sie eine Kehrtwende um den Dorfbrunnen machten, um zurück nach Oddlode zu fahren.

»Mir ist die See lieber«, erwiderte Ellen und sah die Hühner an. Viecher, die nichts als Ärger machten. Möwen flogen wenigstens weg, wenn Snorkel sich mit ihnen anfreunden wollte.

»Mögen Sie Wassersport?«, fragte er beiläufig.

Sie nickte und fragte sich, ob er die Surfbretter in der Scheune gesehen hatte.

Seine goldbraunen Augen blitzten auf. »Wenn das so ist ...«

Ellen landete fast auf seinem Schoß, als er plötzlich scharf links abbog, in eine ungepflasterte, als Sackgasse gekennzeichnete Straße. Eine halbe Meile weiter erreichten sie ein blitzendes Tor, hinter dem ein großes altes Haus mit weitläufigem Anwesen lag. Lloyd hielt vor dem Tor und griff ins Handschuhfach.

»Pear Tree Farm – für knapp 1,5 Millionen zu haben«, sagte er wie selbstverständlich, offenbar gewöhnt an solche Summen. »Unbeschreibliche Aussicht, 10 Hektar Land, Reitställe, Tennisplatz, Pool und Gästecottage. Ah!« Er zog einen Schlüsselbund hervor, drückte auf einen Knopf, und schon öffnete sich das Tor automatisch. »Wollen Sie es sich ansehen?«

Ellen war etwas mulmig zumute. »Was ist mit den Besitzern?«

»Die sind im Urlaub.« Als er die Kiesauffahrt entlangfuhr, drückte er noch einen Knopf, diesmal am Handy, das eine Freisprechanlage hatte.

»Guten Abend, Restaurant Duck Upstream«, erklang eine süßliche weibliche Stimme.

»Hi, Gina. Hier Lloyd Fenniweather. Könnten Sie meinen Tisch wohl noch eine halbe Stunde oder so frei halten? Wir sind leider zu spät dran. Nichts zu machen.«

»Hi, Lloyd! Natürlich, kein Problem.«

»Danke, Sie sind wirklich ein Schatz.«

Gott, war er smart, dachte Ellen. All seine Bewegungen flossen ineinander. Er legte auf, stellte den Motor ab, griff nach seiner Sonnenbrille und schlenderte zur Beifahrertür, die er für Ellen öffnete – und das alles in der Zeit, die sie allein brauchte, um den Sicherheitsgurt zu lösen.

»Kommen Sie, schauen Sie sich mein Lieblingsschlupfloch an.« Mit einer extravaganten Geste geleitete er sie zu dem schönen Haus.

Die schwüle Wärme des Abends lastete drückend auf Ellen, die einen schlecht gelaunten Blick zuerst auf das Haus und dann auf Lloyd warf. Das sah ihr nach allzu oft geübter Routine aus, die zweifellos nicht allein daher rührte, dass Lloyd seinen Kunden die teuersten Angebote von Seaton's vorführen musste. Wahrscheinlich war das Lloyd Fenniweathers geheime Verführungstaktik. Gab es einen besseren Auftakt, als eine Frau zu einem Millionen-Anwesen zu bringen und ihr den Eindruck zu vermitteln, sie könnte das Haus – und ihn – besitzen? Aber da musste er sich bei Ellen schon mehr Mühe geben. Sie hatte eine entsetzliche Woche hinter sich, vor sechs Tagen das Rauchen aufgegeben, auf der Straße eine Handtasche an den Kopf bekommen und wollte nun endlich etwas über das Cottage ihrer Eltern erfahren. Die körperliche Anziehung, die sie bei ihrer ersten Begegnung gespürt hatte, war heute Abend einfach nicht da – seine aufgesetzte Smartheit nervte sie bloß.

»Das gefällt mir nicht«, sagte sie, als er aufschloss. »Ich will nicht im Haus fremder Leute herumspionieren. Das ist doch ein Eingriff in die Privatsphäre.« Sie konnte geradezu hören, wie Pheely rief: *Nein! Spioniere herum! Für mich würde ein Traum wahr werden!*

Lloyd sah sie überrascht an. Offenbar hatte noch nie jemand abgelehnt, einen Blick auf den Lebensstil der Reichen zu werfen. »Es steht zum Verkauf.« Er lachte. »Die Besitzer sind es gewöhnt, dass Leute hierherkommen – ich habe es diese Woche schon drei Kunden gezeigt.«

Doch Ellen trat einen Schritt zurück. »Ich bleibe lieber draußen.«

»Es hat sieben Schlafzimmer.« Vieldeutig hob er eine Augenbraue. »Und ein riesiges *Wasser*bett.«

Wassersport. Natürlich. Sie hatte in den letzten Jahren genug

Witze gehört und wusste, dass damit alle möglichen schändlichen Spielchen gemeint waren. Lloyd wollte das Wasserbett ausprobieren. Und vielleicht hatte er sogar noch anderen Wassersport im Sinn. Glaubte er *tatsächlich*, dass er nach nur zehn Minuten im Auto ihr Schiff so sehr in Fahrt gebracht hatte? Tja, dann hatte er sich aber ganz schön vertan.

»Das interessiert mich nicht«, erwiderte sie bestimmt. »Sie haben auf die falsche Wassersportart gesetzt, fürchte ich.«

»Wie Sie wollen.« Er versuchte, seine smarte Lässigkeit zu bewahren, konnte aber eine gewisse Gereiztheit in der Stimme nicht verbergen. »Fahren wir also ins Restaurant.«

»Moment.« Ellen verschränkte die Arme. »Wir sollten die Sache mit Goose Cottage am besten jetzt gleich besprechen. Uns bleibt eine halbe Stunde, und hier ist es viel ruhiger als im Restaurant. Es gibt doch im Garten sicher irgendwo eine Bank.«

Das passte Lloyd offensichtlich gar nicht, doch es gelang ihm, ein kurzes Lächeln aufzusetzen, das sofort wieder verschwand. »Wenn es sein muss – ich hole nur die Papiere aus dem Wagen.«

Mit einer edlen Ringmappe unterm Arm führte er sie schließlich ums Haus in einen ummauerten Garten, der im Licht der Abendsonne glühte. Der Anblick, der sich dort bot, warf Ellen fast aus ihren Riemensandalen. Am anderen Ende, hinter einer niedrigen Mauer, lag ein sehr blauer, glitzernder Swimmingpool, in dem verführerisch das Wasser schwappte. Sie setzte sich an einen der ausgeblichenen Teaktische und sehnte sich danach, mit einem Kopfsprung ins Wasser zu tauchen. In der sonnigen Ecke des Gartens stand die Hitze.

Lloyd setzte sich ihr gegenüber, schob die Sonnenbrille ins Haar, schaltete sein strahlendes Lächeln ein und legte die gefalteten Hände auf die geschlossene Ringmappe – wieder ganz der professionelle smarte Typ, der die Zurückweisung so schnell wie ein entgangenes Geschäft in die hinterste Ecke seines Hirns verbannt hatte. »Goose Cottage ist ein merkwürdiger Fall – viel schwieriger zu verkaufen als anfangs gedacht.« Sein vornehmer Tonfall plätscherte dahin wie das Wasser im Pool. »Das

Marketing basierte auf der Annahme, dass es potenzielle Käufer wie ein Magnet anziehen würde – obwohl es im Januar angeboten wurde. Doch das ist nicht geschehen.«

»Aber warum nicht?« Sehnsüchtig blickte Ellen zum Pool und stellte sich vor, wie das frische Nass ihren aufgeheizten Körper abkühlen würde.

»Da kommt Verschiedenes zusammen – es gibt keine einzelne Ursache.« Sein Lächeln wurde breiter. »Es gab Interessenten, und ein Angebot steht ja noch ...«

»Für zweihunderttausend unter dem geforderten Kaufpreis!«, erinnerte Ellen ihn und wandte den Blick vom Pool ab. Im Garten war es heiß wie in einem Hexenkessel, und sie strich sich die Haare aus der verschwitzten Stirn.

»Man könnte sich auch fragen, ob der Preis nicht etwas zu hoch ist«, schlug er behutsam vor. »Das habe ich Ihren Eltern schon öfter gesagt. Aber sie bestehen unnachgiebig auf ihrer Forderung oder einer Summe knapp darunter.«

Ellen, die zu sehr schwitzte, um sich noch richtig konzentrieren zu können, schnaubte verärgert. Sie würde ihre Eltern sicher nicht bitten, weniger für ihr Cottage zu fordern, das sie im Alter finanziell absichern sollte.

»Auch wenn es ungemein schön ist«, setzte Lloyd sein vornehmes Gerede fort, »hat Goose Cottage doch bloß vier Schlafzimmer, und zwei davon sind recht unbequeme Dachzimmer. Für das Geld erwarten die Leute etwas mehr vom Haus. Das Apartment ist wegen der Treppe als Wohnung für ältere Leute ungeeignet. Und die Kellerräume wären zwar schöne Kinderspielzimmer, aber auch da gibt es diese gefährlichen Steintreppen. So was schreckt Familien mit älteren Angehörigen ab. Der Garten erfordert viel Arbeit, wie Sie ja gerade selbst sehen, jetzt, da der Gärtner – äh – aufgegeben hat, wenn ich so sagen darf. So etwas wollen Wochenendbewohner nicht. Das muss alles im Preis berücksichtigt sein.«

Ellen hörte kaum zu. Sie blinzelte sich eine Schweißperle aus dem Auge und bemerkte, dass auch Lloyd schwitzte. Aus goldbraunen Augen sah er sie arglos an, nur sein verschmitztes Lächeln ließ auf verborgene Absichten schließen – und dass er ständig unmerklich näher rückte. Plötzlich verspürte Ellen ein unbesonnenes Verlangen, ihn zu berühren, ihn zum Pool zu ziehen und ihn völlig bekleidet ins Wasser zu schubsen. Sie wollte einfach nur schwimmen gehen und sich um nichts kümmern – wie als Kind oder in der Zeit mit Richard. Doch um dieses Gespräch zum Abschluss zu bringen, riss sie sich zusammen und fragte: »Haben Sie diesen Monat Anzeigen geschaltet für Goose Cottage?«

Lloyd glänzte wie ein eingeölter Adonis und fuhr sich mit der Zunge über die schweißfeuchten Lippen. »Das habe ich schon länger nicht getan – man darf so ein Objekt nicht zu häufig inserieren.«

Bildete sie sich das ein, oder spürte sie einen Knöchel an ihrem? »Und es verursacht ja auch Kosten«, sagte sie und zog ihr Bein zu sich heran.

»Genau – und wenn die Leute ein Cottage zu oft inseriert sehen, glauben sie, dass damit etwas nicht in Ordnung ist.« Ihrem sehnsüchtigen Blick zum Pool folgend fügte er hinzu: »Möchten Sie sich vielleicht ein wenig abkühlen?«

Ellen wäre am liebsten sofort aufgesprungen, bezähmte sich jedoch erneut. Nein, dachte sie gereizt, auf den Trick falle ich nicht herein. »Jetzt nicht.« Sie ergriff ihr Shirt am Saum und fächelte sich Luft zu. »Um zum Thema zurückzukommen. Es ist auch nicht hilfreich, wenn der Makler Interessenten am Telefon sofort ungefragt erklärt, dass mit dem Cottage *wirklich* etwas nicht stimmt.«

»Äh – ja.« Er rieb sich die feuchten Schläfen. »Tut mir leid, da war ich etwas in Eile.«

»Und wieso steht eigentlich kein Schild ›Zu verkaufen‹ im Vorgarten?«

»Vor Häusern, die über eine halbe Million wert sind, stellen wir nie Verkaufsschilder auf. Das schafft eine exklusivere Atmosphäre.«

»Aber dann weiß doch auch keiner, dass sie zum Verkauf stehen!« Sie wischte sich den Schweiß von der Stirn. »In Oddlode wimmelt es von reichen Touristen, die aus einer Laune heraus ein Cottage kaufen würden.«

»Und von Leuten, die an einem regnerischen Tag lieber Besichtigungen machen statt wandern zu gehen. Das ist reine Zeitverschwendung.« Auch er klang zunehmend gereizt, seine Worte plätscherten längst nicht mehr so sanft dahin.

»Makler, die Häuser nicht an den Mann bringen, verschwenden ebenfalls Zeit.«

Sein schönes Gesicht zuckte. Es fiel ihm zunehmend schwerer, sein strahlendes Lächeln aufrechtzuerhalten. »Dann sagen Sie Ihren Eltern, sie sollen mit dem Preis heruntergehen.«

»Zuerst will ich mal ein Schild im Vorgarten sehen«, forderte Ellen. »*Und* Sie werden nächste Woche in der regionalen Tagespresse wie auch in ›Country Life‹ und dem ›Sunday Telegraph‹ inserieren – die Belege darüber möchte ich sehen.« Sie strich sich das feuchte Haar aus dem Gesicht. »Außerdem lassen Sie bitte neue Broschüren drucken – und die möchte ich auch vorgelegt bekommen.«

»Dieser Service ist nicht kostenlos, wissen Sie.«

»Wenn Sie das Cottage binnen eines Monats verkaufen, können Sie die Kosten in Rechnung stellen«, sagte sie ganz einfach. »Wenn nicht, wende ich mich an einen anderen Makler, der es unter Wert verkaufen darf, und Sie bleiben auf den Kosten sitzen. *Sie* haben den Preis selbst geschätzt, und zu dem Preis verkaufen Sie es auch, oder höchstens fünf Prozent drunter. Sonst sind Sie raus aus dem Geschäft.«

»Aber das ist gegen alle Regeln!«

»Dann brechen wir die Regeln eben. Entweder so, oder ich beauftrage einen anderen Makler.« Sie lehnte sich in ihren Stuhl zurück und fächelte sich mit dem Shirt Luft zu.

Er verzog seine schönen küssenswerten Lippen und starrte sie entrüstet an. »Ist es auch ein Regelbruch, die Tochter seiner Klienten ein Miststück zu nennen?«

»Ich nehme das als Kompliment.« Sie hob das Kinn und lächelte.

Schweiß glänzte auf Lloyds goldbrauner Haut. Aufgebracht und gereizt war er noch viel attraktiver als in seiner Rolle als smarter Makler. Pling! Da war sie wieder, die Anziehungskraft, die sie bei ihrer ersten Begegnung gespürt hatte. Ellens Sinnenlust brach sich Bahn, und sie sehnte sich danach, den Sonnenschein zu genießen. Ein breites Lächeln trat auf ihre Lippen. Und je mehr sie lächelte, desto stärker prickelte es überall auf ihrer Haut. Wie eine herrliche Welle breitete sich eine unwiderstehliche Lust in ihrem ganzen Körper aus.

Und zu ihrer größten Überraschung lächelte auch Lloyd plötzlich. »Sie sind heute Abend wirklich in feuriger Stimmung, wie?«

»Ich feuere aus allen Rohren.« Sie konnte dies Gefühl, das sie durchspülte, nicht unterdrücken. Wenn man die allzu glatte, smarte Seite von Lloyd abzog, war er wirklich begehrenswert.

Lloyd sah sie lange, sehr lange an. Sein strahlendes Lächeln schien die Hitze fast noch zu verstärken. »Sie sind wirklich höchst erstaunlich. Ich habe selten eine Frau getroffen, die so sexy ist.«

Ellen fuhr sich mit der Zunge über die Lippen und erwiderte den Blick. Den Wassersport im Bett der Pear Tree Farm konnte er vergessen. Doch es gab noch etwas anderes Feuchtes und Verführerisches, das sie unbedingt testen wollte. »Sind wir schon zu spät dran fürs Restaurant?«

Er sah nicht mal auf seine Uhr. »Für mich werden sie den Tisch frei halten.«

»Gut.« Ellen stand auf. »Entschuldigung, aber ich kann einfach nicht widerstehen …« Kaum hatte sie die Sandalen abgestreift, lief sie auch schon – Rock und Shirt von sich werfend – zum Pool und stürzte sich in Slip und BH kopfüber ins kühle Nass. Doch das tat sie nicht, um ihn zu provozieren. Als Kind der See kam sie gar nicht auf den Gedanken, dass sie etwas Anrüchiges tat. Doch hier war sie in den ländlichen Cotswolds und hätte sich genauso gut auf einer Platte garniert mit nichts als Petersilie präsentieren können. Lloyd saß wie gebannt am Tisch und bewunderte ihren Körper, während Ellen eine ganze Bahn unter Wasser schwamm und sich wie im Himmel fühlte. Seit einer Woche war sie nicht schwimmen gewesen, und keines der langen heißen Bäder nach ihren Putzaktionen kam gegen dieses Gefühl an. Als sie aus dem in der Abendsonne glitzernden Wasser wieder auftauchte, stand Lloyd mit offenem Mund am Pool.

»Gekauft!«, rief sie und strich sich Wasser aus dem Gesicht. »Was meinen Sie, könnte ich nur den Pool kaufen? Das Haus will ich nicht.«

Er lachte und musterte sie, wohl in der Hoffnung, dass ihre nasse Unterwäsche nicht blickdicht sei.

»Was ist – kommen Sie nicht ins Wasser?«, fragte Ellen.

Lloyd zwinkerte ihr anzüglich zu. »Keine Unterhose.«

Ellen hatte eher den Eindruck, dass er seine Föhnfrisur nicht ruinieren wollte, sagte aber nichts. »Ich ziehe nur ein paar Bahnen, dann komme ich wieder raus.« Sie kraulte durchs Wasser und vertrieb so die aufgestaute Anspannung. Ein paar Minuten länger in der brütenden Hitze des Gartens, und sie hätte dem smarten Lloyd entweder eine Ohrfeige verpasst oder ihn geküsst – und sie wollte weder das eine noch das andere. Sie wollte dringend das Cottage ihrer Eltern verkaufen, so dass sie möglichst bald in die weite Welt davonfliegen konnte. Als sie schließlich aus dem Pool stieg und sich das Wasser aus den Ohren schüttelte, blieb sie bei ihm stehen. Er lehnte in einer seiner coolen Posen an der niedrigen Steinmauer, die im Schatten lag.

»Sie haben meinen Bedingungen noch nicht zugestimmt«, erinnerte sie ihn, viel entspannter als zuvor.

»Einverstanden.« Seine weißen Zähne schimmerten im Schatten. »Erwarten Sie irgendetwas anderes, wenn Sie *so* vor mir stehen?«

»Haben Sie damit irgendein Problem?«, fragte sie.

»Nur, dass ich Sie jetzt rasend gern küssen würde.« Seine Augen glühten, aber er bewegte sich nicht.

Ellen war nicht überrascht. Er hatte ihr sehr deutlich zu verstehen gegeben, dass er sie anziehend fand. Sie fühlte sich jetzt allerdings überhaupt nicht mehr sexy, sondern eher entspannt, neigte den Kopf zur Seite, wrang Wasser aus ihrem Haar und dachte, wie sehr er sich doch von Richard unterschied – dem maulfaulen Beachboy, der nicht mal registrierte, ob eine Frau einen winzigen Bikini trug oder einen Neoprenanzug, dessen einzige Freundin bislang Ellen gewesen war und der Wassersport nicht für eine Spielart des Sex hielt. Abgesehen von Gavin Grayson mit fünf (in der Vorschule) und Damian Atkins mit vierzehn (im Jugendclub, weil ihre beste Freundin mit seinem besten Freund knutschte) hatte Ellen bisher nur Richard geküsst. Sie konnte sich nicht mal vorstellen, wie ein anderer Mann schmeckte, und verspürte kein großes Bedürfnis, Lloyd zu küssen. Doch er war enorm attraktiv, schien zu wissen, was er tat, und bescherte ihr – manchmal – so ein unbestimmtes Gefühl der Lust. Und es würde ihre Gedanken vielleicht von Richard ablenken.

»Warum tun Sie es dann nicht?«, schlug sie vor.

Es war kein Vergleich zu einem Kuss von Richard, sondern überraschend sanft – seine Zunge war weich und forschend und bewegte sich sachte. Vorsichtig legte er eine Hand an ihre Taille, als wäre ihre Haut aus erlesener Seide, und die andere an ihre Wange, so dass seine Fingerspitzen ihr Ohr berührten. Für den Kuss eines routinierten Verführers war er unerwartet schüchtern und passiv. Ellen betrachtete sein Gesicht, als sie sich küssten: Seine langen Wimpern lagen auf seinen gebräunten Wangen, und die glatte Haut schimmerte im Abendlicht. Doch Ellen spürte nichts zwischen ihren Beinen, nur den vom Wasser tropfnassen Slip. Sie versuchte, seinen Kuss zu erwidern, damit sich etwas in ihr regte. Aber alles, was sie erreichte, war, dass er mit seiner Zunge begeistert immer fordernder in sie drang und seinen Körper an sie drückte. Seine vorher sanfte Hand hatte fest ihren Hintern ergriffen – und sie spürte jetzt deutlich seine Erektion, die gegen ihr Bauchnabelpiercing drückte.

Ellen entzog sich ihm und fragte sich, was zur Hölle mit ihr los war. Ihn zu küssen war keineswegs unangenehm, aber es fühlte sich nicht viel anders an als ein herzliches Schulterklopfen. »Ich kenne dich doch gar nicht richtig, und außerdem verhungere ich gleich.« Sie hielt ihn auf Armeslänge entfernt und wehrte seinen Versuch, sie wieder an sich zu ziehen, ab. »Fahren wir doch ins Restaurant.«

»Ja, natürlich.« Zögernd ließ er sie los und knipste wieder sein Lächeln an.

Sie wünschte, sie hätte die Wahrheit gesagt: dass sie ihn nicht mehr küssen wollte, weil ihr Experiment gescheitert war, und sie am liebsten nach Hause gefahren wäre, da sie eigentlich gar nichts miteinander verband. So hätte sie ihm immerhin die Rechnung fürs Dinner erspart. Aber Ellen war Jennifer Jamiesons Tochter; und obwohl Jennifer es absolut nicht gutheißen würde, in Unterwäsche vor einem Verehrer herumzuspringen und ihn noch vor dem Dinner zu küssen, so glaubte Ellen doch an gutes Benehmen. Ihre Mutter hatte ihr jahrelang gepredigt, ladylike, freundlich und taktvoll zu sein und gegen ihre wilden Anwandlungen anzukämpfen. Es wäre sehr unhöflich, dachte Ellen, Lloyd jetzt einfach zu bitten, sie nach Hause zu fahren. Sie musste ein nettes Tischgespräch führen und ihn dann nach dem Dessert auf die sanfte Art abwimmeln.

Sobald Lloyd sein erstes Glas Champagner im Duck Upstream getrunken hatte, wurde deutlich, dass er nicht viel vertrug. »Du bist das Beste, was mir seit Seaton's passiert ist«, sagte er leise im Tonfall der Cotswolds. Und Ellen wurde immer klarer, dass sie Lloyds smartes Geplauder falsch eingeschätzt hatte. Er war längst nicht so kultiviert und weltgewandt, wie er tat. Und auch seine Egozentrik wuchs unter Alkoholeinfluss ins Unermessliche.

Das Duck Upstream war, wie Pheely gesagt hatte, ein Pub mit

angeschlossenem Feinschmeckerrestaurant und derart trendy aufgemacht, dass die In-Restaurants in New York, London und Paris daneben bedeutungslos wirkten – zumindest versuchten die Besitzer diesen Eindruck zu erzeugen. Als es noch das alte Pheasant gewesen war, hatte es mit hausgemachten Würsten, gegrillten Forellen und Beef-in-Ale-Pies scharenweise Touristen wie auch Leute aus dem Dorf angezogen. Jetzt aßen die Dorfbewohner kaum noch dort, und die meisten Gäste kamen aus London oder vom Kontinent. Der Parkplatz wirkte wie der Ausstellungsraum einer Luxusautomarke, die Garderobe war eine kleine Designerboutique und das Restaurant glich der eleganten Möbelabteilung von Harrods.

Ellen hasste es. Lloyd schien anzunehmen, dass er sie in eine Art Mekka entführt hatte. »Der heutige Abend ist etwas Besonderes.« Er fixierte sie mit goldbraunem Blick. »Du bist so sexy. Ich wette, du hast nicht damit gerechnet, hier auf jemanden wie mich zu treffen.«

»Nein – eigentlich nicht«, sagte sie unangenehm berührt.

»Das wird so verdammt gut werden mit uns.« Er zwinkerte verwegen und drückte mit verschwitzter Hand ihr Knie.

Noch ehe Ellen ihm eine höfliche Abfuhr erteilen konnte, war schon die übereifrige Gastgeberin erschienen. »Ist so weit alles zur Zufriedenheit?«, fragte sie affektiert und hielt ihnen die Menükarten unter die Nase.

»Wunderbar, Gina.« Lloyd schenkte ihr ein Lächeln. »Das ist Ellen – Sie werden sie noch öfter hier sehen. Sie ist gerade erst ins Dorf gezogen.«

Gina streckte die Hand aus und verzog das Gesicht zu einem Lächeln. Die breite graue Strähne in ihrem dunklen Haar und der antike Schmuck bildeten einen dramatischen Kontrast zu ihrem Schicki-Micki-Restaurant. »Genießen Sie es!« Sie lachte gekünstelt fröhlich. »Unsere Gäste sollen sich bei uns wie zu Hause fühlen.« Und damit schoss sie davon in die Küche, wo sie sich lauthals über Lloyds leeres Glas beschwerte.

»Eine wunderbare Frau.« Lloyd warf Ellen einen heißen

Blick zu und hob sein Glas an die Lippen, bis auch er bemerkte, dass nichts mehr drin war.

Im Gegensatz zu dem überteuerten und vornehm steifen Landhotel Eastlode Park wollte das Duck Upstream ein »geselliges Dinner-Erlebnis« bieten, doch Ellen fand nichts gesellig an der gedämpften Lesesaalatmosphäre, den hochnäsigen Kellnern und dem modernen Minimalismus der Einrichtung. Dinnergäste wie sie und Lloyd begannen mit Cocktails und Häppchen im Wildenten-Salon – der Gaststube des alten Pubs, die jetzt rau verputzte Wände zierten, Seegrasteppiche und glänzende grüne Sofas, auf denen man nur herumrutschte.

Während Ellen die Menükarte studierte, bestellte Lloyd noch mehr Champagner. »Vergiss nicht, dass du noch fahren musst«, ermahnte sie ihn besorgt.

»Ich dachte, ich lasse den Wagen stehen und hole ihn morgen früh ab«, murmelte er und zwinkerte ihr vieldeutig zu. »Na, schon was gefunden, das dich anmacht?«

Ellen verschanzte sich hinter der Karte. Du nicht, dachte sie kläglich. O Gott, wo bin ich da nur reingeraten? Der aufgeregt flirtende Lloyd hatte etwa ein Fünftel des Sexappeals des smarten Maklers Lloyd. Und dieser smarte Lloyd war auch kaum sexy im Vergleich zu dem gereizten, aufgebrachten Lloyd. Doch den hatte sie sich womöglich nur zusammenfantasiert, um ihr Verlangen nach einem kleinen Abenteuer zu befriedigen.

»Wir müssen unbedingt mal an einem Mittwoch herkommen – da spielt ein großartiger Pianist, richtig romantisch«, sagte er fröhlich, während er in die Karte sah. »Fangen wir mit Austern an?«

»Ich vertrage keine Meeresfrüchte«, log Ellen. »Ich nehme den warmen Sardinensalat.«

Er lächelte nachsichtig. »Ich sag's dir ja nicht gern, Ellen, aber auch Sardinen leben im Meer.«

»Oh, Fisch kann ich essen«, erwiderte sie trocken.

Er neigte den Kopf und lächelte verschmitzt. »Ich liebe all

deine seltsamen kleinen Eigenheiten. Du bist ein rätselhaftes Geschöpf.«

Er klang immer mehr wie Austin Powers, dachte Ellen entsetzt.

»Was sind eigentlich Endivien?«, fragte er beim Weiterlesen.

»Eine höfliche Umschreibung für entsetzlich bitteren Salat«, sagte sie abgelenkt, sah zum fünften Mal auf die Uhr und fragte sich, wie lange sie das noch aushalten würde.

»Kannst du kochen, Ellen?«, fragte er neugierig.

»Ich kann Toast machen«, antwortete sie aufrichtig.

Lloyd lachte ein wenig zu laut über diese Bemerkung und nahm dem Kellner das nächste Glas Champagner ab. Er hielt es in die Höhe und prostete Ellen zu. »Einen Toast auf dich! Auf *uns!*«

Ellen stieß mit ihm an, ohne zu trinken. Jetzt blieben ihr zwei Möglichkeiten, dachte sie. Entweder sie verschwand aufs Klo, zwängte sich durchs Fenster (das war anscheinend der Spezialtrick der Woche) und floh, oder sie betrank sich ganz fürchterlich.

»Madame?« Der Kellner stand noch da und wartete auf ihre Bestellung. Ellen spürte, wie ihr Magen knurrte nach einer Woche Bohnen in Tomatensoße auf Toast. Nachdenklich sah sie Lloyd an und sagte sich, dass er a) ihr Cottage verkaufte, b) körperlich sehr attraktiv war und c) bezahlte. Ach, was soll's? Schließlich war sie eine erwachsene Frau. Sie leerte ihr Champagnerglas, ließ sich nachschenken und bestellte als Vorspeise den Sardinensalat, dann ein Steak und so viele andere Kleinigkeiten, wie sie finden konnte.

»Wenn ich nur in deine Augen sehe, spüre ich schon gar keinen Hunger mehr«, säuselte Lloyd, als der Kellner gegangen war. »Ich liebe es, wenn Frauen einen gesunden Appetit haben – solange sie die Kalorien danach wieder zu verbrennen wissen.« Ellen lächelte gequält. Er strich ihr eine lose Haarsträhne aus dem Gesicht und streichelte ihren Hals. »Ich kann es gar nicht erwarten, dich wieder zu küssen.«

Dankbar griff Ellen nach ihrem gefüllten Champagnerglas, trank einen Schluck und machte sich ein paar Dinge klar. Es ist nicht sein Fehler, sagte sie sich. Mit jedem anderen wäre es genauso. Es war einfach noch zu früh nach ihrer Trennung von Richard. Im Grunde war sie seit ihrem sechzehnten Lebensjahr mit keinem anderen Mann mehr ausgegangen, und die Zeiten hatten sich geändert. Damals war man ins Kino gegangen, in eine Disco oder auf eine Party und hatte sich kaum unterhalten, sondern gewartet, bis das Licht ausging und man knutschen konnte. Und vermutlich hatte sie genau das auch von Lloyd gewollt: einfach ein bisschen knutschen – mehr nicht. Sie hatte dort weitermachen wollen, wo sie vor dreizehn Jahren stehen geblieben war. Und jetzt, da sie mit ihm geknutscht hatte, fühlte sie sich, als hätte sie zu viel Schokolade gegessen – schuldig, unwohl und nicht halb so zufrieden wie erhofft. Lloyd dagegen erwartete zumindest einen One-Night-Stand, wenn nicht sogar viel mehr. Wenn es nach ihm ging, hatte die Knutscherei gerade erst angefangen.

Während ein Kellner Ellen und Lloyd Häppchen servierte, die er blumig als »Auberginenbagel, geröstet in feinem Oregano-Olivenöl und bestrichen mit einer Piment-Tapenade« beschrieb, führte ein anderer Leute herein, die ebenfalls ihr Glück auf den rutschigen grünen Sofas versuchen wollten. Froh über die Ablenkung, beobachtete Ellen, wie sich der Kellner nach Art eines mittelalterlichen Höflings verbeugte, als Ely Gates mit seiner pummeligen Frau eintrat. Ihnen folgten der distinguierte Sir St. John mit Teufelsbell sowie ihre Kinder – die Gothic-Frau Godspell, ein Jugendlicher mit schwarzen Augen, wohl Enoch Gates, und zum Schluss der finster dreinschauende Spurs.

Sein silbergrauer Blick schweifte durch den Raum und blieb bei Ellen hängen, die fast vom Sofa rutschte, als er ohne ein Zeichen des Wiedererkennens vorbeiging. Diesmal schockierte es sie geradezu, dass ihr Herz bis zum Hals schlug, denn sie erkannte plötzlich, warum Lloyd sie so wenig angezogen hatte. Spurs Belling musste sie nur anschauen, und schon fühlte sie sich unglaublich sexy. Männer wie Spurs, diese seltenen X-Faktor-Exemplare mit Liebe zum Risiko und erotischer Ausstrahlung, hatten so viel Sexappeal, dass Ellen quasi in Flammen stand. Als sie sich durch die Dachgaube zwängte, hatte ihr Blut vor Aufregung gebrodelt, nur weil sie wusste, dass Spurs zusah. Männer wie Spurs waren der Grund, warum Ellens Liebe zu Richard immer gefährdet gewesen war, trotz all der gemeinsamen Jahre. Richard gab ihr Wärme und Geborgenheit, aber insgeheim sehnte sie sich nach dieser intensiven Leidenschaft, die sie mit ihm nie erlebt hatte. Und der arme Lloyd ließ sie einfach nur kalt.

Ellen wandte den Blick ab und starrte ihr Auberginenbagel an. Lady Belling hatte ihr im Vorbeigehen kurz zugenickt, doch Spurs sah weder nach links noch nach rechts. Er trug dieselben uralten Jeans und Flip-Flops wie kürzlich auf dem Spaziergang mit den Labradors, was ziemlich exzentrisch wirkte zu dem weißen Hemd und der gestreiften Krawatte, die wohl dem Dresscode des Restaurants entsprachen. An jedem anderen hätte es lächerlich gewirkt, aber er trug es mit einer absurden Coolness. Ellens Herz pochte wild, und ihre Haut begann zu prickeln.

»Guten Abend.« Zu Ellens Überraschung hielt Ely Gates die Krawatte gegen sein gestärktes Hemd und verbeugte sich ansatzweise in ihre Richtung. »Lloyd, mein Junge.« Ganz altväterlich ergriff er mit beiden Händen die Hand von Ellens unseligem Verehrer. »Wie geht es?«

»Sehr gut, danke.« Lloyd war in Gegenwart des Dorf-Machiavelli linkisch wie ein Chorknabe . »Das ist Ellen Jamieson.«

»Wir wurden uns noch nicht offiziell vorgestellt.« Ely fixierte sie mit einem strengen Blick. »Elijah Gates.«

»Ich weiß.« Sie lächelte nervös zu ihm auf, während ihre Hand lange und intensiv geschüttelt wurde. Er war enorm charismatisch und Respekt einflößend. Mit dem gestutzten Bart, dem schicken Anzug und den polierten Schuhen wirkte er wie ein altes Schlachtross, das seinen Ruhestand in Reichtum verlebte, aber noch zum Angriff fähig war. »Ich hoffe, Lloyd konnte

Sie davon überzeugen, dass mein Angebot angemessen ist?« Er lächelte, doch sein Blick blieb eisig.

»Ihr Angebot?« Ellen sah Lloyd an, der verzweifelt versuchte, sein strahlendes Lächeln aufzusetzen.

»Ich hätte es erklären sollen.« Verlegen sah er zwischen ihnen hin und her. »Das Angebot fürs Cottage ist von Ely – äh – *Mr* Gates.«

»Meine Mutter hat Goose Cottage immer geliebt«, erzählte Ely. »Sie sagte immer, es sei ein märchenhafter Ort, und solange dort Gänse gehalten würden, stehe es für lange Ehen, großen Reichtum und gute Gesundheit.«

»Klingt großartig.« Ellen war nicht ganz sicher, ob ihr Vater das auch so sehen würde. »Aber es wäre Ihnen doch sicher viel zu klein, oder?«

Amüsiert lachte er auf. »Ich will Goose Cottage doch nicht für mich selbst, Kind, einfach als Investition.«

»Verstehe.« Wie dumm von ihr, peinlich berührt lächelte sie. »Nun, meine Eltern hoffen auf eine etwas höhere Summe.«

»Und ich hoffe auf ihre Zustimmung«, erwiderte Ely kühl. »Mein Angebot für das Cottage steht noch, wie Lloyd Ihnen sicher erzählt hat. Ich kenne seinen Wert. Wir werden ja sehen, wer zuerst aufgibt, nicht wahr? Wenn Sie mich jetzt bitte entschuldigen ...«

So schnell wie möglich zu essen, um das Dinner mit Lloyd nicht unnötig in die Länge zu ziehen, stellte Ellen vor keine größeren Probleme, da die Portionen mikroskopisch klein waren. Ihr erster Gang – eine halbe, auf einer knusprigen Kartoffelscheibe balancierende Sardine – war mit einem Happs verspeist. Sie spielte bereits in Erwartung des Hauptgangs ungeduldig mit der Gabel, als die Gates und Bellings ebenfalls vom Wildenten-Salon mit den höllisch rutschigen Sofas in den Speiseraum mit den seltsamen Enten-Gemälden an den Wänden geführt wurden. Ellen hatte gehofft, sie beobachten zu können, doch sie ließen sich in den Raucherbereich führen.

»Noch Champagner?«, fragte Lloyd, schwenkte die Flasche und rieb seinen Knöchel an ihrem.

Ellen nickte. Sie war so angespannt, dass der Alkohol fast keine Wirkung zeigte. Lloyd neigte den Kopf und sah sie durch sein weich herabfallendes, goldbraunes Haar nachdenklich an. Mithilfe von drei Gläsern Mineralwasser und einem Korb Brot hatte er sich so weit erholt, dass er wieder in den vornehmen Tonfall fiel, das strahlende Lächeln anknipste und jetzt erneut zum Angriff ansetzte, indem er von sich sprach. »Ich mag Sport. Vermutlich hätte ich sogar Profi werden können – im Fußball, im Tennis, im Cricket, egal was. Aber ich möchte meine Millionen im Immobiliengeschäft machen. Na ja, ich hätte nichts dagegen, einen Fußballverein zu besitzen. Könnte ganz cool sein. Ich weiß ja, ihr Frauen findet Sport langweilig. Aber es ist wirklich eine technisch anspruchsvolle Sache.« Und so redete er immer weiter, über seine ehrgeizigen Ziele, über Autos, Villen und andere Statussymbole, die er besitzen wollte. Nicht ein einziges Mal fragte er nach Ellen oder ihren Plänen – die sich zur Zeit allerdings ganz auf den schnellsten Weg nach Hause konzentrierten.

»Entschuldige mich, bin gleich wieder da.« Ellen machte sich hastig auf die Suche nach dem Klo. Er kam empörenderweise nicht mal auf die Idee, dass sie mindestens genauso viel über Sportler und ihre technischen Fertigkeiten wusste wie er über den Wert von Immobilien in den Cotswolds. Aber das würde seine Achtung vor ihr nur noch mehr erhöhen, und Lloyd hatte sich schon genug in seine Verliebtheit hineingesteigert. Er zog sie ja förmlich bei jedem Blick bis auf die Knochen aus.

Die Toiletten – sinnigerweise in »Enten« und »Erpel« unterteilt – lagen in der Nähe der mit Kerzen beleuchteten überdachten Terrasse, auf der sich zwei Gäste nach ihrem Dinner Zigarren und Cognac schmecken ließen. Zu allem Überfluss erreichte sie die Tür für die »Enten« zur selben Zeit wie Teufelsbell, die sich mit einem erneuten kurzen Nicken gebieterisch an ihr vorbeidrängte und die einzige Kabine besetzte. Ellen betrachtete sich im Spiegel, fuhr mit den Fingern durch ihre vom Poolwasser strähnigen Haare und hatte, als die Spülung endlich rauschte, eine aufgeplusterte Mähne wie Farrah Fawcett. Teufelsbell pinkelte wirklich so lange wie ein Pferd, und als sie die Kabine verließ, hatte sie auch gleich noch Unmengen von Klopapier um die Hand gewickelt. »Entsetzlich, diese neumodischen Gebläsedinger«, sagte sie und deutete auf den Händetrockner.

Nur zwei Minuten später zeigte sich, dass Teufelsbell kein Stück Klopapier übrig gelassen hatte. Halb verdächtigte Ellen die alte Schreckschraube, das absichtlich getan zu haben – vielleicht hatte sie ja einen merkwürdigen, mit Bosheit durchsetzten Sinn für Humor. Nicht, dass es ihr etwas ausmachte. Es bestärkte sie nur in dem Plan, Lloyd so schnell wie möglich mit irgendeinem dummen Spruch abzuwimmeln. Sie hielt die Hände unter das »neumodische Gebläseding«, ging hinaus – und blieb wie angewurzelt stehen. Heller als die Kerzen um ihn herum funkelten aus der Dunkelheit die Augen von Spurs Belling. Aber er sah nicht Ellen an, sondern seine Mutter, die bei ihm in der offenen Tür zur Terrasse stand.

»Auf keinen Fall.« Er schüttelte den Kopf. Seine Fingerknöchel traten weiß hervor, als er die Zigarette zum Mund führte und gereizt einen tiefen Zug nahm.

»Du kannst es dir jetzt nicht mehr anders überlegen, Jasper«, murmelte Teufelsbell mit leiser Stimme und sah sich um.

Die Zigarrenraucher hatten die Terrasse verlassen und waren zu dem vorbeifließenden Bach hinuntergegangen. Die beiden Bellings waren allein, wenn man von Ellen absah, die sich hinter einem Farnkübel verbarg.

»Ich war von Anfang an nicht damit einverstanden«, zischte er.

Ellen hatte keine Ahnung, worüber sie stritten, und versteckte sich auch nicht, um es herauszubekommen – Mutter und Sohn schienen öfter aneinanderzugeraten. Was sie wie gebannt dastehen ließ, war der unbezwingbare Wunsch, Spurs einen Moment lang zu betrachten. Es war, als stünde sie im Auge eines Sturms, der um sie tobte – elektrisch aufgeladen und absolut unvorhersehbar.

»Du weißt, wie wichtig mir das ist«, bat Teufelsbell inständig und so freundlich, wie ihr herrischer Tonfall es zuließ.

Er starrte sie an, die Gesichtsmuskeln zum Zerreißen gespannt. »Da sterbe ich, ehrlich gesagt, lieber.«

Ellen fand, dass er da denn doch ein bisschen überreagierte. So schlimm konnte auch ein Dinner mit den Gates nicht sein.

»Du bringst dich ja schon um«, polterte Teufelsbell. »Wenn du weiter diese stinkenden Zigaretten rauchst, wirst du keine sechzig.«

Diese Lektion hatte sie selbst von ihrer Mutter mehr als einmal gehört, und Ellen zwang sich, endlich ins Restaurant zurückzugehen. Die letzten Fetzen des hitzigen Streits gingen fast schon unter in den lauter werdenden Gesprächen der Dinnergäste.

»Das beabsichtige ich ja.« Spurs lachte bitter. »Wenn ich stark genug rauche, schaffe ich nicht mal mein halbes Jahrhundert.«

»Darüber macht man keine Witze, Jasper.«

»Das ist kein Witz.«

»Dir wird das Lachen vergehen, wenn dir erst mal jemand sagt, dass du den Rest deines Lebens am Kalender abzählen kannst.«

»Kann ich doch schon. Dieses Datum im Juni könnte genauso gut meine Beerdigung sein.«

»Du hast der Familie gegenüber eine Pflicht, oder etwa nicht?«

»Nein.«

Die Dinnergäste erschraken, als lautes Krachen von der Terrasse her ertönte. Ellen, die sich gerade wieder dem zuckersüßen Blick von Lloyd ausgesetzt hatte, sah auf. »Was war das?«

»Mein Herz, das so laut schlägt«, säuselte er.

»Entschuldige – ich habe etwas auf der Toilette vergessen.« Sie sprang auf. Lass das, sagte sie wütend zu sich selbst, als sie sich wieder auf den Weg zu den »Enten« machte. Doch nun war der Sturm losgebrochen, und sie hatte immer schon gerne zugesehen, wenn es blitzte und krachte.

Teufelsbell hatte das Krachen ausgelöst, als sie schwer auf ein Korbsofa gesunken war und dabei einen Blumentopf umgestoßen hatte. Spurs kniete auf dem Steinboden und schaufelte mit den Händen Erde zurück in das größte Stück des zersprungenen Topfes. Er sah auf, als Ellen vorbeilief, zischte: »Ich sagte doch, wir brauchen keine Hilfe –«, hielt kurz inne, als er sie erkannte, und machte dann weiter. Doch schon einen Augenblick später warf er alles hin, ging auf die Terrasse hinaus und fluchte: »Scheiße.«

Lady Belling auf dem Korbsofa wirkte totenbleich und wächsern. Irgendetwas an dieser Blässe ließ in Ellens Kopf die Alarmglocken läuten. »Geht es Ihnen gut?«, fragte sie ganz automatisch. »Möchten Sie vielleicht ein Glas Wasser?«

Die grauen Augen hatten all ihren silbrigen Glanz verloren und starrten geradeaus. »Sehr nett«, murmelte sie heiser, »aber mir geht es gleich wieder besser. Ich muss mich nur kurz erholen.« Trotz ihrer kompakten Gestalt und ihrer stolzen Haltung erschien sie Ellen unglaublich gebrechlich.

»Sind Sie sicher, dass ...«

»Oh, ja.« Sie mobilisierte etwas von ihrer gereizten Art und schob Ellen Richtung Toilettentür – nur um sie einen Moment später zurückzurufen. »Hier«, sie zog ein Päckchen Papiertaschentücher aus der Handtasche. »Die werden Sie brauchen.«

»Danke.« Ellen fragte sich, ob Teufelsbell Wiedergutmachung leisten wollte, doch in den glanzlosen Augen war nichts zu erkennen. Was immer sie in die Knie gehen ließ, hatte sie nachhaltig niedergezwungen.

Weil sie gar nicht aufs Klo musste, betrachtete Ellen sich im Spiegel. *Neugierige Maus,* hörte sie Richard sticheln. *Kannst einfach nicht widerstehen, was?* Diesen Spitznamen hatte er ihr verpasst, weil sie berüchtigt dafür war, das Wohnmobil auf Campingplätzen stets so abzustellen, dass sie den besten Blick auf alle anderen hatte und ja nichts verpasste. »Geh weg«, sagte sie. »Ich bin noch nicht so weit, dass ich die Erinnerung an dich zulassen kann.« *Nette Dinner-Einladung. Schick, der Typ.* »Geh weg.« *Schade, dass er dich nicht so umhaut wie dieser adlige Mistkerl.* »Hau ab. Mach schon – nimm dein –« Hastig begann Ellen zu husten, um nicht wie eine Irre dazustehen, als eine Frau die Toilette betrat.

»Wollen Sie . . .«

»Nein – nein, ich bin fertig. Hier«, sie reichte ihr das Päckchen Taschentücher, »die werden Sie brauchen.«

»Danke – oh, sehen Sie, da klebt etwas dran.«

Ein klein zusammengefaltetes Blatt Papier klebte an der wiederverschließbaren Lasche. Ellen nahm das Päckchen entgegen, kämpfte ihre Neugier nieder und lief hinaus. Teufelsbell war weg, doch Spurs stand noch, mit dem Rücken zu ihr, in der Tür zur Terrasse. Irgendetwas an der verspannten Art, wie er dastand, sagte ihr, dass sie besser sehr vorsichtig sein sollte.

»Ihre Mutter hat mir dies hier aus Versehen gegeben«, murmelte sie, zog das Blatt Papier von der klebrigen Lasche und hielt es ihm so hastig hin, dass es abriss und ein Stückchen an der Lasche kleben blieb. »Würden Sie es ihr bitte zurückgeben?«

Er nickte, ohne sich umzudrehen, und starrte auf den an der Terrasse vorbeirauschenden Bach hinaus. Als sie ging, entfaltete er das Papier und überflog es. Ellen hatte schon fast das Restaurant erreicht, da hörte sie Spurs traurig aufstöhnen und sah, wie er das Gesicht in den Händen vergrub.

»Gefunden, was du gesucht hast?«, rief Lloyd ihr schon entgegen.

Ellen nickte, während sie an den Tisch zurückging, und spähte neugierig auf den Fetzen Papier, der noch an der Lasche klebte. Es war ein Briefkopf – Homöopathische Tierarztpraxis in Foxrush – mit Kontaktdaten. Sie steckte es ein. Ob es wohl auch eine homöopathische Methode zur Behandlung hühnerjagender Hunde und weglaufender Kater gab, fragte sie sich halb ernsthaft.

»Ich hab dich schon vermisst«, knurrte Lloyd sexy.

»Tatsächlich?« Sie lächelte dem Kellner kurz zu, der ihr jetzt stolz ihren Hauptgang präsentierte: ein hauchdünnes und blutrotes Stück Rindfleisch, das an den Rändern scharf angebraten war und von einer halben schwarzen Olive und ein paar Tropfen grellgrüner Sauce gekrönt wurde. Ellen hatte es innerhalb weniger Minuten verschlungen und wartete, dass Lloyd sein magersüchtiges Hühnchen mit den strategisch darum herum verteilten rosa Pfefferkörnern aufaß. Es dauert bloß so lange, weil er beim Essen so viel redet, dachte Ellen, sah nach seinem letzten Bissen sofort auf die Uhr und erklärte, sie müsse nun gehen. Er bot ihr Dessert, Kaffee und Cognac an, doch sie lehnte alles höflich ab. »Geht nicht – ich muss zurück zu meinem Hund. Ich kann ja nicht mal ein Fenster offen lassen, wenn ich weg bin, weil Snorkel sonst zu den Hühnern des Nachbarn rennt.«

»Dann bringe ich dich natürlich nach Hause.«

»Oh, ich kann zu Fuß gehen.« Ellen griff nach ihrer Handtasche.

»Ich bestehe darauf.«

Sie gab nach. Sie sollte wenigstens so viel Anstand besitzen, ihn erst an der Haustür abzuwimmeln. »Danke«, erwiderte sie steif. »Es war ein schöner Abend.« Und errötete umgehend ob der Lüge.

»Er ist noch nicht vorbei«, hauchte Lloyd.

Sie standen auf. Lloyd legte eine Hand in ihren Rücken, um sie aus dem Raum zu geleiten, als Ellen den wütenden Spurs Belling vorbeirauschen sah. Für den Bruchteil einer Sekunde traf sie sein silbrig grauer Blick, der sie fast dem Erdboden gleichmachte. Hastig sah sie weg. Wie sie es hasste, dass ihr Puls sich so beschleunigte.

»Kennst du ihn?« Lloyd hob eine Augenbraue.

»Eigentlich nicht.«

»Das willst du auch gar nicht, glaub mir«, flüsterte Lloyd. »Ich werde dich vor ihm beschützen.« Er zwinkerte Gina zu, die zu ihnen getreten war und sie hinausbegleitete.

Auch wenn Ellen nicht darauf vertraute, dass Lloyd ganz nüchtern war, ließ sie ihn die eine Meile zum Cottage fahren. Es war dunkel geworden. Die letzte orangerot glühende Abenddämmerung war einem schwülen dunkelblauen Nachthimmel gewichen. Doch es waren immer noch Dorfbewohner unterwegs, führten Hunde spazieren oder saßen an Tischen draußen vor dem Lodes Inn. Auf der kurzen Fahrt herrschte heikles Schweigen zwischen ihnen. Sie wussten beide, dass ihnen ein Kampf bevorstand, wenn sie erreichen wollten, was sie sich wünschten. Als Lloyd die Auffahrt von Goose Cottage hochgefahren war, riss Ellen sofort die Beifahrertür auf, ehe er herausspringen und sie ihr aufhalten konnte. Doch Lloyd hatte noch einen Trumpf im Ärmel.

Sie wollte sich eben bedanken und die Tür zuwerfen, da war er schon aus dem Wagen gesprungen und fragte mit gespielt verlegener Miene: »Könnte ich wohl deine Toilette benutzen?«

Keine sehr geistreiche Bemerkung. Im Gegenteil, sie war sogar so plump, dass Ellen ihm schon wieder glaubte. Sie schloss die Tür auf, begrüßte Snorkel, und Lloyd rannte umgehend die Treppe hinauf.

»Gleich rechts beim Treppenabsatz!«, rief sie ihm hinterher. Aber vermutlich wusste er sowieso, wo das Bad war – er hatte das Cottage sicher selbst begutachtet. Nur warum war er dann nicht zur Toilette unten neben dem Abstellraum gegangen? Das war doch viel näher.

Es dauerte eine halbe Stunde, bis Ellen herausfand, warum. So lange wartete sie, bis sie ihm schließlich nach oben folgte, um zu sehen, was los war. Irgendwie ahnte sie, was sie erwarten würde, und sie brauchte wohl so lange, um all ihren Mut zusammenzukratzen.

Er hatte sich im großen Schlafzimmer niedergelassen, auf der frisch gewaschenen Tagesdecke des Himmelbetts, um genau zu sein. Gegen die Kissen gelehnt lag er da und wartete auf sie, mit nichts als einem Lächeln auf den Lippen und schwarzen Boxershorts bekleidet.

»Das mit der Unterhose war gelogen«, schnurrte er.

Ellen war den Tränen gefährlich nah. Er war so schön – und sein Körper einfach herrlich. Sie hatte mit vielen Sportlern zu tun gehabt und erkannte den Athleten, wenn sie einen sah. Lloyd Fenniweather war extrem fit. Er war sogar einer der körperlich anziehendsten Männer, die sie in den letzten Jahren gesehen hatte. Warum bloß wäre sie trotzdem am liebsten weggerannt?

»Tut mir leid«, stieß sie hervor, »aber ich möchte einfach nicht mit dir ins Bett gehen.«

»Nicht?« Er wirkte erstaunt.

Sie wich zurück. »Ich habe gerade eine sehr lange Beziehung hinter mir, weißt du. Dreizehn Jahre. Es ist noch zu früh. Du bist wunderbar. Es liegt nicht an dir. Wirklich nicht. Es liegt an mir.« Am liebsten hätte sie die Augen geschlossen und geschrien. Für Ellen war das ein echtes Eingeständnis, und jetzt, da sie die Wunde offengelegt hatte, schmerzte sie umso mehr.

»Ich weiß genau, was du brauchst«, sagte er verführerisch und streckte die Arme aus. »Es ist doch nur Sex.«

»Ich möchte keinen Sex mit dir haben.«

Er setzte sich auf und fuhr sich durch sein welliges goldbraunes Haar. »Okay – okay, tut mir leid. Du willst die Sache langsamer angehen. Natürlich. Du bist eine Lady. Wir könnten ja noch mal zusammen ausgehen oder so. Um uns besser kennenzulernen.«

»Es würde nicht funktionieren, Lloyd. Ich reise sowieso bald wieder ab.«

»Wohin?«

»In die weite Welt.«

Er wandte sein perfektes Profil ab, doch in seiner Stimme lag ein Anflug des alten ironischen James-Bond-Tons. »Ziemlich lange Reise, nur um einer zweiten Verabredung aus dem Weg zu gehen.«

»Ich weiß.«

»Liegt's daran, dass ich ein bisschen aufgesetzt rüberkomme?«, fragte er gequält.

»Nein.« Sie musste schwer schlucken. Mit großen Augen sah er sie so enttäuscht an, dass Ellen ihn am liebsten weinend in die Arme geschlossen und ihm erklärt hätte, die größere Schwindlerin von ihnen beiden sei eigentlich sie. Doch dann machte er alles kaputt.

»Du hast wohl auch keine Lust, mir einen zu blasen, oder?«

Augenblicklich zog sie sich in sich selbst zurück – vor allem, damit sie jetzt nicht wirklich zu weinen begann. Das hätte sie sich niemals gestattet. »Den Weg hinaus findest du ja. Ich gehe jetzt ins Bett. Und folge mir bitte nicht.«

In diesem Moment tobte Snorkel ins Zimmer, sprang aufs Bett zu Lloyd und landete mit einer ihrer weißen Pfoten mitten auf seinen Boxershorts.

»Ooaahhh!«, heulte Lloyd auf.

Ellen lief davon. Sie erreichte das Dachzimmer gerade noch rechtzeitig, ehe sich die salzigen Tränen einen Weg bahnten, um die Anspannung in Kopf, Brust und Herz nach und nach zu lösen. Sie schloss die Tür ab, presste ihr Gesicht in ein Kissen, um das Geräusch zu dämpfen, und heulte und heulte und heulte.

Erst Stunden später, so schien es ihr, wich der Druck, und ihre Tränen versiegten langsam. Sie war so erschöpft, dass sie keuchend atmete, sich das feuchte Gesicht am Kissen und die Nase am Shirt abwischte. Und sie lachte bitter auf, weil sie das schon wieder an Richard erinnerte, der an ihrem fleckigen Shirt stets erkannt hatte, dass sie geweint haben musste. Er konnte so ein Kindskopf sein, sie beide. Sie hatten sich gegenseitig daran gehindert, erwachsen zu werden. Ellen nahm ihr Handy vom Nachttisch und checkte ihre SMS. Nur drei. Er ließ nach. Die erste lautete: SAG SNORK, ICH VERMISSE SIE, die zweite: SNORK SOLL ELL SAGEN, DASS ICH SIE AUCH VERMISSE, und die dritte – vermutlich nach ein paar Bier: SIMSE MAL, DU DUMME KUH ... UND STÖPSEL DEIN NOTEBOOK EIN, UM MAILS ZU LESEN. BIST DU TOT?

Ellen wischte sich noch einmal die Nase am Shirt ab und lachte und weinte zugleich. Heute Nacht hätte sie vielleicht endlich den Mut, ihm zurückzuschreiben. Sie drückte auf »Antworten«. Wie sollte sie es formulieren? HAB MICH IM ZIMMER EINGESCHLOSSEN, UM NICHT VOR HALBNACKTEM MANN LOSZUHEULEN. ES GIBT NOCH ANDERE KATASTROPHEN ALS DICH. Darüber würde er lachen müssen. Doch das kleine Display wurde wieder dunkel, noch ehe sie einen einzigen Buchstaben getippt hatte. Sie legte das Handy zurück auf den Tisch und vergrub ihr Gesicht wieder im Kissen.

Es nützte alles nichts. In dem Moment, als sie es offen eingestanden hatte, war die Wunde erneut aufgebrochen. Und jetzt blutete sie erneut und war so schnell durch nichts mehr zu heilen. Heute Nacht musste sie bluten. Es war endlich an der Zeit, über Richard nachzudenken.

6

Zum ersten Mal schlief Ellen in Oddlode lange bis in den nächsten Morgen hinein. Als sie erwachte, schlug sie nicht sogleich die Augen auf. Irgendwie schien etwas nicht zu stimmen, sie wollten sich einfach nicht öffnen. Eingewickelt in die Bettdecke lag Ellen da und überlegte, ob Lloyd nachts zurückgekommen war und mit einer Tube Alleskleber Rache genommen hatte für den katastrophalen Verlauf ihrer Verabredung. Aber das war unmöglich. Nachdem der Mercedes abgefahren war, hatte sie extra noch die Haustür abgeschlossen. Ellen spürte, wie Snorkel die Schnauze gegen ihre Knöchel presste. Der Collie wartete schon auf seinen Morgenspaziergang.

Schließlich löste sich doch ein Augenlid, und Ellen konnte im sonnenhellen Zimmer einige Schemen erkennen – den Nachttisch, die Lampe, eine Sandale auf dem Boden. Langsam schälte sie sich aus dem Bett, tapste zum Spiegel über dem Waschbecken und stöhnte auf, als sie ihr verquollenes Gesicht sah. Da würde nur viel kaltes Wasser helfen. Nachdem sie sich mit dem Handtuch abgerubbelt hatte, öffneten sich ihre Augen endlich – soweit es möglich war. Und jetzt erkannte sie das ganze Ausmaß. Das Weinen bis in die frühen Morgenstunden hatte ihre Lider unglaublich anschwellen lassen, so dass ihre Augen nur noch schmale rosa Schlitze mit einer winzigen blauen Iris und von roten Äderchen durchzogenem Augenweiß waren.

Aus der kleinen Dachgaube sah sie auf der Straße die rege Betriebsamkeit eines Samstagvormittags im Dorf – drei Kinder auf Ponys, ein Spaziergänger mit Hund und zwei Touristen auf einem Tandem. Die Sonne setzte sich gegen den Dunst eines in der Luft liegenden Gewitters durch und stand wieder einmal gnadenlos heiß am Himmel. Alles andere als ein langsamer Spaziergang wäre eine einzige Tortur. Dankbar nahm Ellen die Herausforderung an und suchte nach Joggingsachen und einer sehr dunklen Sonnenbrille.

Snorkel sprang vor Freude um Ellen herum, als sie schließlich die ausgetrockneten Furchen des Reitwegs entlang den Hügel hinaufjoggte, hoch über dem Fluss und seinem Lustpavillon, vorbei an Feldern reifenden Getreides, an gelbem Raps und blauem Flachs. Sobald ihr der Schweiß herunterrann, fühlte sie sich wegen der ausgeschütteten Endorphine schon besser, und ihre Lungen pumpten Sauerstoff in Blut und Muskeln. Sie war längst nicht mehr so fit wie früher. Mehr als die zwei Meilen den Hügel hinauf schaffte sie nicht am Stück, und keuchend ließ sie sich auf einer Wiese voller Kleeblätter nieder. »Gott, tut das gut!«, rief sie Snorkel zu und rieb sich den Schweiß aus dem hochroten Gesicht. Ellen sah zum Dorf hinunter, entdeckte in Pheelys grüner Wildnis die schmalen Kamine von Lodge Cottage und sehnte sich plötzlich nach einem starken Kaffee und einem der Killerjoints ihrer Freundin. Aber Pheely hatte dieses Wochenende ja Dilly zu Besuch und würde außerdem sicher jedes Detail ihrer Verabredung mit Lloyd wissen wollen. Daran wollte Ellen jetzt jedoch auf keinen Fall denken.

In etwas langsamerem Tempo machte sie sich auf den Rückweg und grüßte fröhlich einige Wanderer, die ihr entgegenkamen. Mit Sonnenbrille und Baseballkappe fühlte sie sich sicher. Die anderen sahen ja nicht, dass das freundliche Lächeln ihre angeschwollenen Augen gar nicht erreichte. Sie streckte die Arme hoch über den Kopf, um Verspannungen zu lösen, lief an der Linde vorbei und freute sich schon auf die Dusche und den Kaffee, auch wenn sie danach den Kampf mit dem Garten aufnehmen musste.

Auf der niedrigen Bruchsteinmauer neben der Scheune von

Goose Cottage saß, eine Zigarette rauchend, Spurs Belling und kickte ungeduldig einen Fuß ins Unkraut. Er sprang auf, als Ellen durchs Tor kam.

»Hi«, grüßte sie vorsichtig, blieb in der Kiesauffahrt stehen und kämpfte ein unwillkürliches Lächeln nieder. Schon nach kurzem Jogging führten die Endorphine schnell zu einem Glücksgefühl, doch eine Begegnung mit Spurs Belling war noch einmal eine Steigerung. Obwohl ihr das Herz bereits wieder bis zum Hals schlug, hielt seine unfreundliche, unbewegte Miene Ellen von einer allzu herzlichen Begrüßung ab.

Snorkel kannte solche Vorbehalte nicht, rannte begeistert auf ihn zu und warf sich flirtend auf den Rücken. Spurs kraulte sie. Dann sah er durch seine dunklen Locken Ellen an. »Hi, ich komme wegen dieser Auktionssache«, erwiderte er ohne jedes Lächeln.

Sie nickte nur, da sie nicht wusste, was sie sagen sollte. Auch auf drei Meter Entfernung beunruhigte er sie – nicht nur wegen Pheelys dunkler Warnungen, sondern weil er die reinste Verkörperung des X-Faktors war: von den wilden Locken bis zu den zerschlissenen Sneakers eine einzige teuflisch gefährliche Versuchung – ein wie ein Clochard gekleideter gefallener Engel.

»Die drei Wünsche«, erinnerte er sie und richtete sich auf.

Der erste Flaschengeist mit Pokerface, und noch dazu arrogant, dachte Ellen. Wenn er wenigstens so lange in seiner Flasche geblieben wäre, bis sie geduscht hatte und ihre Augen nach einer Gesichtsmaske wieder abgeschwollen waren – oder sich an dieses helle Strahlen gewöhnt hatten. Sie hatte schon ganz vergessen, wie leuchtend dieser silbrig graue Blick war.

»Ja, ich erinnere mich.« Sie pfiff nach Snorkel, die durch das hohe Gras der Wiese rannte, von wo aus sie den besten Blick auf ihre Hühnerfreunde hatte. »Aber ich habe ja nur zehn Pfund gezahlt. Dafür müssen Sie Ihr Versprechen nicht einlösen.« Sie führte den Collie zum Taubenschlag und band ihn an die Longierleine.

Spurs folgte ihr. »Ich halte meine Versprechen immer ein.«

Lächelnd strich Ellen Snorkel über die Ohren. Das bezweifelte sie denn doch sehr stark. Soweit sie wusste, war gerade Zuverlässigkeit nie Jasper Bellings große Stärke gewesen. »Ehrlich, das muss nicht sein.« Über die Schulter sah sie ihn an. Sie wollte nicht unhöflich erscheinen, ihn aber gern so schnell wie möglich loswerden.

Er verschränkte die Arme, die silbrigen Augen funkelten plötzlich wie Feuerstein. »Irgendeinen Wunsch werden Sie doch haben – und sei's nur der, Sie hätten gestern Abend im Duck Upstream nicht so viel getrunken. Ich kenne ein großartiges Mittel gegen Kater.«

An den vergangenen Abend wollte Ellen nicht erinnert werden. Wenn sie sich etwas wünschte, dann, dass sie nie mit Lloyd ausgegangen wäre. Aber sie hatte nicht vor, Spurs das zu erzählen. »Ich habe keinen Kater, danke. Und auch keinen Wunsch.«

Er sah sie lange und durchdringend an. »Es gibt *gar nichts*, was sich die kleine Ellen Jones wünscht?« In seiner Stimme lag unverhohlener Spott, und der feurig gereizte Blick schien sie herausfordern zu wollen. »Spielverderber.«

»Jamieson«, verbesserte sie. Der Spielverderber war er, sagte sich Ellen, das hier entsprach nicht ihrer Vorstellung von einem guten Spiel. Sie konnte eine gefährliche von einer ungefährlichen Situation sehr genau unterscheiden. Und gewisse Gefahren hatte sie schon immer sorgfältig gemieden. Der Schwachpunkt in ihrem Leben. »Es gäbe natürlich schon so einiges, das ich mir wünschen würde.« Sie sah ihn nachdenklich an. »Die Abschaffung von Kriegen, Rassismus und Sexismus beispielweise. Und von Jugendwahn und Körperkult. Und ich wünschte, dass Frauen so einfach kommen könnten wie Männer. Möchten Sie sich drei aussuchen?« Sie lächelte, um zu signalisieren, dass sie scherzte.

Doch er erwiderte das Lächeln nicht, sondern sah sie einfach nur an. »So geht das nicht. Die drei Wünsche sind für Sie persönlich.« Er klang, als ginge es um eine Arznei. »Ich bin doch nicht Gott. Na los, versuchen Sie es mal.«

Sein forschender Blick schien durch ihre Sonnenbrille zu dringen, und Ellen erinnerte sich, dass Pheely Jasper Bellings Versprechen die »entsetzlichen Wünsche« genannt hatte. Doch jetzt, im hellen Sonnenschein, fühlte sie sich nicht eingeschüchtert, sie war nur verschwitzt und aufgeregt. Es irritierte sie, dass er sie an einem Samstag aufsuchte und so humorlos war. Und so setzte sie sich doch einer Gefahr aus: Sie hielt dem Blickkontakt stand, egal wie verheult und geschwollen ihre Augen sein mochten. Er war zu sehr daran gewöhnt, andere Leute einzuschüchtern, und sie hatte in all den Jahren genug selbst ernannte böse Buben kennengelernt, um vor ihm – oder seinem Ruf als Dorfrabauke – Angst zu haben. Wenn er ihr wirklich drei Wünsche erfüllen wollte, sollte er besser aufhören, sich als Mephisto aufzuspielen.

»Und ich kann mir wünschen, was immer ich will?«, fragte sie. Vielleicht sollte sie sich erst mal wünschen, dass er etwas Humor zeigte.

»Ja«, erwiderte er schroff. »Wenn ich Ihren Wunsch nicht erfüllen kann, bekommen Sie Ihr Geld zurück.« Er starrte sie immer noch mit diesem feurig gereizten Blick an. Fehlt nur, dass seine Augen Funken schlagen und meine Sonnenbrille schmilzt, dachte Ellen.

»Nun, dann wünsche ich mir...« Sie wollte sich zwingen zu sagen: *dass Sie gehen.* Doch zu ihrem eigenen Erstaunen brachte sie es nicht fertig. Und zu ihrem noch größeren Erstaunen musste sie den Blickkontakt abbrechen, weil ihre Augen sonst Feuer gefangen hätten. Zur Rettung ihres Augenlichts ließ sie den Blick über das dichte Grün des Gartens schweifen – genau, so würde sie ihn am schnellsten loswerden. Sie fächelte sich mit dem Shirt Luft zu. »Im Moment wünsche ich mir, ich könnte diesen Wildwuchs da stutzen, ehe es regnet.« Sie nickte zu der kniehohen Wiese hinüber. Mal sehen, wie dir das gefällt, du arroganter Mistkerl, dachte sie zufrieden.

Er folgte ihrem Blick und taxierte die gigantische Aufgabe. »Sieht aus, als wäre da seit Monaten nichts gemacht worden.«

»Stimmt.« Sie seufzte. »Und ich muss zusehen, dass der Garten in zwei Tagen wieder tipptopp aussieht, damit das Cottage verkauft werden kann.«

Er verengte die Augen. »Zwei Tage sind nicht viel, ist aber ein verdammt guter Wunsch.« Plötzlich lächelte er – ganz offen und ehrlich. »Und ich dachte schon, Sie wünschen sich, dass ich abhaue.«

Schuldbewusst sah Ellen ihn an und war beinahe geblendet von seinem Lächeln: Es war ein wunderbar fröhliches Lächeln, heiter und ansteckend. Die Gesichtszüge der Bellings, die selbst bei gereizter Miene noch schön aussahen, wurden bei einem Lächeln einfach atemberaubend.

»Okay, Ihr Wunsch geht in Erfüllung.« Er schirmte die Augen mit der Hand gegen die Sonne ab und warf einen Blick auf den Garten.

Ellen, die sich gerade ihre eigene Grube gegraben hatte, wusste nicht einmal, ob es einen Spaten gab. »Das ist viel zu viel verlangt für einen Zehner«, wandte sie schnell ein, konnte sich ein Grinsen jedoch nicht verkneifen. Die Aussicht, Spurs Belling dabei zuzusehen, wie er mit nacktem Oberkörper in ihrem Garten schuftete, war einfach zu verlockend.

»3,33 Pfund.«

»Was?«

»Zehn Pfund für drei Wünsche – macht 3,33 Pfund pro Wunsch.«

Ellen war anscheinend nicht die Einzige, die gern rechnete. »Drei Pfund fürs Mähen dieser Wildnis, das geht doch nicht.« Ungläubig starrte sie ihn an. Doch er schien so wild darauf zu sein, als hätte sie ihm fürs Wochenende einen Ferrari angeboten.

»Ich kann nicht behaupten, allzu viel von der Gartenarbeit zu verstehen«, entschuldigte er sich, »aber ein paar Dinge habe ich aufgeschnappt, als ich in Untersuchungshaft saß.« Er musterte sie und wartete ihre Reaktion ab. Da sie keine Miene verzog, lachte er. »Die Blumenbeete hier sehen wirklich so aus, als könnten sie etwas Pflege gut gebrauchen.« Er ging auf das erstbeste Beet zu und stieg durch das hohe Gras, geschmeidig wie ein Leopard durch die Steppe.

»Ich wusste nicht so genau, was Unkraut ist und was …« Ellen folgte ihm. Worauf um Himmels willen ließ sie sich da ein? Pheely würde fuchsteufelswild werden.

Er bückte sich und deutete auf eine Brennnessel. »Was das ist, wissen Sie aber?« Grinsend sah er über die Schulter und sprang wieder auf. »Was dagegen, wenn ich mich mal umsehe? Als ich Narzissenzwiebeln in gleichförmige Reihen pflanzen musste, habe ich von einem Garten wie diesem geträumt.«

»Nur zu.« Zögernd folgte sie ihm. »Mein Wunsch soll Ihnen ja kein Befehl sein.«

Er strich sich das Haar aus der Stirn und lief weiter. »Die Hecken müssen unbedingt gestutzt werden, der Teich schreit förmlich nach Reinigung – und die Wiese da sieht schlimm aus. Da brauchen wir einen Balkenmäher.«

»Einen Balkenmäher?« Verwirrt drehte sie sich um. Welche Balken wollte er mähen?

»Ja, ein Gerät für einen Traktor – man zieht es hinter sich her. Wir haben zu Hause einen, doch den müssen wir erst mal durch den Garten kriegen. Sollte aber klappen – die Wiese ist mindestens 2000 Quadratmeter groß, und ich muss sie sicher zweimal mähen.«

Ellen betrachtete ihn einen Augenblick, ehe sie ihm folgte. Diese geschmeidige Bewegung seiner muskulösen Schultern unter dem Shirt, diese eifrige Begeisterung – typisch X-Faktor. Für Leute wie Spurs gab es entweder Leidenschaft oder Langeweile, kaum etwas anderes. Wenn man den richtigen Knopf drückte, gingen sie los wie ein Feuerwerk, aber man verbrannte sich sehr leicht die Finger.

Er war ums Cottage herumgegangen und sah jetzt die Wände hinauf. »Ist vermutlich schon zu spät, um die Kletterpflanzen dieses Jahr noch zu schneiden. Aber sie könnten zurückgebunden werden, damit sie die Fenster nicht zuwuchern. Die Klematis da wird ja vom Efeu ganz verdrängt, und die Kletterrose gibt den Blattläusen eine Party. Der Jasmin ist allerdings toll. Mmm – riechen Sie mal.« Er hielt ihr ein Büschel unter die Nase.

»Waren Sie in einem früheren Leben etwa Lady Chatterleys Lover?«, witzelte Ellen und sog den Duft ein.

Die silbrigen Augen strahlten jetzt beinahe weißglühend, sein Tonfall klang scherzhaft. »Wieso? Waren Sie Lady Chatterley?«

Schnell sah sie weg. Sie hatte sich der Gefahr zwar ausgesetzt, wollte jedoch kein Risiko eingehen. Mit ihm zu flirten wäre so einfach wie zu atmen. Doch Leute wie Spurs brannten so lichterloh, dass sie allen Sauerstoff aufsogen und jeder in ihrer Nähe um Luft ringen musste. Sie versuchte es besser erst gar nicht.

»Das ist viel zu viel verlangt«, sagte sie noch einmal. »Für drei Pfund würde ein Gärtner nicht mal eine halbe Stunde arbeiten.«

»Im Gefängnis sind das zwei Tageslöhne.« Er roch am Jasmin und spähte sie über die Blüten hinweg an.

»Aber Sie sind nicht mehr im Gefängnis.«

»Nicht?« Einen Augenblick lang war sein Blick wieder gereizt, doch dann lächelte er. »Sie haben recht. Macht es Ihnen etwas aus?«

»Wenn Ihre Fähigkeit, eine Wiese zu mähen, nicht darunter gelitten hat.« Ellen zuckte die Schultern. Plötzlich blitzte hinter ihm etwas auf – Hunter Gardners Feldstecher, mit dem er sie durch die Lücke in der Hecke beobachtete. »Und außerdem ist ja auch die Dorfwache auf dem Posten.« Sie deutete auf das blinkende Fernglas.

Spurs' Lächeln erstarb. »So eine Unverschämtheit!«

»Ihm geht's bloß um den Hund«, versicherte Ellen. Doch Spurs grüßte schon mit erhobenem Mittelfinger Richtung Fernglas. Ohne nachzudenken, griff sie nach seinem Handgelenk. »Bitte nicht – ich habe schon genug Ärger mit ihm.«

Unwillig entwand er ihr den Arm. »Ist Ihnen wohl unangenehm, mit mir gesehen zu werden, was?«

Ellen stutzte. »Von mir aus könnten Sie ihm den nackten Hintern hinstrecken.« Überrascht lachte sie auf. »Ich kenne ihn kaum. Aber, obwohl ich wirklich Hilfe im Garten brauche – wenn Sie sich mit dem Nachbarn anlegen, können Sie gleich wieder verschwinden.«

Langsam kehrte das Lächeln auf sein Gesicht zurück, und es war wärmer und herzlicher als zuvor. Und nur einen Moment später konnten sie beide nicht aufhören zu lächeln, dem Blick des anderen nicht widerstehen, der ihnen dies Lächeln ins Gesicht zauberte.

Er neigte sich zu ihr und flüsterte ihr ins Ohr: »Tu ich nicht, versprochen. Schicken Sie mich nicht weg.«

Dieser Mistkerl wusste ganz genau, dass sie das nicht tun würde, dachte Ellen, als er sich wieder aufgerichtet hatte und sie mit Blicken geradezu verschlang. Ich stehe auf seinen Typ, und das weiß er nur zu gut.

Plötzlich nahm er ihr, ohne jede Vorwarnung, einfach die Sonnenbrille ab und musterte ihre roten geschwollenen Augen. »Heuschnupfen?«, erkundigte er sich vorsichtig. Sie nickte, streckte die Hand aus, und er gab ihr die Brille mit einem besorgten Stirnrunzeln zurück. »Dann sollten Sie unbedingt ein Antihistamin nehmen, ehe es losgeht. Gibt's hier eine Motorsense oder einen Trimmer?«

»Im Geräteraum der Scheune vielleicht.« Sie gingen hinüber, und Ellen rüttelte an der Tür. »Abgeschlossen.«

»Haben Sie einen Schlüssel oder wollen Sie durchs Fenster einsteigen?«, flachste er.

Verlegen setzte sie die Sonnenbrille wieder auf und entgegnete aus lauter Verwirrung ein wenig zu scharf: »Ich dachte, das wäre eher Ihr Metier.«

»Ich kann's ja mal mit einem gefälschten Scheck versuchen«, murmelte er und prüfte das Vorhängeschloss. »Ich habe wegen Fälscherei und Unterschlagung gesessen.«

»Nicht wegen Drogen?«, fragte sie, ehe sie es verhindern konnte.

Er ließ das Vorhängeschloss klappernd gegen die Tür fallen. »Der guten alten Dorflegende nach wurde ich auf einem Rennboot voll thailändischem Opium geschnappt. Klingt etwas aufregender als der Versuch, mit gefälschten Schecks zu bezahlen.«

»Wie lange haben Sie gesessen?«

»Wie sagt meine Mutter immer? Ich war in ›Übersee‹, vier Jahre lang.« Er lächelte reumütig und lehnte sich gegen die Tür. »Ich habe nicht nur eine Unterschrift gefälscht. Stand alles in der Zeitung – Ihr Nachbar hat die Ausschnitte sicher alle gesammelt und lässt Sie mal drin blättern, falls Sie meine Referenzen sehen wollen.«

»Tut mir leid.« Schnell zog sie sich hinter die unsichtbare Linie zurück, die sie übertreten hatte.

»Macht nichts. Dem kann ich nicht entgehen – schon gar nicht hier im Dorf. Ich dachte, Sie wissen Bescheid. Ich kriege noch heute Anrufe von Talkshows, die mich gern als Gast hätten – meist zum Thema ›gefallene Engel‹.«

»Ich hole die Schlüssel.« Ellen trat wieder in die Sonne. »Verfluchter Mist«, murmelte sie vor sich hin, als sie ins Cottage lief. Dort nahm sie die Sonnenbrille ab und sah in den Spiegel – sie war immer noch hoffnungslos rotäugig, nur dass jetzt auch noch ihre Wangen knallrot glühten. »Verdammt.« Wie dämlich war sie denn. Gerade sie sollte es doch besser wissen und jemanden wie Spurs erst gar nicht an sich heranlassen. Er war energiegeladen, charmant und ebenso witzig wie die Hallodris unter den Surfern, auf die sie gestanden hatte – und er war gefährlich, reizbar und rücksichtslos. Wahrscheinlich würde er den wuchernden Garten ihrer Eltern endgültig ruinieren, und das auch noch mit ihrer Hilfe. Sie wusste, dass sie ihn nicht kontrollieren konnte. Wenn er wollte, würde er genauso mit ihr spielen wie der gefräßige Fins mit den hilflosen Mäuschen. Das war ihr schon klar geworden, als sie seinem Blick nicht standgehalten hatte.

Plötzlich sah sie auf dem Fensterbrett das Hufeisen liegen. Ellen nahm es, warf es in einen der leeren Blumentöpfe auf dem

Regal im Vorraum und sagte sich, dass es so etwas wie Pech nicht gab, nur falsche Entscheidungen. Und sie hatte das ungute Gefühl, dass sie heute eine ihrer falschesten getroffen hatte.

Wie gefährlich Spurs auch sein mochte, vor harter Arbeit hatte er keine Angst. Ausgerüstet mit Theo Jamiesons altem Trimmer, nahm er den Garten von Goose Cottage in Angriff, als ziehe er in den Krieg. Und er gab erst auf, als der Motor des Trimmers versagte. »Herrje!« Er machte einen Satz, als plötzlich vor ihm Rauch aufstieg.

Ellen erhob sich vom Unkrautjäten gerade noch rechtzeitig, um den Trimmer in Flammen aufgehen zu sehen. Spurs hatte auf einer Länge von zwei Metern Gras gemäht, das jetzt luftig locker dalag, und vor ihm erstreckten sich weitere 2000 Quadratmeter. »Pa sagt immer, diese Wiese zu mähen sei eine Strafe Gottes«, rief sie und ging zu ihm. Im trockenen Gras zischte es, die Stichflamme verlosch in der Rauchwolke aber schnell wieder.

»Kein Wunder bei diesem Schrottrasenmäher.« Es schien ihn nicht weiter zu interessieren, dass der Trimmer eben Feuer gefangen hatte. Er wischte sich den Schweiß von der Stirn. »Das wird härter als gedacht. Verdammt, ich geh besser nach Hause.«

Er gab sogar noch schneller auf, als Ellen gedacht hatte.

»Und hole schweres Arbeitsgerät«, fügte er gereizt hinzu, da er Ellens Gedanken genau zu kennen schien. »Beim Manor haben wir einen kleinen Traktor und auch einen Balkenmäher.«

»Sind Sie sicher, dass Ihre Mutter nichts dagegen hat?«

Er warf ihr einen dürren Blick zu. »Solange ich mich selbst auf den Schleudersitz setze, wird sie's okay finden. Außerdem ist sie mit meinem Vater nach Cheltenham gefahren, einen Hut kaufen.«

»Für eine besondere Gelegenheit?« Ellen zog diese albernen Gummihandschuhe mit Blumenmuster aus, die ihre Mutter mal in irgendeinem edlen Landhauskatalog bestellt hatte.

»Nein – sie kauft dauernd Hüte«, erwiderte er und betrachtete die winzige Schneise, die er in die Wildnis geschlagen hatte.

»Sieht aus, als arbeite da einer in Zeitlupe. Brennt allerdings prima.« Er stieß einen Fuß in die verkokelte Stelle um den Trimmer. »Wir könnten die Wiese einfach abfackeln.« Hoheitsvoll winkte er Hunter Gardner zu. »Hoffentlich benutzt er eine gute Sonnencreme – seine Glatze röstet schon, seit er den Panamahut über sein Glas Pimm's gestülpt hat. Na, wenigstens setzt er die richtigen Prioritäten. Was Kaltes zu trinken, das wär's.«

Und dann machte er sich zu Ellens Bestürzung auf zu dem alten Fußweg, den ihre Mutter und Hunter Gardner mithilfe von Schmiergeldzahlungen an die Gemeinde hatten schließen lassen. Sie hatten behauptet, der Weg – der zwischen ihren Grundstücken bis zum Gemeindesaal verlief und an einer wenig genutzten Pforte zum Manor endete – sei völlig überflüssig und jahrelang bloß von lärmenden Kindern und Betrunkenen genutzt worden. Doch heute diente er Spurs' Zweck bestens, denn er war die ideale Abkürzung.

Hunter Gardner, der mit dem Feldstecher stets nach Anzeichen potenzieller Hühner-Aufschreckung Ausschau hielt, brüllte wütend los. »Was in Gottes Namen tun Sie da, Mann? Das ist unbefugtes Betreten!« Ellen rannte an die Hecke und sah ihn auf seiner Terrasse bereits mit dem Luftgewehr fuchteln. »Sind Sie das, Belling? Wie kommen Sie dazu, Ihren Fuß auf mein Grundstück zu setzen! Runter da oder ich schieße!«

Spurs drehte sich um und sah ihn überrascht an.

»Sie haben zehn Sekunden, dann schieße ich!« Hunter legte an.

»Stopp!«, rief Ellen und erschrak, als er das Gewehr umgehend auf sie richtete. Aus irgendeinem unlogischen Instinkt hob sie die Hände. »Er tut nichts Verbotenes. Er hilft mir nur.«

»O doch, *er ist auf meinem Grundstück!*« Hunter richtete das Gewehr wieder auf Spurs. »Ich mein's ernst, Belling. Zehn Sekunden.«

»Das ist ein öffentlicher Fußweg.« Spurs wirkte ganz entspannt. »Ich habe das Recht, ihn zu benutzen.«

»Haben Sie nicht. Wir haben ihn schließen lassen.« Mit dem

Gewehr im Anschlag lief Hunter auf ihn zu. »In diesem Dorf hat sich einiges zum Besseren gewendet, nachdem Sie weg waren, Belling. Wir dulden Ihre Unverschämtheiten hier nicht mehr. Und jetzt runter von meinem Grundstück! Zehn … neun … acht … sieben …«

Lächelnd verschränkte Spurs die Arme.

»… sechs … fünf … vier …«

»Um Himmels willen, jetzt gehen Sie da doch weg!«, rief Ellen. Doch er bewegte sich nicht von der Stelle. Sie schloss die Augen.

»… drei … zwei … EINS!«

Als Ellen die Augen wieder öffnete, rannte Spurs den Weg entlang und kriegte sich vor Lachen kaum ein. Er lief an der Mauer vorbei, die das Land vom Parkplatz des Gemeindesaals trennte, und sprang wie ein Hindernisläufer über die Pforte zum Manor. Schnell war er wirklich, das musste man ihm lassen.

»So eine Frechheit!« Hunter ließ das Gewehr sinken und marschierte auf die Hecke zu. »Ich weiß ja nicht, was hier gespielt wird«, fuhr er Ellen an. »Aber was ich bis jetzt mitbekommen habe, würde Ihre Mutter sehr beunruhigen! Ich kann doch nicht einfach zusehen, wie Sie sich diesem – diesem verdorbenen Lumpen anvertrauen.«

Sein boshafter Ton bestürzte sie. »Er hilft mir nur im Garten. Warum hasst jeder ihn so sehr?«, fragte Ellen und hielt dann inne. »Oh, tut mir leid, er soll ja mal Ihre Garage angezündet haben …«

»*Das*«, Hunters fleischiges Kinn straffte sich, als er es vorreckte, »war eine seiner geringsten Schandtaten. Ich gebe Ihnen den guten Rat, schließen Sie das Haus ab, setzen Sie sich ins Auto und machen Sie eine *sehr* lange Fahrt.«

Ellen verdrehte die Augen und ging ins Cottage, wo sie sich Kaffee kochte und in den Bücherregalen ihrer Eltern nach einem Gartenbuch suchte. Nach zwei Tassen Kaffee, einem Kapitel in Alan Titchmarshs Gartenbibel und einer weiteren halben Stunde Unkrautjäten (das sie dank ausklappbarem Schaubild jetzt besser erkannte) war sie überzeugt, dass Spurs nicht mehr auftauchen würde. Das bleierne Gefühl der Enttäuschung, das sie befiel, erstaunte sie. Auch wenn sie ziemlich unfreundlich gewesen war, hatte die kurze Begegnung sie doch aufgeheitert. Und sie brauchte dringend seine Hilfe. Genervt warf sie Alan Titchmarsh ins hohe Gras, zog die Gummihandschuhe mit Blumenmuster aus und machte zum Spaß einen Handstand gegen die Wand. Gerade als das Blut in ihrem Kopf zu pulsieren begann, hörte sie Motorgeräusche auf der Goose Lane.

Spurs sah aus, als wollte er der Wiese von Goose Cottage samt dem benachbarten Heckenschützen den Krieg erklären. Er saß auf einem Minitraktor, trug quer über der Schulter wie eine Panzerfaust ein Mähgerät, an der Stirn eine Schutzbrille und im Mundwinkel eine Zigarette. Und dahinter rollte klappernd ein kleiner Anhänger, bis oben beladen mit Spaten, Rechen und anderem nützlichen Gartengerät. Und obwohl Spurs in dem verblichenen, ölverschmierten Shirt, den staubigen Shorts und den zerschlissenen Sneakers ziemlich chaotisch aussah, wirkte er kein bisschen verlegen – er war so sexy wie kaum ein Mann, dem sie in den letzten Jahren begegnet war, vor allem wenn er ihr dieses hypnotische Lächeln zuwarf.

»Ist es zu fassen, dieser Hunter Gatherer hätte fast einen Schuss auf mich abgegeben!«, rief er, als er durch das Tor gefahren kam.

»Gardner«, korrigierte Ellen.

»Spurs, übrigens. Mir wär's lieber, wir duzen uns«, schlug er mit funkelndem Blick vor, als er vom Traktor gesprungen war.

»Ja, gern.«

»Was sollte das mit dem Handstand?«, fragte er.

»Hilft gegen Heuschnupfen.«

»Muss ich mal probieren – ich schwöre eher auf kaltes Bier.« Er zog eine Kühlbox aus dem Anhänger, die mit einem Vakuumzischen den Blick auf einige vor Kälte dampfende Bierdosen freigab. Ellen lachte. »Tja, hier werden Wünsche erfüllt.« Er reichte ihr ein Bier.

Es war noch Vormittag, aber die Hitze bereits drückend, und so war das eiskalte Bier ein echtes Labsal. »Perfekt«, rief sie fröhlich nach einem großen Schluck. »Du meinst das mit den drei Wünschen also wirklich ernst?«

Er lehnte sich gegen den Traktor und trommelte mit den Fingern gegen die Bierdose. »Ich bin froh, dass du sie ersteigert hast ... auch wenn meine Mutter dich dazu genötigt hat. Tut mir übrigens leid.«

»Das war's doch wert.« Ellen hob ihr Bier und klopfte gegen die Motorhaube des Traktors. »Wenn die anderen gewusst hätten, dass sie für ihr Geld so viel bekommen, hätten alle mitgeboten.«

»O nein.« Er schüttelte den Kopf. »Glaub mir, ich bin *verdammt* froh, dass du sie ersteigert hast.« Sein Blick schweifte ab. »Du bist die Einzige in diesem Dorf, die mir dabei nicht dreimal den Tod an den Hals wünscht.«

»Kommt drauf an, wie gut du die Wiese mähst.«

Er lachte und prostete ihr zu. »Ich mag dich. Du bist so schön respektlos.«

Sie lachte ebenfalls. »Wieso sollte ich Respekt vor dir haben? Weil du der Lord des Manors bist?«

»Hunter hat's dir bestimmt erzählt.« Er senkte die Stimme. »In Wahrheit bin ich der Teufel.«

So standen sie gemeinsam gegen den Traktor gelehnt da, tranken Bier und genossen die Sonne, ehe sie sich wieder der Fron der Gartenarbeit ergaben. Und in diesem Moment wurde es Ellen klar: *Sie* mochte Spurs Belling – instinktiv, ohne viel zu fragen. Die Furcht, die sie in seiner Gegenwart befiel, war etwas anderes als die Angst im Dorf oder die Wut über die alten aufbrechenden Wunden, die Pheely, Hunter und die anderen empfanden. Ihre Furcht – die sie auch jetzt spürte – war die berauschende Furcht vor dem freien Fall, die sie früher täglich gebraucht hatte; eine Furcht, nach der sie sich sehnte und die zu kontrollieren sie sich hart erkämpft hatte. Richard hatte ihr vorgeworfen, dass sie diese Furcht gar nicht mehr spüre und dass diese Unfähigkeit sie eines Tages das Leben kosten werde. Wenn sie Spurs ansah, wusste sie, dass Richard falschlag. Sie hatte nicht das Gespür für die Furcht verloren, sondern konnte die Furcht nur nicht mehr mit Richard spüren. In der Beziehung mit ihm hatte sie gar nichts mehr gefürchtet. Aber sie sehnte sich nach dieser Furcht – und hatte sich immer größeren Gefahren ausgesetzt, um sie zu spüren. Die dreizehn Jahre mit Richard hatten Ellen furchtlos gemacht, wenn es um Männer, Sport und Gefahr ging. Es war ihre eigene Lust, die sie ängstigte. Denn manchmal schoss sie plötzlich hervor, ziellos und nur auf Chaos ausgerichtet. Ellen bemühte sich, sie strikt unter Kontrolle zu halten.

»Eigentlich eine Schande, die Natur so zu bändigen«, murmelte Spurs.

Erschreckt sah Ellen ihn an und war einen Moment sicher, dass er ihre Gedanken gelesen hatte. Doch dann sah sie erleichtert, wie sein Blick über den Garten schweifte. »Stimmt – mir gefällt's so auch besser. Aber ich wohne ja nicht hier. Ich bin nur auf der Durchreise.«

»Du Glückliche.« Er zerdrückte die leere Dose und warf sie in den Anhänger. Spurs wollte schon wieder auf den Traktor steigen, da fragte er: »Wieso muss dein Hund eigentlich an der Leine liegen?«

»Hunter hat die Todesstrafe über Snorkel verhängt.«

»Das Gefühl kenne ich.« Er ging hinüber zu dem Collie. »Kann sie bei mir mitfahren, wenn ich auf sie aufpasse?«

Ellen sah skeptisch drein, ein Haustier hatte sie bereits an Gott weiß wen verloren. Sie glaubte eher an Fins' Rückkehr als daran, dass Snorkel ein erneutes Übertreten der Demarkationslinie zu ihren geliebten Hühnern überleben würde.

»Keine gute Idee.« Spurs nickte.

»Nein – schon okay.« Ellen sah Snorkel beim Taubenschlag missmutig zusammengerollt daliegen. »Ich vertraue dir.«

»Wirklich?« Sein silbriger Blick bohrte sich in ihren, und sie fragte sich schon, ob sie ihn falsch eingeschätzt hatte. Dann erst fiel ihr ein, dass Spurs wohl zu sehr an das Misstrauen seiner Umgebung gewöhnt war und seinen Ohren nicht so ganz traute.

»Ich vertraue dir«, wiederholte sie.

Er bückte sich, band Snorkel los, ergriff ihren Kopf mit beiden Händen und pflanzte einen Kuss auf ihre Schnauze. Dankbar leckte Snorkel ihm die Wange. Nur nicht zu viel Begeisterung, warnte Ellen schweigend, er ist nicht der treue Typ.

Schon bald klang Joni Mitchell durch den Garten, fast übertönt vom Dröhnen des kleinen Traktors samt angehängtem Balkenmäher, mit dem Spurs über die Wiese ratterte. Ellen sog den Duft frisch gemähten Grases tief ein. Außer dem salzigen Geruch des Meeres war dies der einzige, der sie glücklich erschauern ließ. »Oh, you are in my blood like holy wine«, sang sie und jätete Attich, Labkraut und Ackerwinde, »you taste so bitter and so sweet.« Sie war schon immer ein Joni-Mitchell-Fan gewesen, und diese Kassette war ein fast vergessenes Überbleibsel aus alten Studententagen, das sie bei der chaotischen Aufteilung ihrer Besitztümer zufällig gefunden hatte. Sie schloss die Augen und dachte an die Zeit vor über zehn Jahren und an Richard. Und natürlich spielte gerade ›The Last Time I Saw Richard‹, als Spurs den Traktor ausschaltete, um eine Pause einzulegen. Augenblicklich dröhnte der Song in ohrenbetäubender Lautstärke durch den Garten. Ellen sprang sofort auf und drehte die Stereoanlage leiser, damit Hunter Gardner nicht wirklich noch auf sie beide schoss.

Spurs lachte einfach nur. »Du magst Joni Mitchell?« Er griff in die Kühlbox und zog zwei Bier heraus. »Ich dachte, Surfer stehen auf die Beach Boys. Das sind doch deine Surfbretter da in der Scheune?« Er setzte sich auf die Gartenbank neben dem Beet, in dem sie Unkraut jätete.

»Nur wenn sie über sechzig sind und auf Hawaii leben.« Sie setzte sich zu ihm. »Gott, ist das heiß.«

»Nicht so heiß wie auf Hawaii.« Spurs sah in den Himmel hinauf. »Schon mal da gewesen?«

»Noch nicht. Wir sind meist in Europa gesurft – und ein paar

Mal in Südamerika.« Sie sah ebenfalls in den Himmel und hielt Ausschau nach dem Gewitter, das nie kam.

»Das hast du eine ganze Weile gemacht, oder?«

»Fast zehn Jahre, aber in letzter Zeit eher Kite-Surfen.« Sie beobachtete ein Flugzeug hoch über ihnen. »Davor war's Tauchen und davor Drachenfliegen. Das hat mir echt gefallen, aber...« Sie hielt inne. Richard hatte es gehasst. Er hatte nie wie sie höher und noch höher hinausgewollt. Sie folgte dem Kreidestrich am azurblauen Himmel. Richard war für sie stets ihr geliebtes Meer gewesen – stürmisch, den Gezeiten unterworfen, vom Mond regiert; und sie war die Brise, die es kräuselte, der Orkan, der es peitschte, und die warme Windstille, die es beruhigte – leicht wie die Luft und regiert von der Sonne. »Siehst du das Flugzeug da oben? Vor acht Jahren wollte ich nichts anderes als da herausspringen.«

»Vor acht Jahren wollte ich was ganz Ähnliches.« Er trank Bier. »Nur dass ich nicht unbedingt an einen Fallschirm gedacht habe.«

Eine Zeit lang saßen sie schweigend da, kühlten ihre von der Arbeit erhitzten Körper und genossen die Stille. Ellen hätte ihn gern gefragt, warum sein Leben einen so miserablen Verlauf genommen hatte, konnte sich aber dem Bann des Schweigens nicht entziehen.

»Fürs Mähen brauche ich noch eine Stunde«, sagte er schließlich, »und dann muss das Gras noch zusammengeharkt werden.«

»Das kann ich doch machen«, bot Ellen an, legte die Hände in den Nacken und lächelte ihn an. »Ich könnte ganz gut eine Pause vom Unkrautjäten gebrauchen.«

»Das ist aber eine ziemlich harte Arbeit.«

»Ich bin hart genug.« Sie grinste.

»Darauf würde ich wetten.«

Nur einen Augenblick streifte sein Blick ihren braunen Bauch, ehe er aufstand und Snorkel wieder losband. Ellen war plötzlich noch heißer als ohnehin schon, ihre Haut prickelte. Sie presste die Unterarme an ihre glühenden Wangen und kämpfte das Gefühl nieder.

Gemeinsam arbeiteten Spurs und sie in den heißesten Stunden des Tages in einem Dunst von geschnittenem Gras, aufwirbelndem Staub und Abgasen. Während er mit dem Traktor ein ums andere Mal die Wiese auf- und abfuhr, folgte Ellen ihm mit dem Rechen und füllte wieder und wieder die Schubkarre, die sie beim stetig anwachsenden Grasberg am Rande des Geländes entlud. Es war wirklich ziemlich anstrengend, doch nach zahllosen Gängen sah die weit hingestreckte Wiese wieder zivilisiert aus. Zwar noch immer kein Vergleich mit Hunter Gardners exakt geschnittenem Rasen gleich nebenan, aber doch ein enormer Fortschritt. Als Spurs den Motor des Traktors schließlich endgültig ausmachte, ließ Ellen sich überglücklich ins Gras fallen.

»Wie himmlisch!«, rief sie und blinzelte in die Sonne. Über sich erkannte sie nur einen Schatten. »Hast du Hunger?«

»Bin schon fast verhungert.« Der Schatten bewegte sich weg.

Während Spurs mit der Rasenschere die Kanten bearbeitete, die er mit dem sperrigen Traktor nicht erreichen konnte, lief Ellen ins Haus und inspizierte den Kühlschrank. Ihre Vorräte aus Toastbrot, Bohnen in Tomatensauce und Marmelade würden ihnen die verbrauchten Energien kaum ersetzen. Sie griff nach ihrer Tasche und war quasi schon auf dem Weg in den Dorfladen, als sie sich zufällig im Flurspiegel sah. Ihr Shirt war von Schweiß durchnässt, fast durchsichtig, und übersät mit Grasflecken, auf ihrer Stirn prangte ein grüner Streifen, und ihre Arme und Beine waren voller Spuren von Brennnesseln. Damit es nicht so lange dauerte, lief sie in den Abstellraum, zog das Shirt aus, warf es gleich in die Waschmaschine und wusch sich über dem Ausguss mit kaltem Wasser Gesicht, Nacken und Arme. Sie trocknete sich mit einem Geschirrtuch ab, nahm eins der Shirts von dem Stapel frisch gewaschener Sachen und zog es über den Kopf.

»Jetzt weiß ich, wo ich dich schon mal gesehen habe«, sagte

plötzlich jemand hinter ihr, und Ellen fuhr herum. Mit seinem Shirt in der Hand stand Spurs vor ihr und lächelte sie ganz unbefangen an. »Ich erinnere mich an das Tattoo.«

Ellen wurde knallrot, als ihr einfiel, worauf er anspielen könnte. »Du warst das, der in der Nähe von Hillcote an mir vorbeigefahren ist?«, fragte sie ungläubig und zwang sich ebenfalls zu einem Lächeln. »Na, hoffentlich habe ich die Pferde nicht scheu gemacht.«

»Meine Mutter war jedenfalls schockiert.« Er schob sich an ihr vorbei zum Wasserhahn. »Sie ist fast in eine Hecke gefahren.«

»Weiß sie, dass ich es war?«

»Das bezweifle ich.« Er hielt den Kopf unters kalte Wasser. »So sehr wie ich hat sie sicher nicht auf die ... Details geachtet.«

»Ich geh in den Laden und hol etwas zum Lunch.« Ellen wandte ihren Blick von seinem nackten Rücken ab, ihre Haut prickelte schon wieder. »Möchtest du mitkommen und dir was aussuchen?«

»Nein – diese Lily drückt ja schon den Alarmknopf, wenn ich nur eine der Karten im Ladenfenster lese«, murmelte er. »Ich kümmere mich um Snorkel, wenn das okay ist.« Mit einem Auge sah er sie unter dem kalten Wasserstrahl hervor an.

Wieder so ein Moment, dachte Ellen. Er wollte wissen, ob sie ihm das Cottage allein anvertraute. Ihr konnte in diesem Augenblick gar nichts Besseres passieren. Es erschien ihr viel sicherer, sofort zu gehen, als noch länger in seiner Nähe zu bleiben und das Prickeln auf ihrer Haut immer stärker werden zu lassen.

Joel stand allein hinter dem Verkaufstresen und hob erfreut die Hände. »Ellen! Geht's Ihnen gut? Lily hat schon befürchtet, Dot Wyck hätte Sie gestern verletzt – sie hat Sie ja richtig angegriffen!«

»Mir geht's gut, danke«, versicherte sie und lächelte die Touristen bei den Oddlode-Souvenirs höflich an, die sie aufgeregt plappernd anstarrten. »Tut mir leid, dass Sie die Tür abschließen mussten.«

»Lily geht gern auf Nummer sicher.« Er zwinkerte ihr zu. »Da gab's wohl eine Meinungsverschiedenheit mit der alten Dame, wie?«

»So was in der Art.« Sie lief zu den Kühlregalen und wünschte insgeheim, die Auseinandersetzung wäre nicht ganz so öffentlich gewesen.

Als Joel ihre Einkäufe einscannte, hob er witzelnd eine Augenbraue. »Wenigstens Ihren Appetit haben Sie wiedergefunden. Wir haben uns schon Sorgen gemacht – immer nur Brot und Bohnen in Tomatensauce, die ganze Woche lang. Da wird ja Ihr Hund besser ernährt. Schön, dass Sie mal was Vernünftiges einkaufen.«

Na, hoffentlich diskutierten die Ladenbesitzer von Oddlode nicht auch ihren Verbrauch an Klopapier und Tampons mit dem Rest der Dorfbewohner, dachte Ellen. Auf dem Weg nach draußen suchte sie sich ein Eis aus – wie immer eine kleine Aufmerksamkeit, wenn Joel sie bediente –, ging hinüber in den Park und setzte sich auf Bevis' Bank. Ob sie Spurs ein Eis hätte mitbringen sollen, überlegte sie schuldbewusst.

Eine Raupe landete auf ihrem Bananeneis.

»Wäre netter gewesen«, stimmte Ellen zu und pflückte sie ab. »Morgen – falls er wieder kommt. Hoffentlich kommt er wieder.«

Drei Raupen fielen vom Baum.

Ellen spähte in das dunkle Blätterdach über ihrem Kopf, schloss die Augen und dachte über ihren Wunsch nach. Sie hätte sich so viele Dinge wünschen können, doch der heutige Tag war der bei weitem glücklichste seit ihrer Ankunft in Oddlode. Genau, das war überhaupt der beste Wunsch: ein wirklich glücklicher Tag. Davon hatte es in den letzten Monaten reichlich wenige gegeben.

»Ist es falsch, ihn zu mögen?«, fragte sie Bevis' Bank, strich über die Lehne und entdeckte zu ihren Füßen ein paar Gänseblümchen. Sie pflückte eins und zupfte die Blütenblätter. »Falsch – richtig – falsch – richtig.« Herrje, sie benahm sich ja wie ein liebeskranker Teenager, dachte sie und zerdrückte die Blume, ehe sie mit dem Abzählen fertig war. Sie sollte sich besser zusammenreißen.

Als sie zum Cottage zurückkehrte, lag Spurs ausgestreckt auf dem frisch gemähten Rasen, Alan Titchmarshs Gartenbibel aufgeschlagen als Sonnenschutz über dem Gesicht.

Ellen überließ ihn seinem wohlverdienten Schlaf und trug ihre Einkäufe in die Küche – frisches Baguette, Aufschnitt und Käse, Pâté und Oliven sowie eine Tüte gemischten Salat. Besser war ihr Catering nie gewesen. Sie arrangierte alles auf einem Tablett, stellte einen Krug Wasser dazu und trug es zum Tisch an der Rückseite des Cottage. Weil Tisch und Stühle aber von einer grünlichen Schicht überzogen waren und Hunter Gardner jeden ihrer Schritte mit dem Feldstecher beobachtete, marschierte sie umgehend wieder durchs kühle Haus hindurch zur Vorderseite und stellte alles auf dem kleinen Tisch ab, an dem ihr Vater so gern in der Morgensonne saß. Da der Tisch jetzt im Schatten lag, war er ohnehin besser geeignet, auch wenn man ihn von der Straße her einsehen konnte.

Spurs hatte sich auf den Bauch gerollt. Ellen kniete sich neben ihn, nahm einen der langen Grashalme, die beim Harken liegen geblieben waren, und fuhr ihm damit übers Ohr.

»Wenn du nicht aufhörst, muss ich dich umbringen.« Er öffnete weder die Augen, noch bewegte er sich.

Ellen hielt inne, sah den Grashalm an und machte dann weiter. »Wie würdest du mich umbringen?«

»Weiß nicht. Zu Tode erschrecken geht ja nicht, weil du vor nichts Angst hast.«

»Wie kommst du darauf?« Neugierig sah sie ihn an, doch seine Augen blieben geschlossen.

»Na, du springst doch sogar nur so zum Spaß aus Flugzeugen.« Er rollte sich auf den Rücken und schob den Alan Titchmarsh weg. »Ich könnte dich zu Tode langweilen, indem ich dir aus dem Gartenbuch vorlese.«

»Das macht mir Angst.« Sie ließ den Grashalm los, griff nach dem Buch und entdeckte darunter – das Hufeisen. Langsam fuhr sie mit dem Finger die Form entlang. Der Gedanke, dass er während ihrer Abwesenheit im Cottage herumspioniert hatte, ärgerte sie plötzlich. »Du hast es gefunden?«

Er öffnete ein Auge. »Ich brauchte einen leeren Topf, da war's drin. Ich hab zwar auf diese Weise noch nie ein Pferd gezüchtet, aber mit Dünger in der Erde könnte es gehen.«

Sie drehte das Hufeisen in der Hand. »Hast *du* es am Abend der Auktion an meine Haustür gehängt?«

Spurs setzte sich auf und nahm es ihr aus der Hand. »Das sind deine drei Wünsche.« Er löste einen der drei noch darinsteckenden Nägel und gab ihn ihr. »Hier ist der erste. Gib ihn mir zurück, wenn ich den Wunsch erfüllt habe.«

Als sie den Nagel nahm, verstrickten sich einen Moment lang ihre Blicke ineinander, und Ellen sah hinter seiner so silbrig funkelnden Iris ein sehr viel unedleres Metall aufblitzen, genauso verbogen und hart wie jenes zwischen ihren Fingern. Sie steckte den Nagel in ihre Hosentasche und fächelte sich mit dem Shirt Luft zu. »Ich habe gehört, dass du Hufeisen als eine Art Visitenkarte zurücklässt.«

Er sah weg und betrachtete das Hufeisen. »Das gehörte O'Malley, einem alten irischen Vollblüter, der den ganzen Tag galoppieren konnte. Wer hat dir das mit den Hufeisen erzählt?«

»Pheely.«

»Ah, die Blumenfee selbst.« Er seufzte. »Und ich wette, sie hat dir geraten, dich von mir fernzuhalten.« Ellen nickte. »Warum hast du es nicht getan?«

»Ich hatte ja kaum eine Wahl.« Sie stand auf, denn sie wollte nicht hinter Pheelys Rücken über sie sprechen. »Lunch ist fertig.«

Drei Kinder ritten auf glänzenden, mit dem Schweif wedelnden Ponys vorbei, als sie sich an den Tisch setzten. »Guten Tag!«, riefen sie fröhlich und winkten mit ihren Reitgerten.

»Werden die Kinder hier vom Tourismusbüro bezahlt?« Ellen winkte zurück. »Hier gibt's mehr Verkehr zu Pferd als per Auto.«

»Das ist so auf dem Land – selbst ich habe dieser Leidenschaft mal gefrönt.« Spurs nahm noch zwei Biere aus der Kühlbox. »Wenn du hier aufwächst, schlingst du deine Beine so lange um ein Pony, bis du alt genug bist, sie um jemand anderen zu schlingen.«

Ellen zog die Folie von der Butter, die schon ganz weich war. »Und frönst du dieser Leidenschaft noch?«

»Pferde oder Sex?«

Sie sah auf und versuchte seinem Blick so cool wie möglich zu begegnen. »Reiten.«

»Nicht oft. Und du?«

»Ich habe noch nie auf einem Pferd gesessen.« Ellen schenkte zwei Gläser Wasser ein und sah zu ihrem Ärger ihre Hände zittern.

»Ich kann dir Reitstunden geben – wenn du willst. Mutters Jagdpferde sind alle in Lincolnshire, aber wir können sicher eins borgen.« Er griff nach den Oliven und sah sie an.

»Nein, danke.« Sie schaute weg, damit dieser Flirt mit den Augen endlich aufhörte. »Ich bleibe lieber beim Wellenreiten.« Verlegen dachte sie an ihren Plan, auf ihrer Weltreise zu Pferd mit einer Kamelkarawane mitzuziehen.

»Mein Cousin Rory und ich sind unsere ganze Jugend hindurch auf den kleinen gedrungenen Walisern durchs Lodes-Tal gejagt, die sein Vater gezüchtet hat«, erzählte er und häufte sich Salat auf den Teller.

»Hast du hier viele Verwandte?«

»Meine Tanten leben noch in der Nähe, aber ihre Kinder sind alle weggezogen, bis auf Rory.« Er nahm sich ein Stück Baguette. »Er ist fünf Jahre jünger als ich, hat eine Reitschule in Upper Springload und ist mindestens genauso wild wie seine Pferde. Für mich war er immer wie ein kleiner Bruder.«

»Hast du denn Geschwister?«

»Nein. Meine Eltern hatten wohl keinen Spaß am Sex. Und du?«

Wieder war die doppeldeutige Anspielung nicht zu überhören, doch Ellen tat spröde und ignorierte sie einfach. »Nein, aber ich hatte gute Freundinnen. Wir haben oft beieinander übernachtet und so.«

»Und hast du noch Kontakt zu ihnen?«

Ellen dachte über ihre alten Freundinnen nach: Jackie Hemmings, die einen Programmierer geheiratet hatte und immer noch in Taunton wohnte; Emma Butt, die Entwicklungshilfe in Kenia leistete; Katy Phillips, die drei Kinder und eine riesige Hypothek in Kent hatte. Und dann Richard. »Nein, wir haben uns aus den Augen verloren. Was ist mit deinen Freunden?«

»Ich habe zu oft die Schule gewechselt, um mich richtig mit jemandem anzufreunden.« Gereizt biss er ins Brot. »Als Kind hatte ich hier im Dorf einen guten Freund – ist schon lange her.«

»Ist er weggezogen?«

Spurs sah auf die Straße hinaus und beobachtete, wie die Sonne auf den Blättern der Linde tanzte. »Er hatte Glück. Das Lodes-Tal ist wunderbar für kleine Kinder und Erwachsene, aber für Teenager ist es die reinste Hölle. Hier kann man sich nur zu Tode langweilen.« Scharf sah er sie an. »Was hat Pheely dir eigentlich erzählt?«

»Dass du ein Rabauke warst«, sagte sie aufrichtig. »Dass du eine Menge Leute gegen dich aufgebracht und ziemlich viel Mist gebaut hast und schließlich aus dem Dorf abgehauen bist.«

»Ich kann mir nicht vorstellen, dass die gute alte gefühlvolle Pheely es so knapp auf den Punkt gebracht hat. Sie hat doch sicher all meine Gemeinheiten ausführlich beschrieben.«

Ellen war hin und her gerissen. Sollte sie ihm alles erzählen? Sie hatte zu viel Bier getrunken und merkte, dass sie immer indiskreter und unvorsichtiger wurde. Pheely hatte Spurs als reizbaren, grüblerischen, andere Menschen manipulierenden

Mistkerl beschrieben, und Ellen hatte ihn sich viel schweigsamer vorgestellt. Er überraschte sie.

»Hasst sie mich immer noch?«, fragte er jetzt.

Es war Ellen unangenehm, dass sie offenbar zwischen die Fronten geraten war »Dazu kann ich nichts sagen.«

»Hasst du mich?« Er gab der Frage einen betont beiläufigen Ton, so als würde er sie um die Butter bitten.

»Ich kenne dich doch kaum.«

»Man muss jemanden nicht gut kennen, um ihn zu hassen oder zu mögen – oder sogar zu lieben, wenn du willst.« Er nahm sich von der Pâté und betrachtete aufmerksam ihr Gesicht.

Sie fragte sich, wie ernst er das meinte. Und wieder flirteten seine Augen mit ihren, und überall am Körper verspürte sie dies Prickeln. »Dann liebe ich dich«, sagte sie ruhig. »Ich würde sagen, es war Liebe auf den ... siebten Blick.« Ellen aß eine Tomate und lächelte.

Jetzt war es an ihm, sie anzustarren: fassungslos. »Ich liebe dich auch«, erwiderte er schließlich. »Könnte ich bitte das Salz haben?«

»Sicher.« Sie reichte es ihm.

Er grinste, als er es nahm. »Ich bin froh, dass mich in diesem Dorf außer meiner Mutter noch jemand liebt. Das tut sehr gut.«

Während dieses kleinen Geplänkels waren sich ihre Nasen immer näher gekommen. Ellen wich als Erste zurück, lehnte sich wieder in ihren Stuhl und warf Snorkel ein Stückchen Schinken zu.

»Die Leute hier glauben nicht, dass ich mich verändert habe«, sagte Spurs. »Die Alteingesessenen leben in einer Zeitschleife.«

»Hast du dich denn verändert?«

»Ja – enorm. Total.« Er klang fast beleidigt. »Es ist über zehn Jahre her. Ich bin nicht mehr derselbe Mensch.«

»Vielleicht haben sie gehofft, du kommst in einem Anzug aus der Savile Row und mit einer reichen Frau zurück.«

Er nickte und lachte. »Nur zu wahr. Ich könnte jedes Gebäude im Dorf anzünden, Obszönitäten auf Grabsteine sprayen, jeden

Tag Joints im Lustpavillon rauchen und die halbwüchsige Tochter des Vikars vögeln, solange ich in einem Volvo durch die Gegend kurve und einen angesehenen Job in der Londoner City habe. Aber ich werde eben nie wie Giles Hornton sein.«

Ellen grinste, sie verstand ihn sehr gut. Und sie war sicher, dass auch Pheely ihn verstanden hätte. Er war schroff und geradeheraus, doch seine Ehrlichkeit und sein Charme waren wirklich sympathisch. »Ich kann ja Pheely und dich abends mal auf einen Drink einladen.«

Warnend blitzten seine Augen auf. »Das ist keine gute Idee. Sie wird nicht wegen ihrer herzlichen Umarmungen die gefühlvolle Pheely genannt, sondern weil sie immer schon viel zu empfindlich war. Sie ist von allen jene, die mir wohl kaum je verzeihen wird.« Ein kurzes Schweigen trat ein, und dann kam Spurs zu Ellens Überraschung von selbst auf das heikelste Thema zu sprechen. »Hat sie dir erzählt, dass ich die Skulpturen ihres Vaters zerstört habe?«

Ellen nickte. »Ja. Warum hast du es getan?«

»Ich hatte viel zu viel Wodka getrunken, wohl aus Wut darüber, dass er gestorben war und mich alleingelassen hatte. Und ich war wütend, weil ich nicht zur Beerdigung eingeladen war – das Dorf und die ganze Kunstwelt bevölkerten die Kirche von Oddlode, und ich durfte mich nicht verabschieden. Ich habe ihn verdammt noch mal verehrt – er war einer der wenigen, die mich verstanden. Aber sie sind immer gestorben. Erst meine Großmutter, dann Norman, dann ...« Er fuhr sich über das Kinn und hielt inne, ehe er sich zu sehr aufregte. »Ich bedauere jeden Tag aufs Neue, was ich getan habe. Glaubst du mir das?«

»Ich glaube dir.«

»Und du vertraust mir?«

Sie nickte.

»Und du liebst mich noch?«

»Erzwing's nicht.«

Er lachte, doch der Blick in seinen Augen war traurig und wachsam. Eine Zeit lang sah Spurs sie einfach nur an, kaute auf seinem Brot und schien sich zu fragen, wie ernst sie es meinte. Dann legte er das Brot aus der Hand, lehnte sich im Stuhl zurück und wischte sich Krümel von der sommersprossigen Brust. »Es bringt nichts, Pheely um Verzeihung zu bitten. Als ich saß, habe ich in der Gruppentherapie eine Menge Typen gesehen, die so was versucht haben. Brücken bauen, hieß das. Den Opfern hat es nie geholfen, soweit ich weiß. Der Schaden ist angerichtet, man lässt sie besser in Ruhe ihr Leben wiederaufbauen. Pheely und viele andere hier im Dorf wollen mir nicht verzeihen – und dazu haben sie jedes Recht. Und ich habe sie auch nie um Verzeihung gebeten, weil ich nie vorhatte, wieder hierherzukommen.«

»Und warum bist du doch wiedergekommen?«

»Eine komplizierte Geschichte.« Er sah weg, dann lachte er auf. »Du gehst den Dingen wirklich gern auf den Grund, was?«

»Ich kann eben schlecht schweigen.«

Er beugte sich über den Tisch und senkte seine Stimme zu einem Flüstern. »Sprichst du auch im Schlaf? Gestern Nacht etwa?«

Ellen sah ihn an und fragte sich, ob er etwa auf Lloyd anspielte. »Wenn, dann habe ich Selbstgespräche geführt.«

»Ich würde dich gern mal zum Schweigen bringen. Ich hab's übrigens am liebsten, wenn man mich dazu auf den Mund küsst.«

O Gott, er wollte es wirklich erzwingen, dachte sie. Aber sie hatte nicht vor, das Spiel verloren zu geben. »Und ich hab's am liebsten, wenn man mich auf die Nasenspitze küsst.«

»Hat dein schöner neuer Freund das getan?«

»Er hat mich auf die Backe geküsst.«

»Auf welche?«

»Nun, jedenfalls nicht auf alle vier.«

»Küsst du selbst gern Nasenspitzen?«

Sie lächelte ironisch. »Die von Snorkel schon.«

»Das«, sagte Spurs sehr langsam, »habe ich nicht gemeint.«

»Das«, erwiderte sie, »habe ich aber gemeint.«

»Dir sollte mal einer ordentlich den Kopf waschen.« Er verzog keine Miene. »Am besten ich.«

»Als Schüler einer Public School und Exknasti verstehst du sicher, warum ich dir kein Stück Seife anvertrauen möchte.« Sie war entschlossen, sich im Blickduell diesmal nicht geschlagen zu geben.

Seine Augen weiteten sich bewundernd. »Ich könnte jetzt eine Dusche brauchen.« Spurs hielt den Blick sehr lange, bis die silbrig funkelnden Augen schließlich alle Verschmitztheit verloren und nur noch ein mattes Zinngrau zeigten. »Hör auf damit.«

Er hatte es so leise ausgesprochen, dass sie meinte, sich verhört zu haben. »Wie bitte?«

»Hör auf damit ... in mir den Wunsch zu wecken, mit dir ins Bett zu gehen.« Er sah weg und gestand damit seine Niederlage ein.

Ellens Herz hämmerte. Das war es, was sie hatte erreichen wollen, als sie das Spiel aufnahm und vor lauter sportlichem Ehrgeiz die Konsequenzen nicht bedachte. Dieser Sieg bescherte ihr eine lastende Furcht. Sie wusste, wie die Flirtspiele der X-Faktor-Männer funktionierten. Gereizt hatte er ihr schließlich den Sieg überlassen. Doch ihr Siegespokal glänzte nicht, und so ließ sie ihn fallen. Verlegen schweigend aßen sie weiter. Das Essen war in der Hitze lauwarm und weich geworden, und Wespen schwirrten um die Teller. Mit diesem Flirt hatte sie die Chance auf eine unbeschwerte Freundschaft mit ihm endgültig verspielt, dachte Ellen.

Spurs begann schließlich erneut ein Gespräch. »Wohin gehst du, wenn das Cottage verkauft ist?«, fragte er und zündete sich, viel schlechter gelaunt als noch vor zehn Minuten, eine Zigarette an.

»Auf Weltreise, für ein paar Monate, vielleicht länger.« Sie sah ihm nicht in die Augen, war aber froh, dass das Schweigen endlich gebrochen war. »Ich möchte in die Mongolei und nach Tibet, eventuell auch nach China, mal sehen.«

»Allein?«

»Ja.« Sie sah ihn fragend an, als wollte sie sagen: Wieso nicht? Ein angedeutetes Lächeln erschien auf seinen Lippen, doch die Spannung blieb.

»Ich bin zwei Jahre lang gereist ...«

»Nach dem ...?«

»Ja, nach dem Gefängnis. Da konnte ich eine Auszeit brauchen«, erwiderte er trocken. »Auch mit einer Vergangenheit als Krimineller gibt's Orte, wo man noch eine Chance bekommt. Die Hälfte der Typen beim Cirque de Phénomène waren ehemalige Junkies, Mörder oder Vergewaltiger. Da war ich ein kleiner Fisch.«

Ellen war überrascht. »Du warst beim Cirque de Phénomène? Den liebe ich – Richard und ich waren in Barcelona in einer Vorstellung. Es war Wahnsinn. Was hast du gemacht?«

»Pferde geritten, Ställe ausgemistet, Sattelschlepper gefahren und eine Menge Frauen gevögelt.«

Ellens Ehrfurcht ließ sie über ihre Verlegenheit hinwegsehen, und aufgeregt legte sie die Hände an die Wangen. Der Cirque de Phénomène war auf dem Kontinent Kult, ein wilder, anarchischer Zirkus mit total verrückten Shownummern, gefährlichen Stunts und jeder Menge Rock 'n' Roll. Er war berühmt-berüchtigt für seine irren Typen, internen Streitereien und Auseinandersetzungen mit den Behörden jedes Landes, in dem der Zirkus gastierte. Soweit sie wusste, war diese wilde Truppe aus Motorradfreaks, Reitern, Schwertschluckern und Feuertänzern in England noch nie gewesen.

»Ist ja echt toll!« Ellen war wirklich beeindruckt. »Du bist also von zu Hause weggelaufen, um zum Zirkus zu gehen?«

Eine Zeit lang sah er sie unverwandt an, dann lächelte er. Ihre Begeisterung erschien ihm wohl echt. »Ja, ich bin zum Zirkus gegangen. Dort erfährst du verdammt viel über dich selbst – und andere, jedenfalls sehr viel mehr als im Gefängnis.«

»Wie lange warst du denn dabei?«, fragte Ellen. Ob sie ihn wohl in der Vorstellung in Barcelona gesehen hatte?

»Vor zwei Jahren habe ich aufgehört. Hab mir's Bein gebrochen.«

»Bist du vom Pferd gefallen?«

»Nein, abgesprungen, ehe mich eine Kettensäge erwischte. Im Showablauf war etwas schiefgelaufen, und ich musste runter vom Pferd, wenn ich nicht einen Kopf kürzer werden wollte.«

Ellen bekam jetzt noch einen Schreck. »Aber wie kann so was denn passieren?»

Er lachte auf. »Tja, so ganz genau wurde das nie aufgeklärt. Man sollte vielleicht Frauen, die mit Kettensägen umgehen können, nicht untreu sein.«

»Das werde ich mir merken.«

»Aber Stuntreiter sind eben die besten Liebhaber.« Er konnte nicht widerstehen, noch einen Flirtversuch zu starten.

»Tatsächlich?« Sie blieb auf sicherem Boden.

»Du ziehst wohl eher Surfer vor.«

»Vermutlich.« Ellen wollte kein erneutes Risiko eingehen. Doch ihre Blicke verstrickten sich schon wieder ineinander. Das war ja hoffnungslos, dachte sie. Als wollte man aus einer rutschigen Badewanne steigen und glitt wieder und wieder hinein. Sei wachsam, reiß dich zusammen, ermahnte sie sich. »Und was hast du nach dem Beinbruch gemacht?«

»Erst mal wochenlang in einem italienischen Krankenhaus gelegen. Das hat mich allerdings so gelangweilt, dass ich abgehauen bin – zurück nach England, hab mich herumgetrieben, mein Humpeln perfektioniert.«

»Aber du humpelst doch gar nicht.«

»Ich wurde letztes Jahr noch mal operiert.« Er krempelte ein Bein seiner Shorts hoch und zeigte ihr eine Reihe dunkelroter Einstiche. »Es war nicht richtig zusammengewachsen, also haben sie es noch mal gebrochen. Meine Mutter hat darauf bestanden.«

»Du hattest den Kontakt zu ihr aufrechterhalten?«

Er verzog den Mund und ließ deutlich erkennen, dass ihm diese Ausfragerei langsam auf die Nerven ging. Aber er antwortete. »Nein, für so was hat sie meinen Vater – er verfügt über ziemlich gute Beziehungen.«

Ellen schenkte sich Wasser nach und brannte vor Neugier. Zu gern hätte sie gewusst, was dieses »herumgetrieben« hieß. Aber sie hatte schon zu viele Fragen gestellt, es sollte ja kein Kreuzverhör werden. Und außerdem kam ihnen nach kurzer Zeit sowieso immer diese Flirterei dazwischen. Ellen wusste nicht, wie lange sie sich da noch unter Kontrolle hatte. Sie sah auf, als sie auf der Straße erneut Hufgetrappel hörte, begleitet von Schnauben.

»Wow.« Spurs hatte auch aufgesehen.

Ellen versuchte, nicht zu dünnhäutig zu reagieren auf diese offensichtliche Bewunderung. Ein langbeiniges blondes Mädchen führte ein nervöses Pferd am Zügel an Goose Cottage vorbei und musste unglaublich lachen, als das Pferd – ein außergewöhnlicher, zu Hysterie neigender Fuchs – hierhin und dorthin ausbrach und wild mit den dunklen Augen rollte. Zu Ellens größter Überraschung blieb sie vor ihrem Tor stehen und rief fröhlich: »Hi! Du bist Ellen, oder?«

Ellen zog die verschwitzte Baseballkappe tiefer in die Stirn und stand auf. »Ja, bin ich.«

»Ich bin Dilly – Ophelias Tochter.«

Kein Wunder, dass ihre Mutter so von ihr schwärmt, dachte Ellen, als sie das unter der Reitkappe hervorquellende Haar betrachtete – die gleichen glänzenden Locken wie Pheely, nur rotblond statt dunkel. Ihr schmaleres, jüngeres Gesicht hatte die gleichen vollen Wangen, die vorwitzige Nase und die grünen Augen. Das strahlende Lächeln war gerahmt von Grübchen, und auf Wangen und Nase waren Sommersprossen verstreut. Sie war größer und schlanker als ihre Mutter, hatte aber den gleichen herrlichen Busen – hoch und rund und gut verstaut unter einem enganliegenden weißen Shirt.

»Mama hat mich Zigaretten holen geschickt, und ich wollte das Pferd nehmen. Doch das Mistvieh lässt mich nicht aufsitzen.« Sie grinste. »Ich hatte gehofft, du bist da.«

Mit dem Pferd zum Dorfladen reiten – das war das Albernste, was Ellen je gehört hatte, vor allem, wenn man nicht mal aufsitzen konnte. Doch Dilly verströmte den naiven, zuversichtlichen Charme der Jugend, für die einfach alles möglich war. Ellen fühlte sich augenblicklich um Jahre gealtert.

»Schön, dich kennenzulernen«, sagte sie, öffnete das Tor und wich zurück, als das Pferd fast durchzugehen drohte.

»Keine Angst vor Otto.« Dilly beruhigte ihn wieder, so dass er wenigstens still dastand. »Er ist völlig durchgedreht nach sechs Wochen ohne ordentliche Bewegung. Mama sollte ihn eigentlich an der Longierleine rumführen, hatte aber zu viel zu tun, sagt sie – soll heißen: keine Lust. Hi.« Dilly lächelte Spurs an, der auch ans Tor gekommen war.

»Jasper Belling – Dilly Gent-, äh, Daffodil Gently.« Ellen wusste nicht genau, wie Dilly den Namen fand, dessen Wahl ihre Mutter so bedauerte. Aber das Mädchen war ohnehin viel zu abgelenkt.

»Spurs Belling?«, rief sie und riss angesichts dieser Dorflegende die grünen Augen weit auf.

»Sag einfach Spurs. Schönes Pferd.« Spurs betrachtete das Pirouetten drehende Tier. »Halbaraber?«

Sie nickte. »Warmblutkreuzung.« Da entdeckte Otto Snorkel und wich entsetzt zurück. »Völlig von der Rolle, aber ich liebe ihn. Wenn ich den albernen Idioten bloß reiten könnte.«

»Der könnte ein bisschen Training vertragen.« Spurs trat an den Hengst heran, hielt ihm eine Hand zum Schnuppern hin und strich mit der anderen vom Widerrist aus den ganzen Leib entlang. »Gut gebaut.« Zu Ellens und Dillys Überraschung hörte Otto auf zu tänzeln und spähte Spurs interessiert an. »Hast du ihn schon lange?«

»Seit letztem Sommer, aber ich bin noch nicht oft auf ihm geritten.«

»Er hat eine schöne Farbe«, sagte Ellen und hoffte, dass diese Bemerkung nicht zu dilettantisch klang.

»Es ist ein Roan, ein stichelhaariger Rotfuchs«, erklärte Dilly.

»Mama sagte, den müssten wir unbedingt nehmen, weil er so gut zu meinem Haar passt. Ihr scheint's egal zu sein, dass er nicht ganz richtig tickt, solange ich nur eine gute Figur mache beim Reiten.« Sie drehte sich zu Spurs um. »Du bist doch Rorys Cousin, oder? Geht's ihm gut?«

»Ja, soweit ich weiß. Wieso?«

»Ich kann ihn einfach nicht erreichen – ich, äh, wollte einen Rat von ihm, wegen Otto.«

»Wahrscheinlich hat er wieder mal sein Handy ausgeschaltet. Ich sag's ihm, wenn ich ihn sehe«, bot er an, bückte sich und fuhr mit der Hand Ottos Beine entlang.

»Danke!« Dilly war begeistert und wurde ebenso rot wie ihr Roan. »Rory war toll letztes Jahr – er hat mir Stunden gegeben. Wenn ich Ferien habe, möchte ich unbedingt noch was dazulernen. Ich möchte so gerne, dass er mich unterrichtet.« Sie mochte für ihr Alter vielleicht etwas zu geradeheraus sein und aussehen wie die Traumfrau eines jeden Mannes, doch im Herzen war Dilly ein echter Teenager und heftig verknallt in ihren Reitlehrer.

Spurs nickte, den Blick noch auf Ottos Beine gerichtet. »Rory versteht was vom Reiten.«

»Er sagt, du auch.« Dilly sah auf seine dunklen Locken hinab und wurde noch röter. »Du hast doch den Teufelsmoor-Cup *fünf* Jahre nacheinander gewonnen, oder?«

»Das ist lange her.« Er wischte sich den Schweiß von der Stirn.

»Das ist immer noch Rekord. Ich würde dieses Jahr gern teilnehmen, habe aber schreckliche Angst. Mama ist total dagegen. Sie sagt, einmal ist sogar einer umgekommen.«

Spurs schwieg, klopfte dem Pferd den Hals und trat einen Schritt zurück, wobei er Ellen an der Schulter berührte.

»Wirst du dieses Jahr wieder antreten?« Dilly war ganz aufgeregt.

»Ich habe nicht – ich bin …« Er suchte Ellens Blick. »… ich bin eine ganze Weile nicht geritten.«

Er versucht irgendetwas zu verbergen, dachte Ellen sofort.

»Willst du mal?«, bot Dilly an und zeigte auf den Sattel.

Ellen sah, wie sich Spurs' Nackenmuskeln anspannten. »Klar, ich setz mich mal drauf. Hast du was dagegen, wenn wir ihn auf die Wiese bringen?«, fragte er Ellen. In seinen silbrigen Augen stand Furcht. Doch Dilly führte Otto schon durchs Tor und durch den Garten hindurch. Das Pferd schnaubte und tänzelte, warf den Kopf hin und her und legte jedes Mal die Ohren an, wenn sie ihn zog.

»Willst du das wirklich tun?«, flüsterte Ellen Spurs zu.

»Natürlich. Warum denn nicht? Wenn Pferde dich langweilen, musst du ja nicht zuschauen.« Er stapfte hinter Otto her.

Ellen blieb zurück. Sie hätte schwören können, dass er aus irgendeinem Grund nicht *wollte,* dass sie zusah. Eigentlich hätte sie den in der Wärme dahinschmelzenden Lunch abräumen müssen, doch sie wollte unbedingt Spurs reiten sehen. Egal, ob er das nun wünschte oder nicht. Es war die Wiese ihrer Eltern, und Dilly war viel zu hübsch, um allein gelassen zu werden. Pheely würde ihr das niemals verzeihen, redete sie sich selbst zu und folgte den beiden.

Spurs ging langsam um Otto herum, verlängerte die Steigbügel und sprach mit leiser, weicher Stimme auf ihn ein, eine Hand stets an Hals oder Flanke, um ihn zu beruhigen.

Dilly hing über dem Gatter der Wiese, das jetzt geschlossen war, und ihre Verknalltheit in Reitlehrer Rory erschien aufs Höchste gefährdet. »Pass bloß auf, er macht's einem wirklich schwer«, rief sie Spurs gerade zu, als Ellen dazukam. »Meistens springe ich im Laufen auf ... mache ich mit Jungs genauso«, flüsterte sie und zwinkerte Ellen verschmitzt wie Goldie Hawn zu.

»Prima Taktik.« Ellen gefiel ihre naive Ehrlichkeit immer mehr.

»Ist bis jetzt allerdings nicht gerade erfolgreich«, gab Dilly zu. »Weder bei Otto ... noch bei den Jungs.«

»Manchmal muss man aufspringen, wenn sie nicht hinsehen.« Ellen beobachtete Spurs.

»Hattest du viele Freunde?«

»Ich bin oft im Laufen aufgesprungen«, sagte sie ausweichend, und beinahe hätte sie verpasst, wie Spurs aufsaß – so blitzschnell und geschmeidig war er im Steigbügel und schwang sich auf Otto. Die Ohren des Pferdes bewegten sich fragend, es schnaubte und stand einen Moment reglos da. Der Kopf wippte Richtung Boden. Und dann ritt Spurs quer über die Wiese, in schmutzigen Shorts und mit nacktem Oberkörper, der das kontrollierte Spiel seiner Muskeln im Rücken sehen ließ. Auch Otto wirkte jetzt ganz entspannt und trabte mit aufgestellten Ohren elegant wie im Pferdehimmel dahin.

»Ich wusste ja gar nicht, dass Spurs so sexy ist«, flüsterte Dilly mädchenhaft aufgeregt, als er außer Hörweite war. »Bei Mama klingt's immer wie Jack the Ripper meets Marilyn Manson.« Sie kicherte. »Ich dachte, er ist schon richtig alt, so wie sie. Aber er ist eher in unserem Alter, nicht?«

Verwundert sah Ellen sie an. Entweder wollte Dilly ihr mächtig schmeicheln, oder sie hatte etwas an den Augen. »Ich bin nicht viel jünger als deine Mutter.«

»Ja, aber sie wirkt irgendwie älter – du bist viel frischer, du siehst aus wie Cameron Diaz«, erklärte Dilly ihr in all ihrer süßen Naivität.

»Danke.« Ellen überprüfte noch mal, ob Dilly am grauen Star litt, und sah dann wieder zu Spurs, der die Zügel locker in einer Hand hielt und gerade fröhlich Hunter zuwinkte. Er konnte es einfach nicht lassen. Seine Anspannung war verflogen, seit er aufgesessen war. Er schien sich ganz wie zu Hause zu fühlen und wirkte tatsächlich noch mal so sexy, da hatte Dilly recht. O Gott, o Gott, o Gott, ich stehe wirklich auf ihn, dachte Ellen entsetzt. Er ist böser als böse, und ich stehe auf ihn.

Dilly kicherte wieder. »Sein Tattoo gefällt mir. Was ist das?«

»Ein Scan-Code.« Ellen hatte es vorhin schon gesehen.

»Wow«, hauchte Dilly. »Ist das so ein Gefängnis-Ding?«

»Nein, eher ein Fashion-Victim-Ding.« Vor ungefähr drei Jahren war so etwas hip gewesen, wenn Ellen sich richtig erinnerte. Wie schrecklich, dass sie es genauso sexy fand wie Dilly. »Lass es im Supermarkt scannen, und du wirst feststellen, dass das Haltbarkeitsdatum abgelaufen ist.«

»Mama sagt, du bist richtig cool.« Dilly sah zu, wie Spurs Otto dahin brachte, dass er aufrecht und mit gebogenem Hals wie ein Lipizzaner im Schritt ging. »Aber ich hatte ja keine Ahnung, dass du mit Spurs Belling zusammen bist.«

»Bin ich auch nicht!«, sagte Ellen hastig. »Er hilft mir bloß.«

Dilly warf ihr einen wissenden Mädchenblick zu, stützte das Kinn in die Hände und seufzte. »Wenn er mir doch auch helfen würde. Falls er so ein Gangster ist, wie alle sagen, heuere ich ihn als Killer an … wie in dem Film ›Leon, der Profi‹.« Verträumt sah sie Spurs zu. »Wenn der verdammte Otto mit mir doch auch so laufen würde.«

»Das ist kein Grund, ihn umbringen zu lassen«, betonte Ellen.

»Oh, ich will nicht Otto loswerden.« Dilly wirkte richtig entsetzt. »Sondern Godspell Gates. Die hasse ich.« Wut blitzte in den grünen Augen auf. »Wir waren mal befreundet, aber jetzt hält sie sich für erwachsen und cool und kennt mich nicht mehr. Mama muss sie porträtieren, und nun hängt sie jeden Nachmittag wie eine lebende Leiche bei uns im Cottage herum, ohne ein Wort zu sagen. Deswegen wollte ich mit Psychotto eine Runde drehen.«

Ellen hatte sich nie für Pferde interessiert, aber sie erinnerte sich an einen großen Pferdemarkt in Spanien, auf dem Richard und sie an einem verregneten Tag in Jerez zufällig gelandet waren; an all die schmalen jungen Männer in frischen Hemden, die riesige, feurige Hengste ritten, als wären es kleine Ponys, und mit nichts als einer winzigen Bewegung aus dem Handgelenk heraus diesen schweren Kraftpaketen hypnotischen Gehorsam entlockten. Genau so ritt Spurs auch, es war faszinierend.

Doch schon bald beendete er die Vorstellung, ritt zurück ans

Gatter und saß breit lachend ab – ein Zigeuner mit wilder schwarzer Mähne, der den Fluch gebrochen und sich wieder in den Prinzen verwandelt hatte. »Er ist wirklich gut, aber nicht fit.« Er klopfte Ottos schweißfeuchten Hals und zog ihn an den Ohren. Das Pferd wirkte immer noch äußerst zufrieden, und Ellen beneidete es doch tatsächlich, wie sie feststellte.

Dilly strahlte Spurs stolz an und strich sich die blonden Locken aus dem Gesicht. »Das war fantastisch! Er springt auch toll.«

»Otto hat erst mal genug. Außerdem fehlen hier Hindernisse.«

»Wir könnten welche bauen«, warf Dilly eifrig ein.

»Ein andermal. Ellen und ich haben noch viel zu tun.«

»Morgen?«, schlug sie vor. »Du bist doch morgen hier, oder?«

»Vielleicht.« Spurs verkürzte die Steigbügel wieder.

Ellen entging nicht, wie verschlossen seine Miene war. Ein großes Fragezeichen hing über diesem Vielleicht.

»Dann komme ich morgen«, sagte Dilly aufgeregt und ließ sich von ihm in den Sattel helfen – was sie einer Ekstase nahe brachte. Das junge Mädchen hatte sich offenbar unsterblich verliebt und warf Spurs glühende Blicke zu. Schuldbewusst sah sie zu Ellen. »Äh, würdest du Mama bitte nichts sagen? Du weißt ja, wie sie ist.«

»Sicher«, erwiderte Ellen unbehaglich, als sie und Spurs neben Otto zurück durch den Garten auf das Tor zugingen. Dilly bot gerade an, ihnen etwas aus dem Dorfladen mitzubringen, da sah Ellen im Augenwinkel einen schwarz-weißen Schatten vom Tisch mit den Lunchresten huschen. »Fins!« Er floh hinter die Scheune, flitzte durch die Lorbeerhecke und verschwand. Ellen lachte erleichtert auf, wenigstens war er noch in der Nähe. Die Reste des Schinkens und ein großer Teil des fast schon zerflossenen Brie hatten dran glauben müssen.

Als Ellen sich wieder zu Dilly und Spurs umdrehte, bot sich ihr ein Bild, das ihr gar nicht gefiel: Sie sah zwei unglaublich attraktive Menschen, die verwirrend gut zueinander passten und bis eben offenbar verschwörerisch miteinander geflüstert hatten. Das ist ja paranoid, ermahnte Ellen sich. Außerdem bin ich noch längst nicht so weit, mich auf jemand Neues einzulassen. Die Katastrophe mit Lloyd liegt erst Stunden zurück. Lerne aus deinen Fehlern, Jamieson, überstürze nichts.

»Bis morgen dann!« Dilly winkte glücklich und ritt davon.

Zu Ellens Überraschung warf Spurs ihr einen giftigen Blick zu, als er in den Geräteraum in der Scheune verschwand und die Tür hinter sich zuknallte. Ich bin nicht länger interessant, dachte Ellen enttäuscht. Ich bin bloß eine verschwitzte Blondine, die nicht reiten kann, und er hat gerade ein bildhübsches junges Mädchen kennengelernt, das über die Kapriolen seines Fuchses laut lacht. Wenn Wünsche Pferde wären, würde ich die zwei verbleibenden vor eine gläserne Kutsche spannen und so schnell wie möglich damit aus dieser Postkartenidylle hier verschwinden.

Während Ottos Hufgetrappel verklang, räumte Ellen den Tisch ab, vertrieb Wespen und hielt nach Fins Ausschau. Die Luft war voller Gewitterfliegen. Heute Nachmittag würde es sicher endlich regnen. Doch der Himmel blieb blau, während sie die Essensreste ins kühle Cottage trug, das Geschirr in die Spülmaschine räumte und durchs Fenster zusah, wie Spurs den Motor des Traktors wieder anwarf und den Balkenmäher für den zweiten Durchgang feiner justierte. Um sich nicht völlig nutzlos vorzukommen, stieg Ellen in die alten blauen Gummistiefel ihrer Mutter und marschierte schnurstracks in den Teich, um wenigstens die letzten Pflanzen noch zu retten, ehe das Wasser abgelassen wurde. Es war eine eklige Aufgabe, zumal das grüne, schaumige Wasser ihr in die Gummistiefel schwappte. Der grünliche Schlamm spritzte ihr ins Gesicht und überallhin, und während sie sich langsam vorwärts arbeitete, verwandelte sie sich zusehends in ein von grünen Schlieren triefendes Ungeheuer.

»Du ahnst nicht, wie toll du aussiehst«, sagte Spurs, als er mit dem zweiten Mähdurchgang fertig war und den letzten Behälter mit Gras zum Tor trug. »Wie eine ganz mit Moos bewachsene Statue, das ultimative Gartenaccessoire. Wenn du da so stehen bleibst, verkauft sich das Cottage im Nu.«

Sie hatte keine Lust, sich zu streiten. »Ich bleibe lieber dabei, für potenzielle Käufer Kaffee zu kochen, danke.«

»Triffst du dich heute Abend mit deinem Makler-Freund?« Spurs stellte den Behälter ab, streckte die Arme und rollte den Kopf.

»Das geht dich nichts an.« Wieso wusste er, welchen Beruf Lloyd hatte, wunderte sich Ellen.

»Du bist komisch.«

»Wieso?« Sie hatte ganz stark den Eindruck, dass damit nicht ihre witzige Art gemeint war.

»Oh, einfach so.« Er nahm den Grasbehälter wieder auf. »Du bist einfach komisch.« Und damit stapfte er von dannen.

Der schwülwarme Nachmittag schritt voran, und die grünen Schlieren in Ellens Gesicht und an ihren Armen und Beinen trockneten, während sie das Wasser abließ und den Teich schließlich gründlich säuberte. Spurs schnitt währenddessen die Hecken. Jetzt arbeiteten sie nicht mehr gemeinsam, sondern an den entgegengesetzten Enden des Gartens und warfen sich nur gelegentlich nachdenkliche Blicke zu. Die Sonne sank, während die Haufen toter Blätter und Gewächse ebenso wuchsen wie ihre Desillusionierung.

Nachdem er die Weißbuchenhecke vor dem Cottage gestutzt hatte, setzte Spurs sich mit einem Bier auf seine Lieblingsbank. Im Licht des Spätnachmittags leuchtete er wie eine Bronzestatue. »Willst du auch eins?«, rief er und winkte mit der Bierdose.

Der harte Unterton in seiner Stimme ließ Ellen ablehnen. Was auch immer vorher sein Problem gewesen sein mochte – seitdem er auf Otto geritten war, saß er auf dem hohen Ross. Jetzt wirkte er wirklich gefährlich, und er schien geradezu auf einen Streit aus zu sein. Ellen arbeitete weiter, jätete Unkraut und riss so ziemlich alles in ihrer Nähe aus dem Boden.

»Liebst du mich etwa nicht mehr?«, rief er.

Sie ignorierte ihn.

»Ich liebe dich noch.«

Gartenarbeit ist doch was Entsetzliches, dachte Ellen, eine schmutzige, undankbare Arbeit, von der einem nur die Knie wehtun. Sie war verschwitzt, roch auch so und war übersät mit Dreck und Kratzern. Sie setzte sich auf ihre Fersen, streifte die Gummihandschuhe ab, rieb ihr erhitztes Gesicht mit den Händen – und spürte sofort, dass er plötzlich neben ihr kniete. Es war, als würde der heiße Atem einer Großkatze ihren Nacken streifen. Und er begann einfach, die Stauden, die sie versehentlich mit herausgerissen hatte, wieder einzupflanzen. Schweigend und geduldig häufelte er Erde um die Pflanzen.

Erst nach dem fünften Rittersporn fragte er mit verführerisch sanfter Stimme: »Was ist los?«

Ellen rupfte einen Staudenphlox heraus. »Nichts.«

»Ist es wegen Richard?«

Erstaunt schreckte sie auf und starrte ihn an.

»Du hast vorhin seinen Namen erwähnt.« Er rettete auch den Phlox wieder. »Seid ihr verheiratet?«

Ellen merkte schon, dass das wieder eins der Spiele war. »Nein.«

»Aber ihr wart lange zusammen?« Er lachte sanft. »Pferde und gebundene Frauen, davon verstehe ich eine ganze Menge. Wie lange? Sieben, acht Jahre?«

Er war gut – aber er war nicht gut genug. »Dreizehn.«

Er pfiff durch die Zähne. »Du siehst echt gut aus für dein Alter.«

»Wir waren seit der Schule zusammen, seit wir sechzehn waren. Bis vor einem Monat.«

»Je untreu gewesen?«

»Nein.«

»Und hattest du vorher schon Freunde?«

Sie verdrehte die Augen. Jetzt wurde sie wohl ausgefragt. Aber da gab es nicht viel Aufregendes zu wissen. »In Taunton?«

Das schien ihm immerhin die Sprache zu verschlagen. Er pflanzte ein paar von ihr halb massakrierte Lupinen ein und hakte dann nach: »Nicht, dass ich da was falsch verstehe: Du hast in deinem ganzen Leben nur mit einem einzigen Mann geschlafen?«

Autsch. Jetzt hatte er definitiv gewonnen. Ellen war zu erhitzt und verwirrt gewesen, um diesen Stich kommen zu sehen.

»Ich habe für heute genug von der Gartenarbeit.« Sie stand auf. »Ich brauche eine Dusche und Snorkel noch einen Spaziergang, ehe es dunkel wird. Danke für all deine Hilfe.«

»Ich habe deinen Wunsch noch nicht erfüllt.«

»Doch, hast du.« Sie zog den Hufeisennagel aus ihrer Tasche und reichte ihn ihm. »Du hast die Wiese gemäht. 3,33 Pfund, die wirklich gut angelegt waren.« Sie machte Snorkel von der Leine los und ging mit ihr ins Cottage, ohne sich noch einmal umzusehen.

Als sie geduscht und sich umgezogen hatte, war Spurs samt Traktor verschwunden. Er hatte alle Gartengeräte zurück in den Geräteraum ihrer Eltern gestellt. Der Teich war inzwischen eine recht saubere Pfütze, und darin schwamm jetzt nur noch – ein Papierschiffchen. Ellen fischte es heraus, und etwas Metallisches fiel herunter. Sie entfaltete das Blatt und las: »Only a dark cocoon before I get my gorgeous wings and fly away.« Sie runzelte die Stirn, las es noch einmal und versuchte sich zu erinnern, zu welchem Gedicht oder Song die Zeile gehörte. Genau, das war es, Joni Mitchell: ›The Last Time I Saw Richard‹. Sie seufzte schwer und zerknüllte das Papier. Er spielte mit ihr. Dann bückte sie sich und fand genau das, was sie erwartet hatte: einen Nagel aus dem Hufeisen. Ein kleines Stück Metall, so hart und verbogen wie Spurs Bellings Herz. Aber sie würde ihm nicht erlauben, es in ihr Herz zu schlagen. Das war schon gebrochen.

Sie trug den Nagel zum Hufeisen, das auf der Gartenbank lag, und steckte ihn sorgfältig wieder hinein. Und dann warf sie das ganze Ding in hohem Bogen in den Teich.

7

Ellen schlug die Augen auf, diesmal wieder im Morgengrauen, und lauschte dem Vogelgezwitscher. Seltsam klappernde hohe Töne waren dazwischen. Wer zum Teufel schnitt denn zu dieser frühen Stunde Hecken? Spurs – wie ein Blick aus dem Fenster zweifelsfrei bewies. Und dann entdeckte sie die Unmengen Heckenabfälle, die auf der Wiese ein »Sorry« bildeten. Mitteilungen anhand von Flora und Fauna schienen in diesem Dorf Tradition zu haben.

»Wofür entschuldigst du dich?«, fragte Ellen fünf Minuten später gähnend, als sie mit zwei Bechern Tee auf ihn zuging.

Spurs fuhr herum und schob die Schutzbrille hoch. »Dafür, dass ich wieder da bin.« Er hatte sich am Vortag einen Sonnenbrand geholt, und die hellen Augen wirkten im Kontrast zu der geröteten Wangen- und Nasenpartie noch erleichterter.

»Und wofür hast du dich mit diesen Rosenblütenblättern bedankt?«

Spurs lächelte, froh, endlich auf diese Geste angesprochen zu werden. »Dafür, dass du die drei Wünsche ersteigert hast.« Er legte einen Arm um Snorkel. »Ich wurde hereingebeten.«

»Und die Playstation hast du auch mitgenommen?« Ellen hatte es kaum ausgesprochen, da erkannte sie ihren Irrtum.

Ziemlich verwirrt neigte Spurs den Kopf. »Mit Playmobil habe ich zuletzt als kleiner Junge gespielt, oder was meinst du?«

Verärgert über sich selbst drückte sie ihren Becher an die Lippen, der heiße Dampf und das Teein weckten sie langsam. Warum nur unterzog sie einen schon gekreuzigten Mann einem Kreuzverhör? Mit schlechtem Gewissen sah sie sich um. Er hatte bereits die restlichen Beete von Unkraut befreit und die Kletterpflanzen von den unteren Fenstern zurückgebunden. Erstaunt drehte sie sich wieder zu ihm um. »Wie lange bist du denn schon hier?«

»Zwei Stunden. Ich konnte nicht schlafen.«

Snorkel hatte nicht gebellt. Als Wachhund war sie wirklich ein hoffnungsloser Fall.

»Tut mir leid, wenn ich gestern ein bisschen überzogen hab.« Er legte die Heckenschere beiseite und zog die Gartenhandschuhe aus, ohne sie anzusehen. »Aber ich war von Anfang an verliebt in …«, er hielt inne, »… diesen Garten.« Und als er sie schließlich doch ansah, warf es Ellen fast um. Seine silbrigen Augen baten um Verzeihung, aber dennoch lag wie tags zuvor auch etwas Spielerisches in seinem Blick.

Ellen sah ihn direkt an, blinzelte und war jetzt endgültig wach. Spiel mit mir, und du spielst mit deinen eigenen Wunden, schienen diese Augen zu sagen. Du kennst mich. Ich bin böse. Ich verletze Menschen, wie du auch. Lass uns zusammen böse sein. Sie reichte ihm den anderen Becher Tee. »Ich hatte ziemlich schlechte Laune gestern und außerdem auch nicht viel geschlafen«, sagte sie. »Vielleicht sollte besser ich mich entschuldigen.«

»Sie sollten sich *beide* entschuldigen!«, rief wütend jemand dazwischen. In einem karierten Seidenmorgenrock über einem gestreiften Pyjama bot Hunter Gardner hinter der halb geschnittenen Hecke einen wirklich bemerkenswerten Anblick. »Haben Sie auch nur die leiseste Ahnung, wie spät es ist?«

»Ziemlich früh.« Ellen räusperte sich.

»Viertel vor sechs!«, fauchte er. »Sie wollen mir doch wohl nicht weismachen, dass das die richtige Uhrzeit für Gartenarbeit ist?«

Zu Ellens Überraschung entschuldigte sich Spurs sofort. »Ich wusste nicht, dass es noch so früh ist – ich trage keine Uhr. Hoffentlich haben wir Sie nicht aus dem Tiefschlaf gerissen.«

Hunter starrte ihn ungläubig an, nickte dann ungnädig und ging in sein Cottage zurück. »Und lassen Sie diesen verfluchten Köter nicht in die Nähe meiner Hühner«, rief er noch über die Schulter.

Spurs lächelte Ellen an. »Da siehst du mal, welch guten Einfluss du auf mich hast.« Nachdenklich betrachtete er sie. »Liebst du mich noch?«, fragte er mit nur einem Anflug von Verschmitztheit.

»Ein bisschen.« Sie gähnte. »Und du?«

»Unsterblich – jeder, der mir Tee bringt, gewinnt mein Herz.«

»Ich dachte, du hättest gar keins.«

»Hab's letzte Nacht nachwachsen lassen.« Er grinste.

»Dann darfst du mir auch die anderen Wünsche noch erfüllen.«

In den frühen kühlen Morgenstunden arbeiteten sie gemeinsam weiter und trugen Unmengen Heckenabfälle und Unkraut zu einem großen Haufen zusammen, den sie später anzünden wollten. Sie redeten leise, meist scherzhaft-spielerisch, vermieden aber, wieder wie gestern in die dunklen und gefährlichen Bereiche abzudriften. Noch ehe die Sonne an Kraft gewann, erledigten sie eine Aufgabe nach der anderen in einer Geschwindigkeit, die sie selbst erstaunte; gar kein Vergleich mit den Anstrengungen und Gereiztheiten in der Hitze des gestrigen Tages. Als Hunter die Sonntagszeitung holen ging (stets so, dass Joel für ihn pünktlich aufschließen musste), saßen Ellen und Spurs auf der Gartenbank und tranken Kaffee. Fröhlich winkten sie ihm zu. Hunter hob das Kinn und versuchte sogar, andeutungsweise zu lächeln.

»Warum hat er eigentlich nie geheiratet?«, fragte Ellen.

»Schwul.« Spurs bot ihr einen Keks an.

»Nie im Leben! Er hat immer meine Mutter angeglotzt.«

»Ist sie eher der dominante Typ?«

»Ziemlich. Sie war Lehrerin.«

»Na also. Mutterkomplex. Er ist eindeutig schwul. Auf einem

Dorffest hat er mal versucht, den achtjährigen Rory anzutatschen. Hunter hat die Preise für die Kostüme verliehen. Tante Patisserie hätte ihn besser nicht als kleinen Matrosen gehen lassen sollen.«

»Hast du deswegen seine Garage angezündet?«

»Unter anderem. Aber das ist lange her.«

»Und deine Tante heißt wirklich Patisserie?«

»Eigentlich Patricia.«

Kurze Zeit später joggte keuchend Giles Hornton vorbei. »Wollen Sie nicht heute mit mir laufen?«, rief er Ellen zu.

»Ein anderes Mal.« Sie winkte ihn weiter, und er lief Richtung Kirche davon.

»Noch ein Verehrer?«, sagte Spurs scherzhaft.

»Noch einer?« Einigermaßen begriffsstutzig fragte sich Ellen, ob er etwa sich selbst mitzählte.

»Na, der aus dem Duck Upstream.«

»Oh, der.« An Lloyd Fenniweather wollte sie lieber nicht denken. »Das hatte nichts zu bedeuten.«

»Ist die Trennung von Richard noch zu frisch?«

Sie musterte seine Miene. War das wieder eins seiner Spielchen? Nein, war es nicht. »Ja, es ist noch zu früh.«

Nachdem sie gemeinsam auch noch die Fenster von Goose Cottage geputzt hatten, ging Ellen erst einmal unter die Dusche. Als sie wieder herauskam, spielte Spurs mit Snorkel Ball.

»Sie braucht ihren Spaziergang«, sagte Ellen ganz schuldbewusst, weil der Collie wie aufgedreht herumtollte. »Aber Dilly wollte ja noch kommen. Wir könnten sie verpassen.«

Joni Mitchell klang inzwischen wieder durch den Garten. Sie sang von Weihnachten und sehnte sich nach einem zugefrorenen Fluss, auf dem sie mit Schlittschuhen davonlaufen könnte. Nicht gerade ein großartiges Timing. Das einzig Frostige, das es in Oddlode in diesem Moment gab, war Spurs' Antwort. »Nein, Dilly kommt genau zur gleichen Zeit wie gestern. So was planen Teenies sehr sorgfältig. Sie hat sicher die ganze Nacht über mich nachgedacht.«

Diese Eitelkeit ging Ellen dann doch gegen den Strich. »So wie du gestern über Otto nachgedacht hast?«, stichelte sie. »Hattest du etwa Angst, dir beim Reiten wieder das Bein zu brechen?«

»Was? Oh nein. Es ging um eine Bemerkung von Dilly.«

»Was denn?«

»Ach, egal. Nur so eine dumme Sache aus meiner Vergangenheit, die mich manchmal einholt.«

»Du hattest also keine Angst?«

»Nein.« Ruhig sah er sie an. »Vor Pferden habe ich keine Angst.«

»Wovor dann?«

»Vor dir. Genauso, wie du Angst vor mir hast.«

Ellen lachte. »Ach was! Gestern erst hast du gesagt, du könntest mich nicht zu Tode erschrecken, weil ich vor nichts Angst habe.«

»Du erinnerst dich an alles, was ich gesagt habe. Das ist doch wirklich erschreckend.«

Da hatte er sie erwischt. Ellen pfiff nach Snorkel. »Gehen wir.«

»Nein, hol den Autoschlüssel – wir fahren in die wilden Cotswolds, schauen mal, was Rory macht, und danach kaufen wir gleich noch Pflanzen in der Gärtnerei.« Er streichelte Snorkel.

»Uhh! Die wilden Cotswolds, da kriege ich ja gleich Angst!«, ärgerte sie ihn. Aber sie holte die Autoschlüssel. Spurs gab ihr nie das Gefühl, dass er sie herumkommandierte, alles besser wusste oder ihr Vorträge hielt – was sie überhaupt nicht ertragen konnte. Es fühlte sich eher an, als könne sie alles tun, was sie wollte. Und so fuhren sie mit Snorkel, die freudig hinten in der Ladefläche des Jeeps herumsprang, in westlicher Richtung aus dem Dorf hinaus, bogen nach rechts auf die Springlode Road ab, überquerten eine schmale Brücke über den Odd und fuhren hinauf in den Broken Back Wood.

»Hier oben wird sieben-, achtmal im Jahr zu Pferd gejagt«, erzählte Spurs, als sie spazieren gingen und Snorkel laufen ließen. »Die Gegend ist voller Füchse, und mindestens ein Reiter bricht sich jedes Jahr die Knochen, wenn die wilde Jagd da hinuntergeht.« Spurs zeigte eine abschüssige, drei Meilen lange Route hinab, die sich zwischen unbegradigten, von dichten dunklen Hecken und festen Bruchsteinmauern gesäumten Feldern ins Tal hineinwand.

Ellen erschauderte. »Jetzt weißt du, warum ich nicht reite.«

»Oh, es ist ein Wahnsinnsgefühl, von hier oben loszugaloppieren.« Er lachte, machte eine Kehrtwende und zeigte in das sehr viel sanfter abfallende Foxrush-Tal hinunter. »Auf diesem Weg hier reitest du acht Meilen am Stück hinunter, ohne eine einzige Straße zu queren – kannst du dir das vorstellen? Nach dieser Strecke sind schon Pferde vor Erschöpfung tot zusammengebrochen.«

Ellen sah ihn scharf an. »Mit so etwas sollte man wohl kaum prahlen. Das ist doch krank.«

»Stimmt. Was glaubst du, weswegen ich hier weg bin. Rory hat das nie geschafft. Das da drüben ist übrigens Upper Springlode, da liegt seine Reitschule. Fahren wir mal hin und schauen, was wir für Dilly tun können.«

Und so fuhren sie in das winzige Dorf Upper Springlode, das wie eine Schnecke an der Flanke der dinosaurierförmigen Hügelkette klebte, eine Ansammlung alter, honiggelber Häuschen, die von Schafweiden und windgepeitschten Bäumen getrennt waren. Sie bogen in einen holprigen, mit Schlaglöchern gesegneten Weg und hielten vor einem maroden Cottage mit ebenso maroden Anbauten. Einige missmutige Pferde beobachteten sie neugierig aus den planlos aneinandergebauten Ställen, als sie aus dem Jeep sprangen. Aus einem Radio plärrte über den ganzen Hof der neueste Hit einer dieser künstlich zusammengestellten Boy-Groups.

»Oh, Mist – er unterrichtet.« Spurs blickte zu einem mit Sand ausgestreuten Platz hinter einem rostigen Pferdetransporter hinüber. Mittendrin stand ein mürrischer, aber gut aussehender junger Mann und beobachtete, wie eine dickliche Frau mittleren Alters ohne Steigbügel auf einem ebenso dicklichen Pferd hüpfend im Kreis ritt. »Sieht nach einer allerersten Stunde aus. Rory!«, rief Spurs.

Der junge Mann sah auf und sagte zu seiner Schülerin: »Machen Sie weiter, Ann. Bin gleich wieder da.« Misstrauisch kam er auf sie zu. »Was willst du denn?«

»Hindernisse fürs Springreiten.« Spurs klopfte ihm auf die Schulter. »Rory – das ist Ellen.«

»Hi.« Rory griff direkt in Spurs Gesäßtasche, zog seine Zigaretten heraus und zündete sich eine an. Ellen erhielt kaum mehr als ein Kopfnicken, obwohl sie ihn unverhohlen anstarrte. Er war eine Miniaturausgabe von Spurs. Die Ähnlichkeit war fast unheimlich – Augen, Mund, Nase, die hohen Wangenknochen, alles glich sich. Rory war nur feingliedriger und nicht so kräftig wie sein Cousin, die blonden Haare waren glatt und die Sommersprossen in seinem Gesicht leuchteten wie Goldstaub. »Wie viele und für wie lange?«, fragte er Spurs in diesem unverkennbaren gedehnten Tonfall der Bellings. Oder war es der der Familie Constantine?

»Zwei – nur für heute.«

»Sonntags gebe ich am meisten Stunden.«

»Ach, komm schon. Die Ann da drüben braucht doch noch keine Hindernisse.« Hochrot im Gesicht rutschte Ann im Sattel hin und her.

»Ich hab noch andere Schüler.« Rory zuckte die Achseln, dann rief er Ann zu: »Klasse! Klappt doch schon ganz gut.«

»Quatsch! Sie bewegt sich ja nicht mal im Schrittrhythmus.«

»Aber das wollen sie alle hören. Dafür bezahlen sie mich – dafür und für mein gutes Aussehen.« Flüchtig erschien ein charmantes Lächeln auf Rorys Lippen. »Wenn sie meint, sie kann mit ihrem Kaltblut an den Olympischen Spielen teilnehmen, lass sie doch.«

»Rory hasst es, *normalen* Leuten Reitstunden zu geben«, raunte Spurs Ellen zu.

Kein Wunder, dachte Ellen, dass der Reiterhof so schäbig wirkte.

»Du kannst ja die alten Dinger mitnehmen«, lenkte Rory ein. »Hast du einen Anhänger dabei?«

»Nein, aber der Jeep hat einen Dachgepäckträger«, sagte Spurs.

Rory hob eine Augenbraue und sah Ellen an. »Du reitest also?«

»Nein, die sind für Dilly«, erklärte sie.

»Dilly?« Rory gähnte gelangweilt.

»Du kennst sie.« Spurs musterte ihn. »Die mit dem Rotfuchs.«

Rorys arrogante Miene hellte sich auf. »Pheelys Tochter?«

»Sie sagt, sie findet dich auch echt klasse.« Spurs lachte.

»Echt?« Plötzlich wirkte Rory selbst albern wie ein Teenager.

»Sie könnte ein paar Reitstunden mit dem Pferd gebrauchen – wenn sie Sommerferien hat.«

»Klar – sie kann hier jederzeit auftauchen.« Er grinste.

»Komm heute Nachmittag in Oddlode vorbei, wenn du willst«, bot Spurs an.

»Geht nicht.« Rory verzog bedauernd das Gesicht. »Ich bin allein heute. Sharrie ist mit ein paar von den Jüngeren zu einem Reiterfest gefahren.« Er spähte zu Ann hin, die schon völlig aus der Puste war. »Ich muss da mal wieder nach dem Rechten sehen. Die Hindernisse sind da hinter der Scheune, okay?«

»Danke.« Spurs klopfte ihm erneut auf die Schulter. Als sie die schweren Holzgestelle auf den Jeep hievten, versuchte Ellen, nicht eifersüchtig zu werden, weil er für Dilly solche Mühen auf sich nahm. Sie zurrten die Hindernisse fest, winkten Rory, der von der armen rotgesichtigen Ann umkreist wurde, noch mal zu und fuhren aus Upper Springlode ins Lodes-Tal hinein.

»Verdammt – er ist um diese Uhrzeit schon voll.« Spurs rieb sich die Augen mit den Handballen.

»Er war betrunken?« Erstaunt sah Ellen ihn an, sie hatte nichts davon bemerkt.

»Vermutlich noch von gestern Abend.« Spurs zündete sich eine Zigarette an und kurbelte das Fenster herunter. »Obwohl ich wetten könnte, dass er seinen Morgenkaffee aufgepeppt hat. Verfluchter Mist.«

Rory wirkte kaum alt genug, um Alkohol zu trinken, geschweige denn, um ein Alkoholproblem zu haben.

»Wir fangen hier früh an mit dem Trinken.« Spurs lachte bitter. »Und dass er früher mit mir herumhing, hat dem armen Kerl auch nicht gerade geholfen.« Er schnippte Zigarettenasche aus dem Fenster. »Da er nicht mit dir geflirtet hat, muss er auf jeden Fall voll gewesen sein.«

»Ich sehe ja auch unglaublich verführerisch aus in den Gartenklamotten.«

»Genau – unwiderstehlich. Meine schöne Gartenskulptur.«

Mit ziemlich hoher Geschwindigkeit brauste Ellen auf die schmale Brücke über den Odd zu, die sie fast verfehlte. »Und was ist mit Dilly? Die beiden würden doch prima zusammenpassen.«

»Da muss er erst ausnüchtern, ehe ich das zulasse.«

»Wieso? Bist du etwa ihr Vater?«

»In diesem Dorf«, Spurs warf den Zigarettenstummel aus dem Fenster, »ist alles möglich. Lass uns ein paar Erdbeeren kaufen.«

»Ich dachte, wir wollen in der Gärtnerei Pflanzen kaufen?«, sagte Ellen abgelenkt, weil sie über Dillys Herkunft nachdachte. Doch wie aufs Stichwort knurrte Ellens Magen, und sie erinnerte sich, dass sie heute noch kaum etwas gegessen hatte.

»Hört, hört.« Spurs rieb sich fröhlich den eigenen Bauch. »Zu der Gärtnerei gehört auch ein Obst- und Gemüseanbau. Als ich ein Kind war, wurde der Betrieb von einer christlichen Bruderschaft geführt, aber die neuen Besitzer sind wohl ziemliche Bohemiens. Meine Mutter ist so sehr gegen diese Leute, dass sie Gladys immer auf den Bauernmarkt nach Morrell schickt. Die beiden sind überzeugt, dass das Ganze nur eine Tarnfirma für Hanfanbau im großen Stil ist.«

»Pixie und Sexton.« Ellen erinnerte sich an die Namen.

»Kennst du sie?«

Sie schüttelte den Kopf. »Pheely ist mit Pixie gut befreundet.« Der Name war mehr als einmal gefallen. Und laut Pheely baute Sexton, Pixies Ehemann, in den Gewächshäusern so viel illegale Dinge an, dass seine Geschäfte wirklich im wahrsten Sinn des Wortes Joint-Ventures waren.

Als sie auf den Hof des Betriebs für Bioobst und -gemüse sowie Gartenpflanzen fuhren, der auf großen, schief hängenden Schildern anpries: BEI UNS ERNTEN SIE SELBST!, wurden sie von einer Horde Hunde und Kinder begrüßt. Sie umrundeten den Jeep, als Ellen über den holprigen Hof fuhr und neben einem Gewächshaus parkte.

»Sind Sie Touristen?«, fragten die Kinder, und die Hunde kratzten bereits aufgeregt bellend am Lack, weil sie Snorkel entdeckt hatten.

»Nein.«

»Kommen Sie aus London?«

»Nein.«

»Dürfen wir mit Ihrem Hund spielen?«

»Okay.«

»Herrje.« Spurs wich zurück, als Snorkel aus dem Jeep schoss und mit der ganzen Rasselbande verschwand. »Ob das klug ist?«

In dem Gewächshaus gab ihnen eine abgelenkt wirkende Frau mit blauem Haar, die neben einem Regal mit Töpferwaren saß und die Broschüre einer Fernuniversität las, leere Erdbeerkörbe. »Die besten sind drüben bei den Schafen, rechts von Ihnen«, sagte sie verträumt und zeigte Richtung Tür. »Viel Spaß!«

Das musste Pheelys Freundin gewesen sein, dachte Ellen auf dem Weg nach draußen. In natura wirkte sie viel weniger ätherisch und faszinierend, als sie sie sich vorgestellt hatte. Ellen wünschte, das hätte sie auch von Spurs behaupten können, der von Sekunde zu Sekunde bezaubernder wurde.

Zehn Minuten später lachte er laut. »Du musst sie auch essen!«

»Nein.« Sie legte die gepflückten Erdbeeren in die Körbe.

»Doch.« Verführerisch strich er ihr mit einer roten Frucht über die Lippen und aß sie dann schnell selbst auf. Und auch Ellen stahl schließlich die ein oder andere Erdbeere, auf Dauer konnte sie seinen Verlockungen und dem saftigen Geschmack nicht widerstehen.

»Ich finde, hier müssten sie Körbe und Kunden zusammen abwiegen«, sagte Ellen, während sie sich jeder an einer Seite der Erdbeerreihe vorwärtsarbeiteten und beim Suchen unter den dunklen grünen Blättern fast mit den Köpfen zusammenstießen.

»Wie viel wiegt denn ein schlechtes Gewissen?«

»Mehr als ein mit Erdbeeren vollgeschlagener Bauch.« Ellen sah, wie Snorkel und ihre neuen Freunde um ein Auto herumsprangen, das gerade auf den Parkplatz holperte. »Wieso?«

»Ich frag's mich nur gerade. Wie viel wiegt ein Gewissensbiss in Früchten ausgedrückt?«

»Drei Erdbeeren.«

»Wenn ein Gewissensbiss also drei Erdbeeren wiegt, wie viele kannst du dann essen, bis du ein schlechtes Gewissen hast?«

»Nur so viele, bis ich mir den Bauch vollgeschlagen habe.« Sie lachte. »Führt das Ganze auch irgendwohin?«

Er sah auf, die üppigste, reifste Erdbeere in der Hand, die Ellen je gesehen hatte. »Nein. Ich gehe mit dir genauso gern nirgendwohin wie irgendwohin.« Er strich ihr mit der Erdbeere über die Lippen.

»Hör auf«, flüsterte sie und drehte ihr Gesicht weg.

»Bitte?«

»Du hast mich schon verstanden.«

Spurs tippte sich mit der Erdbeere gegen die Nasenspitze und legte sie dann in den Korb. »Du bist komisch.«

»Wenn du es sagst.« Sie wischte sich den Schweiß von der Stirn. Wenn das Gewitter doch endlich käme.

Die blauhaarige Pixie war entschwunden, als sie ins Gewächshaus zurückkamen. Stattdessen saß die älteste ihrer elfenhaften Töchter da und kritzelte auf der Fernuni-Broschüre herum, während sie mit dem Handy telefonierte. Interessiert sah sie zu, wie Spurs verschiedene Pflanzen von den Tischen in der Mitte herantrug. Als er einen großen Eimer mit Citronella-Gartenfackeln in Sternform entdeckte, nahm er auch davon noch einige mit. Dann ging er an die Kasse und schenkte ihr sein allercharmantestes Lächeln.

Sie wog die Erdbeeren und kassierte sie zusammen mit allem anderen ab, ohne ihr Telefonat nur eine Sekunde zu unterbrechen. »Ja, er ist *immer noch* mit ihr zusammen, wer weiß, was er in ihr sieht, sie singt wie eine Katze, die grad von 'nem Rentner platt gesessen wird. 35,60 Pfund.« Sie sah kurz auf, nahm Spurs den Fünfzig-Pfund-Schein ab, den er ihr hinhielt, und lächelte ihn an. »Dilly meint, Ely versucht sie auseinanderzubringen – sie weiß immer, was los ist. Ihre verrückte Ma ist so was wie 'ne Hexe. Ja, ich weiß, die ist 'n bisschen hochnäsig, aber Dilly ist ganz cool. 14,40 Pfund.« Zwinkernd gab sie Spurs heraus.

Als er mit Ellen auf die Tür zuging, flüsterte sie aufgeregt ins Handy: »Hier war grad ein total sexy Typ. Verheiratet, wirklich zu schade. Den hättest du sehen sollen. Nee – garantiert nicht von hier.«

»Das ist Musik in meinen Ohren«, sagte Spurs.

»Dass du ein total sexy Typ bist?« Ellen gab ihm einen Klaps.

»Nein.«

»Ach, verstehe, weil sie dich nicht als Dorfbewohner erkannt hat.«

»Nein.« Durch die Pflanzen, die er im Arm trug, suchte sein silbriger Blick den ihren. »Dass sie denkt, wir sind verheiratet.«

»Haha.«

»Wir könnten verheiratet sein«, sagte er mit unbewegter Miene. »Immerhin sind wir gerade zusammen in einem Gartencenter.«

»Wir könnten auch Bruder und Schwester sein«, wandte sie ein.

»Oder die Lady und ihr Gärtner«, schlug er vor, und mit einem Blick auf die überquellenden Erdbeerkörbe: »Oder einfach gefräßige Monster?«

»Oder Brandstifter?« Ellen lehnte die langen Citronella-Fackeln gegen die Motorhaube des Jeeps.

»Ein Liebespaar.« Er lehnte sich gegen das Auto, während sie aufschloss.

»Fremde«, erinnerte sie ihn. »Wir kennen uns kaum. Wie wär's mit: Freunde?«

Er schüttelte den Kopf, immer noch lächelnd. »Freunde? Nein, auf so was lass ich mich nicht mehr ein.«

Ellen ließ ihn die Pflanzen auf die Rückbank laden und holte Snorkel, die eben mit der Rasselbande Kinder fröhlich bellend ein gut gekleidetes Ehepaar begrüßte, das Möpse auf dem Arm trug.

»Sind Sie Touristen?«

»Nein.«

»Kommen Sie aus London?«

»Nein – aus Ashbridge.«

»Dürfen wir mit Ihren Hunden spielen?«

»Auf gar keinen Fall – weg da!«, sagten sie wütend, und zu Ellen: »Sie sollten Ihren Kindern wirklich etwas Benehmen beibringen.«

Spurs kriegte sich vor Lachen kaum ein, als Ellen ihm das auf der Fahrt nach Hause erzählte. »Wir sind also verheiratet und haben einen Haufen ungezogener Kinder – warum nur sehe ich meine Zukunft in den rosigsten Farben vor mir?«

Ellen drückte aufs Gaspedal und ignorierte das Rattern auf dem Dach des Jeeps und in ihrem Kopf.

Während Spurs die Hindernisse vom Jeep ablud, brachte Ellen zuerst die Erdbeeren in den Kühlschrank und ging dann durchs Haus und durch die tiefer liegende Tür bei der Kellertreppe wieder hinaus zum Teich, um das Hufeisen herauszufischen. Sie spülte es draußen unter dem Wasserhahn ab, schloss den Schlauch an und ging wieder zum Teich, wo sie die letzten Algen wegwaschen wollte. Vorher schöpfte sie mit einem Eimer noch die letzten Reste Schmutzwasser ab.

»Was ist das bloß mit dir und dem Teich?«, fragte Spurs, als er sie endlich fand.

»Ich bin eben gern in der Nähe von Wasser«, sagte sie.

Spurs hob den Schlauch auf, und Ellen fürchtete schon, er würde sie nass spritzen. Doch er richtete ihn auf das große Blumenbeet bei der Hecke, um die Erde vor dem Pflanzen weicher zu machen.

»Mein Vater hat diesen Teich selbst ausgehoben«, erklärte Ellen voller Stolz und wusste gar nicht, wieso sie auf einmal davon sprach. »Er hatte gerade einen Herzinfarkt überstanden, und trotzdem ist er jeden Tag mit einer Schaufel hier herausgekommen. Er konnte noch nie still sitzen.«

»Wie du.«

»Vielleicht.«

»Geht's ihm jetzt wieder gut?«

»So lala – er mutet sich selbst immer noch zu viel zu. Meine Mutter fürchtet, dass er tot umfällt, sobald das Cottage verkauft ist, und sie allein auf einem spanischen Berg zurücklässt. Sie denkt, er hätte nur noch geborgte Zeit. Aber Pa borgt nie etwas, wenn er sich nicht revanchieren kann. Er wird noch Jahre leben.«

Spurs hatte aufmerksam zugehört und hielt den Schlauch immer auf dieselbe Stelle im Beet gerichtet, die schon ganz durchweicht war. »Wie kannst du da so sicher sein?«

Ellen sah vom Teich auf. »Weil ich möchte, dass es so ist.«

»Meinst du nicht, es wäre besser, sich vorzubereiten?«

Sie schöpfte den letzten Eimer Wasser und kletterte aus dem Teich.»Ich habe ihn an Monitore und Apparate angeschlossen gesehen, die seine Atmung aufrechterhielten. Schon beim ersten Infarkt wurde uns gesagt, dass er ihn nicht überlebt. Ich war darauf vorbereitet, aber er nicht. Er hält sich für unsterblich. Warum sollte er nicht daran glauben, wenn er das möchte?«

Inzwischen spritzte schon Schlamm aus dem Beet auf den Rasen. »Ich frage nur, weil meine Mutter ziemlich krank ist. Sehr krank«, korrigierte er. »Meine Mutter wird sterben.«

»O Gott, das tut mir schrecklich leid.«

Das Wasser rann langsam in Richtung seiner Füße. »Sie weigert sich, irgendjemandem zu sagen, dass sie sterbenskrank ist. Ich hab's nur zufällig herausgefunden.« Schmerzlich verzog er das Gesicht. »Herrje, ich hätte es wissen müssen. Sie wirkt so angetrieben, stets so in Eile – sie muss noch so viel regeln, bevor... bevor sie... geht.«

»Es tut mir so leid«, sagte Ellen erneut und trat an seine Seite in die selbst geschaffene Pfütze. »Weißt du, wie lange sie noch hat?«

»Nicht länger als sechs Monate, glaube ich.«

»Hat sie Krebs?«

»Ich weiß nicht – vielleicht.«

Sanft nahm Ellen ihm den Schlauch aus der Hand und drehte den Wasserhahn ab. Wie merkwürdig, dass er so wenig wusste. Sie und ihre Mutter hatten sich mit jedem medizinischen Detail befasst, Bücher gelesen und Informationen im Internet beschafft, bis sie in dem speziellen Fall ihres Vaters fast genauso viel wussten wie der Kardiologe.

»Keiner im Dorf weiß ... ich wäre dir also dankbar, wenn –«

»Ich erzähle es niemandem«, versprach sie.

»Danke.« Er sah auf seine nassen Füße hinab. »Sie hat schon immer gesagt, ich würde mir nichts als nasse Füße holen – hier ist der Beweis.« Er lachte bitter.

»Und du bist nach Hause gekommen, um ihr das Gegenteil zu beweisen?«

Er trat aus der schlammigen Pfütze und zog die durchweichten Sneakers aus. »Vermutlich. Der verlorene Sohn und all das eben. Zieh deine Schuhe auch aus.« Ellen spürte, dass da noch sehr viel mehr war, doch er sagte nichts. Er nahm den Schlauch wieder zur Hand, drehte den Hahn auf und spülte zuerst ihre Füße und dann seine, ehe er das Wasser in den Teich laufen ließ.

»Hast du schon über die anderen beiden Wünsche nachgedacht?« Er starrte in das sprudelnde Wasser, bemüht, nicht weiter über das traurige Geheimnis zu reden.

»Du hast doch schon mehr als genug getan.«

Er lächelte schief. »So leicht kommst du mir nicht davon. Das ist reines Wunschdenken.«

»Dann wünsche ich mir, dass ich nicht so viel denke.«

»Damit ich deine Gedanken nicht lesen kann?«

»Genau das habe ich gerade gedacht.«

»Ich weiß.«

Seite an Seite knieten sie sich vor das Blumenbeet und begannen, die neuen Pflanzen einzusetzen. Ellen konnte Spurs' Traurigkeit kaum ertragen und wollte ihn unbedingt aufheitern. »Ich möchte dich heute Abend zum Essen einladen, um dir für all das zu danken«, erklärte sie. »Falls es dir nichts ausmacht, zweimal am selben Wochenende im Duck Upstream zu essen.«

»Da bekommst du keinen Tisch mehr.«

»Dann woanders – im Oddlode Inn?«

»Dort habe ich auf Lebenszeit Hausverbot«, gab er zu, ohne ihr in die Augen zu sehen. »Du könntest für mich kochen.«

»Ich kann gar nicht richtig kochen«, musste Ellen zugeben.

»Wenn das so ist, werde ich mich mit Erdbeeren und Angebot 69 zufriedengeben.«

»Angebot ...« Ellens Herz begann zu rasen, als sie die Nummer erkannte. »Du hast *mein* Angebot ersteigert?«

»Es war ein fairer Handel. Ich musste sogar ziemlich hart darum kämpfen – Giles hatte vermutlich die Auktionärin bestochen. Zum Glück hat sie immer ein offenes Ohr für mich.«

Oh, zur Hölle. Ellen vergrub ihr heißes Gesicht in den Dahlien.

Beim Lunch aß Ellen so viel, wie nur hineinging, in der Hoffnung, dass fürs Abendessen nicht mehr genug übrig bliebe und sie doch essen gehen müssten. Doch sie hatten mehr Erdbeeren gepflückt, als die Zuschauer beim Finale der Herren in Wimbledon verdrücken könnten, und auch das Stück Käse, das gestern die Hitze überlebt hatte, war noch groß wie ein Ziegelstein.

Spurs schnitt die Rinde von seinem Sandwich und warf sie Snorkel zu. »Ist wirklich schön da oben im Broken Back Wood. Ich war selbst schon seit Jahren nicht mehr dort. Als Kinder sind wir da oft gewesen und haben Mutproben gemacht – aber natürlich nie mit Mädchen«, fügte er hinzu, als wolle er sie wieder zu einem verbalen Schlagabtausch herausfordern. Seine silbrigen Augen funkelten.

»Dann wird's aber mal Zeit für eine Mutprobe mit Mädchen.« Ellen spürte wieder dieses Prickeln auf der Haut.

»Wenn du willst.« Er lächelte, und sein Blick wurde vorsichtiger. »Woran genau denkst du denn?«

Die knisternde Spannung zwischen ihnen war mit Händen zu greifen. Doch er kannte sie inzwischen gut genug, um zu wissen, dass sie ihn nicht auffordern würde, nackt im Garten zu arbeiten.

Sie fächelte sich mit dem Shirt Luft zu, biss unentschlossen auf ihre Unterlippe und riskierte es dann, einen Joker zu setzen. »Bist du mutig genug, dich bei Pheely zu entschuldigen?«

»Das ist nicht fair.« Er aß eine Erdbeere und ließ den Strunk auf seinen Teller fallen. »Da galoppiere ich lieber auf Daffodils Rotfuchs den Broken Back Wood herunter.«

»Das würde sie dir wohl kaum erlauben.«

»Wollen wir wetten?« Jetzt funkelten seine Augen wieder.

»Nein. Um so etwas solltest du sie nicht bitten. Das ist nicht fair. Das Pferd könnte sich verletzen – und dann würde Pheely dir erst recht nie verzeihen.«

»Otto gehört Dilly. Ich wette, sie lässt ihn mich reiten.«

»Du könntest ihn töten.«

»Und ich? Was ist, wenn ich mich verletze?«

»Dich würde es doch eher verletzen, wenn du dich bei Pheely entschuldigst.« Plötzlich wurde Ellen ärgerlich. »Das ist es, wovor du wirklich Angst hast, nicht wahr?«

»Pheely? Nein. Ich dachte, hier geht's ums Reiten? Soll ich etwa Pheely reiten?«

»Du sollst dich bei ihr entschuldigen!«

»Niemals. Eher reite ich diesen Hügel jeden Tag hinunter und schinde hundert Pferde zu Tode, bis ich mir das Rückgrat breche.«

Kühl sah Ellen ihn an. »Du bist so ein Feigling.«

»Bin ich nicht!« Er nahm ein halbes Dutzend Erdbeeren und reihte sie auf wie Enten in einem Schießstand. »Das würde den Leuten hier gefallen, wenn ich mir das Rückgrat breche.«

»Vielleicht würde dann auch deine unnachgiebige Härte brechen?«

»Das einzig Harte, das ich bei mir spüre, befindet sich zwischen meinen Beinen, und damit würde ich dich gern vögeln.«

»Oh, werde endlich erwachsen.«

Er lachte. »Ich dachte, du liebst mich?«

»Nicht, wenn du so bist.« Ellen räumte die Teller zusammen, griff nach der Erdbeerschale und brachte sie ins Haus.

»Ich bin noch nicht fertig!«, beschwerte er sich, folgte ihr und schnappte sich ein paar Erdbeeren. »Und was soll das überhaupt heißen: ›Wenn du so bist‹? Wenn ich *wie* bin?«

»Wo soll ich da anfangen? Selbstmitleidig – rücksichtslos – stur – ungehobelt.«

»So wie du also.«

»Ich bin nicht ungehobelt.«

»Oh, doch!«

Sie knallte die Teller auf die Arbeitsfläche. »Ich kannte dich früher zwar nicht, aber ehrlich gesagt, fällt's mir schwer, dieses Gerede von wegen ›Ich habe mich verändert‹ zu glauben. Dir scheinen andere ganz egal zu sein – ob Mensch oder Tier –, dir geht's nur um dich selbst.«

»Glaubst du mir nicht, dass ich dich liebe?«

»Dieser Witz wird auch langsam schal. Ich hatte dich die letzten beiden Tage gern hier und bin dir dankbar für all die Hilfe. Ehrlich. Aber du bist der launischste, unberechenbarste und verkorksteste Typ, den ich je getroffen habe.«

»Genau wie du.«

»Wie bitte?«

»Ich wundere mich überhaupt nicht, dass dein Richard abgehauen ist. Zwei Tage mit dir sind ja schon die reinste Hölle – wie der arme Kerl das dreizehn Jahre ausgehalten hat, ist mir ein Rätsel.«

»Du Mistkerl!«

»Du Miststück.«

Sie warf eine Handvoll Erdbeeren nach ihm, die von seiner Brust abprallten. Er revanchierte sich mit einer Rolle Küchenpapier. Sie erzielte einen direkten Treffer mit dem Käse. Er warf ihr eine Plastikzitrone von den Dekofrüchten an die Stirn und lachte, als sie wie ein Querschläger abprallte und direkt in der Spüle landete.

»Das ist verdammt noch mal *nicht* komisch!«, heulte sie auf, schleuderte einen Teller in seine Richtung, dem er gerade noch ausweichen konnte, und rannte hinaus zum Teich, der schon randvoll war. Sie griff nach dem Schlauch, um ihn aufzuhalten: »Komm *nicht* näher!«

»Oder was?« Er verlangsamte seinen Schritt.

»Oder du wirst nass.« Sie hob den Schlauch hoch. »Ich mein's ernst!« Und dann wedelte sie so mit dem Schlauch in der Gegend herum, dass sie sich selbst nass spritzte.

»So wie du jetzt?«, fragte er. »So feucht, so schlüpfrig und ganz verrückt nach mir?« Er sprach in einem hypnotischen Singsang.

Ellen spürte, wie ihre Hände zu zittern begannen.

»Bestreite es, wenn du kannst.« Er ging immer weiter auf sie zu.

»Verschwinde.«

»Du kannst es nicht, oder? Du kannst es nicht.«

Jetzt zielte sie mit dem Schlauch direkt in sein Gesicht.

»Yeaaahhh!« Als Nächstes nahm sie wahr, wie 82 Kilo reine Muskelkraft sie wie beim Rugby an der Taille packten und sie rückwärts in den Teich fiel.

»Du M-M-Mistkerl!«, sprudelte sie hervor und spuckte Wasser.

»Selber.« Er tauchte sie noch mal unter.

Sie trommelte gegen seine Brust und trat nach ihm. Einen Augenblick lang glaubte sie tatsächlich, um ihr Leben kämpfen zu müssen. Sie hätte ihn nicht so wütend machen dürfen. Jetzt versuchte er sie zu ertränken. Aber das würde sie sich nicht gefallen lassen.

»Auuaa!«, jammerte er, als sie ihn im Gesicht traf. »Hör auf!« Er lachte immer noch.

Als Ellen sich aus seinem Griff befreit hatte, erkannte sie, dass er sie wohl doch nicht ertränken wollte. Atemlos und mit wild pochendem Herzen stand sie aufrecht da – doch da hatte er schon ihren Knöchel gepackt und sie wieder umgekippt. Noch im Fallen trat sie nach ihm und erwischte ihn hart am Kinn.

Sie spürte, wie ihr Wasser in den Rachen lief, als sie untertauchte, musste schlucken und bekam auch etwas in die Luftröhre. Hustend richtete sie sich wieder auf, rettete sich keuchend an den Rand des Teiches und hievte sich lachend hinaus. Dann drehte sie sich um.

»Du Mistk-, oh, verdammt!« Spurs lag reglos und kopfüber im Wasser. »Oh, Mist!« Ellen sprang wieder hinein. Sie hatte ihn anscheinend ausgeknockt, als sie ihn am Kinn traf. Sofort drehte sie ihn herum und zog ihn mit einem Rettungsgriff aus dem Wasser. »Spurs! Spurs – hörst du mich?«, rief sie und legte ihn in die stabile Seitenlage. Er atmete. Sie fühlte seinen Puls und sah sich verzweifelt nach Hilfe um – doch ausgerechnet jetzt war Hunter nicht auf seinem Beobachtungsposten, und auf der Straße war auch keiner. Sein Herz schlug kräftig und schnell. »Spurs! Wach auf!« Sie klopfte ihm auf die Wangen und den Rücken, damit er zu husten begann.

Und in dem Moment bemerkte sie, dass er nur schauspielerte. Sie hatte oft genug Rettungsübungen mitgemacht, um den Unterschied zum Ernstfall zu erkennen. Den Ernstfall hatte sie erst zweimal erlebt – beide Male eher als Helferin –, aber sie wusste, dass Leute, die eben beinahe ertrunken wären, nicht ein Auge öffneten, wenn sie sich unbeobachtet fühlten.

»Oh, Spurs, stirb doch nicht!«, bat sie melodramatisch und strich ihm über die Stirn. »Du bist wirklich und wahrhaftig ein Mistkerl, aber irgendwie würde ich dich vermissen.« Er begann prustend zu husten. »Gut! Stirb nicht, Schatz«, sprach sie ihm Mut zu. »Wie sonst soll ich dich windelweich schlagen? Das geht doch nicht, wenn du tot bist.« Er hustete stärker, aber die Augen blieben geschlossen. »Spurs, wenn du glaubst, ich würde dich von Mund zu Mund beatmen, kannst du den Ertrunkenen mimen, bis du wirklich stirbst.«

»Verdammt.« Er spuckte einen großen Schwall Wasser aus und öffnete die Augen. »Dir würde es nichts ausmachen, wenn ich sterbe, was?« Mit silbrigem Blick funkelte er sie an. »Mir hätte es etwas ausgemacht, wenn du ertrunken wärst.«

»Nur weil man dir die Schuld gegeben hätte, da du mich unter Wasser gehalten hast.«

»Stimmt.«

Sie wechselten einen langen Blick gegenseitigen Verständnisses.

»Reite nicht auf Dillys Pferd vom Broken Back Wood herunter.«

»Das wollte ich auch gar nicht.« Er setzte sich auf und schüttelte sich das Wasser aus den Haaren. »Ich denke nicht im Traum daran.«

»Prima.« Sie wrang ihre eigenen Haare aus und zog an ihrem Shirt, das an ihr klebte wie bei einem Wet-Shirt-Wettbewerb auf Ibiza. Dann drehte sie den Wasserhahn ab, denn der Schlauch tanzte wie eine wild gewordene Schlange durch die Luft und wässerte bereits Hunters Hühnergehege. Schließlich legte sie sich wie Spurs, aber in sicherer Entfernung zu ihm, zum Trocknen auf den Rasen. Aus der Distanz hörten sie Gewittergrollen, doch über ihnen brannte durch die großen blauen Lücken im sich bewölkenden Himmel immer noch heiß die Sonne herab.

»Wir würden uns viel besser fühlen, wenn wir's hinter uns hätten, weißt du«, rief er zu ihr hinüber.

»Wenn wir was hinter uns hätten?«

»Wenn wir bis zur Besinnungslosigkeit gevögelt hätten.«

Hoffentlich lief auf der Straße gerade keiner vorbei, seine Stimme trug wirklich sehr gut. »Vergiss es. Das wird nicht passieren.«

»Wie schade!« Er sprach wieder in diesem leichten, spielerischen Ton. »Weil die Trennung noch zu frisch ist?«

»Ja.« Sie schloss die Augen und fügte schweigend hinzu: Und ich habe es nicht mehr unter Kontrolle.

»Betrachte es als Mutprobe.«

»Was ist mit deiner Mutprobe?«

»Die kann ich nicht machen.«

»Dann vollführe einen Zirkustrick«, murmelte sie ungeduldig. »Löse dich in Luft auf.«

Er lachte. »Auf Psychotto?«

»Wenn du willst.«

»Wenn ich es tue, küsst du mich dann?«

»Nein – aber dann koche ich heute Abend.«

»Das ist ja gleich noch eine Mutprobe!«

Wie von Spurs vorausgesagt, kam Dilly zur gleichen Zeit wie tags zuvor. Otto stürmte durch das Tor und landete beinahe direkt in dem frisch bepflanzten Blumenbeet. Dilly hatte sich die allergrößte Mühe mit ihrem Aussehen gegeben: Ins Haar waren Bänder geflochten, die hellen Wimpern frisch getuscht, und ihr rotes Shirt war fast noch enger als das am Vortag. Ellen kam sich in ihrem knittrigen Shirt und den schmutzigen Jeansshorts neben ihr schlampig vor. Denn auch wenn alles wieder einigermaßen getrocknet war, roch es doch deutlich nach Teich.

»Wow – ihr habt Hindernisse aufgebaut!«, kreischte Dilly, so dass Otto prompt in die andere Richtung ausbrach. »Das ist ja cool.«

Spurs, der sein Shirt ausgezogen hatte, war die Traumgestalt jedes Teenagers und ging voraus zur Wiese. »Rory hat sie uns geliehen – er sagt, er hilft dir in den Sommerferien.«

»Echt?« In ihrer Aufregung hätte sie den tänzelnden Otto fast losgelassen. »Du hast ihn schon gefragt?«

»Ja.« Er befestigte die Querstange des Hindernisses auf einer beachtlichen Höhe. »Ist Otto schon häufig gesprungen?«

»Na ja, er tänzelt immer rum wie ein Springteufel.« Sie kicherte.

»Okay.« Spurs setzte die Querstange wieder ein gutes Stück herab. »Ich lass ihn mal ein paar Übungssprünge machen. Mal sehen, wie er sich dabei anstellt.«

Dilly verlängerte bereits die Steigbügel und prüfte den Sattelgurt. Ellen sah nach dem heranziehenden Gewitter, das den Himmel von Minute zu Minute mehr verdunkelte. »Meinst du nicht, das Wetter irritiert ihn?«

»Das rumpelt noch zwei Stunden so vor sich hin, ehe es hier ist.« Spurs schaute in den Himmel. »Um sieben ist es so weit – darauf setze ich einen Fünfer. Mit diesem Wetter bin ich aufgewachsen, das ist wie alles hier im Dorf. Hier braucht alles doppelt so lange wie anderswo.« Vielsagend sah er sie an und saß auf.

Während Spurs das Pferd aufwärmte, es im Kreis traben und im leichten Galopp laufen ließ, bis es auf ihn hörte, postierten sich Ellen und Dilly neben einem der Hindernisse.

»Ich wollte schon früher kommen, aber Mama wollte unbedingt zum Lunch was Tolles kochen.« Ellen schluckte schwer bei dem Gedanken ans Kochen und spähte zu Spurs hinüber. »Und Godspell ist auch wieder da und hockt wie eine Krähe in der Ecke des Ateliers«, grummelte Dilly. »Ich nehme den Zug um sechs, aber dann ist sie bestimmt immer noch da. Oh, guck mal, Spurs legt los.«

In dem Moment, als er das Hindernis sah, warf Otto seinen Kopf in die Luft, begann blind drauflloszugaloppieren und fiel fast hin, weil er seine Hufe nicht sehen konnte.

»Brrr – brrr, ruhig!« Spurs lachte. »Sch, lass dir Zeit, Baby.«

Irgendetwas an dieser tiefen, trägen, beruhigenden Stimme traf Ellen mitten ins Herz. Er hatte recht. Sie war ganz verrückt nach ihm – sogar noch mehr, wenn er auf diesem völlig aufgeregten Tier saß. Und es gelang ihr nicht, den Gedanken wieder zu vertreiben, wie es wohl wäre, wenn er auf der völlig aufgeregten Ellen säße.

Und wieder ritten sie auf das Hindernis zu, diesmal ein wenig langsamer, nahmen es und drehten einen großen Kreis, ehe sie erneut und noch kontrollierter darübersprangen. Schon bald ging Otto mit freudig erregtem Schnauben über die Hindernisse, als hätte er nie etwas anderes getan.

»Ihr könnt die Querstange fünfzehn Zentimeter höher legen«, rief Spurs ihnen zu. »Er ist zwar noch grün hinter den Ohren, aber willig.«

Ellen wusste ziemlich gut, wie Otto sich fühlte.

»Du musst bei Pferden immer daran denken«, erklärte er Dilly, »dass sie grundsätzlich vor allem Angst haben. Das ist ihr Instinkt. Sie sind Fluchttiere, und Millionen Jahre der Evolution können nicht einfach so von einem Menschen mit Reithelm ausgelöscht werden. Du musst mit ihnen arbeiten und dir diesen Instinkt zunutze machen.« Er sah Ellen direkt an. »Gib ihnen das Gefühl, dass sie alles tun können, was sie wollen.«

Ellen spürte, wie eine heiße Welle sie durchflutete und ihre bereits roten Wangen noch röter werden ließ. Spurs sprach hier nicht nur von Pferden, da war sie sicher.

»Aber ich denke immer, ich falle gleich runter«, sagte Dilly.

»Wenn du das denkst, wird es auch passieren«, rief er über die Schulter, während er Otto wieder zum Galopp antrieb. »Der Trick ist, gleich wieder aufzusitzen.« Und im nächsten Augenblick war er auch schon aus den Steigbügeln gestiegen und vom Sattel gekippt.

»Ach du Scheiße!«, schrie Dilly entsetzt auf, als er hinter dem schnaubenden Rotfuchs aus dem Blickfeld verschwand.

Doch Spurs war auf seinen Füßen gelandet, lief mit den Zügeln in der einen Hand neben Otto her und griff mit der anderen Hand bereits nach dem Sattelknauf. Ohne sichtliche Anstrengung sprang er aus dem Lauf wieder auf und lenkte das Pferd in einen großen Kreis. »Siehst du? Einfach gleich wieder aufsitzen.«

»Oh, bitte, mach das noch mal!«, schrie Dilly lachend und hüpfte vor Begeisterung auf und ab.

Er schüttelte den Kopf, als sie vorbeigaloppierten. »Ich will dem armen Kerl nicht zu viel auf einmal zumuten.« Spurs warf Ellen erneut einen Blick über die Schulter zu, und seine Miene war siegesgewiss. Unwillkürlich lächelte sie zurück. Ja, es sah danach aus, als würde sie tatsächlich heute Abend für ihn kochen.

Eine halbe Stunde lang ritt Spurs aus den verschiedensten Ecken und Winkeln auf die Hindernisse zu, die Ellen und Dilly immer wieder neu postieren mussten. Schließlich hatte Otto sich ganz und gar an seine Aufgabe gewöhnt und sogar Spaß daran gefunden, denn seine Ohren drehten sich freudig trotz des heranziehenden Gewitters. »Okay«, sagte Spurs dann zu Dilly, »und jetzt du.«

»Ich weiß nicht.«

»Wir setzen die Querstangen wieder etwas herunter, dann ist es kein Problem. Das gibt dir mehr Selbstvertrauen.«

»Na los«, drängte Ellen. »Danach fühlst du dich großartig – daran kannst du dich dann erinnern, wenn die Prüfungen dich plagen.«

»Okay.« Dilly lachte Spurs an.

Spurs stieg aus den Steigbügeln. »Halt mal einen Moment seinen Kopf, ja? Sieh zu, dass er sich nicht bewegt. Ich will Ellen noch etwas vorführen.« Er schwang ein Bein herüber, als wolle er absitzen. Doch dann stieß er sich, beide Hände fest auf dem Sattel, in die Höhe und machte einen Handstand.

»Wahnsinn!« Dilly schnappte nach Luft.

Otto schnaubte erschreckt und trat einen Schritt seitwärts. Doch zu Ellens Verblüffung hielt Spurs die Balance, bewegte seine Hände, so dass er sich im Kreis drehte, zwinkerte Ellen zu und sprang dann höchst elegant ab.

»Das ist ja unglaublich.« Ellen lachte.

Dilly war sprachlos vor Bewunderung, Spurs' Kunststück heizte ihre Verknalltheit nur noch mehr an. Ellen sah weg, denn sie ärgerte sich über ihre aufsteigende Eifersucht. Und dann flog Dilly so hoch wie ihr Herz, als sie vor Freude laut lachend und schreiend mit Otto über die Hindernisse setzte.

»Willst du auch mal reiten?«, fragte Spurs Ellen.

»Auf dem da? Nie im Leben.«

»Ich könnte dir ja auch noch einen anderen Ritt anbieten.«

Sie warf ihm einen kühlen Blick zu, und er grinste. »Dann haben dir meine Tricks also gefallen?«

»Gleich zwei Tricks – ich fühle mich geehrt.« Jetzt lächelte sie doch.

»Einer war für den Nachtisch.« Er neigte den Kopf. »Was habe ich mir verdient? Hummercremesuppe? Bœuf bourguignonne? Und anschließend einen Sommerpudding?«

»Wurstkasserolle.« Sie hatte oft genug gesehen, wie Richard das gekocht hatte. »Und danach Eis.«

»Mein Leibgericht. Soll ich mich schick machen?«

»Oh, ja. Ich bestehe immer auf perfekte Kleidung.«

»Muss ich auch bei der Massage meine Krawatte anbehalten?«

»Natürlich. Da kannst du sie etwas tiefer hängen.«

»Und trägst du einen dieser engen weißen Kittel mit Knöpfen, die aufploppen, wenn du dich über mich beugst, um mir die Schultern zu massieren?«

»Nein, ich trage Kopfschutz und Overall.« Ellen ahnte, dass es schwer werden würde, am heutigen Abend die Kontrolle zu behalten.

»Ich kann's kaum erwarten.« Er sah sie an, in seinen silbrigen Augen stand der Übermut.

Dann ging er zu Dilly hinüber und half ihr mit Otto. Ellen hörte Dilly aufgeregt plappern. Sie versuchte, Spurs dazu zu überreden, Otto zu reiten, solange sie noch in der Schule war. Langsam entfernten sich ihre Stimmen, als sie weiter auf die Wiese hinausgingen. Ellen fächelte sich mit dem Shirt Luft zu und sah in den heißen Himmel hinauf, wo Gewitterfliegen im grellen Sonnenlicht wild tanzten. »Er ist hinreißend«, flüsterte sie. »Gott, er ist *so* hinreißend.«

»Scheiße, Scheiße, Scheiße.« Ellen stand vor dem geschlossenen Dorfladen. Sie hatte vergessen, dass Joel und Lily am Sonntag nur bis Mittag öffneten. Ohne Würste und Bohnen würde nicht viel werden aus ihrer Kasserolle. Dann musste sie wohl die Gefriertruhe im Goose Cottage plündern.

Sie ging in den Park, setzte sich auf Bevis' Bank und achtete gar nicht auf die Raupen, die auf sie herabfielen. Das würde ja ein prima Dankeschön-Dinner werden, mit einem Gewittersturm und Essensresten aus der Gefriertruhe. Hoffentlich hielt das Wetter noch einige Stunden, dachte sie, damit sie am Abend draußen im Garten sitzen konnten und nicht der zu großen privaten Nähe in den schwülwarmen Räumen ausgesetzt waren. Jedes Mal, wenn sie mit Spurs in einem Raum gewesen war – und sei es nur für einige Minuten –, waren ihre Knie ganz weich geworden. Je länger sie an den vor ihr liegenden Abend dachte, desto nervöser wurde sie – als baute sich vor ihr eine Welle auf, die sie niemals mit ihrem Surfbrett bezwingen würde.

Zurück im Cottage, nahm sie eine Dusche, um einen klaren Kopf zu bekommen, zog ein Trägerkleid an und steckte sich die Haare hoch, damit sie nicht gleich wieder schwitzte. Danach inspizierte sie die Gefriertruhe: zwei Eiswürfelbehälter und blaue Kühlelemente für eine Kühltasche. Jennifer Jamieson hatte ganze Arbeit geleistet, die Truhe war ratzekahl leer und lief nur deshalb im Minimalbetrieb, damit sie keinen Schimmel ansetzte. Ein Blick in die Speisekammer half auch nicht: Sie war fast leer bis auf eine übrig gebliebene Dose Bohnen in Tomatensoße und einige alte Einweckgläser mit Pickles und Hülsenfrüchten, die eher der Dekoration dienten und kaum mehr genießbar waren. Im Kühlschrank befanden sich nur die restlichen Erdbeeren und der Käse – alles ziemlich ramponiert, nachdem sie als Waffen missbraucht worden waren. Es war nicht mal mehr Brot da, das hatte sich Snorkel während der Rangelei beim Teich geschnappt.

»Mist.« Verdrossen setzte Ellen sich an den Küchentisch und überlegte, ob das Duck Upstream wohl außer Haus lieferte. Dann fielen ihr die vielen Takeaway-Abfälle ein, die sie bei ihrer Ankunft im Goose Cottage vorgefunden hatte. Sie sah auf die Küchenuhr. Wenn sie wie eine Irre raste, würde sie es gerade noch schaffen.

Im Peking Garden in Addington konnte Ellen kaum so schnell gucken, wie sie zwei Plastiktüten mit Aluformen gereicht bekam. Und im Laden nebenan gab es sogar noch Bier. Doch trotz ihres Tempos saß Spurs bereits auf seiner Lieblingsbank im Garten, als sie den Jeep durchs Tor steuerte. Er trug ein frisch gebügeltes weißes Hemd und Wildlederjeans und wirkte ganz anders als der leicht schlampige, lachende Reiter, der vorhin gegangen war. So wie er dasaß, mit hochgezogenen Schultern und ungeduldig wippenden Füßen, ähnelte er eher einem Junkie, der auf seinen Stoff wartete. Er sah nicht auf, als Ellen den Motor abstellte. Er hielt eine Schachtel Streichhölzer in Händen und riss wahllos immer wieder eines an.

»Was tust du denn da?« Erschreckt lief Ellen zu ihm, weil sie fürchtete, dass bei diesem extrem trockenen Wetter das Reetdach wie Zunder brennen würde.

»Ich dachte, das feige Huhn hat sich davongemacht.« Skeptisch sah er zu ihr auf, und die Zigarette, die er anzuzünden versucht hatte, fiel ihm aus dem Mund.

»Nein. Aber das mit dem Huhn stimmt. Ich habe beim Chinesen was zu essen geholt.« Ellen trat einen Schritt zurück, um aus seiner Miene schlau zu werden. Seine gute Laune und Herzlichkeit von vorhin waren verschwunden.

Als ein Donnergrollen durch den Himmel fuhr, sah er in die Wolken hinauf. »Wenn es regnet, werden die Fackeln nie brennen.« Er stand auf und schüttelte die Streichholzschachtel.

»Welche Fackeln?«

»Du möchtest doch draußen essen.« Er winkte sie an die Rückseite des Cottages. »Wir beeilen uns besser. Das Gewitter ist nicht mehr weit weg.« Spurs hatte die Gartenfackeln so angeordnet, dass sie einen Weg zur hinteren Terrasse bildeten und um sie herum standen. Nur zwei oder drei brannten bereits, kleine Rauchsäulen stiegen von ihnen auf. Der Tisch und die Stühle waren abgewischt und unter der Klematis aufgestellt, mit Blick auf die Wiese hinaus und weiter über die Dächer des Dorfes. Und an den Wänden und auf dem Tisch standen noch weitere flackernde Talgkerzen – die er aus dem Manor mitgebracht haben musste. Es dämmerte zwar noch nicht, doch die Wolken verdunkelten den Himmel, und so tauchten die Flammen den Garten in ein zauberhaftes Licht.

»Bis diese Fackeln mal richtig brennen, das dauert.« Spurs zündete seine Zigarette an einer an. »Ich habe gerade eine Pause gemacht. Hätte sich ja auch nicht gelohnt, wenn du sowieso getürmt wärst.«

Ellen verkniff sich ein Lächeln. »Tut mir leid, ich dachte …«

»Du dachtest, ich will das Cottage deiner Eltern abfackeln, weil du mich versetzt hast?«, schlug er vor.

Sie sah weg und wurde rot, so formuliert klang es wirklich ziemlich albern. »Ich habe dich nicht versetzt.«

»Nein.« Er lächelte. »Und ich brenne eigentlich auch keine Häuser mehr nieder.« Er klang wie ein Erwachsener, der ein Kind aufzog.

Und genau so, dachte Ellen, fühle ich mich – jung, verletzlich und ängstlich. »Der Wind hat schon ziemlich viel heruntergerissen. In den Straßen liegen lauter Äste«, plapperte sie drauflos, band Snorkel an der Longierleine fest und lief zum Jeep, um das Essen zu holen.

»Feigling«, sagte er über ihre Schulter, als sie nach den Tüten griff. Erschreckt fuhr sie zusammen, denn sie hatte nicht gehört, dass er ihr gefolgt war. »Du wolltest doch selber kochen.«

»Ich habe beschlossen, dich doch noch nicht umzubringen.« Sie bückte sich nach der Tüte mit dem Bier, die vom Sitz gefallen war. »Immerhin habe ich noch zwei Wünsche frei.«

»Gutes Argument. Schön siehst du übrigens aus.«

»Was?« Sie ließ beinahe die Tüte mit den Garnelen-Crackern und der Sauce fallen, als sie sich umdrehte und sein Gesicht dem ihren viel zu nahe kam. Seine verwirrenden Augen waren so stürmisch und elektrisch aufgeladen wie der Himmel über ihnen.

»Du siehst schön aus – du *bist* schön. Das hätte ich längst mal sagen sollen.«

Ellen konnte ihren Blick nicht von seinem wenden. Das Verlangen, das sie darin las, versetzte sie in hoffnungslose Aufregung. Ihr Herz schlug wild, und ihre Haut begann zu prickeln, doch in ihrem Kopf ertönte auch eine Alarmsirene. »Wir essen besser, ehe es anfängt zu regnen.« Sie reichte ihm eine Tüte und eilte Richtung Terrasse.

»Willst du gar keine Teller holen?«

»Ach, das geht doch auch so. Ich habe Stäbchen mitgebracht.«

»Hast du dich wieder ausgeschlossen oder so was?«

»Ich möchte lieber draußen bleiben.«

»Wenn ich geahnt hätte, dass dir so viel daran liegt, hätte ich ein Zelt mitgebracht. Dann hätten wir im Garten campen können.« Er zündete weitere Fackeln an. »Und meine Mutter könnte Gladys mit ein paar Sandwiches herüberschicken.«

Ihr kindisches Verhalten nervte Spurs offensichtlich. Seine wilde Flirterei das ganze Wochenende über brachte ihre Kehrseite zum Vorschein. Wenn sie daran dachte, wie er sich den Verlauf des Abends vorstellte, fühlte sie sich wieder wie fünfzehn – wie in den Jahren vor Richard, als Erwachsensein bedeutete, Autos wie in ›Miami Vice‹ zu fahren, jede Nacht Sex wie in Romanen von Jackie Collins zu haben und von großen, dunkelhaarigen Typen Milk-Tray-Pralinen geschenkt zu bekommen.

Ein Donnergrollen ließ Spurs in den bedrohlichen Himmel sehen. »Schon mal bei Gewitter Liebe gemacht?«

»In letzter Zeit nicht«, murmelte sie.

»Ein Großonkel von mir wurde vom Blitz erschlagen, als er oben auf dem Hügelkamm seine an einer Eiche lehnende Geliebte vögelte. Sie waren beide tot.« Sein kaltes, gereiztes Lachen erschreckte Ellen.

Fast zitternd vor Aufregung verteilte sie lieblos das Essen auf dem Tisch und setzte sich absichtlich ganz ans andere Ende. Ich kann und ich werde verhindern, dass das hier passiert, sagte sie zu sich selbst. Das ist bloß ein nettes Dankeschön-Dinner, weiter nichts, welche Richtung Spurs dem auch immer geben möchte.

»Und wirst du Dillys Pferd nun reiten, bis sie Sommerferien hat?«, fragte sie leichthin und entschlossen, den Ton vorzugeben.

»Ich werde drüber nachdenken.« Er fluchte, weil wieder ein Streichholz ausging, gerade als er es entzündet hatte. »Kommt drauf an, was ich sonst so zu tun habe.«

»Was tust du denn unter der Woche?«

»Ich bin professioneller verlorener Sohn.«

»Und das heißt?«

»Ich verliere mich mal an dies Mädchen und mal an das.«

Ellen sah weg. Wenn ihre Kehrseite die des albernen linkischen Schulmädchens war, so war seine sehr viel gefährlicher und Furcht einflößender. Sie war so mit ihrer eigenen Aufregung beschäftigt gewesen, dass sie gar nicht bemerkt hatte, wie angespannt er war.

»Guten Appetit!«, sagte sie betont fröhlich.

Er versuchte immer noch die Fackeln anzuzünden, doch der Wind blies ein Streichholz nach dem anderen aus. »Wieso diese Eile?«

Es donnerte und krachte mehrmals nacheinander, und nur einige Sekunden später fuhr ein zuckender Blitz aus der Wolke über der Kirche. Die erste Fackel loderte auf im Wind, und Spurs nahm sie zur Hand, um damit die anderen zu entzünden. Als endlich alle Fackeln rund um die Terrasse brannten, war das Essen kalt und die Bierflaschen schon ganz angelaufen von Schwitzwasser.

»Prost.« Er kam auf die Terrasse und hob eine Flasche.

»Auf dass die Wünsche erfüllt werden.« Auch Ellen hob ihre Flasche und sah ihn besorgt an.

Wieder fuhr eine Reihe von Donnerschlägen durch den Himmel. Spurs' silbrige Augen glühten. »Warum musst du es so schwer machen?«

»Meine Wünsche?«

»Nein. Das fällt mir leicht.«

»Und das hier ist ganz schön schwere Kost«, scherzte sie wenig überzeugend und zeigte auf das chinesische Huhn. »Komm, setz dich und lass es dir schmecken.« Sie sah auf ihre Portion und wusste, dass sie selbst kein einziges Reiskorn runterbekommen würde.

Spurs setzte sich nicht. Er lief zwischen den Fackeln hin und her und sah ihr dann ins Gesicht. »Ich muss dir etwas gestehen«, stieß er hervor. »Am Freitagabend – im Restaurant. Ich ... ich – oh, Mist.« Der Wind wehte seine Haare in alle Richtungen und presste das weiße Hemd gegen seine Brust. »Ich habe einer fürchterlichen Sache zugestimmt.«

Ellen gefror das Blut in den Adern. Alle üblen Dinge, die sie über ihn gehört hatte, schossen ihr durch den Kopf – Gewalt, Drogen, Gefahr.

»Ich muss es jemandem erzählen.«

Die Fackeln flammten im Wind hoch auf, Funken sprühten bis auf die Wiese und drohten auch die Klematis in Brand zu setzen. Die Talgkerzen waren fast alle schon erloschen, als der Himmel immer dunkler wurde und der Regenguss jeden Moment loszugehen drohte.

»Ich muss es jemandem erzählen – nein, ich muss es *dir* erzählen.« Er schlang die Arme um sich und stand so dicht bei den im Wind lodernden Fackeln, dass Ellen fürchtete, er würde in Flammen aufgehen. »Was zum Teufel soll ich bloß machen?«

»Welcher Sache hast du zugestimmt?«

Er presste eine Hand gegen den Mund und starrte die Wolken an.

Vorsichtig stand Ellen auf und trat hinter ihn. »Welcher, Spurs?«

Er senkte den Kopf und drehte sich zu ihr um, sein Gesicht lag im Schatten und war von Locken halb verdeckt. »Liebst du mich?« Er streckte die Hand nach ihr aus. Und in dem Moment, in dem sich ihre Finger berührten, verlor Ellen alles Gefühl für Zeit und Raum. Wäre ein weiterer Blitz vom Himmel herabgefahren und direkt in sie eingeschlagen, hätte es sie auch nicht stärker erschüttern können. All ihre Abwehr war mit einem Mal dahin, und es trieb sie vorwärts und auf Spurs zu – wie zwei Magneten, die einander anzogen, Haut an Haut, Muskel an Muskel, Lippe an Lippe. Es war kein Kuss. Dafür war er viel zu wütend und dringlich.

»Ellen!«, rief jemand aufgeregt. »Dilly ist gerade abgefahren und ich habe hier eine Flasche tollen Wein und einen Joint, damit können wir es uns beim Gewitter gemütlich machen. Wow – diese Fackeln sind ja herrlich!«

Ellen warf einen Stuhl um, als sie Spurs losließ, der sie fest an der Hand ergriff. »Wimmel sie ab«, flüsterte er und trat zurück in den Schatten.

»Warte, ich komm zu dir herum.« Pheely näherte sich schnell. »Ich wollte schon das ganze Wochenende *unbedingt* hören, wie's mit dem schönen Lloyd gelaufen ist. Ich habe seinen Mercedes noch spät nachts hier vor dem Cottage gesehen, du schlimmes Mädchen. Hab ich nicht gesagt, ihr passt perfekt zusammen?«

In Panik drehte sich Ellen nach Spurs um, doch der war bereits zwischen den Fackeln hindurch auf die Wiese getreten. Die silbrigen Augen blitzten eine Sekunde lang auf, und dann lief er schneller als ein Feldhase durch die Lücke in der Hecke und über Hunters Grundstück davon. Als Pheely mit ihrer Flasche Wein ums Cottage herum auf die Terrasse kam, war er bereits verschwunden.

»Wow! Was für ein Festessen! Kann ich davon was haben? Ich bin übrigens *fuchsteufelswild* wegen Daffodil. Du errätst nie, wem sie angeboten hat, ihr Pferd zu reiten …«

8

Ellen sah Spurs tagelang nicht wieder. Wie besessen dachte sie über ihn nach auf den langen Spaziergängen mit Snorkel, auf denen sie im Dorf und in den umliegenden Hügeln gleichermaßen nach dem unauffindbaren Fins wie nach den unauffindbaren Antworten suchte. Doch sowohl ihr schwarz-weißer Kater als auch ihr Freund mit der schwarzen Seele hielten sich bedeckt, und in ihrem Kopf herrschte hoffnungsloses Chaos. Sie wusste nicht, ob sie sich über Spurs ärgern sollte, weil er weggelaufen war, noch ehe sie ihn über Pheelys Irrtum aufklären konnte; oder über Pheely, weil sie plötzlich hereingeplatzt war, als Spurs erzählen wollte, welcher Sache er zugestimmt hatte; oder über sich selbst, weil sie ihn hatte gehen lassen. Zu guter Letzt beschloss sie, sich über Fins zu ärgern, weil er nicht wie vermutet beim Gewitter nach Hause gekommen war.

Nach dem Gewitter, das die ganze Sonntagnacht im Lodes-Tal gewütet, Äste von Bäumen gerissen und Dächer abgedeckt hatte, herrschte in der kommenden Woche bedecktes und stürmisches Wetter. Düstere Wolken zogen unberechenbar über die Hügelkette von Morrell über Maddington nach Ibcote, und die Touristen, die zwischen den Antiquitäten- und Trödelmärkten der drei Städtchen pilgerten, wurden ein ums andere Mal pitschnass. Die Rentner von Oddlode umlagerten den Postschalter im Dorfladen, schüttelten ihre Regenmäntel aus, zupften ihre Dauerwellen in Form und schimpften über das schrecklich windige und feuchte Wetter geradeso wie in der Woche zuvor über die schrecklich schwülwarme Hitze. Joel und Lily beobachteten mit wachsender Faszination, wie Ellen auch weiterhin eine höchst reichhaltige Auswahl an Fisch in Dosen, geräuchertem Lachs, Käse und Schinken einkaufte. Sie hatte wohl wirklich wieder Appetit entwickelt, dachten sie, da sie nicht ahnten, dass all diese Leckereien in Fins Napf neben dem Fenster im Abstellraum landeten, um ihn so nach Hause zu locken. Einige Ratten und Füchse aus der Umgebung ließen es sich gut gehen, doch von dem flüchtigen Fins weit und breit keine Spur. Und das Gleiche galt für Ellens Makler.

Lloyd Fenniweather war »gerade nicht im Büro«, wann immer sie anrief, um sich nach neuen Verkaufsaktivitäten für Goose Cottage zu erkundigen; und ihre hinterlassenen Nachrichten beantwortete er einfach nicht. Kein »Zu verkaufen«-Schild tauchte auf, die Deadlines für Anzeigen in Zeitungen und Zeitschriften verstrichen, und nirgends Anzeichen für neue Broschüren oder – wichtiger noch – neue Besichtigungstermine.

»Wir sollten eine andere Immobilienfirma beauftragen«, sagte Ellen zu ihrem Vater, als er anrief, um sich nach ihr zu erkundigen. »Seaton's zeigt keinerlei Interesse an einem Verkauf, dabei wäre es genau der richtige Zeitpunkt. Im letzten Monat wurden drei Cottages im Dorf verkauft, und die waren längst nicht so schön wie das Goose. Ich habe mich mal erkundigt, über welche Makler das lief.« War ja nicht nötig zu erwähnen, dass zwei davon von Seaton's verkauft worden waren und nur eins von der Konkurrenz.

»Lass mich das mit deiner Mutter besprechen, Entlein«, das war alles, was Theo ihr in seinem warmen Somerset-Tonfall versprechen konnte. Jennifer hatte gerade schlechte Laune, erklärte er, denn sie hatte ihn Milch und Eier einkaufen geschickt und erleben müssen, dass er eine Ziege und ein halbes Dutzend Legehennen mitbrachte. »Ich wollte schon immer Vieh halten. In Goose Cottage hätte ich zu gerne Gänse gehalten, aber deine Mutter war strikt dagegen, weil sie den Garten ruiniert hätten. Wie sieht der Garten eigentlich aus?«

»Großartig. Alles blüht und gedeiht.«

»Ja, Ende Mai ist er immer am schönsten. Reg kümmert sich doch sicher darum, dass nichts wild wuchert, oder?«

»Ich – äh – ich finde, ihr braucht ihn und Dot gar nicht mehr. Ich kann das genauso gut machen, und so spart ihr auch noch Geld.«

»Das Entlein will verhindern, dass seine alten Eltern verarmen, wie reizend von dir. Ich werde die Wycks anrufen.«

»Nicht nötig – ich habe schon mit ihnen geredet. Sie haben's mit Fassung getragen.«

»Sie sind eben ein stoisches altes Ehepaar.«

»Ja, nicht wahr? Pa ...« Ellen biss sich auf die Unterlippe. »Wie fühlst du dich – ich meine, gesundheitlich? Geht es dir gut?«

»Unverschämt gut – genauso unverschämt wie deine Frage.«

»Oh, tut mir leid.«

»Nein, nein, ich weiß doch, dass du dir Sorgen machst, Entlein. Aber ich fühle mich wirklich sehr gut.«

»Pass bitte auf dich auf.« Sie verdrängte den Gedanken an Teufelsbell und das schreckliche Geheimnis, das Spurs niemandem verraten durfte. Ihr Vater würde es ihr sagen, wenn es ihm nicht gut ging, da war sie sicher.

»Natürlich. Ich muss mich ja schließlich um deine Mutter kümmern – und um Gladys Knight & the Pips.«

»Um wen?«

»Um die Ziege und die Hennen.«

»Du könntest wohl nicht noch einen Collie und einen Kater gebrauchen? Du dürftest sie auch Tina & Ike nennen.«

Theo lachte herzlich. »Damit komme ich bei deiner Mutter sicher nicht durch – dann schon eher mit einem neuen Makler. Meinst du wirklich, Seaton's ist nicht geeignet?«

»Absolut nicht.«

Nach dem Telefonat mit ihrem Vater probierte Ellen es auf Lloyds Handy und erreichte wieder nur seine Mailbox. Sie schüttelte sich, als die anbiedernde, supersofte Stimme ihr erneut versprach, sie »später zurückzurufen«. Dieses Später schien der überfreundliche Lloyd nach Gutdünken zu interpretieren. »Du kannst mich noch genau bis morgen zurückrufen, oder du bist als Makler gefeuert«, fauchte sie und fügte hinzu: »Ach, und danke für das Treffen am Freitag. Da habe ich doch gleich den richtigen Denkanstoß gekriegt.«

Dann kramte Ellen ein altes Foto von Fins heraus, auf dem er zwar dünner, aber keinen Deut weniger tyrannisch aussah, klebte es auf ein DIN-A4-Blatt und schrieb eine Vermisstenanzeige darunter, in der sie detailliert seine jetzigen gigantischen Ausmaße schilderte und die Leute davor warnte, sich ihm zu nähern. Im Dorfladen wollte sie das Blatt vervielfältigen lassen.

»Ach, Ihre süße Pussy ist weggelaufen, meine Liebe?«, säuselte Lily Lubowski und ging hinter den Postschalter zum Fotokopierer. Mit ihrem wasserstoffblonden Haar und der Vorliebe für Rüschen wirkte sie wie eine kalifornische Ausgabe von Miss Marple.

»Ja, und er kommt einfach nicht von allein zurück.« Ellen nahm sich einen Stapel Zeitungen. Vielleicht war ja ein Wunder geschehen und Lloyd hatte doch Anzeigen für Goose Cottage geschaltet.

»Ist er kastriert?«, fragte Lily. Was hatten die Leute in diesem Dorf bloß für ein Interesse an den sexuellen Fähigkeiten von Tieren, wunderte sich Ellen. »Meine Abessinier-Katze ist gerade in dieser … *speziellen Phase*«, flüsterte Lily, als ob ihr Ehemann an der Kasse es nicht hören sollte. »Ich möchte nicht, dass sie *überwältigt* wird.«

»Da besteht keine Gefahr«, versicherte Ellen. »Fins ist schwul.«

»Wirklich?« Lilys dünn gezupfte Augenbrauen schossen in die Höhe. »Wann haben Sie das denn herausgefunden?«

»Er hatte sein Coming-out vor ungefähr einem Jahr.« Jetzt warf auch Ellen einen schuldbewussten Blick zu Joel hinüber. Doch der plauderte angeregt mit den Rentnern des Dorfes und hörte nicht zu.

»Oh, was es alles gibt. Waren Sie bei einem Tierpsychologen?«

»Nein, aber er sieht regelmäßig Videos von ›Der Doktor und das liebe Vieh‹. Er ist ganz verknallt in den Tierarzt James Herriot.«

In diesem Moment ertönte die Türglocke und Klatschtante Gladys stürmte herein. Sie steuerte direkt auf den Trupp Rentner neben der Kasse zu und posaunte in wichtigtuerischem Ton: »Sie erraten *nie*, was der junge Jasper jetzt wieder angestellt hat.« Sie keuchte noch, offensichtlich war sie den ganzen Weg vom Manor gelaufen, um die Neuigkeit zu verkünden. »Wirklich unglaublich.«

»Was denn?« Ihr Publikum war ganz Ohr.

»Er hat diesen Taugenichts von einem Cousin überredet, ihm ein Pferd zu leihen, damit er am Teufelsmoor-Rennen teilnehmen kann. Ely hat seine Anmeldung angenommen – er möchte dem Burschen nicht im Weg stehen, sagt er. Wahrscheinlich hofft er, dass er sich diesmal richtig den Hals bricht.«

»Nein!« Ein ganzer Chor schockierter Ausrufe erklang.

»Nach all dem, was geschehen ist.« Gladys schlug sich auf die Brust. »Dass er sich nicht schämt. Lady B ist außer sich. Aber sie will eben auch nicht riskieren, dass er noch mal wegläuft. Jetzt, wo er heiraten soll.«

»Glauben Sie, er ist deswegen zurückgekommen, Gladys?«

»O ja, meine Liebe. Lady B hat Pläne für diesen jungen Mann. Der Vikar kommt jeden Monat einmal zu uns zum Dinner, denn sie möchte eine kirchliche Trauung. Aber Gott scheint immer noch zu zögern, Spurs seine Freveltaten zu verzeihen, vor allem jene, die mit dem östlichen Kirchenquerschiff zu tun haben. Ich habe ihr gesagt, eine schöne Zeremonie unter einem Zeltdach im Garten von Eastlode Park wäre genauso gut. Sie machen hervorragende Büfetts dort.«

Ellen hielt sich unwillkürlich am Postschalter fest.

»Wollen Sie etwa sagen, sie hat tatsächlich eine gefunden, die ihn nimmt?«, fragte Joel und lachte in sich hinein.

»Sicher irgend so eine junge Gans, die ein Auge auf das Haus geworfen hat«, erwiderte Gladys missbilligend, entdeckte plötzlich Ellen und warf ihr mit ihren Knopfaugen einen scharfen Blick zu, der besagte, dass ihre Spione ihr von allen Wochenendaktivitäten beim Goose Cottage berichtet hatten. »Sie muss allerdings gute Gene mitbringen, wenn sie diesen schlechten Einfluss abmildern will. Zu schade, das Lady B lieber Pferde gezüchtet hat. Wenn Jasper einen Bruder hätte, könnte Sir Gin ihn enterben. Aber so wie es steht, muss er mit diesem Tunichtgut vorliebnehmen. Hoffentlich haben sie ihm wenigstens eine schöne junge Frau ausgesucht.«

»Sie sollte auch das ein oder andere englische Pfund besitzen«, lachte einer der Rentner. »Gerüchten zufolge hat Sir Gin längst nicht mehr so viel wie einst.«

»Wo wollen Sie das gehört haben?«, fragte Gladys abwehrend.

»Dot hat erzählt, erst letzte Woche habe er sich von Reg einen Zehner geliehen, beim Buchmacher. Seine Kreditkarte wurde nicht akzeptiert, sagte sie.«

»Glauben Sie doch nicht alles, was meine Schwester erzählt«, gab Gladys schnippisch zurück. »Sie hat schon immer gelogen. Sie war es doch, die dem jungen Jasper all das erst beigebracht hat.«

»Du wusstest nicht, dass Gladys und Dot Schwestern sind?« Pheely lachte, als Ellen später auf einem Spaziergang durchs Dorf schockiert den Klatsch erzählte. »Sie sind Zwillinge, sprechen aber kaum ein Wort miteinander. Gladys hat nicht nur *den* Superjob im Manor ergattert, während ihre Schwester für den Pöbel putzen muss, sondern hat auch einen Gates geheiratet und Dot einen Wyck. Es ist wie bei Aklima und Jumella mit den Zwillingen Kain und Abel – die haben auch zwei Brüder geheiratet«, erklärte Pheely wie ein gelehriges Schulmädchen, das seinen Stundenplan aufsagt.

Ellen, die geduldig endlose Belehrungen ihrer bibelfesten

Mutter erduldet hatte, konnte sich nicht an sie erinnern. »Bist du sicher?«

»O ja. Bedenk doch nur, schon Adam und Eva hatten keine allzu große Auswahl an geeigneten Kandidaten – und genauso geht's Eltern in Oddlode, die zwei Mädchen an den Mann bringen müssen.« Sie kicherte fröhlich.

»Und wie steht's mit einer liebenden Mutter, die versucht, das schwarze Schaf der Familie an die Frau zu bringen?« Ellen wollte das Gespräch wieder aufs Thema zurücklenken. Sie hatte Gladys' Klatsch bloß erwähnt, weil sie Pheely die viel beunruhigendere Neuigkeit erzählen wollte, dass Spurs auf dem Heiratsmarkt war.

Doch Pheely war ganz versessen darauf, Ellen die familiären Intrigen des Dorfes zu erklären – eine Art ›Dynasty‹ vor ländlicher Kulisse. »Granville Gates und Reg Wyck sind natürlich *offiziell* keine Brüder«, raunte sie, »aber Dorfgerüchten zufolge hat der böse alte Constantine senior es mit ihren Müttern getrieben. Wenn das stimmt, gehören sie nicht zu den rivalisierenden Oddlode-Clans, sondern sind Halbbrüder von Teufelsbell. – Oh, es wird noch viel komplizierter.« Sie lachte über Ellens ungläubiges Staunen. »Du *ahnst* ja nicht, wie verzweigt die Stammbäume hier sind. Dagegen wirken Ely Gates' Obstgärten wie eine Ansammlung von Bonsais.«

Ellen hatte bereits den Faden verloren. »Ist Gladys' Ehemann …«

»Granville«, half Pheely ihr.

»Ist er ein Bruder von Ely?« Sie blieb an einem Laternenpfahl stehen und klebte eine der fotokopierten Vermisstenanzeigen an.

»Granville? Nein, er ist ein Onkel. Er war der landwirtschaftliche Verwalter des Manors, allerdings nur so lange, bis er verrückt wurde.«

»Verrückt?«

»Ja – so richtig altmodisch ›verrückt‹. Solche Geisteszustände werden hier nicht diskret umschrieben, und der arme Kerl hat sicher nie im Leben einen Psychiater gesehen. Er ist einfach verrückt. Ach, wie ich ihn um seine Freiheit beneide.« Pheely seufzte.

»Lebt er noch?«

»Aber sicher. Er wohnt in einem alten Eisenbahnwaggon bei Eastlode Heath. Klatschtante Gladys bringt ihm jeden Tag sein Abendessen – sie trägt einen in ein Geschirrtuch gewickelten Topf über die Felder und stellt ihn vor seine Tür, ehe sie nach Hause geht. Ob's hagelt oder stürmt, sie liefert ihr ›Essen auf Füßen‹ aus – falls Lady B sie nicht noch braucht. Dann stellt sie ihn aus Zeitgründen bei den Obstgärten ab, und der verrückte Granville holt ihn sich dort.«

»Kommt er je ins Dorf?« Nicht zum ersten Mal verdächtigte Ellen sie haltloser Übertreibungen.

»Soweit ich weiß, nicht oft. Er beobachtet Züge – ich versteh's auch nicht«, sagte sie, als sie Ellens skeptischen Blick bemerkte. »Er sitzt in seinem Waggon und schaut zu, wie die Züge von Paddington nach Hereford vorbeifahren. Obwohl ihn das nach mittlerweile zehn Jahren weiß Gott langweilen müsste.«

»Warum ist er denn verrückt geworden?«

»Das weiß keiner. Es war etwa zu der Zeit, als Spurs weglief.« Pheely warf ihr aus großen grünen Augen einen bedeutungsschweren Blick zu, der sie fast niedermähte. Immerhin war sie wieder beim Thema angekommen, dachte Ellen. »Keine Ahnung, wie Teufelsbell für ihren Sohn eine passende Frau finden will«, räumte Pheely ein. »Keine der vornehmen Familien aus der Gegend will etwas mit ihm zu tun haben, und sie ist ein fürchterlicher Snob, wenn's darum geht, ›unstandesgemäß‹ zu heiraten.«

»Hätte Spurs da nicht auch ein Wörtchen mitzureden?«

»Das bezweifle ich. In Isabels Gesellschaftsschicht ist es bis heute üblich, dass du zwar vögeln kannst, wen du willst – solange du diskret bist –, aber dass du heiratest, wen du heiraten sollst.«

»Ich kann mir nicht vorstellen, dass Spurs da mitmacht.«

»Er kann jederzeit wieder abhauen. Vielleicht ist er sogar schon weg. Hast du ihn in letzter Zeit gesehen?«

Ellen schüttelte den Kopf.

»Gut.« Pheely hatte zwar nur die geschönten Highlights von Ellens Wochenende im Garten mit Spurs zu hören bekommen, war aber überzeugt, dass ihre neue Freundin schon damit ihr Todesurteil besiegelt hatte. »Ich bin so froh, dass ich an jenem Abend vorbeikam und dich gerettet habe.« Pheely hielt Schritt mit Ellen, die auf einen anderen Laternenpfahl zusteuerte. »Sonst hätte ja Gott weiß was passieren können.«

Ich hätte herausgefunden, was Spurs verschweigt, dachte Ellen niedergeschlagen. Wir hätten uns weiter geküsst. Und ich hätte sein Vertrauen nicht verloren. Aber auf Pheely konnte sie einfach nicht böse sein: Sie schätzte ihre Gesellschaft und ihre fröhliche Laune viel zu sehr, um ihr die Schuld zu geben. Wenn jemand Schuld hatte, dann sie selbst. Sie hatte daran gedacht, Spurs anzurufen, kannte aber seine Nummer nicht und war zu feige, einfach persönlich im Manor aufzutauchen. Denn wer weiß, wie er sie empfangen hätte. Pheely konnte sie viel besser einschätzen, sie empfing sie stets mit einem herzlichen Lächeln und versorgte sie mit Geschichten aus dem Dorf rund um Geburten, Ehen und Todesfälle.

Sie gingen quer durch den Dorfpark, der heute unter dem grau bedeckten Himmel verlassen dalag, und Ellen nickte Bevis' Bank freundschaftlich zu, als sie unter den Kastanienbäumen daran vorbeigingen und weiter Richtung Manor Lane.

»Der Mühlbach ist seit dem Gewitter ja ein richtig reißender Wildwasserfluss.« Pheely warf von der Brücke einen Blick auf das tosende Wasser. »Eines Tages wird er all die alten Vans und Autos dort direkt in Elys Obstgärten spülen.«

»Wer wohnt eigentlich da?« Ellen musterte die schäbige alte Mühle, deren Ansehnlichkeit mit jedem herabgefallenen Feuerstein stärker gelitten hatte. Ihr Vorhof war vollgestopft mit ausrangierten uralten Autos und vor sich hin rostenden Traktoren. Ein Landrover stand schon so lange auf Ziegeln aufgebockt dort, dass er ganz mit Efeu überwachsen war, genau wie Norman Gentlys Skulpturen.

»Elys jüngerer Bruder Noah hat sie von Pa Gates geerbt.« Pheely machte mit dem Stammbaum der Gates weiter. »Jeder hier nennt diesen Ort nur Noahs Parkplatz – mir gefällt ›Die Mühle am Fluss‹ allerdings besser. Noah ist *ziemlich* unverbesserlich, da ist nichts mehr zu retten, wie bei seiner Mühle.« Sie suchte hinter den schmutzigen Fenstern nach einem Anzeichen von Leben. »Ely möchte das Gebäude unbedingt in die Hände bekommen und etwas daraus machen. Doch Noah weigert sich standhaft. Manchmal sieht man, wie er aus einer Dachluke lehnt und den Himmel nach einer Taube mit Olivenzweig absucht, der arme Kerl. Ely kann es einem ganz schön schwer machen, wenn er einen aufkaufen will.«

»So wie dich?«, fragte Ellen, die an die viel beneidete Schönheit der Lodge dachte.

»Ich denke nicht an mich.« Pheely sah Ellen eindringlich an, ging dann weiter und pfiff nach Hamlet, der auf der anderen Straßenseite einer Katze nachgejagt war.

»Weißt du etwas, was ich nicht weiß?« Ellen vergewisserte sich, dass es nicht Fins war.

»Nur aufgrund von Schlussfolgerungen.« Pheely pflückte Klematisblüten von einer Steinmauer und steckte sie sich in die Locken. »Du sagst, Ely hat das einzige – absolut inakzeptable – Angebot für Goose Cottage abgegeben. Kein anderer scheint sich auch nur im Entferntesten dafür zu interessieren. Also hat er alle anderen Angebote unterdrückt. Glaub mir, ich muss es wissen: Du kannst dem gerissenen Ely nicht vertrauen. Er hat Geld in den Taschen und Gott auf seiner Seite. Das ganze Dorf steht unter seiner Fuchtel. Und manche auch unter der Fuchtel von Godspell.« Sie kicherte boshaft und fügte ihrem Ophelia-Blütenkranz noch eine voll aufgeblühte rote Rose hinzu.

»Wie läuft es denn eigentlich mit der Porträtbüste?«

»Frag nicht.« Pheely marschierte weiter die Manor Lane entlang und erzählte Ellen die ganze Geschichte. »Dies Mädchen ist zur Zeit einfach furchtbar. Wir hatten bisher drei Sitzungen, und sie stöpselt sich stets diese Dinger in die Ohren, sitzt stumm da und starrt in die Luft. Ich lasse Drähte aus den Ohren ihrer Büste wachsen, egal, was Ely sagt. Das ist das einzig Besondere an ihr. Oder ich mache es irgendwie abstrakter, um die Einsamkeit ihres Stereodaseins darzustellen«, überlegte sie, als sie bei einem Hundekotbehälter stehen blieben, um darüber ein Suchplakat anzukleben.

»Sie ist wirklich sonderbar.« Pheely machte sich immer noch Gedanken über Godspell. »War immer recht spät dran mit allem, hatte nie mit Gleichaltrigen zu tun und denkt heute noch, sie wird Popstar. Als sie jünger war, war sie noch erträglicher – zwar unglaublich schüchtern und total verwöhnt, aber nett und gut befreundet mit Dilly. Jetzt ist sie ganz in sich zurückgezogen, hinterhältig und benimmt sich unmöglich. Ich wundere mich, warum Ely nicht merkt, dass sein Augapfel sauer geworden ist.«

»Dilly sagt, sie ist nicht mehr mit Godspell befreundet.« Ellen steckte den Tesafilm wieder in die Tasche.

»Das stimmt. Eine Zeit lang waren sie beide ganz wild auf Ponys, doch dann hat Godspell das Interesse verloren.« Pheely führte sie vorbei an der Cider Lane mit dem abblätternden Schild über dem Buchantiquariat, das nie öffnete, und an der erfolglosen Galerie von Prudence Hornton. »Sie war nie sehr mutig, und ihr Vater hatte sie letztes Jahr überredet, am Teufelsmoor-Rennen teilzunehmen – kein Gates war je zuvor dabei, und Enoch ist allergisch gegen Pferdehaar, also sollte Godspell das Wunder der Familie vollbringen. Doch sie hatte solche Angst, dass sie beim Start vom Pferd gefallen ist und Ely lächerlich machte, der mit Camcorder in Stellung gegangen war und eine hohe Summe auf sie gesetzt hatte. Godspell ist seitdem nie wieder auf ein Pferd gestiegen.«

»Was ist dieses Teufelsmoor-Rennen eigentlich genau?«, fragte Ellen abgelenkt, während sie noch ein Suchplakat an einer Birke befestigte.

»Oh, erwähne bloß dieses gottverdammte Pferderennen nicht.« Pheely erschauderte und hatte wohl vergessen, dass sie selbst das Thema aufgebracht hatte. »Dilly hat sich in den Kopf gesetzt, dieses Jahr teilzunehmen – okay, es reiten immer viele Kinder auf dicken Ponys und Hausfrauen auf stämmigen Pferden mit. Aber Dilly kann ja *so* unbekümmert und waghalsig sein.«

»Also ist das so eine Art Reiterfest für jedermann?«, hakte Ellen nach.

Pheely lachte. »Nicht ganz. Komm und sieh's dir an.« Sie führte Ellen von der Manor Lane ins Manor End, vorbei an Elys wenig ästhetischer Goldgrube im Pseudo-Tudorstil mit den von Glyzinien umrankten, pechschwarz glänzenden Sprossenfenstern, vorbei an seiner wunderschönen Manor Farm und auf den Betrieb mit der Forellenzucht zu, wo sie scharf links durch ein Tor abbogen, auf dem »Privat« stand. Nach einiger Zeit erreichten sie auf dem von Gras und Nesseln zugewachsenen Pfad eine klapprige Brücke über den Odd. Jenseits lag eine weit ausgedehnte Flussaue, die sich von den Bahnschienen rechts über wild wuchernde Wiesen bis hin zu einem kleinen Wäldchen links erstreckte und daher den Blicken neugieriger Wanderer vom Reitweg hinter Goose End verborgen war. Überall wogten Riedgras und Binsen, und Sumpfdotterblumen, lila Kuckuckslichtnelken, gelbe Schwertlilien und Wiesenschaumkraut sprenkelten bunt die Wiesen, die dalagen wie ein hinreißend schöner, samtener Saum unter den gleichförmigen Raps- und Getreidefeldern in den dahinter aufsteigenden Hügeln.

»Ist das nicht herrlich? Seit Jahrhunderten unverändert, weil das Land nicht kultiviert werden kann – es ist nur drei Monate im Jahr trocken. Die übrige Zeit könnte man glatt darin ertrinken, wenn man es überqueren will.« Pheely seufzte. »Seit Menschengedenken gibt es dieses Pferderennen über das Teufelsmoor schon«, fuhr sie fort. »Die Roma hielten es jedes Jahr im Sommer vor dem großen Pferdemarkt in Morrell ab – sie banden ihre Pferde dort an, ließen sich auf Manor Farm mit Cider volllaufen, und dann galoppierten sie wild darauflos. Jemand hat mal erzählt, sie hätten es das Libellen-Rennen genannt, weil es hier Hunderte gibt und man ein wirklich schnelles Pferd braucht, um eine zu fangen – der Zigeuner, der die meisten fing, bekam den höchsten Preis für sein Pferd.« Verträumt sah Pheely auf die bunte Pracht hinaus. »Doch Elys Vater hat dem Ganzen ein Ende gesetzt, als er Manor Farm von den Constantines kaufte und die Zigeuner von seinem Land vertrieb. Als Ely die Farm erbte, begann er seine lächerlichen Gartenpartys während der Ascot-Woche zu veranstalten.« Sie hob eine Handvoll Blüten auf und warf sie in den Fluss. »Und er beschloss, die Tradition wieder aufleben zu lassen und während des königlichen Turfs ebenfalls ein Rennen auszurichten. Anfangs wurden nur ausgewählte Reiter eingeladen, die alle edle Seidenjacketts trugen und versuchten, sich gegenseitig mit der Peitsche in den Fluss zu treiben, als sie von den tausend Pfund Preisgeld hörten.«

»Eintausend Pfund?« Ellen stieß einen Pfiff aus, vielleicht sollte sie doch daran teilnehmen. Damit könnte sie einige sehr schöne Hotelzimmer auf ihrer Weltreise finanzieren.

»Oh, ja.« Pheely warf Ellen einen wissenden Blick zu. »Für Ely ist ein Wettbewerb erst dann etwas wert, wenn es einen ordentlichen Preis zu ergattern gibt – und seine Gartenpartys sind immer *äußerst* verschwenderisch. Er hat sogar einen vergoldeten Cup gestiftet, ein unglaublich pompöses Ding, wie eine Formel-1-Trophäe. Das war vor ungefähr fünfzehn Jahren, und seitdem zieht das Rennen jedes Jahr mehr Reiter an. Es geht inzwischen viel wilder zu als jemals bei den Zigeunern. Irgendeiner verletzt sich immer.«

Ellen erinnerte sich, dass Dilly gesagt hatte, in einem Jahr wäre sogar mal jemand gestorben. Doch ehe sie es erwähnen konnte, klingelte ihr Handy. Sie griff eilig danach und hoffte, Lloyd würde endlich zurückrufen. Doch es war ihr Vater, mit einer erfreulichen Mitteilung. »Deine Mutter ist damit einverstanden, dass du eine andere Immobilienfirma beauftragst, Entlein. Sie sollen uns die Einzelheiten faxen und das Cottage schnell verkaufen.«

Fox-Days, der große Konkurrent von Seaton's, gab nur zu gern noch am selben Nachmittag eine Schätzung ab. Zu Ellens Überraschung schlugen sie vor, den Preis anzuheben. »Der Grundstücksmarkt boomt im letzten halben Jahr«, erklärte die Maklerin Poppy eifrig. »Das verkaufen wir in null Komma nichts – ich habe Kunden, die es sofort besichtigen würden. Ein ganz bezauberndes kleines Cottage.« An diesem Nachmittag flogen Telefonate und Faxe nur so hin und her zwischen der Costa Verde und Morrell-on-the-Moor, bis alle Goose Cottage schließlich für das neue Juwel von Fox-Day's hielten und Seaton's Geschichte war. Theo Jamieson höchstpersönlich rief bei Lloyd an, um ihm die Neuigkeit zu eröffnen.

Binnen einer Stunde tauchte Lloyd vorm Cottage auf. Sein Mercedes parkte mit laufendem Motor schräg am Bordstein, und aus den Lautsprechern dröhnte Kylie Minogue. »Das kannst du nicht machen!«, rief er, als Ellen die Tür öffnete. Er wirkte so gar nicht mehr wie der smarte Dressman aus der Werbung. Seine goldbraunen Locken hingen ihm wirr ins Gesicht, der Schlips baumelte schief herab und auf dem Hemd prangten Kaffeespritzer. »Wir hatten doch eine Abmachung!«

»Ja, dass du endlich versuchst, dieses Cottage zu verkaufen«, stimmte Ellen zu. »Du hattest sieben Tage Zeit und hast bis jetzt noch nicht mal angefangen. Du hast es vermasselt.«

»Das ist doch gar nicht wahr! Lass mich wenigstens reinkommen und es erklären.« Er versuchte, sich an ihr vorbeizudrängen.

Ellen blieb standhaft. »Wieso hast du mich nie zurückgerufen?«

Plötzlich erschien dieses strahlende Lächeln wieder in seinem schönen Gesicht und verdrängte die Sorgenfalten. »Ist es das, was dich so umtreibt?«

Sie starrte ihn an und fragte sich, wie sie ihn nur je hatte attraktiv finden können. Seine Augen standen zu eng beieinander, und wenn man genau hinsah, wurde seine Lockenpracht am Ansatz bereits fadenscheinig. »Tut mir leid, Lloyd, meine Eltern werden ihre Meinung nicht noch einmal ändern.«

»Du verstehst das nicht.« Er warf einen gehetzten Blick über die Schultern, als würde er beobachtet, und senkte die Stimme zu einem Flüstern: »Das kannst du mir nicht antun. Ich verliere meinen Job. Ely Gates' Angebot ist immer noch auf dem Tisch«, sagte er hastig.

Ellen trat einen Schritt zurück, auf einmal dämmerte es ihr. »Er hat dich bestochen, nicht wahr?« Das war es, was Pheely andeuten wollte. Sie hätte sich ohrfeigen mögen, weil sie das nicht früher erkannt hatte. »Er hat dich bestochen, damit kein anderer Goose Cottage kauft und er es so billig wie möglich bekommt, stimmt's? Seine Mutter hat dies Cottage immer geliebt – eine sentimentale kleine Investition, solange er es nur günstig bekommt. Und die Wycks hat er vermutlich auch bestochen.«

»Er ist mein Onkel«, gab Lloyd zu und ließ den Kopf hängen, als er seine Show aufgab. »Ich hatte keine Wahl. Er hat meinen Eltern schon oft aus der Klemme geholfen. Wir schulden ihm was. Wenn er dies Cottage nicht bekommt, sieht's ziemlich schlimm für uns aus.«

»Er kann es nicht haben«, sagte Ellen schlicht. »Er muss schon den geforderten Preis zahlen.«

»Das wird er nicht tun. Das lässt sein Stolz nicht zu«, erwiderte Lloyd defensiv. »Er mag es nicht, wenn Fremde Kapital aus dem Dorf schlagen.«

»Meine Eltern haben über zehn Jahre hier gewohnt.«

»Die Familie meiner Mutter lebt seit zwanzig Generationen hier.« Flehentlich sah er sie an. »Bitte! Tu's für mich – ich dachte, du magst mich. Wir haben uns sogar geküsst.«

»Das war ein Fehler.« Schuldbewusst sah Ellen weg. Dann holte sie tief Luft. »Du bist ein netter Typ, Lloyd – aber du solltest mal anfangen, selbst zu denken. Du bist doch klug und gut genug in deinem Job, um dich über Ely und zwanzig Generationen Bigotterie zu erheben. Manchmal muss man sich von der Familie frei machen.«

»Du verstehst das Leben hier einfach nicht!«, rief er. »Wenn du mich besser kennen würdest, könntest du es verstehen. Wir haben so viel gemeinsam, Ellen. Wir sind wie füreinander geschaffen. Wir –«

Sie drehten sich beide zur Straße um, als Hufgetrappel erklang. »Ehe Sie hier die Erde aus den Angeln heben, räumen Sie mal Ihr verdammtes Auto aus dem Weg.« Spurs ritt ohne Sattel auf Otto, der unruhig hin und her tänzelte und mit rollenden Augen nach dem Auto schielte, aus dem immer noch laute Musik drang. Trotzdem bewegte Spurs kaum einen Muskel und saß die Hysterie des Pferdes einfach aus. Seine Miene erschreckte Ellen, denn in seinen Augen stand weißglühender Zorn auf sie und Lloyd.

»Verdammter Zigeuner!«, schnaubte Lloyd. »Wir kaufen nichts!«

Ellen starrte Spurs nur an, ihr zersprang beinah das Herz. Er hatte sich seit Tagen nicht rasiert, und die dunklen Stoppeln ließen ihn wilder und schöner denn je erscheinen. Sein ausgeblichenes rotes Shirt war an einer Schulter zerrissen, und seine zerschlissenen Jeans waren staubbedeckt, als hätte er in der Scheune geschlafen.

»Lass uns reingehen, Ellen«, forderte Lloyd sie besorgt auf, denn Spurs' mörderischer Blick gefiel ihm gar nicht.

»Verschwinde«, versetzte Ellen.

»Ein Krach unter Liebenden?«, fragte Spurs frech.

Doch ehe Ellen noch antworten konnte, waren Spurs und Otto schon zum Reitweg hinter Goose End unterwegs, den sie dann Richtung Broken Back Wood hinaufgaloppierten.

»Geh nach Haus, Lloyd«, sagte sie schließlich. »Du bist nicht mehr unser Makler.«

»Miststück!«, rief er hinter ihr her, als sie ins Cottage ging. »Ich hoffe, deine nervtötenden Eltern kriegen bloß ein Almosen für dieses geschmacklos eingerichtete kleine Rattenloch –« Doch plötzlich wurde seine Tirade von einer noch lauteren Schimpfkanonade übertönt.

»He, fahrn Sie dies plärrende neumodische Ding da weg, sonst fahrn wir direkt in die Karre rein!« Ellen drehte sich in der Tür um und sah, wie Dot Wyck aus dem Fenster des vertrauten Pick-ups lehnte, der dicht auf den Mercedes aufgefahren war. Am Steuer saß Saul, der Ellen und Lloyd durch die mit toten Fliegen übersäte Windschutzscheibe finster ansah. »Sie glauben wohl, dies Dorf gehört Ihnen, was?«, schrie Dot Ellen an. Ihr Gesicht war inzwischen genauso rot wie das Arsenal-Shirt ihres Enkels. »Sie und Ihr schnieker Freund hier!«

Lloyd schluckte nervös, als er Fluffy wie wild geworden hinten im Pick-up herumtoben und die Säbelzähne fletschen sah. So schnell hätte er sonst kaum im Auto gesessen, dachte Ellen und war fast schon dankbar über das Auftauchen der Wycks, die dieser Situation zwar ein Ende mit Schrecken, aber immerhin ein Ende gesetzt hatten. Doch dann legte Dot noch einmal los.

»Leute wie Sie sollten hier gar nicht wohnen! Tun, als wärn sie was Besseres, und nehmen uns alles zum Leben. Solche wie ich und Reg können ja verhungern, wenn Sie nur kriegen, was Sie wollen!«

Ellen ging hinaus auf die Straße, in ihren Schläfen pochte es. »Schreien Sie bitte nicht so.« In sicherem Abstand vom Pick-up und von Fluffy blieb sie stehen. »Das haben wir doch schon besprochen.« In dem Moment stieg Saul auf die Hupe, damit Lloyd endlich losfuhr.

»Sie sind auch nicht besser als wir!«, schrie Dot über die Hupe hinweg. »Weiß Ihr feiner Freund da, dass Sie mit Typen wie Spurs Belling rumhängen?« Sie nickte zum Mercedes hinüber, in dem Lloyd hektisch hantierte und geräuschvoll den Gang einlegte. »Wir lassen nicht zu, dass eine wie Sie über uns herzieht, verstanden?«

»Ich habe nicht über Sie hergezogen.« Ellen seufzte, als Saul das Gehupe beendete, weil Lloyd endlich davonbrauste und die Straße freigab.

»Da haben wir aber was anderes gehört.« Dot hatte kein Problem damit, in derselben Lautstärke weiterzuschreien. »Sie haben uns faule Dörfler genannt und eine Inzuchtbrut, die für nichts gut ist.«

»Wer das erzählt hat, lügt«, sprudelte Ellen hervor, wich aber einen Schritt zurück, als Fluffy sich hinten im Pick-up zu seiner ganzen Größe aufrichtete und zu knurren begann.

Dot senkte die Stimme zu einem bedrohlichen Murmeln, das über Fluffys Knurren hinweg gerade noch zu verstehen war. »Wir wissen wohl, wer hier lügt. Klingt, als hätten Sie in letzter Zeit dauernd gelogen. Sie haben ja sogar Belling angelogen.« Heiser lachend zupfte sie an Sauls Fußballshirt und forderte ihn auf, loszufahren.

Als der Pick-up davonratterte, schloss Ellen die Augen und dachte an Spurs, der auf Otto den Hügel hinaufgaloppiert war und vor Wut kochte, weil er das mit Lloyd missverstanden hatte. Was hatte er gleich wieder über sie gesagt?

Als am Abend ein regelrechter Platzregen niederging, stellte Ellen ihr Notebook auf den Küchentisch, schloss das Modem in der Buchse an der Wand an und wartete, bis Windows mit dem von Richard installierten Wellenrauschen hochgefahren war. Er war es gewesen, der sie vor drei Jahren überredet hatte, sich vom geerbten Geld ihrer Großmutter diesen kleinen flachen Computer zu kaufen, den sie auf all ihren Reisen quer durch Europa mitnehmen konnten. Es gab immer eine Möglichkeit, die Akkus aufzuladen oder sich irgendwo einzustöpseln. Richard war manchmal sogar über sein Handy ins Internet gegangen, hatte online Backgammon gespielt und an vielen Newsgroups teilgenommen. Er kaufte und verkaufte seine Surfausrüstung über Online-Auktionen, schrieb Mails an Freunde und verschickte Digitalfotos seiner Wettbewerbe. Wahrscheinlich hatte er genau genommen mehr Zeit mit Tippen als mit Reden verbracht. Es war seine Art der Flucht gewesen, als ihre Beziehung immer schaler wurde. Einmal war Ellen sogar gezwungen gewesen, ihm eine Mail zu schicken und ihn so um ein persönliches Gespräch zu bitten. Den Witz daran hatte er allerdings gar nicht begriffen.

Kurz vor ihrer Trennung hatte Richard plötzlich behauptet, ihr Notebook sei hoffnungslos veraltet, und sich selbst ein auf Multimedia ausgerichtetes von Sony gekauft – von dem Geld, das sie eigentlich für einen neuen Van gespart hatten. Der neue Computer spielte Filme ab, empfing Radiosender aus aller Welt, und Richard konnte auf ihm seine Surffotos bearbeiten, so dass die Wellen noch höher und sein Bauch noch flacher wirkten. Sie hätte die Anzeichen erkennen und ahnen müssen, was kommen würde – zumal, als er begann, fast seinen ganzen Besitz bei eBay zu versteigern, seinen Palmtop mit Adressen aus ihrem alten berstenden Filofax zu füttern und Erkundigungen über Grundstücke in Nordcornwall einzuholen.

Ellen hatte ihr altes Notebook schon lange nicht mehr selbst genutzt. Auf dem Desktop begrüßte sie ein Bild von Richard, auf dem er gerade aus einer Riesenwelle hervorschoss: eine fantastische Aufnahme, zugegeben. Hastig öffnete sie die installierte Software von Richards altem Internetprovider und ging online. Jetzt musste sie über den Browser nur noch ihr Mailkonto aufrufen, und so tippte sie: *www.Hot* … und hielt inne, als sich das Pulldown-Menü öffnete und bereits früher eingetippte Adressen, die mit »Hot« begannen, auflistete. Richard hatte anscheinend eine höchst spezielle Vorliebe gehabt und nicht nur seine Hotmail, sondern auch *Hotsex*, *Hot-xxx-action*, *Hotporno* und *Hot_teens* angesurft. Ellen rauschte das Blut so laut in den Ohren, dass es fast das Regengeprassel gegen das Fenster übertönte. »O Gott, Richard.« Traurig lachte sie auf.

… *mail.com* tippte sie schließlich, gab ihren Usernamen und ihr Passwort an und loggte sich ein. Sie stöhnte, als ihr Posteingang 57 neue Mails anzeigte. Nicht alle kamen von Richard, aber er hatte ihr fast jeden Tag geschrieben. Seine ersten Mails klangen noch fröhlich und aufgekratzt. Ausführlich berichtete er von seiner Reise und den ersten Tagen im Norden von Queensland, von schönen Sandstränden und dem Apartment unter Palmen. Doch schon bald änderte sich sein Ton. In der sechsten Mail etwa begannen die Anschuldigungen: ein bitterer Abgesang auf ihre gescheiterte dreizehnjährige Beziehung, lauter Sätze über Schuld und Fehler, gefolgt von Beleidigungen und selbstgerechten Rechtfertigungen, die von Mal zu Mal konfuser wurden. Anfangs hatte er sich noch Gedanken gemacht und ausgefeilte Sätze formuliert. Doch das währte nicht lange. Tippfehler, ständige Wiederholungen, Widersprüche und eine miserable Rechtschreibung zeigten, dass Richard viele Mails in ziemlich angetrunkenem Zustand geschrieben haben musste.

Die letzte Mail stammte von diesem Morgen – was in seiner Zeitzone der späten Nacht entsprach – und war eine einzige Aneinanderreihung von ständig wiederholten Entschuldigungen. Er schrieb, er habe geweint, er vermisse sie, er vermisse das The Shack und Snorkel und ihre Freundschaft und er wünschte, es wäre nie zu Ende gegangen mit ihnen beiden. Ellen verbarg das Gesicht in den Händen. Sie fühlte sich ausgelaugt und wusste nicht, wie sie ihm antworten sollte oder ob sie überhaupt antworten sollte. Genau das war Richards Art, Probleme aus der Welt zu schaffen. Sie durfte es einfach nicht vermasseln.

Und so dachte sie darüber nach, während sie über Google nach günstigen Flügen und Unterkünften suchte, Sicherheitstipps und Erfahrungsberichte anderer Weltreisender las, Broschüren und Gratisreiseführer anforderte, bei Amazon einige Bücher bestellte und interessante Webseiten der Favoritenliste hinzufügte. Und sie grübelte immer noch über ihre Antwort nach, während sie diese Liste weiter nach unten scrollte und noch mehr Sexseiten entdeckte. War Richard so unverschämt gewesen, diese Beweise nächtelanger Surferei absichtlich zu hinterlassen, oder war es einfach Dummheit gewesen, fragte Ellen sich. Dass sie bislang nicht einmal etwas davon geahnt hatte, besagte ja schon einiges.

Sie spielte einige Varianten für den ersten Satz durch, während sie ein paar seiner Favoriten aufrief und eine Welt kennenlernte, von deren Existenz sie bislang nicht mal gewusst hatte. *Hi Richard, wir haben beide Schuld … es ist meine Schuld … es ist deine Schuld … keinen trifft eine Schuld … der Kater ist weggelaufen und der Nachbar will den Hund erschießen. Ich glaube, ich habe mich verliebt. Aber wahrscheinlich liegt's nur am Wetter.* Ellen fächelte sich mit dem Shirt Luft zu, während sie all die Warnmeldungen mit OK wegklickte, die aufpoppten, ehe sie auf den Sexseiten sich langsam aufbauende Fotos wichsender Männer, sich räkelnder Lesben, von Analverkehr und Dreifach-Penetration, von schwarzen Schönheiten, asiatischen Babes, verführerischen Lolitas und riesigen Titten zu sehen bekam. Mit wachsender Faszination starrte Ellen auf den Bildschirm, als es draußen vor dem Fenster plötzlich klapperte.

»Mist!« Peinlich berührt fuhr sie herum. Der Bildschirm war von dem Fenster aus, das nach vorne hinausging, direkt einzusehen – jeder, der an die Tür kam, hätte sofort erkannt, welcher Surferei sie sich hier hingab. Sie klappte das Notebook zu und lauschte mit angehaltenem Atem. Aber es klopfte niemand an die Tür. Dann sprang sie auf, machte die Außenbeleuchtung an und spähte durch die regennassen Scheiben. Das Tor stand sperrangelweit offen, obwohl sie es geschlossen hatte. Das angeklebte Suchplakat wurde jetzt nur noch an einer Ecke von Tesafilm gehalten und flatterte im Wind. Und auf der Motorhaube des Jeeps lag etwas Schwarz-Weißes, vor dem Regen vom überdachten Stellplatz der Scheune geschützt.

»Fins!«, rief sie begeistert, zog Schuhe an und rannte hinaus. Als sie sich dem Auto näherte, verlangsamte sie ihre Schritte, um ihn nicht zu verscheuchen. Warm wie ein asiatischer Monsun schlug ihr der Regen ins Gesicht. Sie strich sich die Haare aus dem Gesicht und machte die schmeichelnden, schnurrenden Laute, mit denen sie den Kater sonst immer anlockte. Doch selbst aus zehn Meter Entfernung erkannte Ellen sofort, dass er tot war. Das schwarz-weiße Fell war von dunklem Blut besudelt, die unnatürliche Drehung des Körpers und die Totenstarre ließen sie entsetzt aufschreien. Irgendjemand hatte einen Zettel unter den Scheibenwischer geklemmt, und das Blatt flatterte im Wind wie die Flügel eines Engels.

Es dauerte einige Minuten, bis Ellen ihren Mut zusammennahm und näher heranging. Doch nicht, ehe sie aus dem Abstellraum – aus dem wild bellend Snorkel hervorschoss – Gummihandschuhe und einen Pappkarton für den armen Kater geholt hatte, der einst der Schrecken von Nordcornwall und der beste Rattenfänger von Treglin gewesen war. Als sie endlich unter die Überdachung des Stellplatzes trat, erkannte Ellen im schwachen Licht einer Lampe in der Ecke, dass das tote Tier auf der Motorhaube nicht Fins war. Es war nicht einmal eine Katze, sondern ein Dachs – ein aufgedunsener Kadaver, der bestialisch stank und von Schmeißfliegen umschwirrt wurde.

»O Gott.« Ellen hielt sich den Mund zu und versuchte den Brechreiz zu unterdrücken, als sie nach dem Zettel unter dem Scheibenwischer griff. VERROTTE IN DER HÖLLE, DU INTRIGANTES MISTSTÜCK!, war mit schwarzem Filzstift in Großbuchstaben daraufgeschrieben worden.

»Mensch! Auf dich sind ja wirklich eine Menge Leute stinksauer.« Pheely hob die Augenbrauen, als sie Ellen und sich selbst Whisky nachschenkte. Sie ging quer durchs Cottage zum Fenster und prüfte, ob das Tor immer noch fest verschlossen war. »Also, Lloyd traue ich so was eigentlich nicht zu – ein verwesender Kadaver könnte doch seine Designerklamotten ruinieren. Ich glaube auch, dass eher die Wycks sich mit Mardern und Dachsen und Ähnlichem auskennen. Wenn ich mir auch nicht vorstellen kann, wie Dot mit einem toten Dachs auf dem Gepäckträger durchs Dorf radelt, du etwa?«

»Und was ist mit Reg?«

»Der ist doch viel zu betrunken, um sich so etwas auszudenken.« Pheely las noch einmal die drohenden Worte. »Und außerdem kann der arme Kerl weder lesen noch schreiben.« Sie hielt den Zettel hoch. »Und wer immer das hier verfasst hat, kann ›intrigant‹ fehlerfrei schreiben.«

Ellen mochte im Grunde überhaupt keinen Whisky, trank aber noch einen Schluck, um mit der narkotisierenden Wirkung ihre Angst und ihre Wut zu bezähmen. Okay, sie war Lloyd und den Wycks gegenüber ziemlich barsch aufgetreten. Aber so was hatte sie doch nun wirklich nicht verdient, oder?

»Ich kann dir *haargenau* sagen, wer's war.« Pheely setzte sich neben sie aufs Sofa und tippte auf den Zettel. »Spurs.«

»Das glaube ich nicht.«

»Das ist genau sein Stil. Und du hast selbst gesagt, dass er dich heute angeschnauzt hat«, sagte Pheely düster.

»Doch nur weil Lloyd ihn für einen Zigeuner gehalten hat.« Und weil wir wie ein Paar auf ihn wirkten, fügte sie nur im Stillen hinzu.

»Wie irgendwer ein 4000-Pfund-Pferd für das eines Zigeuners halten kann, geht über meinen Verstand.« Pheely schüttelte den Kopf. »Es sei denn, er meinte, Otto sei gestohlen – was rein formal sogar stimmt. Dilly hat Spurs zwar gebeten, ihr Pferd zu reiten, aber ich habe es verboten. Ich habe sogar das Sattelzeug weggeschlossen. Ob ich ihn vielleicht anzeigen sollte?«

Pheely nahm die Sache einfach nicht richtig ernst, dachte Ellen, die ihren panischen Anruf bereits bedauerte. Ganz aufgedreht war Pheely nur Minuten später völlig außer Atem mit einem Joint und einer Flasche Whisky aufgetaucht. Sie schwor, dass im Dorf nichts ähnlich Aufregendes mehr passiert war, seit Prudence Hornton nach einem lautstarken Streit mit Giles um Unterhaltszahlungen angetrunken in den Ententeich gefahren war.

»Ich glaube einfach nicht, dass Spurs mir so was antut.« Ellen starrte die wütenden schwarzen Worte an. »Ich habe nichts getan, das so etwas rechtfertigen würde.«

»Dafür braucht es bei Spurs nicht viel.« Pheely zündete den Joint an. »Du ahnst nicht, was ihn alles in Rage bringt.«

»Was denn?«

Pheely sah sie wissend an. »Wenn man seine seltsam verkorksten Annäherungen zurückweist, seinen übertriebenen Stolz verletzt oder so tut, als hätte er Chancen bei einem, und dann nichts draus wird. Er ist ziemlich schwanzgesteuert.«

»Habe ich alles nicht getan.« Ellen spürte, wie sie feuerrot wurde.

»Aber ich einmal, schrecklich.« Pheely kippte ihren Whisky. »Als Daddy krank war, ehe es richtig schlimm wurde. Spurs und ich haben einen Joint geraucht, während er oben ein Nickerchen machte. Ich muss zugeben, ich fand ihn höchst attraktiv damals. Dilly war gerade in den Kindergarten gekommen, und ich hatte seit ihrer Geburt keinen Freund mehr gehabt. Als Spurs mit mir zu flirten begann, war ich geschmeichelt. Okay, okay, ich war völlig hin und weg.« Sie kicherte und zog an dem Joint. »Für sechzehn wirkte er *sehr* erwachsen – und er war so wunderwunderschön! Du machst dir ja keine Vorstellung. Wie peinlich, wenn ich heute daran denke. Aber er war schon damals sexuell erfahrener als ich und so viel jünger ja auch nicht. Gladys hat auf Teufelsbells Weihnachtsfeier mal zu viel Sherry getrunken und erzählt, dass sie Jasper im Alter von dreizehn mit einem Mädchen im Bett erwischt hat.« Noch einmal nahm Pheely einen tiefen Zug und lachte versonnen. »Wir haben stundenlang geknutscht – herrlich, und dann bin ich etwas zu gefühlvoll geworden und habe ihm gesagt, wie schön er ist und dass ich alles für ihn tun würde. Plötzlich hatte er diesen bösartigen Blick in den Augen und meinte, wenn das so sei, müsse er einen Freund anrufen, der gern zugucken würde. Er war am Telefon, ehe ich ›Peepshow‹ sagen konnte, und ich verlor die Nerven. Ich regte mich fürchterlich auf und kam überhaupt nicht damit klar. Und er wurde fuchsteufelswild, stürmte in die Nacht hinaus und kam ewig nicht mehr zu uns. – In der folgenden Woche hat an jedem verdammten Morgen eine tote Krähe zwischen den Milchflaschen vor der Küchentür gelegen. Kannst du dir das vorstellen? Ich habe mich fast zu Tode gefürchtet. Da steckte natürlich Spurs dahinter.«

»Bist du dir ganz sicher?«, fragte Ellen.

Pheely nickte. »Eines Nachts bin ich extra aufgeblieben und habe gesehen, wie er eins dieser Viecher da hingelegt hat.«

Ellen kaute an ihrem Daumennagel. Dass Pheely und Spurs sich vor all den Jahren so heiß geküsst hatten, ließ ihr Herz schneller schlagen und brachte ihr Blut in Wallung. Hör auf, befahl sie sich selbst. Hör auf. Er hat schreckliche Dinge getan. Du kennst ihn doch kaum. Und er hat dich fast zu Tode erschreckt, nur zu seinem eigenen Amüsement. Diese Eifersucht ist doch völlig verrückt.

»Verstehst du jetzt? Dahinter steckt auf jeden Fall Spurs«, sagte Pheely. »Wenn ihr am Wochenende irgendwie geflirtet habt, darfst du das nicht für dich behalten. Das könnte gefährlich sein.« Durch den Rauch des Joints blinzelte Pheely sie mit Augen an, in denen so etwas wie das Verlangen nach einem neuen heißen Gerücht stand.

Ellen biss sich fast den Daumennagel ab, sah von Pheely auf die schwarzen Worte und dann eine Weile aus dem Fenster, hinter dem der Garten lag. Sie hatte gedacht, dass nicht nur einer, sondern alle ihre Wünsche sich erfüllen würden. Wie dumm sie doch war. Was hatte er ihr nur sagen wollen an jenem Abend vor dem Gewitter? Die ganze Woche schon grübelte sie und hatte sich in ihren Tagträumen ausgemalt, er hätte ihr versichern wollen, dass er nur ihretwegen auf Dauer in Oddlode bleiben würde, und aus keinem anderen Grund. Wie töricht und so jenseits der Wahrheit, dass es schon lachhaft war.

Wütend stand Ellen auf. »Ich gehe zu ihm. Ich muss das klären.«

»Was, jetzt?« Benebelt sah Pheely auf ihre Uhr. »Es ist nach elf.«

»Das ist mir egal.« Sie holte eine Jacke. »Kannst du bleiben, bis ich wieder da bin?«

»Und was, wenn er sich im Garten herumtreibt, mit noch mehr toten Tieren?«, rief Pheely ängstlich und spähte aus dem Fenster.

»Schließ die Türen ab und rauch den Joint weiter, dann fühlst du dich gleich besser«, beruhigte Ellen sie. »Bitte, ich muss das tun.«

»Gott, bist du mutig.« Pheely zitterte, als sie ihr wie einem Kind die Jeansjacke zuknöpfte.

»Ich habe nicht solche Angst vor ihm wie du.« Ellen lächelte, doch ihre Haut spannte wie ein Neoprenanzug in kaltem Wasser.

»Noch nicht.« Pheely wischte ihr ein blondes Haar von der Schulter. »Aber bald, wenn ihr beide so weitermacht.«

»Er hat damit angefangen, und ich werde dem ein Ende machen.«

Der Regen war zu einem feinen Nieseln geworden, als Ellen in der Goose Lane von einer Pfütze in die nächste lief und wünschte, sie hätte eine Taschenlampe bei sich. Um diese Uhrzeit war das Dorf wie ausgestorben. Nur in der Ferne hörte sie das heisere Gelächter einiger Betrunkener, und als sie nach links in die Manor Street bog, sah sie zwei dunkle Gestalten den Park durchqueren. Immerhin hatte sie jetzt den bei Nacht beleuchteten Teil des Dorfes erreicht, wenn die Laternen zwischen den dichten Bäumen auch nur schwaches Licht spendeten. Wegen des Regens lag der leicht säuerliche Geruch des Wiesenkerbels in der Luft, der unter den Lorbeerbäumen vor dem Gemeindesaal wuchs, und der süßliche Geruch der violett blühenden Büsche dazwischen. Ellen atmete tief ein, und dann stand sie auch schon vor dem Tor von Oddlode Manor. Das Haus lag in tiefer Dunkelheit, in keinem der großen zweiflügligen Fenster brannte Licht. Entweder waren die Bellings ausgegangen, oder sie schliefen schon.

Sie sah auf das Klingelbrett am Torpfosten und zögerte, die Furcht einflößende Teufelsbell oder den vornehmen Sir St. John einfach so aus dem Schlaf zu reißen. Wenn sie nur wüsste, welches Fenster zu Spurs' Zimmer gehörte, dann könnte sie Steinchen an die Scheiben werfen. Aber sie wusste ja nicht mal, ob er im Haus seiner Eltern wohnte. Frustriert von ihrer Feigheit spazierte sie seitlich an der hohen Mauer aus Cotswoldstein entlang, vorbei an dem bereits geschlossenen Lodes Inn, und bog nach links in die Manor Lane hinter dem Anwesen ab. Doch selbst das Gartentor in der 2,50 Meter hohen Mauer war fest verschlossen. Erst als sie die Ecke North Street erreichte, wo die Mauer um die Pferdekoppeln niedriger wurde, fand Ellen an einer Stelle einen einladenden kleinen Zaun, über den sie kurzerhand drüberkletterte – wobei sie gleich wieder in einer Pfütze landete. Da der Regen zugenommen hatte, war sie inzwischen von oben bis unten nass, aber das erhöhte den wütenden Eifer nur, ihr Vorhaben umzusetzen.

Auf der einen Seite lag ein großer gepflasterter Platz, umgeben von alten offenen Scheunen, in denen Teufelsbells Pferdetransporter und landwirtschaftliche Geräte standen, die mit ihren Walzen und spitzen Zacken im Dunkeln wie Maschinen aus einer Folterkammer wirkten. Auf der anderen Seite lagen die Stallungen, durch die ein stattlicher Torgang führte. Ein heller Lichtstrahl fiel diagonal in die Dunkelheit jenseits dieses Tors, und Ellen machte vor Freude einen Satz, als ein Schatten sich darin bewegte. Vorsichtig, mit dem Rücken zur Wand, schlich sie durch den Torgang auf die Lichtquelle zu. Auf der gegenüberliegenden Seite in einem spitz zulaufenden Dachgeschoss, das einst wohl ein Heuboden gewesen war, entdeckte sie ein efeuumranktes Fenster, das den Blick auf eine hell erleuchtete Decke und ein altes, von einer nackten Glühbirne herabhängendes Modellflugzeug freigab. Doch obwohl sie sich auf die Zehenspitzen stellte, konnte Ellen sonst nichts erkennen – das Fenster lag einfach zu weit oben. Und sie sah auch nirgends eine Tür oder eine Treppe, die zu diesem Wohnraum hinaufgeführt hätte.

Sie lief quer über den Hof, der zu einer unkrautüberwucherten Auffahrt führte, die an dem großen Gartentor endete, an dem sie vorhin schon gerüttelt hatte. Links lagen einige Gemüsebeete und rechts trennte die hohe Taxushecke diesen Teil des Anwesens von den französischen Parkanlagen des Manors. Wie eine waschechte Stalkerin drückte sie sich daran entlang, bis sie die Rückseite des Gebäudes erreicht hatte, wo sich im Dach einige hell erleuchtete Luken zeigten. Und genau darunter befand sich eine riesige schwarze Tür ohne Griff.

Ellen kämpfte den panischen Wunsch nieder, einfach nach Hause zu gehen, sich abzutrocknen und die Angelegenheit auf den nächsten Tag zu verschieben. Sie würde ja doch nur die ganze Nacht lang grübelnd wach liegen. Und so hämmerte sie mit den Fäusten gegen die Tür. Regen trommelte auf ihre Schultern, während sie hämmerte und hämmerte. Und je stärker er sie durchnässte, desto wütender wurde sie auf Spurs, weil er solch kindische Spielchen trieb. Er war ein verzogener Mistkerl, ein verkorkster Typ, dessen ererbtes Recht auf Reichtum und Schönheit seine Seele von Grund auf verdorben hatte. Sie trat einen Schritt zurück und starrte hinauf zu den funkelnden Dachluken. Weil sie in ihrer Reichweite nichts Geeigneteres fand, zog sie schließlich einen ihrer völlig durchweichten Sneakers aus, zielte und warf ihn in hohem Bogen durch eine der geöffneten Dachluken, wo er mit einem satten Klatschen ankam. Ellen starrte immer noch hinauf und hoffte, dass jemand den Kopf heraussteckte, als die Tür vor ihr aufgerissen wurde.

»Was bildest du dir verdammt noch mal ein, solch kindische Spielchen zu treiben?« Hoch aufgerichtet und wütend stand Spurs vor ihr wie die Silhouette eines Dämons, der aus der Hölle auffuhr und genauso loderte wie das Feuer darin.

»Das wollte ich eigentlich dich fragen«, gab Ellen patzig zurück.

Einen Moment lang schwieg er und musterte die nasse Gestalt, die da auf einem Bein vor ihm stand. Seine Augen blitzten, als er die vom Regen schwarze Levi's, die schmutzbespritzten Knöchel und das angeklatschte blonde Haar sah. »Du kommst mich also besuchen«, sagte er schließlich, und seine Wut schien verpufft. Er klang, als hätte er sie erwartet.

»War es das, was du damit erreichen wolltest?«, fragte sie. »Du hättest mich auch einfach ganz normal zum Tee einladen können.«

»Wie bist du reingekommen?« Er sah zum dunklen Manor hinüber. »Meine Eltern sind nicht da. Wer hat dir das Tor geöffnet?«

»Ich kann durch die Wand gehen«, murmelte Ellen. »Und stelle Leute, die mich ärgern, gern dagegen.«

»Komm rein, es regnet ja noch immer.« Er trat einen Schritt zurück und lachte jetzt bereits, erfreut über den Besuch.

»Mir gefällt's hier draußen.« Ellen fühlte sich im Garten sicherer und wich ein paar Schritte zurück. »Ich hätte gern deinen Freund Dachs mitgebracht, aber dem geht's ja leider gar nicht gut.«

»Was?« Er runzelte die Stirn und trat ebenfalls in den Regen.

»Wie konntest du nur so etwas Entsetzliches tun«, polterte sie. »Wieso, Spurs? Was habe ich dir eigentlich getan?«

»Ich habe keine Ahnung, wovon du sprichst.«

»Von dem verfluchten Kadaver, den ich vorhin von der Motorhaube kratzen durfte, davon. Mit dem Zettel dran. Sehr aufmerksam.«

Der Regen ließ wieder nach, und die feinen Tropfen glänzten in Spurs' schwarzen Locken. »Und du meinst, ich habe etwas damit zu tun?«, fragte er schließlich.

»Natürlich, verdammt – Pheely hat mir alles über die toten Krähen zwischen den Milchflaschen erzählt, genauso wie über die Hufeisen. Du solltest dir wirklich langsam mal was Neues einfallen lassen.«

»Dieses intrigante Miststück!«, rief Spurs.

Ellen hielt vor Schreck den Atem an. »Was hast du gesagt?«

»Dieses intrigante Miststück«, schnauzte er erneut, und seine Augen glühten zornig. »Du solltest dich von ihr fernhalten. Und von mir auch, wenn wir schon dabei sind. Du wärst am besten gar nicht hier aufgetaucht, dann hätte ich meine Ruhe und Pheely keine Ausrede, ihren Hexenkessel anzuheizen.«

Ellen war sprachlos. Sie schien sogar vergessen zu haben, wie man atmete. »Ich habe gar nicht wirklich geglaubt, dass du es warst«, hauchte sie schließlich. »Mit dieser ›Konfrontation‹ hier wollte ich mir nur selbst beweisen, dass du es *nicht* warst. Aber du warst es. O Gott, du warst es.« Sie schlug sich eine zitternde Hand vor den Mund.

»*Ich war es nicht!*« Er ging auf sie zu, so aufgebracht, dass die Adern an seinen Armen hervortraten. »Wie oft muss ich es denn noch sagen? Ich war es nicht! Ich habe mich geändert. Solche Sachen tue ich nicht mehr.«

Sie hätte ihm so gern geglaubt, dass es schmerzte. Sie sah auf seine Hand und erinnerte sich, wie sie fast ohnmächtig geworden war, weil seine Berührung sie an jenem Abend in ihrem Garten so stark erschüttert hatte. Noch nie zuvor hatte sie sich von jemandem so stark angezogen gefühlt. Selbst jetzt, da sie wusste, was er getan hatte, spürte sie immer noch dieses Verlangen. Doch er war ein Fremder. Die paar gemeinsam verbrachten Stunden bedeuteten gar nichts im Vergleich zu den dreizehn Jahren mit Richard. Und es war viel zu lebensgefährlich, die chemische Reaktion zwischen ihnen zu analysieren. Wenn sie direkt ins Feuer sah, würde sie blind werden. Und so gewann ihr Selbsterhaltungstrieb die Oberhand.

»Lass mich einfach in Ruhe, sonst nichts«, sagte sie.

»Sehr gern!« Spurs trat von ihr zurück, seine Augen glühten wie geschmolzenes Silber. »Was glaubst du, was ich die ganze Woche tue?«, rief er. »Du bist doch diejenige, die bei mir angekrochen kommt. Es ist viel besser, wenn du mich gar nicht erst kennenlernst. Geh doch wieder zurück zu diesem Lackaffen von einem Freund.«

»Er ist nicht mein Freund!«

»Oh, mein Fehler. Nenn mich altmodisch. Du vögelst ihn, also sehe ich ihn auch als deinen Freund an. Was gefällt dir denn besser? Geliebter? Playboy? Toyboy?«

Ellen konnte die Erkenntnis nicht unterdrücken, die ihr bei allem Schmerz auch Freude bereitete. Er war eifersüchtig. Eifersüchtig! »Was geht es dich an, mit wem ich schlafe?«, flüsterte sie. »Ich habe nichts mit Lloyd. Aber wie kannst du bloß einen toten Dachs auf meine Motorhaube legen, nur weil irgendein durchgeknallter Makler dich einen Zigeuner genannt hat?«

»Herrje! Hör – mir – zu. Ich war es nicht!«

»Und du hör mir zu: Ich glaube dir nicht.«

Noch ehe sie sich umdrehen konnte, ergriff er mit beiden Händen ihre Schultern und sah sie eindringlich an. »Ich bin ja so – so – froh, dass die gefühlvolle Pheely an jenem Abend gekommen ist, um alles über deine Nacht mit dem Lackaffen zu erfahren. Ich hätte dich fast für jemanden gehalten, dem ich vertrauen kann. Für jemanden, der genauso viel Angst vor mir hat wie ich vor –«

»Mistkerl! Ich habe keine Angst vor dir.«

»Hast du doch, Miststück!« Er behielt sie fest im Auge. Doch sie stritten schon längst nicht mehr miteinander. Sein Mund näherte sich unaufhaltsam dem ihren, ganz egal, welche Worte sie sprachen.

»Ich liebe –«

»Ich hasse –«

»Ich liebe –«

»Dich ... dich ... dich ...« Lippen trafen auf Lippen, Körper drängte sich an Körper. Gegenseitiges Misstrauen, Sehnsucht und Begehren verschworen sich, als sie endlich alle Vorsicht aufgaben und sich stürmisch küssten.

Und diesmal wurde Ellen tatsächlich ohnmächtig. Als sie den Schlag gegen den Hinterkopf spürte, dachte sie zuerst, Spurs hätte ihr eins mit dem Knüppel über den Schädel gezogen. Undeutlich nahm sie wahr, wie sie in sich zusammensackte und dass das, was sie getroffen hatte, seltsam nach Orange roch. Aber Spurs konnte sie ja gar nicht geschlagen haben, er hatte doch die ganze Zeit beide Hände an ihren Schultern gehabt und hielt sie sogar immer noch fest.

Als sie die Augen wieder aufschlug, lag sie allein auf einer feuchten Bank im Garten von Oddlode Manor. Sie stöhnte und tastete ihren pochenden Kopf nach einer offenen blutenden Wunde ab. Doch außer einer kleinen Beule gab es kein erkennbares Anzeichen für das, was geschehen war.

Nur einen Augenblick später tauchte Spurs hinter der Taxushecke auf. »Sie haben sich aus dem Staub gemacht«, sagte er atemlos vom Rennen und schwang eine Alkopopflasche in der Hand. »Gott sei Dank, bist du wieder zu dir gekommen.« Er kniete neben ihr nieder. »Geht es dir gut? Hast du Kopfschmerzen? Kannst du klar sehen?«

»Warst du etwa einkaufen«, fragte sie benommen und versuchte, die Flasche zu fixieren. »Wie nett, dass du nicht von meiner Seite gewichen bist, um zu sehen, ob ich noch lebe.«

Besorgt betrachtete er ihr Gesicht. »Fühlst du dich schlecht? Soll ich dich ins Krankenhaus nach Cheltenham fahren?« Er streichelte ihre Hand ohne Unterlass, und einen Moment lang war Ellen ganz hypnotisiert von dieser zärtlichen Geste. »Gott, es tut mir so leid.« Er presste seine Stirn gegen ihren Handrücken. »Das hätte nicht passieren dürfen.«

Immer noch benommen wunderte sie sich, was er eigentlich meinte, und strich ihm mit der anderen Hand über die feuchten schwarzen Locken. Einen Augenblick lang schien sich sein ganzer Körper zu entspannen. »Mir geht's gut – wirklich«, versicherte sie ihm, stand auf und versuchte, nicht zu wanken. Und weil Spurs immer noch die Flasche festhielt, fügte sie hinzu: »Ich bin nie eine große Alkopop-Trinkerin gewesen, aber trotzdem danke. Trinkt man in solchen Situationen in England nicht eher eine Tasse Tee?«

»Diese Flasche hier hat dich getroffen, sie kam über die Mauer geflogen.« Er seufzte und stellte das Ding auf die Bank. »Ich habe den toten Dachs nicht auf deine Motorhaube gelegt.« Er strich sich das Haar aus dem Gesicht. »Das schwöre ich.«

»Ach ja, natürlich. Der Dachs. Mist.« Ellen spürte, wie ihr plötzlich übel wurde. In ihrem Kopf pochte es schmerzhaft. »Ich gehe nach Hause.« Mit der einen Hand hielt sie ihren Kopf, mit der anderen hielt sie sich an der Bank fest und wartete darauf, dass der Garten sich langsamer drehen würde. »Ich schätze, die war für dich bestimmt, oder?«, sagte sie und deutete auf die Flasche.

»Wahrscheinlich nur irgendwelche Jugendlichen – der Pub ist so nahe, hier fliegen dauernd leere Flaschen und Dosen herein. Mutter hat sogar mal drüber nachgedacht, einen eigenen Müllmann einzustellen, ehe das Geld knapp wurde. Geht es dir wirklich gut?«

»Ich werd's überleben.« Groggy sah sie auf ihre Füße hinab und fragte sich, wieso ihr ein Schuh fehlte. Und dann fiel ihr alles wieder ein: der Dachs mit der durchgeschnittenen Kehle, ihr nächtlicher Gang durch den Regen, der Wurf mit dem Schuh, der hitzige Streit, der Kuss, die Ohnmacht. Sie wankte, als sie sich an den Kuss erinnerte. Wie hatte sie das vergessen können?

»Verschwinde dahin, wo du hergekommen bist, Belling!«

Ellen und Spurs fuhren herum, als plötzlich mehrere Flaschen über die hohe Mauer in den Garten flogen.

»Runter!« Schützend legte er einen Arm um sie, als sie in die Knie gingen.

»Du wärst besser im Gefängnis verrottet, du mörderischer Mistkerl!«, schrie eine Stimme von der Straße her. Dann rannte jemand weg.

Nervös spähte Ellen Spurs an. »Jugendliche, ja?«

Er schluckte schwer und sah zu den Scherben hinüber. Diesmal waren die Flaschen auf einem gepflasterten Weg aufgeschlagen. »Ich will nicht, dass du irgendwas mit mir zu tun hast«, sagte er auf einmal abrupt und stand auf.

»Was?« Sie rieb sich den pochenden Kopf und wankte unsicher auf den Beinen.

»Du hast mich schon verstanden. Ich will, dass du dich von mir fernhältst.« Mit versteinerter Miene starrte er sie an. »Versuch nicht, mich wiederzusehen vor deiner Abreise.«

»Aber warum denn?«

Er lachte bitter. »Wusste ich's doch, dass meine Rückkehr eine ganz neue Strafe für mich bereithält. Jetzt, da meine lebenslängliche Strafe aufgehoben ist, finde ich jemanden, nach dem ich schon mein ganzes nutzloses Leben lang gesucht habe. Wenn es einen Gott gibt, dreht er darüber hoffentlich selbst total durch.«

»Was soll das heißen?«, fragte Ellen, die eine Welle durch ihren Körper gehen spürte, die sie nicht nur von ihren nassen Füßen reißen, sondern auch ihr Herz brechen würde. »Was meinst du mit ›lebenslänglicher Strafe‹?«

»Tu einfach, was ich sage. Du brauchst mich so dringend wie ein Loch im Herzen. Geh einfach, Ellen.«

»Nein. Sag mir, was los ist.«

»Was muss ich tun, damit du endlich gehst?«, polterte er und ging auf die Tür zu.

»Sag mir, was du mir an jenem Abend vor dem Gewitter erzählen wolltest.« Ellen stolperte hinter ihm her. »Sag mir die Wahrheit.«

Einen sehr langen Augenblick sah er sie nur an, ohne mit der Wimper zu zucken. Dann öffnete er die schwarze Tür. »Gib dem Ganzen nicht mehr Bedeutung, als es hat, Ellen. Du hattest die ganze Zeit recht. Ich hab's nur darauf angelegt, dich zu vögeln. Und als ich rausfand, dass der Makler schon seine Einlage gemacht hatte, habe ich mein Angebot zurückgezogen.«

»Das ist nicht dein Ernst.« Ellen stockte fast der Atem.

Er kniff eins seiner funkelnden Augen zusammen. »O doch.« Helles Licht fiel aus der offenen Tür nach draußen und ließ dunkle Schatten auf Spurs' Gesicht fallen. »So heiß bist du auch wieder nicht.« Und damit fiel die Tür ins Schloss.

Spätnachts, lange nachdem Pheely sich mal wieder über Spurs echauffiert hatte, weil er sie mit einer Gehirnerschütterung alleine nach Hause geschickt hatte, und whiskyselig Richtung Lodge verschwunden war, schrieb Ellen an Richard.

Es ist vorbei, aber ich werde stets für dich da sein, wenn du mich brauchst. Die 13 bringt nicht immer Unglück. Es gab mehr gute als schlechte Jahre, und es gibt auch mehr gute Erinnerungen.

Glaub mir, es war richtig, schließlich diese Entscheidung zu treffen. Ich fühle mich wie in Stücke gerissen, aber diese Stücke werden sich eines Tages neu zusammensetzen. Ich weiß, dass wir das Richtige getan haben. Ich habe dich einst mit jeder Faser geliebt. Diese Liebe lebt auch heute noch in einer Ecke meines Herzens, und ich werde sie wertschätzen, solange ich lebe. Du bist meine See und mein Ozean. E. xxx

Sie brauchte Stunden, bis sie diese beiden Absätze geschrieben hatte, und musste immer wieder fürchterlich weinen, ehe sie die Mail abschickte. Denn damit knipste sie endgültig ein Licht aus, das sie nie wieder würde anknipsen können – und gab indirekt zu, dass ihr leeres Herz bereits von einem anderen erfüllt war. Was es doppelt bitter machte, als umgehend eine harsche Antwort eintraf.

du miststück. ich wette, dem spielst du keine fakeys vor, wie du es bei mir immer getan hast.

Am anderen Ende der Welt war Richard online, las zwischen den Zeilen und zahlte es ihr mit alten Sprüchen heim. Nur langjährige Paare kannten dieses unausgesprochene Verständnis und konnten einander nicht nur die größten Freunde, sondern auch die ärgsten Feinde sein. Er hatte es immer gemerkt, wenn sie sich in jemand anders verliebt hatte. Und auch wenn sie nie untreu gewesen war, so hatte sie sich in den letzten Jahren doch oft verliebt.

Fakey – so wurden die genannt, die mit dem linken Bein vor dem rechten auf dem Surfboard standen, so wie Ellen. Und es war ein Wort aus ihrem Sexleben gewesen. Richard hatte eine unbegrenzte Ausdauer, und es konnte ewig dauern, bis er kam – und so hatte Ellen eben öfter mal einen Orgasmus gefaked, damit es schneller ging. Früher hatten sie über Ellens Fakeys gelacht, bis sie dazu überging, es regelmäßig zu machen. Da war es kein Witz mehr gewesen. Sie sah auf die Küchenuhr, es war schon nach vier Uhr früh. In Oddlode würde es bald wieder hell werden, und die Vögel zwitscherten schon.

Ich habe es nicht immer getan.

Sie schickte die Antwort ab und schloss die Augen. »So heiß bist du auch wieder nicht«, flüsterte sie und zuckte bei der Erinnerung an Spurs' letzte höhnische Bemerkung zusammen. Er hatte recht. Richard hatte sie stundenlang geküsst, gestreichelt und geleckt, und sie war kalt wie Eis geblieben. Binnen Sekunden poppte auf ihrem Bildschirm ein Fenster auf. Über einer kleinen Textbox stand eine Nachricht für sie.

Surferboy21 möchte chatten. Zum Antworten tippen Sie unten Ihren Text ein. Dieser private Chatraum wird nicht von einem Moderator überwacht. Zu Ihrer eigenen Sicherheit geben Sie bitte keine Privatadressen preis.

Darunter hatte Richard in einer aufdringlich roten Schrift begonnen, ihr sein Herz zu öffnen und auch seine geheime Internetwelt.

wie oft?

Sie schloss die Augen. Zu oft, um es noch zählen zu können.

Nur selten.
ist er besser als ich?

Sie hatte noch nicht geantwortet, da erschien schon die nächste Zeile.

vergiss es. ich vermisse deinen körper.
Ich vermisse

Ellen sah auf den blinkenden Cursor in der kleinen Textbox und wusste, dass sie Richard gar nicht wirklich vermisste. Sie vermisste es nur, sich mit jemandem zu unterhalten, der sie so gut kannte. Ein entsetzlich egoistischer Grund, um jemanden zu vermissen. Umso mehr, da Richard eigentlich nur wusste, wer sie war, wenn sie bei ihm war. Und der Ellen, die er kannte, fühlte sie sich schon jetzt entfremdet. Sie löschte die zwei Wörter wieder und ersetzte sie durch zwei andere, ehe sie sie abschickte.

Viel Glück.
möchtest du cybersex?

Neben der Nachricht war ein Smiley zu sehen, der lüstern die Zunge herausstreckte und ihr zuzwinkerte. Sie sah auf den blinkenden Cursor, der auf ihren Text wartete. War es so einfach, eine dreizehn Jahre währende Freundschaft in ein verstörendes Frage- und Antwortspiel zweier Fremder zu verwandeln?

Ganz langsam klappte sie den Bildschirm ihres Notebooks zu, ging die Treppe hinauf und ließ Richard allein in seinem Chatraum.

Das Telefon begann zu klingeln, als sie die Zähne putzte. Ellen sah schuldbewusst in das Gesicht im Spiegel und rieb sich fast das Zahnfleisch wund, während sie es minutenlang klingeln ließ, bis er endlich aufgab.

Ein paar Gärten weiter flog in Oddlode in diesem Moment ein regennasser Sneaker im hohen Bogen aus einer Dachluke. Darin steckte ein Handy, das per automatischer Wahlwiederholung immer noch dieselbe Nummer anrief. Und erst als es krachend in einem feuchten Blumenbeet gelandet war, gab es endgültig seinen Geist auf.

9

Der Name Poppy passte sehr gut zu der flotten jungen Maklerin, die sich nun um den Verkauf von Goose Cottage bemühte. Sie trug mit Vorliebe poppig bunte Kleidung und fuhr natürlich auch ein poppig rotes Auto. Seit sie den Auftrag übernommen hatte, fuhr sie täglich in ihrem auf Hochglanz polierten Golf vor, um das Cottage für die potenziellen Käufer »herauszuputzen«. Sie gab allem gern eine persönliche Note, erklärte sie und bestand darauf, selbst bei den Besichtigungsterminen anwesend zu sein. Schon bald waren alle Vasen mit Freesien und Lilien gefüllt, in der Kaffeemaschine der Jamiesons blubberte echter Filterkaffee, in den Toiletten waren kleine Duftsteine angebracht und der Esstisch war für sechs Personen gedeckt. Poppy machte, wie Ellen ihren Eltern versichert hatte, ihren Job sehr gut. Doch sie ging Ellen zunehmend auf die Nerven.

»Ein *bezauberndes* Cottage mittelalterlichen Ursprungs ...« In einer Wolke Givenchy winkte sie die potenziellen Käufer durch die Räume, und ihr Singsang klang wie aus einer Fünfziger-Jahre-Werbung. »*Liebevoll* restauriert von den Besitzern, die jetzt auf dem Kontinent leben. Enorm *wandlungsfähig* in der Raumgestaltung und in den *exklusiven* Cotswolds eine *superbe* Investition.«

»*Reizende* Leute«, sagte sie danach jedes Mal. »Und *sehr* interessiert, glaube ich.« Und nach jeder begeisterten Führung fügte sie ihrem Repertoire neue Phrasen hinzu. »Ja, hier gibt es *sehr viele* Wildtiere: Vögel, Rotwild, Füchse, Igel. Sie haben doch sicher schon welche gesehen, Miss Jamieson?«

»Hmm – einen Dachs.«

»Wie *großartig!*«

Als Poppy vorschlug, dass Ellen sich doch ein bisschen zurechtmachen könnte, als wäre sie ein abgewetztes Sofa, das einen neuen Bezug brauchte, beschloss Ellen, diesem täglichen Besucherstrom aus dem Weg zu gehen. Da die schweren Wolken weiterhin ihre regnerische Last auf die reetgedeckte Prinzessin abluden, war es gar nicht so leicht, zu entschwinden. Die Batterie des Jeeps war fast leer, und Spaziergänge zum Dorfladen oder mit Snorkel dauerten selten lange genug, um den eifrigen potenziellen Neubesitzern nicht zu begegnen. Manche blieben Stunden. Wenn Ellen die um ihren Hals baumelnden Kameras sah, die Urlaubsführer in ihren Autos und ihre Freizeitkleidung, dann verstand sie, was Lloyd damit gemeint hatte, dass in den Cotswolds die Besichtigung zum Verkauf stehender Häuser inzwischen genauso beliebt war wie das Wandern, jedenfalls an regnerischen Tagen.

Spurs' unerfreuliche Eröffnungen, die Drohung mit dem toten Dachs und Poppys Zuversicht, dass das Cottage »im Nu« verkauft sein würde, ließen Ellen konkrete Reisevorbereitungen treffen, damit sie nach dem Verkauf so schnell wie möglich starten konnte. Sie arbeitete eine genaue Reiseroute aus und versandte unendlich viele Anfragen per Mail. Dafür legte sie sich extra eine neue Mailadresse zu, damit sie nicht erneut Richards bitter-aggressive Traktate lesen musste. Das war ziemlich feige, okay; doch zu ihrer noch größeren Schande musste sie eingestehen, dass sie kaum noch an ihn dachte. Es war Spurs' Gesicht, das sie vor sich sah, wenn sie abends in der Badewanne lag, die Augen schloss und das Wasser fast Wellen schlug, weil ihr Herz so stark pochte. Welch enorme Gewalt diese selbstzerstörerische Verliebtheit über sie doch hatte, entsetzlich! Und dass er offenkundig so wenig für sie empfand, machte es nur noch schlimmer. Sie sah ihn nie, auch wenn sie von Pheely erfuhr, dass er jeden Tag auf Otto ausritt. Wenn sie bedachte, wie regelmäßig sie spazieren ging, machte er wohl absichtlich einen Bogen um sie. Aber Ellen ging nicht nur spazieren und suchte weiterhin nach Fins, sondern saß auch oft bei Pheely auf der Terrasse des Lodge Cottage, trank unglaublich starken Kaffee, sah ihr beim Arbeiten zu und hörte sich ihre völlig übertriebenen Geschichten aus dem Dorf an – die stets für gute Laune sorgten.

»An Godspells Totenmaske kann ich erst weiterarbeiten, wenn sie wieder zu einer Sitzung kommt«, klagte Pheely. »Und Gott allein weiß, wann das sein wird. Ely hat ihr Hausarrest erteilt, weil sie spätabends im Lodes Inn etwas trinken war.« Die halbfertige Porträtbüste von Godspell Gates stand in feuchtes Sackleinen eingeschlagen unübersehbar da, während Pheely sich auf eine kurvenreiche Seejungfrau konzentrierte. »Die ist für Prudences Galerie«, erklärte sie fröhlich. »Im Sommer läuft der Laden besser.«

»Aber sie ist doch schon alt genug, um in den Pub zu gehen, oder?«, fragte Ellen.

»Meine Güte, sicher. Pru würde sogar in den Edelnachtklub des britischen Heers eingelassen«, sagte Pheely gehässig. »Weißt du eigentlich, dass sie schon zweimal geliftet ist?«

»Ich meinte Godspell.«

»Oh, Ely beweist von Zeit zu Zeit gern väterliche Autorität. Diese Kinder entkommen ihrem goldenen Käfig nicht – Enoch hatte mal die ganzen Sommerferien Ausgehverbot, weil er aus der Schule ein ›Penthouse‹ mitgebracht hat. Wahrscheinlich werden sie noch mit dreißig nachts in ihren Zimmern eingeschlossen. Aber in diesem Fall hätte er wirklich mal eine Ausnahme machen können. *Er* will doch, dass die Büste so schnell fertig wird.«

Ihre Dorfgeschichten konzentrierten sich erstaunlich oft auf Ely und seine Familie, fand Ellen.

»Ely hat für die Gartenparty dies Jahr eindeutig noch irgendwas in petto«, vertraute sie Ellen eines Tages an. »Du musst mir *versprechen*, dass du dann noch hier bist.«

»Mal sehen«, erwiderte Ellen vorsichtig, die an das Teufelsmoor-Rennen dachte und sich ausmalte, wie Spurs über die farbenfrohen Wiesen galoppieren würde – zu den Buhrufen des gesamten Dorfes.

»Eine ziemlich große Sache wahrscheinlich. Ob er es endlich geschafft hat, Noah aus der Mühle zu vertreiben?«, spekulierte Pheely. »Wie auch immer, Ely brütet irgendwas aus. Das erkennt man schon daran, dass er bei der Kirchenkollekte wieder Zwanziger in den Klingelbeutel steckt – er will Gott mit Geld gnädig stimmen.«

Ellen hoffte bloß, dass es nichts mit dem Spottpreis, den er für Goose Cottage bot, zu tun hatte. Poppy hatte er bereits angerufen. »Könnte der tote Dachs nicht auch von ihm sein?«

»Wie oft soll ich es denn noch sagen, Ellen?« Pheely legte ihren Spatel aus der Hand und verdrehte entnervt die Augen. »Es war Spurs.«

Ellen sah, wie ein Eichhörnchen mutig auf die Terrasse flitzte und sich eine Erdbeere schnappte, ehe es eine von Norman Gentlys kopflosen Steinfiguren hochkletterte und auf einen Baum sprang. Sie dachte an den Tag, an dem sie mit Erdbeeren nach Spurs geworfen und er sie in den Teich geschubst hatte, nachdem sie sich so sehr in ihr Wortgefecht hineingesteigert hatte. Er hatte recht gehabt. Sie konnte sich immer noch nicht beherrschen.

»Und jetzt macht er sich an Otto zu schaffen, angeblich trainiert er ihn«, schimpfte Pheely. »Dilly ist begeistert – sie hat ihn gebeten, das Pferd fürs Teufelsmoor-Rennen fit zu machen. Doch Pixie hat gestern in Upper Springload Biogemüse ausgeliefert und gesehen, dass Psychotto vor dem Plough angebunden war und Spurs und Rory im Biergarten saßen.«

Ellen lächelte traurig und erinnerte sich dann an etwas. »Auf meiner Wiese stehen immer noch zwei Hindernisse von Rory.«

»Erzähl das bloß nicht Dilly, sonst besteht sie darauf, dass wir sie auf die Vespa schnallen und ihm bringen, nur damit sie Rory sehen kann. Obwohl der Bursche ja wirklich *klasse* aussieht, zugegeben. Wie seine Mutter Patisserie, ganz anders als die plumpe Tochter.« Offensichtlich setzte sie schon wieder zu einer Geschichtsstunde über eine der Familien von Oddlode an.

»Er sieht Spurs unglaublich ähnlich«, sagte Ellen gedankenlos.

»Gar nicht«, gab Pheely zurück. »So wenig wie Hyperion einem Satyr. Und der Satyr ist die niedrigste Form des Schwachkopfs.«

Ellen dachte daran, dass Spurs sich über Rorys Alkoholkonsum Sorgen machte und beiläufig erwähnt hatte, dass sein schwacher Cousin mit dem Stallmädchen ins Bett stieg, wenn er betrunken war. Sie fragte sich, wer da wohl der schwachköpfige Satyr war. Wie immer, wenn das Gespräch auf Spurs kam, versuchte sie Pheely davon abzuhalten, gleich zum nächsten Thema zu flattern.

»Wieso genau hat er das Dorf damals eigentlich verlassen?«

»Da er ins Gefängnis musste, war's sinnlos, die Mitgliedschaft im Ponyclub zu verlängern.«

»Aber er ist doch erst mit neunzehn ins Gefängnis gekommen. Ich dachte, er hätte Oddlode vorher schon verlassen.«

»Ein paar Jahre vorher, ja.« Pheely pflanzte der Seejungfrau eine Warze mitten auf die Nase. In ihren grünen Augen stand ein warnender Blick.

»Was hat er denn getan?« Ellen wollte es unbedingt wissen.

»Denk an das Schlimmste. Denk an Ödipus, nur schlimmer.«

Ellen erinnerte sich, wie gern ihr Vater immer über die griechischen Tragödien gesprochen hatte. »Mit der Mutter geschlafen und den Vater ermordet?«, fragte sie entsetzt.

»Nah dran.« Pheely entfernte die Warze doch lieber wieder von der Nase der Seejungfrau. »Versuch's noch mal.«

»Mit dem Vater geschlafen und die Mutter ermordet?«

»Es mag dir ja nicht aufgefallen sein, aber Spurs' elende Eltern leben beide noch.«

»Mit Mutter und Vater geschlafen und den Labrador ermordet?« So langsam nervte Ellen dieses Spiel. »Jetzt sag schon.«

»Denk mal richtig nach.« Verärgert drehte sich Pheely um. »Denk daran, dass jeder ihn hasst. Denk an den Mist, den er gebaut hat, die Herzen, die er gebrochen, und die Leben, die er zerstört hat, und an das Chaos, das er in diesem Dorf angerichtet hat. Er ist Hals über Kopf abgehauen. Er war zwölf Jahre nicht hier. Und wir hassen ihn immer noch. Denk mal nach. Dann hörst du vielleicht endlich auf, so zu tun, als sei er der großartigste kleine Lord Fauntleroy, den du je gesehen hast. Denn das ist er nicht. Er ist ein ganz, ganz übler Typ.«

Ellen war bestürzt, wie sehr Pheely sich aufregte. »Tut mir leid.« Sie trat in die Sonne neben ihre Freundin, erschreckt darüber, sie könne ihre Freundschaft verlieren, und noch erschreckter über das, was Spurs getan haben musste. Schnell wechselte sie selbst das Thema. »Hat Dilly denn bald Ferien?«

»Morgen hat sie die letzte Prüfung, danach darf sie nach Hause. Die Fullertons nehmen sie mit – herrje, wo soll ich bloß all ihre Sachen unterbringen? Am besten in der Lodge – wenn ich die Schlüssel finde.« Angespannt strich Pheely der Seejungfrau übers Haar. So ganz hatte sie sich nach ihrem Ausbruch noch nicht wieder beruhigt. »Ich werde ein fantastisches Mahl zaubern, schließlich hat sie ihre Abschlussprüfungen bestanden – ich dachte an was Thailändisches mit Lachs und Ei, ein Lachs mit Eiern. Genial, hm?« Ihre Witze waren immer fürchterlich, wenn sie nervös war.

Ellen sah in ihr offenes freundliches Gesicht und beschloss, nicht länger in alten Wunden herumzustochern. Was immer Spurs Pheely angetan hatte, sollte nicht mit ihrer Hilfe wieder an die Oberfläche steigen und ihr erneut Schmerz zufügen.

Als Ellen am Abend ihre Mails abrief, konnte sie allerdings nicht widerstehen und tippte »Jasper Belling« in die Suchmaschine im Internet ein. Seitenweise Treffer erschienen, hauptsächlich Zeitungsartikel, die sich mit Sir St. John Belling und damit befassten, warum er bei den Torys in Ungnade gefallen war, und mit Spurs' Gefängnisstrafe. Es stimmte, er hatte mehr als nur Schecks gefälscht. Der junge missratene Spurs hatte einfach alles gefälscht, von historischen Briefen über Rezepte und Rechnungen bis hin zu Skizzen von Munnings. Norman Gentlys Urteil über die künstlerischen Fähigkeiten seines letzten Protegés war wohlbegründet. Ellen las bis spät in die Nacht, fest entschlossen, ihn ebenfalls zu hassen.

Er hatte gesagt, sie brauche ihn so dringend wie ein Loch im Herzen. Und er hatte recht. Ellens Kopf war schon immer von ihrem Herzen regiert worden, und das Loch in ihrem Herzen war in der kurzen Zeit ihrer Bekanntschaft so groß geworden, dass ein Meteor hineingepasst hätte. Doch so sehr sie sich auch bemühte, sie konnte ihn nicht hassen.

»Ellen! Gott sei Dank. Ich brauche deine Hilfe!«

Ellen klemmte sich das Handy zwischen Schulter und Ohr und griff nach ihrem Kaffee. »Pheely, wo bist du?«

»Am Fischstand auf dem Markt in Maddington. Gerade ist der Bus an mir vorgebeirauscht, und ich werde zu spät zu Godspells Sitzung kommen, wenn du mich nicht rettest. Du hast ja keine Ahnung, wie anstrengend es war, Ely zu überreden, ihren Hausarrest früher aufzuheben.«

»Ich kann dich nicht abholen. Die Batterie vom Jeep ist leer, er springt nicht an.«

»Verdammt – nein, *nicht* den fetten, der sieht ja aus, als wäre er im Taxi flussaufwärts geschwommen. Den sportlich fitten Lachs da hinten.« Pheely hatte übergangslos dem Fischhändler Anweisungen erteilt. »Verdammt, ich habe ihre Handynummer nicht, und in Manor Farm ist dauernd besetzt.«

Ellen sah draußen Poppys roten Golf auftauchen. »Soll ich bei ihr vorbeigehen und Bescheid geben, dass du später kommst?«

»Oh, das wäre furchtbar lieb – nein, ich will ihn *ausgenommen*. Macht dir das auch nichts aus?«

»Snorkel kann einen Spaziergang vertragen.« Ellen winkte, als Poppy mit noch mehr frischen Blumen aufs Haus zukam. Es wäre eine prima Ausrede, um einer weiteren säuselnden Führung der Maklerin zu entgehen. »Ich werd's ihr sagen.«

Die Sonne brannte wieder heiß auf Oddlode herab, und Ellen erwartete schon, dass die bleichgesichtige Godspell ihr auf der North Street mit einem schwarzen Sonnenschirm entgegenkommen würde. Doch die lange Straße war wie ausgestorben, abgesehen von Hunters rebellisch gackernden Hühnern. Das Dorf war ungewöhnlich still, ein paar Kinder gingen zur Schule und einige Touristen streiften umher. Unbehaglich fächelte sich Ellen Luft zu. Es wirkte unwirklich und unbewohnt, wie ein Filmset, der auf seine kostümierten Darsteller wartete. Das gespenstische Läuten der alten Türklingel von Manor Farm schien diese irreale Künstlichkeit nur noch zu bestätigen – sie verhallte in den Tiefen, aus denen sicher jeden Moment eine alte Haushälterin heranschlurfen würde.

Diese Erwartung wurde widerlegt, als Felicity Gates' dickliches Gesicht über der Sicherheitskette erschien. »Ja?«, fragte sie misstrauisch. Offenbar erwartete sie, dass jemand mit ihr über Versicherungen, Isolierverglasung oder die Wiederkunft Christi sprechen wollte.

»Hi. Ist Godspell da?«

Ihre Miene hellte sich auf und sie öffnete die Tür, so dass sie sich Ellen nun in einer Schürze mit furchtbaren Blutflecken präsentierte. »Sind Sie eine Freundin? Wie schön. Kommen Sie herein! Den Hund können Sie da draußen anbinden. Das Telefonhoroskop hat gerade vorausgesagt, der heutige Tag würde frische Gesichter bringen.« Sie wedelte mit dem Apparat und presste ihn ans Ohr.

Ehe Ellen erklären konnte, warum sie gekommen war, wurde sie durch eine dunkel getäfelte Eingangshalle geführt und an einer laut tickenden Standuhr vorbei zu einer schmalen Treppe. »Ich glaube, sie ist in ihrem Zimmer. Sie muss jeden Moment los –« Felicity lauschte der Stimme an ihrem Ohr, die ihr für den heutigen Tag eine Romanze versprach. »Gehen Sie einfach hinauf. Entschuldigen Sie – ich muss noch das Schwein für die Tiefkühltruhe zerlegen, ehe ich zu Lady Bellings Morgenkaffee gehe.« Damit watschelte sie davon.

Ellen wollte gerade nach dem Weg fragen, als von oben ein gespenstisches Schreien ertönte. »Ist das … normal?«, fragte sie, ehe sie bemerkte, dass Felicity schon weg war. Und dann wurde das Schreien von den Geräuschen eines Hackbeils untermalt, das in der nahe gelegenen Küche Gewebe und Knochen zertrennte. Ohne nachzudenken, rannte Ellen die Stufen hinauf und landete in einem kleinen Flur, der früher wohl zu den Räumen der Dienstboten geführt hatte und an dessen geweißelten Wänden eine erschreckende Anzahl Kreuze hing. Das Schreien drang hinter einer gewölbten Tür hervor. Ellen drückte die Klinke, doch es war abgeschlossen. Die Tür war mit einem Sicherheitsschloss versehen.

»Hallo? Hallo! Alles okay?« Beklommen lauschte sie auf das Schreien, das jetzt von einer Reihe metallischer Schläge begleitet wurde. Sie ging weiter den Flur hinauf und fand ein winziges Schlafzimmer, in dem nichts als ein schmales Bett, ein schlichter Kleiderschrank und ein Holzstuhl standen. An den Wänden hingen noch mehr Kreuze. Es wirkte wie die Zelle einer Nonne. Links führte eine Zwischentür, ebenfalls mit Sicherheitsschloss, jedoch nur angelehnt, in den Raum, aus dem die Schreie drangen.

»Herrje!« Ellen trat einen Schritt zurück, als sie die Tür aufgestoßen hatte. Das Erste, was sie unvermittelt traf, war die Hitze, und dann der Gestank. In dem Raum – der dunkel und feucht war – roch es, als sei jemand darin gestorben. Die Fensterläden waren geschlossen, und nur eine alte Schreibtischlampe spendete etwas trübes Licht. An den Wänden waren schemenhaft Glaskästen zu erkennen, in denen hier und da ein schwaches Lämpchen brannte. Als Ellen vorsichtig eintrat, sah sie, dass die Glaskästen bevölkert waren von Insekten aller Art – gepanzerten, haarigen, durchsichtigen, manche groß wie eine Hand, andere winzig wie eine Wimper –, die in ihren temperierten und ausgeleuchteten Apartments mit Erde, Blättern, Mehlwürmern oder frischen Heuschrecken versorgt waren. Und all diese Insekten lauschten auf das ohrenbetäubende

Schreien, das aus zwei Stereolautsprechern an der Decke drang.

Ellen hielt sich die Ohren zu und trat den Rückzug an. Dabei stolperte sie über ein Kabel und zog einen Stecker aus seiner Buchse. Augenblicklich hörte das Schreien auf und die trübe Lampe erlosch, so dass Ellen in völliger Dunkelheit dastand. Sie griff nach der Tür, die hinter ihr ins Schloss gefallen war, und stellte entsetzt fest, dass sie sich automatisch geschlossen hatte. »Mist!« In Panik sah sie sich um und versuchte, ihre Augen an die Dunkelheit zu gewöhnen.

Und dann hörte sie das Zischen.

Aus einem der Glaskästen zischte sie etwas an.

»Uuääh!« Sie machte einen Satz, als sie darin ein halbes Dutzend Kakerlaken so groß wie Mäuse erkannte. Aus dem Kasten darüber sahen sie zwei Skorpione nachdenklich an und fragten sich wohl, warum sich ihre Nachbarn so aufregten. Ellen rieb sich mit den Handballen die Schläfen, um ihre Nerven zu beruhigen. Jetzt, da sich ihre Augen besser an die Dunkelheit gewöhnt hatten, sah sie die verschlossene Tür von vorhin, die auf den Flur führte, und eine weitere Tür an der gegenüberliegenden Seite. Diese war nicht verschlossen und führte in einen pechschwarzen Raum. Aus seinen Tiefen vernahm Ellen deutlich ein Flirren wie von Flügeln.

Das ›Schweigen der Lämmer‹ war ja gar nichts dagegen, dachte sie entsetzt, warf die Tür hastig zu und rief: »Hallo? Hört mich jemand? Godspell? *Hallo?*« Die zischenden Kakerlaken erhöhten ihre Anstrengungen noch. Die Hitze und der Gestank waren unerträglich. Ellen trommelte gegen die Tür, die auf den Flur führte. »Haallooo! HILFE!« Nichts. Draußen hörte sie das Geräusch eines Autos, das auf Kies wendete und dessen Motor abgestellt wurde. Sie spähte durch die Ritzen der Fensterläden und erkannte unten in der Auffahrt einen Range Rover, aus dem Ely Gates ausstieg.

Ellen tastete auf dem Boden herum, fand das Kabel und stöpselte den Stecker ein, so dass wenigstens die trübe Lampe wieder brannte – allerdings ging auch das unerträgliche Schreien sogleich wieder los. Hastig eilte sie durch den Raum, um es abzustellen. Die Schritte auf der Treppe hatte sie nicht gehört und auch das Drehen des Schlüssels im Schloss nicht.

»*Was* habe ich zu dir gesagt zum Abspielen dieser –« Ely Gates' Silhouette erhob sich drohend im hereinfallenden Lichtkegel, und Ellen schien es, als tanzten die Kreuze an der Wand hinter ihm, als sie in die plötzliche Helligkeit blinzelte. »Dürfte ich wissen, was Sie im Insektarium meiner Tochter tun?«

Ellen konnte seine eiskalt funkelnden, blauen Augen erkennen und erzitterte. »Ich wollte ihr eine Nachricht überbringen und habe mich aus Versehen eingesperrt.« Er rieb sich den Bart, während er darüber nachdachte. »Pheely bat mich, ihr auszurichten, dass sie etwas später kommen soll.« Er sagte immer noch nichts. »Ist Godspell – äh – hier?« Jetzt nickte er zu der Tür hinüber, die in den pechschwarzen Raum mit dem flirrenden Geräusch von schlagenden Flügeln führte. »Da drin?«

»Durch das Lepidopterium hindurch, ja.« Ely nickte. »Ich bitte meine Frau, Kaffee zu machen. Kommen Sie doch zu uns herunter.«

Ellen starrte immer noch nervös die Tür an. Lepidopterologen sammelten Motten und Schmetterlinge, soweit sie wusste. »Das muss wirklich nicht –«

»In fünf Minuten. Bringen Sie meine Tochter mit.« Als er sich abwandte, erkannte Ellen, dass das ein Befehl gewesen war. Sie wappnete sich innerlich und ging in den dunklen Raum, obwohl sie sich fühlte wie Clarice Sterling ohne Pistole.

Im Licht, das vom Flur durch das Insektarium hereinfiel, zeigte sich, dass die flügelschlagenden Motten sicher untergebracht waren in zwei großen, vom Boden bis zur Decke reichenden Gehäusen zu beiden Seiten des Raums und unbewegt ihren Tagesschlaf schliefen. Nur einige Exemplare mit riesigen Flügeln flatterten taumelnd gegen die Scheiben, als Ellen an ihnen vorbeieilte und an eine weitere Tür in Godspells gruseligem Labyrinth klopfte. Keine Antwort. »Herrje, es wird nicht wirklich besser«, flüsterte sie vor sich hin und trat einfach ein.

Das versteckte Zimmer war gänzlich in Blutrot und Tiefschwarz gehalten und mit makabren Postern von Bands dekoriert, die sich »Vatermordende Parasiten« oder »Schwestern von Myra Hindley« nannten. Ein echter Grabstein lehnte an einer Wand, dem bloß die Inschrift noch fehlte. Ellen sah sich nach dem dazu passenden Sarg um, entdeckte aber nur Gothic-Stühle, auf denen sich schwarze Klamotten stapelten. Auf dem staubigen Boden lagen Hüllen von CDs, Videos und Playstation-Games verstreut, und es roch nach abgestandenem Rauch. Wenn die Nonnenzelle ihr Schlafzimmer war und die beiden Räume mit den Glaskästen ihr Haustierheiligtum, dann war dies ihr Spielzimmer. Zum Glück war es frei von jeglichen Spinnen, Gottesanbeterinnen und Kakerlaken. Aber anscheinend war es ebenso frei von Godspell.

Ellen ging zu einem langen, mit dunkelrotem Samt bedeckten Tisch hinüber, der zugemüllt war mit spitzem Gothic-Schmuck, Fotos, Alkopop-Flaschen, die am Hals mit schwarzem Lippenstift beschmiert waren, und Notizzetteln mit handgeschriebenen Versen – wohl Roadkills Songs, dachte sie, obwohl sie kein Wort davon lesen konnte. Doch die krakelige schwarze Handschrift kam ihr seltsam bekannt vor. Und zwischen all diesem Gothic-Krimskrams stand merkwürdig deplatziert eine grellbunte Schneekugel – so wie es sie in jedem Geschenkladen oder Souvenirshop gab. Ellen nahm sie zur Hand, schüttelte und sah zu, wie der bunte Flitter auf ein tänzelndes Plastikeinhorn herabschneite.

»Stell das hin!«, befahl leise eine raue Stimme, und als Ellen herumfuhr, sah sie, wie sich Godspell die Ohrstöpsel herausnahm und einen Playstation-Controller zur Seite legte. Eingesunken in die Tiefen eines schwarzen Sitzsacks und wie stets in Schwarz gekleidet, hatte sie perfekt getarnt gegen blutsaugende Zombies auf dem Schirm des kleinen tragbaren Fernsehers gekämpft. »Was machst du hier?« Sie stand auf und schaltete das Gerät aus.

»Ich habe eine Nachricht von Pheely…« Eilig erklärte Ellen, worum es ging. Trotz des dämmrigen Lichts in ihrer Höhle trug Godspell eine Sonnenbrille. Ihr bleiches, spitz zulaufendes Gesicht zeigte keine Regung, während sie zuhörte, und danach sagte sie auch nichts. Wie Ely schien sie ein Talent zum Schweigen zu besitzen. »Dein Vater möchte, dass du mit hinunterkommst«, murmelte Ellen verlegen und musterte den schaurigen, ein riesiges Kreuz bildenden Schrein an der Wand, wo auf schmalen Regalen in Plexiglaskästchen allerlei Insekten begraben lagen.

Godspell trat neben sie und griff nach einem staubigen Glaswürfel mit einer Gespenstheuschrecke darin. »Mein erstes Baby«, sagte Godspell gefühlvoll. »Es hieß Gespenstlein.«

Ellen versuchte, nicht zu lachen. Hinter der Sonnenbrille war nicht zu erkennen, ob Godspell sie ansah oder nicht. »Du liebst sie wirklich, was?«

Der kleine Plexiglaswürfel wurde zwischen zwei bleichen Handflächen gerollt, als wollten sie gleich damit würfeln, und die schweren Gothic-Ringe klickten. Godspell Gates – die nur wenige Freunde hatte und selten sprach – bekannte sich zu ihrer größten Leidenschaft. »Sie sind mein Leben.« Sie hielt Gespenstlein gegen das Licht. »Sie sind wirklich wunderschön, wenn man erst mal mehr über sie weiß. Wie zornige Männer.« Mit andächtig geschlossenen Augen drückte sie ihre schwarzen Lippen auf den Würfel und stellte ihn sorgfältig an seinen Platz zurück. »Wir gehen besser.«

Ellen nickte und ging erleichtert auf die Tür zu.

»Hier lang.« Godspell zeigte auf ein großes schwarzes Tuch an der gegenüberliegenden Wand, auf das eine gigantische rote Spinne gemalt war. »Ich möchte nicht, dass du meine Tiere noch mal störst. Sie haben sich meine Musik angehört.« Sie zog das Tuch zur Seite, durch einen gewölbten Durchgang ging es weiter in ein winziges, sauberes Arbeitszimmer, komplett eingerichtet mit iMac und Regalen voller Fachliteratur – die meisten über Insekten.

»Ist ja erstaunlich weitläufig hier.« Ellen folgte ihr durch noch einen gewölbten Durchgang zu einer weiteren Treppe.

»Dad nennt es meinen Motten-Flügel«, murmelte Godspell und strich Staub von einem Kasten mit exotischen Schmetterlingen. »So groß ist er gar nicht – die Schlangen mussten wir in eine Garage auslagern. Aber die Insekten sind mir sowieso lieber.« Godspell öffnete eine Tür, die auf einen offiziellen Gang mit dick gepolsterten Stühlen und Blumenstillleben in Öl an den Wänden hinausführte. Sie waren wieder im Haupthaus. Aber auch an dieser Tür war ein Sicherheitsschloss.

»Manor Farm ist ja noch labyrinthischer als Oddlode Manor.« Ellen sah sich um, weil sie neugierig war, wo der Motten-Flügel lag.

»Hab gehört, dass es dir da gefällt.«

Ellen blieb abrupt stehen. »Dass es mir wo gefällt?«

»Im Manor.« Godspells dunkle Brillengläser reflektierten Ellens Gesicht. »Weißt du, warum sein Spitzname Spurs ist?«

»Jasper – sper –Spurs?«, schlug Ellen vor und fragte sich, worauf sie eigentlich hinauswollte.

»Fußball«, sagte Godspell und strich mit der Hand über das Treppengeländer. »Tottenham Hot*spurs*. Ich bin für Arsenal.«

»Wirklich?« Ellen fragte sich, was das Ganze sollte.

»Dad gefällt's nicht.«

»Er ist wohl eher für Rugby?«

Godspell schüttelte den Kopf. »Die Wycks sind für Arsenal.«

Ellen erinnerte sich, dass Saul bei ihrer letzten Begegnung ein Fanshirt trug. Und Pheely hatte mal erwähnt, dass bei Roadkill einige Wycks dabei waren. Kein Wunder, dass es Ely nicht gefiel.

»Die Leute sagen, Jasper Belling hätte sich als Teenager bloß an diesem Fußball-Hooligan-Ding beteiligt, um seine Eltern zu nerven«, erklärte Godspell. »Hat ständig Hähne auf die Scheune von Wyck's Farm gemalt. Das Symbol von Tottenham.« Ellen hatte nicht geahnt, wie kindisch Spurs gewesen war. »Dafür hassen die Wycks ihn – unter anderem.« Godspell schob die Sonnenbrille fester auf die Nase. »Deswegen ... also, jedenfalls haben sie nicht gemerkt, dass die Flasche jemand anderen getroffen hat. Pheely sagte, du bist sogar ohnmächtig geworden.«

Wütend verschränkte Ellen die Arme vor der Brust und wusste nicht, ob sie sich mehr über Pheelys Indiskretion oder über ihre eigene Neugier ärgern sollte. »Es war also einer der Wycks. Warst du auch dabei?« Godspell nickte. »Hat dein Vater dir deshalb –«

»Dad weiß nichts davon«, murmelte sie. »Er ist sauer, weil ich so spät nach Hause gekommen bin.« Sie verzog den Mund. »Tut mir echt leid, du hattest an dem Abend schon genug Sorgen wegen des Dachses.«

»Das hat Pheely dir auch erzählt?«

Godspell sah weg. »Ja, hat sie.«

»Danke für die Entschuldigung. Auch wenn's nicht deine Schuld war.«

»Es war meine Flasche.«

Ellen dachte an die Alkopops in Godspells Höhle – und auch an die Playstation und den abgestandenen Zigarettenrauch. Das war alles Teil des Chaos in Goose Cottage gewesen, als sie ankam. Gehörte Godspell Gates etwa zu den Vandalen? Noch ehe sie dem auf den Grund gehen konnte, rief Ely von unten den Namen seiner Tochter, und die kleine Gothic-Frau stürmte die Treppe hinunter.

Im schattigen Salon schenkte Felicity – jetzt ohne blutbefleckte Schürze – aus einer edlen Porzellankanne Kaffee ein und warf verdrossen einen Blick auf die Uhr auf dem Kaminsims. »Ich muss unbedingt aufbrechen, Elijah. Du weißt, wie sehr Lady Belling es hasst, wenn man sie warten lässt.«

Ely sah auf, als seine Tochter eintrat, und sein eiskalter Blick wurde etwas weicher. »Warum nimmst du Godspell nicht mit, Pudding? Sie muss heute erst später zu Ophelia.«

Felicity war ganz verwirrt. »Nun, Lady Belling hat nicht –«

»Der junge Jasper wird auch da sein.« Ely stand auf und nahm seiner Tochter die Sonnenbrille ab. »Es wird Zeit, dass sie sich besser kennenlernen. Geh mit deiner Mutter, Godspell. Ich trinke Kaffee mit Miss Jamieson.«

Godspell stieß ein unterdrücktes Fluchen aus, doch Ely hatte seine Tochter und seine Frau enorm unter Kontrolle. Beide Frauen zogen sich gehorsam zurück, um rosa respektive schwarzen Lippenstift aufzutragen und zu den herrschaftlichen Bellings aufzubrechen.

Ellen schluckte schwer bei der Aussicht, mit Ely allein zu bleiben. Doch der bot ihr bereits einen Platz an, stellte eine Tasse schwachen Kaffees vor ihr auf den Walnusstisch und starrte sie an. Ellen sah auf ihre Uhr. »Ich muss bald nach Hause – es wollen noch Leute das Cottage besichtigen. Ich bin eigentlich nur gekommen, um –«

»Mein Angebot für das Cottage ziehen Sie gar nicht in Betracht?«

»Das haben meine Eltern leider nicht getan, nein.« Ellen wollte möglichst taktvoll sein. Wenn bloß ihre Tasse und Untertasse nicht so geklappert hätten, als sie sie zur Hand nahm.

»Das werden sie noch.« Ely lächelte zuversichtlich.

»Ich glaube kaum.« Ellen räusperte sich. »Sie wissen, dass Sie Lloyd dafür bezahlt haben, potenzielle Käufer abzuschrecken.«

Ely hob eine graue Augenbraue, sein eiskalter Blick wurde noch eisiger, und er schwieg, während er ein Stück Zucker im Kaffee verrührte. »Ich hoffe doch, Sie kommen zu der Gartenparty, die Felicity und ich geben«, sagte er schließlich. »Das ist immer ein großes Vergnügen. Lloyd wird auch da sein. Er würde sicher gern noch einmal mit Ihnen reden.«

»Da bin ich wohl kaum noch in Oddlode«, murmelte Ellen, die seine Frechheit nicht fassen konnte. »Es interessieren sich viele für das Cottage, in einigen Tagen habe ich sicher ein Angebot.«

»Wie schade.« Er lächelte kühl und ließ sie darüber im Unklaren, ob er das Cottage oder ihre Abreise meinte. Wieder schwieg er unangenehm lange, und Ellen sah das Foto an der Wand an, auf dem er mit Mrs Thatcher Hände schüttelte. »Sie sind wirklich eine mutige Frau, Miss Jamieson, nicht wahr?«

»Sagen Sie doch Ellen.« Ihre Kaffeetasse klapperte noch vernehmlicher auf der Untertasse, als sie Elys Blick direkt erwiderte. »Und ich bin nicht mutig, sondern nur gern ehrlich.«

»Oh, Sie *sind* mutig«, versicherte er ihr, und sein eisiger Blick bohrte sich in ihren, während er weiter in der Tasse rührte. »Es ist geradezu tollkühn, sich mit Jasper Belling anzufreunden.«

Jetzt reichte es Ellen aber. »Ich wüsste nicht, warum unsere Freundschaft – und es ist kaum eine – für Sie von Interesse sein –«

»Halten Sie sich von ihm fern, Miss Jamieson. Er ist böse.«

»Sagen Sie ruhig Ellen. Und ich halte mich von ihm fern, glauben Sie mir. Ich will nichts mehr mit ihm zu tun haben.«

»Gut.« Er legte den Löffel auf die Untertasse. »Und da Sie so eine *ehrliche* Person sind, hoffe ich, mich in dieser Angelegenheit auf Ihr Wort verlassen zu können.«

Sie starrte ihn unverwandt an, bis sie in ebenso formellem Ton sprechen konnte. »Und darf ich fragen, warum Sie Ihre Tochter ermutigen, einen solch bösen Mann besser kennenzulernen?«

Er zuckte nicht mit der Wimper. »Wie Sie zweifellos erkannt haben, ist Godspell ganz verrückt nach bösen Dingen.«

»Und ich bin sicher, Sie liebt ihren Vater ganz besonders.«

Ely trank einen Schluck Kaffee und musterte sie über den Rand der Tasse hinweg mit einem Blick, der ihr das Blut in den Adern gefrieren ließ.

Ellen stellte ihre klappernde Kaffeetasse endgültig auf den Tisch zurück. Sie wusste, dass sie zu weit gegangen war. »Ich muss jetzt leider gehen.«

Ohne ein weiteres Wort brachte Ely sie an die Tür, wo sie in den grellen Sonnenschein hinaustrat. Ellen band Snorkel los und rief, noch während sie nach Hause rannte, Pheely vom

Handy an. »Dieses Haus betrete ich *nie* mehr«, keuchte sie. »Die sind ja total verrückt.«

»Ich habe dich gewarnt, das Mädchen ist sonderbar.«

»Kein Wunder, bei einem solchen Vater.«

»Er ist bloß ein bisschen altmodisch«, erwiderte Pheely fröhlich. Im Hintergrund waren noch die Geräusche des Marktes zu hören. »Meinst du, Dilly möchte lieber Pudding oder Kuchen zum Dessert? Dieser Stand hier hat so leckere Törtchen.«

»Solltest du nicht längst im Bus sitzen?« Ellen sah auf die Uhr.

»Verdammt! Wusste ich's doch, dass ich nach dem Fischkauf besser nicht zum Anwalt gegangen wäre.« Pheely kicherte albern. »Den nächsten Bus nehme ich bestimmt. Könntest du vielleicht –«

»Godspell ist mit ihrer Mutter – äh – wohin gegangen«, sagte Ellen ausweichend. »Du hast jede Menge Zeit.«

»Klasse. Ach, ich kaufe einfach Pudding *und* Törtchen. Und ich muss noch Wodka besorgen. Heute Abend, das wird etwas ganz Besonderes!«

Pheelys Mahl zur Feier des Schulabschlusses ihrer Tochter verlief nicht ganz so wie geplant. Dilly war bereits mit Schulfreunden verabredet, um das Ende dieser Ära zu feiern, und ließ ihre Mutter allein zu Hause, wo sie dem Lachs wütend in die leblosen Augen starrte und in mörderischem Tempo die Wodkaflasche zu drei Vierteln leerte. Am nächsten Morgen tauchte Dilly zur selben Zeit wie Godspell Gates auf. Erstere fiel wie eine Tote ins Bett, und Letztere posierte für ihre Porträtbüste wie eine lebende Tote. In den folgenden Tagen war Pheely zu sehr mit der Büste beschäftigt, um sich viel um ihre Tochter kümmern zu können, und so langweilte Dilly sich bald und kam auf der Suche nach Abwechslung öfter bei Ellen vorbei.

»Der verdammt Ely ist am Morgen nach meiner durchzechten Nacht zu uns gekommen«, beschwerte sie sich bei Ellen und trug das Notebook in den Garten, um damit zu spielen. »Ich konnte bei dem Streit, den er mit Mama wegen dieser Büste anfing, nicht mal richtig ausschlafen. Als ich dazwischengegangen bin und gesagt habe, sie sollten endlich aufhören, hättest du mal ihre Gesichter sehen sollen! Erwachsene sind ja so komisch. Und dann hat Ely seine Show als Moralapostel abgezogen, nach meinen Prüfungen gefragt und welche ›Pläne für die Zukunft‹ ich denn hätte. Ich habe gesagt, ich wolle Vikarin werden, nur um ihn zu ärgern – er ist absolut gegen weibliche Geistliche. Mama musste fürchterlich kichern. Wenn sie bloß diese dämliche Büste nicht machen müsste. Dieser Sommer sollte doch etwas Besonderes sein.«

»Nach der Gartenparty ist noch Zeit genug.«

»Vermutlich.« Dilly legte sich in die Sonne. »Aber nach dem Teufelsmoor-Rennen liege ich sicher im Streckverband. Spurs sagt, Otto sei enorm schnell.«

Ellen klappte das verwaiste Notebook zu. »Hast du ihn mal gesehen?«

»Ja, ich bringe ihm jeden Morgen Karotten. Geritten bin ich ihn allerdings noch nicht.«

»Ich meinte Spurs.«

»Ich auch.« Dilly kicherte übermütig, drehte sich auf den Bauch und sah sich das neue glänzende Verkaufsschild an. »Wie läuft's eigentlich? Sag *bitte*, dass Jamie Oliver es kaufen wird, nach einer völlig chaotischen Scheidung.«

Nach einem vielversprechenden Start hatte Poppy leider von Rückschlägen berichtet. Ein oder zwei niedrige Angebote waren eingetrudelt, doch die meisten potenziellen Käufer hatten erkennen lassen, das ihnen das Cottage zu dunkel war mit seinen niedrigen Fenstern und den von den Jamiesons favorisierten Erdfarben.

»So ist das eben mit alten Cottages – sie sind nun mal dunkel«, murrte Ellen. »Stimmt schon, der Geschmack meiner Eltern ist etwas altmodisch. Aber das alles haben Dekorateure für sie gemacht.«

»Ich könnte dir helfen, es neu zu streichen!« Begeistert setzte sich Dilly auf.

»Lohnt sich das? Die neuen Besitzer werden doch sowieso renovieren.«

Aber Dilly hatte einen Hintergedanken. »Wir könnten Spurs um Hilfe bitten. Er hat dir doch schon mal geholfen, oder?«

Ellen sah es schon lebhaft vor sich, wie sie zu Spurs gehen und sagen würde: Lass uns das mit dem Dachs vergessen und auch, dass du mich so heiß gar nicht findest. Mein zweiter Wunsch ist, das Cottage frisch zu streichen. Sie hatte ihn die ganze Woche nicht gesehen, obwohl sie jedes Mal aufgeregt aufsah, wenn sie irgendwo Hufgetrappel hörte. »Er hat sicher Besseres zu tun«, sagte sie schnell. »Und so schlimm sieht das Cottage auch wieder nicht aus.«

Doch Dilly war fest entschlossen, die Sache in Angriff zu nehmen, und rannte bereits hinein. »Wenn die Wände weiß wären, kämen Mauerwerk und Balken viel besser zur Geltung. Dann würde es richtig mittelalterlich aussehen.«

»Diese William-Morris-Tapete hat meine Eltern ein Vermögen gekostet.«

»Aber sie ist so furchtbar spießig, das wirkt alles so düster und deprimierend. Mit diesen überall aufgestellten Blumen könnte es glatt eine Grabkapelle sein.« Es gab doch nichts Erfrischenderes als einen Teenager, der die Dinge beim Namen nannte.

Ellen musste lachen, Dillys fröhlicher Eifer war ansteckend.

»Ach, komm schon«, bat Dilly. »Ich helfe dir umsonst – ich bin froh, wenn ich was zu tun habe.«

»Warum reitest du nicht Otto?«

»Das kann Spurs viel besser als ich. Eigentlich macht er mir sogar ein bisschen Angst.«

»Wen meinst du diesmal, Spurs oder Otto?«

»Beide.«

Nachdem Ellen Dilly überzeugt hatte, dass sie Spurs' Hilfe nicht brauchten, fuhren sie – der Jeep sprang zum Glück an – zu dem chaotischen Baumarkt in Addington und kauften einige Liter Farbe, zwei Ablagegitter und zwei Farbroller.

Und dann stellten sie die Musik auf volle Lautstärke, rissen alle Türen und Fenster auf, damit die Farbdünste abziehen konnten, und strichen drauflos – nur unterbrochen von haltlosem Gelächter. Zu ihre Schande musste Ellen gestehen, dass die meisten Witze auf Pheelys Kosten gingen, die eine höchst exzentrische Mutter abgab.

»Als Kleinkind hat sie mich nicht in einen Buggy gesetzt, sondern in eine Schubkarre. Ich habe immer nach Kompost gestunken. Sie sagte, wir müssten bettelnd mit der Schubkarre herumfahren und anderen die Show stehlen, weil wir nach Opas Tod sehr arm wären. Sie ist so verdammt exhibitionistisch. Und zum Spielen hat sie mir Tonklumpen gegeben, weil Spielzeug zu teuer war«, erzählte Dilly, als sie die Holzfußleisten abklebten. »Ich habe bloß mit den Fingern drin rumgestochert, aber Mama hat alles gebrannt und glasiert, weil sie einfach nichts wegwerfen kann. Das war zu der Zeit, als in West Oxfordshire diese Künstlermärkte entstanden und die Kunstliebhaber auch hier langsam eintrudelten. Sie war furchtbar sauer, weil sich meine Sachen verkauften und ihre nicht. Danach habe ich mein erstes Pony bekommen.«

Ellen konnte sich nur wundern, wovon eine Mutter, die kein Geld für Spielzeug besaß, ihrer Tochter ein Pony gekauft und sie aufs Internat geschickt hatte.

»In dem Jahr sind wir aus der Lodge ins Cottage umgezogen. Mama konnte sich das große Haus einfach nicht mehr leisten. Und danach wurde alles viel leichter«, erklärte Dilly, die eindeutig die klassische Hassliebe für ihre Mutter empfand. Aber trotz dieser unkonventionellen Kindheit war sie eigensinnig und mehr als verwöhnt, obwohl sie den Luxus, der für ihre Schulfreunde selbstverständlich war, nicht genossen hatte.

»Mama ist nicht geizig oder so, aber sie will nie dieselben

Dinge wie andere Leute. Sie hat noch nie in ihrem Leben eine Seifenoper gesehen oder Sneakers getragen. Sie findet es toll, ein Kapitel von Iris Murdoch zu lesen oder eine LP der Carpenters zu hören – eine LP! Wer hat denn heute noch Vinyl? Die Eltern meiner Freunde sind alle älter als Mama, aber sie wissen, was DVDs oder MP3-Dateien sind. In Urlaub sind wir auch nie gefahren, Mama kann gar nicht Auto fahren. Nur einmal sind wir mit Gertrude – unserem alten Labrador – mit dem Zug nach Wales zum Zelten gefahren. Erst als wir schon da waren, hat Mama zugegeben, dass wir gar kein richtiges Zelt besaßen. Sie hatte ein paar Stangen und eine alte Wagenplane dabei und wollte irgendwas ›zaubern‹. Es wurde die totale Katastrophe, alle Pensionen waren ausgebucht, und wir mussten mit dem nächsten Zug nach Hause fahren.«

Ihre lustigen Geschichten und ihre erstaunliche Mischung aus Unschuld und Zynismus machten Dilly unglaublich charmant, wenn ihr auch der freche geistreiche Witz ihrer Mutter fehlte. Immer wieder dachte Ellen, wie kindlich diese beiden Frauen doch wirkten, wie zwei kleine Mädchen, die in einem Feenland aufgewachsen waren, altmodische Schulen besucht hatten und in den Ferien ihre einsamen Spiele spielten, in Gesellschaft nur eines anderen – exzentrischen und ebenso kindlichen – Erwachsenen. Genau wie Pheely schien Dilly nichts sehnlicher zu wünschen, als diesem sie gefangen haltenden Leben zu entkommen. Unter ihrer Lebhaftigkeit lag eine seltsam wütende Energie.

»Willst du auch Künstlerin werden?«, fragte Ellen, als Dilly mit Freude Farbe an die Wände klatschte.

»O Gott, nein – das ist mir viel zu einsam. Mama möchte, dass ich Ärztin oder Anwältin werde. Aber das ist mir viel zu *langweilig!* Ich habe andere Pläne.«

Ellen erwartete, dass sie wohl wie alle Teenager den Wunsch hegte, reich und berühmt zu werden. Doch zu ihrer Überraschung sagte Dilly: »Ich möchte so schnell wie möglich heiraten.« Sie tunkte den Roller in die Farbe und nahm eine andere

Wand in Angriff. »Und *viele* Kinder bekommen. Ich will eine große lärmende Familie, die Oddlode Lodge mit Leben erfüllt. Mama kann weiter im Cottage wohnen und Kinder hüten, wenn sie keine Skulpturen macht. Ist doch geradezu perfekt.«

Ellen konnte sich kaum vorstellen, dass Pheely die liebe Oma im Anbau spielen würde, sagte aber nichts. »Und was ist mit der Uni? Du hast doch einen Studienplatz.« Pheely hatte ganz stolz erzählt, dass ihre Tochter die Chance auf eine akademische Ausbildung haben würde, die sie als junge Mutter nicht hatte.

»Ja, wenn ich diesen Sommer keinen Ehemann finde, gehe ich an die Uni – ein gutes Jagdrevier. Aber am liebsten möchte ich hierbleiben. Ich liebe das Dorf, hier gehöre ich her.«

Ellen hätte sich nicht stärker in ihr täuschen können.

»Zu schade, dass Mama nie geheiratet hat – sie leiht sich bloß immer die Ehemänner anderer.« Spitzbübisch sah Dilly Ellen an. »Aber sie ist noch jung genug, sie könnte sogar noch Kinder kriegen. Vielleicht kriegen wir beide eins, das wäre cool. Dürfen Mutter und Tochter eigentlich einen Vater und seinen Sohn heiraten?«

Ellen versuchte, nicht zu lachen. »An wen denkst du?«

»Weiß noch nicht genau.«

»Na, Lily Lubowski wäre jedenfalls entsetzt.«

»Ja, stimmt!« Dilly kreischte vor Lachen. »Ich könnte eine Anzeige in ihrem Ladenfenster aushängen. Sie müssten aus der Gegend sein, gut aussehend und sehr reich die Renovierung der Lodge dürfte einige tausend Pfund kosten.«

Ellen hatte Mühe, Dillys Plänen so ganz zu folgen. Sie wusste nicht: War sie für siebzehn besonders naiv oder für ihr Alter schon sehr lebensklug? Auf jeden Fall hatte sie ein seltsames Verhältnis zu Männern. »Hast du eigentlich Kontakt zu deinem Vater?«

»Er ist gestorben, als ich noch ein Baby war.« Feine Farbspritzer sprühten durch die Luft, als Dilly erneut frische Farbe auf die Wand auftrug. »Er war Künstler wie Mama, einer von Opas Schülern. Mama sagt, er war der schönste Mann der Welt. Die große Liebe ihres Lebens, ein echter Seelenverwandter. Wenn er nicht gestorben wäre, würden sie heute mit einer Horde Kindern in der Lodge wohnen. Er ist bei einem Motorradunfall umgekommen.«

Hier lag also der tiefere Grund für Dillys kindlich märchenhafte Pläne. Sie wollte sich das Leben erschaffen, das ein tragisches Schicksal ihr vorenthalten hatte. Pheely hatte Ellen gegenüber nie ein Wort verloren über diesen größten Verlust ihres Lebens.

»Ich möchte meinen Seelenverwandten auch treffen, solange ich jung bin, und dann mein ganzes Leben mit ihm verbringen. Mit sechzehn, so wie bei Mama, hat's leider nicht geklappt. Im Flirten bin ich eine echte Niete. Und dann diese blöde Mädchenschule. Warst du auch auf einer?«

»Nein, ich war auf einer ganz normalen gemischten Schule.«

»Wie ich dich beneide.« Auf Dillys Shirt waren schon einige weiße Farbflecke zu sehen. »Das wollte ich auch, aber Mama sagte, ich müsse eine vernünftige Ausbildung bekommen und aufs Internat gehen – damit sie ihr Lotterleben führen kann und ich es nicht sehe. Hattest du viele Freunde in der Schule?«

»Nein, ich habe mit sechzehn jemanden kennengelernt, und wir waren bis vor kurzem zusammen.«

»Aber ihr habt nie geheiratet oder Kinder gekriegt?« Ellen schüttelte den Kopf. »Dann war er nicht dein Seelenverwandter.«

»Er war es mal.« Ellen dachte an Richard. »Aber mit sechzehn war ich noch ganz anders. Wir beide. Seelen entwickeln sich, weißt du. Und manchmal entwickeln sie sich auch auseinander.«

»Ja, okay. Aber ich bin bereits siebzehn – da weiß ich schon besser, was ich will. Und ich bin so weit zu heiraten.«

»Ich bin neunundzwanzig und bin es nicht.« Ellen lachte. »Und du meinst, das siehst du in zehn Jahren noch immer so?«

»Absolut. Ich weiß einfach, dass es so weit ist. Rory könnte mein Seelenverwandter sein – dachte ich jedenfalls.« Sie seufzte. »Bis ich Spurs gesehen habe. Er ist *so* toll. Glaubst du, er steht auf mich?«

Ellens Roller zischte die Wand entlang, bis sie wieder ruhiger atmete. Auf keinen Fall wollte sie mit einer dummen eifersüchtigen Bemerkung ihre Gefühle verraten. »Bestimmt«, sagte sie schließlich und sah zu dem blonden Lockenkopf mit dem hübschen Gesicht voller Farbspritzer hinüber. »Welcher Mann tut das nicht?«

»Echt? Hat er irgendwas gesagt?«

»Ich habe ihn länger nicht gesehen.« Auf ihrer Haut prickelte es schon, wenn sie von Spurs nur sprach.

»Ich laufe ihm dauernd über den Weg.« Dilly klang überrascht. »Vielleicht ist es Schicksal.«

»Vielleicht.« Vorsichtig strich Ellen um den Lichtschalter herum.

»Ich glaube an das Schicksal. Wieso kommt er sonst ausgerechnet diesen Sommer ins Dorf zurück? Und ich habe gerade ›Romeo und Julia‹ für meine Prüfung durchgearbeitet.«

Ellen machte dieses Thema viel zu nervös, um auf die falsche Parallele hinzuweisen. Die Bellings und die Gentlys waren kaum die Montagues und die Capulets von Oddlode. Aber im hintersten Winkel ihres Hirns regte sich bei all dem ein Gedanke, den sie nicht recht zu fassen bekam – an irgendetwas erinnerte sie das. »Spurs wäre wohl kein sehr verlässlicher Ehemann«, warf sie ein, und da wusste sie es plötzlich wieder: Klatschtante Gladys hatte erzählt, dass Teufelsbell fest entschlossen war, Spurs zu verheiraten. Ellen spürte, wie ein eiserner Griff ihr Herz umklammerte. Dilly in einer normalen Ehe – das würde zweifellos in einer Katastrophe enden, wenn sie nicht jemand ebenso Wilden und Wunderbaren finden würde. Und dann zerquetschte der eiserne Griff ihr beinahe das Herz, als sie erkannte, dass ihr hier ein vergifteter Liebespfeil gereicht wurde. Die beiden gaben ein großartiges Paar ab, dachte Ellen und erinnerte sich an jenen Tag im Garten. Vielleicht war Dilly der Engel, der Spurs aus dem Stand der Ungnade erlösen konnte. Sie könnten ein exzentrisches Leben in der alten Lodge führen, Spurs könnte malen und reiten und Dilly würde Kinder kriegen. Wenn nur die Schwiegermutter es auch so sähe ...

»Ich dachte, ihr beiden versteht euch gut«, hakte Dilly nach.

»Ich kenne ihn doch kaum.« Ellen drehte sich um und sah in diese blitzenden grünen Augen. In ihrem Inneren herrschte Aufruhr, ihre Haut prickelte, ihr Herz raste. »Aber seine Seele verstehe ich tatsächlich sehr gut.«

»Ehrlich?« Dilly fand das überhaupt nicht merkwürdig. »Und wie ist sie so?«

Ellen biss sich auf die Unterlippe. »So ähnlich wie meine.«

»Stehst du etwa auch auf ihn?« Dilly schien eingeschnappt zu sein, denn sie zog eine Schnute.

»O Dilly, er ist nicht mein Seelenverwandter«, log Ellen. »Wir sind zwei einsame Schiffbrüchige, die zufällig an dasselbe Gestade gespült wurden – oder in unserem Fall in dasselbe Dorf auf dem Land. Ich reise so bald wie möglich wieder ab.« Ellen warf einen Blick durch den Raum. »Spurs hat mir nur geholfen – so wie du.«

»So wie ich.« Dilly atmete hörbar ein. »Das ist ja *so* toll.«

Ellens Gesichtsfarbe stach deutlich von der weißen Wand ab, die sie eben frisch gestrichen hatte. Sie hatte sich ganz von Dillys unbedarfter Märchenwelt und dem »Sie lebten glücklich bis an ihr Ende« mitreißen lassen.

»Es *ist* Schicksal, nicht wahr?« Dilly lächelte. »Dorfschicksal!«

Ellen nickte. Es war tatsächlich ein Dorfschicksal, schlimmer als der Tod, soweit es sie anging. Spurs zu begegnen war verwirrend genug gewesen, aber dass sie für ihn und Dilly jetzt auch noch die gute Fee spielen musste, ließ in ihr den Wunsch entstehen, sie selbst möge dann bitte im Zauberland Oz Richard wiedertreffen.

Am späten Nachmittag war das Esszimmer fertig gestrichen. Dilly flitzte nach Hause, um zu sehen, ob Godspell schon weg war und ihre Mutter auf einen Drink ins Goose Cottage kommen wollte, während Ellen die Farbflecken vom Steinboden wischte. Danach legte sie die alten Laken, mit denen sie die Möbel abgedeckt hatte, zusammen und trug sie für den nächsten Tag ins Wohnzimmer. Dilly hatte recht, die weißen Wände hatten das Esszimmer verändert. Als Ellen jetzt das dunkelrote Wohnzimmer betrat, schien es ihr wie der Weg vom Himmel in die Hölle. Und sie war wohl wirklich in der Hölle gelandet, denn in diesem Moment hörte sie Hufgetrappel und sah Spurs auf Otto heranreiten. Dilly lief eifrig plappernd nebenher. Am Tor machten sie Halt, und Ellen duckte sich hinter einer Vase mit Chrysanthemen, die Poppy extra aufs Fensterbrett gestellt hatte. Snorkel bellte freudig zur Begrüßung, und der Wind fegte durch Spurs' schwarze Locken und wirbelte Ottos Mähne auf.

»Ellen!«, hörte sie Dilly rufen und duckte sich noch tiefer, wobei sie mit dem Schirm ihrer Baseballkappe aus Versehen an den Rand der Vase stieß und sich ein Liter abgestandenes Blumenwasser in ihren Ausschnitt ergoss. Gerade noch rechtzeitig erwischte sie die Vase und drückte sie mit angehaltenem Atem an ihre durchweichte Brust. Warum war sie eigentlich jedes Mal völlig durchnässt, wenn sie Spurs sah? Na, wenigstens kühlte es sie etwas ab.

Als Ellen noch einen Blick riskierte, sah sie Spurs stirnrunzelnd zum Fenster schauen. Er sagte etwas zu Dilly und schüttelte dann den Kopf. Dilly versuchte offenbar, ihn zum Bleiben zu überreden, und zeigte zuerst aufs Cottage und dann auf die Wiese, wo noch Rorys Hindernisse standen. Aber Spurs lachte nur, wuschelte Dilly durchs Haar und ritt davon. Ellen verspürte einen so starken Stich im Herzen, dass sie nach Luft rang. War es zu fassen, wie eifersüchtig sie auf diese völlig natürliche Geste reagierte? Sie litt, Tränen standen ihr in den Augen. Es war erbärmlich.

»Oh, wow!«, rief Dilly atemlos, als sie hereinstürmte. »Ellen? Etwas Fantastisches ist passiert! Oh – du Ärmste! Du bist ja ganz nass!« Vorsichtig nahm Dilly Ellen die Vase ab und sammelte die herabgefallenen Chrysanthemen ein. »Spurs hat sich gerade mit mir verabredet!«, verkündete sie aufgeregt.

»Ach, wirklich?« Ellen wischte mit einem der Laken das Wasser auf und brannte vor Neid und Selbstverachtung.

»Ja – er kam gerade vom Reitweg, als ich mit Godspell durchs Tor der Lodge ging. Mama kommt übrigens in zehn Minuten, sie will nur eben noch duschen.« Vor lauter Aufregung redete sie viel zu schnell. »Du hast ja so recht – es ist Schicksal! Es ist Schicksal! Ich kam auf die Straße, und da war er – wie ein Wunder – und fragte, ob ich morgen Abend Zeit habe.«

Ellen schloss für eine Sekunde die Augen. »Wie ... schicksalhaft.«

»Ja! Aber, oh, Ellen – Rory wird auch dabei sein. Du musst mir unbedingt helfen. Bitte, bitte, sag ja. Weißt du, es ist so eine Art Doppelverabredung ...« Flehentlich sahen die grünen Augen sie an.

Ellens Herz machte einen solchen Satz bei der Aussicht auf einen Abend mit Spurs, dass sie fürchtete, es würde ihr gleich aus der Brust springen. »Ich weiß nicht, Dilly. Ich habe im Moment so viel zu tun, und deine Mutter wäre bestimmt sehr wütend auf mich.«

»Du darfst ihr nichts davon erzählen!« Vor Entsetzen ließ Dilly die Chrysanthemen wieder zu Boden fallen.

Ellen wusste, sie sollte sich wie eine vernünftige Erwachsene benehmen, doch irgendwie versank sie immer tiefer in emotionalem Chaos. »Sie wird doch sicher wissen wollen, wo du hingehst?«

»Deswegen brauche ich ja deine Hilfe.« Dilly lächelte. »Könntest du ihr sagen, dass du mit mir ins Kino gehst oder so was?«

»Ich belüge niemanden – und schon gar nicht eine Freundin.«

»Du bist doch auch *meine* Freundin«, jammerte Dilly. »Es ist *so* wichtig für mich.« Sie hob die Blumen wieder auf. »Ich habe

Rory noch nicht gesehen, seit ich aus der Schule zurück bin – Mama repariert die Vespa einfach nicht, und es ist zu weit bis Upper Springload, um zu laufen.« Anscheinend rechtfertigte auch ein Seelenverwandter keine drei Meilen Fußweg hügelaufwärts. »Ich weiß nicht, was ich noch für ihn empfinde, aber ich möchte ihn unbedingt sehen.«

Und ich möchte unbedingt Spurs sehen, dachte Ellen ganz elend. Ich weiß, ich sollte es nicht tun. Ich weiß, wir tun uns gegenseitig nicht gut. Doch sie konnte sich nicht zurückhalten. Es war ja schön und gut, in Dilly und ihm ein Traumpaar zu sehen, aber sie konnte nicht vergessen, wie lichterloh sie bei jeder Berührung von Spurs in Flammen gestanden hatte. »Du möchtest Rory also unbedingt sehen?« Ellen fragte sich, ob sie es ertragen würde, wenn Spurs sie gegen Dilly ausspielte – falls das diesmal sein Spiel war.

»Absolut.« Dilly nickte. »Verstehst du nicht, wie schicksalhaft es ist? So kann ich entscheiden, wen ich lieber mag. Ihn oder Spurs.«

Und was soll ich in der Zwischenzeit tun, fragte sich Ellen plötzlich und bereute ihren Entschluss bereits.

»Ich befürchte bloß, die verdammte Godspell wird plaudern.«

»Was hat die denn damit zu tun?« Jetzt sah Ellen Dilly direkt ins Gesicht.

»Sie wird auch dabei sein.« Dilly kicherte verlegen. »Hab ich das nicht gesagt? Sie ist die andere bei dieser Doppelverabredung.«

»Godspell?« Ellen hätte am liebsten die Vase auf den Steinboden geschmettert. Sie selbst sollte bloß als Vorwand dienen!

»Ja, ich kann selbst nicht fassen, dass sie zugesagt hat. Aber zu so einem tollen Typen wie Spurs sagt man wohl nicht so schnell nein. Ich wusste gar nicht, dass Spurs sie kennt – ach, er ist ja *so* toll. Er hat sich bestimmt erinnert, dass ich mit Godspell zerstritten bin, und will uns jetzt wieder zusammenbringen. Du glaubst doch nicht, dass er auch auf *sie* steht, oder?«, fragte Dilly besorgt.

Dillys Selbstbezogenheit haute Ellen fast um.

»Und kann ich mir bitte, bitte was zum Anziehen von dir leihen? Deine Klamotten sind total trendy. Mama war in letzter Zeit so knauserig mit dem Geld – ich durfte mir gar nichts kaufen.«

Wenn sich unter ihren Klamotten doch nur ein total trendy Keuschheitsgürtel befinden würde, dachte Ellen.

An diesem Abend trank Ellen ganz untypisch schnell drei Gläser Wein hintereinanderweg, als sie mit Pheely im Garten von Goose Cottage saß und Dilly ganz aufgekratzt Snorkel immer und immer wieder den Ball zuwarf und schließlich wie eine Sechsjährige Handstand machte und ein Rad nach dem anderen schlug. Ich habe einen Handstand gemacht an dem Tag, an dem Spurs mir meinen ersten Wunsch erfüllte, dachte Ellen verärgert. Am nächsten Tag hatte er einen Handstand gemacht. Und jetzt machte Dilly einen. Vielleicht waren Zirkustricks ja irgendwie ansteckend.

»Ist sie nicht wunderschön?«, seufzte Pheely nachsichtig.

»Du warst bestimmt genauso schön.« Ellen fand Pheely eigentlich sogar viel schöner als ihre blonde Tochter, die doch im Grunde noch unreif und recht linkisch wirkte.

»Oh, du bist wirklich süß – wie eine echte Schwester. Aber ich gehe wohl bald aus dem Leim. Wenn ich nur aussähe wie du.«

Ellen, die sich ihres Aussehens nie sehr sicher gewesen war in all den Jahren mit Richard, der ihr nie ein Kompliment gemacht hatte, fragte Pheely ganz unschuldig, was sie denn damit meine.

»Ach, komm!« Pheely reagierte etwas schnippisch, was vielleicht auch am Wein lag. »Sieh dich an – blond, blauäugig, braun gebrannt und eine Figur zum Niederknien. Du könntest in diesem Dorf die Hälfte aller Ehemänner sofort haben, wenn du wolltest.«

»Ich will aber keinen Ehemann«, sagte Ellen undankbar. »Ich will einen Seelenverwandten.«

»Unsinn.« Pheely kicherte und goss Wein nach. »So was

gibt's nicht – nur Geliebte und andere Tiere. Und sehr gute Freunde.« Sie prostete Ellen zu.

»Dilly hat mir«, begann Ellen vorsichtig und vergewisserte sich, ob das turnende Mädchen noch außer Hörweite war, »von ihrem Vater erzählt. Sie sagte, dass er dein Seelenverwandter gewesen sei.«

»Ach, hat sie das?«, entgegnete Pheely immer noch schnippisch.

»Oh, tut mir leid. Vielleicht möchtest du nicht an diese traurige Geschichte erinnert werden.«

»Was genau hat sie denn erzählt?«

»Dass er bei einem Motorradunfall ums Leben gekommen ist.«

»Oh, das – ich dachte, diese Version benutzt sie gar nicht mehr.« Pheely lächelte stolz zu ihrer Tochter hinüber, die jetzt ihre Füße in den Teich hängen ließ und Snorkel mit dem Ball lockte, bis der Collie schnaubend ins Wasser sprang.

»Soll das heißen, das ist gar nicht wahr?«

»Doch, wenn sie es möchte.« Pheely hob ihr Glas, als Dilly ihnen zuwinkte und Kusshände zuwarf. »Über ihren richtigen Vater will sie absolut nichts wissen, sie denkt sich lieber welche aus.«

»Du meinst, er ist gar nicht tot?«

»Genau. Aber das ist das Letzte, worüber ich rede.« Die grünen Augen wurden hart.

Ellen trank ihr Glas in einem Zug leer und fragte sich plötzlich, ob es sich nicht doch um Spurs handelte.

Als sie am nächsten Tag das Wohnzimmer strichen, redete Dilly von nichts anderem als von der Doppelverabredung am Abend. »Letztes Jahr war ich total verknallt in Rory, aber er hat mich gar nicht beachtet«, lamentierte sie. »Okay, Spurs ist älter. Aber wenn er mich so anguckt, überläuft mich ein Schauer. Weißt du, was ich meine?«

Und ob sie das wusste, dachte Ellen unbehaglich.

»Es muss doch aufregend sein, an einen so erfahrenen Mann die Unschuld zu verlieren – er ist sicher ein einfühlsamer Liebhaber.«

»Darauf würde ich nicht wetten«, sagte Ellen, deren Haut schon wieder prickelte. »Viele Frauen zu lieben und wieder zu verlassen, ist nicht gerade ein Anzeichen von Einfühlsamkeit.«

»Rory vögelt Sharon.« Dillys hübsche Miene wurde hart. »Sie ist eins der Stallmädchen und seine rechte Hand – in jeder Hinsicht. Sie ist so verrückt nach ihm, dass es ihr nicht mal was ausmacht, wenn er sich nicht an ihren Namen erinnert oder ihr den Lohn nicht zahlen kann, solange sie nur ein- oder zweimal im Monat dieses schreckliche Bett im Pferdetransporter mit ihm teilen darf.«

»Eine allzeit bereite Geliebte«, murmelte Ellen.

»So würde er *mich* natürlich *nie* behandeln.« Dilly streckte sich, um eine Ecke auszustreichen. »Aber da fällt mir ein: Ich wollte dich unbedingt was über Sex fragen, damit ich nicht so blöd dastehe.« Es klang, als müsste sie noch eine weitere Prüfung ablegen.

»Was denn?«

»Na ja, die Basics kenne ich ja. Aber könntest du mir zeigen, wie der Blowjob geht – mit einer Flasche oder Banane vielleicht?«

Ellen malte über einen Lichtschalter hinweg, ohne es auch nur zu bemerken. »Wenn ich dir einen Rat geben soll: Denk nicht mal dran, jetzt schon mit Rory zu schlafen. Geh einfach aus und amüsiere dich heute Abend. Und vertrage dich wieder mit Godspell.«

»Godspell war Jungfrau, bis sie *zwanzig* war«, erzählte Dilly indiskret. Ellens Rat interessierte sie überhaupt nicht. »Das war letztes Jahr, da waren wir noch gut befreundet. Sie wollte nicht mehr länger warten, also trank sie vor dem Tanzfest in der Dorfscheune eine halbe Flasche vom Amarettolikör ihrer Mutter und hat sich an Archie Worthington rangeschmissen. Sie haben es in einem von Elys Feriencottages gemacht.«

»Und sind Godspell und Archie Seelenverwandte?« Ellen versuchte das Gespräch wieder etwas mehr auf das Thema Liebe zu lenken.

»Ich glaube, sie haben sich nicht mal richtig unterhalten.« Dilly lachte amüsiert. »Sie hat es nur mit ihm gemacht, um Erfahrung zu sammeln. Eigentlich ist sie hinter einem Typ mit Spitznamen Kerze her. Sie ist total verrückt nach ihm – aber nicht mal mir wollte sie seinen richtigen Namen verraten.«

Ellens Gedanken schweiften kurz zu den Vandalen, die im Goose Cottage gehaust hatten. Godspell war inzwischen eine ihrer Hauptverdächtigen, ob dieser Kerze der andere war? Kerzen hatten sie ja genügend abgebrannt, um die Romantik im Himmelbett der Jamiesons anzuheizen.

»Kennst du viele Sexstellungen?« Dilly wollte sich nicht allzu lange beim Liebesleben ihrer alten Freundin aufhalten. »Welche ist denn die beste? Für eine Anfängerin, meine ich.«

»Den ganzen Abend mit übereinandergeschlagenen Beinen dasitzen.«

»Du klingst ja wie Mama.«

»Hast du ihr doch von heute Abend erzählt?«

»O Gott, nein! Sie hält mir nur immer Vorträge über Sex. Gestern Abend war sie wohl ziemlich angetrunken, denn sie sagte dauernd, dass einst sie das schönste Mädchen von ganz Oddlode gewesen sei.« Dilly kicherte. »Und zu Hause hat sie dann ihre Carpenters-LP aufgelegt und erzählt, dass Spurs sie ›angebetet‹ habe.«

»Das hat er sicherlich.« Ellen hatte Pheelys Beichte über jene missglückte Verführung unter Teenagern nicht vergessen.

Darüber grübelte Dilly erst mal nach, bis sie eine Pause mit Toast und Kaffee machten – sehr zu Ellens Freude, der dieses doch sehr einseitige Gespräch langsam auf die Nerven ging. Aber Dilly war noch nicht fertig mit der Fragerei.

»Könntest du mir ein Kondom geben? Ich möchte nicht gleich schwanger werden so wie Mama, und Lily Lubowski erzählt es gleich im ganzen Dorf herum, wenn ich bei ihr im Laden einen Dreierpack kaufen würde.«

»Willst du damit nicht lieber noch etwas warten?«, fragte Ellen, die an Dillys romantischen Eheplan dachte. Dass sie jetzt ihren Seelenverwandten zu einem Sexgespielen degradierte, dem sie gleich am ersten Abend ein Kondom überstülpen wollte, passte so gar nicht zu der Vorstellung, die Ellen von der Blumenfee und ihrer Familie in der Lodge hatte.

»O Gott, nein! Je schneller ich Bescheid weiß, umso besser. Ich habe gestern Nacht darüber nachgedacht und beschlossen, dass ich meine Unschuld so bald wie möglich verlieren möchte.« Verlegen kicherte Dilly. »Und Spurs ist genau der Richtige – er ist absolut sexy. Mama sagt, in meinem Alter war er schon mit Dutzenden Leuten im Bett. Und wenn Rory wirklich mein Seelenverwandter ist, dann macht es ihn so wahnsinnig eifersüchtig, wenn ich mit einem Experten wie Spurs den Sex kennenlerne, dass er endlich zu seinen Gefühlen steht.«

Ihre Einstellung entsetzte Ellen. »Dilly, so funktioniert das nicht.«

»Warum denn nicht? Ich stehe auf Spurs, und er ist ein sehr böser Bube, wie alle sagen. Er könnte ja auch mein Seelenverwandter sein, in dem Fall hätte dann Rory Pech gehabt. Ich habe für heute Abend ein sehr gutes Gefühl.«

»Ich meine, du solltest nicht mit dem Plan losziehen, unbedingt vögeln zu wollen, Dilly. Guter Sex ist etwas ganz anderes als das.« Nach kurzem Schweigen startete Ellen einen Versuch, das Thema zu wechseln. »Wohin geht ihr heute Abend eigentlich?«

»Nur ins Plough in Upper Springload – ein netter Pub, und ganz in der Nähe von Rorys Cottage. Ach, die meisten Pubs haben ja Kondom-Automaten auf dem Klo, nicht wahr?« Dilly dachte immer noch an Sex – immerhin wenigstens an Safer Sex.

Als sie die Farbroller wieder zur Hand nahmen, strich Ellen so schnell sie nur konnte, damit Dilly bald nach Hause gehen und sie allein sein konnte. Ich möchte selbst mit Spurs ausgehen, dachte Ellen unglücklich. Ich möchte an einem sonnigen Abend irgendwo auf dem Land draußen im Garten eines Pubs sitzen und flirten und plaudern und darüber nachdenken, wie es wäre, mit ihm ins Bett zu gehen. Ich möchte zu einer Doppelverabredung mit ihm, Rory und Dilly gehen – und sei es nur, um darauf aufzupassen, dass Dilly ihren Slip anbehält. Die Vorstellung, dass Spurs und dieser hinreißende Teenager sich im Heu wälzen würden, war einfach quälend – zum einen, weil Ellen immer eifersüchtiger wurde, aber auch weil sie sich um Dilly Sorgen machte.

Schließlich war auch das Wohnzimmer so himmlisch hell und weiß wie das Esszimmer, so dass die Möbel, Bilder und Blumen wie zum Kauf anreizende, bunte Farbtupfer wirkten. Schweren Herzens lieh Ellen Dilly danach noch ihr geblümtes Lieblingssommerkleid, eine kurze blaue Lederjacke und ihre schicksten Riemensandalen.

»Du bist eine wahre Freundin, Ellen.« Dilly umarmte sie zum Abschied. »Und es ist wirklich okay, wenn ich Mama sage, dass wir beide ins Kino gehen?«

Ellen war ernsthaft versucht, Dilly zu sagen, dass sie ihrer Mutter von ihrem Vorhaben erzählen würde, wenn sie selbst es nicht täte. Sie fühlte sich merkwürdig hin und her gerissen zwischen diesen beiden Generationen und wusste nicht, welcher gegenüber sie mehr Loyalität empfinden sollte. »Komm jederzeit vorbei, wenn du reden willst«, hörte sie sich schließlich sagen und fühlte sich sofort wie eine grauenhafte alte Schachtel.

»Danke – vielleicht.« Dilly lachte, denn sie hatte ihre ehrgeizigen Pläne keineswegs aufgesteckt. »Ich sehe nach, welcher Film heute Abend im Corn Exchange in Maddington läuft, damit wir die gleiche Geschichte erzählen, wenn sie fragt. Ich bin um sieben mit Spurs bei der Linde verabredet, vergiss also nicht, deinen Jeep zu verstecken. Mama macht abends mit Hamlet immer noch einen Spaziergang.«

»Die Batterie ...«, gab Ellen zu bedenken, doch zu spät. Dilly war schon an der Linde vorbei und in den verzauberten Garten der Lodge entschwunden.

An diesem Abend brach Pheely bereits um Viertel vor sieben zu ihrem Spaziergang durchs Dorf auf und schaute auf dem Weg bei Ellen vorbei, da sie wusste, dass sie am Abend zuvor etwas gereizt reagiert und ein bisschen zu viel getrunken hatte.

»Mensch! Das sieht ja viel besser aus. Himmlisch – abgesehen von dem Geruch.« Sie zog die Nase kraus, als sie vom Esszimmer ins Wohnzimmer ging. »Da habt ihr beiden ja richtig geschuftet – wunderbar, wie das Abendlicht hier drinnen jetzt leuchtet ... Danke, dass du dich um Dilly gekümmert hast, du bist eine wahre Freundin! Diese Büste nimmt wirklich all meine Zeit in Anspruch.«

»Sie war mir eine große Hilfe, wir hatten viel Spaß«, sagte Ellen aufrichtig und spähte aus dem Fenster zur Linde – leider gar nicht als wahre Freundin, sondern eher schuldbewusst und heuchlerisch.

»Musst du dich nicht langsam fertig machen?« Jetzt waren Pheely Ellens farbbekleckste Shorts und das alte Shirt aufgefallen. »Dilly hat sich endlos lang im Badezimmer eingesperrt – sie sagt, du willst sie danach noch ins Turnpike zum Essen einladen, die Glückliche.«

»Ich – äh – wollte gerade, aber – oh, Telefon!« Ellen sprang auf.

»Hilfe!« Es war Dilly. »Mama schleicht draußen herum.«

»Ja, ich weiß.«

»Ist sie bei dir?«

»Mmm.«

»Oh, nein! Was tun wir jetzt?«

»Da kann ich nicht viel tun, fürchte ich.«

»Du musst sie loswerden.«

»Das klingt leichter, als es ist.« Ellen sah, wie Pheely in der Küche nach einer Flasche Rotwein griff, und legte auf. Sie atmete einmal tief ein und ging dann zu Pheely hinüber, die gerade zwei frische Gläser gefunden hatte und eifrig begann, eine glänzende Idee vor Ellen auszubreiten: »Ich könnte doch hier bei Snorkel bleiben und ein bisschen aufpassen«, schlug sie vor und suchte in den Schubladen nach einem Korkenzieher. »Ich habe seit Jahren nicht ferngesehen, und wenn ich hier bin, kannst du wegen des Geruchs die Fenster offen lassen. Dilly sagt, morgen sind drei Besichtigungen.«

»Ich gehe heute Abend gar nicht mit Dilly weg. Sondern Spurs.«

»Was?« Eine Schublade knallte zu.

»Er will ihr danken, dass er Otto reiten durfte«, improvisierte Ellen und hasste sich gleichzeitig dafür. »Rory und Godspell sind auch dabei – sie treffen sich nur auf einen Drink in Upper Springlode. Alles ganz unschuldig. Aber Dilly hatte Angst, du würdest es falsch verstehen, und deshalb hat sie gelogen.«

»Wie kann sie es wagen?« Die Rotweinflasche krachte so laut auf die Arbeitsfläche, dass Hamlet aufjaulte und Snorkel sich duckte. »Und wie kannst du es wagen, gemeinsame Sache mit ihr zu machen? Ich dachte, du wärst meine Freundin.«

»Deswegen erzähle ich dir ja die Wahrheit.« Verlegen biss Ellen sich auf die Unterlippe.

»Nein, nur weil ich deine Pläne durchkreuzt habe.« Pheely schien so etwas wie ein verzauberter Lügendetektor zu sein.

»Nein!«, rief Ellen, die sich getroffen fühlte. »Ich wollte es dir von Anfang an sagen, aber Dilly hat mich gebeten, es nicht zu tun.«

»Das überrascht mich nicht. Sie weiß, was ich von Spurs halte. Ich würde es *auf gar keinen Fall* erlauben. Er wird sie bei lebendigem Leibe verspeisen.« Pheely eilte auf die Haustür zu.

Ellen, die ihr gefolgt war, sah gerade noch, wie der Landrover der Bellings an der Linde vorfuhr und Dilly – die in Ellens Kleid ganz bezaubernd aussah – hineinsprang, ehe er davonrauschte. Im Fenster auf der Fahrerseite sah sie Spurs' silbrige Augen aufblitzen.

»Wir *müssen* ihnen folgen!«, kreischte Pheely und drehte sich zu Ellen um. »Hol den Autoschlüssel.«

»Aber die Batterie …«

»Lüg mich nicht an!« Pheely fand die Schlüssel selbst und schleifte Ellen zum Jeep.

Während Hamlet und Snorkel hinten im Laderaum fröhlich herumtobten, versuchte Ellen den Motor anzulassen. Für den Weg zum Baumarkt war er doch auch angesprungen. Aber jetzt misslang es ein ums andere Mal. »Ich wollte schon in Cornwall die Batterie austauschen.« Sie sank in den Sitz zurück. »Es nützt alles nichts.«

»Dann nehmen wir die Vespa. Die Hunde können hier bleiben.« Pheely sprang wieder aus dem Auto. »Sperr sie in die Küche, ich bin gleich wieder da.«

»Ich dachte, die Vespa ist kaputt …« Ellens Worte erstarben ihr auf den Lippen, als Pheely mit schlappenden Flip-Flops in Richtung Lodge davonflitzte. Es sah aus, als renne sie um ihr Leben.

10

Als zwei schmuddelige Frauen – die eine von Farbspritzern übersät, die andere tonverschmiert – auf einer klapprigen Vespa in beklagenswertem Tempo durch Oddlode zuckelten, sahen einige Leute über Hecken und Gartenmauern hinweg erstaunt hinter ihnen her. Pheely trug eine uralte khakifarbene Mopedhaube samt Schutzbrille und hatte Ellen zur Sicherheit Dillys Reitkappe verpasst. Die alte Vespa – von Pheely Pompeji genannt, die italienische Todesfalle – fuhr nicht schneller als fünfzehn Meilen die Stunde.

»Godspell saß nicht im Auto, die müssen sie sicher noch abholen. Sie dürften also gar nicht so viel Vorsprung haben«, rief Pheely über die Schulter. »Ich schlage vor, wir nähern uns ihnen, ohne Aufsehen zu erregen, und spionieren ihnen nach.«

Die Wahrscheinlichkeit, mit dieser ratternden Vespa im ruhigen Upper Springload kein Aufsehen zu erregen, tendierte gegen null, dachte Ellen, aber der Kinnriemen von Dillys Reitkappe saß so eng, dass sie den Mund kaum aufbekam und lieber schwieg. Es erforderte ohnehin all ihre Konzentration, sich auf dem Rücksitz zu halten, während Pheely wackelig in Haarnadelkurven steuerte und dabei mehr als einmal auf den Seitenstreifen geriet.

»Pompeji ist nicht ganz auf der Höhe«, rief Pheely, als sie immer langsamer wurden. »Du musst absteigen und laufen.« Das tat Ellen nur allzu gern, auf ihren eigenen Füßen fühlte sie sich doch erheblich sicherer als auf Pompejis abgefahrenen Reifen.

»Wir sehen uns oben auf dem Hügel.« Und damit ratterte Pheely voraus.

Ellen kämpfte den Impuls, einfach umzudrehen, nieder, nahm es sportlich, joggte hinterher und hatte das hügelauf zuckelnde Ding in wenigen Minuten eingeholt.

Pheely ergriff die Gelegenheit und erteilte ihr wie ein Trainer dem Läufer Anweisungen. »Wir sehen erst auf dem Parkplatz vom Plough nach. Wenn der Landrover der Bellings dort steht, holen wir uns unbemerkt was zu trinken und beobachten sie heimlich. Wenn sie in Rorys Cottage sind, wird's allerdings schwieriger.«

»Ich dachte, du willst Dilly nach Hause holen?«

»Das geht doch nicht – sie ist siebzehn, sie würde mich einfach zur Hölle schicken.« Die Vespa ächzte und keuchte fürchterlich. »Aber ich muss auf sie aufpassen. Wir werden heute Abend ihre Schutzengel sein. Vielleicht wird's sogar ganz lustig. Das heißt aber nicht, dass ich dir vergebe.« Sie warf Ellen einen tadelnden Blick zu und fuhr beinahe einen aufgeschreckten Fasan über den Haufen.

Schutzengel mit schmutzigen Gesichtern, dachte Ellen, während ihr der Schweiß von der Stirn lief. Als sie sich hinter die Vespa fallen ließ, um einem entgegenkommenden Auto Platz zu machen, erschien es ihr immer lächerlicher, dass sie sich darauf überhaupt eingelassen hatte. Außerdem war sie inzwischen sicher, dass Pheely ihr irgendetwas verschwieg. Pheely misstraute Spurs, und er hatte Dinge getan, über die sie nicht sprechen wollte; und Dilly war wild entschlossen, ihre Unschuld zu verlieren – diese Gedanken dröhnten nonstop in Ellens Kopf wie ein dissonanter Jazz. Schließlich konnte sie sich nicht mehr zurückhalten und fragte: »Sag mal, ist Spurs Dillys Vater?«

Pheely verlor beinahe die Kontrolle über die Vespa und fuhr im Zickzack einmal quer über die Straße. »Nein! Gütiger Gott! Wie kommst du denn darauf?« Und zu Ellens Überraschung brach sie einfach in Gelächter aus.

Ellens Beine wurden langsam schwerer, doch noch hielt sie mit. »Was ist denn so komisch?«, fragte sie keuchend.

»Du hast ja keine Ahnung, wie viel besser ich mich jetzt fühle! Stell dir vor, sie hätte ein heißes Date mit ihrem Vater!«

Okay, das war wohl sogar für das kuriose Oddlode etwas zu weit hergeholt, dachte Ellen und musste schließlich selbst lachen. Und so keuchten und ächzten sie den Hügel hinauf, zum Schrecken aller Schafe auf den Weiden links und rechts, die verängstigt blökten, als vor der letzten Kurve vor Upper Springlode der Motor der Vespa plötzlich mit einem lauten Röcheln absoff.

Atemlos sank Ellen auf den Seitenstreifen, während Pheely erneut zu starten versuchte. »Das passiert immer, dieses Mistding – es ist sicher überhitzt.« Doch es half alles nichts, der Motor gab kein Lebenszeichen mehr von sich.

»Wann hast du zuletzt getankt?«, fragte Ellen.

»Ich weiß nicht – vor etwa einem Monat? Ich fahre nicht so oft.«

Ellen stand auf, ergriff das Lenkrad, schüttelte die leichte Vespa und horchte auf das Geräusch aus dem Tank. Ein paar allerletzte Reste Benzin plätscherten leise.

»Verdammt. Die nächste Tankstelle ist mindestens fünf Meilen entfernt. Hoffentlich kommt jemand mit einem Reservekanister vorbei.« Pheely sah die Straße rauf und runter. »Auch wenn es albern ist, ich muss wissen, ob es Dilly gut geht. Sie ist noch so furchtbar unschuldig für ihre siebzehn Jahre.«

Ellen dachte an Dillys »Unternehmen Entjungferung« und sah schuldbewusst weg.

»Wunderbar! Sieh nur! Da kommt ein Auto!« Pheely stellte sich mitten auf die Straße und winkte mit beiden Armen dem großen Geländewagen zu, der den Hügel herauffuhr. Hastig ließ sie die Arme sinken, als sie den staubigen blauen Landrover erkannte. Doch zum Verstecken war es schon zu spät.

»O nein«, stöhnte Ellen und wischte sich mit dem Shirt den Schweiß aus dem Gesicht.

Hinter einer von toten Fliegen übersäten Windschutzscheibe

riss Spurs ungläubig staunend die silbrigen Augen auf, während Dilly neben ihm wütend funkelnde Blicke abschoss. Zwischen ihnen war die Silhouette von Godspell Gates zu erkennen, deren Kopf weiter rhythmisch im Takt der Musik ihrer Ohrstöpsel wippte.

»Was machst du denn hier?«, rief Dilly ihrer Mutter vorwurfsvoll entgegen, als Spurs am Straßenrand hielt.

»Eine kleine Spritztour«, sagte Pheely munter, die sich die Demütigung auf keinen Fall anmerken lassen wollte. »Nur leider ohne Sprit, wie sich herausstellt. Hallo, Godspell. Spurs.« Den letzten Namen spie sie aus, als wäre es Schlangengift.

»Kann ich euch irgendwie helfen?« Spurs stieg aus und sah zu Ellen hinüber, die am liebsten mit der Hecke hinter sich verschmolzen wäre.

»Nur wenn du einen Kanister Benzin dabeihast«, gab Pheely unfreundlich zurück. »Es gab ja Zeiten, da hattest du immer einen zur Hand.«

Spurs ging nicht darauf ein. »Der Landrover fährt mit Diesel. Wohin wollt ihr denn?« Er konnte die Augen nicht von Ellen lösen.

Sie schluckte verlegen und drückte sich Dillys Reitkappe gegen die Brust, in der Hoffnung, so ihr wild pochendes Herz zu beruhigen. »In den – äh – Pub in Springload.«

»Plough?« Gutmütig spielte er den Überraschten, doch es klang ein gereizter Unterton mit. »Da fahren wir auch hin – ich kann die Vespa hinten einladen und euch mitnehmen.«

Ellen fragte sich, welchen Hintergedanken er wohl dabei hegte. »Das ist wirklich nicht –«

Pheely räusperte sich. »Wirklich sehr freundlich, Spurs.« Sie klang wie Königin Boudicca, die sich vom römischen Feind einen Gefallen erweisen lassen musste.

»Schon gut, wir setzen uns da drüben hin! Danke fürs Mitnehmen – hallo, Rory.« Pheely flitzte auf einen etwas entfernten Tisch im Garten des Plough zu, der aber immer noch in Sicht-

und Hörweite dessen stand, den Rory bereits für die anderen frei hielt. Die leeren Gläser vor ihm zeigten, dass er wohl schon einige Zeit wartete.

»Findest du nicht, wir sollten Spurs zum Dank wenigstens einen Drink spendieren?« Ellen folgte ihrer Freundin.

»Ich habe kein Geld dabei«, murmelte Pheely. »Ich auch nicht«, gab Ellen zu. Sie sahen einander an. »Verdammt«, fluchten beide.

Damit konnten sie ihre Tarnung in den Wind schreiben, der gerade aufkam und trotz des vielversprechenden Sonnenscheins bereits vereinzelte regenschwere Wolken über den großen Garten des Pub trieb. Auf der grob gemähten Wiese standen verstreut einzelne Baumgruppen, bestens geeignet für kleine Privatpartys oder Pärchen, die ungestört sein wollten und nur in den kleinen Pub aus Cotswoldstein wankten, um eine neue Runde zu ordern. Und so saßen Ellen und Pheely ohne Getränke da, nur der Aschenbecher füllte sich, während der böige Wind Blätter aufwirbelte.

»Ist ja ziemlich gut besucht hier.« Ellen sah sich um.

»Irgendein berühmter amerikanischer Reiseschriftsteller hat den Pub mal das ›urigste Wirtshaus in den Cotswolds‹ genannt, seitdem kommen die Touristen in Scharen hierher«, brummte Pheely und zündete sich noch eine Zigarette an. »Das ist jetzt schon Dillys drittes Bier, *und* sie raucht.«

»Dann amüsiert sie sich ja bestens.« Wenn sie das doch auch von sich behaupten könnte, dachte Ellen und beugte sich vor, um zu Dillys Tisch zu spähen. Wie von einer Sirene alarmiert, fing Spurs sofort ihren Blick auf. Seine Miene blieb undurchdringlich.

»Was hast du denn?«, fragte Pheely. »Du bist so komisch.«

Doch Ellen war schon Richtung Toiletten verschwunden, die in einem der Anbauten des Pubs untergebracht waren. Entsetzt betrachtete sie ihr Spiegelbild: Ihre Haare waren so zerzaust vom Wind, dass sie kaum mit den Fingern hindurchfahren konnte, ihr Shirt war schmutzig, und sie hatte immer noch Farbspritzer an Hals, Armen und Händen. Als sie den schmalen Gang zwischen den Anbauten zurückging, lief sie direkt Spurs in die Arme, der dort zigaretterauchend auf sie wartete.

»Hi.« Sie senkte den Kopf und wollte sich an ihm vorbeidrücken, doch er versperrte ihr mit seinem Arm den Weg.

»Was genau machst du hier eigentlich, Ellen?«

Sie hob das Kinn. »Pheely und ich wollten was trinken gehen.«

»Ich habe dich noch nichts trinken sehen«, sagte er weich.

»Na ja, wir arbeiten noch dran.«

Sie standen direkt neben der Tür zur Küche des Pub. Der Geruch von heißem Fett und angebratenem Fleisch drang heraus, zusammen mit den chemischen Dünsten eines Geschirrspülers und dem Gezeter der Angestellten, die sich gegenseitig beschimpften.

»Glaubt Pheely etwa, ich hätte es auf ihre Tochter abgesehen?«

»*Hast* du es denn?«

»Sie ist sehr schön.« Er lächelte sanft. »Rory ist ganz hin und weg, wenn auch nicht ganz nüchtern, der Idiot.« Spurs verzog das Gesicht und nickte zum Biergarten hinüber. »Der muss sich noch anstrengen, wenn er bei ihr landen will.«

Ellen betrachtete seinen Hals, die kräftigen Sehnen und Adern, die zu den gebräunten Schultern hinabliefen. Er war sehr viel angespannter, als er erkennen ließ. »Was für ein Glück, dass du ihm mit Rat und Tat zur Seite stehst«, sagte sie boshaft.

»Ja, nicht wahr?« Er nahm ihren Tonfall auf. »Ich habe gern ein Auge auf die Dinge. So wie du auch.«

»Aber du würdest natürlich nie dazwischenfunken.«

»Keine Ahnung.« Er fuhr sich mit der Zunge über die Lippen und musterte sie eingehend. »Schmutzige Mädchen sind mir lieber.«

»Wenigstens habe ich ein sauberes Gewissen«, stieß Ellen hervor und fragte sich, ob sie richtig gehört hatte. In ihren Ohren rauschte es, weil ihr wild pochendes Herz das Blut so schnell durch den Körper trieb.

»Ich soll wohl Pheely um Verzeihung bitten und damit meine Seele reinwaschen, wie?«, fragte er verärgert und trat einen Schritt zurück.

»Das könnte schon mal wieder gutmachen, dass du hinter ihrer Tochter her bist.«

»Macht dir das was aus?« Er sah ihr direkt in die Augen.

»Pheely macht es etwas aus.«

»Gib zu, dass du mich liebst, dann tue ich es vielleicht.«

»Hör auf mit diesem Liebesgefasel. Du warst es doch, der zu mir gesagt hat, so heiß sei ich auch wieder nicht.«

Spurs verkniff sich ein Lächeln und flüsterte: »Du weißt doch sicher, dass ich ein ganz unerträglicher Lügner bin? Das haben dir bestimmt schon genug Leute erzählt.«

Ellen lachte sarkastisch. »Du begehrst mich also *wirklich* von ganzem Herzen?«

»Ich wollte dich vom ersten Augenblick an.«

»Weswegen du mit Dilly und Godspell ausgehst.« Sie lachte erneut.

»Irgendwas musste ich ja tun, um nicht an dich zu denken.«

Unmerklich waren sie sich näher gekommen und ihre Stimmen leiser geworden, bis sie nur noch ein Flüstern waren. Ellen spürte, wie das Verlangen sie von Kopf bis Fuß erfasste. Sie konnte seiner Anziehungskraft nicht widerstehen, wie sehr sie es auch versuchte. Spurs sah sie mit angespannter Miene an.

»Ich habe dir gesagt, das darf nicht passieren.«

»Es ist nichts passiert«, sagte sie. Das Prickeln auf ihrer Haut hatte längst jeden Quadratzentimeter ihres Körpers erreicht.

Er wich ihrem Blick aus. »Ich möchte, dass du auf Abstand bleibst.«

»Ich bin nicht deinetwegen hier«, sagte sie mit belegter Stimme.

»Warum dann?«

»Wir passen nur auf Dilly auf. Pheely hat darauf bestanden. Ich habe nicht darum gebeten.«

»Ah, ja.« Er atmete hörbar aus. Und damit ging er.

Es kostete Ellen alle Mühe, ihm nicht hinterherzurennen und ihn zu fragen, welches Spiel er verdammt noch mal spiele. Stattdessen hob sie das Kinn und nutzte die beste Waffe, die sie hatte: »Ich liebe dich. Jetzt bitte Pheely um Verzeihung.«

Aber er drehte sich nicht einmal um.

Ohne einen Drink unter Bäumen in einem Biergarten zu sitzen, war die eine Sache. Doch als der Himmel schließlich seine Schleusen öffnete und sie gezwungen waren, sich in den kleinen, übervollen Pub zu zwängen, wurde offensichtlich, dass irgendetwas fehlte: freie Tische, Stühle, und vor allem Geld für einen Drink.

Spurs' Trupp hatte sich schon an einem runden Tisch in einer Fensternische niedergelassen, als Ellen und Pheely zögerlich eintraten. Dilly plapperte nonstop – sie war von dem Bier schon ganz schön beschwipst – und ignorierte die beiden einfach.

»Noch da?« Spurs sah Ellen irgendwie schuldbewusst an, als wäre er ängstlich darauf bedacht, etwas vor ihr zu verbergen.

»Erin! Hi!« Rory hob sein Glas und strahlte sie aus benebelten grauen Augen an. »Hier is noch Plasss genuch ...«

Ellen sah wieder zu Spurs hinüber, der ihr plötzlich grünes Licht gab. Doch sie hatte nicht mit Pheely gerechnet.

»Oh, wir können prima am Tresen sitzen!«, behauptete sie. »Ein Augenaufschlag von Ellen, und schon kriegen wir einen Drink spendiert.«

Aber Pheely hatte nicht mit Spurs gerechnet. »Komm, gib mir eine Chance, Pheely. Ich würde euch gern was ausgeben«, sagte er weich und versuchte, ihr in die Augen zu sehen.

Pheely nahm die Herausforderung an. »Wenn das so ist«, verkündete sie in merkwürdig hohem, kindischem Tonfall, »hätte ich gern ein Glas Champagner.«

Der Wirt, der gerade vorbeikam, mischte sich gleich ein: »Den gibt's nicht glasweise.«

»Dann nehmen wir eine Flasche«, erwiderte Spurs leichthin. »Und du, Ellen?«

Ihre Blicke trafen sich, und auf einmal fühlte sich Ellen, als würde bereits spritzig perlender Dom Perignon durch ihre Adern fließen – denn in seinem Gesicht las sie nur eines: Tut mir leid, tut mir leid, tut mir leid, aber ich habe Angst vor Pheely.

»Trink doch auch von dem Champagner«, schlug Spurs vor.

»Ja, sicher.« Ellen lächelte, dies war ein kleiner Sieg. Zum ersten Mal hatte sie seine Miene richtig gedeutet. Das war doch ein Anfang.

»Na gut, wir können uns ja einen Augenblick dazusetzen«, lenkte Pheely schließlich ein, warf Spurs aber einen misstrauischen Blick zu. »Gefährlicher als in dem Gewühl da vorne am Tresen kann's auch nicht werden.«

Ellen landete auf einem Stuhl weit weg von Spurs am anderen Ende des Tisches zwischen Godspell und Rory, die beide nicht gerade redselig waren, wie sich schnell herausstellte. Rory bekam ein weiteres »Hallo« über die Lippen, und Godspell starrte sie nur an, als Ellen sie nach ihren Insekten fragte. Auch jeder folgende Versuch, ein Gespräch zu beginnen, blieb unbeantwortet.

Dilly, die vor Wut kochte, weil ihre Doppelverabredung gesprengt worden war, ignorierte ihre Mutter und redete nur mit den Männern. Es war keine Untertreibung gewesen, als sie Ellen erzählt hatte, im Flirten sei sie eine echte Niete. Der Alkohol hatte ihr die Zunge gelöst, und sie war in etwa so schamhaft wie ein Pin-up-Girl, das sich in Pose warf.

»Wo ist Sharrie eigentlich heute Abend?«, fragte sie Rory.

»Unnerwegs, glaub ich«, erwiderte Rory schläfrig.

»Ich wette, sie hat jede Menge Freunde. Sie ist ja nicht gerade wählerisch.« Dilly kicherte. »Und sie wäre sogar ganz hübsch, wenn sie mal abnehmen würde. Allerdings, ihr Busen ist klasse. Ist ja oft so bei diesem molligen Typ.« Instinktiv schaute Rory auf Dillys eigenen großen festen Busen, während sie kichernd erzählte, wie schrecklich es war, im Internat die Einzige mit einer so großen BH-Größe zu sein. »Ich verstehe nicht, wieso die mich erst alle hänseln, wenn sie sich dann Socken und Klopapier in die Wonderbras stopfen. Ich bin ja schließlich nicht dick oder so was. Früher wäre ich gern genauso platt gewesen wie du, Spelly«, seufzte sie mit gespieltem Neid, »aber inzwischen habe ich mich an die beiden ziemlich gewöhnt.« Ganz unschuldig griff sie mit beiden Händen zu, so dass ihr Ausschnitt noch besser zur Geltung kam.

Godspell beobachtete das Ganze ungerührt und sagte kein Wort. Und auch Rory nicht, der fast zu schielen begann, während er unverhohlen weiter auf Dillys Brüste starrte. Er war schon recht stark angetrunken, bemerkte Ellen, die schönen grauen Augen der Constantines wirkten glasig, sein Lächeln abwesend, und sein langer schlanker Körper drohte vom Stuhl zu kippen. Spurs dagegen war hellwach, stocknüchtern und ganz darauf konzentriert, Pheelys Vertrauen zu gewinnen. Ellen hatte ihn noch nie zuvor nervös gesehen. Angespannt strich er sich wieder und wieder die dunklen Locken aus der Stirn, während er mit unsicherem Blick leise auf Pheely einzusprechen begann: »Ich weiß, ich habe den allergrößten Mist gebaut, aber ich kann den Gedanken, dass du mich hasst, nicht ertragen …« Er tut es tatsächlich, dachte Ellen ungläubig und sah beschämt weg wie ein Tourist, der in den Gottesdienst einer Kathedrale hineinplatzt.

Pheely, die sich verärgert Tränen aus den Augen wischte, ehe sie herunterliefen, machte es ihm nicht leicht. Und auch Dilly nicht, die es nervte, dass Spurs so lange und intensiv mit ihrer Mutter sprach, und die deswegen ihr Lieblingsthema des heutigen Tages anschnitt. »Die Leute machen doch viel zu viel Aufhebens um den Sex«, sagte sie so laut zu Rory, dass ihre Stimme durch den ganzen Pub hallte.

»Genau.« Er prostete ihr zu.

Ellen, die versuchte zu verstehen, worüber Spurs mit Pheely redete, fuhr vor Schreck zusammen, als Dilly plötzlich mit der flachen Hand auf den Tisch schlug und fragte: »*Warum* bin ich mit siebzehn noch Jungfrau? Ellen war viel jünger beim ersten Mal, und sie hat bloß mit einem Mann geschlafen bisher. Ich will ja nicht das ganze Land vögeln. Ich will nur wissen, wie es ist.«

Spurs reagierte nicht darauf, sondern redete weiter mit Pheely. Ellen rieb sich die Stirn und sah besorgt in die Runde. Zu ihrer Überraschung fing sie einen Blick von Godspell auf, die ihr mit pechschwarzen Wimpern zuzwinkerte.

»Tassächlich?« Rorys Aussprache litt bereits deutlich.

»Ja – ich wette, es macht richtig Spaß. Hast du schon mit vielen Mädchen geschlafen?«

»Ein paaaa…«

Ganz cool griff Dilly nach ihrem Glas, wenn sie es auch erst beim zweiten Mal erwischte, und bekleckerte sich, als sie ihren Mund nicht ganz zielsicher traf. Unbeirrt lächelte sie Rory an. »Ich wette, du bist gut im Bett.«

Ellen verging fast vor Peinlichkeit. Als Rory aufstand, fürchtete sie schon, er würde vorschlagen, mit Dilly auf einen Quickie in seinen Heuschober zu verschwinden. Doch stattdessen rülpste er und verschwand Richtung Klo. Ellen rutschte einen Stuhl weiter zu Dilly und versuchte sie etwas zu beruhigen. »Toll siehst du aus. Mein Kleid steht dir gut.«

»Scht«, zischte Dilly. »Braucht ja nicht jeder zu wissen, dass es deins ist.« Aber geschmeichelt war sie trotzdem. Dann warf sie Ellen einen wachsamen Blick zu und flüsterte: »Was hast du dir bloß dabei gedacht, Mama hier anzuschleppen?«

»Es war eine Art Missverständnis«, erwiderte Ellen ausweichend.

»Ihr seid uns *gefolgt*. Und guck's dir an, jetzt nimmt *sie* Spurs in Beschlag. Ich dachte, sie hasst ihn.«

Am anderen Ende des Tisches hatten Spurs und Pheely die Köpfe zusammengesteckt, aber weder flirtend noch freundschaftlich. Es wirkte eher, als würden sie ein Wortgefecht austragen. »Vielleicht«, sagte Ellen wieder zu Dilly gewandt, »haben sie beschlossen, dass es Zeit ist, zu verzeihen und zu vergeben.«

Dilly schaute Godspell an. »Verzeihen ist was für Feiglinge.«

Aber ihre einstige Freundin reagierte nicht. Godspell beobachtete viel zu konzentriert, was da am anderen Ende des Tisches zwischen Pheely und Spurs vor sich ging. »Ich verzeihe nie«, fuhr Dilly fort und warf Godspell noch einen finsteren Blick zu. »Ich vergesse bloß. Ich finde es ganz einfach, Leute zu vergessen. Wie heißt du gleich wieder? Helen? Eleanor?«

Entnervt wandte Ellen den Blick ab und wurde erneut von Godspell mit einem Augenzwinkern bedacht. Die kleine Gothic-Frau trank gläserweise herbes Bier – was Ellen insgeheim ziemlich beeindruckend fand – und schien sich aus ihrem eigenen Schweigen überhaupt nichts zu machen, auch wenn sie von allem um sich herum ausgeschlossen war. Ihre passive, beobachtende Präsenz hatte etwas Beunruhigendes.

»Ihr zwei seid also früher zusammen reiten gegangen?«, fragte Ellen einen Tick zu fröhlich, um echt zu klingen.

Godspell nickte schweigend.

Dilly trat Ellen unter dem Tisch gegen den Knöchel. »Godspell hat aufgehört«, sagte sie spöttisch, »sie hat die Nerven verloren.«

Godspell reagierte nicht. Aus der Nähe sah sie älter und weniger böswillig aus, und um ihre kaffeebraunen Augen zeigten sich sogar feine Lachfältchen. Aber bis auf das Augenzwinkern hatte sie sich bislang zu keiner Art Mienenspiel herabgelassen, was sich auch nicht änderte, als Ellen jetzt versuchte, ein Gespräch zu beginnen.

»An meinem ersten Abend in Oddlode habe ich deine Band spielen hören – Roadkill, nicht wahr?«

Wieder nickte sie.

»Klang toll. Seid ihr schon lange zusammen?«

»Ungefähr ein Jahr.«

Sieg! Sie hatte tatsächlich etwas gesagt.

»Schreibst du eigene Sachen?« Ellen erinnerte sich an die Notizen auf Godspells Tisch.

»Manchmal.«

»Ich würde auch gern Songs schreiben können«, log Ellen

scheinheilig und bemühte sich, Dilly einzubeziehen. »Du nicht auch, Dilly? Hast du es schon mal versucht?«

Doch Dilly, die anscheinend beleidigt war, weil sie nicht mehr im Mittelpunkt stand, sah sich bereits nach Abwechslung um. Rory war immer noch nicht vom Klo zurück, und ihre Mutter und Spurs fauchten sich wie zwei Schlangen in einem Korb gegenseitig an. Als Dilly hörte, wie Pheely sagte: »Du hast vielleicht Nerven, hier einfach aufzutauchen und meiner Tochter das Gefühl zu geben –«, hatte sie ihr Stichwort.

»Mama, hör doch endlich auf, alte Geschichten aufzuwärmen. Mir ist egal, was Spurs getan hat. Er ist richtig cool.« Mit großen Augen sah sie ihn an und ließ sich ein paar Locken ins Gesicht fallen. Ihre Bewegungen ließen erkennen, dass sie zu viel getrunken hatte.

»Halt den Mund, Dilly«, schnauzte Pheely.

»Sprich nicht so mit mir! Du warst gar nicht eingeladen. Spurs hat *mich* eingeladen.«

Spurs griff nach einer Zigarette und sah besorgt zu Ellen hinüber, als müsse er sich erst ihrer Anwesenheit versichern, ehe er mit Dilly sprach. »Ich habe deine Mutter gebeten, sich zu uns zu setzen«, erinnerte er sie.

»Nur weil sie uns gefolgt ist«, schimpfte Dilly und wedelte so wild mit den Armen, dass sie ihr Glas umwarf. »Und weil du Ellen an die Wäsche willst.«

»Dilly!« Pheelys grüne Augen blitzten warnend auf.

»*Du* hast mir doch erzählt, dass er und Ellen scharf aufeinander sind!«, spottete Dilly. »Egal, Ellen hat gesagt, dass das alles Blödsinn ist, Spurs ist nicht ihr Seelenverwandter. Hast du doch, oder nicht?« Sie drehte sich zu Ellen um, die vor Scham nicht wusste, wo sie hinschauen sollte. »Die reine Zeitverschwendung also.« Anzüglich lächelte Dilly Spurs zu. »Ellen sagt, *wir* sind die Richtigen füreinander. Du und ich.«

»Das habe ich nicht gesagt«, wehrte sich Ellen.

»Wie kannst du es *wagen*, so ein perverses Spiel zu treiben?«, fauchte Pheely sie an.

»Spurs ist *kein* Perverser«, rief Dilly. »Er ist verdammt süß.«

Godspell, die ihr Bier an die schwarzvioletten Lippen gehoben hatte, stieß ein seltsam gespenstisches, kehliges Lachen aus.

»Und du hältst auch den Mund!«, heulte Dilly auf, bei der der Alkohol inzwischen seine ganze Wirkung entfaltete. »Du bist doch nur mitgekommen, um mir zu zeigen, dass ich noch längst nicht so erwachsen bin wie du. Du bist inzwischen vielleicht zu cool, um zu reden, doch du bist ein Freak.«

Als Rory vom Klo wiederkam, hatte Dilly sich so richtig in Fahrt geredet und war nicht mehr zu bremsen. Jetzt musste ihre Mutter wieder dran glauben. »Du bist doch nur eifersüchtig, weil Spurs und Rory auf mich stehen und du nur noch alte Männer mit Bierbauch abkriegst – ich bin bestimmt fabelhaft im Bett, bei dir ist es doch hoffnungslos. Ich habe dein Tagebuch gelesen, da schreibst du, dass du deine Organis – Organ – Origam –« Pheely war dunkelrot angelaufen. »Du täuschst deine ORIGAMIS vor!«, verkündete Dilly triumphierend. »Und du!« Sie zeigte mit dem Finger auf Rory. »Du erinnerst dich an deine wahrscheinlich nicht mal, weil du dich an die fette Sharrie verschwendest. Ich verstehe nicht, was du an der findest. Ich meine, dich müssen doch Dutzende Mädchen toll finden, auch wenn du nicht der Klügste … Rory? … Rory!?«

Mit hochgezogenen Augenbrauen schlenderte Rory schwankend am Tisch vorbei und direkt zur Tür, wobei er zuerst in der Garderobe landete, ehe er in den Abendsonnenschein hinausstolperte und vor sich hin murmelte, er müsse noch den allabendlichen Rundgang auf dem Reiterhof machen.

»Wo willst du denn hin?«, rief Dilly ihm nach.

»Weg von dir, denke ich«, sagte Pheely mit überraschender Würde angesichts der jüngsten Enthüllungen. »Nur wenige Männer setzen sich gern dem Wutanfall eines Kindes aus.«

»Verschwinde, du alte Kuh!« Mit einem Schluchzen flüchtete Dilly aufs Klo.

»Oje, ich werde ihr besser hinterhergehen.« Pheely griff nach dem Champagnerglas, um einen letzten Schluck zu nehmen. »Sie ist mit den Nerven am Ende – nach all dem Prüfungsstress.« Sie sprach laut in die Runde, um die Leute im Pub zu beruhigen. In ihrer Stimme lagen Geduld und mütterliches Verständnis, doch ihre Hand zitterte und zeugte von ihrer Beschämung und dem Widerwillen, sich dem monströsen Chaos aus Hormonen, Alkohol, Eifersucht und Unreife zu stellen, das sie erwartete. Doch noch ehe sie aufstehen konnte, entfaltete sich Godspell wie eine Fledermaus und flatterte wortlos Dilly hinterher. Pheely griff dankbar nach der Flasche. »Ich lasse sie das mal machen. Vielleicht vertragen sich die beiden wieder.«

»Wie wir.« Spurs hielt ihr Glas fest, das wackelte, als sie den Flaschenhals darauf abstützte.

»Wir waren nie Freunde.« Pheely wartete, bis sich der erste Schaum im Glas gesenkt hatte, um weiter nachzuschenken.

»Ich finde schon.« Er versuchte, ihre Gedanken von dem eben Geschehenen abzulenken und seinen Frieden mit ihr zu machen. »Du warst eine Göttin für mich. Du hast mir mein erstes Bier in einem Pub gekauft, mir beigebracht, wie man einen Joint dreht, und mir Hendrix vorgespielt, als ich Duran Duran noch für richtige Musik gehalten habe. Und du hast mir geholfen, Graffiti auf Nazi-Nigels Garage zu sprühen.«

»Scht.« Pheely warf Ellen einen schuldbewussten Blick zu, jetzt war sie erwischt worden. Und trotzdem musste sie lachen bei der Erinnerung daran.

»Ich möchte, dass wir wieder Freunde werden«, bat Spurs.

Das Lachen blieb Pheely im Halse stecken. »Das ist unmöglich.«

»Verzeih mir bitte.«

»Darum hättest du mich schon vor langer Zeit bitten sollen.«

»Dazu hatte ich viel zu viel Angst«, sagte er leise.

»Du hast doch nie Angst.« Sie lachte hohl.

»Doch, jetzt zum Beispiel.« Angespannt spähte er zu Ellen.

Pheely räusperte sich. »Was meinst du, Ellen?« Sie beugte sich vor, um auch Ellen noch nachzuschenken.

»Darauf kommt es doch nicht an.«

»O doch.« Pheelys grüne Augen fixierten sie, und mit tiefer Stimme raunte sie: »Deinetwegen sitzen wir doch hier. Du erzählst mir dauernd, dass Spurs sich geändert hat – was dir anscheinend eure kurze gemeinsame Gärtnerei bewiesen hat. Und meine Tochter hast du ihm unter deiner gärtnernden Aufsicht auch zugeführt.«

»Das ist nicht fair!«

»Es ist die Wahrheit«, entgegnete sie geradeheraus. »Dorothy Parker sagt: Du kannst einen Garten hegen und pflegen, aber er wird nie selbst denken. Warum wühlst du jetzt alles noch mal auf?«

»Mein Gartenengel«, murmelte Spurs und griff nach seinem Glas. Doch die Anspannung war noch nicht von ihm gewichen.

Ellen sah von ihm zu Pheely. Sie fühlte sich in die Ecke gedrängt und wusste, dass es ihre Schuld wäre, wenn all das jetzt scheiterte. »Weil ich es kann«, sagte sie aufrichtig. »Ich weiß nichts von der Vergangenheit oder der Zukunft, weil ich nur auf der Durchreise bin. Daher habe ich die Unbeschwertheit, euch zu sagen: Vergesst doch, was war! Jeder hat eine zweite Chance verdient.«

»Eigentlich schon.« Pheely lächelte vorsichtig über den Rand des Champagnerglases hinweg, während sie Spurs musterte. »Wenn du Dilly in Ruhe lässt. Sie hat was Besseres verdient.«

Er zog die Augenbrauen hoch. »Okay, wer Daffodil heißt, hat wirklich was Besseres als einen Jasper verdient. Aber das heißt doch nicht, dass wir keine Freunde sein können.«

Pheely warf Ellen einen nachdenklichen Blick zu und begann dann zu kichern. »Der Geächtete von Oddlode wird wieder in den trauten Kreis aufgenommen«, stimmte sie schließlich zu. »Doch deswegen musst du mich ja nicht gleich zur Schwiegermutter dieses Abtrünnigen machen, Ellen. Was hast du dir dabei nur gedacht?«

»Ich habe nichts dergleichen getan«, entgegnete Ellen und sah Spurs an, der nur lässig die Schultern zuckte.

»Die Vergangenheit aufzuwühlen, kann die beste Methode

sein, um neue Wege anzulegen«, sagte Spurs weich und sah Pheely an. »Heißt das, du verzeihst mir?«

»Nur, wenn du meine Tochter in Ruhe lässt.« Ihre Augen blitzten, die weggewischten Tränen waren neuem Lebensgeist gewichen.

»Ich bin nur daran interessiert, ihr Pferd zu reiten«, erklärte er. »Nicht sie.«

»Ich hoffe, du meinst das ernst.« Pheely spähte zur Tür der Damentoilette. »Sie braucht dich so dringend wie ein Loch im Herzen.«

»Hätte ich nicht besser sagen können.« Spurs sah Ellen an, die den Widerhall registrierte und peinlich berührt schluckte.

»Ist mit Rory alles in Ordnung?«, fragte sie, bemüht, das Thema zu wechseln.

»Der liegt vermutlich besinnungslos im Graben.« Er schien nicht im Entferntesten besorgt, nahm ihren Wink aber auf. »Ist das Cottage eigentlich schon verkauft?«

»Fast.«

»Ich habe Ellen gesagt, sie soll mindestens bis zu Elys Party bleiben.« Pheely musste sich erst wieder daran gewöhnen, mit Spurs wie mit einem normalen Menschen zu reden.

»Oh, unbedingt«, stimmte er mit einem seltsamen Unterton zu. »Das würde ich um nichts auf der Welt verpassen wollen.«

»Du gehst doch sicher gar nicht hin, oder?« Pheely war erstaunt.

»Im Gegenteil, ich bin der Ehrengast«, erwiderte er, als Godspell mit einer sehr blassen Dilly zurückkam. »Die Party deines Vaters wird höchst bemerkenswert werden, was, Spelly?«

Godspell rümpfte die bleiche Nase, raffte die Schichten ihres schwarzen Kleids und bedeutete Dilly, sich neben sie zu setzen.

»Tut mir leid, Mama, Ellen – Spurs.« Dilly sprach betont langsam und deutlich und ließ den Kopf hängen. »Ich habe zu viel Bier getrunken.«

»Wenn du es nur einsiehst, Schatz.« Pheely hob ihr Glas, um ihrer Tochter zu verzeihen, solange sie in so versöhnlicher Stimmung war. »Vergessen wir es einfach.«

Dilly lächelte unsicher, aber dankbar. »Soll ich mal nachsehen, ob mit Rory alles okay ist? Ich habe ihn wohl ziemlich beleidigt.«

»Das mache ich.« Spurs stand auf und bahnte sich einen Weg um den Tisch. Plötzlich spürte Ellen, wie eine warme Hand ihre Finger umschloss. »Ich muss mit dir reden.« Noch ehe sie protestieren konnte, zog er sie Richtung Tür. Und Ellen war sich fast sicher, dass Godspell ihr schon wieder verschwörerisch zuzwinkerte.

»Ich bin also nicht dein Seelenverwandter?« Spurs lachte, als sie den Hügel hinauf durchs Dorf zu Rorys Reiterhof gingen.

»Das war doch nur albernes Teeniegerede von Dilly«, log Ellen und erinnerte sich beschämt, dass tatsächlich sie selbst dieses alberne Gerede von sich gegeben hatte.

»Sie ist absolut hinreißend, was? Vor allem, wenn sie einen Schwips hat.« Er sah sie an. »Pheely war genauso in dem Alter.«

»Danke, dass du sie um Verzeihung gebeten hast.«

»Ich habe es nicht für dich getan«, sagte er und beobachtete ihre Reaktion, »sondern für Dilly.«

»Oh.« Das musste sie erst mal verdauen. »Gut.«

In den Bäumen zwitscherten die vom Regen noch nassen Vögel ihre Abendlieder. Die Sonne, die wieder zum Vorschein gekommen war, stand tief und rot am Horizont und glitzerte auf den feuchten Blättern.

»Du magst sie, nicht wahr?«

»Ich mag sie beide.« Er steckte die Hände in die Hosentaschen, drehte sich um und lief rückwärts, so dass er den in das Tal davonziehenden Wolken nachsehen konnte. »Es gab eine Zeit, da wollte ich Pheely mehr als alles andere auf der Welt. Ich war unglaublich verliebt in sie. Ich dachte, ich müsste sterben ohne sie.«

Ellen kämpfte gegen die aufsteigende Eifersucht an. »Und jetzt?«

»Das ist längst Geschichte. Es war nicht mehr als eine Kinderei, auch wenn es sich damals so anfühlte, als würde die Welt stehen bleiben, wenn nichts passiert.«

»Es ist ja beinahe etwas passiert«, erinnerte sie ihn.

»Ach – du weißt ja von den Krähen. Da habe ich wirklich Mist gebaut.« Eine ganze Weile ging er schweigend neben ihr her und beobachtete sie von der Seite. »Ein Freund von mir hatte behauptet, ich würde sie in einer Million Jahren nicht ins Bett kriegen. Und als sie ja sagte, wollte ich ihm beweisen, dass er Unrecht hatte.«

»Etwas sehr unsensibel, jemanden zusehen zu lassen, oder nicht?«

»Ich war stoned, ich war sechzehn – außerdem habe ich Pheely damit einen Gefallen getan. Wir passen überhaupt nicht zusammen.«

»Du wärst ein ziemlich junger Stiefvater gewesen.«

»Wer weiß, vielleicht hätte es mich zur Vernunft gebracht.«

Ellen wunderte sich, wie selbstverständlich sie mit ihm reden konnte. »Wolltest du darüber mit mir sprechen?«

»Nein. Ich rede einfach gern mit dir. Dir kann ich alles erzählen, ohne dass du gleich schockiert bist.«

»Wie, alles? Dass du mit sechzehn in Pheely verliebt warst, jetzt aber auf ihre Tochter stehst?«

»Ja. Aber darüber wollte ich eigentlich gar nicht reden.«

Jetzt gingen sie über die Dorfwiese – die kleiner und wilder war als die von Oddlode –, durch hohes, feuchtes Gras und Wildblumen, die sich unter einer Reihe knarrender Holunderbäume im Wind wiegten.

»Worüber wolltest du denn mit mir reden?«

»Darüber.« Ohne Vorwarnung nahm er ihr Gesicht in die Hände und küsste sie. Und diesmal berührte sein Mund den ihren auf die weichste, sanfteste Art. Als ihre Lippen sich trafen, schmeckte sie seine erdbeerfrische Zunge, und in ihrem Inneren explodierte ein solches Verlangen, dass sie fast verging. Einen Augenblick lang ließ das laute Dröhnen in ihren Ohren Ellen fürchten, ein Bauer würde sie gleich mit seinem Traktor überfahren. Doch dann erkannte sie, dass es nur das Rauschen ihres Bluts war. Und sie fühlte sich am ganzen Körper wie elektrisch aufgeladen, so sehr prickelte ihre Haut.

»Sag mir, dass ich aufhören soll.« Er küsste ihre Lippen, ihr Gesicht, ihre Ohren, ihren Hals.

Ellen sagte nichts, weil sie gar nicht reden konnte. Sie konnte ja kaum atmen vor berauschender Freude. Und dann erwiderte sie seinen Kuss, und die Holunderbäume schienen sich um sie zu schließen wie eine Blütengardine, die die Welt um sie herum aussperrte.

»Herrgott, Ellen«, hauchte Spurs, »es könnte so gut sein mit uns.«

»Warum also aufhören?« Sie küsste ihn fordernder. Wie sie es liebte, wenn ihre Körper sich so aneinanderdrängten.

»Ich kann nicht.« Er stöhnte auf. »Ich kann nicht. Ich habe Pheely deinetwegen um Verzeihung gebeten, nicht wegen Dilly. Ich gebe es zu. Es ist mir ganz egal, ob ich dich einen Tag, eine Woche oder ein Jahr kenne. Es ist mir egal, dass du abreist. Ich *will*, dass du abreist. Ich will dich nur lieben, ehe du gehst.«

»Ich will dich auch lieben.« Ihre Hände glitten unter die Kleider auf die erhitzte Haut des anderen.

»Wirklich?«

»Ja.«

»Liebst du mich?« Seine Finger strichen über ihr Burning-Man-Tattoo.

»Ich könnte es.« Sie erzitterte.

Und im nächsten Moment hatte er sie plötzlich losgelassen, lief über die Wiese zum Teich und rief über die Schulter. »Jetzt sag noch mal, wir sind keine Seelenverwandten!«

Ellen wankte, als sich die Holundergardine wieder öffnete. »Mistkerl!« Sie rannte hinter ihm her. »Da gibt es ja wohl noch himmelweite Unterschiede, ob man jemandem die Kleider vom Leib reißen möchte oder ob man seelenverwandt ist.«

Spurs war halb um den Teich gelaufen, der in der Abendsonne orangerot glühte, und stand Ellen jetzt genau gegenüber. »Dilly würde ich vielleicht die Kleider vom Leib reißen, Ellen, aber dich liebe ich.« Und dann watete er durchs Wasser auf sie zu. »Ich liebe dich.«

»Hör doch auf mit diesem Liebesgefasel.« Sie lachte nervös.

»Ich versuch's ja – ich *habe* es versucht, hast du's nicht gemerkt? Ich erklimme immer höhere Höhen, doch die Flut steigt und steigt und spült dich immer wieder an meinen Strand.« Er stand mitten im Teich, das Wasser reichte ihm bis an die Knie. »Du bist wie die kleine Seejungfrau, die ihre Unsterblichkeit gegen Beine eingetauscht hat und genau im falschen Moment in mein Leben spaziert.«

»Erzähl mir nicht, dass du seitdem ständig an mich denken musst«, sagte sie spöttisch.

»Doch!« Er breitete die Arme aus. »Ich möchte, dass du abreist. Ich möchte, dass du zu mir ins Wasser kommst und dich in nichts auflöst.«

»Wieso springst du nicht einfach von deinen hohen Höhen in die tiefen Fluten?«

Er fuhr sich durch die wirren Locken und sah in den Himmel hinauf. »Die kleine Seejungfrau war verdammt viel netter als du, und zudem auch noch stumm. Dieser Prinz war wirklich ein Idiot, dass er eine andere geheiratet hat.«

»Hast du etwa vor, eine Stumme zu heiraten?«

Er schloss ein Auge, betrachtete die ziehenden Wolken und lachte bitter. »Willst du mich heiraten?«

»Glaub das ja nicht.«

»Würdest du dann meine Junggesellenparty organisieren?«

»Dann bin ich gar nicht mehr hier.«

»Ich könnte noch diesen Monat heiraten.«

»Ich könnte morgen schon abreisen.«

»Siehst du? Schließlich wirst du dich in nichts auflösen.« Er warf noch einen letzten Blick in den Himmel, ehe er sie ansah. »Seit wir uns begegnet sind, brodelt es heiß in mir. Und wie ergeht es dir?«

Sie presste den Daumen an den Mund. »So heiß bin ich nicht. Das hast du doch selbst gesagt.«

»Oh, du bist sehr, sehr heiß.« Er sah auf das sich kräuselnde, immer noch rot leuchtende Wasser. »Wir beide. Was mag das bedeuten?«

»Dass es für die Jahreszeit viel zu warm ist?«

»Nein. Dass es so ist, wenn man in die Hölle geschickt wird.«

»Warum?«

Er antwortete nicht.

»Welcher Sache hast du zugestimmt, die so schrecklich ist?«

Er sah auf das Wasser und versetzte ihm einen wütenden Tritt. »Um das herauszufinden, meine kleine Seejungfrau, musst du noch das Rätsel lösen, bevor du dich für immer in nichts auflöst.« Dann sah er sie an, warf ihr eine Kusshand zu, breitete die Arme aus und ließ sich rückwärts ins Wasser fallen. Mit Blick in den Himmel trieb er auf dem Wellen schlagenden Teich dahin. »Ich möchte, dass du dir noch etwas wünschst.«

Ellen zog die Schuhe aus und ging bis zu den Knöcheln ins Wasser. »Ich dachte, du wolltest das mit den Wünschen vergessen?«

»Das geht nicht. Deswegen sind wir hier. Ein Versprechen ist ein Versprechen.«

»Okay.« Ellen fuhr sich mit der Zunge über die Lippen, sie hatte immer noch seinen Geschmack im Mund. »Ich wünsche mir, dass du mir erzählst, welcher Sache du zugestimmt hast.«

»Das ist kein richtiger Wunsch.« Er planschte im Wasser umher. »Das ist Therapie.«

Frustriert strich Ellen sich die Haare aus dem Gesicht, watete aus dem Wasser und ging mit verschränkten Armen um den Teich herum, in den sie am liebsten hineingesprungen wäre. Die Sonne, die noch röter geworden war, ließ ihn wie flüssige Lava aussehen.

»Wirst du dir etwas Richtiges wünschen?«

»Nein«, gab sie verärgert zurück. »Ich nehme die 6,66 Pfund.«

»666. Wie passend. Ich werde mit Scheck zahlen.«

»Willst du ihn mit ›Teufel‹ unterschreiben?« Sie klang jetzt genauso cool wie er, dabei wäre ihr ein Streit viel lieber gewesen.

»Ich werde mit ›Alles Liebe vom Teufel‹ unterschreiben.« Spurs trieb ins Schilf hinein. »Mit drei Kreuzen – eins für jeden unserer Küsse.« Er beobachtete sie.

Ellen hoffte, das wilde Pochen ihres Herzens würde sich wieder beruhigen. Sie musste sich sehr konzentrieren, um überhaupt eine vernünftige Antwort zustande zu bringen und sich nicht bloß zu wünschen, er möge sie sofort wieder küssen. »Weißt du, was 00666 ist?« Sie flüchtete sich in ihre Lieblingsablenkung, die Zahlen.

»Sag's mir.«

»Die Postleitzahl des Teufels.« Sie verschränkte die Arme und schüttelte Wasser von ihren Sneakers.

»Und wie lautet die Binärzahl des Teufels?«, fragte er spöttisch.

»1 ... 0 ... 1 ... 0 ... 0«, vor lauter Konzentration verzog sie das Gesicht, »... 1 ... 1 –«

»Wenn ich doch bloß mein Scheckheft dabeihätte.« Er versuchte sich aus dem Schilf zu befreien und fluchte leise vor sich hin, als er merkte, dass es schnitt.

»... 0 ... 1 ... 0!«, rief sie siegesgewiss. »Also, bekomme ich jetzt mein Geld zurück?«

»Vielleicht. Aber ich bestehe auf der Massage. Meine Schultern sind total verspannt.«

»Okay.«

»Kriege ich sie morgen? Ehe du abreist?«, stichelte er.

»Wenn du willst.« Sie sah in das Tal hinaus, wo die dunklen Regenwolken ihre Last gerade über Oddlode abluden.

Mit lautem Geplätscher erhob sich Spurs, Wasser rann ihm aus den Kleidern, als er aus dem Teich watete. »Wenn du meine

Haut berührst, werde ich Verbrennungen dritten Grades erleiden.«

»Ich werde Ofenhandschuhe anziehen.«

Er stand dicht vor ihr und beobachtete ebenfalls den entfernten Regen. »Dann komme ich morgen bei dir vorbei.«

»Es werden den ganzen Tag Besichtigungen stattfinden.« Verstohlen warf sie ihm einen Blick zu. Er war geradezu lächerlich nass und lächelte. »Was ist so lustig?«

»Du weißt, dass wir im Bett landen werden.«

Die Tür zu Rorys baufälligem Cottage war verschlossen, und der Schlüssel lag unter dem Blumentopf, wo er ihn immer hinlegte, wenn er wegging. Spurs sah nach den Pferden, während Ellen im Sattelraum und im Transporter nach Rory suchte und hoffte, das Pulsieren zwischen ihren Beinen würde sich endlich wieder Richtung Herz bewegen, wo es hingehörte.

»Nichts.« Am Ende der Stallungen traf sie auf Spurs. »Er muss wieder in den Pub gegangen sein.«

Er schüttelte den Kopf. »Er war so nervös wegen Dilly, dass er sich schon vorher einen angetrunken hat. Du hast ihn ja gesehen, er konnte kaum noch gehen. Er muss irgendwo umgekippt sein.«

»Wer wohnt denn da?« Ellen zeigte auf einen rostigen Wohnwagen hinter einem hohen Düngerhaufen.

»Das Stallmädchen, Sharrie. Sie ist ausgegangen.«

Die Fenster waren beschlagen, und wenn man genau hinhörte, konnte man ein Stöhnen vernehmen. Als sie näher herangingen, zeigte sich, dass Sharrie ganz und gar nicht ausgegangen war. Durch das Fenster erkannten sie einen hellen muskulösen Hintern, der sich rhythmisch auf und ab bewegte, und zu dessen beiden Seiten Sharries kräftige Oberschenkel.

»Er kann zwar nicht mehr gehen, aber zum Vögeln reicht's immer«, sagte Spurs leidenschaftslos. Ellen, die ihm über die Schulter sah, konnte den Blick kaum abwenden. Wie armselig es auch sein mochte, zwei Fremde so zu beobachten, es schoss ihr wie ein elektrischer Schlag in ihre ohnehin schon pulsierende Scham. Als sie sich abwandte, ergriff er sie am Arm. »Verurteile ihn nicht. Er glaubt, nicht gut genug für Dilly zu sein – vielleicht ist er das auch nicht. Sieh es als das, was es ist: eine Vorübung echter sexueller Freude.«

Da Richard stets eine recht ähnliche Technik wie Rory angewandt hatte, sagte Ellen nichts, sondern machte sich los und ging zurück zum Pub. Sie hasste sich selbst für ihren Voyeurismus. Spurs zündete sich eine Zigarette an und folgte ihr, immer noch von Wasser triefend, in einiger Entfernung.

In der Fensternische des Plough hatten Pheely und Dilly gemeinsam die Flasche Champagner geleert und waren ziemlich angesäuselt.

»Da seid ihr ja.« Pheely winkte und hörte auf, mit Dilly zu reden.

»Wo ist Godspell?«

»Verpufft in einer Wolke aus Rauch«, sagte Pheely leichthin. »Irgendwohin irgendwelche Leute treffen. Wo ist der süße Junge? Habt ihr ihn verspeist?«

Pheely und Dilly brachen in Gekicher aus, und Ellen hatte das ungute Gefühl, dass die beiden gerade über sie geredet hatten. Bei näherem Hinsehen zeigte sich, dass Pheely den Champagner allein geleert und Dilly ein Glas Wasser nach dem anderen getrunken hatte. Wahrscheinlich hatten sie jetzt einfach den gleichen Pegel erreicht.

»Rory musste nach einem Pferd – äh – sehen.« Wenn sie doch bloß mehr über Pferde wüsste, dachte Ellen, dann könnte sie besser lügen.

»Soll ich ihm helfen gehen?«, bot Dilly an.

»Nicht nötig«, mischte sich jetzt Spurs ein, der hereingeschlendert kam. »Nur eine leichte Kolik. Aber er musste trotzdem zu Hause bleiben. Er lässt sich entschuldigen.«

»Bist du in den Regen geraten? Du bist ja pitschnass.« Pheely war über die Maßen großmütig. »Komm und setz dich neben mich. Als du noch klein warst«, sagte sie zu Dilly, »hat Spurs dir immer Märchen vorgelesen.«

»So alt ist er doch gar nicht«, rief Dilly ungläubig.

»O doch.« Spurs sah Ellen an. »Mein Lieblingsmärchen war ›Die kleine Seejungfrau‹.«

»Ich glaube, ich mache einen Spaziergang nach Hause«, sagte Ellen, wich seinem Blick aus und lächelte Pheely und ihre Tochter entschuldigend an. »Ich muss morgen früh raus.«

»Wir gehen alle!«, rief Pheely, die der Gedanke schreckte, Spurs und Dilly sich selbst zu überlassen.

»Ich hole den Wagen.« Spurs dachte offenbar genau das Gleiche.

Sobald sie Goose Cottage erreicht hatten, fiel Pheely Hamlet ein. »Oh, der arme Kerl! Warum lassen wir ihn nicht ein bisschen im Garten herumtoben, während wir noch ein Glas Wein trinken?« Für sie war der Abend offenbar noch nicht vorbei. »Spurs?«

»Ich glaube, dies arme Kind hier ist zu erschöpft.« Er zwinkerte Ellen zu, die nicht sicher war, ob er sie oder Dilly meinte.

»Hast ja recht«, brauste Pheely auf, so schnell eingeschnappt wie immer. »Ich langweile euch alle zu Tode. Ich hole bloß den Hund und gehe dann mit Dilly nach Hause.« Als Hamlet wie ein riesiger Pfeil aus der Küche geschossen kam, hatte Spurs bereits die Vespa aus dem Landrover gehievt, und gefolgt von der gähnenden Dilly schob Pheely das klapprige Moped Richtung Lodge.

Spurs warf die Heckklappe des Landrovers zu. »Morgen also?«

Ellen nickte, betrachtete aufmerksam sein Gesicht in der Dämmerung und fragte sich, welches Geheimnis er wohl hatte.

Plötzlich blitzten seine weißen Zähne auf, und er lachte. »Das willst du nicht wissen.«

Verwirrt neigte Ellen den Kopf und konzentrierte sich ganz stark auf das Meer, um herauszufinden, ob er wirklich ihre Gedanken lesen konnte.

Er konnte es nicht. Als er auf sie zutrat, merkte sie, dass er sie küssen wollte. Schnell hielt sie ihm die Wange hin. Mit einer unerwartet zärtlichen Geste strich er ihr noch über die Schulter, ehe er sich umdrehte und sich in den Landrover setzte.

Sie war schon auf dem Weg ins Cottage, als sie sich noch einmal umdrehte. »Warum hast du eigentlich deine Meinung geändert? Du wolltest mich doch nie wiedersehen.«

Er sah sie eine ganze Zeit lang an. »Kennst du das Sprichwort ›Aus den Augen, aus dem Sinn‹?«, fragte er schließlich.

Sie nickte und erschrak, als er mit einem lauten Röhren den Dieselmotor anließ. »Es sollte besser heißen: ›Aus den Augen, aus deinem Sinn‹«, rief er und legte den ersten Gang ein. »Überleg dir einen Wunsch. Ich hasse Rückerstattungen.«

Nachdem er mit aufblitzenden Rücklichtern Richtung Manor davongefahren war, warf Ellen für Snorkel den Ball und suchte, wie allabendlich, zwischen Büschen und Hecken nach Fins. Und dann zog sie sich in der dunkler werdenden Dämmerung bis auf die Unterwäsche aus, watete in den Teich und ließ sich auf dem Rücken treiben. Das kühle Wasser schwappte über ihre erhitzte Haut, als sie den schmalen Neumond immer wieder zwischen den Wolken aufblitzen sah. »Ich wünsche mir«, flüsterte sie, »dass es Seelenverwandtschaft wirklich gibt.«

Als sie schließlich ins Cottage ging, war es bereits dunkel. Das Hufeisen lag auf der Schwelle. Der erste Nagel fehlte. Der zweite war aus dem Loch genommen worden und lag da wie in Erwartung dessen, was wohl aus ihm werden würde.

11

Als Ellen an diesem Sonntag mit Snorkel von ihrer morgendlichen Joggingrunde in den Hügeln um Oddlode zurückkam, hatte Poppy ihr die Nachricht hinterlassen, dass sie in einer Stunde mit einem gewissen Ehepaar Crabtree zur Besichtigung vorbeikommen würde. Ellen duschte schnell, rasierte sich Beine, Achseln und Bikinizone, achtete darauf, dass in der Dusche weder Härchen noch Schaum zurückblieben, und öffnete das Fenster, um den Wasserdampf abziehen zu lassen. Als sie sich mit einem ihrer Strandhandtücher abtrocknete, um keins der weißen von dem ordentlichen Stapel im Bad nehmen zu müssen, hörte sie Hufgetrappel am Cottage vorbei in Richtung Kirche ziehen. Spurs kam von seinem Ausritt auf Otto zurück. Sie hatte die beiden vorhin beim Joggen den Reitweg hinaufgaloppieren sehen, aber sie mussten wohl einen anderen Weg zurück ins Tal genommen haben.

Ellen saß auf dem Bett, spürte wieder dieses Pulsieren zwischen den Beinen und rieb sich mit Aloecreme ein, damit sich ihre Haut nach dem Rasieren nicht rötete. Seit sie hier in den Cotswolds war, hatte sie nicht mehr nur Bikinistreifen, man sah auch schon recht deutlich, wo ihre Shorts und ihre T-Shirts endeten. Sie strich über die weiche Haut ihrer Oberschenkel, die jetzt nur noch hellbraun waren im Vergleich zu ihren kaffeebraunen Beinen. Du wirst nicht mit ihm schlafen, sagte sie sich. Das würde alles zu sehr komplizieren. Er hat selbst gesagt, dass aus uns nichts werden kann. Während er die erotische

Spannung zwischen ihnen vielleicht gern mit Sex abbauen würde, konnte es bei ihr nur alte Wunden aufreißen. Er hat schon Dutzende Frauen gehabt und kennt keine Skrupel oder Hemmungen. Du hattest bloß Richard und ein Jahrzehnt voller Frustration, und es ist noch zu früh, um große Risiken einzugehen. Mit Lloyd wäre sie auf der sicheren Seite gewesen, und schon das hatte nicht geklappt. Und hier stand sehr viel mehr auf dem Spiel.

Sie ließ sich auf den Rücken sinken, schloss die Augen und stöhnte leise auf. Allein der Gedanke daran, wie Spurs' Lippen ihre Haut streifen würden, entfesselte bereits ein Prickeln nie gekannter Intensität überall auf ihrem Körper, und ihre Brustwarzen zeigten wie kleine Fingerchen senkrecht zur Decke. Ihr wurde heiß und kalt, das Pulsieren zwischen ihren Beinen wurde immer drängender, und sie wand sich vor Frustration. Sie würde explodieren, wenn sie nicht bald mit ihm – mit jemandem – mit irgendjemandem – schlief. »Es geht gar nicht um ihn«, sagte sie zu sich. »Es sind die Hormone.«

Sie hatte im Bad das Radio angelassen, in dem gerade die neueste Sommerballade gespielt wurde, die auch nur von Sex handelte. Ellen konnte die erotischen Gedanken einfach nicht aus ihrem Kopf vertreiben. Sie wäre zu gerne genauso erfahren gewesen wie Spurs, und sie erinnerte sich an all die verpassten Gelegenheiten, all die Versuchungen über die Jahre, denen sie so einfach hätte nachgeben können. All die durchtrainierten Jungs mit X-Faktor, die das schnelle Leben liebten und versucht hatten, sie ins Bett zu bekommen. Doch sie war Richard treu geblieben, was nicht immer leicht gewesen war. Es war stets bei Wunschvorstellungen und Tagträumen geblieben – und denen gab sie sich auch jetzt hin: schneller, heißer Sex im Auto, hinter Sanddünen, auf Parkplätzen von Pubs, in Cottages in Cornwall und in Zelten, auf die der Regen niederprasselte. Ihre Hand wanderte zwischen ihre Schenkel, und als sie schließlich mit einem kurzen ekstatischen Gefühl zum Höhepunkt kam, war es eher schmerzhaft denn freudvoll, und sie rollte auf die Seite, vergrub das Gesicht in ihrem feuchten Haar und hatte Mühe, die Tränen zurückzuhalten.

»Miss Jamieson!«, rief plötzlich fröhlich jemand von unten. »Die Crabtrees sind hier. Wir machen einen Rundgang durchs Cottage.«

»O Mist!«, fluchte Ellen, griff nach dem Handtuch und fiel vor Schreck fast vom Bett. »Prima! Bin gleich bei Ihnen«, erwiderte sie.

Poppy breitete unten bereits die Vorzüge des alten Mauerwerks aus, während sie hinter den ungeduldigen Crabtrees hertrabte. »Alles originalgetreu – diese Balken wurden natürlich nicht chemisch gegen Holzwürmer behandelt. Riecht es nicht *wunderbar*? Nein, das ist keine frische Farbe. Alte Cottages wie dieses haben ihren ganz eigenen Charme, nicht wahr?«

In ihren alten Jeansshorts und mit einem roten Shirt, das prima mit ihrer Gesichtsfarbe harmonierte, begrüßte Ellen das alte und höchst penible Ehepaar Crabtree an der Treppe zum Dachgeschoss.

»Wir besichtigen heute fünf Anwesen und sind etwas in Eile«, erklärte Mrs Crabtree wichtig und schob ihr Vogelgesicht neugierig vor. »Aber ich glaube, dieses Cottage ist zu alt und verwinkelt, das dauert ja Stunden, bis es geputzt ist. Und es scheint feucht zu sein, ich kann den Dampf ja geradezu riechen.«

Ihr Ehemann, der aussah wie ein Geier mit breiten Schultern, dürrem Hals und Glatze, warf Ellen einen anerkennenden Blick zu, während er seiner Frau auf der Inspektion folgte. »Ich hoffe, wir stören Sie nicht?«

»Nein, ich wollte mich gerade – äh – umziehen.« Sie wusste, dass sie nervös und ertappt wirkte, konnte aber nichts dagegen tun, dass ihr Gesicht heiß brannte und ihr Atem immer noch schnell ging.

Poppy sah Ellen entschuldigend an. »Wir sind etwas früh dran.«

»Was für ein hübsches kleines Gästezimmer.« Mrs Crabtree

spähte in Ellens Schlafzimmer. »Oh, das stammt hoffentlich nicht von einem Loch im Dach.« Mitten auf der verknautschten Tagesdecke des antiken Betts zeigte sich ein dunkler Fleck.

»Nein, das ist erst vor wenigen Minuten passiert«, sagte Ellen hastig. »Ich habe mich mit feuchtem Haar noch einmal hingelegt.«

Den Crabtrees wie auch Poppy traten beinahe die Augen aus den Höhlen. »Entschuldigen Sie.« Mrs Crabtree räusperte sich missbilligend und sah aus dem Fenster. »Sie sind offenbar nicht allein.«

»Doch, ich bin allein. Der Fleck stammt wirklich von meinem nassen Haar.«

»Ich meine ja auch«, sagte Mrs Crabtree belehrend, »dass jemand unten an der Tür ist.«

Ellen rannte hinunter und traf auf Pheely, die einfach hereingekommen war und wie üblich nach einem Korkenzieher suchte. »Es ist immerhin schon *nach* Mittag«, rechtfertigte sie sich und schwenkte eine Flasche Weißwein. »Die verdammte Dilly hat meine Croissants verschmäht und ist zu Godspell verschwunden. Sie ist immer noch beleidigt und hat uns noch nicht vergeben.« Pheely verdrehte die Augen. »Und wie sind diese Leute so?«

»Furchtbar pingelige Rentner – die nehmen das Cottage sicher nicht.« Ellen stellte die blubbernde Kaffeemaschine aus, die heiß zu laufen drohte.

»Na, fein.« Pheely grinste frech und suchte nach Gläsern. »Dann bleibst du uns also noch länger erhalten. – Du hörst mir ja gar nicht richtig zu. Was ist denn los?« Besorgt sah Pheely Ellen an.

»Ach, gar nichts.«

»Sicher? Na, gut.« Ihre Miene hellte sich wieder auf. »Was hast du eigentlich heute Abend vor?«

»Ich werde mit Spurs Belling ins Bett gehen.«

Da in dem Moment die missbilligender denn je dreinschauenden Crabtrees in der Tür erschienen, konnte Pheely nichts dazu sagen. Poppy schob sie weiter Richtung Keller und plapperte unverzagt immer weiter fröhlich auf sie ein. Pheely starrte Ellen mit offenem Mund an.

»Es hat nichts zu bedeuten. Es ist rein sexuell«, erklärte Ellen flüsternd ihren eben erst gefassten Entschluss. »Ich muss es einfach tun, Pheely. Sonst verbrennen Spurs und ich noch von innen heraus. Und außerdem sind wir beide erwachsen.«

Pheely war sehr merkwürdiger Stimmung, denn sie zog bloß eine Zigarette aus der Tasche und sagte: »Finde ich auch.«

»Was?« Ellen war fassungslos.

»Du *solltest* mit ihm schlafen. Gott, wie ich dich beneide.«

»Nach all dem, was du gesagt hast?«

»Es macht solchen Spaß, mit jemand Neuem ins Bett zu gehen. Solange du dich in den alten Mistkerl nicht verliebst, kannst du ihn von mir aus zum Frühstück verspeisen.« Sie warf das Streichholz in die Spüle. »Wenigstens hält ihn das von Dilly fern.«

Ellen versuchte, gar nicht darauf zu reagieren.

»Sie wird natürlich am Boden zerstört sein, denn sie versteht noch nicht, dass Erwachsene einfach so Sex haben können, ohne große Gefühle.«

Ellen schluckte unbehaglich. »Willst du es ihr etwa erzählen?«

»Sie ist noch jung, sie kommt darüber hinweg.« Doch dann machte Pheely einen Rückzieher. »Nein, ich werde es ihr natürlich nicht erzählen. Aber ich bin total sauer auf sie, weil sie meine Tagebücher gelesen hat.« Sie verdrehte die Augen. »Und ich täusche meine Origamis, wie sie es so bezaubernd zu nennen beliebte, *nicht* vor. Keine Ahnung, wo sie das herhat.«

»Sie wollte sich doch nur ein bisschen aufspielen.« Ellen sprach mit leiser Stimme und hoffte, Pheely würde das Gleiche tun. Ihre volltönende Altstimme trug ziemlich gut.

»Na, sie hat sich da gestern jedenfalls ganz schön zum Idioten gemacht. Das habe ich ihr heute Morgen auch gesagt.« Pheely redete so laut wie immer, steckte sich die Zigarette in den Mund

und zog mit voller Kraft am Korkenzieher. »Spurs mag sich ja in mancher Hinsicht verändert haben. Aber er ist immer noch das alte Raubtier auf Beutefang. Vermutlich ist er fantastisch im Bett, aber er braucht Sex so dringend wie andere Sport. So was bricht einem Teenager das Herz, ist aber genau die richtige Arznei für eine Frau, die sich von einem Rückschlag erholen will. Und schließlich liebst du doch gefährliche Sportarten. Ich habe die sexuelle Spannung zwischen euch gestern Abend auch bemerkt.«

»Ehrlich?« Ellen sah zu, wie sie Wein einschenkte.

»Aber ja. Ach, wie ich dich beneide«, posaunte sie. »Wenn ich mit einem Mann ins Bett gehen will, muss ich erst mal vier Wochen Diät halten. Und sieh dich dagegen an. Du hast ja *so* ein Glück. Wenn ich doch auch nur so sorglos Sex haben könnte wie du.«

Ellen räusperte sich und hoffte, es würde auch für sie nach all den Jahren endlich mal sorglos werden.

»Ihr seid doch beide freie Menschen.« Pheely trank einen Schluck, und ihre Stimme wurde immer noch lauter. »Solange dir klar ist, dass er niemals im Leben treu sein wird, und er ein Kondom benutzt, wirst du enorm viel Spaß haben. Viel Glück, Süße. Oder besser gesagt: Viel Spaß beim Vögeln!« Sie hob ihr Glas.

Genau in diesem Augenblick waren die Crabtrees aus dem Keller gekommen, die Pheely völlig entgeistert anstarrten. »Sie werden dies Dorf lieben«, rief sie ihnen fröhlich zu. »Alle sind ja *so* freundlich.«

»Das höre ich.« Mrs Crabtree schnaubte verächtlich. »Wir gehen jetzt besser in den Garten.«

»Viel Spaß im Garten, bei den Vögeln!«, rief Pheely ihnen spöttisch hinterher, als Poppy das Ehepaar nach draußen führte. »Verklemmte alte Schachtel. Vielleicht sollte ich mir ein Beispiel an dir nehmen und mich nach dem neuen Liebhaber umsehen, auf den ich schon so lange warte. Mein alter wird langsam langweilig.«

»Du hast einen Liebhaber?«

»Aber sicher. Ich kann einfach nicht leben ohne einen Origami die Woche. Wenn Spurs wirklich so gut sein sollte, wie ich glaube, lass es mich wissen. Dann probiere ich ihn selbst mal aus, wenn du weg bist. Aber wie soll ich das bloß Dilly erklären?«

Die Familie Brakespear war die letzte, die an diesem Tag zur Besichtigung angemeldet war, und würde laut Poppys Auskunft extra aus Essex anreisen. Sie wollten sich keine weiteren Häuser in der Umgebung ansehen, und Poppy sagte wieder mal, dass sie ein »gutes Gefühl« habe. Ellen dagegen hatte ein schlechtes Gefühl, denn sie waren zu spät dran.

Sie hatte sich die Haare auf Lockenwickler gedreht, sich ein helles Kopftuch umgebunden und lief jetzt durchs Cottage auf der Suche nach dem besten Platz für die Massage. Natürlich gab es nirgends einen richtigen Massagetisch, aber der Küchentisch war lang, schmal und hatte genau die entsprechende Höhe. Wenn sie eine weiche Decke darauflegte, war er nicht mal zu hart; und sie konnte die Rollos herunterlassen, damit weder Hunter noch die Leute auf der Straße sie beobachten konnten.

»Hallooo! Tut mir leid, dass ich zu spät bin. Sind sie schon da?« Poppy fegte mit Keksen und einem Paket frischem Kaffee herein. Manchmal fragte sich Ellen, ob sie heimlich nebenbei noch einen Job bei Starbucks hatte.

»Ich dachte, Sie bringen sie mit.« Ellen sah besorgt auf die Uhr, es war schon nach fünf.

»Sie wollten sich hier mit mir treffen, anscheinend kennen sie das Dorf sehr gut.« Poppy suchte nach einem Kaffeefilter und warf einen eher sorgenvollen Blick auf Ellens Kopfputz.

Ellen eilte nach oben, nahm die Lockenwickler heraus und begutachtete sich im Spiegel. Diese verdammten Brakespears würden wahrscheinlich noch hier sein, wenn Spurs kam. Die Haare fielen ihr in glänzenden Wellen auf die Schultern und betonten ihr gebräuntes Gesicht mit den funkelnden, von getuschten Wimpern umrahmten Augen und den frischen Wangen, auf die sie etwas Rouge aufgetragen hatte. Noch etwas Eau Dynamisante, das Einzige, was sie in Richtung Parfüm besaß, und das war es. Man sollte schließlich nicht sofort sehen, dass sie sich Mühe gegeben hatte. Und da sie Spurs ja massieren wollte, ohne von einem albernen Outfit behindert zu sein, behielt sie einfach die ausgefransten Jeans an und zog ein enganliegendes Shirt und Flip-Flops an, die ihre frisch lackierten Zehennägel zeigten.

Ellen betrachtete sich erneut im Spiegel, holte tief Luft und sagte sich, dass sie gut genug aussah – nicht zu aufgetakelt, nicht zu schlampig, einfach bloß die Ellen, die Spurs schon kannte, nur etwas schärfer. Sie würden die ganze Nacht Sex haben, beschloss sie. Sie würde ihn warten lassen, bis sie mit der Massage fertig war und er auf dem Rücken lag, dann hätte er bereits einen Ständer – das hatten sie alle. Und am Morgen danach würden sie sich Lebewohl sagen. Wenn er seine Geheimnisse und Lügen für sich behalten wollte, so war das sein gutes Recht. Er konnte weiterhin als verlorener Sohn leben, und sie würde ihn weit hinter sich zurücklassen, sobald das Cottage verkauft war. Ihre zwei verbliebenen Wünsche waren ganz einfach: Sie wünschte sich, dass eine heiße Nacht mit Spurs ihr helfen würde, ein Jahrzehnt Langeweile mit Richard hinter sich zu lassen, und sie wünschte sich, dass sie sie danach alle beide vergessen könnte.

Während Ellen sich den kommenden Abend in den zügellosesten Details ausmalte, lief sie ungeduldig durchs Haus und wartete zusammen mit Poppy auf die Brakespears. Die Uhr rückte immer weiter auf sechs vor. Und Poppy erntete mit ihren Versuchen, höflich Konversation zu treiben, zunehmend abgelenkte und unzusammenhängende Antworten.

»Sind Sie schon aufgeregt wegen Ihrer Weltreise?«

»Mmm – ja.«

»Wohin wollen Sie denn zuerst?«

»Nirwana.«

»Oh, wie schön. Dann fahren Sie sicher auch nach Las Vegas?«

»Das liegt in Nevada.«

»Ach ja, wie dumm von mir.«

»Da gibt's doch nur Bordelle und Spielcasinos«, erklärte Ellen. »Nirwana bedeutet weniger Rock 'n' Roll – dort spielt nur Gott Würfelspiele, weil's direkt im Himmel ist.«

Schließlich erschien doch noch ein großer luxuriöser Familien-Van vor dem Cottage, der fünf Personen ausspuckte – einen sehr großen Rugbyspieler mittleren Alters und eine große schlanke Frau mit Kindern verschiedenen Alters und Geschlechts, die sich schneller im Garten verteilten als eine Spezialeinheit der Armee beim Kampfeinsatz.

»Mr und Mrs Brakespear!« Poppy eilte auf sie zu, um sie zu begrüßen. »Haben Sie den Weg gefunden?«

»Bitte, er heißt Graham und ich bin Anke«, sagte die Frau mit einem nordeuropäischen Akzent und sah mit strahlend blauen Augen zum Cottage auf. »Tut mir leid, dass wir zu spät sind, aber mein Vater wollte nicht wie üblich zu seiner Bridgerunde gehen – es hat einige Zeit gedauert, bis wir ihn überzeugt hatten. Er soll hiervon nichts wissen. Er glaubt, wir sind bereits auf dem Weg zurück nach Essex.« Sie seufzte bedeutungsschwanger.

»Mrs Brakespears Vater gehört der antiquarische Buchladen in der Cider Lane«, erklärte Poppy Ellen, die mit den Gedanken immer noch ganz woanders war und jetzt die Straße nach einem Anzeichen von Spurs absuchte.

»Ach ja?«

»Wir wollen in seine Nähe ziehen – in ein Haus, das auch für ihn genügend Platz bietet, wenn er nicht mehr für sich selbst sorgen kann.« Anke lächelte. »Wir haben oft hier bei Ihren netten Eltern gewohnt, wenn wir ihn besucht haben. Geht es ihnen gut?«

»Prima«, murmelte Ellen und hoffte, dass ihre Besichtigung nicht so lange dauern würde, wenn sie das Haus schon kannten.

»Dieses Wochenende haben wir in Lower Oddford gewohnt.« Anke schien gerne in der Kiesauffahrt zu stehen und zu plaudern, während ihre Kinder durch den Garten flitzten und ihr Mann die Broschüre durchblätterte, die Poppy ihm gereicht hatte. Eine große dünne Tochter stand schon auf der Wiese, und ein noch größerer Sohn warf zigaretterauchend einen abschätzenden Blick auf den Taubenschlag. »Könnte man daraus ein Aufnahmestudio machen, was meinst du?«

»Wenn Morfar nicht bei uns wohnt, kann ich dann die Garage haben?«, fragte der jüngere Sohn, der mehr wie sein Vater gebaut war und die Stufen hinaufpolterte, um ins Apartment zu schauen.

»Die Kinder haben bereits beschlossen, dass wir hier einziehen.« Anke lachte, zündete sich ebenfalls eine Zigarette an und betrachtete die reetgedeckte Prinzessin. »Hier hat es uns immer gefallen, und jetzt, da Graham die Firma verkauft und ein interessantes Projekt in den Cotswolds gefunden hat, könnten wir es uns auch leisten.«

»In welchem Geschäft sind Sie denn tätig?«, fragte Poppy wie immer überfreundlich, während Ellen auf die Uhr sah.

»Im Speditionswesen.« Mit einem breiten Lächeln sah er von der Broschüre auf. »Wenigstens bis vor zwei Monaten – habe die Firma einem alten Freund verkauft. War Zeit, auszusteigen. Hier in der Nähe habe ich einen kleinen landwirtschaftlichen Handel gefunden, der pleitegegangen ist und den ich aufgekauft habe, so als Hobby. Das hält jung.« Er zwinkerte Ellen zu.

Graham Brakespear – ein dunkler Typ aus Lancashire, der sein Herz eindeutig auf seinem Ralph-Lauren-Hemd trug – warf Ellen einen langen Blick zu und klappte die Broschüre zu. »Ich sehe hier eine Menge, das mir gefällt. Eine ganze Menge.«

»Möchten Sie einen Kaffee?«, fragte Poppy. »Oder ein Glas Weißwein?« Sie hatte den Sauvignon im Kühlschrank gesehen.

Ellen biss die Zähne aufeinander.

»Ich hätte gern einen Wein.« Anke lächelte müde. »Wir hatten einen anstrengenden Tag.«

»Haben Sie auch Bier?«, fragte Graham, der bewundernd Ellens Beine ansah. »Und für die Kinder eine Cola.«

Warum nicht auch noch den Fernseher ausprobieren und die Betten testen?, dachte Ellen wütend. Poppys Gastfreundschaft ging ihr langsam zu weit. »Sie wollen also noch bis nach Essex zurück heute Abend?« Wieder warf sie einen Blick auf die Straße. »Da wollen Sie sicher nicht zu spät losfahren?«

»Oh, so lange dauert es gar nicht, wenn man wie Schumacher fährt.« Anke warf ihrem Mann einen amüsierten Blick zu und sah ihre große Tochter an, die von der Wiese zurückkam. »Was meinst du, wird es Heigi und Bert hier gefallen?«

»Es ist kleiner, als ich in Erinnerung hatte, Mama«, nörgelte sie. »Und es gibt keine Ställe.«

»Die können wir bauen.« Graham klopfte seiner Tochter auf den Rücken und lächelte Ellen an. »Das ist Faith – und Laurel und Hardy da drüben heißen Magnus und Chad.«

Ellen nickte, und dann warf es sie fast rücklings zu Boden, als sie Spurs die Straße entlangschlendern sah – in schmuddeligen Shorts, barfuß, mit Sonnenbrille und einem niedrigen runden Hut auf dem Kopf. Er sah aus wie ein italienischer Strichjunge.

»Ich komme aus Dänemark«, sagte Anke. »Mein Vater ist nach England gezogen, als meine Mutter starb, aber das Dorf in der Nähe von Burnley, wo wir wohnen, hat ihm nicht gefallen. Deswegen hat er sich hier in Oddlode den kleinen Buchladen gekauft. Doch jetzt ist er schon sehr alt und braucht Hilfe, aber er ist auch sehr stur. Darum soll er von unseren Plänen erst mal nichts wissen. Ist das ein Freund von Ihnen?«, fragte sie, als Spurs durchs Tor kam.

»Hi.« Eine dunkle Augenbraue erschien über dem Rand der Sonnenbrille, und Ellen wusste sofort, dass er schlechter Laune war. Es machte ihn so wie sexy wie nie, aber auch hochexplosiv.

»Das sind die Brakespears – sie besichtigen das Haus«, erklärte Ellen unbehaglich. »Das ist Jasper Belling.«

Als Poppy mit einem Tablett voller Getränke aus dem Cottage kam, zog Spurs Ellen zur Seite. »Wenn ich gewusst hätte, dass du eine Cocktailparty gibst«, zischte er, während sich alle ein Glas nahmen, »hätte ich mich angemessen gekleidet.«

»Sie sind zu spät angekommen«, flüsterte Ellen, »und gehen bald wieder.« Doch die Brakespears wussten, dass sie volle zwei Stunden hatten, in denen Ankes Vater Ingmar in Hillcote Bridge spielte, und spürten keine Eile.

»Ich dachte, Sie würde heute extra von Essex kommen?«, flötete Poppy.

»Wir haben unsere Pläne kurzfristig geändert. Ich wollte die Papiere der Firma Dulston's durchsehen, das ging aber nur am Freitag. Also sind wir fürs Wochenende hergekommen.«

»Dulston's in Springlode?«, fragte Spurs Graham. »James Dulston?«

»Ja, genau – kennen Sie ihn?«

»Der war mal ein paar Jahre mit meiner Tante verheiratet. Hat seine Sekretärinnen gebumst und Steuern hinterzogen. Und er trägt gern Frauenunterwäsche.«

Ein peinlicher Moment entstand, aber zum Glück veranlasste er die Brakespears dazu, endlich hineinzugehen und das Cottage zu besichtigen.

Ellen drehte sich zu Spurs herum. »Möchtest du was trinken?«

»Ich kann nicht lange bleiben.« Er hielt sein Gesicht in die Sonne.

»Ein heißes Date?« Ihr wild pochendes Herz drohte bereits, ihr Shirt zu sprengen.

»Ja.« Über den Rand der Sonnenbrille hinweg musterte er sie. »Herrje, du siehst göttlich aus.«

Sie trat einen Schritt auf ihn zu und atmete seinen Geruch ein. Die muskulöse Brust, die schmalen Hüften, die langen Beine, die nackten Füße – später würde sie seinen schönen Körper bis in die letzten Winkel erkunden. Sie konnte es kaum noch erwarten. »Ich warne dich, eine Massage kann schmerzhaft sein.«

»Ich wusste immer, dass du mir wehtun würdest.« Er zog sich

wieder hinter seine dunklen Gläser zurück und wich einen Schritt zurück. »Wir müssen reden«, murmelte er.

»Miss Jamieson?« Ein Fenster sprang auf, und Poppys Kopf kam zum Vorschein. »Würden Sie bitte erklären, wie der Holzofen genau funktioniert?«

Besorgt sah Ellen Spurs an, der nur die Achseln zuckte. »Dann eben später.«

Zögerlich ließ Ellen ihn mit einem Bier auf seiner Lieblingsbank im Garten zurück und ging mit den Brakespears durchs Cottage, die jedes noch so kleine Detail über das Haus wissen wollten bis hin zu dem, was im Preis alles inbegriffen war und wie es ihren Eltern in Spanien gefiel. Dafür erzählte Anke ihr von ihrem exzentrischen Vater, der so selten seinen Laden öffnete, dass sich die Familie Sorgen um seine Gesundheit machte und nun extra in seine Nähe zog, um ein Auge auf ihn zu haben. Ellen sah aus jedem Fenster, an dem sie vorbeikam, und vergewisserte sich, dass Spurs noch da war. Als die Brakespears sich schließlich den Garten ansahen, gab sie Spurs noch ein Bier und versprach flüsternd: »Dauert nicht mehr lange.«

Wieder schaute er über den Rand seiner Sonnenbrille. Seine silbrigen Augen wirkten besorgt. »Sieh zu, dass du sie loswirst.«

»Geht nicht. Sie sind wirklich interessiert. Wir haben noch die ganze Nacht – ich meine, den ganzen Abend.« Sie errötete.

»Nein, haben wir nicht«, murmelte er, und noch ehe sie Gelegenheit hatte, nach dem Grund zu fragen, fügte er hinzu: »Was zum Teufel ist nur in dich gefahren?«

Der Wein, die Hitze und die sexuelle Frustration machten Ellen übermütig. »Noch gar nichts«, flüsterte sie, »aber ich hoffe, später dann du.«

Auf seinen Lippen lag ein angedeutetes Lächeln, aber mehr auch nicht. Dann griff er nach ihrem Handgelenk, und sie dachte schon, er würde sie auf seinen Schoß ziehen und küssen, doch er sah bloß auf ihre Uhr. »Wir müssen unbedingt reden. Es gibt etwas, das ich dir sagen muss.«

»Miss Jamieson!« Poppy eilte mit einem frisch gefüllten Tablett an ihnen vorbei, und Spurs zog seine Hand sofort weg. »Tut mir leid, aber die Brakespears würden gern einiges über den Umbau der Scheune erfahren. Da gibt es doch irgendwo noch alte Pläne, nicht?«

Während einer langen Besichtigung des Apartments samt einer Diskussion der Vor- und Nachteile einer recht steilen Steintreppe für einen achtzig Jahre alten Mann sah Ellen durch die kniehohen Fenster, wie Spurs ins Cottage ging, und ihr Herz tat in Erwartung des noch folgenden Abends einen Satz. Die Brakespears blieben noch eine weitere halbe Stunde, standen plaudernd im Abendlicht des Gartens und bewunderten einfach alles. Wann immer Ellen sich ins Cottage davonschleichen wollte, wurde sie mit einer Frage davon abgehalten oder musste sich weitere Geschichten über Magnus' Band, Faiths Ponys und Chads Wunsch, Pilot zu werden, anhören. Der Wein war ausgetrunken, so wie auch das Bier und alle anderen nichtalkoholischen Getränke, nur Poppys Kaffee blubberte noch immer unbeachtet vor sich hin, als sie sich endlich verabschiedeten.

»Wir hören voneinander«, versprach Anke Poppy und Ellen, als sie zu ihrem Auto gingen. »Und vielen Dank für alles!«

»Meine Frau liebt dieses Cottage.« Graham zwinkerte ihnen zu. »Ich rufe Sie sicher morgen an, Poppy. Schön, Sie kennengelernt zu haben.« Er warf Ellen einen heißen Blick zu.

»Gute Fahrt!«, rief Poppy ihnen hinterher und flüsterte Ellen zu: »Eine liebenswürdige Familie, und wirklich interessiert. Aber wir müssen aufpassen, er versucht sicher noch, den Preis zu drücken. Wollen wir bei einem Kaffee den Verhandlungsrahmen abstecken?«

»Nicht jetzt – das ist Sache meiner Eltern. Rufen Sie mich an, wenn Sie mehr wissen.« Ellen verabschiedete auch Poppy so schnell wie möglich und rannte ins Haus.

Aber Spurs war nicht mehr da. Auf Ellens Bett hatte er eine Notiz hinterlassen. »Wunsch zwei verfällt in 24 Stunden. Wie ich ohne dich. S.«

Ellen schloss das Cottage nicht ab, duckte sich vor Hunter Gardners Feldstecher, rannte den gesperrten Fußweg entlang, kletterte über die niedrige Pforte auf das Anwesen des Manors und eilte durch den Torbogen und um die Taxushecke herum. Ohne nachzudenken, klopfte sie wie wild gegen die große schwarze Tür.

»Was wollen Sie hier?«, fragte plötzlich eine wütende Stimme hinter ihr, und als Ellen herumwirbelte, stand Teufelsbell mit einer Gartenschere in Händen vor ihr.

»Lady Belling, tut mir leid, wenn ich störe, aber ich muss Spurs sprechen.«

Sie hob das Kinn und fuchtelte bedrohlich mit der Gartenschere. »Er erledigt etwas für mich und wird erst *sehr* spät wieder zurück sein. Wie kommen Sie überhaupt auf das Grundstück?«

»Ich – äh – kenne den Weg herein«, erwiderte Ellen unbestimmt.

»Dann kennen Sie ja auch den Weg hinaus«, gab sie unfreundlich zurück.

Ellen erinnerte sich, wie krank – ja, todkrank – Teufelsbell war, und bat erneut um Entschuldigung. »Wissen Sie, ich wollte das Angebot einlösen, das er von mir bei der Auktion ersteigert hat. Leider wurde ich aufgehalten, und er ist gegangen, ehe wir etwas Neues vereinbart hatten.«

»Nun ja. Ich denke nicht, dass er dafür noch Zeit haben wird. Das kann er zweifellos an jemand anderen übertragen. Was ist es denn?«

»Eine Massage«, murmelte Ellen. Und eine heiße Liebesnacht, dachte sie insgeheim. Doch das Prickeln auf ihrer Haut wurde von aufkommender Wut abgelöst.

»Ich erzähle seinem Vater davon«, sagte Teufelsbell. »St. John hat ziemliche Verspannungen im Rücken. Das wird ihm guttun.«

»Warum sollte Spurs keine Zeit haben?«, fragte Ellen.

»Ich wüsste nicht, was Sie das angeht.«

»Ich habe immer noch zwei Wünsche bei ihm frei. Da könnte ich mir ja wünschen, dass er Zeit für mich findet«, versuchte sie nervös zu scherzen, weil Teufelsbell jetzt mit erstaunlichem Tempo auf sie zukam. Zum Glück blieb sie kurz vor Ellen stehen und klemmte sich die Gartenschere unter den Arm wie ein Major seinen Offiziersstock. Dann zog sie die Arbeitshandschuhe aus. »Das Beste wird sein, Sie vergessen diesen ganzen Unsinn. Und vor allem schlage ich vor, Sie vergessen meinen Sohn gründlich.«

»Aber wir sind Freunde.«

»Wohl kaum.«

Ellen war überrascht von der Vehemenz in ihrer Stimme. »Gut, ich kenne ihn nicht sehr gut«, sagte sie schnell. »Aber ich zähle ihn dennoch zu meinen Freunden.«

»Vorausgesetzt, dass Sie überhaupt zählen können nach einer sicherlich kläglichen Ausbildung an einer staatlichen Schule«, Teufelsbell richtete sich zu ihrer ganzen Körpergröße von 1,65 Meter auf, »schlage ich vor, Sie zählen das, was Sie haben, und sind dankbar dafür, dass wir dieses kleine Gespräch führen. Sie sind *nicht* mit meinem Sohn befreundet und werden es auch nie sein. Sie sind weder auf diesem Grundstück noch in seinem Leben willkommen. Je schneller Sie dieses Dorf verlassen, desto besser. Habe ich mich klar ausgedrückt?«

Ellen fragte sich, warum sie so giftig war. »Jedenfalls habe ich gehört, was Sie gesagt haben«, erwiderte sie vorsichtig.

»Nun, vermutlich sollte ich dankbar sein, dass Sie wenigstens nicht taub sind«, versetzte Teufelsbell.

Gleich am nächsten Morgen rief Poppy an und verkündete die gute Neuigkeit, dass die Brakespears eine Summe geboten hatten, die nur ein paar tausend Pfund unter dem geforderten Verkaufspreis lag – der sowieso um 50 000 Pfund höher war als der von Seaton's festgesetzte. Mit Theo und Jennifer in Spanien hatte Poppy bereits telefoniert, die beiden waren begeistert und hatten das Angebot angenommen. Und damit war Goose Cottage verkauft.

»Vielen Dank, Poppy«, sagte Ellen hohl und fragte sich, warum sie sich nicht so richtig freuen konnte. »Sie haben wirklich fantastische Arbeit geleistet.«

»Jetzt können Sie Ihren Flug nach Nirwana buchen.«

»Oh, ich habe meine Pläne noch mal geändert. Das Auswärtige Amt hat eine Reisewarnung für diese Region herausgegeben. Ich werde wohl in ein nicht ganz so entlegenes Land reisen.«

Als Ellen den Hörer aufgelegt hatte, fiel ihr Blick auf die Flasche Massageöl, die noch auf der Fensterbank in der Küche stand, und eine ungeheure Welle der Enttäuschung erfasste ihren Kopf, ihr Herz, ihren ganzen Körper. Es war vorbei. Es musste vorbei sein. Es hatte nie wirklich begonnen.

Und so fühlte sich Ellen am späten Vormittag ganz elend, als sie im Schutz der Pappeln den heißen Asphalt von Giles Horntons Auffahrt hinauflief. Warum tue ich das?, fragte sie sich unablässig. Odd Cottage, ein lang gezogenes, umgebautes weißes Bootshaus, lag ziemlich abseits von North Street direkt am Ufer des Odd mit Blick auf das Teufelsmoor. Ottos Koppel zog sich rechts hinter den Pappeln entlang. Zum Glück stand Giles' blitzender Aston Martin nicht in der Dreiergarage, als Ellen sich am Cottage vorbeischlich und Otto an seinem Gatter begrüßte, wo der launische Rotfuchs bereits auf Spurs wartete. Sie näherten sich einander vorsichtig, Ellen hielt ihm ein »Polo« hin, und er stupste sie leicht an der Schulter an, als er es fraß.

»Du kennst ihn doch inzwischen ziemlich gut, nicht?« Sie sah in Ottos misstrauische dunkle Augen, erinnerte sich jedoch noch rechtzeitig, dass Pferde so was überhaupt nicht mögen, und betrachtete seine Ohren. »Wie soll ich es ihm sagen?«

Otto schnaubte wenig hilfreich und versuchte, sie zu zwicken. Dann bemerkte sie, dass er die Ohren aufgestellt hatte, und folgte ängstlich seinem Blick, als auch sie das Motorgeräusch hörte.

Spurs kam auf dem Traktor des Manors die Auffahrt herauf, Sattel und Zaumzeug auf der Ladefläche. Als er Ellen entdeckte, bremste er hart. »Willst du Giles besuchen?«, rief er über den Lärm des Motors hinweg. »Der ist nicht da.«

Bei seinem Anblick überkam Ellen eine solche Traurigkeit, dass es sie ihre ganze Willenskraft kostete, nicht einfach wegzulaufen. Sie erkannte sofort, dass er ebenso einen Riegel vor seine Gefühle gesetzt hatte wie sie selbst. Seine hochmütigen Gesichtszüge waren eine einzige Maske, die Schultern angespannt und sein Rücken stocksteif. Wie sie hatte er das Feuer gelöscht, nur die Kohlen glühten noch zischend vor sich hin und bewahrten tief drinnen eine brodelnde Hitze, die langsam an Sauerstoffmangel zugrunde zu gehen drohte.

»Nein.« Sie griff in ihre Tasche und zog den verbogenen Nagel des Hufeisens heraus. »Ich komme deswegen.« Und bin kurz davor, ihn in meinen eigenen Sarg zu nageln.

Er saß immer noch auf dem Traktor, hatte jetzt aber den Motor abgestellt, um zu verstehen, was sie sagte. Als er hörte, worum es ging, lachte er bitter. »Ich soll *was* tun?«

»Lade Dilly zu einem richtigen Dinner ein«, wiederholte Ellen. »Zieh dir einen Anzug an, sei aufmerksam, flirte mit ihr, bring sie nach Hause, gib ihr einen Kuss. Das ist mein Wunsch.«

»Das ist doch Schwachsinn. Dazu hat *sie* dich angestiftet.«

»Nein, es ist mein Wunsch. Du hast mir 24 Stunden gegeben, um ihn zu formulieren, und hier ist er.«

»Du wolltest doch dein Geld zurück.«

»Ich habe meine Meinung geändert. Ich möchte, dass du mit Dilly ausgehst. Um den Abend im Plough wiedergutzumachen. Pheely und ich haben ihr alles verdorben – euch beiden.«

»Und gestern Abend?« Er schwang ein Bein über den Traktor und sprang herunter.

Sie drehte sich zu Otto und streichelte ihn. »Vergessen wir das.«

»Tut mir leid.« Ohne sie anzusehen, trug er den Sattel zur Koppel hinüber. »Ich konnte nicht bleiben.« Als er ihn aufs Gatter gehievt hatte, lehnte er sich dagegen und strich sich die dunklen Locken aus der Stirn. »Ich musste etwas erledigen.«

»Das hat deine Mutter auch gesagt.«

Erstaunt sah er sie an. »Du hast mit meiner Mutter gesprochen?«

Teufelsbell hatte ihm also nichts erzählt. »Sie ist der Ansicht, dass du meine Freundschaft nicht brauchst.«

»Freundschaft? Auf so was lasse ich mich nicht mehr ein.«

»Mir ging es gestern Abend auch nicht um Freundschaft.« Ihr Herz schlug laut vor Empörung.

»Das«, sagte er, und die Funken in seinen silbrigen Augen sprühten, »war ziemlich offensichtlich.« Spurs bürstete Otto den Staub vom Rücken und machte sich dann daran, ihn zu satteln. Er hielt inne, als er den Nagel sah, und hob ihn auf. »Meine Mutter hatte mich nach London geschickt, zur Queen.«

»War es nicht schon etwas spät für eine offizielle Audienz?«

»Die Queen ist ein Nachtmensch.« Er lächelte traurig, als er ihre verblüffte Miene sah. »So nennen wir Onkel Belvoir – den Hüter der Familienjuwelen.« Er tippte sich mit dem Nagel an die Nase. »Wir haben uns ziemlich lange unterhalten. Ich habe ihm alles über dich erzählt – und er war der Meinung, dass ich es nicht tun darf. *Mein lieber Junge*, die Zukunft der Familie steht auf dem Spiel. Zu viel Leidenschaft ist schlecht, weißt du. Man sollte sich nie von seinem Verlangen hinreißen lassen, wenn es gilt, das Familienerbe zu schützen.« Mit bitterem Ton zitierte Spurs diese Sätze.

Ellen wollte ihren Ohren kaum trauen. »Soll das etwa heißen, dass ich nicht gut genug für dich bin?« Sie spürte, wie schiere Wut Besitz von ihr ergriff und ihr den Boden unter den Füßen wegzog. Hier ging es tatsächlich um Klassenunterschiede, sie war einfach aus der falschen sozialen Schicht. Das war ja nicht zu fassen! Deswegen hatte Teufelsbell gestern so giftig reagiert. Ellen Jamieson mit ihrem Somerset-Tonfall, ihrer Ausbildung an einer staatlichen Schule und den Tattoos würde ihren verlorenen Sohn verderben, der sich gerade erst wieder gefangen hatte.

»Die Queen hält nur die Familie zusammen«, erklärte Spurs seltsam amüsiert. »Er hat schon immer versucht, den missratenen Sohn seines Bruders auf den rechten Weg zu führen – auch wenn es ihn schmerzt, dass ich nicht schwul bin. Er sagt, Geliebte können einem nie dieselbe Freude bereiten wie das eigene Geschlecht.«

»Wenn du ihn das nächste Mal siehst, sag ihm, er soll sich seinen Reichsapfel in den Arsch schieben.« Ellen kochte vor Wut.

Spurs lachte. »Sag's ihm selbst. Er kommt zu Elys Gartenparty.«

»Dann bin ich nicht mehr da. An dem Abend geht mein Flug.«

Langes Schweigen trat ein. Spurs starrte minutenlang den Nagel des Hufeisens an. Seine Mundwinkel zuckten. »Dann hat diese Schweizer Familie Robinson das Cottage also gekauft?«, sagte er schließlich.

»Die Frau ist Dänin, und sie heißen Brakespear. Ich habe immer gesagt, dass ich abreise, sobald das Cottage verkauft ist.«

»Verdammt.« Er wandte sich ab und trat gegen den Pfosten des Gatters. Aufgeschreckt wich Otto zurück. Spurs legte ihm eine Hand an den Hals und streichelte ihn besänftigend. »Ich habe ja gesagt, du löst dich in nichts auf.« Er fragte Ellen nicht, wohin sie reisen würde. Stattdessen steckte er den Nagel ein und fragte nur: »Und wohin soll ich mit Dilly zum Dinner gehen?«

Ellen hatte Mühe, ihre Gedanken wieder auf ihren Wunsch zu konzentrieren. »Irgendwohin, wo es schick ist. Ich zahle.«

»Brauchst du nicht all dein Geld für Kamele und Sherpas?«

»Wenn ihr nicht den ganzen Abend den teuersten Champagner trinkt, kann ich es mir schon noch leisten.«

Er nahm den Sattel, legte ihn auf Ottos Rücken und sah sie

von der Seite an. »Das durfte einfach nicht sein, weißt du. Das mit uns. Zu viel Chaos.«

»Ich bin froh, dass es so gekommen ist«, log sie.

»Nein, bist du nicht. Keiner von uns beiden.« Er sprach im typisch beherrschten Tonfall der Bellings. Nur seine Augen verrieten, wie aufgewühlt er innerlich war.

Ellen konnte seinen Blick nicht länger als ein paar Sekunden ertragen. »Ich muss gehen – lass mich wissen, was ich dir für das Dinner schulde«, sagte sie. »Und sei nett zu Dilly.« Und damit rannte sie Giles' Auffahrt hinunter und ignorierte all seine Rufe.

Snorkel zerriss fast ihre Leine, als sie vor Freude durch den Garten tobte, weil nur eine Viertelstunde später Spurs auf Otto durch das Tor von Goose Cottage ritt und weiter bis zum Teich, in den Ellen unbewegt hineinstarrte.

»Ich erfülle deinen Wunsch nicht, Ellen«, sagte er und saß ab. »Ich gehe nicht mit Dilly zum Dinner.«

Sie öffnete den Mund und schloss ihn gleich wieder. Irgendetwas in seiner Miene sagte ihr, dass sie besser schwieg.

»Du kannst ja so verlogen selbstlos ein, weißt du das eigentlich?«, sagte er wütend und lockerte die Zügel, damit Otto grasen konnte. »Ich wette, du hast als Kind all dein Spielzeug anderen gegeben, nur damit sie sich besser fühlen; warst mit Leuten befreundet, nur weil du Mitleid mit ihnen hattest, und hast dich von all den hässlichen Jungen küssen lassen, weil sie ja sonst keine abkriegen.«

Ellen war ganz benommen vor Schreck über diese harte Beschreibung. »Wenn du es sagst.«

»Bist du deswegen all die Jahre bei Richard geblieben? Aus lauter Gutmütigkeit?«

»Ich will nicht darüber reden.« Sie wich zurück, doch er hatte sie beim Schilf in die Enge getrieben.

Spurs fixierte sie mit zusammengekniffenen Augen. »Ich will dir mal eines sagen als dein neuester ›Freund‹ – der dir sicher sehr leidtut, weil er keine anderen Freunde hat in diesem verdammten Dorf. Du bist eine mutige, tolle Frau, Ellen, doch mit Gutmütigkeit kommst du nicht weit in der Welt. Du wirst immer wieder Kerlen wie mir begegnen, die dich dafür zwar lieben, aber versuchen werden, sie dir auszutreiben.«

»Das bezweifle ich.« Sie lachte hohl. »So jemanden wie dich werde ich mein ganzes Leben nicht mehr treffen.«

Als sie weggehen wollte, rief er ihr hinterher: »Ich erfülle deinen Wunsch nicht, aber ich werde Dilly endlich zu einem richtigen Dinner mit Rory verhelfen.«

Ellen fuhr herum. »Das habe ich mir nicht gewünscht.«

»Dilly ist ganz verrückt nach Rory, Ellen – sie redet ständig nur von ihm, und mit ihm ist es das Gleiche.«

»Aber ich dachte ...«

»Dass sie verrückt nach mir ist? Nein, sie hat sich nur von deinem Enthusiasmus anstecken lassen und wollte genauso sein wie du.« Er lehnte sich an Otto an. »Und *du* bist verrückt nach mir, so wie ich verrückt bin nach dir.«

Ellen spürte jede einzelne Nervenzelle ihres Körpers explodieren. »Du bist verrückt nach mir? Aber warum warst du dann am Samstagabend mit Dilly ...?«

»Ich war gar nicht mit Dilly verabredet. Es war nicht das heiße Date, das Pheely heraufbeschworen hat. Rory musste vor einiger Zeit seinen Führerschein abgeben und hat mich gebeten, ihm zu helfen – ich war einfach nur das Taxi, das sie zusammenbringen sollte. Und Godspell war dabei, weil sie ihrem allgegenwärtigen Vater mal entkommen wollte, um Freunde zu treffen.«

Ellen fielen vor Staunen fast die Augen aus dem Kopf. »Oh, Mist.« Sie schlug sich die Hand vor den Mund. Dann hatte Dilly mit all ihrem Gerede von Sex und Entjungferung eigentlich gar nicht Spurs gemeint. »Die Ärmste, ich muss sie ja ziemlich durcheinandergebracht haben.«

»Der arme Rory.« Spurs klopfte Ottos Hals. »Er war schon nervös genug, ehe Dilly behauptete, sie sei meine Seelenverwandte. Kein Wunder, dass er zu Sharrie geflüchtet ist. Ich stand danach als der Mistkerl da, dabei wollte ich nur wie mein Gartenengel anderen ein bisschen auf die Sprünge helfen.«

Ellen ließ den Kopf hängen. »Ich wollte mich nicht einmischen.«

»Hast du aber getan«, sagte er, nicht unfreundlich. »Das hier ist kein Märchen, das du manipulieren kannst, um uns allen ein Happy End zu verpassen, ehe du abreist. Dilly und Rory werden es schon schaffen, diesen Sommer irgendwie zusammenzukommen – er wird sie entjungfern und ihr Herz brechen, bevor sie an die Uni geht. Dort trifft sie dann einen netten Mittelklassetypen, verkauft die Lodge und zieht nach London. Und Rory wird weiter seine Stallmädchen vögeln und sich mit vierzig zu Tode gesoffen haben. Im Leben kommt immer alles so, wie vorherbestimmt, da ist kein Platz für Märchen und Happy Ends.« Sein Ton war immer verächtlicher und bitterer geworden.

»Das glaubst du doch nicht wirklich?«, fragte sie.

»Ich glaube ans Schicksal. Du kannst das Stück nicht ändern, das ist aber kein Grund, es nicht einmal neu zu inszenieren. Rory wird nie ein Prinz Charming werden, aber er kann Dilly jetzt das geben, was sie braucht. Ich werde ihn nüchtern halten, wenn du sie dafür etwas beruhigst.«

»Aber wir können doch nicht mit ihnen ausgehen«, rief sie.

»Das habe ich auch nicht vorgeschlagen.« Er prüfte Ottos Sattelgurt und saß wieder auf. »Aber irgendwer muss sie ja zu diesem schicken Dinner fahren.« Er warf ihr einen langen Blick zu. »Und du schuldest mir sowieso noch ein Abendessen.«

Ellen erinnerte sich an das chinesische Essen, das keiner von ihnen angerührt hatte. »Ist das klug? Und was wird deine Mutter dazu sagen?«

Seine Augen blitzten warnend auf, doch dann lächelte er. »Hast du etwa Angst, ich könnte all dein Geld fürs Kamel-Trekking für Calamaris verpulvern?«

»Und was, wenn zwischen uns etwas passiert?«

»Es gibt kein ›uns‹.« Er lenkte Otto Richtung Tor. »Dilly soll sich Mittwochabend freihalten – ich werde mal sehen, wohin Rory sie ausführen will. Und sag ihr um Himmels willen, dass es Rorys Idee ist.« Er unterdrückte ein Gähnen, und Ellen dachte, dass er kaum viel geschlafen hatte, wenn er gestern Abend noch nach London und zurück gefahren war.

»Treffen wir uns also zu einem letzten Abendessen.« Er lächelte. »Unser erstes richtiges Date, und zugleich das Abschiedsessen.«

Sie drückte sich an den Torpfosten, als Otto an ihr vorbeitrabte. Hätte Spurs nicht auf dem Pferd gesessen, wäre sie längst nicht so ruhig geblieben und hätte einen Streit provoziert. Sie konnte es nicht dabei belassen. »Spurs!« Otto vollführte eine Pirouette auf der Stelle, doch Spurs' Blick blieb wie auf sie geheftet.

»Warum bist du nach London gefahren?«

»Um meine juwelenbesetzten Fesseln zu holen, damit sie nicht herumliegen. Sie sind sehr schön. Sie hätten dir gehören können.«

»Wie bitte?«

»Ich habe dich gefragt, ob du mich heiraten willst, schon vergessen?«

»Das war doch nur ein Witz.«

»War es das?« Und damit galoppierten Otto und er so schnell davon, dass hinter ihnen Funken aufstoben.

»Er will mich wirklich zum Dinner einladen? Nur wir beide?«

Ellen nickte. Sie saß mit Dilly auf Bevis' Bank im Dorfpark, wo sie ein Eis aßen.

»Wow. Das ist richtig cool, oder?«

»Ja, ist es.« Sie klang nicht ganz so begeistert, wie Ellen erwartet hatte. »Bist du immer noch sauer auf mich wegen Samstagabend?«

»Nein! Nein.« Dilly stupste sie freundschaftlich an, um ihr zu zeigen, dass sie wieder Freundinnen waren.

»Du willst doch mit Rory ausgehen, oder?«

»Ja! Total gerne. Absolut. Es ist nur...«

»Nur, was...?«

Dilly starrte auf den Teich und beobachtete die Enten, die sich das Gefieder putzten. »In ein sehr schickes Restaurant?«

»Keine Ahnung, wohin genau, aber ich denke schon.«

»Ich bin Vegetarierin – na ja, ich esse Fisch, aber sonst nichts, das Augen hat, mit denen es einen angucken kann.«

»Ein gutes Restaurant serviert auch vegetarische Gerichte.«

»Oh.« Dilly wirkte immer noch besorgt. »Sind da viele Leute?«

»Ich weiß nicht. Kommt drauf an, wofür Rory sich entscheidet.«

»Es ist nur so, viele Leute und schicke Restaurants schüchtern Rory ein. Seine Mutter hat ihn früher, als er noch jünger war, immer auf solche Gesellschaften mitgenommen. Rory hat das gehasst, er kann dieses Getue einfach nicht ertragen. Und ich will nicht, dass er mich jetzt in ein schickes Restaurant einlädt, nur weil er glaubt, ich stehe auf so was. Mir wär's lieber, wenn Rory entspannt ist.«

»Er wird schon das Richtige finden«, versprach Ellen und sah über die Dächer der alten Cottages und der Kirche hinweg Richtung Hillcote, wo die Maisfelder auf den Hügeln bereits wieder grün waren, weil das gelbe Gemüse mittlerweile die Pasteten füllte.

»Die Sache ist die«, fuhr Dilly fort. »Rory hat heute Vormittag angerufen, sein Telefon funktioniert wieder. Er war unglaublich süß und hat gesagt, ich hätte ihn gar nicht beleidigt. Und er will sich morgen Abend mit mir im Plough treffen ohne – äh – so viele Leute. Von einem Restaurantbesuch am Mittwoch hat er nichts gesagt.«

»Oh? Dann muss ich irgendwas falsch verstanden haben.« Ellen wurde knallrot. Das Einzige, womit Spurs und sie nicht gerechnet hatten, war Rorys Eigeninitiative.

»Aber es wäre echt nett, wenn du mich hinfahren könntest.«

»Na klar.«

»Und leihst du mir noch mal was zum Anziehen?«

»Natürlich. Komm einfach früh genug bei mir vorbei und such dir etwas aus.«

»Oh, danke!« Ganz glücklich sprang Dilly auf. »Gehst du auch schon zurück nach Hause?«, fragte sie.

»Jetzt noch nicht.« Ellen lächelte. »Ich bleibe noch ein bisschen hier sitzen und denke nach.« Sie sah Dilly hinterher, die übermütig über die große grüne Wiese rannte, so jung, so schön und so voller Lebenslust. »So viel zu meiner Rolle als gute Fee.« Ellen seufzte und strich über Bevis' Bank. »Du wärst sicher auch lieber mit einem Mädchen in deinem Alter ausgegangen, wie?« Wenn sie mit dieser Bank sprach, fühlte sie sich wieder wie siebzehn oder achtzehn, als wären all die Jahre mit Richard nicht verflossen und sie nicht schon fast dreißig, aber immer noch unerfahren wie ein Teenager.

Weil Ellen keine Lust hatte, in das leere Cottage zurückzukehren, machte sie mit Snorkel einen Spaziergang die lange Straße Richtung Hillcote entlang. Vielleicht würde sie sogar noch auf Pixies Öko-Hof ein paar Erdbeeren pflücken gehen. Sie hatte kaum das Dorf hinter sich gelassen, als der alte Pick-up der Wycks auf sie zuratterte. Am Steuer erkannte sie den jungen Saul, der zu einem dröhnenden Drum 'n' Bass mit dem Kopf wippte. In dem hoffnungslosen Versuch, nicht erkannt zu werden, zog Ellen die Baseballkappe tiefer in die Stirn und ging ein Stück in die Wiese hinein, nur um dort sofort in einen Kuhfladen zu treten. Der Pick-up blieb zehn Meter vor ihr mitten auf der schmalen Landstraße stehen, und Saul beobachtete sie durch die Windschutzscheibe. Er ließ den Motor aufheulen.

Ellen wartete. Saul blieb seelenruhig sitzen und ließ den Motor noch einmal aufheulen. So langsam wurde ihr mulmig zumute, und sie sah sich hilfesuchend um. Doch die nächsten Häuser waren mindestens hundert Meter entfernt, und nirgends war ein Mensch zu sehen. Na gut, dachte Ellen, sollte er doch seine Spielchen spielen, sie würde keinesfalls darauf eingehen.

Entschlossen nahm sie Snorkel an die kurze Leine und setzte ihren Weg fort – direkt auf den Pick-up zu.

Ohne Vorwarnung brauste der Wagen mit Höchstgeschwindigkeit direkt auf Ellen zu und wurde erst kurz vor ihr abgebremst.

»Mist!«, schrie sie, sprang vor Schreck zur Seite und schon wieder in einen Kuhfladen – das Landleben war wirklich gewöhnungsbedürftig. Sie hob einen Arm und schwenkte ihn drohend Richtung Saul. »Was genau ist eigentlich Ihr Problem?«, wütete sie und schlug mit der flachen Hand auf die Motorhaube.

»Haben Sie's immer noch nicht verstanden?«, schrie Saul über die laute Musik hinweg. »Verpissen Sie sich nach London, Sie blöde Kuh!«

Jetzt reichte es aber. Ellen ging zur Fahrerseite, baute sich direkt neben dem Pick-up auf und brüllte: »Ich bin gar nicht aus London!«

»Scheißegal. Kadaver verrotten überall, auch in der Hölle.«

»Ach, Sie waren das!«, fuhr sie ihn an. »Sie haben mir diesen verdammten toten Dachs hingelegt.«

»Beweisen Sie das mal.« Angriffslustig reckte er das Kinn vor. »Verschwinden Sie hier endlich. Wie konnten Sie so mit unserer alten Dame reden, die hat fast 'nen Herzanfall bekommen.«

Ellen hatte einfach keine Lust mehr, sich noch einmal mit einem der Wycks über die nicht erledigte Gartenarbeit zu streiten, und ging schlichtweg nicht darauf ein. »Nun, Goose Cottage ist verkauft«, sagte sie in halbwegs normaler Lautstärke, nachdem er endlich die Musik leiser gedreht hatte. »Von daher werde ich sowieso bald abreisen.«

»Hey, super. Hat's der alte Ely also doch gekriegt?« Plötzlich schien Saul geradezu gesprächig und zugänglich zu werden. Wenn Ellen nicht so schlechte Laune gehabt hätte, wäre sie in Gelächter ausgebrochen. Wütend starrte sie ihn an. »Hat er Ihnen Schmiergeld gezahlt, damit Sie es herunterkommen lassen?«

»Für den Mistkerl tue ich gar nichts«, knurrte Saul. »Ich wusste nur, dass er's unbedingt haben wollte. Als Hochzeitsgeschenk oder so was.« Mit seinen hellen blauen Augen musterte er ihr Gesicht.

Doch Elys Gründe interessierten Ellen jetzt überhaupt nicht. »Er hat das Cottage nicht bekommen. Es wird bald eine neue Familie ins Dorf ziehen«, sagte sie ziemlich überdrüssig.

»Echt wahr?« Sein Boxergesicht verzog sich nachdenklich. Dann fuhr er sich mit der Zunge über die Lippen und lehnte sich aus dem Fenster. »Stimmt das, dass Spurs Belling Sie bumst?«

»Wer sagt das?«

»Na, alle reden drüber. Gladys erzählt jedem, der's hören will, dass Sie's miteinander treiben. Lady B ist schon mordsmäßig wütend. Die will Sie auch aus 'm Dorf haben. An Ihrer Stelle würde ich nachts auf mich aufpassen.« Und mit einem anzüglichen Lächeln legte er den Rückwärtsgang ein, setzte ein Stück zurück und brauste in einer stinkenden Abgaswolke auf und davon.

»O nein, für heute reicht's eigentlich!«, rief Ellen, als Saul endgültig außer Sichtweite war und prompt ihr Handy zu klingeln begann. Das Letzte, was sie jetzt noch gebrauchen konnte, war ein Gespräch mit Richard. Außer ihm rief sie kaum einer auf ihrer Mobilnummer an. »Warum hat das Ding nicht wenigstens einen Vibrationsalarm, den man nicht hört?«, fragte Ellen sich selbst, fischte aber in ihrer Tasche nach dem Telefon und hob ab. »Ja?«

»Ellen?«

Sie presste das Handy so fest ans Ohr, dass ihr Ohrring den Knopf mit der 4 drückte, der einen Piepton von sich gab. Sie hatte noch nie mit Spurs telefoniert, und der Klang seiner Stimme so ganz nah bei ihr ließ sie sofort erzittern. Jetzt vibrierte ihre Hand wie wild.

»Ja, ich bin's.«

»Hier spricht Spurs.«

Ich weiß, dachte sie, das hat mir das Prickeln auf meiner Haut bereits verraten. »Die Antwort lautet immer noch nein.« Sie versuchte, ganz ruhig zu klingen.

Zu ihrer Überraschung lachte er nur. Er hatte sofort begriffen, worauf sie anspielte. »Ich warne dich. Ich werde dich wieder fragen. Was ist denn das für ein Krach?«

Ellen nahm den Ohrring heraus. »Ach, das macht mein Handy manchmal.«

»Ich trinke gerade was mit Rory. Er sagt, er hat Dilly bereits für morgen Abend eingeladen.«

»Ich weiß.« Sie sah auf die Wiese, auf der ziellos ein paar Kühe in der Abendsonne herumliefen. »Ich habe ihr gesagt, ich fahre sie zum Pub.«

»Gut. Ich habe übrigens Rory von deinem märchenhaften Happy End erzählt –«

»Das war nicht mein märchenhaftes Happy End –«

»– und er hält es auch für den größten Mist, den er seit langem gehört hat.« Er lachte und ignorierte ihren Einwurf einfach. »Aber er hatte ein paar andere großartige Ideen, die auch ganz fürchterlich kitschig sind, und die Requisiten ...«

»Spurs, ich habe keine Lust mehr, bei einem deiner Spielchen mitzumachen, und seien es auch Märchenspiele.«

»Was?«

»Du hast recht – wir können keine Freunde sein. Das wäre genauso schlimm, wie in neuen Schuhen Marathon zu laufen – oder sogar noch schlimmer, weil wir nicht mal wissen, wohin wir laufen sollen.«

Er senkte die Stimme. »Probiere die neuen Schuhe doch wenigstens mal an.«

»Ich wüsste nicht wieso. Wo soll das hinführen? Und überhaupt ... über uns wird sowieso schon geredet.«

»Wer redet über uns?«

»Das ganze Dorf, soweit ich weiß.«

Am anderen Ende der Leitung trat langes Schweigen ein. »Macht dir das etwas aus?«, fragte Spurs schließlich.

»Nein, ich bin ja nicht mehr lange hier. Du hast mehr zu verlieren.«

»Mir ist völlig egal, wer was über mich sagt.« Er murmelte Rory im Hintergrund etwas zu. »Und du schuldest mir immer noch ein Abendessen. Rory könnte unsere Hilfe gebrauchen. So leicht kommst du mir nicht davon.« Der arrogante Unterton in seiner Stimme machte klar, dass er nicht das Gesicht verlieren wollte.

Ellen sah zwei Elstern von der Wiese auffliegen und zwitschernd in einem Baum verschwinden. Weit jenseits davon, hoch oben auf dem Hügelkamm lagen die Springlode-Dörfer, die jetzt in dunstiges goldgelbes Abendlicht getaucht waren. Sie konnte das große Haus erkennen, das in einem baumbestandenen Park zwischen den Dörfern lag. Irgendwo da oben, inmitten dieser Ansammlung von Cottages auf der rechten Seite, saß Spurs und redete mit ihr.

»Bitte, Ellen. Trag die neuen Schuhe.« Seine Stimme war nur noch ein raues Flüstern. »Ich *brauche* dich, damit alles gut ausgeht. Du bist mein Schutzengel. Mein Racheengel.«

»*Nein!*«, rief sie und verschreckte mit ihrem Ausruf ein paar Kühe so sehr, dass sie sich an das andere, sichere Ende der Wiese begaben. »Ich bin *nicht* deine gute Fee, und auch nicht die von Dilly oder Pheely oder irgendwem sonst. Ich möchte ein glückliches Leben leben und nicht eine tragische Liebesgeschichte erleiden. Du irrst dich gewaltig in mir, Spurs. Ich glaube nicht an Märchen – ich kenne die meisten nicht mal, weil sie mir als Kind nie vorgelesen wurden.«

»Ist das dein Ernst?« Er lachte und brachte sie damit nur noch mehr auf.

»Ja. Ich habe sie nie gelesen. Und jetzt bin ich zu alt dafür.«

»Das bist du nicht. Wir könnten sie zusammen lesen.«

Auf einem Tandem radelte ein älteres Ehepaar heran, das jetzt, nachdem es lange rasant bergab gegangen war, wieder ordentlich in die Pedale treten musste. Sie schwitzten und waren rot im Gesicht.

»Ich komme morgen um sieben bei dir vorbei«, sagte Spurs. »Mit den Requisiten.«

»Bitte nicht.« Ellen versuchte, das freundliche Lächeln des Ehepaars zu erwidern, musste sich aber abwenden, weil ihr auf einmal Tränen in die Augen traten.

Spurs' Stimme war nur noch ein heiseres Flüstern. »Ich liebe dich.«

»Hör auf damit«, murmelte sie und sah mit tränenverschleiertem Blick zu den Springload-Dörfern hinauf.

»Diesmal mache ich es besser«, flüsterte er. »Märchenhaft viel besser.«

Erst, als Ellen das Handy wieder eingesteckt hatte, wunderte sie sich, woher er eigentlich ihre Nummer hatte. Sie hatte sie ihm nie gegeben.

12

»Was für eine aufgeheizte Atmosphäre, nicht?«, seufzte Pheely, als sie ihren üblichen Spaziergang durchs Dorf machten.

»Ja – ziemlich durchgedreht«, stimmte Ellen zu und fächelte sich mit dem Shirt Luft zu.

»Ich rede vom schwülen Wetter.« Pheely spähte sie von der Seite an. »Ich finde es reizend, dass du gemeinsam mit Spurs Dilly hilfst. Sie ist ganz begeistert.«

Ellen schwieg. Die Cottages an der Manor Lane leuchteten golden im Sonnenlicht des Spätnachmittags, die Vorgärten sprühten von Farbe, und der süße Duft des an den Wänden rankenden Geißblatts wehte durch die Straße. Über ihnen zogen Schwalben ihre Kreise, interessiert beobachtet von einer schildpattfarbenen Katze, die sich mutig mitten auf der Straße zusammengerollt hatte und jetzt verärgert mit dem Schwanz schlug, als sie Hamlet und Snorkel an der Leine auf sich zukommen sah.

»Und ich finde es enorm tapfer, dass du mit Spurs ausgehst«, fügte Pheely nachsichtig hinzu. »Ich wäre *entsetzlich* verletzt, wenn mich jemand derart stehen ließe.«

Ellen sah zum rückwärtigen Tor des Manors hinüber. »Wir haben darüber geredet, und ich verstehe ihn irgendwie.«

Pheely schnaubte verächtlich. »Wenn du ihn verstehst, hast du aber einer Menge Leute hier was voraus. Wir stehen alle unter der schwarzen, schicksalsschweren Wolke, die mit ihm aufgezogen ist.« Sie blickte hinauf und wirkte ziemlich enttäuscht, weil noch immer kein reinigendes Gewitter am blauen Himmel zu erahnen war. »Irgendwas geht vor sich.« Aus großen grünen Augen sah sie Ellen an. »Irgendwas hat ihn hierher zurückgebracht, und was es auch sein mag, es hat ihn ziemlich kleinlaut gemacht. Er hat ja sogar auf Sex mit dir verzichtet.« Darüber wirkte sie denn doch etwas zu erfreut.

»Angeblich treiben wir's ja nonstop, wenn man dem Dorfklatsch glaubt«, murmelte Ellen peinlich berührt, als sich die Leute an den Tischen vor dem Lodes Inn nach ihnen umdrehten.

»Ja, die Gerüchteküche brodelt, auf deine Kosten.« Pheely lachte.

»Warum hast du mir das nicht erzählt?«

»Wozu? Du hast meine Warnung, dass er verrückt, böse und gefährlich ist, ignoriert – und hättest deine Meinung kaum wegen ein bisschen Klatsch geändert.«

Da hatte sie recht, dachte Ellen, als sie über die Straße zum Dorfladen gingen, um sich die neuen Anzeigen im Fenster anzusehen – vielleicht war ja ein Kater gefunden worden, der sich als Fins herausstellte. Doch außer einem Autobesitzer, der seinen alten Fiesta loswerden wollte, und einer »freundlichen Familie«, die eine Putzfrau suchte, gab es nichts Neues.

»Weißt du eigentlich«, fragte Pheely und winkte Lily fröhlich zu, die in die Tür getreten war und sie argwöhnisch musterte, »dass ein anderes Gerücht besagt, Saul Wyck habe gestern Abend versucht, dich auf der Straße nach Hillcote über den Haufen zu fahren?«

Erstaunt drehte Ellen sich zu ihr um. »Wie reizend, dass wer immer es gesehen hat mir sofort zu Hilfe geeilt ist«, erwiderte sie und fragte sich ernsthaft, ob man eigentlich von jedem Bewohner von Oddlode nur das Schlimmste erwarten durfte.

»Dann stimmt es also?«, fragte Pheely gespannt. »Ich dachte, er hätte nur mal wieder Wanderer verschreckt. Reg und er haben da so eine Art Wettstreit laufen.«

»Ja, es stimmt«, bestätigte Ellen und erzählte Pheely von ihrer Begegnung mit Saul. »Er war das mit dem Dachs, und ich könnte schwören, da geht's nicht nur darum, dass ich seine Großeltern gefeuert habe – Ely hat ihn sicher geschmiert, damit er das Cottage herunterkommen lässt. Würde mich nicht wundern, wenn Saul selbst einer der Vandalen wäre.«

»Wie aufregend.« Pheely zog die Augenbrauen hoch. »Seit über dreißig Jahren bin ich in diesem Dorf den Leuten ein Ärgernis und ernte nie mehr als missbilligende Blicke. Und du hast schon nach einer Woche den Hass des halben Dorfes auf dich gezogen. Das kommt davon, wenn man sich mit Spurs anfreundet.«

»Sauls dummer Streich hatte nichts mit Spurs zu tun.«

Pheely schüttelte den Kopf. »Glaub mir, hier wird ihm die Schuld an allem zugeschoben. Und dass du dich mit ihm zusammengetan hast, lässt auch dich verdächtig erscheinen. Schließlich *wolltest* du ja mit ihm ins Bett gehen«, erinnerte Pheely sie.

»Es wäre alles viel zu chaotisch geworden«, erwiderte Ellen.

»Ach was. Chaotischer Sex ist doch klasse.« Sie zwinkerte Lily zu, die erleichtert wirkte, weil die beiden endlich weitergingen. Ellen überquerte die Straße in Richtung Dorfpark. Pheely folgte ihr. »Mich wundert wirklich, dass er deine Einladung zu einer sündigen Nacht abgelehnt hat. Wenn mich sonst nichts überzeugt hätte, *das* beweist, dass er sich geändert hat. Oder er hat sich endlich richtig verliebt.« Sie lachte laut. »Aber in wen? Vermutlich in sich selbst. All die Therapiestunden haben ihn zu der Liebe seines Lebens geführt!«

Pheelys Freude daran, Spurs zu analysieren, machte Ellen manchmal einfach nur wütend. Anfangs hatte sie Mühe gehabt, mit ihr überhaupt mal ein Gespräch über ihn in Gang zu bringen, doch in letzter Zeit gab es leider kaum noch ein anderes Thema. »Dilly ist sicher schon ganz aufgeregt wegen heute Abend, oder?«, fragte Ellen, um sie abzulenken.

»Sehr. Auch wenn ich so meine Zweifel hege in Bezug auf diesen zwar gut aussehenden, aber arroganten Reiter, in den sie verliebt ist. Er hat sich am Samstagabend komisch verhalten und auch immer so genuschelt. Pass bitte gut auf sie auf.«

»Werde ich tun«, versprach Ellen.

»Und was macht ihr, während die beiden Täubchen turteln?«

»Ich habe Spurs zum Abendessen eingeladen. Wir gehen wohl in einen Pub in einem der anderen Dörfer«, sagte Ellen unbestimmt, da sie plötzlich die irrwitzige Vision hatte, Pheely könnte ihnen auf der Vespa folgen. »Und was machst du? Arbeitest du an der Büste?«

»Das sollte ich wohl. Dieses fürchterliche Ding will einfach nicht fertig werden. Langsam läuft mir die Zeit davon.«

»Ist es so schlimm?«

»Ach, ich fürchte, sie könnte ein wenig zu modern sein für Elys Geschmack. Sag mal ...« Sie warf Ellen einen gewitzten Blick zu. »Könnte Dilly heute nicht bei dir im Cottage übernachten? Sie wäre begeistert, und ich könnte bis spät in die Nacht arbeiten ...«

»Ich – äh –«

»O bitte, Schatz. Du planst doch mit Spurs keine unanständigen Dinge, oder?«

Um Dilly den Abend nicht durch irgendwelche unvorhergesehenen Zwischenfälle zu verpatzen, hatte Ellen endlich eine neue Batterie für den Jeep besorgt und baute sie jetzt auch ein. Eben waren die letzten Drähte angeschlossen, da hörte sie von der North Street her ein vertrautes Motorgeräusch und kam gerade noch rechtzeitig ans Tor von Goose Cottage, um es für den Traktor zu öffnen. Auf der vorderen Ladefläche stapelten sich so viele Schachteln und Kartons, dass sie Spurs fast ganz verdeckten. Erst als das Gefährt in der Kiesauffahrt anhielt und er heruntersprang, sah Ellen, dass Spurs einen Anzug trug.

»Guten Abend«, sagte er und wischte sich Staub von der Hose.

Wachsam musterte Ellen ihn. Es hätte genauso gut das erste Mal sein können, dass er in die Auffahrt von Goose Cottage kam. Etwas seltsam Fremdes war um ihn, eine ungeduldige, einschüchternde Haltung, die die Luft um sie zu entzünden schien.

Das lag nur daran, dass er einen Anzug trug, sagte sie sich. Bislang hatte sie ihn stets nur in unglaublich zerschlissenen Sachen gesehen. Dieser tadellos geschnittene, hellgraue Seidenanzug hätte an einem Geschäftsmann in Soho oder an einem Modedesigner auf einer Haute-Couture-Show keineswegs deplatziert gewirkt. Spurs ließ er sonderbar herrisch und Respekt einflößend erscheinen.

»Ich bringe die Requisiten«, verkündete er und begann den Traktor zu entladen. »Öffne den Kofferraum.«

Schweigend sah sie zu, wie er die Schachteln und Kartons im Jeep verstaute. Und auch wenn es sich ganz falsch anfühlte, musste sie sich doch eingestehen, wie attraktiv sie ihn fand.

»Rory hat mir eine Liste geschrieben – er hat wirklich was übrig für deine Idee mit dem romantischen Liebesmärchen.« Spurs lachte. »Als ich mir heute Morgen sein neues Pferd ansah, stand im Haus nirgends Wodka herum. Er legt sich mächtig ins Zeug und hat alles mit Keith Wilmore – dem Wirt des Plough – abgesprochen.« Er reichte ihr zwei Schachteln. »Die sind für dich. Dein Kostüm und die neuen Schuhe.« Den größten Karton mit der Aufschrift BAUSATZ ORIENTALISCHE PAGODE hievte er auf den Dachgepäckträger des Jeeps. »Wir fahren das alles nach Springlode, und dann musst du noch mal zurück und Dilly abholen. Ich hätte es selbst hingebracht, aber ich musste Pa vom Pferderennen in Cheltenham abholen und konnte nicht riskieren, mit ihm in die Nähe des Pubs zu fahren. Rory will bestimmt nicht, dass mein alter Herr an der Bar seine Sorgen ertränkt und sein Date ruiniert.«

Ellen stellte die beiden Schachteln auf dem Boden ab und gab Spurs die Gurte für den Dachgepäckträger, die sie unter dem Rücksitz aufbewahrte.

Spurs entwirrte die Gurte und sah sie nervös an, da sie nicht so reagierte, wie er erwartet hatte. »Was ist los? Hat ein Kater dir die Zunge abgebissen?«

»Der Kater wird immer noch vermisst. Ich hatte doch gesagt, ich will das nicht.«

»Aber ich«, gab er gereizt zurück und begann, den großen Karton auf dem Jeep festzuzurren.

Ellen wunderte sich, mit welcher Unverschämtheit er den Abend an sich riss. »Du hättest Rory nicht diese Idee von der romantischen Geste in den Kopf setzen sollen«, sagte sie vorwurfsvoll. »Die zwei sollten sich einfach nur kennenlernen dürfen, ohne dass wir ihnen das große Theater aufzwingen.«

»Ich zwinge niemandem etwas auf.«

»Doch, tun wir – tust du. *Du* hast doch angefangen mit diesem Gerede von Märchen und Happy Ends. Du erfüllst Wünsche und entzündest Fackeln rund um chinesische Takeaways, entschwindest tagelang und kommst dann wieder auf einem Pferd angaloppiert – aber jetzt ist das Knuspercottage verkauft.«

»Sei nicht so unromantisch.« Spurs stemmte sich mit einem Bein am Jeep ab, um den ersten Gurt so fest wie möglich zu ziehen, ehe er ihn einschnappen ließ.

»Ich will gar nicht romantisch sein!«, heulte sie auf, obwohl sie wusste, dass es dafür keinen Grund gab. Es würde nichts zwischen ihnen passieren.

»Das hast du mir am Sonntag schon deutlich gemacht.« Er griff nach dem zweiten Gurt und warf ihn über den Wagen. »Als du mir so subtil zu verstehen gegeben hast, dass wir ja noch die ganze Nacht hätten. Als gäb's nichts anderes als Sex.«

Verwirrt sah Ellen ihn an. »Bist du etwa deswegen gegangen?« Er sah sie über das Dach des Jeeps hinweg an, sein Blick verriet nichts. »Ich dachte, das ist es, was du willst.«

»Anfangs vielleicht.« Er seufzte. »Aber es ist wie der Wunsch, sterblich zu sein, und dann zu bemerken, dass du stumm bist.«

»Wie bitte?«

»›Die kleine Seejungfrau‹.«

»Ich habe dir doch gesagt, ich kenne die Geschichte nicht.«

»Ich erzähle sie dir beim Abendessen, jetzt haben wir keine Zeit mehr.« Er ließ den zweiten Gurt einschnappen.

»Das muss doch alles ein Vermögen gekostet haben.« Sie sah auf die Schachteln mit den Designerlabels.

»Keine Sorge, geht alles morgen zurück. Die Sachen sind nur geliehen. Ich habe dem Geschäftsführer gesagt, wir bräuchten sie für ein Mode-Shooting für ›Cotswold Living‹.«

»Das ist doch Betrug.«

»Kein so großer Betrug, wie deine Kreditkarte als Sicherheit anzugeben.«

»Was?«

»Du solltest wirklich deine Schubladen nicht offen lassen.« Er grinste frech. »Ich habe ein großartiges Zahlengedächtnis.«

Als Ellen später wieder im Cottage war und sich im Spiegel bewunderte, war sie kein bisschen schlauer. Spurs hatte auf der ganzen Fahrt nach Upper Springlode geschwiegen, bei Rory Schachteln und Kartons abgeladen und sich dann mit dem Rest beim Plough absetzen lassen, wo ihm der Wirt Keith tragen half und die beiden im weitläufigen Biergarten verschwunden waren.

»Oh, wow! Hast du für mich auch was, worin ich so sexy aussehe? Das ist ja der Wahnsinn!« Dilly, die sich von Ellen etwas zum Anziehen leihen wollte, war einfach hereingeschneit und kam aus dem Staunen gar nicht heraus.

»Gefällt es dir?«

»Du siehst ja *so* schön aus. Ich wusste gar nicht, dass du so schön aussehen kannst.«

Ellen lachte. »Das ist doch bloß ein etwas schickeres Kleid.« Sie sah wieder in den Spiegel, immer noch unsicher, ob sie mutig genug war, so gekleidet irgendwohin zu gehen. Die weißen, diagonal geschnittenen Chiffonschichten schmiegten sich um jede Rundung ihres Körpers und umhüllten sie wie Dampf in der Dusche. Die langen Trompetenärmel fielen ihr bis auf die Handrücken, und wenn der tiefe Ausschnitt nicht von einigen spitzenbesetzten Schnüren zusammengehalten worden wäre, hätte sie fast nackt dagestanden.

»Es steht dir einfach perfekt«, plapperte Dilly aufgeregt. »Bei den Schuhen bin ich mir allerdings nicht so sicher.«

Ellen sah auf ihre Füße. »Die Schuhe, die dazugehören, passen nicht. Und ich kann meine Riemensandalen nirgends finden.«

»Oh, die hat Hamlet zerkaut, tut mir leid. Das wollte ich dir gestern schon sagen, als ich deine Sachen zurückgebracht habe. Leihst du mir bitte, bitte trotzdem noch mal was?«

Ellen lächelte. »Na klar, such dir was aus.«

Dilly musterte die Kleider, die auf dem Bett lagen, und ihr Gesicht hellte sich auf.

»Dilly!« Ellen brach in Gelächter aus, als sie sah, was sie sich ausgesucht hatte. »Die willst du doch wohl nicht anziehen. Die liegen da nur, weil ich sie gerade ausgezogen habe.«

»Ich liebe sie.« Dilly knöpfte die uralte abgeschnittene Jeans zu, in der Ellen fast schon wohnte. »Das passt viel besser zu mir als Kleider und hochhackige Schuhe.«

Zweifelnd sah Ellen ihr Spiegelbild an. »Ich dachte, Aschenputtel trägt das schöne Kleid, und nicht die gute Fee.«

»Hä?« Dilly trug ein enganliegendes Shirt und hielt sich jetzt Ellens rotes Bustier aus Wildleder vor die Brust. »Findest du, es sieht zu billig aus, wenn ich das darüberziehe?«

»Nein, du wirst aussehen wie eine mittelalterliche Maid.« Ellen half ihr, die Haken im Rücken zu schließen.

»Mama sagt, du gehst mit Spurs essen. Muss ja irgendwas Todschickes sein, bei so einem Kleid. Vielleicht Tewcott Castle, wo man Turnierkämpfe anschaut und Wildschwein vom Grill isst. Spurs könnte für dich in einem Zweikampf antreten.« Sie setzte sich ganz gerade hin, damit Ellen keinen Haken übersah. »Irgendwie ist es komisch, dass Rory und ich unsere erste richtige Verabredung in einem gewöhnlichen Pub haben, während du mit Spurs so was Tolles machst – obwohl ihr bloß Freunde seid.«

Ellen sah, dass bei jeder falschen Bewegung ihre Brüste aus dem tiefen Ausschnitt des zarten Märchenkleids zu rutschen drohten. »Wenn zwischen euch diese magische Anziehungskraft besteht, dann ist es ganz egal, wo ihr seid«, sagte sie beinahe wie zu sich selbst. »Da erscheint der einfachste Ort wie das Paradies. Ihr müsst nur in die Augen des anderen schauen und schon vergesst ihr die Welt um euch her.« Sie erinnerte sich an das erste lange, heiße Wochenende mit Spurs, als sie ihm kaum in die Augen sehen konnte, weil sie genau das fürchtete.

»O Gott, Ellen!« Dilly schnaubte verächtlich. »Das ist ja *so* schmalzig. Ich dachte, *ich* wäre hoffnungslos romantisch, aber du solltest dich mal hören.«

Ellen fing ihren eigenen Blick im Spiegel auf. »Mir hat mal ein Mann vorgeworfen, ich sei absolut unromantisch.«

»Der kann dich nicht in diesem Chiffonkleid gesehen haben. Aber das mit den Schuhen solltest du dir wirklich noch mal überlegen«, erinnerte Dilly sie.

Während Dilly sich selbst ein Paar Schuhe aussuchte, fielen Ellen plötzlich ihre pinkfarbenen Taucherflossen in die Augen, die an der Garderobe lehnten. Perfekt für die kleine Seejungfrau.

»Du kannst mich hier rauslassen«, sagte Dilly aufgeregt, als sie auf den Parkplatz des Plough gefahren waren.

»Ich habe versprochen, dich an den Tisch zu bringen.« Ellen sah auf die Uhr. Pünktlich halb neun, wie Spurs ihr aufgetragen hatte.

»Es ist doch bloß ein Pub, Ellen.« Dilly verzog das Gesicht.

Doch als sie in den Biergarten kamen, wurde deutlich, dass zumindest ein Teil davon nicht nur irgendein Pub war. Vor ihnen lag ein von Wunderkerzen gesäumter Weg, deren glühende Funken viel heller strahlten als die bereits hinter den Bäumen versinkende Sonne. Einige Gäste und Touristen hatten ihre Kameras gezückt und standen Spalier den Weg entlang, der bis zu einem verborgenen Platz unter den Bäumen führte, wo Rory einen Tisch reserviert hatte.

»Wahnsinn!« Dilly lachte und drehte sich zu Ellen um. »Hast du das gewusst?«

Der Platz unter dem Blätterdach war wie verwandelt. Sie hatten eine kleine Zeltpagode aufgebaut, in der Windlichter in allen Farben leuchteten, und den alten Holztisch mit Seidentüchern bedeckt. Von den Ästen rundherum hingen Kristalle herab, die das Licht in allen bunten Farben des Prismas reflektierten. Auf einem der Stühle hockte ein kleiner selbstgefälliger Jack-Russell-Terrier, dem eine Fliege umgebunden worden war. Und neben dem Tisch standen Rory und Spurs, Ersterer mit einer Geige unter dem Kinn, Letzterer mit einer Gitarre um die Schulter.

Dilly und Ellen sahen sich an, als das Duo ›Will You Come to the Bower‹ zu spielen begann. Beide Männer pfiffen die Melodie, und der Jack Russell stimmte bellend ein.

»Halt's Maul, Twitch, du ruinierst alles«, zischte Rory ihm aus dem Mundwinkel zu, während sein Geigenbogen auf den Saiten tanzte. In dem schwarzen Retroanzug, dem Hemd mit Blumenmuster und den langen spitzen Krägen und dem frisch gewaschenen, locker herabfallenden blonden Haar hatte Rory sich von einem Pferdefreak in einen ultimativen jungen Rockgott verwandelt. Twitch, dem das ganz egal war, bellte einfach weiter. Dilly klatschte vor Freude in die Hände, schnappte sich den kleinen Rabauken und tanzte mit ihm zur Musik.

Einen Augenblick lang fing die verwirrte, lachende Ellen Spurs' Blick auf, ehe er sich wieder auf sein Instrument konzentrierte. Mit gelockerter Krawatte und weich ins Gesicht hängenden Locken wirkte er fremder denn je und zeigte Seiten seiner Persönlichkeit, von denen sie bislang nicht einmal etwas geahnt hatte. Als das Lied beendet war, drehte sich Spurs die Gitarre auf den Rücken, verbeugte sich schnell und ergriff, ohne sie anzusehen, Ellens Hand. »Viel Spaß euch beiden. Wir holen euch später ab.« Und damit zog er sie den von den Wunderkerzen gesäumten Weg entlang.

»Ziemlich dick aufgetragen für eine erste Verabredung, hm?«, sagte Spurs, als sie den Jeep erreicht hatten.

»Ziemlich originell.« Verstohlen warf Ellen einen Blick auf ihren Ausschnitt, der schon wieder gefährlich verrutscht war.

»Oh, es war fürchterlich kitschig. Aber Rory ließ sich von der Idee einfach nicht abbringen.« Amüsiert schüttelte Spurs den Kopf. »Ich wollte ihm klarmachen, dass die Musikeinlage zu viel des Guten wäre. Aber gerade an die hatte er sein Herz gehängt.«

»Das war gut. Ich wusste gar nicht, dass du Gitarre spielst.«

»Tante Til hat uns irische Volkslieder beigebracht, die wir immer auf Familienfeiern gespielt haben – sehr zu Mutters Ärger.« Er sah auf seine Hände. »Rorys Schwester hat Blechflöte gespielt, und Tante Til war gefürchtet an der Bodhrán-Trommel.«

»Dilly hat es sehr gut gefallen. Ihr hat alles sehr gut gefallen.«

Er nahm die Gitarre ab und legte sie ins Auto. »Und dir?«

»Es tut mir so leid, dass ich an dir gezweifelt habe.«

»Das war alles Rorys Idee.«

»Auch die Kostüme?« Ellen sah an dem weißen Chiffon hinunter.

»Nein.« Mit einer seltsam förmlichen Geste kontrollierte Spurs, ob seine Manschetten auch nicht zu weit aus den Jackettärmeln herausschauten, und zog die Krawatte wieder fest. »Die sind für eine andere Show. Ich habe etwas mehr Stil, weißt du.« Dann sah er sie mit ausdrucksloser Miene an, nickte kurz und sagte: »Steht dir.«

Es war kaum ein Kompliment aus der ersten Liga, aber immerhin. Ellen, die schon seit Jahren kein so schickes Kleid mehr getragen hatte, fühlte sich ziemlich unsicher mit diesem tiefen Ausschnitt. Und prompt verrutschte er auch wieder. »Die beste Methode, es zu tragen, wäre wohl, es festzukleben«, murmelte sie.

»Ich denke, die beste Methode, es zu tragen, wäre andersherum. Jedenfalls waren an der Schaufensterpuppe diese Schnüre da auf dem Rücken.«

»Nein?« Ellen sah an sich hinab und lachte. »Ich gehe mal eben auf die Toilette und drehe es um.«

»Trag es so«, widersprach er. »Sieht viel besser aus.« Dann sah er auf ihre Füße und bemerkte, dass sie Flip-Flops trug. »Stimmt irgendwas nicht mit den neuen Schuhen?«

»Ich konnte nicht darin laufen.« Die sehr hohen Abendsandaletten waren drei Nummern zu groß gewesen.

»Ich habe Größe 8 genommen.« Spurs wirkte ungehalten. »Das stand in dem Sneaker, den du mir durchs Fenster geworfen hast.«

»Das waren amerikanische Sneakers – eine amerikanische 8 entspricht einer englischen 5.«

»Die Amerikaner müssen wirklich in jeder Hinsicht übertreiben.« Er starrte auf ihre schäbigen Flip-Flops. »Hattest du denn nicht irgendwas Schöneres?«

Sie unterdrückte ein Lachen darüber, dass er so ungehalten war. »Hamlet hat leider meine besten Sandalen zerkaut. Was hast du denn dauernd mit meinen Schuhen?«

Mürrisch ging er über den Parkplatz zu einem Tongefäß voller blauer Iris und nahm ein Bündel heraus. Eine Iris behielt er selbst, die anderen Blumen überreichte er ihr, ehe er ihr die Beifahrertür des Jeeps aufhielt. »Der Wagen wartet.«

»Ich dachte, ich fahre?«, sagte sie und hielt unsicher die geklauten Blumen fest.

»Jetzt fahre ich.« Er steckte sich die Iris ins Knopfloch und zog sich den Siegelring vom kleinen Finger. »Streck deine Hand aus – nein, die andere.«

Sie streckte die linke Hand aus, und er steckte ihr den Ring so an den Ringfinger, dass das Wappen der Constantines nach unten zeigte und nur der goldene Reif am Finger zu sehen war.

»Es ist ein Märchen, Ellen.« Er drückte seine Lippen an ihre Hand. »Der Ring steckt an deinem Finger – und die Glöckchen an deinen Füßen wären Teil des Kostüms gewesen.«

»Gehen wir zum Morristanz?«, fragte sie.

Sie spürte sein Lächeln auf ihren Fingern. »Heute Abend würde ich alles für dich tun. Sogar das.«

»Mr und Mrs Gardner. Meine herzlichsten Glückwünsche!« Der Maître d'Hôtel scharwenzelte um sie herum. »Ich hoffe, Sie hatten einen prächtigen Tag?«

»*Wundervoll*, vielen Dank.«

»Im Namen des Hauses Eastlode Park möchte ich Ihnen einen angenehmen Abend bei uns wünschen. Wenn Sie bitte in den Grünen Salon gehen wollen, wo meine Kollegen Ihnen zur Feier des Tages Champagner servieren ...«

Ellen drückte die Iris fest an ihre halbnackte Brust, als sie dem Kellner durch die große Eingangshalle folgten. »Mr und Mrs *Gardner*?«, zischte sie Spurs zu und spürte, wie ihr der kalte Schweiß ausbrach.

»Ja, Schatz. An deinen neuen Namen wirst du dich gewöhnen müssen.« Er sprach mit einem nicht schwindenden Lächeln im Gesicht, während seine Blicke durch den Raum schweiften.

Spurs' Charme wirkte so anziehend, dass er bereits nach wenigen Minuten alle Angestellten des historischen Landhotels für sich und seine schöne Braut eingenommen hatte – trotz der eigenwilligen Wahl ihrer Schuhe. Kellner huschten hin und her, um ihnen eine Auswahl feinsten japanischen Reisgebäcks zu servieren auf dem eleganten, mit Messingbeschlägen verzierten Walnusstisch zwischen den beiden samtbezogenen Chippendale-Sesseln.

Eastlode Park war genauso großartig, wie die Lobredner in den Hochglanzmagazinen behaupteten: Sie priesen die unbezahlbaren Antiquitäten, den tadellosen Service und den ungeheuerlichen Luxus. Ellen war ganz benommen von der schieren Größe und Extravaganz des Anwesens, und obwohl sie wirklich weit gereist war, hatte sie Ähnliches noch nie gesehen. Das Haus – ein riesiger, wunderbar restaurierter Palast aus dem 18. Jahrhundert – war von einer für ihre Verschwendungssucht berühmten Herzoginwitwe gebaut worden. Pompös, opulent und überquellend von Blattgold hatte es mit seinen handgeschnitzten Amorputten, verzierten Säulen und farbenprächtigen Deckengemälden bis ins 20. Jahrhundert hinein überlebt und war zum Inbegriff des Barock 'n' Roll geworden. Es war seit vielen Jahren eines der exklusivsten Landhotels in England, mit Michelin-Stern-gekürtem Restaurant, Golfplatz, Fischteichen, Jagdrevieren, Hubschrauberlandeplatz und sogar Privatsuiten mit separaten Swimmingpools, und ebenso berühmt für seinen Luxus wie für seine haarsträubenden Preise. Nur die reichsten Filmstars, Rocklegenden, Ölbarone und japanischen Touristen stiegen dort ab.

»Ein herrlicher Ort für einen Hochzeitstag«, sagte Spurs, als sie sich in den Sesseln niederließen, die jeder so viel wert waren wie ein kleines Apartment in Islington, und zusahen, wie der Kellner den Bollinger in Champagnerflöten aus böhmischem Bleikristall goss.

»Tatsächlich«, grummelte Ellen hinter zusammengebissenen Zähnen und versuchte, ihre Schuhe zu verbergen und gleichzeitig eine Sitzposition zu finden, bei der ihre Brüste nicht sofort aus dem Ausschnitt hüpften. Das war nicht so ganz das Märchen, das sie sich vorgestellt hatte. Sie wollte lieber gar nicht wissen, was es kostete. Aber zum Glück waren in den Speisekarten, die die Kellner ihnen reichten, Preise gar nicht erst verzeichnet. Nervös sah sie sich um im Grünen Salon, der so weitläufig war, dass die Möbel darin wie kleine luxuriöse Inseln in einem Meer von Persianerteppichen trieben. Bei einem Fenster konnte sie die bedeckten Köpfe einiger Araber erkennen, ganz in ihrer Nähe wurde japanisch gesprochen, und irgendwo saßen mindestens zwei Gruppen Amerikaner. Teurer Zigarrenduft zog um eine mannshohe chinesische Vase. »Wozu soll das Ganze gut sein?«

»Sei nicht undankbar, Schatz.« Spurs behielt seinen knappen, vornehmen Tonfall bei.

»Ich bin diejenige, die zahlt, *Schatz.*« Das Abendessen würde ihre Reise um vier Monate verkürzen, wenn nicht ihr gesamtes Budget verschlingen.

»Nun, ich wollte eben sagen, das Ganze diene der Freundschaft.« Er hob sein Glas. »Aber mir scheint, der Schuh passt nicht –« Spurs fiel fast vornüber, als ihm unvermittelt jemand von hinten auf die Schulter klopfte und ihn in eine Wolke aus Zigarrenrauch hüllte.

»Belling, mein Junge!«, trompetete eine Stimme, die so tief war wie die eines Walrosses, erstaunlicherweise aber zu einem Mann von der Größe eines Jockeys gehörte, der unglaublich schwarze Knopfaugen und spitze kleine Zähne hatte. »Bei Gott, dachte mir doch, dass Sie es sind. Gut sehen Sie aus. Und das ist die neue Verlobte?«

Spurs war einen Moment lang wie aus der Bahn geworfen und sah aus, als wäre er auf frischer Tat beim Autoklauen erwischt worden. »Äh – ja. Nein. Ich meine, Sir George Hampden, das ist Ellen.«

»Sehr erfreut, meine Liebe.« Sir George deutete eine Verbeugung an, und die Absätze seiner polierten Schuhe stießen leise klickend aneinander. »Hab gehört, Spurs sollen auch die verdammten Fesseln angelegt werden. Hätte nicht gedacht, dass sie so eine Augenweide sind, hm?«

»Waren Sie beim Pferderennen, Sir George?« Spurs hatte seine Fassung wiedergewonnen und lächelte sein charmantestes Lächeln.

»Sicher. Hab Ihren Vater dort getroffen.« Sir George räusperte sich und musterte seine Zigarre. »Erwähnen Sie unser Treffen besser nicht, hm? Nicht, dass sich der alte Knabe noch grämt, weil ich ihn nicht auf einen Drink eingeladen habe.«

»Natürlich.« Spurs spähte zu der 1,80 Meter großen Blondine hinüber, die bei der mannshohen Vase auf Sir George wartete. »Sie wollen sicher lieber allein sein mit Ihrer –«

»Steuerberaterin.« Er grinste gut gelaunt. »Komm ganz gern mit ihr hierher. Eastlode ist so teuer, dass man kaum Engländer antrifft, wenn Sie wissen, was ich meine.« Sir George nickte ihnen zu und ging vergnügt zu der Blondine hinüber, *en route* zu einer der noblen Suiten.

»Mist«, murmelte Spurs. Das Lächeln war aus seinem Gesicht verschwunden, und er sah sich um, ob vielleicht noch mehr Freunde seines Vaters da waren.

»Wer war das?«, fragte Ellen.

»Hampden war mein Anwalt.« Spurs ließ seine Blicke noch immer durch den Raum schweifen. »Damals berühmt dafür, dass er jede Strafe auf ein Mindestmaß reduzieren konnte, wenn er seine Mandanten schon nicht rausgepaukt hat. Das war natürlich, ehe er Kronanwalt wurde. Pa und er gehen öfter zusammen auf die Jagd.«

»Hast du Angst, er sagt jemandem was?« Ellen beobachtete ihn.

»Herrgott, nein. Ich bin nur sauer, dass er die Atmosphäre verdorben hat.« Ein selbstironisches Lächeln trat auf seine Lippen.

Sie stieß ihn mit dem Fuß an. »Ganz schön schwer, in die richtige märchenhafte Stimmung zu kommen, wenn dein Anwalt auftaucht und deine ›Frau‹ sich über die Preise beschwert, wie?«

»Wärst du lieber in einen Pub gegangen und hättest so getan, als wären wir beste Freunde?« Er runzelte die Stirn.

Sie sah, wie die stummen Kellner unauffällig durch den Raum glitten und sich mit diskretem Nicken und Flüstern verständigten. »Im Grunde bin ich der bodenständige Typ.«

Ein gereiztes Seufzen entfuhr ihm. »Ich wollte dir eine echte Märchenwelt vorführen. Wenn wir uns schon nicht lieben können, könnten wir darin wenigstens so tun als ob, dachte ich.«

Als Spurs sie mit verwirrtem Blick musterte, sah Ellen, wie eine Ader an seinem Hals hervortrat und ein Muskel in seinem Gesicht zuckte. Er steht kurz davor zu explodieren, dachte sie. »Erzähl mir von der kleinen Seejungfrau«, sagte sie schnell.

»Viel zu romantisch für dich«, flüsterte er.

»Ich möchte die Geschichte hören.«

Er griff nach seinem Champagnerglas und sah sie über den Rand hinweg mit anklagendem Blick an. »Soweit ich mich erinnere, wuchs die kleine Seejungfrau zwischen Perlen auf dem Meeresgrund auf. An dem Tag, an dem sie endlich alt genug war, um mit den anderen Seejungfrauen an die Meeresoberfläche zu schwimmen und zu singen, traf sie auf einen ertrinkenden Mann und rettete ihm das Leben. Sie verliebte sich wahnsinnig in ihn und war von da an mit ihrem Leben als singende Seejungfrau nicht mehr zufrieden, weil sie ihn im Schloss hoch oben auf den Klippen jeden Tag aufs Meer hinausschauen sah. Also tauschte sie ihre herrliche Stimme bei der bösen Meerhexe gegen die schönsten Beine ein, die es je gab – unter der Bedingung, dass sie zu Meerschaum werden und ihre Seele verlieren würde, falls sie je ins Meer zurückkehren wolle.«

In seiner bis dahin ausdruckslosen Stimme schwang ein Anflug von Gefühl mit, als er weitersprach. »Doch als sie an Land gegangen war, erkannte sie, dass der Mann, dem sie das Leben gerettet hatte, niemand anderer war als der nichtsnutzige Prinz des Schlosses. Und wenn er auch dankbar war, dass sie ihm das Leben gerettet hatte, so ließ er sich doch mit einer anderen verloben. Weil aber die kleine Seejungfrau stumm war, konnte sie ihm nicht sagen, wie sehr sie ihn liebte, und schließlich kam sein Hochzeitstag heran, und er heiratete eine schöne und begehrte Prinzessin. Da ging die kleine Seejungfrau auf ihren schönen langen Beinen mit gebrochenem Herzen wieder ins Meer hinaus und löste sich zu Meerschaum auf.«

Ellen sah weg und studierte die kunstvollen Schnitzereien an der Decke, die um ein Vielfaches vermehrt vor ihren tränenfeuchten Augen tanzten. Sie wartete ein paar Sekunden, bis sie ihre Gefühle wieder unter Kontrolle hatte, und fragte: »Hätte sie ihm nicht einen Brief schreiben können?«

Spurs schnaubte geringschätzig. »Ich glaube nicht, dass er sie geliebt hat.«

»Vielleicht stand er eher auf große Busen.«

Er warf ihr einen verärgerten Blick zu. »Du bist unromantisch.«

»Hat er die Prinzessin geliebt, die er geheiratet hat?«

»Unwahrscheinlich. Sicher nur ein Zweckbündnis aus politischen Gründen. Ich bezweifle, dass sie dieselbe Sprache gesprochen haben.«

»Aber die kleine Seejungfrau konnte überhaupt nicht sprechen.«

»Da hatte die Hexe ihr wohl einen schlechten Vertrag angedreht. Sie hätte verhandeln sollen.«

»Was hättest du ausgehandelt?«

Er lockerte seine Krawatte und öffnete den obersten Knopf seines Hemdes. »Ich hätte ihm überhaupt nicht das Leben gerettet.«

In diesem Moment erschien ihr höchst diskreter Kellner, füllte erneut die Champagnerflöten und wartete ergebenst auf weitere Bestellungen. Vor Ellens Augen tanzten all die Menüs der französischen Haute Cuisine, deren Namen sie noch nicht mal unfallfrei aussprechen konnte.

»Mrs Gardner?« Der Kellner betonte ihren neuen Namen, als müsse sie sich allein schon durch den Ehestand geadelt fühlen.

»Wähle du für mich, Schatz.« Sie klappte die Karte zu und lächelte Spurs an. »Alles außer Fisch.«

»Wurstkasserolle, bitte«, sagte Spurs wie selbstverständlich.

»Entschuldigung?«, fragte der Kellner mit nasalem französischen Akzent nach.

»Wurstkasserolle«, wiederholte Spurs sehr höflich.

»Ich fürchte, dieses Gericht steht nicht auf der Karte.«

»Oh, ich bin sicher, Ihr Chefkoch kennt es.« Er griff nach der Weinkarte. »Und dazu eine Flasche«, er sah Ellen an, »Clos de Vougeot Leroy '95.«

Der Kellner setzte sein verständnisvollstes Lächeln auf, und dass er sein Entsetzen derart zu verbergen wusste, bewies seine Klasse. Er sammelte die Karten ein und verschwand Richtung Maître d'Hôtel.

»Du bist so ein Gauner«, sagte Ellen, musste aber unfreiwillig doch lächeln.

»Ich weiß.« Er seufzte gespielt resigniert. »Bedauerst du, mich geheiratet zu haben?«

»Zutiefst. Ist es schon zu spät, um die Ehe annullieren zu lassen?«

»Wir haben die Ehe noch nicht mal ... vollzogen.« Er lehnte sich mit einem so begehrlichen Blick in seinen Sessel zurück, dass Ellen fürchtete, ihr wild pochendes Herz werde den Chiffon sprengen.

Worauf wird das hinauslaufen, dachte sie in panischer Angst und machte einen schlechten Scherz, um Zeit zu gewinnen. »Aber bislang genießen wir die Ehe doch in vollen Zügen.«

»Viel zu billig.« Er schauderte.

»Wusste ich doch, dass du mich nur wegen meines Kreditrahmens geheiratet hast.« Sie hoffte, dass durch den dünnen Stoff ihres Kleids das Prickeln auf ihrer Haut nicht zu erkennen war.

»Aber sicher.« Er griff nach seinem Champagnerglas. »Ach, bei dieser Gelegenheit sollte ich vielleicht erwähnen, dass ich hier nur einen Tisch bestellen konnte, wenn ich auch eine Suite reserviere.«

In Ellens Aufregung mischten sich wütende kleine Flammen. »Mit meiner Kreditkarte?«

»Aber sicher. Es ist doch *deine* Einladung.«

Sie hatte alle Mühe, ihm nicht ihr Glas an den Kopf zu werfen. »Dafür könnte ich dich umbringen.«

»Eine Scheidung ist nicht ganz so unappetitlich.«

»Einen solchen Appetit kann ich mir nicht leisten.«

Als hätte er nur auf sein Stichwort gewartet, erschien in diesem Moment wieder der Kellner, diesmal mit kleinen Appetithäppchen und der Botschaft des Maître d'Hôtel, dass Eastlode Park sich geehrt fühle, dem frisch vermählten Paar sein so extravagantes *repas de noce* in der Hochzeitssuite zu servieren. Das Wort »Wurstkasserolle« nahm er nicht ein einziges Mal in den Mund. Er hatte schon sehr viel exzentrischere Wünsche erfüllt und war wie der Maître d'Hôtel der Ansicht, diesen ungehobelten neureichen Briten käme man nur mit exquisiter französischer Kultiviertheit bei.

»Ich will all dein Geld ausgeben, deinen Kreditrahmen sprengen«, sagte Spurs, und der Blick seiner silbrigen Augen wurde intensiver, »damit du nicht abreisen kannst.«

Ellen spürte, wie eine prickelnde Welle ihren Körper erfasste. »Meinen Flug habe ich bereits bezahlt, er geht Samstag in einer Woche.«

Ein langes Schweigen folgte.

»Und was, wenn ich deinen Jeep in Brand setze, so dass du nicht nach Heathrow kommst?« Irgendwas in seiner Miene sagte Ellen, dass er keine Witze mehr machte.

»Dann schließe ich Giles' Aston Martin kurz.«

»Das wird aber Probleme geben. Ely Gates fährt den Wagen an dem Tag.«

»Woher weißt du das?«

»Ich komme vielleicht unter seine Räder.« Spurs verzog den Mund zu einem ironischen Lächeln. »Würdest du bleiben, wenn ich dich darum bitte?«

»Bittest du mich denn darum?«

Wieder griff er nach seinem Champagnerglas, doch es war leer. »Nein.« Wie aus dem Nichts tauchte der Kellner auf und schenkte nach. Spurs trank einen Schluck und sah ihr dann direkt ins Gesicht. »Was willst du mit all deinen Sachen machen?«

Sie hielt dem Blick stand. »Das meiste gebe ich weg, es ist ohnehin nicht viel. Ich hänge nicht so sehr an Dingen.«

»Ein Hund passt aber kaum in einen Rucksack.«

Ellens Herz machte einen traurigen Satz. »Würdest du Snorkel nehmen?«

Seine Augen glühten wie geschmolzenes Quecksilber. Doch er schüttelte den Kopf. »Würde mich nur an dich erinnern.«

»Siehst du, wir können keine Freunde sein.«

»Ich weiß, aber einen Versuch war's wert.« Er nickte langsam. »Es wird immer vergessen, dass die meisten Märchen in ihrer Urversion viel makabrer waren. Da gab es keine Happy Ends.«

»Gefällt dir das Märchen von der kleinen Seejungfrau deswegen so gut?«, fragte sie. »Weil es kein Happy End hat?«

»Als ich mit dem Cirque de Phénomène mal in Kopenhagen war, bin ich wie alle Touristen an die Uferpromenade gegangen, um mir die kleine Seejungfrau anzusehen – sie sah dir erstaunlich ähnlich, mit ihren Graffiti-Tattoos und Schrammen. Ich habe mich sofort in sie verliebt, weil sie es so verdammt liebenswürdig hinnahm. Eine vom modernen Leben gezeichnete Unschuld, die nach Jahren einer idyllischen Jugend an die Oberfläche schwimmt, nur um sich in einen Kerl wie mich zu verlieben.« Spurs hatte immer eindringlicher gesprochen und sich weit zu ihr vorgebeugt. Ihre Blicke waren längst ineinander verstrickt, und es existierte kein Nobelhotel mehr um sie herum. »Ich liebe dich«, sagte Spurs nachdrücklich. »Ich liebe dich mehr als sonst jemanden auf der Welt, mehr als mein Leben – diese beiden Tage mit dir im Garten waren die Freiheit für mich. Da erst wusste ich, was es heißt, im Gefängnis zu sitzen; und ich hatte bereits zugestimmt, wieder ins Gefängnis zu gehen, diesmal für ein Leben lang – und es gibt keinen Ausweg.«

Ellen lachte auf, weil sie das nicht verstand. Ihr war heiß und kalt zugleich, und ihr Herz drohte zu zerspringen. Sie griff über den Tisch nach seiner Hand, ohne sich um die aneinander klirrenden Bleikristallgläser zu kümmern, die fast umstürzten. Die Kellner beobachteten bereits besorgt die Entwicklung der Situation am Tisch dieses jungen britischen Hochzeitspaars. Er sprach zu laut, sie lachte zu laut, und gemeinsam benahmen sie sich für den Grünen Salon viel zu ungesittet.

»Ich *liebe* dich.« Spurs umfasste ihre Hände, in seinen Augen standen schiere Freude und Erleichterung. »Herrgott, wie ich dich liebe!«, rief er laut. »Ich glaube an die Liebe auf den siebten Blick – so hast du es doch genannt? Ich glaube an Seelenverwandtschaft und will, dass die ganze Welt unser Zeuge ist!« Ellen lachte, lachte und weinte zugleich, und nahm die hektische Betriebsamkeit um sich herum nicht wahr, als Spurs jetzt ihr Gesicht in beide Hände nahm. »Ich habe heute die schönste, beste, liebste Frau der Welt geheiratet! Die Liebe meines Lebens! Auch wenn es nur eine Ehe von kurzer Dauer sein wird.«

»Vermutlich …«, inzwischen stand der Maître d'Hôtel neben ihnen und hüstelte vernehmlich, »möchten Mr und Mrs Gardner sich jetzt in Ihre Suite zurückziehen.« Sein Tonfall ließ keinen Zweifel daran zu, dass dies für ihn eine Gewissheit war.

Ellen streckte eine Hand aus und strich Spurs über die Wange, fuhr mit dem Finger seine Nase entlang und ließ ihn auf seinen Lippen ruhen. »Wo sind wir?«, fragte sie verträumt.

»Ganz egal. Zusammen.«

»Irgendeiner hier hat was von einer Suite gesagt.«

»Gehen wir.«

Die handgemalte chinesische Tapete in der Hochzeitssuite wurde keines Blickes gewürdigt, ebenso wenig wie die farblich passenden, mit Rohseide bezogenen Sessel, die zu beiden Seiten des vom Boden bis zur Decke reichenden, riesigen Erkerfensters standen, das einen großartigen Blick auf den Park hinaus eröffnete. Der Champagner im silbernen Kühler, das frische Obst, die üppigen Rosen auf dem Kaminsims, die echten Klimtskizzen mit ihren erotischen Szenen an den Wänden waren verschwendet an diese Gäste. Sogar das Bett – ein überbordend mit Schnitzereien versehenes Himmelbett aus französischer Eiche mit erlesenen Seidenlaken, in die Orchideen gestickt waren – hätte genauso gut ein Schemel in der Ecke des Zimmers sein können.

»Danke.« Spurs gab dem Pagen einen 50-Pfund-Schein, warf die Tür zu, und sofort begannen Ellen und er sich auszuziehen. Weißer Seidenchiffon glitt zu Boden, Anzugknöpfe sprangen auf, ein unter Spannung stehender Reißverschluss platzte geradezu auf, Schuhe und Unterwäsche flogen durch den Raum.

»Ich liebe dich«, hauchte Spurs in ihren Mund und drängte seinen Körper an den ihren, bis sie gegen die Tür gepresst dastanden. »Ich dachte, ich muss sterben, wenn ich dich ohne das hier gehen lassen muss, ohne dich zu schmecken, ohne –«

»Ich liebe dich auch.« Mit einem Kuss brachte sie ihn zum Schweigen und ließ sich ganz fallen. Denn sie wusste, er würde sie immer auffangen.

Dilly und Rory rauchten noch eine Zigarette, und dann versanken sie wieder in einen sehr langen Kuss. Davon konnten sie auch die vielen Mückenstiche nicht abhalten, an denen sie wie wild kratzten.

»Nichts zu sehen von dem Jeep, tut mir leid«, sagte Keith, der ihre Gläser auffüllen kam und auf die Uhr sah. »Zehn nach zwölf. Bleibt, solange ihr wollt. Mary und ich schließen um halb eins ab, aber der Schlüssel liegt unter dem Lupinentopf.«

Dilly und Rory küssten sich immer weiter, während die Kerzen herunterbrannten und sich immer noch mehr Mücken um sie herum sammelten.

Vollgefressen von den ihm überlassenen Koteletts und Pommes stieß der Jack-Russell-Terrier Twitch ein zufriedenes Rülpsen aus, rollte sich zu ihren Füßen zusammen und schnappte nach Motten.

»Wann kommt Dilly nach Hause?«

»Oh, die wird schon bald im Bett liegen.« Pheely presste ihre Wange an den Kleiderhaufen, auf dem sie lag, während an ihrer rechten Brustwarze gesaugt wurde, bis sie ganz hart war. »Sie kommt heute Abend nicht nach Hause.«

»Gut.«

Pheely stöhnte zustimmend, als Oddlodes bester Rechtsanwalt ihre Brüste so fest aneinanderpresste, dass er mit seinen sehr weißen, sehr teuren Zahnkronen spielerisch abwechselnd jede Brustwarze mal zu fassen bekam. Das borstige Haar an seiner Oberlippe strich über ihre weiche, sich zusammenziehende

Haut und erregte sie wahnsinnig. »Kann ich heute einen Abdruck von deinem Schwanz machen?«

»Nein.« Er machte immer weiter.

»Aber du hast so ein prachtvolles Stück.«

»Ich habe es dir doch schon mal erklärt.« Er ließ ihre Brüste wieder los und griff nach seinem Glas Weißwein. »Ich bin allergisch gegen dieses Gipszeug. Als nach einem Sportunfall beim Cricket in der Schule mein Knöchel mal eingegipst werden musste, bekam ich einen fürchterlichen Hautausschlag am ganzen Körper.«

»Dann werde ich ihn eben aus der Erinnerung modellieren.«

»Was tust du da?«, fragte er erschrocken, als sie begann, sich unter ihm zu winden.

»Meine Erinnerung auffrischen.«

»Wo sind wir?«, fragte Ellen, als sie sich auf einem seidenweichen Teppich ausstreckte, der zu einer hell erleuchteten Türöffnung führte, die alle Arten von Leckereien beherbergte, einschließlich dieser kleinen kalten Flasche Wasser, nach der sie jetzt griff.

»Zu Hause.« Spurs strich mit der Wange über ihren Oberschenkel und vergrub sein Gesicht zwischen ihren Beinen.

Die Wasserflasche rollte über den Seidenteppich.

»Nein, nein, nein!«, stieß sie erregt hervor, als sich alles in ihr auf seinen schönen Mund und das Spiel seiner Zunge konzentrierte, die zu einer einzigen Quelle der Lust wurden und wie in Wellen Schauer der Ekstase durch ihren Körper sandten.

Später bahnte er sich mit zarten Küssen einen Weg bis hinauf an ihren Hals, und sie rollte ihn mit sich herum, so dass sie auf ihm lag.

»Warum sagst du das immer, wenn du kommst?« Er sah sie an, griff nach der Wasserflasche und reichte sie ihr.

»Was sage ich?« Sie öffnete die Flasche mit den Zähnen.

»Nein. Du sagst nein.«

Ellen trank einen großen Schluck und gab dann ihm die Flasche. »Weil ich weiß, dass es nur ein Märchen ist. Es ist nicht real. Deswegen ist es auch so wunderbar, so einfach.«

Er zerdrückte die leere Plastikflasche mit der Hand und warf sie wütend an die Wand. »Es *ist* real. Heute ist es real. Spür mal.«

Entrüstet schrie sie auf, als er ihr einen Klaps auf den Schenkel gab. »Okay«, sie ergriff sein Handgelenk, »ich glaube dir. Hör auf.«

»Erst wenn du ja sagst, wenn du kommst.« Er tat so, als wolle er sie mit der anderen Hand auf den Hintern schlagen. »Sag: Ja, Spurs! Ja, ich liebe dich!« Er versetzte ihr noch einen Klaps. »Sag: Ja, ja, ja!« Laut lachend rangelten sie miteinander und rollten ein ums andere Mal über den Teppich, bis sie bei den schweren Vorhängen des Fensters lagen – die wie Theatervorhänge die richtige Kulisse für ein erneutes köstliches Spiel aus dem Stegreif schufen.

»Ja«, keuchte Ellen. »Oh, ja. Ja, ja, ja, Spuuurrrsss!«

Spurs ergriff ihre Brüste und küsste die eine, dann die andere, als er schließlich in ihr explodierte. »Wir müssen aufhören, so zusammen zu kommen.«

»Sei doch nicht so hart zu dir selbst.« Sie spürte, wie er fast augenblicklich wieder steif wurde.

»Du bist es, dich mich ganz hart macht.«

Ellen sah zu, wie er mit seinen Fingern ihren Körper entlangfuhr und sich mit jeder ihrer Rundungen vertraut machte. Sanft strichen seine Locken über ihre Haut, während er jedes Detail aufnahm, ihr sagte, wie schön sie sei und dass er sie niemals vergessen werde.

Plötzlich musste er lächeln. »Du bekommst ja eine Gänsehaut. Ist dir etwa kalt?«

»Nein, ich habe Angst.«

»Angst?«

Ellen konnte es nicht erklären. Sie stand auf und lief in das kühle marmorne Badezimmer, dessen schiere Ausmaße fast erschreckend waren. Unter einem großen zweiflügeligen Fenster mit Blick auf den angestrahlten Kirchturm von Oddlode stand eine übergroße antike Badewanne auf Klauenfüßen. Am anderen Ende des Raums war eine blau-weiß gekachelte Dusche, in die eine ganze Fußballmannschaft auf einmal hineingepasst hätte, und an einer Wand befand sich sogar eine gekachelte Sitzbank. Ellen ging zur Dusche hinüber, drehte das heiße Wasser auf und ließ es auf sich herabrieseln, bis sich eine riesige Dampfwolke um sie gebildet hatte – in der plötzlich Spurs vor ihr auftauchte.

»Warum hast du Angst?« Wasserdampf setzte sich auf seiner Haut ab.

Ellen trat aus dem Duschstrahl heraus. »Wenn das Liebe ist, dann habe ich Richard nie geliebt.« Sie begann zu weinen.

Spurs nahm die patschnasse Ellen in den Arm. »Wenn das Liebe ist, dann habe ich es vorher auch noch nie erlebt. Schh, Baby.«

Sie hielten sich eng umschlungen, ganz aufgesogen vom Dampf und von der eigenen Angst.

Und dann fasste Spurs sie auf einmal an den Schultern und sah sie eindringlich an. »Aber verstehst du denn nicht?« Er begann zu lachen. »Dies ist kein Märchen. Wir lieben uns. Das macht uns Angst. Wir lieben uns wirklich!« Und da musste auch Ellen lachen, das Gesicht ganz nass von Wasser, Dampf und Tränen.

Als sie nach einer Reihe von Wasserspielen endlich im Bett lagen, waren Spurs und Ellen verschrumpelt wie Rosinen.

»Falls wir nicht zusammen alt werden sollten«, er küsste ihre verschrumpelte Hand, »weiß ich jetzt schon mal, wie du als alte Frau aussiehst.«

»Willst du mit mir mitkommen, Spurs?« Sie musterte seine silbrigen Augen.

»Auf Weltreise?« Er küsste sie auf die Nase. »Du bist meine Welt. Mir ist ganz egal, wohin ich gehe oder wo ich bin.«

In den frühen Morgenstunden – Spurs schlief tief und fest – ließ Ellen sich mit einer Nummer in London verbinden. »Hi«, flüsterte sie. »Ich habe vor ein paar Tagen auf den Namen Jamieson einen Flug gebucht ... BA373, Abflug am zwanzigsten. Ja, danke ... Das stimmt. Ist auf diesem Flug noch ein Platz frei? ... Ja, ich warte.«

Sie sah aus dem Fenster in den schönen Park hinaus, der im Dunst der Dämmerung langsam zu erkennen war mit seinen uralten dicken Bäumen und glänzenden Teichen, die über die Jahrhunderte hinweg die Kulisse für Jagdgesellschaften, Duelle von Edelleuten und feine Demoiselles mit Wespentaille gebildet hatten. Und die Suite – einst sicher als Schlafgemach der Herzoginwitwe gedacht – beherbergte nun den schönsten und edelsten Anblick aller Zeiten. Nackt wie Gott ihn geschaffen hatte, lag Spurs im dämmrigen Morgenlicht da und schlief so gut wie noch nie in seinem Leben.

Ellen legte den Telefonhörer mit der klassischen Musik der Warteschleife zur Seite und ging zur Tür, weil ein Zettel darunter durchgeschoben worden war. Es war eine höfliche Nachricht vom Nachtportier, der sie wissen ließ, dass all das im Wagen gefundene Gepäck zu ihrer Verfügung vor ihrer Tür stehe. Ellen holte die beiden kleinen Reisetaschen sofort herein. In der einen waren ihr Neoprenanzug, ein paar zerschlissene Strandsachen und ein alter Pullover, auf dem Snorkel auf Reisen schlief. In der anderen Tasche waren ihre pinkfarbenen Taucherflossen.

Sie zog die Taucherflossen an, schlappte zurück zum Telefon und gab die Einzelheiten ihrer Kreditkarte durch. Dann schlappte sie zum Fenster und setzte sich in einem der Sessel in Pose.

»Liebst du mich wirklich?«

Spurs öffnete die Augen und lächelte sie verschlafen an. Und dann entdeckte er die Flossen und lachte so sehr, dass er beinahe aus dem Bett fiel. »Ich liebe dich, kleine Seejungfrau. Ich liebe dich.«

13

Als Pheely aus dem verzauberten Garten der Lodge in den grellen Sonnenschein trat und unter der Linde kurz stehen blieb, bemerkte sie nicht, dass in der Scheune von Goose Cottage etwas nicht stimmte. Es war ein wunderschöner Junimorgen, knackig und frisch wie ein Salatherz, dessen letzte Tautropfen noch unter dem blauen Himmel glitzerten. Waldtauben gurrten verschlafen in den hohen Tannen bei der Auffahrt zu Lodge Farm, die Beete voller Fingerhut vor Field Farm summten von Bienen und eins von Hunter Gardners Bantamhühnern stolzierte die Straße entlang, legte den Kopf schief und zwinkerte ihr zu – wie Pheely hätte schwören können. Nach einem vergnüglichen, wenn auch nicht überwältigenden Origami letzte Nacht fühlte Pheely sich prächtig und wollte im Dorfladen für ein fürstliches Frühstück einkaufen, das sie im Garten von Goose Cottage mit ihrer Tochter und ihrer besten Freundin zu verspeisen gedachte, bei Gesprächen über erste Lieben und zweite Chancen.

Die Rentner von Oddlode waren bereits vollzählig am Postschalter versammelt, mit Klatschtante Gladys an der Spitze, die einen geblümten Arbeitskittel und Gummihandschuhe trug, weil sie so eilends vom Manor angerannt gekommen war, um die pikanteste Neuigkeit zu verbreiten, die das Dorf seit Jahren gehört hatte. Pheely erntete von Gladys einen so wissenden Blick, als sie den Laden betrat, dass sie schon fürchtete, ihr Liebhaber wäre in den frühen Morgenstunden beim Verlassen der

Lodge gesehen worden. Doch Gladys' Neuigkeit war weitaus schockierender als die Enthüllung, dass die gefühlvolle Pheely mit einer der Dorflegenden eine gewisse Beziehung unterhielt.

Ohne Muffins und frischen Saft rannte Pheely daraufhin mit schlappenden Flip-Flops durchs Dorf, bog beim Lodes Inn auf die Manor Lane ab und lief weiter zu Manor Farm. Ely selbst öffnete die Tür und war entsetzt, als er sie keuchend auf seiner Matte stehen sah.

»Ich habe dir doch verboten, jemals hierherzukommen«, zischte er ernst, sah über die Schulter und trat einen Schritt nach draußen, so dass er die Tür hinter sich heranziehen konnte.

»Es ist dringend.« Pheely war so außer Atem, dass sie sich kurz auf den Knien abstützen musste.

»Du hättest auch anrufen können.«

Sie ignorierte seine Worte und starrte ihre lackierten Zehennägel an. »Klatschtante Gladys erzählt allen die Neuigkeit.«

»Welche Neuigkeit?«

Sie musste seine Coolness wirklich bewundern. Nur ganz leicht hatte er eine Augenbraue verzogen, sonst war seine Miene unbewegt.

»Über deinen zukünftigen Schwiegersohn«, schnauzte sie.

Die blauen Augen blitzten auf, und sie wusste, jetzt hatte sie ihn.

»Da hast du irgendwelches Gerede falsch verstanden.«

»Das habe ich nicht. Ich habe immer gesagt, dass deine Tochter von besseren Manieren profitieren würde. Doch was du ihr da antust, ist unaussprechlich.«

»Dann schlage ich vor, dass du aufhörst zu sprechen, dich umdrehst und nach Hause gehst«, sagte er düster. »Ich werde dieses Thema sicher nicht mit dir diskutieren.«

Pheely wich zurück. Sie fürchtete ihn zu sehr, um ihm die Stirn zu bieten, und spürte einen Kloß im Hals. »Dass mir dieses Gesicht einst solche Freude bereitet hat«, sagte sie, berührte leicht seinen Bart und wandte sich dann hastig ab.

Und so schlappten die Flip-Flops den ganzen Weg zurück, bis zur dunkelgrünen Tür von Goose Cottage, an die Pheely nachdrücklich klopfte. Als niemand öffnete, rief sie laut nach Ellen und spähte durch die Fenster. Ein weißes Clownsgesicht kam ihr entgegen, und Snorkel bellte dankbar in der Hoffnung, endlich herausgelassen zu werden.

»Oh, du armer Schatz! Liegen die Mädchen etwa noch faul im Bett?«, sagte Pheely beruhigend und lief zur Hintertür.

Und da erst merkte sie, dass der Jeep in der Scheune fehlte.

Pheely rannte nach Hause und rief sofort auf dem Handy ihrer Tochter an. »Wo bist du?«

»In Upper Springlode.« Dilly klang sehr fröhlich. »Bei Rory.«

»Wo ist Ellen?«

»Keine Ahnung. Sie hat gestern Abend wohl vergessen, mich abzuholen.«

»Es ist wirklich Liebe«, murmelte Ellen überglücklich vor sich hin, »Liebe auf den siebten Blick!« Rasant brauste sie mit dem Jeep die schmale Landstraße den Hügel hinauf nach Upper Springlode – allein. Nach einem opulenten Frühstück in der Hochzeitssuite, das ihnen vom Hause Eastlode Park »als kleiner Ersatz« für das nie servierte Abendessen kredenzt wurde, hatte sie mit einem Lächeln die exorbitante Rechnung gezahlt, als plötzlich Spurs' Handy klingelte. Nach einem ziemlich kurzen einsilbigen Telefonat hatte er mit wildem Blick ihre Hände ergriffen, aber keine ihrer Fragen beantwortet, sondern nur versichert, er werde ihr später alles erklären, doch jetzt müsse er dringend weg. »Ich komme zum Cottage und erkläre es dir, versprochen. Du bist das einzige Geheimnis, das ich nicht für mich behalten kann«, hatte er gesagt, sich ins Taxi gesetzt und war entschwunden. Ellen lachte bei der Erinnerung daran. Sie glaubte ihm, sie vertraute ihm, sie liebte ihn!

Und dann war ihr Dilly eingefallen. Nach einer Stippvisite im Cottage, wo sie sich umzog und Snorkel im Garten anband, war sie sofort wieder in den Jeep gesprungen – den sie jetzt neben einem riesigen, von Plastik umhüllten Heuballen in der Nähe von Rorys Pferdeställen parkte. Vorsichtig spähte sie aus dem Fenster, und da sah sie auch schon Dilly auf sich zuflitzen. Atme ganz tief durch, sagte Ellen zu sich selbst. Du kannst nicht ewig lügen.

Dilly stand schon neben ihr, als Ellen ausstieg. »Was ist denn passiert? Ging's dir nicht gut? Wir haben versucht, dich auf dem Handy anzurufen, aber du bist nicht rangegangen. Wo ist Spurs? Mama ist fuchsteufelswild deinetwegen.«

»Dilly, es tut mir so leid.« Ellen war ganz zerknirscht vor Verlegenheit. »Geht es dir gut? Hat Rory sich um dich gekümmert?«

Dilly nickte und sah hinüber zur Übungsarena, wo Rory auf einem jungen Pferd im leichten Galopp im Kreis ritt. »Es war die tollste Nacht meines Lebens. Wir haben fast die ganze Zeit geredet, und Rory hat mir morgens um 4 Uhr Bananensandwiches gemacht, und wir haben den Sonnenaufgang angesehen und Damhirsche beobachtet, und ich habe ihm beim Ausmisten geholfen und ...« Sie plapperte wie ein glückliches Kind. »Und wir haben uns stundenlang geküsst. Er sagt, ich bin etwas Besonderes.«

Ellen nahm sie in den Arm. »Das bist du auch.«

»Aber gemacht haben wir *es* nicht«, flüsterte sie Ellen ins Ohr. »Wir haben viele andere Sachen gemacht, aber Rory findet, dass ich meine Unschuld nicht so schnell verlieren sollte. Er findet, wir sollten uns Zeit lassen.« Dilly löste sich aus ihrer Umarmung, spähte mit unverhohlener Begeisterung zu Rory hinüber und ergriff Ellens Hand. »Du hattest ja so recht damit, dass man überall auf der Welt sein kann, wenn nur diese magische Anziehungskraft besteht.«

Ellen biss sich auf die Lippe.

Dilly sah sie aufmerksam an. »Und *wo* warst du gestern Nacht?«

»Einmal rund um die Welt.«

Pheely war wirklich fuchsteufelswild. Wütend auf sich selbst, weil sie gedankenlos ihre Tochter die ganze Nacht wegbleiben ließ, nur um ungestört ihren Liebhaber empfangen zu können; und wütend auf Ellen, der sie die Schuld an allem zuschob und der sie keine weitere Möglichkeit geben würde, ihr Vertrauen zu missbrauchen, wie sie beschlossen hatte.

Übernächtigt und erschöpft war Ellen eine leichte Beute, als sie mit Snorkel an der Leine Dilly zum Lodge Cottage brachte, um sich persönlich zu entschuldigen.

»Mama!« Dilly rannte auf die Terrasse und warf fast Godspells Büste um, als sie ihre Mutter umarmte und sich mit ihr im Kreis drehte. »Es war die *tollste* Nacht meines Lebens! Rory hat im Plough alles romantisch geschmückt, Geige gespielt, und Twitch hat ...«

»Das reicht, Dilly, Schatz.« Pheely schob sie von sich und sah Ellen an. »Geh erst mal duschen. Ich habe ein Wörtchen mit deiner Chauffeurin zu reden.« Dilly, die diesen Ausdruck in den grünen Augen ihrer Mutter kannte, wusste, jedes weitere Gespräch war sinnlos, und verschwand. »Wie kannst du es *wagen*, meine Tochter über Nacht diesem Rory Midwinter zu überlassen?«, brauste sie auf.

Ellen ließ den Kopf hängen. »Es war gedankenlos und egoistisch von mir, ich weiß. Es tut mir auch sehr, sehr leid, Pheely. Aber es ist doch alles okay. Es geht ihr gut.«

»Okay? *Okay?*« Pheely ahmte Ellens Somerset-Tonfall nach. »Sie ist noch ein Kind!«

»Pheely, sie ist siebzehn«, sagte Ellen, die den Ernst der Lage noch nicht erkannt hatte. »In dem Alter bin ich bereits durch halb Europa gereist und habe meine Eltern, wenn sie Glück hatten, einmal im Monat angerufen.«

»Kein Wunder, dass du so sittenlos bist«, polterte Pheely. »Mit siebzehn hatte ich ein 18 Monate altes Kind, weil ich mich hoffnungslos verliebt hatte in den ersten Mann, der in mir eine Erwachsene sah.« Sie ging hinüber zum Tisch und fischte zwischen Werkzeug und leeren Weinflaschen nach Zigaretten. »Du hast meine Tochter ermutigt, für jeden dahergelaufenen Mann die Beine breit zu machen. *Du* kannst ja gern so leben, aber es gibt Frauen, die nicht dafür berüchtigt sein wollen, mit jedem ins Bett zu steigen.«

»Jetzt aber mal langsam.« Ellen stockte der Atem.

Aber Pheely war gerade erst in Fahrt gekommen. »Zuerst setzt du dem Mädchen Flausen in den Kopf, was Spurs angeht – Spurs! –, und dann verwandelst du ihren romantischen Abend in eine schäbige Nacht mit diesem elenden Rory. Du bist absolut unzuverlässig, schlimmer noch, manipulativ, selbstsüchtig und verdorben. Kein Wunder, dass du dich so gut mit Spurs verstehst.« Entrüstet verschränkte Pheely die Arme vor der Brust.

Ellen spürte keine Wut, dafür hatte Pheely viel zu sehr übertrieben, nur tiefe Enttäuschung, dass diese Freundschaft gerade in dem Moment zerbrach, da sie sie am meisten brauchte. Pheely hatte zumindest verdient, dass sie ihr die Wahrheit sagte. »Ich habe die letzte Nacht mit Spurs verbracht«, gestand sie. »Wir lieben uns.«

»Ha!« Pheely musste sich erst mal eine Zigarette anzünden. »Wie kannst du jemanden lieben, den du überhaupt nicht kennst?«

»Ich kenne ihn schon mein ganzes Leben lang.«

»O nein«, fuhr Pheely sie herablassend an. »*Ich* kenne ihn schon mein ganzes Leben lang. Liebe! Du hast doch selbst gesagt, dass du nur mit ihm ins Bett willst. Und das ist dir jetzt also gelungen, wie?«

Ellens Haut brannte immer noch von seinen Küssen. Sie schloss die Augen und spürte Spurs' Anwesenheit förmlich körperlich. Diese magische Kraft hatte sie ein Leben lang in sich gehabt, und nun gab es jemanden, der sie mit ihr teilte. Und er war nicht der Falsche, da war sie sich sicher. Das war Liebe. Ellen öffnete die Augen wieder. »Pheely, ich liebe ihn wirklich. Ich weiß, ich habe dich enttäuscht, und du wirst Spurs niemals so vertrauen wie ich. Aber wir sind wie füreinander geschaffen. Ich fühle mich, als hätte ich dreizehn Jahre unter Wasser gelebt und wäre jetzt zum ersten Mal an die Oberfläche geschwommen.«

Pheely drückte die Zigarette wieder aus und lächelte boshaft. Es war Zeit, die Bombe platzen zu lassen. »Dann ist es ja geradezu eine Schande, dass Spurs jemand anderen heiraten wird, was?«

Ellen gefror. War das irgendeine Art grausamer Scherz?

Pheely sprach betont langsam, als wende sie sich an eine geistig Minderbemittelte. »Nur deswegen ist Spurs nämlich nach Hause gekommen, Ellen. Er wird heiraten.«

Immer noch sprachlos schüttelte Ellen einfach den Kopf.

»Ich liebe diese altmodischen arrangierten Ehen.« Pheely genoss ihre Eröffnung und befriedete ihre Wut schließlich mit Rache. »Das ist doch irgendwie sexy – wenn ich nur an ›Küss mich, Kate‹ denke: zwei Fremde, die gleich am Tag ihrer ersten Begegnung ein Ehebett teilen und sich erst nach Monaten, ja Jahren ineinander verlieben.«

Ellen glaubte nicht, dass Spurs heiraten würde. Sie konnte das alles nicht begreifen und starrte Pheely an, die immer weitersprach.

»Vermutlich wollte Spurs noch einmal so richtig herumvögeln«, sagte Pheely sinnierend. »Wenn er erst verheiratet ist, gibt's keinen schnellen Sex nebenbei mehr – bei einer Haushälterin wie Gladys kann kein Ehemann untreu sein. Sir Gin hat es weiß Gott oft genug probiert. Spurs wird treu sein müssen, was dann wohl heißt, dass er sich schon bald zu Tode saufen wird.« Pheely ging noch mal hinüber zum Tisch und sah nach, ob in einer der Flaschen nicht doch noch etwas Wein war. Da sie nichts fand, drehte sie sich wieder zu Ellen um. »Natürlich hat er dir versichert, dass er dich liebt. Aber das tun doch schließlich alle Männer, die eine Frau ins Bett kriegen wollen, nicht?«

Ellen sackte auf eine von Pheelys Tonfiguren nieder und kämpfte gegen die aufsteigende Übelkeit an. »W-w-wen … wird … er …«

Entsetzt hielt Ellen inne, als Pheely auf ihre letzte Arbeit zutrat. Ganz langsam drehte sie das Gesicht der Büste nach vorne, so dass sie Ellen ansah. »Draculas Braut. Ziemlich passend, nicht wahr?«

»*Godspell Gates?*« Ellen schnappte nach Luft.

»Die Verlobung wird auf Elys Gartenparty verkündet. Dieses kleine Kunstwerk hier«, sie tätschelte das Haupt der erschreckend lebensechten Büste, »wird das Prunkstück eines von Felicitys legendären Blumenarrangements sein, als Dank dafür, dass Elys kleines Mädchen so pflichtschuldig bereit ist, die zwei großen Familien Oddlodes miteinander zu vereinen, indem sie Jasper Belling heiratet. Eine echt aristokratische Romanze, was?«

»Das ist doch ein Witz.« Ellen stand auf und hielt sich den Kopf. »Ein schlechter Witz.«

»Ely wollte Goose Cottage als Hochzeitsgeschenk kaufen«, erzählte Pheely weiter. »Er ist *sehr* enttäuscht, dass du seine Pläne durchkreuzt hast, und wird noch viel zorniger werden, wenn er hört, dass du dich an den Bräutigam herangemacht hast. Du solltest auf dich aufpassen.«

»Ich glaube dir nicht. Spurs würde so einer Sache niemals zustimmen.«

»Ach, nein?« Pheely wischte etwas Staub von Godspells Nase. »Warum fragst du ihn nicht selbst?«

Ellen starrte sie ausdruckslos an.

Für den Bruchteil einer Sekunde war Pheely entsetzt, doch sie hatte sich sofort wieder im Griff. »Wo *ist* Spurs eigentlich, Ellen?«

Es war, als wäre ihr eigener Schatten verschwunden. Ellen drehte sich um und rannte stolpernd durch den wilden Garten der Lodge.

Und Ellen rannte immer noch, als sie zur Abkürzung den alten Fußweg benutzte und auf Hunter Gardners Gebrüll gar nicht erst reagierte. In ihren Ohren rauschte das Blut. Spurs selbst hatte ihr des Rätsels Lösung angedeutet – mit der Geschichte von der kleinen Seejungfrau: Der Prinz heiratete eine andere. Nicht alle Märchen haben ein Happy End, hatte er erklärt. Er hatte zugestimmt, Godspell Gates zu heiraten.

Weil niemand öffnete, als sie an die schwarze Tür hämmerte, lief Ellen verzweifelt zum Manor hinüber. Da, die französischen Fenster, die auf die Terrasse führten, standen offen. Ellen eilte ins Haus und steuerte direkt auf das große Billardzimmer zu, wo sie Spurs zum ersten Mal gesehen hatte. Doch dort war er nicht und auch nicht in der inneren Lobby oder im viktorianischen Blauen Salon, der ohne die bunt zusammengewürfelten Stuhlreihen für die Auktion ganz anders wirkte. Schließlich lief sie den hohen prächtigen Gang entlang zurück, sah in jeden Raum hinein und blieb abrupt stehen, als sie vom anderen Ende des Hauses erhobene Stimmen hörte.

»Das akzeptiere ich nicht!«, dröhnte die vertraute und äußerst verärgerte Altstimme von Teufelsbell. »Ich hole deinen Vater!«

»Und wenn du das ganze Haus zusammentrommelst, es ist mir egal«, brüllte Spurs zurück.

Ellen folgte dem Lärm und sah schließlich, wie sich Spurs und seine Mutter in der Küche über einen riesigen Tisch hinweg, auf dem eine stattliche Auswahl an Quiches, Pies und Salaten bereitstand, angifteten. Sie stritten so heftig, dass sie Ellen anfangs gar nicht in der Tür stehen sahen.

»In einer halben Stunde kommen die Gates zum Lunch. Was soll ich ihnen sagen?«

»Dass ich es nicht tue.« Spurs lachte, weil die Lösung so simpel war. »Sag ihnen, ich tue es nicht.«

Ellen stieß einen seltsam spitzen Schrei aus, als sie sich vor Erleichterung die Hand vor den Mund schlug.

»Was tut sie denn hier?«, donnerte Teufelsbell so laut, dass die schwarzen Labradors, die Ellen schwanzwedelnd begrüßt hatten, umgehend in ihre Körbe flüchteten.

Spurs fuhr sich mit zittriger Hand durch die Locken und sah Ellen mit bleichem Gesicht an.

»Ich habe es gerade erfahren«, sagte sie krächzend. »Das ganze Dorf spricht darüber, dass du Godspell Gates heiratest. Ist das tatsächlich wahr?« Ellen sah Spurs an.

»Was geht Sie das an?«, fuhr Teufelsbell dazwischen.

Spurs wirkte verlegen. »So war es geplant.«

»Mein Sohn«, sagte Teufelsbell zu Ellen und fixierte sie mit stahlhartem Blick, »wird im Spätsommer tatsächlich ein nettes Mädchen aus dem Dorf heiraten. Wie schade, dass Sie die Hochzeit nicht mehr miterleben – wann reisen Sie gleich wieder ab?«

Ellen starrte sie ungläubig an. »Und Godspell ist einverstanden?« Sie sah von Teufelsbell zu Spurs, der nickte.

»Sie verstehen vermutlich nicht, wie solche Dinge bei uns gehandhabt werden, Miss Jamieson, aber wir stellen die Pflicht der Familie gegenüber an die erste Stelle. Und genau das tut Jasper.«

Ellen war fassungslos. »Das ist doch völlig antiquiert. Verrückt. Das Albernste, was ich je –«

»Wie können Sie es *wagen*, uneingeladen unser Haus zu betreten und unser Leben in Frage zu stellen?«, wütete Teufelsbell.

»Nein!« Spurs wandte sich an seine Mutter. »Sie hat recht. Es ist antiquiert.«

Teufelsbell lief rot an vor Empörung. »Ich glaube kaum, dass diese dahergelaufene –«

»Ich liebe sie. *Halt den Mund,* Mutter«, versuchte er sie zu bremsen.

Teufelsbell dachte gar nicht daran. »Das ist ja lächerlich, ich –«

»Ich ... liebe ... sie«, wiederholte Spurs.

»Na schön«, lenkte Teufelsbell ein, gab sich aber nicht geschlagen. »Ich akzeptiere, dass du dich verliebt hast in diese ... *Person.*« Sie funkelte Ellen verärgert an. »Aber das ändert nichts an deinen Pflichten der Familie gegenüber.«

Spurs schüttelte den Kopf. »Du verstehst es nicht. Es ändert alles.«

»Was soll das heißen?« Sie tappte nervös mit der Schuhspitze.

»Als du diesen Vorschlag gemacht hast, Mutter, dachte ich, ich verdiente es nicht, glücklich zu sein.« Er sprach schnell und leise. »Ich sah darin nur die Chance, wiedergutzumachen, was ich euch angetan hatte. Ich habe Vaters Karriere ruiniert, die Familie zu einer Lachnummer degradiert, euch praktisch um euer ganzes Vermögen gebracht, dich in den Alkohol getrieben, weswegen du jetzt wohl –«

»Darüber reden wir nicht«, erinnerte Teufelsbell ihn und spähte peinlich berührt zu der großen Ginflasche auf der Anrichte.

Einen Moment lang starrte Spurs seine Füße an. »Ich war an einem Punkt angelangt, wo es mir egal war, was aus meinem Leben wird. Ich bin immer nur davongelaufen und wusste nicht mal mehr, wovor. Als ich nach Hause kam, hätte ich einfach alles unterschrieben. Ich bin der perfekte verlorene Sohn.« Er lachte bitter. »Mein erster anständiger Job. Und das als ein Constantine.«

»Aber du bist doch ein Belling«, warf Ellen ein.

»Dieses ist die Familie Constantine!«, dröhnte Teufelsbell. »Die Constantines leben seit dreihundert Jahren in Oddlode Manor.«

Überdrüssig sah Spurs sie an. »Tut mir leid, Mutter, aber ich habe all das nie gewollt – das Manor, die Familientradition, den Lebensstil. Ich kam nach Hause, um all das zu retten, weil es mir als das einzig Sinnvolle in meinem Leben erschien ... und noch dazu so kurz vor deinem Tod.«

Teufelsbell fielen fast die Augen aus dem Kopf. »Meinem *was?*«

Er sah weg. »Es ist sinnlos, die Wahrheit noch länger zu leugnen. Ich weiß es.«

»*Was* genau weißt du?«

Ellen musste zugegeben, dass Teufelsbell wirklich eine talentierte Schauspielerin war. Sie wirkte absolut verblüfft.

Spurs ging zu seiner Mutter hinüber. »Ich habe den Brief gelesen: *Mit großem Bedauern muss ich Ihnen mitteilen, dass wir der Krankheit keinen Einhalt gebieten können, zumal in diesem fortgeschrittenen Stadium.*« Er zitierte aus der Erinnerung. »Ich habe diesen verdammten Brief hundertmal oder öfter gelesen. Warum hast du Vater und mir nichts davon gesagt?«

Teufelsbell presste sich eine Hand an den Mund und sah ihn aufgewühlt an. »Ich habe ihn auch hundertmal oder öfter gelesen«, sagte sie schließlich mit belegter Stimme. »Ich hatte ihn in meiner Handtasche aufbewahrt und muss ihn irgendwo verloren haben.«

»Ich habe ihn zufällig gefunden.« Spurs warf Ellen einen Blick zu.

»Du hättest ihn nie lesen sollen.«

»*Es gibt Medikamente*«, fuhr Spurs den Brief zitierend fort, »*die die Schmerzen, die vor allem im Endstadium auftreten, lindern können, und ich werde Ihnen diese Methode gern in einem Gespräch ausführlich erläutern.* Ich denke, ich verdiene es doch, zu erfahren, dass meine Mutter bald sterben wird.«

Teufelsbell unterdrückte ein Schluchzen und blinzelte mit den Augen. Sie wirkte schuldbeladen. »Erzähle es bitte nicht deinem Vater. Ich hatte Hilary Winston-Black gebeten, mir jemanden zu empfehlen, der mit alternativen Heilverfahren arbeitet.«

»Hilary, den Tierarzt?«

»In einer solchen Situation fragt man jeden«, murmelte sie. »Es war meine letzte Hoffnung.«

»Kann die Schulmedizin denn nichts mehr tun?«

Sie wandte sich ab. »Es scheint so.« Langsam ging sie zum Korb mit den Labradors hinüber und kraulte den älteren der beiden, als suche sie Trost bei ihren geliebten Hunden. »Diese Heirat bedeutet mir sehr viel.« Sie räusperte sich und klang dann schon wieder sehr viel mehr wie sie selbst. »Vor allem in dieser Situation.«

»Meine Zustimmung zu dieser Heirat war von Anfang an eine Farce.« Spurs lachte. »Ellen war an jenem Abend auch im Duck Upstream – sie saß ein paar Tische von uns entfernt, und ich hatte nur Augen für sie. Woher hätte ich wissen sollen, dass der Typ in ihrer Begleitung nur ihr Makler war.«

Ellen erinnerte sich an ihre katastrophale Verabredung mit Lloyd. Sie wusste noch, wie Spurs mit seiner Mutter gestritten und wie schlecht Teufelsbell danach ausgesehen hatte. Hätte sie gewusst, was seine Mutter von ihm verlangt hatte, wäre sie nicht so hilfsbereit auf sie zugegangen. Aber da war noch irgendetwas anderes in ihren champagnergetrübten Erinnerungen, das sie jetzt einfach nicht zu fassen bekam.

Ihre Labradors schienen Teufelsbell Kraft gespendet zu haben, denn als sie nun wieder auf Spurs zutrat, erfolgte ohne jede Vorwarnung sogleich der nächste Ausbruch. »Farce hin oder her!«, donnerte sie. »Das ist mir egal! Du heiratest die Gates-Tochter. Du hast es mir versprochen, Jasper!« Teufelsbell hatte sich richtig in Rage geredet. »Ein Constantine hält sein Wort. Denk an den Wahlspruch unserer Familie!«

»›Wer sein Wort nicht hält, bricht das Schwert‹«, rezitierte er ausdruckslos.

»Nur ein Feigling hält sein Wort nicht.« Ihre Stimme erzitterte. »Nur ein Feigling lässt seine Mutter, die stets an ihn geglaubt hat, sterben, ohne ihr den letzten Wunsch zu erfüllen. Nur ein Feigling folgt den egoistischen Vergnügungen der Welt, wenn die Tradition der Familie auf dem Spiel steht. Wenn du dein Versprechen brichst, Jasper, bricht diese Familie auseinander. Und du erweist dich als der erbärmliche Feigling, der du bislang immer warst.«

»Ich bin kein Feigling!«

»Beweise es«, zischte sie. »Handle einmal in deinem gottverdammten Leben selbstlos und lass mich in Frieden sterben.«

Ellen erkannte an Spurs' Gesichtsausdruck, dass Teufelsbell ihn jetzt wieder in den Klauen hatte. Mutter und Sohn starrten sich sekundenlang wortlos an.

»Ich liebe sie«, murmelte Spurs.

»Soll das heißen, dass du mich nicht liebst?«

»Du bist meine Mutter. Natürlich liebe ich dich. Aber Ellen liebe ich auch, und ich will sie nicht verlieren. Ich will keine von euch verlieren. Sonst verliere ich meinen Verstand.«

Teufelsbell verzog wütend den Mund. »Na schön. Wenn das Mädchen diskret ist, werden wir sie in das Arrangement einbeziehen. Nicht gerade ideal, aber uns bleibt keine Zeit. Wir werden mit Ely die Möglichkeit besprechen, ein Cottage für sie zu mieten, in dem sie wohnen kann, irgendwo abseits und ...«

»Das ›Mädchen‹ macht da nicht mit!«, rief Ellen fassungslos dazwischen. »Das ›Mädchen‹ sieht nicht einfach tatenlos zu, wie diese verrückte Ehe geschlossen wird.« Sie war zu Spurs gegangen und hatte seine Hand ergriffen, so dass seine Mutter sich jetzt zwei Kontrahenten gegenübersah.

Und Teufelsbell verdoppelte ihre Anstrengungen auch. »Bei Gott, ich habe dir eine Menge verziehen, Jasper, aber das wird uns alle über das Grab hinaus verfolgen. Du kannst doch für so eine Liebelei nicht alles wegwerfen! Wenn du sie mehr liebst als mich, dann geh – geh sofort und komm nie wieder zurück. Ich hoffe, ihr beide werdet glücklich sterben, denn das kann ich sicher nicht.« Ihre Augen blitzten auf, als ein Gedanke sie durchfuhr. »Aber es wird ja nicht das erste Mal sein, dass du an einem Totenbett verflucht wirst, nicht wahr, Jasper? Das wissen wir beide.«

Ellen wartete, dass Spurs sich wehren würde, doch er wirkte wie paralysiert – die manchmal wilde, manchmal verspielte, immer gefährliche große Katze war bezwungen wie ein Opfer, das den Kampf aufgegeben hatte.

Teufelsbell, die den Sieg förmlich roch, funkelte Ellen finster an. »Ich möchte, dass Sie jetzt gehen. Verlassen Sie dieses Haus, meinen Sohn, dieses Dorf.«

In panischem Schreck sah Ellen Spurs an. Sein Blick war gequält und verschlossen, er hatte sich geschlagen gegeben. Langsam löste sie einen Finger nach dem anderen aus Spurs' Hand.

»Ich *verbiete* Ihnen, sich noch einmal mit meinem Sohn zu treffen«, sagte Teufelsbell ziemlich zufrieden.

»Sei still«, murmelte Spurs. »Sie verlässt Oddlode sowieso in zwei Wochen.«

»Sie verlässt dich noch in diesem Augenblick, Jasper. Ihr werdet euch nicht wiedersehen, ehe sie abreist.«

Wieder wartete Ellen, dass Spurs protestieren würde, doch er nickte kurz. Und ohne Vorwarnung stieg all die Wut, die sich bei Ellen während dieses ganzen Gesprächs angestaut hatte, auf einmal an die Oberfläche. »Kein Wunder, dass Sie Teufelsbell genannt werden! Ich wette, in der Hölle wird die Willkommensparty für Sie jetzt schon vorbereitet. Und du«, sie wandte sich an Spurs, »du bist ein –« Sie konnte es nicht sagen. Sie konnte ihn nicht einen Feigling nennen. Ein Blick in sein Gesicht sagte ihr, dass er das genaue Gegenteil war. Er war der tapferste Mann, den sie je kennengelernt hatte.

»Bleib, Ellen«, bat er sie inständig. »Bleib bei mir. Wir finden einen Weg.«

Doch sie hatte bereits den Rückzug angetreten, denn so mutig wie er würde sie nie sein, das wusste sie. »Ich überlasse dich deiner Pflicht, überlasse du mich meinen ›egoistischen Vergnügungen‹.« Und damit drehte sie sich um und rannte und rannte – hinaus aus diesem Haus, hinaus aus diesem Dorf, bis sie völlig außer Atem den Broken Back Wood erreicht hatte und schluchzend und weinend einen Blick zurück warf in dieses siedend heiße Tal, in dem ihre große Liebe verglüht war.

Isabel Belling rief umgehend bei Ely Gates an. »Der Lunch muss leider ausfallen, Elijah. Wir haben ein Problem. Ich brauche Ihre Hilfe.«

»Ein Problem?«

»Das *Mädchen*. Eine leidige Angelegenheit. Ich werde Spurs zu seinem nutzlosen Cousin nach Upper Springlode schicken, damit hier nichts passiert. Ich habe meine Leute schon angewiesen und denke, Sie tun dasselbe mit Ihren. Aber ich muss Ihnen gleich sagen, dass wir gezwungen sein könnten, zu Plan B überzugehen.«

»Gütiger Gott, ist es so schlimm?«

»Ich habe so was meinen Lebtag noch nicht erlebt.« Sie schüttelte den Kopf. »Sie nennen es Liebe, aber ich fürchte, es beruht eher auf gegenseitigem Wahnsinn.«

Ely holte hörbar Luft. »In dem Fall müssen wir den Standesbeamten vorwarnen und unsere Maßnahmen ergreifen.«

Teufelsbell stockte der Atem. »Sie meinen doch nicht –«

»Nein, Isabel, ich dachte an etwas weniger Blutrünstiges, als das sechste Gebot zu brechen. Überlassen Sie es mir.«

Poppy war ganz atemlos vor Aufregung, als sie frühmorgens bei Ellen anrief: »... ein ganz *außergewöhnliches* Angebot. Natürlich, die Brakespears werden enttäuscht sein, aber ich kann sehr gut verstehen, dass Ihre Eltern es angenommen haben. Dass ein Cottage trotz Zusage noch an einen Höherbietenden verkauft wird, passiert heutzutage öfter, als man denkt. Der Markt diktiert ständig neue Regeln ...«

Herrgott, diese Frau liebte ihren Job wirklich, dachte Ellen gereizt, als sie sich den Hörer unters Ohr klemmte, Wasser in den Kessel füllte und zusah, wie Hunter Gardner seine Hühner fütterte. Zwei schlaflose Nächte hatten ihre Spuren hinterlassen, und sie rieb sich die Schläfen, um sich von dem ewigen Warum, Warum, Warum loszureißen und auf das Hier und Jetzt zu konzentrieren. Ihre Mutter war Poppy bereits zuvorgekommen und hatte erzählt, dass in letzter Minute ein unwiderstehliches Angebot für Goose Cottage gekommen war und die Brakespears aus dem Rennen geworfen hatte. Nach all den Monaten der Stagnation schien plötzlich jeder Oddlodes schönstes Cottage kaufen zu wollen. Ellens Eltern meinten, das hätten sie nur ihrer klugen Tochter zu verdanken, und obwohl diese kluge Tochter einwand, dass so ein Verhalten unmoralisch sei, fühlte sich Jennifer den Brakespears gegenüber kein bisschen schuldig. Sie und Theo hatten das neue Angebot begeistert angenommen.

»... nur schade, dass Sie das Cottage nun sehr viel früher räumen müssen als geplant«, sprach Poppy weiter.

»Ich fliege sowieso am Samstag in einer Woche«, erklärte Ellen. »Kein Problem also.«

»O wie schön!«, rief Poppy.

Ellen war froh, dass Poppy ihrer Abreise so freudig entgegensah. Sie war vermutlich die Einzige, die ihr zum Abschied winken würde, auch wenn der Rest des Dorfes sicher in Gedanken bei ihr wäre.

»Das wird Mr Gates freuen«, verkündete Poppy fröhlich.

Ellen schluckte schwer. »Mr Gates?«

»Wissen Sie nicht mehr? Der Mann, der dieses albern niedrige Angebot ganz zu Anfang gemacht hat«, vertraute Poppy ihr an. »Und jetzt halten Sie sich fest. Er hat eine enorme Summe draufgelegt, um sich das Cottage zu sichern. Er will es wirklich haben.«

Und mich will er wirklich raushaben, dachte Ellen elend. Ely war bereit, eine enorme Summe draufzulegen, nur um seine Hand nach einem noch viel wertvolleren Objekt ausstrecken zu können – nach Oddlode Manor. Rücksichtslos vergewisserte er sich, dass sich nichts zwischen ihn und seinen Traum stellte – nicht das Glück seiner Tochter, nicht das von Spurs und schon gar nicht das von Ellen.

»Die einzige Bedingung«, Poppy sprach immer weiter, »ist die sofortige Unterzeichnung des Kaufvertrags. Sein Anwalt Mr Hornton hat die Unterlagen bereits aufgesetzt und per Kurier an die Anwälte Ihrer Eltern geschickt.«

Als Ellen schließlich aufgelegt hatte, ging sie zum Kaminsims und nahm das Hufeisen zur Hand, in dem noch ein letzter Nagel steckte. Also würden Spurs und Godspell das Knuspercottage doch als Hochzeitsgeschenk bekommen. Verloren setzte sie sich im Wohnzimmer auf die Fensterbank und versuchte sich vorzustellen, wie Godspell hier für sich und Spurs den Tisch deckte. Mit Tränen in den Augen musste Ellen lachen. Das war ja aberwitzig. Die ganze Heirat war aberwitzig, ersonnen von einem ehrgeizigen Neureichen, der auf der sozialen Leiter nach oben wollte, und einem verarmten aristokratischen Landbesitzer. Dass ihre Kinder da – heutzutage – mitspielten, war das eigentlich Erstaunliche daran. Sie hatte keine Ahnung, was die seltsame Godspell antrieb. Spurs jedoch war getrieben von Schuldgefühlen und Pflichtbewusstsein. Ellen schluchzte laut, als sie wieder lachen musste. »Du verdammter Idiot.« Sie drehte das Hufeisen in ihren Händen und dachte daran, wie Teufelsbell den Wahlspruch der Familie Constantine beschworen hatte. *Wer sein Wort nicht hält, bricht das Schwert.* In diesem Moment hätte Ellen am liebsten selbst zum Schwert gegriffen und es allen Bewohnern von Oddlode persönlich ins Herz gestoßen, und ganz besonders Teufelsbell.

Spurs hatte sie immer wieder vor sich gewarnt, trotz seiner eigenen Gefühle. Aber die ultimative Ironie war wirklich, dass er seine Zustimmung zu der Hochzeit mit Godspell gegeben hatte, weil sie ihre katastrophale Verabredung mit Lloyd im selben Restaurant gehabt hatte. Wütend feuerte Ellen das Hufeisen quer durch den Raum, so dass es über den Steinboden schlidderte. »Du bist doch der, der an Märchen glaubt. Wünsch dir was.«

»Er hilft Rory in der Kinderreitschule, bis Sie abreisen«, erzählte Gladys Ellen atemlos beim Postschalter und ganz aufgeregt, weil das alles so geheim war. »Fred, der Jagdhundpfleger, fährt ihn im Morgengrauen hin, und dann ist er den ganzen Tag dort, bis Stan Baker ihn nach Oddlode zurückfährt. Und selbst abends bewachen sie ihn noch in dem großen Haus.«

Ellen, die im Dorfladen ihre erste Schachtel Zigaretten seit Wochen kaufen wollte, brauchte ein paar Augenblicke, bis sie begriff, was ihr da erzählt wurde. Sie sah von Gladys zu dem lächelnden Joel, der ihr zuzwinkerte. »Spurs arbeitet in der Reitschule?«

Gladys nickte. »Aber an Ihrer Stelle würde ich nicht versuchen, hinzufahren – da erreichen Sie eher den Mond. Es ist wirklich gemein, Sie beide so voneinander fernzuhalten. Das habe ich auch gerade zu Mr Lubowski gesagt. Ich meine, Sie sind doch beide erwachsen, oder nicht?«

Ellen nickte. »Das sind wir.«

»Eben, was denkt sich Lady B nur dabei?« Gladys rümpfte missbilligend die Nase. »Sie sind ja vielleicht etwas sittenlos, aber das ist doch kein Grund. Wir sollten heutzutage alle ein bisschen toleranter sein. Das habe ich auch zu Lady B gesagt.«

»Danke.« Ellen war ganz gerührt von ihrer Unterstützung, auch wenn es sie entsetzte, dass jeder über sie Bescheid zu wissen schien.

Als sie sich danach mit einem Eis auf Bevis' Bank setzte, hielt sie ihr Gesicht in die Sonnenstrahlen, die durch das dichte Blätterdach der Rosskastanie fielen, und fragte sich, wie sich in einem Ort wie Oddlode Neuigkeiten nur mit so rasanter Geschwindigkeit verbreiten konnten.

»Wie machen die das nur?«, fragte sie Bevis. Über ihr rauschten die Blätter der Rosskastanie im leichten Wind und wisperten ihr zu, dass Liebe und Gewitter in der Luft lägen. Raupen fielen diesmal keine auf sie herab. Stattdessen betrachtete Ellen das Blätterdach, das sich über ihr wölbte und sie sicher vor allem schützte. »Ich will aber gar nicht so sicher geschützt leben«, sagte sie plötzlich laut vor sich hin. »Sicher ist es dort, wo man Dinge wegschließt. Verdammt, Bevis, wir müssen etwas *tun*!«

Die Blätter über ihr erzitterten in einem Windstoß, und Ellen duckte sich, als etwas wie Konfetti auf sie herabregnete. Und dann sah sie, was es war – es waren Schmetterlinge. Dutzende weißer Schmetterlinge flogen aus der Rosskastanie heraus und über die grüne Wiese des Dorfparks.

Als Ellen glücklich lachend zum Cottage gerannt kam, um den Jeep zu holen und jetzt gleich etwas zu tun, versperrten die Wycks ihr den Weg durchs Tor. Wie zwei von Pheelys verwitterten Gartengnomen standen Reg und Dot da, mit Saul in der

Mitte. Ellens Mut sank, an diesem Streit würde sie nicht vorbeikommen.

»Sie haben was mit Belling, oder?«, fragte Dot und fasste nach ihrer Handtasche.

Ellen nickte, sie wagte nicht zu sprechen.

»Und Ely hat was dagegen?«, hakte sie nach.

Erstaunt darüber, was auch die Wycks alles wussten, nickte Ellen erneut. Sauls blaue Augen glühten wie kleine Gasflammen.

»Reden Sie mit der verrückten Töpferin«, riet Dot ihr. »Sagen Sie der, Sie wollen die Wahrheit wissen.«

Ellen sah verwirrt drein. »Wie bitte?«

»Reden Sie mit Ophelia Gently«, übersetzte Saul für seine Großmutter. »Sie weiß, warum Ely das tut.«

»Belling war nie so schlecht, wie die alle sagen«, erklärte Dot. »Die verrückte Töpferin weiß die Wahrheit. Reden Sie mit der.«

Ellen schluckte verlegen. »Danke. Darf ich fragen, warum Sie mir das erzählen?«

»Saul!« Dot stieß ihren Enkel an.

Betreten sah er zu Boden. »Oma sagt, ich schulde Ihnen 'ne Entschuldigung«, sagte er zu Ellen und spähte seine »Oma« an. »Wegen dem Dachs.« Verlegen kratzte Saul sich den Oberarm, und sein Einhorn-Tattoo wurde sichtbar.

»Entschuldigung angenommen.« Erstaunt musterte Ellen die auf dem Einhorn reitende nackte Vampirin, denn einen Augenblick lang kam ihr das bleiche Gesicht recht bekannt vor. Doch sie konnte es nirgends unterbringen.

»Ely wollte, dass ich's tu.« Saul sah sie nicht an.

»Ely steckt hinter der Sache mit dem Dachs?« Ellen schnappte nach Luft.

»Er hat ihn nicht gekillt oder so. Er hat mich damit erwischt und gesagt, er zeigt mich an wegen Wilderei – und dann hat er gesagt, ich soll mich doch rächen, weil Sie Oma so runtergemacht haben. Wenn ich den bei Ihnen hinlege, macht er gar nichts, hat er gesagt.«

»Hat *er* den Zettel geschrieben?« Ellen fragte sich, was Ely wohl als Nächstes für sie einfallen würde.

Saul schüttelte den Kopf. »Hat jemand anders für mich gemacht.«

Ellen wunderte sich zu sehr über den Verlauf dieser Begegnung mit den Wycks, um darauf einzugehen. »Vergessen wir's.«

»Sie sind okay, echt«, murmelte er und sah sie schüchtern an. »Wir machen das wieder gut.«

Was mochte wohl zu diesem plötzlichen Stimmungswandel bei den Wycks geführt haben, wunderte sich Ellen noch immer.

»Reden Sie mit der verrückten Töpferin«, wiederholte Saul die Worte seiner Großmutter.

Ellen sah Dot in die Augen. »Okay. Ich werde noch mal mit ihr reden. Danke.«

Pheely war im Bad, als Ellen den Weg durch den zugewachsenen Irrgarten der Lodge endlich gefunden hatte und ins Cottage trat. Wasser gurgelte und rauschte ein ums andere Mal, und es war auch leises Stöhnen zu vernehmen. Ellen wusste nicht genau, wie sie diese Geräuschkulisse interpretieren sollte, doch als Pheely schließlich grau im Gesicht und mit blutunterlaufenen Augen aus dem Bad kam, erschrak sie fast. Eigentlich wollte sie Pheely Vorwürfe machen, weil die ihr die Wahrheit immer nur häppchenweise servierte. Doch jetzt sah sie nur in das bleiche Gesicht und wunderte sich, seit wann Pheely krank war. »Wo ist denn Dilly?«, fragte Ellen schließlich, um überhaupt etwas zu sagen.

Pheely missverstand die Frage. »Wenn du sie besuchen willst«, murmelte sie und konnte ihre Enttäuschung darüber, nur noch die zweite Geige zu spielen, kaum verbergen, »musst du Ende der Woche wiederkommen. Sie ist in Kent bei einer Freundin, die ihren achtzehnten Geburtstag feiert, und bleibt ein paar Tage dort.«

»Ich bin deinetwegen hier.«

Pheely hob das Kinn. »Ach ja?«

»Du hast recht. Spurs hat zugestimmt, Godspell zu heiraten.«

»Natürlich hatte ich recht«, fuhr Pheely sie ungeduldig an.

»Und ich glaube, du weißt warum«, stieß Ellen aufgewühlt hervor. »Das Ganze ist eine Farce! Sie lieben sich nicht, sie kennen sich kaum, und Teufelsbell und Ely erpressen ihre Kinder irgendwie. Spurs wird von seiner Mutter massiv unter Druck gesetzt«, sprudelte sie hilflos hervor. »Er bricht noch darunter zusammen.«

»Für Stabilität war er ja nie berühmt. Was genau soll ich denn da tun? Einen guten Therapeuten vorschlagen?«

Ellen spürte, wie ihr Tränen aufstiegen. »Verzeih mir bitte, dass ich dich so enttäuscht habe«, flüsterte sie heiser. »Ich kann doch in diesem verdammten Dorf nicht beides verlieren, meine Liebe *und* meine Freundin.«

Pheely räusperte sich gerührt, sie wurde nicht grundlos die gefühlvolle Pheely genannt.

»Ich will meine große Liebe nicht verlieren!« Die Worte sprudelten aus Ellen heraus wie die Tränen aus ihren Augen. »Und sag mir nicht, dass es keine Liebe ist. Es ist Liebe. In dreizehn Jahren mit Richard wollte ich nicht ein Mal für ihn sterben.«

»Und für Spurs würdest du sterben?«

Ellen nickte stumm.

Auch Pheelys Augen füllten sich mit Tränen. »Ich kann dir nicht helfen, Ellen.« Sie wich ihrem Blick aus. »Ich verstehe nicht mal, was du durchmachst«, gab sie plötzlich leise zu. »Ich dachte, ich hätte Erfahrungen mit der Liebe, bis ich dich und Spurs sah. Wie könnte ich dir helfen? Ich weiß überhaupt nichts über die Liebe. Nur über das Muttersein.« Sie schluchzte auf und versuchte, ihrer Gefühle Herr zu werden.

Ellen verkniff sich jede Nachfrage. Sie wusste, wenn sie auch nur eine Frage stellte, würde Pheely zu ihrer Verteidigung erneut wütend das Feuer eröffnen. Und so sagte sie einfach nur: »Lass uns wieder Freunde sein.«

»Herrje«, murmelte Pheely mit erstickter Stimme, »damit du mir dann die Ohren vollheulst, wie unglücklich du bist!«

Ellen musste unter Tränen lachen, und Pheely sah sie aus feuchten Augen an. Mochte auch ihre Freundschaft zuletzt gelitten haben, ihre Sympathie füreinander war nicht erloschen.

»Danke«, murmelte Pheely und lächelte.

»Wofür?«

»Dafür, dass du keine Fragen gestellt hast.« Pheely wirkte immer noch mitgenommen. »Bleib und trink was, dann erzähle ich es dir.«

»Ist alles in Ordnung?«, fragte Ellen vorsichtig und sah in ihr totenbleiches Gesicht.

Pheely griff nach den Zigaretten und zündete sich mit zittrigen Fingern eine an, ehe sie zum Kühlschrank ging. »Alles in Ordnung – ich habe nur ziemlich hart gearbeitet, Dilly hat ein fürchterliches Theater um alles Mögliche gemacht, und die Makrelenpastete war wohl schon zu alt. Jedenfalls ist mir schrecklich übel geworden. Das wird schon wieder. Nichts im Vergleich zu deinem gebrochenen Herzen. Weißwein?« Sie hielt eine Flasche hoch.

Es war noch viel zu früh am Tag, und Ellen bezweifelte, dass es das Richtige für Pheelys Magen war. Doch sie war zu dankbar, um abzulehnen. Und so saßen sie schließlich bei der Terrassentür auf dem Boden und sahen zu, wie sich über dem verwilderten Garten Regenwolken zusammenbrauten. Ellen erzählte Pheely alles über den Streit zwischen Spurs und Teufelsbell und das ihm abgerungene Zugeständnis. Zu ihrer Überraschung hellte sich Pheelys Gesicht auf.

»Ich beneide dich«, sagte sie. »Jemanden wahnsinnig zu lieben, von dem man genauso wahnsinnig geliebt wird, das ist doch genau das, wovon wir alle träumen, nicht wahr?«

Ellen sah sie fassungslos an. »Im Moment sieht's aber eher nach einer tragischen Liebesgeschichte aus.«

»Glaubst du denn, dass er das wirklich durchziehen wird?«

Ellen zögerte keinen Augenblick. »Ja, er muss es tun. Er sieht es als sein Opfer, um etwas wiedergutzumachen.«

Pheely pfiff verblüfft durch die Zähne. »Er ist doch wohl nicht religiös geworden?«

Ellen schüttelte den Kopf. »Aber vielleicht setzt sein zukünftiger Schwiegervater das ja auch noch durch.«

»O ja, Ely, der neureiche Aufsteiger, wird nicht ruhen, ehe er den Himmel erklommen hat«, sagte Pheely bitter. »Dafür tut er alles.«

»Du kennst ihn wohl ganz gut?« Ellen sah sie neugierig an und erzählte, dass Ely für die Verwirklichung seines Traums gerade erst die Brakespears hoffnungslos überboten und Goose Cottage doch noch gekauft hatte.

Pheely explodierte vor Wut. »Dieser Mistkerl! Wie kann er nur? Teufelsbell hat Spurs ja vielleicht Fesseln angelegt, aber sie ist nichts im Vergleich zu dem gerissenen Ely. Dieser Schuft. Und mir hat er erzählt, er hätte kaum noch Bargeld flüssig seit der Auktion.«

»Schuldet er dir denn Geld?«

»Nicht nur das! Die verdammte Ratte weigert sich, Dilly das Studium zu finanzieren. Ich kann mir das allein nicht leisten.«

Ellen sah in die unberührten goldgelben Tiefen ihres Weinglases und dachte, wie sehr ihre eigenen Probleme sie für alles andere unempfänglich gemacht hatten. »Ely Gates ist Dillys Vater, nicht wahr?«

Pheely kaute auf ihrer Unterlippe und warf ihr einen langen Blick zu. »Er hat mich verführt, als ich sechzehn war – und ich war nicht die Erste. Glaub bloß dieses Gerede nicht, dass er die moralische Bastion des Dorfes sei«, knurrte sie. »Er hat seit Jahren Geliebte. Frag dich mal, wie Pru Hornton mit dieser Galerie überlebt, ohne ein Stück zu verkaufen. Ely hält sie aus. Und mich hat er auch ausgehalten. Zu meiner Schande tut er es heute noch.«

Schluchzend und weinend erzählte Pheely ihr die Geschichte

ihrer ungewollten Schwangerschaft nach einer weinseligen Nacht mit Ely kurz nach seiner Heirat mit der reichen, aber langweiligen Felicity. Dass sie das Kind behielt, hatte ihn rasend wütend gemacht, und die finanzielle Unterstützung war stets minutiös aufgelistet und nur unter der Bedingung gezahlt worden, dass sie ihr Geheimnis nie lüftete. »Dilly war entsetzt, als sie herausfand, wer ihr Vater ist – er weist sie absolut zurück und hat kaum etwas mit ihr zu tun.« Das Schluchzen wurde heftiger. »Dilly glaubt, dass wir ihm irgendwann entkommen. Aber wie denn, wenn sie nicht an die Uni gehen kann, weil er all sein Geld in diese Hochzeit steckt, in das Cottage, das seine Mutter ja *so* geliebt hat, und in seinen Traum, eines Tages das Manor zu besitzen.«

Ellen nahm Pheely in den Arm und hielt sie eine Weile ganz fest, bis sie sich wieder beruhigt hatte. Es musste doch irgendein Mittel geben, Ely Gates' Pläne zu durchkreuzen. »Und wenn wir Ely irgendwie drohen?«, schlug Ellen verzweifelt vor.

Pheely löste sich wieder aus Ellens Umarmung. »Dann lässt er uns nur noch mehr leiden, glaub mir. Und Spurs müsste froh sein, wenn er mit dem Leben davonkommt.« Sie wich ihrem Blick aus. »Aber überlass es mir«, bot sie vage an. »Ich habe da eine Idee – eigentlich arbeite ich schon länger daran. Ich kann nichts versprechen, aber einen Versuch ist es wert. Triffst du dich später mit Spurs?«

»Er wird von mir ferngehalten«, sagte Ellen verärgert. »Er arbeitet bei Rory, sein Handy wurde konfisziert. Sobald ich das Dorf verlasse, setzt Teufelsbell ihre Leute in Gang, und die legen mir alle möglichen Hindernisse in den Weg.«

»Machst du Witze?«

»Nein. Als ich heute Mittag hinfahren wollte, versperrte eine Herde Schafe die Straße. Fünfzig Meter weiter war ohne jeden Grund die Rampe eines Pferdetransporters heruntergelassen. Und als ich in Upper Springlode ankam, war keiner auf dem Reiterhof außer Sharrie, die sagte, Rory und sein Cousin wären eben erst von einem Landrover abgeholt worden.«

»Die gute alte Teufelsbell«, gluckste Pheely, die schon wieder ganz wie die Alte klang. »Ich wusste gar nicht, dass es auch in ihr steckt.«

»Ich kann es einfach nicht ertragen, ihn nicht zu sehen!«

»Ihr findet schon zueinander«, versicherte Pheely ihr. »Ihr seid wie zwei Forschungsreisende ohne Orientierungssinn, die im selben Dschungel herumirren. Ihr findet vielleicht nie hinaus, aber eure Wege werden sich wieder und wieder kreuzen.«

Als Ellen benommen zurück zum Goose Cottage ging, blieb sie im Schatten der Linde stehen, sah den Reitweg hinauf und fragte sich, ob sie nicht gleich auf dem Absatz kehrtmachen und nach Upper Springlode rennen sollte. O Gott, ich habe ja viel zu viel Wein getrunken, sagte sie sich und rieb ihre Schläfen, ich sehe ja sogar schon Gespenster. Direkt vor ihrer Nase schlich wie auf Samtpfoten ein sehr fetter und selbstzufrieden aussehender schwarz-weißer Kater mit einer toten Ratte im Maul vorbei.

»Oh, Fins!« Ellen schloss die Augen. Doch als Snorkel bellte, weil auch sie ihn erkannt hatte, öffnete Ellen sie wieder. »Fins!« Sie sah gerade noch, wie das schwarz-weiße Hinterteil durch das Tor genau gegenüber stolzierte und dann im Goose Cottage verschwand. Ellen rannte hinterher. Doch als sie die Küche betrat, stand sie auf einmal vor einer großen Gestalt, die sich im hereinströmenden Sonnenlicht zu ihr herumdrehte.

Ellen stieß einen Schrei aus. Es war der Ehestifter selbst. Ely Gates, umgeben von einer Atmosphäre der Feindseligkeit.

»Was tun Sie denn hier?«, fragte sie.

»Sie werden sehr bald feststellen, dass dieses Cottage mir gehört.« Mit unverhohlener Abneigung sah er sie an.

»Noch nicht. Sie können hier nicht einfach so ohne Erlaubnis hereinspazieren.« Ellen spürte, wie eine ungeheuerliche Wut in ihr aufstieg. In ihr brodelte es, ihr klangen die Ohren, und sie atmete schwer und unregelmäßig. O Gott, sie stand kurz davor, völlig zu explodieren, *von einer –*

»Richtig.« Auch Ely war zornig. »Daher habe ich mir heute Morgen von Ihren Eltern telefonisch bestätigen lassen, dass ich es jederzeit besichtigen kann.«

»Nun, das kommt mir ungelegen.« – *Sekunde* –

»Sie werden sich damit abfinden müssen.«

– *auf die andere!* »Sie SCHWEIN! Raus hier, sofort!«

Darauf war Ely Gates offensichtlich nicht gefasst gewesen. Entsetzt wich er einen Schritt zurück. »Es gibt keinen Grund –«

»Unhöflich zu werden?«, wütete sie. »O doch, das gibt es. Ich hätte große Lust, hier die Böden herauszureißen und tote Dachse darunter zu verscharren.«

»Mein liebes Kind, Sie mögen sich ja sehr an dieses Cottage gewöhnt haben, aber ich fürchte –«

»Es geht nicht um das Cottage!«, rief sie zornig. Snorkel bellte wild hinter ihr zu ihrer Verteidigung. »Es geht um Spurs. Wie können Sie ihn und Ihre Tochter derart für Ihre eigenen Interessen missbrauchen? Das ist unmenschlich! Sind Ihnen denn sogar Godspells Gefühle egal?«

»Mein liebes Kind –«

Ellen ließ ihn überhaupt nicht mehr zu Wort kommen. All der Frust, der sich angestaut hatte, seit sie von Eastlode Park abgefahren war, entlud sich in einem einzigen riesigen Wutanfall. »Ich bin nicht Ihr liebes Kind«, schrie sie. »Mal angenommen, die beiden heiraten tatsächlich. Was soll daraus werden? Meinen Sie, sie leben glücklich bis an ihr Ende? Sobald Spurs' Mutter tot ist, fängt er wieder an zu zerstören, was ihm in die Hände kommt: das Dorf, sein Leben, sich selbst – Sie könnten ihm genauso gut eine Pistole an den Kopf setzen.« Elys eiskalte blaue Augen blitzten auf, so dass Ellen vor Schreck die Luft anhielt. »Herrgott, *darauf* hoffen Sie! Sie *wollen*, dass er sich selbst zerstört und Ihrer Tochter das Erbe der Constantines vermacht!«

»Er wird seiner Aufgabe gerecht werden.«

Ellen konnte kaum glauben, wie kalt, berechnend und zynisch er war. Sie versuchte, sich etwas zu beruhigen und seinen Ton zu treffen, als sie erwiderte: »Dann ist es ja äußerst passend, dass Ihre Tochter sich bereits wie eine Witwe kleidet, nicht wahr?«

In Elys Miene stand jetzt offener Hass. »Sie halten sich wohl für eine große Menschenkennerin, was?«

»Sie halte ich für einen Scharlatan, ja.«

»Und glauben Sie, Sie würden einen Mörder erkennen, wenn Sie einen sehen?«

Plötzlich war Ellen aufs Höchste alarmiert, denn sie sah, dass Ely Gates in Reichweite des Messerblocks stand. »Warum?«, fragte sie bestürzt.

Die hektischen roten Flecken in Elys Gesicht wurden noch dunkler, und er ballte die Hände so fest, dass die Knöchel weiß hervortraten. »Spurs hat Oddlode vor zehn Jahren nicht verlassen, weil er die Dorfbewohner mit seinem Vandalismus so sehr gegen sich aufgebracht hatte.« Er sah ihr direkt in die Augen. »Spurs ist gegangen, weil er nicht damit leben konnte, am Tod eines Jungen schuld zu sein.« Ellen schüttelte den Kopf, doch er hob einen Finger. »Nennen Sie mich nicht noch einmal einen Scharlatan. Ich bin ein religiöser Mann, Miss Jamieson. Und ich glaube an die göttliche Gerechtigkeit. Gott wird über das Schicksal des jungen Belling entscheiden. Ich bin nur sein demütiger Diener.«

Ellen drehte sich auf dem Absatz um und floh, Snorkel auf den Fersen.

Ellen rannte an der Linde vorbei, Goose End hinauf, bis zur kleinen Brücke über den Odd und dann Richtung Upper Springlode den Reitweg entlang. Es hatte ja ohnehin keinen Sinn, die drei Meilen mit dem Jeep zu fahren, da Teufelsbells Leute sie unweigerlich aufhalten würden. Sie hatte den Lustpavillon bereits passiert, als Snorkel plötzlich kehrtmachte und auf den neoklassizistischen Bau zuhielt, den die Dorfprominenz von Oddlode mit Hilfe der Auktion unbedingt hatte retten wollen. Er wirkte mehr denn je wie eine »Bushaltestelle«, wie Pheely gehöhnt hatte, denn jetzt lehnte auch noch ein ziemlich verrostetes Mountainbike daran. Ellen fragte sich, warum Snorkel gerade hier eine Pause machen wollte, blieb kurz stehen und lief dann dem Collie hinterher. Vielleicht fuhr das Fahrrad ja noch und sie könnte es sich ausleihen.

»Der Vorderreifen ist platt«, raunte eine ihr nur allzu vertraute Stimme aus dem Gewirr von Brennnesseln und Brombeergestrüpp. Und jetzt sah auch Ellen, was Snorkel längst gewittert hatte.

Der Moment, in dem ihre Lippen sich trafen, war wie ein stilles Bündnis. Spurs und Ellen hielten sich so fest, als würden sie sich nie wieder loslassen wollen. Sie verschmolzen geradezu miteinander und küssten sich, ohne zu denken, zu sprechen, zu lachen oder auch nur Atem zu holen. Erst als sie an akutem Sauerstoffmangel zu ersticken drohten, lösten sie sich voneinander.

»Ich musste dich einfach sehen.« Er ergriff ihre Hände. »Aber es ändert nichts an der Situation. Ich will, dass du bleibst. Du *musst* bleiben. Ich kann nicht ohne dich leben.«

»Geh mit mir weg von hier, Spurs, bitte.«

»Du verstehst das nicht. Ich muss es tun. Nur so werden sie mir irgendwann ganz verzeihen können, meinen Eltern, Ely...«

»Es ist von Grund auf falsch, was du tun willst, Spurs. Und Ely wird dir nie verzeihen.« Ellen zwang ihn, ihr in die Augen zu sehen. »Er sagt, du bist ein Mörder.«

Wie unter einem Fausthieb taumelte er ein paar Schritte zurück. »Du weißt es«, flüsterte er und starrte in den Himmel.

Ellen schlang die Arme um sich. »Ich weiß gar nichts. Ich weiß nur, dass ich selbst entscheide, was ich glaube. Und ich glaube nicht an blinde Pflichterfüllung, an Gerechtigkeit oder den Dorfskandal. Es ist dieser große heftig pochende Muskel in meiner Brust, an den ich glaube. Und der sagt mir, dass ich dir immer vertrauen werde.«

Er sah sie an. Seine silbrigen Augen wirkten unnatürlich groß. »Ely hat die Wahrheit gesagt. Ich habe seinen Neffen getötet. Ich bin schuld daran, dass Bevis nie älter als sechzehn wurde.«

Ellen musste sich an eine Säule lehnen, um nicht umzusinken. Sie hörte sich sprechen, ehe sie wusste, was sie sagte. »Bevis Aspinall?«

»Ely hat es dir doch erzählt.« Er sah sie scharf an.

»Ich sitze immer auf der Bank im Park mit der Aufschrift zu seinem Andenken. Manchmal rede ich mit ihm. Wir wurden am selben Tag geboren.« Sie setzte sich auf den Sockel der Säule.

Spurs trat in den Lustpavillon, und seine Stimme klang ganz hohl in der fremden Akustik des hohen Gewölbes. »Bevis war mein bester Freund im Dorf – wir kannten uns von Kindesbeinen an. Er war der Sohn von Elys Schwester Grace, Ely hat ihn vergöttert, und ich auch. Er war was ganz Besonderes, ein Goldjunge – witzig, klug, gut aussehend, ein bisschen schüchtern manchmal, aber die Mädchen lagen ihm zu Füßen.« Er sah sie über die Schulter an. »Er hat mich vor mir selbst geschützt – so wie du.« Wie gefangen von Schuld ging er hin und her in dem Pavillon, der seine Stimme in merkwürdigen Echos zurückwarf. »Er starb beim Teufelsmoor-Rennen. Sein Pferd stolperte am Flussufer, und er fiel hinein. Das Wasser stand wie in diesem Jahr besonders hoch, und ich habe ihn herausgezogen, weil ich dachte, er ertrinkt. Aber ich wusste nicht, dass er sich das Genick gebrochen hatte. Ich hätte ihn nicht bewegen dürfen, das erst hat ihn wirklich getötet. Ich habe ihn getötet.«

»Aber es war doch ein Unfall!«, rief Ellen aus und drehte sich zu ihm um. »Du hast versucht, ihm das Leben zu retten.«

»Ely hat mich einen Mörder genannt, und das ganze Dorf glaubte ihm.« Spurs sah weg. »Die gerichtliche Todesursache lautete auf Unfalltod, aber ich hatte Bevis an diesem Tag vor allen Leuten den Tod gewünscht.« Er fuhr sich mit der Hand über die Stirn bei der Erinnerung daran. »Ich habe ihm den Tod gewünscht – und der verdammte Idiot stirbt tatsächlich.« Spurs' Stimme war nur noch ein Flüstern. »In dem Sommer hatten wir unseren ersten Streit. Er war unsterblich in ein Mädchen verliebt, das sich nichts aus ihm machte. Sie war wie von einem anderen Planeten, aber das hat er nicht begriffen. Ich wollte die beiden irgendwie zusammenbringen und habe das Mädchen sogar zu einer Verabredung mit ihm überredet – ich dachte, ich würde ihm helfen. Aber Bevis hat mir vorgeworfen, dass ich nur alles kaputt gemacht hätte. Und sie auch.«

Ellen hielt den Atem an, als ihr plötzlich klar wurde, von welchem Mädchen er da redete.

»Ich war wohl auch in sie verliebt. Aber ich hielt mich ja für so nobel, weil ich sie ihm anbot.« Er lachte bitter. »Wir haben am Tag des Rennens kaum noch miteinander gesprochen. Und dann habe ich den dümmsten Satz meines Lebens gesagt. Ich habe mich kurz vorm Start in die Steigbügel gestellt und ihm den Tod gewünscht. Ich habe den Idioten geliebt, das hätte er doch wissen müssen. Stattdessen geht er hin und erfüllt meinen Wunsch. Nach seinem Tod wurde ich nach Coventry geschickt. Ich habe Hassbriefe bekommen, und sogar meine Eltern glaubten, ich sei schuld an seinem Tod.«

»Glaubst du tatsächlich, dass deine Hochzeit mit Elys Tochter den Tod von Bevis aufwiegt?«, fragte Ellen ungläubig. »Das hier ist doch kein schlechtes Theaterstück, das ist das Leben.«

»Tatsächlich? Nein, natürlich glaube ich das nicht.« Wieder lachte er bitter. »Ely hat noch eine ganz andere Herausforderung in petto, und er setzt darauf, dass ich sie nicht bestehe.«

»Wovon redest du?«

»Ich nehme am Teufelsmoor-Rennen teil, und nach allem, was man hört, hat Ely eine ganze Menge Leute angeheuert, die versuchen werden, mich in den Fluss zu drängen.«

Ellen fuhr fassungslos herum. »Soll das heißen, er will dich umbringen?«

»Wer weiß, ob es reicht, wenn eine Ehe nur eine halbe Stunde dauert. Schon in seinem eigenen Interesse müsste dann wenigstens die Tinte auf den Ehepapieren bereits getrocknet sein. Aber Giles wird Ely da schon anständig beraten haben.«

Ellen starrte ihn an. Sie verstand gar nichts mehr und musste sich an der Säule festhalten, um nicht ohnmächtig zu werden.

»Die Pläne sind in letzter Minute geändert worden«, sagte er ausdruckslos. »Ely wird auf seiner Party nicht einfach nur die Verlobung von Godspell und mir bekannt geben. Wir werden heiraten.«

»Nein!«

»Ein wenig überstürzt, ja. Aber der Standesbeamte war *sehr* entgegenkommend – und der Vikar wird sich sicher beim Begräbnis angemessen hilfsbereit zeigen. Er hat die Gruft der Constantines seit Jahrzehnten nicht geöffnet.« Seine Worte trieften von Zynismus, wenn auch nicht sicher war, ob er nun vom Tod seiner Mutter oder von seinem eigenen sprach.

Ellen starrte ihn ungläubig an.

»Godspell und ich werden kurz vor dem Start des großen Rennens gehorsam unser Eheversprechen abgeben«, erklärte er. »Und dann werde ich, wenn es nach Ely geht, pflichtgemäß in den Fluss fallen und mir das Genick brechen. Das wäre doch eine nette Geste.«

»Nein, eine nette Geste wäre es, wenn du mit mir weggehen würdest, Spurs«, bat Ellen eindringlich und griff nach seinem Arm, als er aus dem Lustpavillon heraussprang. »Du kannst mir nicht all das erzählen und dann einfach geh–«

Mit einem Kuss, der all ihren Protest, ihre Verwirrung und ihre Angst erstickte, brachte er sie zum Schweigen. Danach nahm er ihre Hand und spielte mit dem Siegelring, den sie immer noch trug.

»Wollen wir uns hier jeden Tag um dieselbe Zeit treffen, bis es so weit ist?«

Ellen nickte.

»Es ist Ascot-Woche«, sagte Spurs. »Mutter überlässt es ihren Leuten, mir hinterherzuspionieren, und ich kann ihnen wohl ein paar Stunden am Tag entwischen. Bring das Hufeisen mit.« Er ließ sie los und griff nach dem Mountainbike.

»Warum?«

»Ich muss dir noch Wünsche erfüllen.«

»Nur einen.« Ellen konnte kaum ertragen, dass sie sich wieder trennen mussten.

»Zwei«, korrigierte Spurs. »Dein zweiter Wunsch zählt nicht.«

Und weil Ellen immer noch hoffte, dass es für Spurs und sie doch einen vernünftigen Ausweg geben musste, unternahm sie einen erneuten Versuch. »Wenn das so ist, dann sind dies meine zwei letzten Wünsche. Bis zu Elys Party musst du dich entscheiden. Ich wünsche mir von ganzem Herzen, dass du mit mir weggehst.« Tränen traten ihr in die Augen, als sie kurz innehielt und die Konsequenzen dessen bedachte, was sie zu sagen beabsichtigte. »Wenn du es nicht tust, dann wünsche ich mir, dass unsere Wege sich niemals mehr kreuzen. Es liegt ganz bei dir.«

14

Die ganze Woche über waren hektische Vorbereitungen für Elys Gartenparty im Gange. Ständig brausten Edellieferwagen die Manor Lane entlang, deren gute Geister den Garten herrichteten, das große Zeltdach aufbauten und alles fürs Catering vorbereiteten.

Pheely, die auf ihren regelmäßigen Spaziergängen mit Hamlet alle Aktivitäten auf das Genaueste beobachtete, nahm jede Gelegenheit wahr, Ellen auch in den letzten Stunden vor ihrer Abreise noch auf dem Laufenden zu halten. »Mindestens dreihundert Stühle wurden heute unter dem Zeltdach aufgestellt«, berichtete sie aufgeregt am Morgen der Party. »Herrgott, hoffentlich beglückt Ely uns nicht mit einer Moralpredigt.«

Offensichtlich wusste Pheely nichts von der geplanten Überraschungshochzeit. Und Ellen hatte ihr auch nichts von ihren heimlichen Treffen mit Spurs beim Lustpavillon erzählt, obwohl sie annahm, dass Pheely sowieso etwas ahnte. Seit Dilly aus Kent zurück war, ritt sie auf Otto jeden Tag nach Upper Springlode, um Rory zu sehen, und erzählte ihrer Mutter, dass Spurs sich ziemlich seltsam benahm, jeden Tag irgendwie anders verkleidet erschien und stets zu merkwürdigen Zeiten auf einem verrosteten Mountainbike verschwand. Pheely lachte nur fröhlich und prophezeite, dass Spurs wohl langsam genauso verrückt werden würde wie Granville Gates und Ellen nichts anderes übrig bleibe, als das Dorf schon sehr bald zu verlassen. Ansonsten interessierten sie Gespräche über die Party sehr viel mehr, und sie tat so, als ob ihr Ellens Abreise überhaupt nichts ausmache.

»Du bist ja wahnsinnig gut organisiert«, sagte Pheely, als sie durch Goose Cottage lief und all die für die Spedition gepackten Habseligkeiten der Jamiesons begutachtete. »Da bleibt dir doch jede Menge Zeit, noch auf der Party vorbeizuschauen.«

Ellen, die schon mit einem riesigen Kloß im Hals aufgewacht war, hatte Mühe, auch nur einsilbige Antworten zu geben.

»Denk dran, Dilly hat extra eine Flasche Champagner für uns besorgt«, sagte Pheely. »Dafür hat sie praktisch jeden Penny ihrer Ersparnisse geopfert. Ich erwarte dich also nachher im Lodge Cottage.« Sie bückte sich und nahm Snorkel den Ball aus der Schnauze, den sie ihr hinhielt. »Und du, armer Schatz, kannst dich schon mal häuslich einrichten, während wir Ellen in die weite Welt verabschieden.« Sie hielt den Ball spielerisch hoch, und der Collie sprang aufgeregt danach. »Na, willst du bei mir wohnen?«, fragte sie neckend. »Ja! O ja, du *willst*.« Snorkel bellte begeistert.

Ellen wandte sich ab, um die Tränen zu verbergen. Pheely hatte darauf bestanden, dass Snorkel zu ihr kam, da sie sowieso Hamlets große Liebe sei. Darüber war Ellen sehr erleichtert, auch wenn es ihr den Abschied nicht einfacher machte. Wenn es mit Fins doch bloß genauso leicht wäre, aber der schwarz-weiße Jäger streunte immer noch draußen herum. Wenigstens musste sie sich keine Sorgen mehr um sein Wohlergehen machen – im Gegenteil, er schien sich welche um ihres zu machen, denn er platzierte jede Nacht ein Geschenk vor ihrer Tür. Diese Woche waren es bereits drei tote Mäuse, einige aus dem Nest gefallene Jungvögel und eine fette Ratte.

Pheely hatte auch die Surfbretter haben wollen, um sie in die Tonskulptur einzubauen, die sie für das neue Freizeitcenter in Addington herstellen sollte. Und sie war ganz gerührt gewesen, als Ellen ihr altes Notebook Dilly schenkte. Dafür überreichte sie ihr jetzt ein ganz besonderes Abschiedsgeschenk: eingewickelt in ein enormes rotgepunktetes Taschentuch fand Ellen eine Halskette, die Nachbildung des schweren, verschlungen gearbeiteten keltischen Halsschmucks, mit einem transparent rosa glänzenden Stein in der Mitte, der zum Rand hin seltsam grün wurde. »Ein Wassermelonen-Turmalin«, erklärte Pheely. »Die sind ziemlich selten, mit erstaunlichen Fähigkeiten – ich nenne ihn den ›Lustigen Turmalin‹, weil er einen auch im größten Elend noch das Glück erkennen lässt. Er öffnet das Herzchakra.« Sie zwinkerte, denn sie wusste, dass Ellen an dieses esoterische Gerede nicht glaubte. »Und es ist ein Medaillon, in das man etwas hineintun kann.«

»Danke, ich werde gut darauf aufpassen.«

»Ach, Unsinn – du wirst das Ding in Kasachstan für eine Taxifahrt versetzen.« Pheely lachte. »Du solltest lieber auf das Taschentuch aufpassen. Das gehörte meinem Vater. – Herrje, ich muss gehen und noch Godspells Gesichtspiercings an der Büste anbringen!« Pheely hatte darauf bestanden, dass sie bis zur letzten Minute an dem Prunkstück der Party arbeiten musste, und zu Elys größtem Entsetzen dafür gesorgt, dass zwei jüngere Mitglieder der Familie Wyck das Tonporträt erst an diesem Vormittag in Regs altem Pick-up zur Manor Farm fuhren.

Im Bemühen, wohltätig und als guter Christ zu erscheinen, lud Ely Gates stets das ganze Dorf zu seiner Gartenparty ein und konnte daher auch die Wycks nicht ausschließen, obwohl er laut Pheely sein Bestes tat, um sie mit drohenden Reden einzuschüchtern.

»Daddy hat die Gates-Fete immer bloß Royal Faux Pas-scot genannt, weil sie so schrecklich snobistische *nouveaux riches* sind.« Pheely war bereits auf dem Weg in den Garten. »Ely besteht darauf, dass die Männer Krawatte und die Frauen Hüte tragen. Nur die Regel mit den Morgenanzügen hat er gelockert, nachdem einige Betrunkene aus dem Lodes Inn das mal absichtlich falsch verstanden haben und nackt, wie sie morgens im Bett erwachten, aufgetaucht sind. Wer würde das nicht wollen bei so herrlichem Wetter?« Sie hielt ihr Gesicht in die Sonne. »Perfektes Partywetter.«

Die jährliche Gartenparty fand stets am Samstag statt, dem einzigen Tag in Ascot ohne königlichen Besuch, und war berühmt für endlos fließenden Champagner, verschwenderische Bufetts, eine prächtige Tombola, Livemusik und – natürlich – für das inzwischen legendäre Teufelsmoor-Rennen. Es war *das* gesellschaftliche Ereignis der Umgebung und wurde jedes Jahr mit Spannung erwartet. In diesem Jahr waren die Damen, die schon seit Monaten ihre Outfits planten, aufgefordert, etwas vorzubereiten. Unter größter Geheimhaltung war Felicitys Blumenarrangement aufgebaut worden, das Gerüchten zufolge eine ganze Breitseite des zu allen Seiten offenen Zelts einnahm und bis zu seiner festlichen Enthüllung mit großen Leintüchern abgehängt war.

»O Schatz, das wird ja *so* eine Überraschung werden!« Pheely klatschte freudig in die Hände. »Das musst du vor deiner Abreise unbedingt sehen, darauf bestehe ich. Ich garantiere dir, das wirst du nie vergessen, selbst wenn du dich in einem Monat nicht mehr an meinen Namen erinnerst.«

Ellen sagte nichts, als sie ihr nachsah. Fröhlich wie ein Schmetterling war Pheely um den Nektar, der einst ihre Freundschaft zu vergiften drohte, herumgeflattert. Nicht mit einem einzigen Wort hatte sie Spurs erwähnt. Mit dem Turmalinmedaillon in der Hand setzte Ellen sich auf Spurs' Lieblingsgartenbank und schaute in den blauen Himmel, an dem ein Flugzeug einen weißen Kondensstreifen zog. Dort oben werde ich heute auch sitzen – und der Platz neben mir wird leer bleiben. Sie stöhnte auf. In all den Tagen, die sie sich beim Lustpavillon getroffen hatten, war Spurs von dem Entschluss, diese Sache hier in Oddlode bis zum Ende durchzuziehen, nicht abgerückt. Der Kloß in ihrem Hals drohte sie fast zu ersticken.

Es war perfektes Hochzeitswetter. Überall im Land bereiteten sich sicher aufgeregte Bräute auf ihren großen Tag vor. Aber Ellen konnte sich beim besten Willen die stets düster gekleidete Godspell nicht als in Weiß erstrahlende Braut vorstellen. Sie stieg die Stufen zum Apartment über der Scheune hinauf und sah hinüber zum Manor, erkannte aber nicht mehr als ein paar Dachluken. Mit einem Seufzer ließ sie sich auf die Stufen nieder und küsste das Medaillon, auf dass es ihr Glück bringen möge – und es sprang auf.

Pheely hatte es vollgestopft mit dem Dope ihrer Killerjoints.

Zwei Stunden später sah Ellen, jetzt leicht stoned, eine wahre Prozession farbenprächtiger Hüte und Kleider vorbeidefilieren, während sie die wenigen Dinge in ihren Rucksack stopfte, die sie mitnehmen wollte. Ihre wertvolleren Besitztümer steckten in einem der großen Kartons, die auf die Reise nach Spanien warteten, und anderes hatte sie einfach verschenkt. Auch Pferdegetrappel war zu hören, die ersten Reiter waren bereits auf dem Weg zum Rennen. Ellen sah auf die Uhr und zuckte zusammen. Es war schon nach elf. Zeit, zu gehen, wenn sie noch im Lodge Cottage vorbeischauen wollte. Zeit, zu gehen. Doch als sie alles im Jeep verstaut hatte und einen letzten Rundgang durchs Cottage machte, stieg mit jedem Schritt größere Panik in ihr auf.

Ich kann ihn nicht hier zurücklassen, sagte sie sich. Ich kann es einfach nicht. Alles in ihr sträubte sich, das Cottage endgültig zu verlassen. Wenn er mich wirklich lieben würde, käme er mit mir, rief sie sich selbst zur Ordnung und versuchte, sich zusammenzureißen. Er liebt mich eben einfach nicht stark genug.

Und Schwarz ist Weiß, sagte eine Stimme in ihrem Kopf – schroff und streitlustig, aber zu gebieterisch, um sie zu überhören. Ach, verschwinde, Mama, stöhnte sie innerlich und hielt sich den Kopf. *Wenn* du *ihn wirklich lieben würdest, würdest du da hingehen und für euch einstehen. Denk an Emily Davison.* Ellen stöhnte. Sie hatte sich doch nur einen winzigen Joint genehmigt. Pheelys Eigenanbau war einfach viel zu stark. *Typisch!*, dozierte die Stimme weiter. *Im wichtigsten Augenblick deines Lebens rauchst du solches Zeug. Du willst noch fahren. Hast du mal die Statistiken gelesen?* Ellen sah, wie Fins ihr mit leuchtenden Augen die Treppe herauf entgegenkam.

»O Gott.« Sie schloss die Augen, damit sie nicht auch noch

Dinge sah, die gar nicht da waren. »Und gleich ruft Richard an und will Cybersex.«

Wie aufs Stichwort klingelte ihr Handy.

»Ellen, Schatz!«, rief die schroffe Stimme in ihr Ohr. »Ich will dir nur eine gute Reise wünschen. Alles okay?«

War das immer noch die Wirkung des Joints, oder war das wirklich ihre Mutter, fragte sich Ellen. Sie bückte sich und kraulte Fins den Bauch, der sich vor ihr verspielt auf den Rücken gedreht hatte.

»Mama.« Sie spürte, wie Fins ihr seine Krallen in den Arm hieb, und sah kleine Bluttropfen hervorquellen. »Warum ergibt überhaupt nichts mehr einen Sinn?«

Jennifer Jamieson räusperte sich. »Ich hole deinen Vater.«

Es tropfte etwas Blut auf ihre ausgefransten Jeansshorts, und Ellen hörte, wie ihre Mutter zu ihrem Vater etwas sagte wie ». . . hat wohl eine Krise«.

»Ellen?« Theo war am Apparat.

Ellen brach in Tränen aus.

»Sch . . . sch, Entlein. Was denn?«, sprach ihr Vater besänftigend auf sie ein. »Ist es wegen Richard? . . . Hast du Angst, allein auf die Reise zu gehen? . . . Was kann ich tun, um dir zu helfen?«

Ellen schluchzte so sehr, dass sie einen Moment brauchte, bis sie überhaupt ein Wort herausbekam. Und als sie sprach, klangen ihre Worte so albern, dass sie lachte, während sie weinte. »Er-erzähl mir ein Märchen, Pa.«

Theo war sprachlos. »Ich kenne keins«, gab er schließlich zu. »Ich könnte dir einen Witz erzählen. Ein Engländer, ein Schotte und ein Spanier kommen in eine Bar –«

Ellen schluchzte noch lauter und nahm das Medaillon mit dem Turmalin vom Hals. Pheely hatte nicht recht. Sie konnte es nicht lustig finden.

»Es war einmal . . .«, unterbrach Ellen ihren Vater und sah zu, wie Fins die Treppe wieder hinunterstieg. ». . . eine kleine Seejungfrau, die wuchs zwischen Perlen auf dem Meeresgrund auf . . .«

»Die Tür des Cottages steht sperrangelweit auf, Snorkel tollt auf Hunter Gardners Grundstück herum, auf dem Bett im Dachzimmer liegt ein Rucksack und sie hat die verrückteste Botschaft auf diese schöne weiße Wand geschrieben, die ich je gelesen habe.«

»Ach, ja?« Dilly hörte dem atemlosen Bericht ihrer Mutter kaum zu, weil sie Otto sattelte und in Gedanken schon beim Rennen war.

»Ja. ALLE MACHT DER KLEINEN SEEJUNGFRAU stand da. Oje, es war wohl doch keine so gute Idee, ihr das Dope zu geben. Was glaubst du, wo sie ist?«

»Auf der Gartenparty?«, schlug Dilly vor und legte Otto mit zittrigen Händen das Zaumzeug an. »Ich sag's ja die ganze Zeit. Sie kann gar nicht gehen, ohne Spurs reiten zu sehen. O Gott, wenn Rory bloß da wäre. Ich bin zu nervös, um das hier richtig hinzukriegen.«

»Komm, lass mich das machen.« Pheely nahm ihren Hut ab, deponierte ihn auf dem Torpfosten und half ihrer Tochter.

Auf den geradezu manikürten Rasenflächen von Manor Farm war die Gartenparty bereits in vollem Gange, und es lag eine Atmosphäre gespannter Erwartung in der Luft, als die Gäste in kleinen Gruppen beieinander standen und in dem aufkommenden Wind ihre Hüte festhielten. Es wurde gemunkelt, Ely wolle die Gelegenheit für eine Bekanntmachung nutzen, und unter den Bewohnern von Oddlode kursierten bereits wilde Gerüchte. Fast jeder wusste, dass Ely Gates in Oddlode ein Hotel eröffnen wollte und ein Auge auf die verfallene Mühle seines Bruders Noah geworfen hatte. Die meisten meinten, jetzt habe er sie sich wohl unter den Nagel gerissen, und da er längere Zeit bei Gina und Pat stand, den ehrgeizigen Besitzern des Duck Upstream, hieß es, sie würden sicher alle unter einer Decke stecken.

»Der Schurke plant, hier so ein Erlebnishotel hinzustellen, höre ich«, brummte Hunter Gardner verärgert.

»Vielleicht.« Pru Hornton lächelte gewinnend, leerte ihr drittes Champagnerglas und war überzeugt, dass Ely heute endlich seine Trennung von Felicity verkünden würde, und zwar ihretwegen.

»Jetzt sehen Sie bloß, wie er hier in diesem albernen Auto von Giles herumkurvt«, schimpfte Hunter, als Ely noch eine Runde auf der großen runden Auffahrt drehte, die durch seinen Garten führte. »Und warum, Herrgott, hat er es mit Bändern geschmückt? Der Kerl ist komplett verrückt.« Ein Windstoß wehte ihm den Hut vom Kopf.

Felicity, die wie gefangen neben ihrem Ehemann in dem Aston Martin hockte, sah ängstlich auf die Uhr. Das Prunkstück ihres Blumenarrangements war immer noch nicht eingetroffen, und Pheely ging im Lodge Cottage nicht ans Telefon. Sie drückte sich das Handy an die Brust.

»Keine Angst.« Ely tätschelte ihren dicken Oberschenkel. »Wird schon alles rechtzeitig da sein.«

»Und was ist mit Lady Belling? Sie und Sir Gin wollten schon vor Stunden kommen.«

»Der junge Belling ist doch da«, murmelte er. »Er ist alles, was wir brauchen.«

»Aber wir können die Hochzeit doch nicht ohne die Eltern des Bräutigams vollziehen. Das würde Lady Belling nie dulden.«

»Sei still, Pudding! Es wird alles perfekt laufen.« Er lachte, als er Hunter Gardners Panamahut platt fuhr und dann wie ein junger Mann aus dem Aston Martin sprang. »Ein herzliches Willkommen allen meinen Gästen!«, rief er wohlwollend in die große Runde. »Heute ist ein *ganz* besonderer Tag. Willkommen!«

Unter dem Zeltdach tat Lily Lubowski ihr Möglichstes, um einen Blick hinter die weißen Leintücher zu werfen, wo sie das Modell einer Strafanstalt für gefährliche Kriminelle vermutete. Ihre Absicht wurde jedoch von der Ankunft mehrerer Wycks durchkreuzt, die unter der schweren Last eines verhüllten Objekts ächzten.

»Aus dem Weg, gute Frau«, brummte Saul, dem Schweiß auf der Stirn stand.

Am anderen Ende des Zeltes führte Roadkill mit kreischenden Rückkopplungen und ohrenbetäubenden Gitarrenakkorden einen Soundcheck durch. Saul ließ seine Last beinahe fallen, als auf der Bühne Godspell erschien, die in ihrem langen schwarzen Zipfelrock und dem hochgeschlossenen Kragen totenbleich wirkte. Sie streckte ihre dünnen Finger mit den langen, schwarz lackierten Fingernägeln nach dem Mikrofon aus, sah Saul direkt an und öffnete den schmalen schwarz geschminkten Mund: »Let the antichrist of hate that is sitting on your gate take your soul ... yeeaaahhhh!«, sang sie, weil sie wusste, dass es Sauls Lieblingssong war. Sauls blaue Augen füllten sich mit Tränen.

Auf einem kleinen erhöhten Podium draußen neben dem Rosengarten traten den Musikern des Morrell-Moor-Streichquartetts ebenfalls Tränen in die Augen, als ihre Vivaldi-Probe völlig in dem Gekreische aus dem Zelt unterging.

Ely, der absolut unmusikalisch war, fand die disharmonischen Klänge recht charmant und begrüßte mit seiner Frau die neu ankommenden Gäste. »Da sind Sie ja, Ophelia.« Er schenkte ihr sein stählernstes Lächeln. »Ich muss sagen, ich hätte mich gefreut, wenn die Tonbüste etwas eher da gewesen wäre.«

»Haben Sie sie schon gesehen?«, keuchte Pheely atemlos, die wegen Ellens Verschwinden hoffnungslos zu spät eintraf.

»Noch nicht«, murmelte er. »Die Wycks haben die hintere Zufahrt benutzt und stellen sie gerade erst im Zelt auf.«

»Oh, wie aufmerksam von ihnen!«, rief Pheely erleichtert. »Ich gehe gleich mal hin und prüfe, ob alles okay ist.«

»Ja, nicht wahr?« Felicity lächelte wie auf Autopilot. »Es wird ganz hervorragend sein, wie alle Ihre Arbeiten, Ophelia. Kommt Daffodil gar nicht?«

»Sie ist mit ihrem Pferd gleich direkt zum Start des Rennens gegangen.«

Die große Wiese bei der Forellenzucht war fast vollständig

von Pferdeanhängern und Transportern zugestellt, wo jetzt gut trainierte, aufgeregte Reittiere ausgeladen und herumgeführt wurden, bis sie ihre Startnummern erhielten und es über die kleine Brücke zum Teufelsmoor und zum traditionellen Start um ein Uhr ging. Und in einem dieser Pferdetransporter musste Rory einen graugesichtigen zitternden Spurs beruhigen, der ein ums andere Mal fragte, ob er auch das Richtige täte.

»Oh, ja! Natürlich. Dilly nimmt dieses Jahr ja auch teil.« Stolz sah Felicity ihren Ehemann an. »So ein großes Feld hatten wir noch nie.«

»Es ist ja schon bald so weit.« Pheely sah auf die Uhr an dem kirchturmartigen Dach von Elys altem Kutschstall. »Wollen Sie die Büste nach dem Rennen enthüllen?«

»Nein, das geschieht kurz vorher – wir haben etwas ganz Spezielles zu feiern.« Verärgert sah er, wie aus einem alten Ford noch mehr Wycks ausstiegen.

»Oh – wie wundervoll!«, gluckste Pheely. »Die Wycks aus Oddford. Es hat sich wirklich wie ein Lauffeuer verbreitet. Was genau feiern Sie eigentlich, Elijah? Ihre Seligsprechung?« Ohne eine Antwort abzuwarten, lief sie davon, um endlich nach der Büste zu sehen. Die wilden Locken flatterten im Wind, denn ihren Hut hatte sie leider irgendwo auf dem Weg verloren.

Ely Gates fand keine Gelegenheit, die neu eingetroffenen Wycks darauf aufmerksam zu machen, dass sie höchst unerwünscht seien, da sie nun mal aus Oddford und nicht aus Oddlode kamen, weil in diesem Moment Teufelsbell heranrauschte, auf dem Hut riesige Straußenfedern, die im Wind flatterten wie Pheelys wilde Locken. Sie war in Begleitung ihrer beiden Schwestern Til und Patricia, die eine so linkisch und schlampig wie die andere verführerisch und schick. »Sir St. John lässt sich entschuldigen, er kommt direkt nach dem letzten Rennen in Ascot«, dröhnte sie hoheitsvoll und hielt ihm gnädig eine behandschuhte Hand hin. »Er hat da mit irgendwelchen Arabern zu tun, kann aber *vermutlich* früh gehen.« Sie konnte ihre Wut kaum verbergen, ihre schiere Präsenz war jedoch beeindruckend genug, dass Ely darüber wie auch über die Sherryfahne, die ihn bei jedem ihrer Worte anwehte, hinwegsah.

»Sie meinen, er ist in *Berkshire?*« Ely sah all seine Pläne in sich zusammenstürzen.

»Irgendwo da, aber er hat versprochen, danach *sehr* schnell hier zu sein. Kein Grund zur Panik. Wir ändern einfach den Ablauf.« Ihre silbrigen Augen glühten vor Wut. Von wegen Araber in Berkshire, Sir St. John saß in seinem Arbeitszimmer wie gebannt vor dem Fernseher. Knapp eine Woche Pferdewetten in Ascot hatten ihn in noch höhere Schulden getrieben, jetzt musste er alten Freunden schon Tausende zurückzahlen. Heute Morgen hatte Teufelsbell zu ihrer allergrößten Empörung entdeckt, dass er in ›Sporting Life‹ wie stets seine Tipps angekreuzt hatte, obwohl es ihm strikt verboten war, Ascot am fünften Tag aufzusuchen. In dem verzweifelten Versuch, das verlorene Geld wieder hereinzuholen, hatte er telefonisch Wetten abgeschlossen, mit dem einzigen ihm noch zur Verfügung stehenden Geld – der Scheckkarte seines Sohns. Und da er jetzt Spurs' Konto leergeräumt und alle seine Hoffnungen auf eine Kombinationswette gesetzt hatte, weigerte er sich rundheraus, sich von der Stelle zu rühren, ehe er wusste, wie das Rennen ausgegangen war. Lady Belling hatte daraufhin die Sherrykaraffe geleert und ihm dann gedroht, wenn er zur Hochzeit seines Sohnes nicht pünktlich erscheine, werde sie ihr Jagdgewehr in ihn entleeren.

»Wird er denn zu unserer speziellen Überraschung hier sein?«, zischte Ely mit gedämpfter Stimme.

»Wir müssen auf ihn warten«, murmelte sie und wartete, bis ihre Schwestern Felicity in ein Gespräch verwickelten. Sobald sie das getan hatten – indem sie ihre grellbunten Blumenbeete bewunderten –, trat Teufelsbell mit Ely einen Schritt zur Seite. »Das Rennen muss vor der Hochzeit stattfinden.«

»Unmöglich.« Ely dachte an all die Krankenwagen und Sanitäter, die im Grunde nur für einen einzigen Kranken gedacht waren. »Die Hochzeit muss zuerst stattfinden.«

»Dazu muss aber Spurs' Vater anwesend sein. So verlangt es die Etikette.« Teufelsbell blies ihm ihren Sherryatem ins Gesicht. »Oder sie heiraten gar nicht, Elijah. Wenn Spurs gewinnt – was ziemlich wahrscheinlich ist –, gibt es gleich noch einen Grund zum Feiern.«

Verdrossen sah Ely in den Himmel hinauf. »Nun gut, dann liegt es jetzt in deinen Händen.«

Ellen fühlte sich inzwischen besser. Nach dem Telefonat mit ihrem Vater war sie blindlings drauflosgejoggt, den Hügel hinauf und wieder hinunter. Und jetzt, außer Atem und voller Endorphine gepumpt, war sie so weit. Die Wirkung von Pheelys Killerjoint war vorüber. Sie war bereit, sich ihnen allen zu stellen. Versteckt hinter einer Hecke, die ein großes Kornfeld vom Teufelsmoor abgrenzte, fragte sie sich, ob sie sich während des Rennens einfach ins Feld stürzen sollte, so wie sich einst die Frauenrechtlerin Emily Davison vor das Pferd von König Georg V. gestürzt hatte.

Nein. Da hatte das Dope gesprochen. Sie hatte nicht die Absicht, sich zu Tode trampeln zu lassen. Ihr Weg war ein anderer, und so joggte sie quer durchs Kornfeld zurück auf den Reitweg und rannte am Lustpavillon vorbei über die kleine Brücke des Odd. Doch anstatt geradeaus ins Goose End zu laufen, bog sie nach links ab und lief am Flussufer an den Wiesen und Grundstücken hinter den umgebauten Scheunen und den schicken Cottages der North Street entlang. Eine dieser Wiesen war Ottos Koppel. Ellen hielt verblüfft inne, als sie daran vorbeikam, und stahl sich in Giles Horntons Garten. Auf einem Torpfosten drehte sich ein knallroter Hut mit einem langen violetten Schal, der im Wind flatterte. Es war, als würde er nur auf sie warten.

Ellen setzte sich den Hut auf, kletterte über das Tor und lief weiter am Odd entlang bis hinter den Gin-Palast. Jetzt konnte sie schon deutlich das Geplauder der Gäste und die vom Wind getragene Musik eines Streichquartetts hören. Ein Geruch von Gegrilltem und Barbecue lag in der Luft. Am Himmel zogen

Wolken vorüber, die den Sonnenschein wie eine Stroboskopleuchte flackern ließen. Bei der hohen undurchdringlichen Hecke, die Elys uraltes Grundstück von jenem seiner Yuppie-Nachbarn trennte, blieb Ellen zögerlich stehen und blickte über den Fluss zu dem glitzernden Moor hinüber. Immer mehr Pferde versammelten sich dort, schnaubend, tänzelnd, nervös, ihre Reiter hatten Mühe, sie unter Kontrolle zu halten. Spurs konnte sie nirgends sehen.

»Ladys und Gentlemen!«, erklang eine vergnügte, gingetränkte Stimme, und Ellen erkannte, dass Giles Hornton die Aufgabe des Kommentators übernommen hatte. »Wenn ich um Ihre geschätzte Aufmerksamkeit bitten darf! Sie stimmen sicher alle mit mir in einen herzlichen Applaus ein, um Ely, Felicity und ihrer Familie für die Einladung zu dieser wunderbaren Gartenparty zu danken.« Ein armseliges Klatschen ertönte, und Elys Pfauen schrien trauernd auf. »Hört, hört«, sagte Giles unverdrossen. »Und die Familie Gates hat noch eine ganz spezielle Überraschung, die sie heute mit uns feiern möchte, ehe das Rennen beginnt. Es wird – oh – einen Moment –« Ein schriller Ton fuhr durch die Lautsprecher, als jemand das Mikrofon mit der Hand zuhielt. »Gleich *nach* dem Rennen«, sagte Giles, der schockiert klang, »wird im Zelt eine Neuigkeit bekannt gegeben, die sicher keiner von Ihnen verpassen möchte. Ely bittet Sie alle, sich dort zur Enthüllung des Blumenarrangements einzufinden, das in diesem Jahr gekrönt wird von einem Werk der beliebten Künstlerin unseres Dorfes, Ophelia Gently. Musikalisch untermalt wird das Ganze von der Rockband des Dorfes – äh – Road Drill –« Wieder schien es eine Unstimmigkeit zu geben, denn das Mikrofon wurde erneut zugehalten.

»Doch kommen wir nun zu dem Ereignis, das wir alle schon gespannt erwarten!« Giles klang erleichtert, als er zu seinem vorbereiteten Skript zurückkehren konnte. »Das Teufelsmoor-Rennen! Der Startschuss fällt in zwanzig Minuten. Wenn Sie sich bitte alle an das Flussufer begeben, wo die Jockeys eine Parade für Sie reiten werden. Wetten können wie stets bei Al Henshaw in der Pagode abgegeben werden – das Geld wird für einen guten Zweck gespendet. Eine vollständige Liste aller Teilnehmer und ihrer Startnummern finden Sie auf der großen Tafel neben dem Zelt – und vergessen Sie nicht, Ihren Reiter – ANZUFEUERN!«

Ellen spürte, wie ihr die Angst den Rücken heraufkroch, als sie die Zuschauer ans Flussufer treten sah. Das Rennen würde vor der Hochzeit stattfinden. Was war da los?

Weil die Hecke ihr den Weg versperrte, rannte sie über das zum Gin-Palast gehörende Grundstück auf die Manor Lane hinaus, bog ins Manor End ab und lief immer dem Geräusch des Hufgetrappels nach. Ein paar Gäste, die sich etwas abseits des Trubels hielten, drehten sich nach ihr um, als sie mit ausgefransten Jeansshorts und einem ausladenden Hut auf dem Kopf an Manor Farm vorbeiflitzte.

»Ihr Stil gefällt mir.« Patricia Midwinter drehte sich zu ihrer Schwester um. »Erinnert mich an dich in dem Alter.«

»Unsinn«, murmelte Til schroff. »Ich war viel linkischer.«

»Nicht zu linkisch, um dich am Lustpavillon mit Reg Wyck zu treffen, wenn es dunkel war.«

»Patisserie!« Til lief dunkelrot an und sah über die Schulter, ob auch niemand zuhörte. All die Wycks, die hier herumschwärmten, machten diese Gartenparty zu einem sehr gefährlichen Territorium. »Weißt du was?«, flüsterte sie ihrer Schwester zu. »Ich glaube, hier ist etwas faul.«

»Oberfaul«, stimmte Patisserie zu, fischte eine Himbeere aus ihrem Pimm's und steckte sie sich in den Mund.

Ellen erreichte die Wiese mit den Pferdetransportern, als die letzten Teilnehmer für das Rennen aufsaßen und langsam Richtung Brücke ritten. Spurs war nirgends zu sehen. Dann entdeckte sie Dilly, die mit einem Fuß im Steigbügel um einen fürchterlich aufgeregten Otto herumhüpfte.

»Wo ist Spurs?«, rief Ellen atemlos und rannte auf sie zu.

Otto wich bei ihrem Anblick vor Schreck zurück.

»Oh, Gott sei Dank, du bist wieder aufgetaucht!« Dilly hüpfte noch wilder, als Otto vor Ellens Hut zu flüchten versuchte. »Rory und Spurs sind schon vorausgeritten, damit sie beim Start am Anfang des Feldes stehen. Der Blödmann da drüben hat ewig gebraucht, um meine Startnummer zu prüfen, und jetzt hänge ich hinterher.«

»Kann ich auch da über die Brücke? Ich muss zu Spurs!«, rief Ellen verzweifelt.

»Sei nicht albern.« Dilly ging fast zu Boden, als Otto vorwärtstänzelte, während sie sich auf Ellen konzentriert hatte. »Spurs macht das schon.« Jetzt hatte Dilly es endlich geschafft, sie saß im Sattel und sah auf Ellen herunter. »Er ist der beste Reiter hier und wird das Rennen gewinnen, genau wie alle sagen. Wünsch mir Glück!« Und damit trabte sie davon.

Ellen rannte den beiden bis zur Brücke hinterher, wo einer von Elys stämmigen Landarbeitern die Reiter zählte und jeden auf einer Liste abhakte, der an ihm vorbeikam. »Ab hier keine Fußgänger«, sagte er streng zu Ellen.

»Ich bin Sanitäterin«, log sie in einem durchsichtigen Versuch, sich an ihm vorbeizumogeln.

»Sind Sie nicht – mein Bruder Jack ist hier verantwortlich für die Erste Hilfe, und von Ihnen hat er noch nie was gesagt.« Er sah sie verständnisvoll an. »Wenn Sie Ihren Freund anfeuern wollen, schönes Kind, tun Sie das da drüben, wie alle anderen auch.« Er nickte zur Gartenparty auf dem Anwesen von Manor Farm hinüber. »Hübscher Hut, übrigens.«

Und so zog sich Ellen den hübschen Hut tief ins Gesicht und schlängelte sich durch Elys plaudernde Partygäste hindurch. Am Flussufer standen die Zuschauer dicht gedrängt, nur ein Platz war leer, dort, wo der Odd den Boden zu sehr durchweicht hatte. Ellen lief darauf zu. Die Reiter stellten sich auf der anderen Seite des Flussufers bereits für den Start auf. Sie hielt die Luft an, als sie sah, wie viele es waren, mindestens fünfzig. Von kleinen stämmigen Ponys bis zu hohen, gut trainierten Rennpferden war alles vertreten. Und dann sah sie ihn. Ganz vorne unter den Ersten des Feldes saß still in sich versunken Spurs auf einem riesigen Grauschimmel, der mit rollenden Augen auf den Startschuss wartete.

Als Ellen bis zu den Knien ins Wasser watete und den Hut abnahm, damit er ihr Gesicht sehen konnte, erkannte er sie plötzlich, und seine silbrigen Augen begannen zu leuchten. Er lächelte von einem Ohr zum anderen, freudig, stolz, siegesgewiss. »Du bist gekommen!«

Aufgewühlt von ihren Gefühlen brachte sie keinen Ton heraus. Sie wollte ihm zurufen, dass er absteigen und nicht teilnehmen solle. Doch als sie den Mund öffnete, kam nichts heraus.

»Ich reite für dich!«, rief er ihr zu.

Tränen traten Ellen in die Augen. Sie wusste, er ritt für so viel mehr. Er ritt um sein Leben und für den toten Bevis. Er ritt nicht gegen fünfzig andere Pferde, sondern gegen unsichtbare Geister, gegen Vorurteile und Hass und gegen ein Dorf, in dem Gerüchte und Neid herrschten.

Die Zuschauer drehten sich alle zu Ellen um, fasziniert von dem unerwarteten Schauspiel. Und plötzlich bemerkte sie, dass die Geschichte sich wiederholte. Spurs schrie sich die Seele aus dem Leib, wie an dem Tag, an dem Bevis starb. Sie schüttelte den Kopf und wollte ihm etwas zurufen. Doch es war, als hätte ihr etwas die Kehle zugeschnürt. Sie brachte noch immer kein Wort heraus.

»Wenn ich das hier gewinne, verdiene ich es, glücklich zu sein.« Er stellte sich in die Steigbügel und rief es allen Anwesenden zu. »Wenn ich gewinne, verdiene ich Ellen. Wenn ich gewinne, könnt ihr alle zum Teu–«

In diesem Moment ertönte ein ohrenbetäubend schrilles Pfeifen, als Giles das Mikrofon wieder einschaltete. »Test ... eins ... zwei ... drei. Teee-iiiihhhh!«

Der Grauschimmel bäumte sich auf und warf Spurs beinahe ab. Ängstlich, mit geblähten Nüstern und angelegten Ohren, drehte er sich um sich selbst. Eine Frau unter den Zuschauern schrie auf. Zu Ellens Entsetzen ließ Spurs einfach die Zügel los und breitete laut lachend die Arme aus. »O nein, Spurs, nein«, murmelte sie, als er ihr eine Kusshand zuwarf. *Ich würde sterben für dich,* stand in seinen Augen geschrieben. Die Zuschauer raunten erstaunt, als das große grauweiße Pferd plötzlich völlig still stand, mit dem Kopf wippte und Spurs ganz ruhig wieder nach den Zügeln greifen ließ.

»Es ist SO WEIT, Ladys und Gentlemen!«, verkündete Giles dramatisch, während Ely mit einer Fahne in der Hand eine kleine Erhebung am Flussufer bestieg. »Wenn Mr Gates die Fahne senkt, wird das 37. Teufelsmoor-Rennen seinen Lauf nehmen. Mir bleibt nur noch, all den mutigen Reitern Glück zu wünschen und daran zu erinnern, dass es keinerlei Regeln gibt – wer zuerst die Ziellinie überschreitet, gewinnt.«

Mit erschreckender Gelassenheit hob Ely die Fahne und starrte Spurs an. »Auf die Plätze«, brüllte er, »fertig ... LOS!«

Das Donnern der Hufe war ohrenbetäubend, als das Feld mit einem Mal losbrach. Pferde galoppierten in die verkehrte Richtung, bäumten sich auf, weigerten sich loszurennen. Einige Reiter fielen aus dem Sattel, andere klammerten sich blindlings an den Hals ihrer wild drauflosspurtenden Pferde, und ein Shetlandpony weigerte sich rundheraus, überhaupt teilzunehmen, und trabte trotz aller Proteste seiner Reiterin entschlossen zurück zur Brücke.

Von all dem bekam Ellen nichts mit, ihre Augen waren auf Spurs und seinen Grauschimmel geheftet, der sich in dem Gewühl des Starts behaupten musste und sich langsam vorne durchsetzte. »Oh, bitte, nein.« Sie watete wieder die Uferböschung hinauf, um ihn im Blick zu behalten. Auch wenn er mittlerweile das Feld anführte, war doch offensichtlich, dass irgendetwas nicht stimmte. Immer wieder sah er besorgt an seinem linken Bein hinunter. Mit einer Hand versuchte er, zu seinem Reitstiefel zu fassen, kollidierte aber mit dem Pferd neben sich und konnte sich erst in letzter Sekunde fangen.

Und dann rutschte er ohne Vorwarnung wie ein getroffener Soldat seitlich weg.

»Nein!«, schrie Ellen, doch ihr Schrei ging unter in dem jetzt an ihnen vorbeidonnernden Hufgetrappel. Der große Grauschimmel scherte gefährlich aus dem Feld aus und versuchte verzweifelt, die schwere Last an seiner Flanke abzuwerfen. Ellen hörte jemanden wie einen verletzten Hund aufjaulen und erkannte erst dann, dass dieser Laut aus ihrer eigenen Kehle drang. Spurs blieb, wo er war. Es war kein Blut zu sehen, nirgends ein lebloser Körper unter stampfenden Pferdehufen. Er war weder bewusstlos noch sonst irgendwie verletzt, sondern klammerte sich mit aller Kraft am Hals des Pferdes fest.

Ellen hörte, wie ein aufgeschrecktes Raunen durch die Menge ging. »Bellings Sattelgurt ist gerissen«, rief eine Stimme. »Herrje, der wird gleich zu Hackfleisch!«

Lange Lederriemen hingen lose am Bauch des Grauschimmels herab – der Sattelgurt. Selbst bei dieser Geschwindigkeit war an den glatt abgetrennten Teilen zu erkennen, dass er beinahe vollständig durchgeschnitten worden sein musste. Und das kleine Stück, das den Sattel noch gehalten hatte, war beim ersten Galopp endgültig gerissen.

»Gütiger Gott!« Die zynische Stimme nahm einen anderen Ton an. »Sieh dir das an.«

Immer noch mit Tempo dahingaloppierend schob Spurs den Sattel unter sich weg, stieß ihn vom Pferd, schwang sich wieder auf den Rücken des Grauschimmels und ergriff die Zügel. Das ganze Manöver – in höchster Präzision vollführt – hatte nur den Bruchteil einer Sekunde gedauert. Er schien kaum einen Muskel zu bewegen, als er jetzt wieder aufrecht dasaß. Doch es war ein Bravourstück der Kunstreiterei gewesen, das alle Zweifler unter den Zuschauern staunend zurückließ. Ellen versuchte endlich, wieder Luft zu holen.

»Du bist ja doch hier!« Pheely war neben ihr aufgetaucht und klatschte begeistert in die Hände. »Sieh dir Dilly an! Wie gut sie das macht. Und Rory reitet die ganze Zeit neben ihr, damit ihr nichts passiert. Er ist wirklich ein liebenswürdiger Kerl.« Gelassen nahm sie Ellen den Hut aus den zitternden Händen und setzte ihn sich auf, als wäre das die normalste Sache der Welt.

Ellen hatte immer noch viel zu viel Angst, um etwas zu sagen.

»Spurs wird sicher gewinnen – jedenfalls wenn er die Wende heil übersteht. Da bleiben eine Menge Reiter auf der Strecke. Warum um Himmels willen reitet er ohne Sattel?«

Am anderen Ende der sich weit hinziehenden Sumpfland schaft würde das Feld auf dem rutschigen Boden wenden und dieselbe Strecke noch einmal zurücklegen, bis die Reiter am Pfosten gegenüber von Manor Farm die Ziellinie überschritten. Ein höchst schwieriges Unterfangen auf einem Pferd, das mit fast fünfzig Stundenkilometern dahinraste. Giles erinnerte die Zuschauer gerade gut gelaunt daran, dass es bei der Wende in den meisten Jahren ein die Reihen lichtendes Durcheinander gegeben hatte, in dem Reiter vom Pferd fielen oder Pferde einfach geradeaus über die Hecke ins Tal hinein weitergerannt waren. »Zücken Sie Ihre Kameras!«, schlug er vor, als Spurs den Grauschimmel kurz vor der Wende zügelte.

Pheely hakte sich bei Ellen unter und bekreuzigte sich, als die erste Hälfte des Feldes – einschließlich Spurs – die Wende sicher gemeistert hatte. »Früher sind sie gegen den Uhrzeigersinn Richtung Fluss geritten, aber seit dem – Unfall – wenden sie sich von ihm ab.« Sie lehnte sich so weit vor, um Dilly zu erkennen, dass es sie beide beinahe in den Fluss zog. »Da kommt sie. Oh, langsam, Dilly! O Gott –« Sie legte sich eine Hand vor die Augen, spähte aber nur einen Moment danach schon wieder durch die Finger. »Hurra! Gut gemacht! Sie hat es geschafft. Herrje – Spurs liegt aber weit vorn. Wer ist denn das neben ihm?«

Schon weil sein Grauschimmel so schnell war, hatte Spurs sich dem Gewühl bei der rutschigen Wende entziehen können. Doch ein Reiter mit roter Jacke und dunkler Sonnenbrille war ihm auf einem großen Kastanienbraunen immer auf den Fersen geblieben. Und jetzt trieb er sein Pferd immer näher und näher an Spurs heran.

»Gütiger Gott, erzähl mir nicht, sie versuchen, sich gegenseitig abzudrängen. Das ist doch Wahnsinn!« Pheely stieß einen kleinen Schrei aus, als der Reiter in der roten Jacke seine Reitgerte hob und Spurs einen Schlag versetzte. Und noch einmal. Er versuchte ganz eindeutig, ihn aus dem Gleichgewicht zu bringen. Jetzt stießen die beiden Pferde seitlich aneinander, stolperten, wippten hektisch mit den Köpfen und legten verängstigt die Ohren an. In rasantem Tempo galoppierten sie eng nebeneinander und viel zu dicht am Flussufer entlang. Spurs, den es immer weiter ans Wasser trieb, war nur noch wenige Zentimeter von der Böschung entfernt und gab seinem Pferd die Sporen. Sein Rivale holte erneut mit der Reitgerte aus.

»Nein!«, schrie Ellen.

Mit einer allerletzten Anstrengung erhöhte der Grauschimmel noch einmal das Tempo und stob gerade noch rechtzeitig davon, um den Mann in der roten Jacke mit voller Wucht ins Leere schlagen zu lassen. Jetzt war es um sein eigenes Gleichgewicht geschehen, der Kastanienbraune geriet ins Trudeln und warf seinen Reiter auf der sumpfigen Wiese ab.

»Und wieder ist einer gestürzt!«, rief Giles, der das Rennen aufgeregt kommentierte. »Patriot hat seinen Reiter abgeworfen. Jetzt liegt Belling auf White Lies allein vorn. Wird er diesen Vorsprung bis zur Ziellinie halten können? Eine heikle Sache, so ganz ohne Sattel«, gab er in einem Tonfall zu bedenken, der erkennen ließ, dass er wie die meisten Zuschauer auf eine Niederlage von Spurs hoffte. Das begeisterte Kreischen der Menge sagte alles, als der große Grauschimmel plötzlich ins Stolpern geriet, Spurs seinen Halt verlor und nicht mehr zu sehen war. »Ups! Er ist weg!«, trompetete Giles sehr viel vergnügter als angemessen, hielt dann aber überrascht die Luft an. »... oder ist er ...?«

Ellens entsetzte Schreie verwandelten sich in ein befreites Lachen, sie hatte seinen alten Zirkustrick erkannt. »Oh, bitte, ja! Komm schon. Du kannst es!«

Spurs war auf seinen Füßen gelandet, rannte neben dem Pferd her und schwang sich, eine Hand an der weißen Mähne, sofort wieder auf den Rücken des verwirrten Tieres.

Pheely blieb der Mund offen stehen. »Sag mir, dass ich nicht träume!«

»Du träumst nicht.« Ellen platzte fast vor Liebe und Stolz. »Du siehst gerade meinen Traum wahr werden!«

Als er die letzten 300 Meter entlanggaloppierte, drehte er sich zu ihr um und winkte. Jetzt ritt er nur noch für sie, für sie ganz allein. Und der große Grauschimmel trug ihn wie schwerelos mit fliegender Mähne und freudig aufgestellten Ohren bis zum Pfosten.

»Belling hat die Ziellinie überschritten!«, rief Giles nur einen Moment später. »Was für ein Rennen! Belling hat den Teufelsmoor-Cup gewonnen! Ein Hoch auf den Sieger!«

Doch Spurs dachte gar nicht daran, sich feiern zu lassen, sondern trieb das Pferd auf den Fluss zu und hinein ins Wasser.

»Großer Gott!«, schrie Giles, der komplett die Fassung verlor, als er sah, dass Spurs direkt auf seinen Kommentatorposten zuhielt. »Was tut dieser Mann? Sie können sich den Cup später abholen, Belling. Da drüben ist eine Brücke. Warten Sie! Mist!« Mit einem letzten Schrei flüchtete Giles.

Der Grauschimmel zögerte nicht einen Augenblick, als Spurs mit ihm langsam den Fluss durchquerte. Selbst an seiner schmalsten Stelle hatte der Odd eine reißende Strömung und viele unwägbare Untiefen, und einige Zuschauer kreischten. Doch das Pferd vertraute seinem Reiter vollkommen und erreichte sicher das trockene Ufer.

Die einzige Person, die ihm offenen Auges entgegengeblickt hatte, war Ellen, deren Augen sich jetzt mit Tränen füllten, als er auf sie zutrabte und das tänzelnde Pferd neben ihr zum Stehen brachte. »Ich liebe dich! Und ich werde deinen Wunsch erfüllen. Ich werde von jetzt an überhaupt alle deine Wünsche erfüllen.« Er streckte eine Hand aus. »Kann ich dich irgendwohin mitnehmen?«

Sie nickte glücklich. »Wir müssen ein Flugzeug erreichen.« Und dann ergriff sie sein Handgelenk und saß mit einem großen Sprung hinter ihm auf.

»Halt!«, donnerte Teufelsbell, die herbeieilte, so schnell es ihre kurzen stämmigen Beine erlaubten. Die Straußenfedern auf ihrem Hut wippten bedrohlich. »Was ist mit der Hoch–«

Doch Ellen hatte Spurs bereits eng umschlungen, und quer durch den Garten galoppierten sie auf und davon, über die niedrige Mauer hinweg und in die Manor Lane hinaus.

Ely verschwendete keine Minute, um die peinliche Situation vergessen zu machen, die sich da eben inmitten seiner Gartenparty zugetragen hatte, und betrieb Schadensbegrenzung. Zuallererst beorderte er Giles wieder ans Mikrofon, der umgehend den Auftritt von Roadkill ankündigen musste. Dann lief er auf das Zelt zu, um seiner Tochter einen Wink zu geben und selbst eine beruhigende Ansprache vorzubereiten.

Teufelsbell, die mit wippenden Straußenfedern hinter ihm hergerannt war, keuchte: »Wir können immer noch das Gesicht wahren. Jasper kommt nicht weit. Er hat weder einen Reisepass noch Geld. Ich alarmiere meine Leute, sie sollen die beiden aufhalten.«

»Schon geschehen – Giles hat bereits telefoniert«, murmelte Ely. »Meine Tochter wird das durchstehen. Sie mag enttäuscht sein, aber sie ist tapfer und wird erst mal mit ihrer Band auftreten, während wir versuchen, ihn zurückzuholen. Diese Hochzeit findet statt.«

»Ja – sicher.« Teufelsbell warf ihm einen zweifelnden Blick zu.

Doch als Godspell nach dem Mikrofon griff, legte sie alles andere als den üblichen Auftritt mit ihrer Band hin. Das war der Moment, auf den sie sich die ganze Woche vorbereitet hatte, unterstützt von einem Rebellen aus Passion. Anstatt wie üblich sofort mit dem ersten Song zu starten, wandte sie sich direkt an ihr Publikum und hielt selbst eine kleine Ansprache – mit einer dunklen Reibeisenstimme, die sehr viel betörender war als ihr lärmiges Gequietsche.

»Es ist an der Zeit, die Wahrheit über diese Familie zu erzählen«, sagte sie zu den irritierten Gästen, und die großen Lautsprecher trugen ihre Worte hinaus in der Garten und bis ins Dorf. Der Wyck-Clan, der die Hälfte des Publikums stellte, brach in Freudengeheul aus. Godspell zwinkerte ihnen mit einem schmalen Lächeln auf den schwarzen Lippen zu. »Eine gute Freundin sagte letztens zu mir, die Liebe sei wie ein Klumpen Ton – du kannst ihn nur gestalten, wenn er frisch ist. Ist er erst einmal gebrannt, musst du damit leben, bis er zerbricht.« Sie sah Pheely an, die aufmunternd den Daumen hob. »Und diese Freundin sagte auch, dass Menschen, die anderen eine Form aufzwingen wollen, keine Gestalter sind, sondern Elefanten in einem Porzellanladen.«

Inzwischen herrschte gespannte Erwartung, da keiner ahnte, worauf das hinauslaufen sollte.

»Vor einem Monat«, sagte sie heiser und schlug sich, um die Dramatik zu erhöhen, klirrend ein Tamburin gegen die Hüfte, »zwang mein Vater mich, einen Vertrag zu unterschreiben. Wenn ich ihn nicht erfülle, so sagte er, verbrennt er all meine Tiere … bei lebendigem Leibe.« Sie schloss die Augen und dachte an ihre heiß geliebten Insekten, Eidechsen und Schlangen. Wieder klirrte das Tamburin. »Und heute, Ladys und Gentlemen, sollten Sie alle Zeuge einer Hochzeit werden, die ein Elefant im Porzellanladen organisiert hat. Mein Vater«, mit dem klirrenden Tamburin zeigte sie auf ihn, »Elijah Gates, der ach so aufrechte Christ und Wohltäter dieses Dorfes, ist so versessen auf Oddlode Manor, dass er mich zwingen wollte, Jasper Belling zu heiraten.«

Ein schockiertes Raunen ging durch die Menge, die rapide anwuchs.

»O ja.« Godspell streckte selbstbewusst das Kinn vor. »Aber Jasper hat heute zum Glück endlich Oddlode überwunden. Er liebt Ellen Jamieson. Nur einen Abend lang habe ich die beiden zusammen gesehen und erkannt: Liebe ist nichts Beliebiges, Liebe ist einzigartig, wie eine Skulptur. Und für diese Erkenntnis bin ich Jasper dankbar – ich bin dem Typen so wahnsinnig dankbar, dass ich ihn dafür glatt heiraten würde!« Ihr sich überschlagendes Lachen dröhnte durchs Zelt. »Denn ich liebe auch jemanden. Ich möchte Ihnen meine große Liebe vorstellen, den einzigartigen ...« Sie drehte sich zu ihrem Drummer um und warf ihm eine Kusshand zu. »... Saul Wyck!«

Die Leute, die nicht sicher waren, ob das irgendeine neuartige Performance von Roadkill gewesen war, klatschten verhalten in die Hände. Der Wyck-Clan johlte laut und schrie begeistert, und dann explodierte das Zelt, als der einzigartige Saul Wyck auf seine Drums einschlug und in einer schrillen Kakophonie der erste Song von Roadkill aus den Lautsprechern dröhnte.

Als am anderen Ende des Zeltes sodann die weißen Leintücher von Felicitys Blumenarrangement gezogen wurden, wandten sich die wenigen loyalen Gästen, die dem Krach noch standhielten, dankbar von Roadkills Performance ab – und hielten kollektiv den Atem an ob des noch viel größeren Skandals.

Die Blumen waren herrlich, das Arrangement göttlich und die Farben prächtig wie immer. Aber das Prunkstück war ebenso schön wie schockierend. Es war obszön. Es war schamlos. Keiner konnte den Blick abwenden.

Denn inmitten all der Orchideen, Lilien und Rosen stand die Bronzeskulptur eines nackten Paares, das unzertrennlich miteinander verschmolzen war und so viel erregte Hitze verströmte, dass jeder unwillkürlich einen Schritt zurücktrat. Und es war unverkennbar, wer die beiden waren: Ellen und Spurs.

Pheely neigte kritisch den Kopf. »Ich sollte etwas mehr Mühe in die Recherche stecken, ehe ich mich wieder an eine erotische Arbeit wage.«

An ihrem Ohr raunte eine Stimme: »Da bin ich nur zu gern behilflich.«

Sie sah auf und lächelte. »Du hast Flusswasser im Schnauzbart.«

Giles wischte es weg.

»Ach, übrigens, ich bin schwanger.« Sie seufzte verträumt, sah ihre Skulptur wieder an und klopfte sich auf den Bauch – sehr stolz auf das gelungene Porträt, selbst wenn sie gezwungen gewesen war, das letzte Skizzenbuch ihres Vaters zu verkaufen, um sich das Material leisten zu können.

»Das ist *wahnsinnig* gut.« Ein blendend aussehender Mann trat an sie heran, in dem Pheely ganz aufgeregt Elys Neffen Lloyd erkannte, diesen schicken Makler. Ihm stand der Kunstverstand doch wirklich ins schöne Gesicht geschrieben, dachte sie dahinschmelzend.

»Ja, finden Sie?« Sie klimperte mit den Augenwimpern und fragte sich, wie Ellen sich für Spurs entscheiden konnte, wenn sie diesen Adonis hätte haben können. »Passen Sie auf, wo Sie hintreten – der Rechtsbeistand unseres Dorfes ist hier gerade ohnmächtig geworden. Sagen Sie, wissen Sie, was ein Origami ist?«

Der Grauschimmel sah zu den dunklen Dachgauben von Goose Cottage hinauf und wieherte, ehe er beschloss, sich mit seinem feuchten Fell auf der Wiese im Gras zu wälzen.

»Er ist so weit okay.« Spurs wandte sich wieder vom Fenster ab. »Rory kann ihn nachher abholen. Wir müssen gehen. Die werden wie die Bluthunde hinter mir her sein.«

»Du hast keinen Reisepass«, erinnerte Ellen ihn, die auf dem Bett saß und mit den Verschlüssen ihres Rucksacks spielte.

Er griff nach ihrer Hand. »Ich möchte nicht, dass du meinetwegen deine Weltreise versäumst.«

»Das macht nichts.« Sie musste lachen. »Meine Welt ist doch hier bei mir.«

Spurs, der ebenfalls zu lachen begann, warf sich aufs Bett.

»Wir fahren nach Cornwall.« Sie küsste ihn.

»Oder Schottland.« Er knöpfte ihre Shorts auf.

»Oder Yorkshire.« Sie zog ihm das Shirt über den Kopf.

»Isle of Wight?« Er fuhr mit der Hand in ihren Slip.

»Ich habe gehört, die Cotswolds sollen zu dieser Jahreszeit auch ganz schön sein.«

»Wirklich? Das habe ich auch gehört.«

»Dort steht das schönste Cottage der Gegend gerade leer – der Kaufvertrag wird sicher rückgängig gemacht.«

»Tatsächlich? Vielleicht könnten wir dort bleiben? Wo ist es?«

»In Oddlode – ein ziemlich malerisches Dorf, glaube ich.«

»Das kenne ich gut. Da wohnt zur Zeit eine sehr gerühmte Sport-Physiotherapeutin. Sie hat mir eine Massage versprochen, auf die ich immer noch warte.«

»Wie nachlässig von ihr. Hast du irgendwelche bestimmten Schmerzen, die sie behandeln soll?«

»Na ja, jetzt, wo du es erwähnst. Mein Herz hat wie verrückt geschmerzt, aber das ist ganz plötzlich besser geworden. Jetzt ist da eher weiter unten so eine Spannung.«

»Lass mich mal sehen ...«

Der Schrei, der in Oddlode Manor gleich nach dem 15.45-Uhr-Rennen in Ascot ertönte, war im ganzen Dorf zu hören.

Im Garten der nahe gelegenen Manor Farm sahen Ely Gates' Gäste von ihren Drinks auf, in gespannter Erwartung eines weiteren Dorfskandals in diesem ja bisher schon recht ergiebigen Jahr.

Überdrüssig machte sich Teufelsbell auf den Weg, um die letzten Verluste ihres Ehemanns einer näheren Betrachtung zu unterziehen, doch er kam ihr auf der Manor Lane bereits entgegen. Im Arm trug er diesen fürchterlichen Kater, der völlig paralysiert zu sein schien.

»Herrgott noch mal, St. John!« Entsetzt wich sie zurück. »Musst du diesen widerlichen Streuner überall mit dir herumschleppen? Ich habe dir doch gesagt, ich hasse Katzen. Wenn das Vieh krank ist, verpasse ihm eins mit dem Luftgewehr.«

»Er ist nicht krank – ganz und gar nicht.« Keuchend kam er auf sie zu. Sein Gesicht leuchtete, wie Teufelsbell es schon seit den Tagen nicht mehr gesehen hatte, als er im Parlament mit Kinnock spöttische Wortgefechte austrug. »Ich habe dir doch gesagt, Katzen suchen sich ihre Besitzer aus, und Godfrey hat mich ausgesucht.« Er küsste den übergewichtigen schwarz-weißen Kater auf den Kopf, der ihm einen liebevollen Blick zuwarf und Teufelsbell anfunkelte. »Und er hat mir Glück gebracht!« St. John überhäufte ihn mit weiteren Küssen. »Ich habe dir doch gesagt, er ist ein Glückskater.«

»Wovon sprichst du eigentlich, St. John?«

»Es hat geklappt!«, rief er und tanzte mit dem Kater im Kreis herum. »Sie sind *alle* in der richtigen Reihenfolge hereingekommen, einer nach dem andern, die Schönen.«

Teufelsbells edle Miene wurde ganz ausdruckslos. »Soll das ein Witz sein?«

Er schüttelte den Kopf, immer noch lachend. »Das ist kein Witz, meine Liebe. Wir sind reich. WIR ... SIND ... REICH!«

»Oh, mein Haus. Mein geliebtes Haus.« Sie schlug sich die Hand an die Brust und wurde bleicher und bleicher. »Es muss nicht verkauft werden.« Sie rang nach Luft und ergriff seinen Arm, um sich abzustützen. »Wir können das Dach reparieren lassen. Wir können die Pferde behalten. Wir können den Lustpavillon restaurieren lassen.«

»Reg dich nicht so sehr auf, meine Liebe.« Er tätschelte ihre Hand und senkte seine Stimme zu einem gebrochenen Flüstern. »Ich weiß, dass du krank bist.«

Sie sah ihn scharf an, und er zuckte die Achseln. »Gladys hat dein Gespräch mit Spurs gehört. Sie dachte, ich wüsste davon. Meine arme Bell.« Verzweifelt wandte er den Blick ab. »Ich würde jeden Penny drangeben, wenn ich damit deine Gesundheit erkaufen könnte.«

Teufelsbell nickte knapp – und dann lächelte sie plötzlich ziemlich hinterhältig. »Eigentlich erfreue ich mich einer recht robusten Gesundheit.«

»Soll das etwa heißen, du hast den Jungen angelogen?«, stammelte er.

»Ich habe nur seine fehlgeleitete Interpretation der Fakten nicht korrigiert.« Sie war nicht grundlos mit einem Politiker verheiratet. »Er hat den Brief einer homöopathischen Tierarztpraxis gefunden und anscheinend die Patienten verwechselt. Er dachte, ich wäre Gladstone.«

»Du hast ihn in dem Glauben gelassen, du wärst ein Labrador mit Milzkrebs im fortgeschrittenen Stadium?«

Für einen Augenblick schloss sie die Augen. »Ich will niemals hören, dass du das vor unseren Lieblingen aussprichst. Es heißt Hämangiosarkom. Lange Wörter versteht Gladstone nicht.«

»Tut mir leid, meine Liebe.« St. John beruhigte sie mit einem liebevollen Tätscheln, ehe er gluckste. »Herrgott. Jasper hat ja wahrlich ein paar sehr schlimme Dinge angestellt. Aber meinst du nicht, dass du da etwas zu hart mit dem Jungen warst?«

»Ich wollte seine Entschlossenheit testen.«

Sein Blick wurde weich vor Liebe, als er sich daran erinnerte, warum er sie einst geheiratet hatte. Sie war eine eindrucksvolle Frau. »Und?«

»Ist ziemlich ausgeprägt.«

»Dann ist es vielleicht das Beste, dass er die Gates-Tochter nicht geheiratet hat.« Er hakte sich bei ihr unter.

»Gott, ja – vor allem jetzt, da wir das Geld gar nicht brauchen. Es wäre ziemlich schrecklich geworden. Sind wir sehr reich?«

»Ziemlich.«

»Reicher als Elijah?«

»Würde ich sagen.«

»Wie herrlich! Lass uns eine Party geben!«